El ala derecha

T0282805

El ala derecha

Cegador, 3

Mircea Cărtărescu

Traducción del rumano a cargo de
Marian Ochoa de Eribe

IMPEDIMENTA

Título original: *Orbitor. Aripa Dreaptă*

Primera edición en Impedimenta: septiembre de 2022

INSTITUTUL CULTURAL ROMÂN

Esta obra ha sido publicada gracias a la ayuda concedida por el Instituto Cultural Rumano, dentro del Programa de Subvenciones para la Traducción y Edición.

ISBN: 978-84-18668-69-2
Depósito Legal: M-16479-2022
IBIC: FA

Impresión: Kadmos
P. I. El Tormes. Río Ubierna 12-14. 37003 Salamanca

Impreso en España.

Impreso en papel 100% procedente de bosques gestionados de acuerdo con criterios de sostenibilidad.

«¡*Maran atha!* (¡Señor, ven!)»
SAN PABLO, Primera epístola a los corintios, 16:22

PRIMERA PARTE

Era el año del Señor de 1989. La gente oía hablar de guerras y de revueltas, pero no se asustaban, pues esas cosas tenían que suceder. Era como en los días de Noé: todos bebían, comían, se prometían y se desposaban, como habían hecho desde los tiempos de Nimrod, el famoso cazador, y como harían también sus hijos, confiaban ellos, y los hijos de sus hijos, los siglos y milenios venideros. Ninguno de ellos envejecería ni moriría, su estirpe no se extinguiría en toda la eternidad, el hombre se enfrentaría y vencería cualquier cataclismo, hasta el final de los tiempos. Y si el Sol se transformaba en una gigante roja y engullía uno a uno los planetas de alrededor, los hombres, que habían aprendido a volar, emigrarían a otras constelaciones, y allí seguirían comiendo y bebiendo, prometiéndose y desposándose. Y si el universo en eterna expansión se enfriaba paulatinamente, hasta la extinción final, los hombres pasarían, a través de hiperespacios y agujeros de gusano, a universos paralelos, universos-niños, mundos evolucionados y seleccionados de forma darwinista para poder acogerlos en su seno, a los inmortales, para que pudieran seguir bebiendo y comiendo. No había dioses que dijeran: «Acabemos con el hombre, cuyo hálito está en sus narinas, porque ¿qué valor tiene?».

Hubo terremotos y epidemias por todas partes, pero los hombres, que sabían interpretar el rostro del cielo y podían decir, si veían una nube en el ocaso, «mañana lloverá», eran ciegos a esas señales. Seguían bebiendo, comprando, vendiendo, plantando, construyendo, como habían hecho también en tiempos de guerra y en tiempos de peste. Se compraban cámaras de fotos y bicicletas, iban al cine, hablaban por teléfono, veían la tele, escribían cartas que serían leídas incluso al cabo de diez billones de años, aspiraban el aroma del café de la mañana, leían las noticias del periódico que desplegaban de par en par ante los ojos para no ver la realidad.

Aleteaban, como mariposas lisiadas, con una sola ala, en un avanzar torpe que no era ni volar ni arrastrarse. Porque construían con diligencia una historia del pasado sin preocuparse por la del futuro. No había ya profetas y los que habían conocido a los profetas no vivían ya. Avanzaban sin saber hacia dónde, de manera absurda, como un animal que tuviera todos los órganos sensoriales en la parte trasera y contemplara sin cesar la línea de babas que dejaba a su paso. Los añicos de las tazas estrelladas contra el cemento se levantaban solos, se volvían a pegar y la taza se reconstruía en su mano. Los pétalos secos del iris del florero se iluminaban, de repente, en el alféizar, se extendían y se volvían tiernos, se teñían del violeta más puro y volaban hacia el peciolo para reconstituir, pictórica y triunfante, la inflorescencia. Un gigantesco escotoma cubría la mitad de su campo visual: el pasado era todo, el futuro era nada. Los hombres avanzaban hacia atrás, hacia las pirámides y los menhires, hacia los úteros de los que habían salido, hacia el punto de una masa y una densidad infinita ante el cual no eran ni siquiera nada.

De ahí que, cuando un rayo atravesó los cielos de un extremo a otro, iluminando como el día la semiesfera oscura y sobrepasando al sol en la parte bañada por la luz, haciendo brillar de repente, de forma sobrenatural, los ríos sinuosos y los océanos, los fiordos y los casquetes polares, los animales del bosque se escondieron en sus madrigueras, las arañas se retiraron al centro de sus telas y los peces descendieron al fondo abisal, pero los hombres, que saben que el verano se acerca cuando la hoja del almendro se ablanda, se pusieron las gafas de sol y subieron a las azoteas de los bloques, activaron sus sistemas de seguridad, miraron el cielo boquiabiertos y finalmente regresaron, encogiéndose de hombros, a sus asuntos. El índice Nasdaq no registró aquellos días ninguna caída especial. Los tenedores, detenidos por un instante en el aire, recuperaron su camino a la boca, y las parejas que precisamente entonces se agitaban en camas con las sábanas arrugadas, tras una pausa atemorizada, se apresuraron a seguir tanteando en busca del orgasmo prometido.

También los bucarestinos vieron, a finales del fatídico 1989, el último año del hombre sobre la Tierra, el rayo cegador, extendido por el cielo, con sus alargadas y temblorosas ramificaciones, como las patas de un ofidio encaramado al mundo. Se les apareció justo después del almuerzo, un día plomizo de mediados de diciembre, blanqueando los edificios de Magheru, la iglesia armenia, los almacenes Victoria y el Comité Central como en una fotografía sobreexpuesta. El millón de rostros vueltos hacia el cielo, atormentados y ojerosos, famélicos y con los dientes cariados, apenas visibles bajo los gorros y los pañuelos, adquirió una máscara blanca y aterradora que los convirtió, por un instante, en espectros vengadores llegados a reclamar su sangre. En Buzeşti, unos cuantos chóferes cegados por la formidable descarga se olvidaron de los baches del pavimento y sus Dacias oxidados volcaron en la cuneta. La ciudad se oscureció de nuevo y se difuminó en su habitual gama de grises, en ese gris cadavérico que era su rostro de cada día. A las cuatro y media era ya noche cerrada. Las farolas de los bordes de las avenidas se habían olvidado de encenderse, al igual que las bombillas de las casas de barrios enteros. A través de las ventanas de las barriadas obreras, «las cajas de cerillas», como les llamaban, se adivinaban hombres y mujeres moviéndose a ciegas, sonámbulos, alrededor de la gota de oro de alguna vela. Contemplado desde arriba, en aquellos momentos, Bucarest se mostraba entre las nubes de nieve como un pueblo muy extenso, visible tan solo gracias a los débiles destellos de los candiles. En tiempos de guerra, los bombarderos lo habrían sobrevolado sin reparar en él. Ciudad de los muertos y de la noche, de las ruinas y de la infelicidad. Liquen ceniciento y polvoriento desparramado sobre el infinito Bărăgan.

A las siete de la tarde, mientras, al avanzar hacia occidente a través de una Europa cubierta de nieve, Viena, París y Roma y Estocolmo y Lisboa brillaban como otros tantos fuegos artificiales lanzados al cielo, mientras las filas de coches de las carreteras se escurrían como gusanos infinitos, con los faros rojos en una dirección, de un blanco deslumbrante en la otra, mientras las instalaciones de la televisión y las chimeneas superaltas de las centrales térmicas y los anuncios de los moteles y los reflectores de las esquinas de los campos de fútbol transformaban el continente en un *flipper* excéntrico, mientras las luces intermitentes de los aviones sustituían la desaparición de las estrellas, Bucarest había muerto y su recuerdo se había borrado de la faz de la tierra. No quedaba de él piedra sobre piedra. Era un paisaje asombroso, un proverbio para los pueblos, una ruina en la que el búho y el erizo construían sus nidos. Pero, así como con su gran sabiduría el Señor ocultó a los sabios los asuntos sagrados y se los reveló a los niños, así como no en Jerusalén, sino en la despreciada Galilea eligió nacer como hombre, también a esta infeliz ciudad de cemento y óxido se le concedió ver, antes que a las demás, la maravilla.

Porque, en aquella hora oscura, la escarcha de hielo que se había depositado durante todo el día cesó. Sobre la ciudad se despejaron los cielos y salieron las estrellas, brillantes y perfumadas como si un remiendo del cielo de verano combado sobre Herăstrău se hubiera perdido entre las nubes acumuladas en la ciudad. Entonces, de las estrellas se desprendió una figura que parecía al principio un minúsculo insecto, como una de esas langostas pequeñas que saltan en la hierba ante nuestros pasos. Al descender, muy despacio, como con prudencia, sobre la noche, los detalles de aquel objeto, suavemente iluminado por una radiación interior, empezaron a distinguirse mejor. Tenía forma como de una medusa y era igualmente transparente. Una bóveda como de zafiro, semejante a la del cielo en su pureza, albergaba bajo ella cuatro postes ultramarinos que resultaban ser, con un segundo vistazo, cuatro criaturas inmóviles con unas alas como las alas desplegadas de los albatros. Al lado de cada una había una rueda cubierta de ojos. Cuando aquella maravilla descendió y se detuvo a unos cientos de metros sobre el Intercontinental, los soldados que patrullaban por la plaza desierta delante del Comité Central pudieron ver (e informar, alarmados, a sus superiores) que, sobre la bóveda de zafiro traslúcido, como una estatua en la cima de una basílica, había un trono tallado en la misma sustancia mineral, maciza, decorada con signos y arabescos incomprensibles. En el trono descansaba un ser semejante a un hombre, con unos ropajes brillantes como el latón. Irradiaba a su alrededor una luz irisada. El aparato místico emitía un ruido tumultuoso, como los pasos de una gran muchedumbre, un rugido como el del agua del mar, tan intenso y unánime que los torneros, los electricistas y las camareras que dormían profundamente en sus habitaciones estrechas y abarrotadas, envueltos en mantas como unas estatuas etruscas, se despertaron un momento, levantaron la cabeza de la almohada y escucharon hasta que el rugido se confundió con el latido de la sangre en los oídos. Enseguida se sumieron de nuevo en sus sueños con chuletas de cerdo, barras de salchichón y buñuelos rellenos de ciruela… los sueños de una nación hambrienta. Solo un niño morenito, en la zona de Rahova o por ahí, saltó de la cama y se dirigió a la ventana resquebrajada, pegada con cinta adhesiva. Se apoyó con una mano en el radiador helado y, dirigiendo un dedo torcido al cielo, gritó con toda su alma: «¡Mi padre! ¡Mi padre! ¡El carro de Dios y su caballería!». Siguieron unos golpes furiosos en la pared delgada como el cartón del apartamento del bloque de calidad III.

En fin, los que estaban haciendo cola por la noche para rellenar las bombonas, para conseguir carne o queso, arracimados unos contra otros para no morir de frío, miraron un instante al cielo, pero ya fuera por el dolor del cogote, ya fuera por el frío desolador, ya fuera por la resignación de prisioneros que brillaba en sus ojos, volvieron a inclinar las coronillas hacia el suelo.

«Está ocurriendo algo en Timişoara», dice mi madre, que tiene dibujada una ventana brillante en la curvatura marrón de cada ojo. En torno a las pupilas, sus iris forman complicadas irisaciones, fibras ocres y fibras oscuras, zonas de ámbar y zonas de violeta. Si una paloma, aleteando a través de la nieve, oscurece por un instante la ventana de la cocina, arroja una gota de sombra también en los ojos de mi madre. Y si se ha sentado, con sus garritas de coral, en la mullida balaustrada del balcón, su ineluctable forma temblorosa se desprende de una capa de fotones que viaja aleteando por el aire invernal y se hunde entre las cejas de mi madre, descoloridas por la edad. Entra en las pupilas y se retuerce ahí, a través de la lente de carne transparente, que se engrosa de repente para percibir con claridad la cabecita de ojos redondos y pico curiosamente cruel, y el penacho de las alas, vuelto bruscamente del revés por una ráfaga de viento. Mi madre coloca granos de maíz en la nieve ligera de la balaustrada, de esta manera tenemos siempre palomas grises en el balcón.

En la luz lechosa que se cuela por la ventana se extiende también un matiz de un rosa delicado. Procede del gigantesco muro del molino Dâmboviţa, en la parte trasera del bloque. La piel amarillenta del rostro de mi madre brilla por el vapor que sale de las cazuelas. Dios sabrá qué ha conseguido cocinar también hoy en ellas. Si le preguntas, te responde siempre, con un dicho que circula en las colas, una sopa en cuatro tomas: toma agua, toma sal, y tomate no tomas... Cada mañana desaparece algo. Regresa amoratada, con ojeras. Aunque vuelva con una bolsa de patas y pescuezos, incluso aunque haya conseguido esa maravilla, lanza a su alrededor una mirada perdida y biliosa: nos ha traído la manduca, algo que llevarnos a la boca, cómo vamos a saber nosotros lo que ha sido esa cola, desde las cinco de la mañana hasta... mira, son casi las doce. Qué sinvergüenzas, ¿qué se piensan esos que come la gente? Esto no hay, eso no hay... Mira para qué he tenido que esperar tantas horas que se me ha congelado el alma, ¡que se vayan a la mierda! Y mi madre vuelca sobre el hule un montoncito húmedo de patas de pollo, cadavéricas, con las garras crispadas, cortadas por debajo del muslo, porque los muslos son para exportar... Por estas escamas como de reptil se mata la gente. Otro día vuelca sobre la mesa un trozo tembloroso de jamón Muntenia. Nadie sabe de qué está hecho. Tiembla como la gelatina. Encuentras en él unos jirones como trozos de gasa. En la boca se deshace en cartílagos y en algo harinoso. No sé si huele a gasolina porque ha sido transportado en camión o porque ha sido fabricado con vaya usted a saber qué productos químicos. «¡Que Dios los castigue!», repite mi madre una y otra vez. Está derrotada. No puede más. Y no es por ella, que se rompe las piernas corriendo de cola en cola, o que vuelve con carámbanos en las cejas, sino porque no tiene qué darnos de comer, y ese ha sido su cometido en este mundo desde que tiene uso de razón. Es algo que la saca de quicio. Una vez al mes vuelca en el plato un trozo de queso envuelto en un papel húmedo. «Han traído queso al mercado de Obor. Pero no reparten más que un trozo y ni aun así ha llegado para toda la gente.» Miramos el queso como si fuera un objeto de otro mundo. Nos parece que lo rodea un aura difuminada. Casi se nos cae la baba. Huele un poco rancio, pero ¿qué más da? ¿Vas a fijarte ahora en los detalles? Es queso y se acabó, ¡gracias a Dios que hay! Pero no sé qué diantre le habrán puesto. Cuando le clavas el tenedor, cruje. Cruje también cuando lo muerdes. Y es tan elástico que dirías que es goma. «¿No se lo habrás comprado a los campesinos?», dice a veces mi padre, lejos, como de costumbre, de todos y de todo. Nunca sabes qué está pensando. A veces dice algo solo por hablar. «Precisamente ayer oí que han pillado a uno que vendía queso hecho con cola, mitad y mitad.» «Se han maleado hasta los campesinos, querido... No les importa que enferme la gente con tal de que a ellos les vaya bien... Y cuando te paras a pensar que antes el queso con tomate era comida de pobres. Acuérdate, Costel, hace diez años veías a los mozos de cuerda del almacén de muebles: plantaban aquí cerquita, en la parte trasera del bloque, una mesa de cocina, taburetes, y se sentaban alrededor, a la sombra, para almorzar. Sacaban de los envoltorios de papel de periódico queso, huevos cocidos, los pelaban allí mismo, en la mesa; sacaban luego unos tomates de esos grandes y jugosos, como los del pueblo, una barra de salchichón... Abrían también alguna lata de judías (¿cómo, perdóname, Señor, podían comerlas así, frías, secas?) y... engullían a dos carrillos. Y nosotros los mirábamos desde el balcón y decíamos: "Mira qué patanes, qué gente tan rústica... Comiendo así, a la vista de todo el mundo...". ¡Ay, come tú ahora como ellos para que pueda mirarte yo!»

Nadie habla de otra cosa que de comida. Incluso los macarrones con mermelada de la posguerra les parecen ahora buenos. Y después de eso, hacia 1960, cuando aparecieron los autoservicios... Ese fue su paraíso. Y las verdulerías abarrotadas de verduras y de fruta. A mi madre se le ha olvidado cómo se le alargaban los brazos hasta el suelo de tanto acarrear sus bolsas de rafia rosa. Cómo me decía: «Agárrate a la bolsa, Mircişor, ¡ándate con cuidado que te atropellan los coches!». Y cómo llegábamos a trancas y barrancas a casa, y resulta que no funcionaba el ascensor. Mi madre lloraba mientras subía un piso tras otro, las bolsas le cortaban las manos (me las mostraba, magulladas, cuando depositaba por fin las bolsas delante de nuestra puerta: ni siquiera podía sujetar la llave para abrirla, me pedía que la metiera yo en la cerradura). Y tampoco recuerda lo desesperada que estaba cuando calculaba, cada tarde, el dinero que había gastado ese día. Su escritura infantil, con bucles exageradamente redondos, su escritura a lápiz, apretujada, sin gramática… «¡Mira, así se ha ido también hoy el dinero, mira, así!» Y entrechoca, arriba y abajo, las manos con los dedos estirados. «Se ha esfumado. ¡Cien *lei* cada día! Me dan ganas de dejarlo todo, es desesperante…» En cambio, habla sin parar, con un placer que la vuelve de repente más joven, como si hubiera regresado ciertamente allí, la buena vida de hace veinte años. Sentada, selecciona en la mesa las judías secas (pillo también yo alguna arrugada o enferma y la pongo en el montoncito de piedras, tierra endurecida y judías negras, agujereadas o descascarilladas; las gruesas y brillantes van, zumbando, a la cazuela de las buenas), y llena la cocina con su voz, que no es una voz cualquiera, porque la percibo, antes de oírla, con un sentido especial nacido en mí para su voz. «Madre mía, ¿te crees que era como ahora? ¡Que no tenga una persona nada que llevarse a la boca! Entonces había de todo, acuérdate, cariño. No teníamos que estar, como ahora, en la cola desde las cuatro de la mañana para no pillar al final nada. Íbamos a comprar como señores cuando se acababa la comida del frigorífico. ¿Te acuerdas de las mermeladas que te compraba, la de aquellos tarros ovalados donde pongo ahora la manteca del abuelo? De albaricoque, de frambuesa, de lo que quisieras. Te compraba también aquello para mezclar con la leche, ¿cómo se llama? Carísimo, pero había. Y qué napolitanas, y qué chocolate, que no se me ocurría volver a casa sin una chocolatina al menos para ti, siquiera una de aquellas pequeñas con el cazador y Caperucita Roja. En cuanto entraba por la puerta, rebuscabas en mi bolso. El día de los niños te compraba algo todavía mejor, unas napolitanas Dǎnuţ, aquellas rellenas de chocolate… Vete a comprarles algo a los críos ahora… No se puede ser madre hoy en día… Cuando te ponías enfermo, naranjas de la frutería. También entonces había colas, es verdad, y te encontrabas a veces con algún vendedor tramposo, pero el caso es que había naranjas. ¿Quién ha visto, desde hace cuatro o cinco años, naranjas? A la gente se le olvidará incluso el nombre. O el café. Cuando me casé con tu padre, la gente no tomaba café. Quizá los señores, la gente importante

19

tomaría tal vez. Pero cuando ibas de visita no te sacaban corriendo, como ahora, el coñac y el café. Te servían una confitura en un platito y un vaso de agua. Ahora la gente se ha refinado, no puede vivir sin café. Solo que ya no lo encuentras. Me pregunto con qué fabricarán el *nechezol* [1] ese: parece que tiene trocitos de árbol, cortezas molidas… Pone: mezcla de café. Como dice el refrán: una de cal y otra de arena… Ahora tal vez solo los médicos tomen café del bueno, porque se lo regala todo el mundo. Nosotros, *nechezol*. ¿Recuerdas cómo te mandaba a comprar café cuando eras pequeño? ¿Había entonces algún problema? Mira, aquí tienes ocho con cincuenta, cariño, ve a comprar cien gramos de café. E incluso a veces comprábamos cincuenta gramos… Te molían los granos allí mismo, delante de ti, y tú te guardabas la bolsa caliente en el bolsillo, y cuando llegabas a casa, seguía caliente… ¡Y olía que se llenaba toda la casa! Cuando eras tú más pequeño aún, en Floreasca, compraba achicoria. La mezclábamos con la leche. Venía como los caramelos, en un cucurucho de papel, y dentro estaban aquellas ruedditas harinosas, parecía tierra, pero olían a café. Desmigaba una rueddita de esas en tres o cuatro trozos y le añadía leche, se volvía de color café. Estaba rica. Te daba también a ti, porque no había cacao por aquella época. En fin, cuando nos mudamos aquí, al bloque, tenías cinco años y la gente estaba satisfecha… Nos apañábamos mal que bien con un solo salario… Ahora, aunque tengas dinero, no sabes qué hacer con él. Entonces los más boyantes ahorraban para un coche… Los pobres solo comían yogur y ahorraban céntimo a céntimo. ¿Cómo decía Căciulescu? Le preguntaban los médicos: ¿qué has almorzado hoy? Y él respondía: un té. ¿Y en la cena?, decía el médico. Para cenar algo más ligero… Más ligero que el té, ¡ja, ja, ja! Eso mismo hacían los del coche, yogur y más yogur, hasta aburrirse. Cuando nos casamos, nadie nos dio nada. Nos turnábamos en la mesa, como se decía, es decir, comíamos por turnos porque solo teníamos una cuchara. Tu abuelo, un tacaño, ya lo sabes. A la

---

1. Sucedáneo de café muy popular en los años más duros de la economía rumana bajo el comunismo. (*Todas las notas son de la traductora.*)

familia de tu padre nunca le he caído bien por ser de Muntenia. Ni siquiera vinieron a la boda. Menos mal que tuvimos suerte con Vasilica, y que estuvimos con ella hasta que encontramos un alojamiento donde Ma'am Catana, que si no habríamos dormido debajo de un puente… Y luego… ¡Madre mía! Una habitación pequeña con suelo de cemento, una cama de tablones que se hundió una noche con nuestro peso de lo buena que era, una estufa de leña y se acabó. Un transistor en la pared. Tú eras pequeño, a la guardería no pude llevarte porque llorabas hasta ponerte morado (berreaste durante tres semanas seguidas, desde que te dejaba hasta que te recogía) y a punto estuve de perderte a ti igual que a Victoraş. ¿Qué podíamos hacer? Papá trabajaba en los Talleres ITB, yo todo el día contigo. Y todo aquel patio pendiente de ti, porque eras el único crío pequeño: pasabas de brazos en brazos a todas horas, te achuchaban hasta sofocarte. ¿Te acuerdas todavía de Coca, de Victoriţa, de Nenea Nicu Bă? Estaban locos por ti. Era ladrona, esa era su vida: unas veces en la cárcel, otras veces la soltaban. Cuando estaba fuera, trabajaba como cocinera en alguna casa cuna, en una guardería… Se moría por ti. "¡Eh, Mircişor, ven a ver lo que te ha traído Victoriţa!" Y te daba gominolas y galletas. Tú eras un debilucho, te ponías enfermo cada dos por tres. Criado sobre el cemento, qué más quieres… Encontramos a uno que tenía una vaca, también en Silistra, un poco más al fondo. Tu padre se gastaba un cuarto de su sueldo en comprarte leche fresca cada día, y encima no te la tomabas. Eras un tiquismiquis, que si esto no te gustaba, que si eso otro tampoco… Como ahora, ¡y no digas que no es así!»

Mi madre ríe. No solo con los ojos, en toda la piel de su cara, brillante y fina, se refleja ahora el ocaso de invierno: la ciudadela de ladrillo borrada por las ráfagas de nieve, las puntas de los álamos, varas desnudas ahora, vestidas con un delicado cristal. La escucho mientras contemplo el hule de la mesa. Muevo con el dedo, en los cuadrados marrones, migas secas, semillas de cizaña mezcladas con las judías. No puedo dejar de pensar sino en una cosa: ¿lo recuerda? ¿Sabe quién ha sido? ¿Quién es? ¿Existen en algún lugar detrás de su ojo pineal, que aparece con tanta claridad entre sus cejas cuando se siente feliz, unas islitas neuronales, ensambladas de miles de formas, que cuentan con miles de voces la historia de Cedric y de la maravillosa diva Mioara Mironescu? ¿Y cómo era cuando, con un seno al descubierto, en su trono de serotonina del centro del mundo, sostenía en su regazo al bebé con piel de cristal de roca y se lo mostraba a todos los pueblos de todos los universos? ¿Recordaba aún mi madre que era Maria? Algo me decía que, si buscara pacientemente, horas y horas, en su bolso granate de soltera, que se había convertido en un depósito de cositas amarilleadas, medio transformadas en serrín y en gusanos —antiguas facturas, garantías, monedas fuera de circulación, algunas fotos en blanco y negro resquebrajadas y escritas por el reverso en bolígrafo, carnets del sindicato y de la policlínica, la cartilla militar de apto no combatiente de mi padre, el sobre ajado, arrugado, con olor a medicamentos caducados, con mis trencitas de la infancia, otro sobre, con la horrenda dentadura postiza que no había soportado jamás—, encontraría, por fin, en quién sabe qué pliegue secreto, lleno de migajas y de moscas secas, el anillo de pelo de mamut de la cantante del Bisquit; un trocito plegado del ala de una mariposa gigante, quemada por los bordes, pero que conservaba en el holograma irisado de sus escamas el olor a mirabeles y a uvas pasas de Tântava, donde antaño otra Maria, la bisabuela de mi madre, se transformaba al alba en mariposa; una ampolla de líquido brillante, de un amarillo pajizo semejante al líquido cefalorraquídeo, en cuyo vidrio azulado ponía una extraña palabra: QUILIBREX... Paulatinamente, el paso de las horas, el disco abrasivo de todos los relojes del mundo, había menguado su cuerpo, había desgastado su cabello y sus huesos, había estropeado sus pechos... Mi madre se había impregnado de vejez y de desidia. Maria se había convertido en Marioara, como le llamaban mi padre y todos los parientes, en la mujer que cuidaba de todo el mundo y nunca de ella misma, en la exiliada, la destronada, la amnésica Marioara. Pon la mesa, recoge la mesa. Y espabila a todos por la mañana. Lávalos, plánchalos, hazles la comida. Recoge las cosas de la casa. Barre, tira la basura, haz las compras. Pela las patatas, friega los platos. Día tras día, una y otra vez, hasta la Pascua, hasta Navidad, hasta el final de la vida. Sin otro *gracias* que la satisfacción de mantenerlos a todos como dios manda, de que no vistieran con andrajos, de que tuvieran siempre una sopa en la mesa. La bazofia de cada día en estos tiempos peores que la guerra. «Después de aquello también nosotros vivimos mejor. A tu padre lo admitieron en periodismo, en Ştefan Gheorghiu. Escribía para el periódico mural, ese de su taller (recuerda cuando te llevé a ver a papá en el torno, y tú, que tendrías dos años y pico, señalaste una máquina en la que ponía algo y dijiste: "aquí ice eche povo", porque tú pensabas que ponía "leche en polvo" en todas partes, como en tus cajas, y todos los cerrajeros se morían de la risa...). Y debió de gustarles a los jefes lo que tu padre escribía, dijeron que era un joven prometedor, hijo de campesinos pobres, como ponía entonces en los informes. Y tu padre estudió dos años de periodismo y entró en el *Bandera Roja* con un buen sueldo, con un Volga para los desplazamientos... También le ofrecieron una casa del periódico, al principio en un bloque de Floreasca, donde vivimos solo unos meses: nos denunció alguien en la Policía porque yo tejía alfombras. Y es que el telar hacía ruido, no había otra forma. Había que golpear con fuerza con el peine para apretar la lana entre los hilos. Solía tejer por las mañanas, cuando la gente se había ido a trabajar, pero de todas formas se oía. Y había una tal Madam Gângu que andaba siempre buscando motivos de escándalo, la odiaba todo el mundo. Esa es la que se chivó. Así que tuve que renunciar a las alfombras y me quedé en casa para criarte a ti. Pero nos mudamos a otra, también en Floreasca, muy cerca de donde vivíamos. Estaba en una calle llamada Puccini, una callecita tranquila por la que no pasaba más de un coche en toda la mañana. Entonces no estaba Bucarest lleno de coches, como ahora. Y justo al final de la calle había un foso de basura enorme, con hierba en los bordes, y los gitanos habían construido allí sus chabolas... Humo a todas horas, como en sus campamentos... Cuando soplaba el viento desde ese lado, nos ahumaba... ¿Recuerdas cuando te llevaba de paseo por allí y entrábamos en el tugurio del gitano que hacía pendientes y anillos, y que su hija dormía con el cerdito en la cama, y su madre tenía las trenzas llenas de monedas de oro, de esas que los policías les confiscaban en cuanto las pillaban? También nosotras, Vasilica y yo, recibimos una moneda de oro de la trenza de la abuela, pero me dije: ¿qué puedo hacer yo con media moneda? Y le di a ella mi mitad cuando se casó con el tío Ştefan, para que se hicieran las alianzas. Luego me arrepentí, porque mira, tu padre y yo ni siquiera hoy en día tenemos alianzas, me da incluso vergüenza. ¡Ayyyy! Vivimos en Floreasca, en esa casa, un par de años, hasta que nos trasladamos aquí, a Ştefan cel Mare. Estaba bien… ¡Estaba muy bien! Es cierto que era un poco estrecho y con una cocina pequeñita, solo el fregadero y el hornillo, ni pensar en comer en ella, comíamos en la habitación grande, donde teníamos también la cama. Y teníamos otra habitación, era más bien la tuya, y el baño en el medio, con dos puertas que daban a una y otra. Eso no estaba bien, porque cuando iba alguien al baño, apestaba toda la casa. Y teníamos calefacción de gas. ¿A quién se le pasaría por la cabeza instalar las estufas de cerámica entre habitaciones, empotradas en la pared, la mitad aquí y la otra mitad al otro lado? Pero, en fin, menos mal que funcionaba. Y en el baño teníamos una bañera de esas cortas, con un escalón que te impedía tumbarte como dios manda. Por lo demás, estaba bien, era bonito, era siempre verano, todos los arbolitos de enfrente estaban llenos de flores… Tú entrabas y salías por la ventana, porque vivíamos en la planta baja. En la parte trasera tenías un solario con arena, jugabas allí con Doru (¿te acuerdas de Doru, el del otro portal?), con Helga, la hija de la señora Elenbogen, adonde íbamos a ver la tele, con Aurica… Os pasabais el día acuclillados en la arena. No me preocupaba por ti. El barrio era tranquilo, Dios mío, era el paraíso. Te ponía en la mano una nota y unas monedas y te mandaba a comprar el pan o a la tienda de ultramarinos, al final de la calle. Te conocían todas las vendedoras. "¡Deme lo que pone aquí y las vueltas!", les decías, y se morían de la risa. No tenías ni cuatro años. Ibas tan limpio que todo el mundo se hacía cruces. Te vestía solo de blanco. Y cuando jugabas en la arena, te agachabas y la removías con un palito. Algunas vecinas me decían: ¿cómo lo haces, querida, para tenerlo siempre tan limpio? El mío vuelve como un cerdito, tengo que lavarle la ropa todas las noches. Pero eras delgadito, no comías… Las comidas eran una tortura. No sabía qué diantres darte, que Dios me perdone…»

«¿Por qué nos marchamos de Floreasca?», le pregunto por preguntar, pero de repente le presto atención, porque mi madre ha dejado de cribar los granos de judías. Mete la mano en la cazuela y mira cómo sus dedos aparecen y desaparecen en el montón tintineante. Los copos grandes, cargados de agua, que caen veloces en el cielo invernal, son ahora de un rosa sucio en el cielo cada vez más oscuro, tan tétrico que empieza a confundirse con el molino. En alguna parte, muy lejos, se abre camino a través de la nevada una lucecita roja, apenas adivinada: es la estrella de la punta de la Casa Scânteia. Me levanto, abro la puerta del balcón y salgo, acompañado del vaho de la cocina recalentada. El frío y la humedad me estremecen de repente. La nieve cae violentamente, me fundo en el ocaso, en el frío y en la soledad. Los álamos de la parte trasera del bloque clavan sus varas en el fieltro celeste, en ese-lugar-lejano de donde vienen los copos, negros sobre el cielo ocre, sucio-fluorescentes cuando se posan en los cientos de alféizares de ladrillo de las ventanas del molino, en sus frontones de ciudadela alucinada, en su patio inmenso y desierto. Las huellas de unos pasos salen de una de las puertas, avanzan hasta el centro del patio y ahí se interrumpen. La nieve cuaja lentamente alrededor, susurrando de forma casi imperceptible, bajo la luz mortecina de una sola bombilla. «Mi mundo», murmuro, «el mundo que me ha sido concedido». Extiendo las manos, siento en la piel el beso helado, húmedo, dulzón de cada copo. Vuelvo el rostro hacia el cielo, tanto que siento la balaustrada con la apófisis de cada una de las vértebras que la tocan. Nieva sobre mi cara, sobre mis párpados cerrados, siento cómo se acumula la pelusa de la nieve sobre mi máscara, en esa zona ovalada donde se concentra casi toda mi humanidad, así como el ojo recibe casi todo lo que siente una persona. Yo soy mi rostro, un rostro de araña y de arcángel, de ácaro y de viento y de rayo y de terremoto. Mi rostro que brilla sin que yo lo sepa y que cubro con el velo silencioso de la nieve. Cuando siento los labios y los párpados entumecidos y, tras ellos, los huesos del cráneo de hielo fino, con pompas de aire aquí y allá, me incorporo, me sacudo los cristales mezclados con agua y vuelvo a entrar en el capullo oscuro que rodea a mi madre. Ella sigue eligiendo las judías, que brillan ahora como perlas en la oscuridad oliva de la cocina y contempla muy atenta un punto del hule en el que no hay nada. De hecho, sé lo que está haciendo, lo he hecho también yo miles de veces. Deja que los globos oculares diverjan, levemente, en la superficie beis, con cuadrados marrones, del hule, contempla, sin fijarse, el conjunto, no lo contempla, de hecho, sino que ve, ve sin mirar los cuadraditos que empiezan a migrar, fantasmales, unos hacia otros, hasta que los cuadrados contiguos se superponen en filas que se despegan de su plano y el hule se transforma de repente en un cubo de luz, de aire luminoso y profundo, en el que las filas se sumergen en una perspectiva espectral, afilada, mística y cristalina, de tal manera que sabes que no estás contemplando un objeto de la realidad, sino que brilla hipnótico en el centro de tu occipital, en la zona visual de tu mente. Con los globos oculares paralelos, como los de los ciegos, ves tu campo visual, ves tu vista, vives feliz y meditativo tu interioridad pura, luminosa, extendida hasta el infinito de la mente. Comprendes entonces cómo verías si no tuvieras ojos, como se ve a sí mismo el cosmos ciego e inteligente que fluye, como una miel espesa, en los panales de nuestros cráneos. La oscuridad es ahora casi total, solo los pétalos azules del hornillo iluminan débilmente la mesa, la viejísima alacena con algunas tazas y copas melladas en la vitrina sin cristal, a mi madre con su cabello suave y reacio a cualquier arreglo. Cuando tiene que asistir a un bautizo o a una boda, va también ella a la peluquería, se gasta un montón de dinero en una permanente ridícula, con rizos como salchichitas, pero al día siguiente su cabello está igual, liso, insulso, sin personalidad. Así que, habitualmente, se pone unos bigudíes, unos horrores metálicos con unas gomas pringosas, pero que son de todas formas un progreso respecto a los lazos de papel de otra época. Los periódicos impregnados de la tinta más barata, *Scânteia*,

România Liberă, Sportul Popular e *Informația*, con los que también nos limpiábamos el culo, con los que envolvíamos el bocadillo para llevar a la escuela y que en verano poníamos en las ventanas antes de retirarlos, amarilleados, en otoño, parecían encontrar, en el cabello de mi madre, una especie de apogeo de su omnipresencia, de los cientos de usos que se les daban: con los lazos en el pelo, mi madre se convertía en una flor extraña o una deidad enigmática, fantásticamente adornada. Un núcleo del mundo de papel en el que se encontraba sumergida. Retorcidos y envueltos con mechones de pelo, los trozos de periódico dejan ver todavía el rostro de un dirigente, la pierna de algún futbolista, el fragmento de algún artículo sobre la colectivización agraria. Una hoz y un martillo superpuestos, alguna estrella de cinco puntas arrebatada a los códigos de la cábala (sí, Fulcanelli, el pentagrama que te encierra en su centro), una sola fila de los cuadraditos de un crucigrama. Durante toda la mañana, después de lavarse la cabeza, bregaba para sujetarse el pelo. Cuando estaba lista, los lazos retorcidos como el estaño de los bombones, o como la telomerasa, la molécula de la inmortalidad, se humedecían por culpa del cabello mojado y colgaban penosos en torno a su cuero cabelludo, tan blanco que era como si el pelo le creciera directamente del cráneo. El agua corría a chorros detrás de las orejas de mi madre, por las mejillas, por el cuello, empapando su bata de algodón entre los omóplatos. Entonces metía la cabeza en el horno y aguantaba el aire caliente del hornillo del gas hasta que el pelo se secaba y los lazos se abrían con tanta violencia que casi llenaban la habitación. Mi madre entonces estaba guapa. Se miraba al espejo, se pasaba la mano por el gigantesco ramo de periódicos en flor, crujientes, y, para que no le diera pena quitárselos, hacía una locura: salía de nuestro apartamento, cruzaba el vestíbulo de la casa, siempre helado y verde, y se plantaba ante la puerta de la entrada, bajo los cielos de la tarde, cubiertos de nubes y de melancolía. Permanecía allí, como un pavo real, varios minutos, mirando el vacío, dejándose ver, y corría de vuelta, espantada por su propio valor, porque mostrarte ante los demás con los lazos en el pelo era un gesto vergonzoso. Se los quitaba y luego los arrojaba, un montón ceniciento, sobre la alfombrilla de la habitación. En la cabeza tenía ahora, al menos hasta la noche, los mismos rollitos de todas las mujeres conocidas, que asomaban, elegantes, de los pañuelos estampados con arabescos.

Y así nos quedábamos, a la luz del hornillo que temblaba en nuestros rostros como los quinqués de las paredes de Tântava, y mi madre volvía una y otra vez a nuestra comida de cada día, a las colas, a la pobreza. «Antes me atormentaba pensando qué prepararos, voy a hacer un pollo guisado y arroz, que ya os habréis hartado de tanta carne de cerdo. Solía preparar también una sopa de verduras, le añadía yogur… ¡estaba muy rica! Pero eso una vez al mes. ¡No había ningún problema! Ibas al mercado, a la plaza de Obor, y encontrabas en una sección el pescado, en otra la carne, con cerdos partidos por la mitad colgando de los ganchos, parece que los estoy viendo, con cabezas de cerdo para quien quisiera comprarlas (eso solo se lo llevaban lo más pobres…). Los carniceros tenían unos tocones en los que cortaban con el hacha los costillares de ternera o de cerdo y sus delantales eran todo sangre. Hacías una cola aquí, cogías la vez en otra y en una hora habías hecho todas las compras. ¡Solo necesitabas dinero! Si querías carne picada, te la picaban allí mismo. ¿Que querías salchichas? Había de todas las clases, frescas (con intestino de verdad, no de plástico, como les pusieron luego), ahumadas, longanizas… lo que quisieras. Ayyy, otros tiempos. Ahora te da vergüenza tener invitados. Pero la gente tampoco va de visita, que sabe que no te pueden servir nada en el plato. Hace diez o quince años, cuando venían a vernos Vasilica y el tío Ştefan o la madrina, cocinaba la víspera. Al principio les ofrecías un aperitivo, *telemea*, salchichitas, aceitunas, algo de embutido (¡qué jamón cocido había entonces, qué mortadela! ¡de chuparte los dedos!), unos huevos rellenos, una ţuică[2] del pueblo… Luego la sopa, que eso llena la barriga. Esperabas un rato, charlabas, vete a sacar el asado del horno. A mí casi no me daba tiempo a sentarme a la mesa, de aquí para allá con los platos… ¿Vino? No comprábamos, era malo

2. Aguardiente fabricado en casa.

aquel de nueve *lei*, vino de tablones de madera. Que si Murfatlar, que si Târnave, que si Dealu Mare... Pamplinas, eran todos iguales. Así que hacíamos nosotros el vino en casa, en damajuanas. En otoño íbamos al mercado y comprábamos un par de sacos de uva, blanca, negra, lo que hubiera. Las estrujábamos en cazuelas y el mosto lo vertíamos en las damajuanas. El resultado era un vinillo tinto y espumoso, no podías parar de beber. Nos duraba hasta el verano... Hacíamos también licor de guindas, ese no me salía tan bien. Y tampoco me gustaba demasiado, porque me atontaba. Después sacabas los hojaldres de queso de vaca, de manzana... Mira, con Vasilica, me acuerdo... Cuando fuimos una vez de visita. Dice: "Marioara, hoy os voy a servir solo sopa". Roja de vergüenza como un cangrejo, pero hasta ella misma se reía de la tontería que había hecho. Había decidido preparar *sarmale*. Había comprado carne, la había mezclado con arroz, con pan, en fin, como se hacen; estaba todo listo, solo le faltaba comprar col fermentada. Va a la plaza de su barrio, en Dudeşti-Cioplea y ¿qué es lo que se encuentra? Ese día no habían venido los que vendían coles y hojas de parra encurtidas. ¿Qué podía hacer, qué podía hacer? Tampoco tenía tiempo para preparar un guisado, que estábamos nosotros al caer... Bueno, ¿qué crees que se le ocurrió? Tenía sobre la estufa algo de celofán para sellar las tapas de los frascos cuando hacía mermelada. Cogió ese celofán, lo cortó en trocitos y... ¡alabado sea Dios!, puso la carne de los *sarmale* dentro. ¡Hizo *sarmale* envueltos en celofán! Los puso a cocer y, cuando miró, en la cazuela solo había agua con el relleno, el celofán se había derretido por completo...

La vida era bonita entonces. Pensabas: mañana voy a ir a ver a Fulano. La gente no tenía teléfono, te presentabas sin avisar. Pero todo el mundo se alegraba de tu visita. Y te servían algo inmediatamente, era impensable no hacerlo. Podías decir una y mil veces que ya habías comido, que no tenías hambre. Al final te ibas empachado. Y qué pelea cuando te levantabas de la silla: no te vayas, no te vayas, que nos enfadamos... Si hubiera sido por ellos, no te marchabas jamás. Caía la noche cuando, por fin, te movías. Dios mío, ¡qué estrellas había allí, en Dudeşti-Cioplea, donde mi hermana!

Estaba oscuro-oscuro, no como aquí, en la ciudad. Y una multitud de estrellas en el cielo. Caminabas entre papá y yo, muerto de sueño, hasta la parada, esperábamos el tranvía en aquella soledad (era el final del trayecto: no había casas alrededor, hasta donde se perdía la vista, tan solo aquella fábrica vieja y abandonada) y lo veías aparecer a lo lejos, avanzando muy despacio, tambaleante, por sus carriles... Siempre estaba vacío, solo el conductor y la cobradora, que dormitaba con la cabeza apoyada en su mostrador... Te quedabas dormido en mis brazos una hora entera, hasta que llegábamos a casa... Te llevaba en brazos hasta la cama, te desvestía, te ponía el pijama y tú no te despertabas, estabas agotado. Creo que donde Vasilica estabas siempre subido al cerezo. O en el sembrado, con los críos, sacando avispones de los agujeros. ¡Ay, cariño, vete ahora de visita si es que puedes! No digo adonde Vasilica, ella es mi hermana, sino adonde los demás, adonde Ionel, Grigore, adonde la madrina... O invítales a tu casa, si es que te llega. ¿Qué vas a ofrecerles? ¿Unas alitas de pollo? ¿Unas manitas de ministro? ¿*Nechezol?* Salchichón, aunque también está racionado: doscientos gramos al mes. Los huevos, racionados. ¿Pan? He oído que en otros sitios te lo dan con cartilla de racionamiento, aquí no, pero tienes que hacer cola hasta ponerte enfermo si quieres pillarlo. ¿No me quedé yo sin pan antes de ayer? ¡Qué va a ser de nosotros...! Y mira, así se asilvestra la gente: no visitas a nadie, te quedas en casa y te muerdes los puños de desesperación. Sí, como decía aquel, en vano peleas si no tienes bríos.... ¿Qué puedes hacer? ¿A quién vas a pedir cuentas? Antes había en todas las tiendas un cuaderno atado con una cuerda, se llamaba "Registro de sugerencias y quejas". Y en él apuntabas si te encontrabas, como me encontré una vez yo, un clavo en una lata de pisto o una mosca en una botella de cerveza. O si las vendedoras se mostraban descaradas. No pasaba nada, pero al menos te desahogabas. A la tienda de la esquina vino una vez una loca que llenó el registro en un día: unos desvaríos, que si el fin del mundo... una sarta de disparates. La encargada se lo leía a la gente, se santiguaba y se echaba a reír. Pero de unos años a esta parte todo va de mal en peor. Como dice el refrán, el pescado se pudre por la cabeza. No sé, cariño, tenemos que hablar más bajo para que no nos oiga nadie. No puedo soportarlos: él y ella, él y ella, en todas partes, solo lisonjas y porquerías… Y veo también la programación infantil. ¿Qué es lo que ven los niños ahora? ¿Sigue existiendo Mihaela? ¿Siguen Danieluţa y Aşchiuţă? Antes teníais dibujos animados, programas entretenidos, con el capitán Tor-Bellino… Los veía yo contigo con mucho gusto… Y los domingos por la mañana Daktari, el planeta de los gigantes (ese duró unos cuatro años, cada domingo, hasta que la gente se cansó), ¿te acuerdas? El caballo Furia, el delfín aquel… Les gustaban a los niños. Estabas ante el televisor, acuérdate, en camiseta, sobre la alfombra, en el frío del pleno invierno. ¿Qué más daba? Los radiadores gorjeaban, no podías tocarlos. Ay de los críos que han nacido ahora. ¿Cómo los lavarán? Cómo los acostarán con este frío, mira, hay que tener los abrigos puestos todo el día… ¡Qué sinvergüenzas! Si ves la tele, dirías que lo adora todo el mundo. Solo programas zalameros de esos. Te dan ganas de vomitar. Ves a unos niños guapísimos, vestidos de pioneros, firmes en el escenario y diciendo solamente "Camaraaaaada Nicolae Ceauşescu, esto y lo otro, cuánto te queremos… Camaraaaaada Elena Ceauşescu, madre amorosa y sabia…". Qué sabia ni qué sabia, que he ido yo a la escuela más que ella. Y qué vamos a decir de él, ya conoces ese chiste, en su casa empezó un incendio y salieron corriendo, y cuando el fuego estaba en pleno apogeo, él vuelve corriendo a casa y sale con unas zapatillas. "Pero cariño —dice ella—, ¿has arriesgado tu vida por estas zapatillas?" "¿Y tú por qué no te has llevado tu diploma?" Las zapatillas eran su diploma, porque esa era su profesión, zapatero. Dicen que por eso se ríe así, de medio lado, en las fotos, por los clavos de zapatero que sujetaba entre los labios… No tiene gracia, es para llorar, qué va a ser de nosotros, quién ha llegado a gobernarnos. Bueeeno…, si Dios quiere y conseguimos pasar este invierno, ya saldremos adelante. Y a ti, Mircea, que no se te ocurra hablar con nadie sobre estas cosas. Ni con tus mejores amigos. Nunca sabes a quién se lo pueden contar. Estos lo averiguan todo y están alerta para pillarte con algo. Casi me muero cuando te llevaron en primavera. Pobrecito mío, lo que sufrimos entonces… Tu pobre padre andaba desquiciado, entonces pudo ver también él lo que son capaces de hacer estos. Se le caían las cosas, tiró su medalla por el váter (aquella tan bonita de la colectivización, con la que jugabas cuando eras pequeño, te acuerdas de que la llevaste a la escuela y de que te la quitó Porumbel, pero lo pilló la maestra y nos la devolvió)… Dios mío, qué miedo pasé… Llegué incluso a pensar…, para que veas lo que se te pasa por la cabeza en momentos como ese…, pensaba: ¿y si esta medalla viaja bajo la tierra, por las tuberías, y se atasca en algún sitio (porque era bastante grande y tenía un trozo de tela sujeto con un imperdible, para prenderla al pecho) y se la encuentran los poceros —antes los llamábamos mierderos— y la llevan al partido? ¿Y si detienen también a papá? Y yo llora que te llora, lloraba todo el día. Por la noche soñaba solo con la medalla, cómo la arrastraba el agua entre cacas y porquería, por las alcantarillas… Y en todos los sueños —no te rías de mí—, la condecoración llegaba al baño de Ceauşescu, caía en su bañera a través del grifo de agua caliente, mientras se estaba bañando. Y él decía: "¡Traedme la lista de todos los que han recibido esta medalla!". Y la sostenía en la mano, dándole vueltas… De repente era una medalla, de repente se convertía en un doblón de oro, como aquellos de la trenza de la abuela… ¡Sueños! Nuestra salvación fue el pobre Ionel, como con la alfombra, entonces, en Floreasca. Él anduvo apelando a sus contactos entre los jefes (que también los securistas son gente como los demás, se toman un cafetito, se fuman un Kent, leen *El más amado de los mortales*…[3] bueno, el que puede roe los huesos, el que no, ni la carne tierna…), en la sección de psiquiatría, a donde te habían llevado a ti. Te devolvieron aquellos papeles porque no querías salir del manicomio, tú erre que erre: ¡las hojas y las hojas! De repente, un día me encuentro con que viene Ionel con un paquete grande, atado con un cordel: "¡Aquí tienes el manuscrito, Marioara!". Menos mal que no ha mencionado al Camarada o el partido, que no habría podido sacarlo. Cuatro de mis compañeros se han estrujado

---

3. Novela de Marin Preda.

el cerebro con él, uno es incluso escritor, que también tenemos de esos, ha escrito algunas novelas policiacas. Me dijo: "Este chaval está loco, por algo está en psiquiatría". No hay nada peligroso en los papeles. Solo disparates con tumbas, con Dios, con unos holandeses… No merece la pena darle más vueltas, ya tenemos bastantes problemas". Así es, cariño, yo también eché un vistazo a la primera parte y me enfadé contigo: ¿cómo pudiste escribir eso sobre nosotros, que tengo dentadura postiza, que en la cadera tengo…? ¿De dónde sabes tú lo que tengo en la cadera y qué les importa a los demás? Cuántas veces te habrá dicho tu padre que no escribas todo lo que se te pasa por la cabeza, escribe lo que se lleva… Podrías tener ya algún libro publicado, como Nicuşor, el del otro portal, como ese otro escritor de este edificio, el del portal 6 (¿cómo diantres decía que se llama?) y que, en las reuniones de escalera, se levanta cada dos por tres y dice: yo soy escritor, como si alguien le preguntara qué es… Tú no has encontrado otra cosa mejor que escribir que tu padre se pone una media de señora en la cabeza. ¿Y qué más da? Eso es lo que hacían todos los hombres en esa época, por la noche dormían con una media de señora en la cabeza para que el pelo se les quedara pegado por detrás, porque se llevaba así: hacia atrás y peinado con aceite de nuez. No es nada vergonzoso. Pero ¿por qué tienes que escribir tú sobre eso? Escribe sobre cosas bonitas, que no eres tonto, y has leído un montón de libros. Mira, un libro bueno lo puedes leer incluso diez veces y no te aburres. Dios mío, qué bonito es *El Danubio desbordado*, o ese con Şuncarică y con Ducu-Năucu el Canoso… Cómo hacían los ladrones sus collares con caracolillos de pasta, los pintaban, los ensartaban en un hilo y decían que eran collares… O *La isla de Tombuctú:* me pasaba tardes enteras contigo, debajo del edredón, y te lo leía hasta que me quedaba ronca y no veía ya las letras porque se hacía de noche… Con aquellos salvajes que escribían en hojas de palmera… Nunca conseguí leerte *Velas arriba,* era demasiado grueso, con *Los reyes malditos,* lo mismo. De los cuentos, en cambio, no me canso jamás: este, *Cuentos populares rumanos,* es muy bonito. Con él aprendiste a leer tú solo. Parece que te estoy viendo: tumbado en el baúl de la habitación, en la habitación delantera, con el libro abierto sobre la cabeza. Cuando terminaste "Ileana Cosânzeana", el cuento más largo del libro, te morías de felicidad. Ahora ni siquiera leo, ¿de dónde voy a sacar tiempo de leer cuando me estrujo la cabeza todo el día pensando qué os pondré mañana en el plato? Y adónde iré, con esta ventisca, a comprar algo donde digan que han traído yogur, huevos, que han traído huesos de vaca. La gente corre a todas partes, desesperada, para conseguir unas patas de pollo. ¿Es que también ellos comen eso? ¿Es que es eso lo que le dice él: Leana, vete a hacer cola, que igual pillas un pollo de Crevedia...?[4] Este verano ha habido una exposición en la Feria de Muestras. Cuando eras tú pequeño íbamos cada dos por tres, porque estaba junto al trabajo de papá, en la Casa Scânteia. Recuerda cuando aparecieron los primeros bolígrafos de plástico, la gente estaba maravillada. Allí los compramos. Y cuando trajeron los rusos el cohete en el que había volado Gagarin... Tenemos también una foto, perdida por mi bolso. Pues este año han hecho otra exposición con muchas empresas de todo el mundo, con muebles, coches, de todo. Y ha habido también, cariño, un pabellón con comida. Es decir, lo que nosotros exportamos. ¡Allí no te dejaban entrar, eso creo! Estaban todas las delicias del mundo. Cuando acabó la exposición, tiraron a los cubos de basura los folletos..., los prospectos con lo que habían expuesto allí. Y hubo gente que los sacó y los repartió, a escondidas, entre los transeúntes, por la calle, también los buzonearon. Fueron muy valientes. Si los hubieran pillado, solo Dios sabe lo que les habría pasado. Madam Soare me enseñó uno de esos cuadernillos. ¡Madre míaaa lo que había allí! Mira, incluso ahora se me hace la boca agua. Qué jamones, qué embutidos, qué quesos, piezas y más piezas, cariño, qué paté de hígado del bueno, del que había antiguamente. ¡Había de todo! Unos pollos gordos, con las patas envueltas en estaño, con la piel reluciente por la grasa, queso de ese con moho, como el que ves en las películas (no sabíamos que también se producía aquí), salchichas, lomos atados con un cordel,

4. Inmensa granja avícola fundada en 1959.

34

como si fueran meloncitos… En otra hoja estaba el pescado, caviar rojo, caviar negro, pescado ahumado, toda clase de especialidades, quién las inventaría… Luego los vinos, tenías que ver qué botellas tan bonitas, qué etiquetas doradas… Zumos, helados en cajas grandes de plástico. Y chocolates, tesoro, de toda clase, bombones rellenos de crema… Todo, todo, todo se exportaba para los extranjeros. Todo para la exportación, para que pagara él sus deudas, ¡que se lo lleven los demonios con sus ridículas deudas! Yo diría: bueno, hay que exportar, pero que les quede también algo a los pobrecillos de aquí, que tengan con qué pasar los días. ¡Pero ellos nada de nada! Nada, cariño, como los perros. Nos matan cada día, nos entierran los muy desgraciados. Que llegues a morirte de hambre en Rumanía, ¿dónde se ha visto cosa igual? Ni cuando trabajabas para los señores (por aquel entonces tampoco se vivía bien), ni en tiempos de guerra fue peor. Ni durante la gran hambruna de después, en el 48 o 49, cuando venían los moldavos a vender todo lo que tenían por un trozo de pan, era como ahora. Dios mío, Dios mío, adónde vamos a llegar…»

Como todas las tardes, se echa a llorar. No le toco el brazo, no acaricio su cabello despeinado. Al día siguiente no me levantaré yo, al alba, para hacer la cola en su lugar. Será ella la que me ponga la manduca en el plato. Comeré la piel arrugada de las patas y de los pescuezos de pollo de la sopa como si el propio cuerpo martirizado de mi madre estuviera desmembrado en aquel aguadillo transparente. Lo comíamos todos los días, nos la comíamos viva. Con mi pijama harapiento, casi putrefacto, el mismo con el que, quince años antes, me quedaba en el arcón contemplando el panorama de Bucarest a través del triple ventanal de mi habitación de Ştefan cel Mare, con el gorro calado hasta las cejas y los pies descalzos, me levanto de la silla, la observo largo rato (un icono a carboncillo, embrutecida por el dolor, solo las líneas de sus lágrimas brillan en los pétalos azules del fuego del hornillo), escucho cómo ruge el ascensor en las profundidades del bloque, cómo silba a través de las grietas de la puerta del balcón el viento helado del invierno. Me dirijo al vestíbulo, entro en el salón, donde mi padre ve la televisión con gesto ausente en un rincón de la habitación oscura y llego a mi habitación. Cierro, como siempre, la puerta, la puerta que me separa del cosmos. No enciendo la luz. Las cosas, a mi alrededor, son negras y mudas: la cama y el armario, la mesa, la silla. Latentes, no creadas, tal y como son las cosas cuando no las ve nadie. Solo cuando pasa, aullando, un tranvía, o algún coche con los faros encendidos, adquieren también ellas una fosforescencia espectral. Entonces las bandas de luz azul-eléctrico o verdoso corretean extendiéndose por el techo. Paso junto a mi manuscrito, miles de hojas apiladas sobre la mesa, las últimas palpitan en la onda de aire que dejo al pasar. Apoyo la mano izquierda sobre él y siento el latido profundo, testarudo, de mis arterias debajo de la piel. Vivo, vivo y hialino, transparente en las líneas de luz que corren por la habitación. Corro a la ventana y me estiro, poniéndome de puntillas, para sentarme en el baúl. Coloco las plantas desnudas en el radiador y las aprieto, aunque su hierro pintado está ahora helado. Pego la frente a la capa de hielo de la ventana. Mi respiración la empaña dibujando, sobre la violenta nevada de fuera, dos delicadas alas de mariposa. Solo ahora, aquí, me atenaza el llanto, el llanto desesperado del hombre más solo sobre la faz de la tierra. Las lágrimas que inundan mis córneas se transforman al instante en afiladas cortezas de hielo.

Duermo bocarriba, inerte como la estatua de un rey colocada sobre una tumba. En las profundidades de mi lecho yace un cadáver envuelto en harapos. Por encima está mi espectro sumido en el sueño. Sin contenido ni consistencia, esculpido en una escayola amarillenta. Envuelto en sábanas, cuando me contemplo desde la altura del techo me parezco a mí mismo un capullo tejido con hilos de seda. Mis párpados cerrados son los bultos del sueño marcados en mi cráneo. Ahora me cubren casi toda la cara. La sombra de las pestañas recorre oblicua mis mejillas cada vez que los tranvías que pasan por la avenida lanzan chispazos al tocar los cables húmedos. Mis globos oculares se deslizan lentamente bajo los párpados, se entrevén brillantes bajo las membranas traslúcidas. Luego se hunden en la carne temblorosa del cerebro, como los cuernitos de un caracol escondidos en el caparazón.

A mi espalda, como un iconostasio helado, se encuentra el triple ventanal de mi habitación. En él está pintado el gigantesco panorama de la ciudad, bóvedas y bloques y casas y árboles pelados, siluetas de cemento y hormigón y latón, torres de mercurio y de azufre y de cadmio, borrados oblicuamente por la incesante caída de la nieve. En el ala derecha del enorme retablo, en el cielo rojo

37

atravesado por copos oscuros, se ve aún una mariposa con alas de vaho. La dibujada por el aliento de mis narinas hace una hora. De hecho, la ventana está llena de mariposas de vaho, cientos y miles de mariposas apenas visibles, pero que brillan todas en la luz perlada. Hay mariposas pequeñitas, mi respiración de cuando acabábamos de trasladarnos al bloque: tenía cinco años y mi padre me subía al alféizar para que viera el perrito del patio de enfrente y el lejano despacho de pan. Mariposas más grandes de cuando, con la respiración ardiente, acechaba horas y horas las ventanas de enfrente, a la espera de ver, a través de la rendija entre las cortinas, un muslo o un pecho desnudo de las mujeres que planchaban las coladas y que reñían a los niños en aquellos interiores incomprensibles. Y mariposas cada vez más extensas, crecidas las unas de las otras, unas en el contorno de otras, que llenaban la ventana con un penacho irisado de bruma: no fue mi respiración, sino el calor de mis hemisferios, los cotiledones entre los que crece, angustiosamente despacio, la semilla de la Divinidad, el que las dibujó con unos cuerpos como tallos de hielo, con unas alas asintóticas, con la locura de sus contornos de cadera, flor y vulva, con la tristeza reiterada de los ojos de pavo real. Hasta el alba, la pantalla en la que se proyectaba, ortogonal, el cráneo del durmiente —como se vería desde arriba la cúpula de una basílica— se cubría por completo de gruesas flores de hielo: intrincadas mariposas de nieve y de pureza, enredadas, desperdigadas y reagrupadas. Y lentamente, ahí, en la cabecera de mi cuerpo paralizado, acostado en el catafalco envuelto en las sábanas, sobre el intrincado panorama de la ciudad, fraternizando con ella, mezclándose con ella, empapándose en ella (como si la ventana se hubiera convertido en una membrana extremadamente elástica que envolviera bruscamente cada ramita de los árboles negros y húmedos y cada trozo de pared y cada teja de los tejados, e incluso cada copo de nieve, siguiendo su geometría fibrosa y repetitiva), se perfilaba otra ciudad, construida en su totalidad por alas y esqueletos de mariposa. Y en la habitación reina el frío de una tumba, y a través de la ventana empañada se cuela la luz amarilla del alba. En el catafalco, mi estatua adquiere unos contornos precisos, de caolín lívido, de porcelana.

Y sobre mi cama se proyecta oblicua la luz de la ventana. Mi cama es ahora un insectario asombrosamente colorido. Al contorno de mi rostro y de mi cuerpo se adhieren alas y cuerpos anillados, peludos. También a la holanda rígida de las sábanas, a sus arrugas marcadas con tanta complejidad que ningún topólogo podría describirlas en ecuaciones no-lineales. Mi lecho es un fractal tembloroso de ultramarino y verde y amarillo y negro, de cereza podrida y zumo agrio de naranja. De curvas y prolongaciones graciosas, de ojos abultados y antenas. Soy una estatua de escayola envuelta en un péplum de alas de mariposa. O en una sola ala enorme. Un feto en una placenta multicolor.

Me acurruco entonces en mi fantástico cobertor y levito, con él, hacia el centro de la estancia. Me quedo así, una larva extraña, suspendida entre el suelo y el techo, iluminada cada vez con más intensidad por la luz fría del amanecer. Así me encuentra mi madre, día tras día, al alba. Me arrastra de nuevo hasta la cama, como una enorme bola de papel, y cuando estoy tumbado de nuevo en mi tumba real, rodeado por las amplias sábanas, pasa sus dedos secos por mi cabello. Entonces abro los ojos y empiezo a soñar.

Noche de verano con el crujido inquieto de los plátanos arrastrado por las cálidas ráfagas de viento. Los plátanos son gigantescos, se alinean a ambos lados de la carretera. Tienen lívidas manchas de lepra en los troncos. A lo largo de la carretera se extiende el canal con su agua negra. A la luz de las farolas, unas pequeñas pirámides en la cresta de las olas brillan como diamantes. El panorama es muy vasto, estamos en una explanada que se extiende hasta confundirse con la noche. Avanzo por el camino que traza una curva perezosa, miro a mi alrededor, me defiendo de los perros amarillos que corren a mi lado, inaudibles, como si no tocaran el suelo. Las casas están lejos, agrupadas como islas en la inmensa meseta. El viento negro me alborota el cabello, sopla de repente detrás de los árboles, detrás de los muros. Porque he llegado a una pequeña ciudad pálida y recorro un sendero entre casas insólitamente altas. Me detengo un momento bajo la ventana abierta de una de ellas: se oye música en la radio, se oyen también voces, la risa de una joven… Pego la oreja a la pared, tal vez así oiga mejor las palabras de los que, invisibles, se mueven en la habitación iluminada. No puedo entenderlas, aunque distingo cada sonido, pero de repente estoy seguro de que es así, de que tenía que ir por aquí. Por primera vez sé hacia dónde me dirijo, aunque no podría decir adónde. Sigo caminando y llego a una plazoleta desierta, débilmente iluminada por una sola bombilla, colgada en la punta de un poste. A un lado hay una pequeña iglesia, al otro una carpa grande de lona áspera en la que parece que vaya a tener lugar una fiesta o una boda, pero yo busco el restaurante y ahí está, en efecto, con las puertas abiertas de par en par. Parece invitarte a entrar. Entro empujado por las cálidas ráfagas de viento. Las salas están intensamente iluminadas y completamente vacías. Atravieso la primera, miro a mi alrededor las mesas cubiertas con manteles de holanda blanca y rígida, los cubiertos de plata tan deslumbrantes que te lastiman los ojos, las banquetas de terciopelo rojo, la alfombra también roja, que se pierde a lo lejos. Calculo que recorrer la primera sala, pasando junto a los miles de mesas que esperan, observado de soslayo por unos pocos camareros indiferentes, me ha llevado más de una hora. La segunda sala es tan vasta como la primera, un salón tan largo que las últimas mesas se apilan unas sobre otras, formando una sola línea densa, blanca-roja. Ni un cliente en las mesas, los cubiertos derrochan su luz para ninguna mirada. Avanzo despacio, tranquilo, como un viajero que sabe que está en el camino correcto. Hay cuatro salas idénticas que desembocan la una en la otra. El último camarero, con un deslumbrante traje blanco, me guía con la mirada de sus ojos negros, bajo unas cejas levemente fruncidas. Salgo de nuevo a la noche, contemplo durante un rato cómo a la fachada de una casa con muchas ventanas se encarama un niño, quiere llegar a la ventana más alta. Hay una muchedumbre reunida bajo la fachada barroca, repleta de guirnaldas y estatuas rosa-anaranjadas. El niño se agarra a algún lacito de escayola, al bucle de alguna Gorgona. Ahora está extendido sobre la fachada, no se mueve, su cuerpecito casi desnudo es un adorno más de la fachada. Detrás del edificio se ve de repente una llama que ilumina el cielo y se oye el traqueteo de un tranvía vetusto. Es precisamente el que tengo que coger para ir adonde Silvia. Dejo que el niño se petrifique entre estucos y ventanas y, feliz, rodeo el edificio a través de una callejuela estrecha, donde el viento de la noche se siente, abrasador, como un aullido continuo.

Es un bulevar flanqueado por unos edificios increíblemente altos. Nunca he estado por aquí antes. Son bloques del período de entreguerras, tienen arriba unas terrazas cada vez más retranqueadas, hasta que una simple caseta, rodeada por una verja de hierro, se alza en la más alto de todos. Hay anuncios, carteles con imágenes que no comprendo. Están las almenas de la Casa Scânteia, quién sabe cómo habrán llegado hasta aquí, entre las fachadas, todas de mármol transparente, de esta parte desconocida de la ciudad. Encuentro la parada y espero, en soledad (¿pero no estoy en Tunari? Es como si sintiera, cerca, el quiosco redondo) y, ciertamente, viene el trolebús, casi sin hacer ruido, cortando el aire oscuro con las dos barras enganchadas a los cables de arriba. Subo, tomo asiento y el trolebús arranca. Ya he vivido este momento antes, me digo. Me invade una emoción abrumadora. Miro por la ventana cómo atravesamos calles desconocidas, entre edificios que parecen brillar suavemente en la noche. Entramos en plazas con palacios traslúcidos y fuentes esculpidas con extrañas criaturas que no puedo reconocer. Manzanas y más manzanas de casas antiguas, algunas en ruinas, desfilan ante nosotros. El corazón se me encoge cada vez más: ya no reconozco nada. Los edificios tienen ventanas redondas, brillantes, tienen altorrelieves con escenas alegóricas. Por los puentes sobre las aguas negras cruzan grupos de gente que me asusta. No tienen nada de especial y, sin embargo, cada uno de ellos es una fiera. Los miro al pasar, las casas desfilan rápidamente, todas perfectamente trazadas, con cada detalle en relieve, con cada capa de yeso visible como enfocada con una potente lupa. Y cada una es distinta a las demás. Pero la línea de casas se interrumpe bruscamente y nos sumergimos en el vacío. Me apeo al final, después de que la ciudad haya terminado mucho tiempo antes. La oscuridad es casi total. El viento negro sopla con fuerza, el pelo se me mete en los ojos y mi ropa restalla ruidosamente. Retrocedo siguiendo los cables del trolebús. Unos perros amarillos, de ojos humanos, me contemplan desde donde están acurrucados, luego cierran otra vez sus párpados de pestañas lívidas. Camino mucho tiempo por la calzada de losetas negras, brillantes, sonoras. Llego a una casa alta y estrecha como una cuchilla, una casa amarillenta con una entrada llena de tallos de hierro forjado. Es la única abertura en la pared ciega, totalmente aislada, que se alza en la noche. Sobre toda esa pared ciega, imitando casi a la perfección su rugosidad amarillenta, extendía sus alas una gran mariposa nocturna. Entre los extremos de las alas habría unos siete metros, y otros tantos, desde la parte superior de la entrada hasta donde comenzaba la noche, medía su cuerpo vermiforme de antenas pinnadas. No la distinguías de inmediato, pues era como una delicada alteración de los matices de la pared, como una ola temblorosa de aire abrasador, pero cuando percibí su contorno lo supe, y sentí de nuevo una oleada de emoción y deseo. Sabía que Silvia vivía allí. No me había equivocado, tampoco ahora, de camino. Iba a descubrir, de nuevo, como en tantas otras decenas de caminatas por la ciudad desconocida, qué le dijo al oído Dan el Loco, aquella vez, en el portal del bloque, y por qué ella le gritó a la cara, con una expresión de furia imposible en el rostro de una niña, «¡NO!». Me encontraba frente al edificio sin ventanas, o tal vez con los cristales cubiertos por las alas de la gigantesca mariposa. No me apetecía entrar, quería prolongar todo lo posible la emoción y el nerviosismo. Las grandes antenas de la polilla temblaban levemente, sus patitas parecían unos nervios inaprehensibles sobre la cal de la pared ciega. Entré bajo la marquesina extravagantemente emperifollada, con miles de serpientes trenzadas en hierro forjado que extendían sus cabezas hacia mí, y giré suavemente el pomo redondo de la puerta. Penetré en el edificio por un pasillo de frescura y sombra.

Aquí el aire estaba helado y petrificado en una estructura de cristal. Los ojos de vidrio de la puerta de la entrada se proyectaban en el terrazo del suelo: unos cuadrados nítidos sobre los que se extendía mi sombra. Tras el rugido del viento exterior, el silencio era tan abrumador que me pregunté por un instante si no se me habrían congelado las espirales del oído interno, excavadas en la roca de mi cráneo. En el suelo había charquitos y añicos de vidrio sobre los que caminaba con cuidado. El pasillo, con puertas y cuadros de corriente eléctrica en paredes recorridas por toda clase de tubos, pintados con desidia en el mismo color oliva en el que estaban pintarrajeadas las paredes, se detenía ante unos pocos escalones que apenas brillaban en la oscuridad y que conducían a un viejísimo ascensor. Subí e intenté llamar al ascensor, pero no alcanzaba el botón de su puerta de rejilla embadurnada de petróleo. En el hueco que se adivinaba a través de los agujeros de alambre duro colgaban, como unos desagradables intestinos, unos cables gruesos, engrasados con vaselina. Me senté en los escalones con la cabeza entre las manos: me resultaba imposible seguir avanzando. Me quedé allí paralizado, como una estatua decorativa, vacío de pensamientos y de voluntad. La oscuridad era tan profunda que cuando cerraba o abría los ojos no percibía diferencia alguna. «Él vive en la profunda oscuridad, en su cubo de cedro forrado de oro», me vino a la cabeza, y era Herman el que susurraba esas palabras. Cerré los ojos para escuchar con más claridad los fonemas inmateriales que golpeaban mi mente como gotas de agua en las profundidades de una caverna. Pero ya no tenía párpados: la noche exterior había inundado mi cráneo por completo. Mi cerebro era una laguna de la noche en la que había goteado por un instante su voz para perfilar su presencia, a mi lado, en los escalones entre el séptimo y el octavo piso, donde nos bañaba la luz transfinita que entraba por la ventana enrejada de la azotea.

No sabía ya en qué parte de mis párpados me encontraba, así que los granos de luz que vibraban lejanos en el silencio helado podían ser, asimismo, un objeto de este mundo o una ocurrencia de mi mente. Tal y como distingues las estrellas pequeñas y lívidas en el cielo de verano solo con el rabillo del ojo, porque si las miras directamente las engulle la mancha ciega del fondo de la retina, la lucecita del pasillo desaparecía y reaparecía según el extraño movimiento de mis ojos y de mi rostro en aquel lugar inmóvil. Cuando me incorporé y avancé hacia ella, no podía decir si había echado a andar hacia el lado equivocado del espejo. Me acerqué: la luz salía de la mirilla de una de las puertas sobre la que había unas letras ininteligibles en el extremadamente débil brillo de una plaquita de latón. Bajé el picaporte y entré en una estancia sin otras puertas ni ventanas. Las paredes estaban apenas iluminadas por una bombilla mortecina que brillaba crepitando en su casquillo torcido, fijado al techo con dos cables negros y arrugados. En el suelo había un parqué vulgar, desgastado, con zonas grises donde las fibras de la madera se habían podrido. Y justo en medio del suelo, como sabía yo muy bien, se encontraba la abertura redonda que llevaba hasta Silvia. ¡Sí, ya había estado allí, había descendido tantas veces aquella escalera de caracol que se perdía bajo tierra! Los plátanos, el restaurante, los perros amarillos, el trolebús y la casa de la gigantesca polilla: era el recorrido, repetido una y otra vez, que conducía hacia Silvia. Y era siempre una noche de pleno verano, con las mismas ráfagas de viento cálido y oscuro. Y siempre, en los márgenes del viaje nocturno en trolebús, había palacios. Altos y espectrales, con fachadas cargadas de estatuas. Había cúpulas y huevos de piedra en los tejados. Había luceros redondos bajo las cornisas, centelleaban en las luces de la ciudad desconocida y, sin embargo, tan familiar, bajo la luz anaranjada de las bombillas que conferían a los muros una dulzura de mármol y de retoño. Sabía ahora que también Silvia era tan solo una estatua en un cruce de caminos, una figura alegórica que tenías que interpretar correctamente si querías seguir adelante por los senderos del mundo y de la mente, idénticos, pero incongruentes, como dos triángulos esféricos con la base en el círculo más extenso. Tantas veces se había detenido ahí mi búsqueda, ante ella, que parecía que esa fuera la respuesta, tal y como el creyente hace sacrificios a un dios insignificante, el de un árbol o una roca, sin alzar nunca la mirada hacia el rayo cegador de la cúpula, donde todas las estrellas de todo el cosmos lanzan toda su luz al mismo tiempo que el sol, en un éxtasis olbrichtiano. O, en otras ocasiones, una palabra o un gesto vago del ídolo de esta ojiva me habían enviado hacia una salida distinta a la que estaba cubierta por unos cortinones de tela, y desde ahí hacia lugares de un horror más allá de mi capacidad para apelar de nuevo al recuerdo.

Comencé el descenso por la escalerilla de caracol, estrecha y apretada, con una fría balaustrada de hierro. Después de varios cientos de vueltas muy cerradas pasé, por fin, a ese corredor que conocía tan bien. Siempre llegaba hasta él mareado por las circunvoluciones de la escalera. Aquel pasillo que bordeaba un gran espacio vacío en el centro giraba siempre conmigo, lento y tambaleante, durante un rato, hasta que, poco a poco, se quedaba inmóvil. Había, alrededor, unas paredes blancas con puertas como las de los consultorios médicos y unas sillas mezquinas, incómodas, forradas con plástico marrón, reunidas en grupos de cuatro o cinco, a lo largo de las paredes. Si te asomabas a la balaustrada veías los rellanos de más arriba y de más abajo, infinitos. Los inferiores se perdían en un abismo que te atenazaba el estómago y te hacía gemir. Al principio había subido y bajado las escaleras que llevaban hasta otros rellanos, pero parecían todos iguales, solitarios y desiertos, iluminados no se sabe cómo, pues no se adivinaba ninguna fuente de luz. Detrás de algunas puertas se escuchaban chasquidos y zumbidos, detrás de otras, algún suspiro o un gemido. Pero la mayoría eran silenciosas como las propias paredes en las que se dibujaban, silenciosas como solo puede serlo un mundo en el que la oreja no ha aparecido, en el que el oído es tan desconocido como el sentido del *vrol* en nuestro mundo. Buscaba aquella antigua escena que no he podido localizar nunca: estoy con mi madre en una habitación oscura. Es la sala de espera de una institución. Somos los únicos que no han sido llamados aún. Nos envuelve un ocaso denso, rosado. Nos sentamos en unas banquetas unidas por el respaldo, en medio de la sala rectangular. Estamos esperando, mi madre tal vez sepa el qué, yo estoy dominado por un sentimiento profundo, abrumador, de soledad. Está cada vez más oscuro, pero es una oscuridad cálida, cobriza, entreverada de rayos castaños… No he encontrado, en los rellanos recorridos, nada que se parezca a ese recuerdo. Cansado tras descender miles de pisos, me sentaba en una de las sillas marrones, que olían penetrantemente a plástico y a esponja, y permanecía inmóvil, en el pasillo solitario, contemplando las puertas de más allá del abismo, a la espera de que se abriera alguna y de que alguien desconocido y terrible apareciera en el umbral, de que me invitara a pasar…

Tal vez la escalera de caracol se detuviera, gracias a una incomprensible coincidencia, precisamente en el pasillo de Silvia, pero también era posible que en cada piso hubiera una Silvia distinta y que, al salir de ella a través de la puerta cubierta con una tela, llegaras siempre a otro Bucarest, idéntico y sin embargo diferente, tal y como dos esferas de cristal pueden ser idénticas, pero no pueden ocupar el mismo lugar en el espacio. Tal vez saliera siempre en otra ciudad, en otro barrio, de una infinidad de ciudades superpuestas, cada una con sus árboles, sus ventanas y sus niñas, completamente idénticas, que hacían los mismos gestos en el mismo instante, más aún, cada enzima de cada célula de cada ser vivo intervenía en la misma reacción química en la misma millonésima de segundo. O tal vez los mundos superpuestos como las láminas del microscopio o como las hojas del papel de calco se diferenciaban tan solo en un detalle: en la mancha única de la patita de un gato, en el gemido único de una mujer que se masturba, en el matiz único de verde del ocaso en un lago de Siberia, en un electrón único, en una sonrisa única. Lo que más me gustaba, sin embargo, era imaginármelos como los cuadros congelados de un mundo cuatridimensional, como diapositivas que, si pudieras ver en una sucesión rápida (si pudieras subir o bajar veinticuatro pisos por segundo), te ofrecerían el espectáculo del hipermundo tal y como lo ve, tal vez, la Divinidad. Podrías ver, en sucesión, mundos que se desarrollan y mueren y, tal y como podemos mirar en la caja fuerte de un mundo en dos dimensiones dibujada en un papel, mientras las criaturas de ese mundo fijan su mirada en sus paredes de una sola línea, desde el extremo infinito del mundo de una dimensión más podemos contemplar (y entrar en) el interior de las casas cerradas, en los cráneos, en las vaginas, en la estructura más fina del espacio en la escala de Planck. Leeríamos todos los pensamientos y nada quedaría oculto. Estaríamos de repente en medio de los discípulos aturdidos, desapareceríamos de repente de las prisiones cerradas con barrotes y cadenas gruesas como brazos.

Los gritos de niño torturado que resonaban tras la primera puerta no me asustaban ya desde hacía tiempo. Tampoco el rugido de cascada de la puerta siguiente, ni las voces, como de una película de la tele, de la tercera. Había probado todos los picaportes: las puertas estaban cerradas y así seguirían, tal vez, eternamente. En cada habitación había, tal vez, una víctima y un verdugo, que colaboraban en un infinito juego del dolor insoportable, el de la araña y la polilla blanca, paralizada bajo el poder absoluto del monstruo. Ahora ya sabía cuál de esa hilera era la puerta de Silvia: me dirigí hacia la izquierda y rodeé hasta casi la mitad el espacio vacío del centro. Nada distinguía de todas las demás la puerta ante la cual me detuve. Blanca, brillante no porque la iluminara una bombilla, sino porque ella misma irradiaba una luz grasienta, como todos los objetos de alrededor, tenía un picaporte salpicado de la misma pintura, del inmemorial e improbable tiempo del pintado de la puerta, de las puertas. Bajé el picaporte y entré en el interior, donde me esperaba la joven a la que no había vuelto a ver desde la infancia, pero a la que veía continuamente en mi peregrinaje siempre repetido (y qué mágico encaje de palabras: infancia, peregrinaje, palabras creadas como para sustituirse hasta el infinito, como una lanzadera que devanara hilos de diamante), en el que realizaba siempre el mismo trayecto: los plátanos gigantes, crujiendo al viento, el restaurante vacío e intensamente iluminado, el viaje en trolebús entre edificios desconocidos y espectrales, la casa con la pared ciega y la entrada *Jugendstil*, la escalera de caracol, los descansillos superpuestos, el hueco del centro. Todo perfilado, atornillado, encastrado con precisión, como las partes de un órgano anatómico con una función indefinida, como si disecaras un dragón o un unicornio, contemplaras su corazón, sus pulmones, sus intestinos y, de repente, te encontraras con un órgano en forma de estrella de mar o de letra H, cubierto de membranas perladas…

Entré, entraba siempre. En la habitación sin ventanas —pues nos encontrábamos a muchos metros bajo el suelo— había tan solo una cama con tableros de hierro, una cama como de hospital, con las sábanas almidonadas, un poco desgastadas (un anagrama ilegible cosido con hilo rojo en una esquina), bajo las cuales se distinguía el borde del hule. Una báscula pintada de blanco y un armario de metal, también blanco, con puertas de cristal, en el que brillaban unas cuantas cajas metálicas de jeringuillas, constituían el resto del mobiliario. En la habitación de Silvia había algo más, un olor envolvente a penicilina que procedía de la pared opuesta a la entrada, cubierta de un moho con intrincados micelios y pelusas. Las otras paredes estaban inmaculadas, abstractas y silenciosas, porque nuestro ojo está hecho de manera que ignore las paredes. Por eso, tal vez, no veía nunca desde el principio la salida de la habitación. En la cama dormía una joven bocabajo, con un cuerpo delicado marcado por un vestido pobretón, descolorido por los cientos de lavados y secados al sol, con un cabello rubio, hasta los hombros, esparcido por el rostro y la almohada, Silvia, la joven a la cual yo regresaba una y otra vez para hacerle una sola pregunta. En la sala de ambulatorio de barrio, de esas que huelen siempre a pipí de niño, el vestido, así como las flores rojas de la tela inmaculada, era ahora una pálida mancha de sangre. De las manguitas abullonadas salían los brazos de la niña, uno metido debajo del cuerpo, el otro apoyado con descuido en la almohada, con un llamativo contraste entre las partes externas de la mano, donde la piel era oscura, con hilillos dorados, y la interna, desde la axila al antebrazo, lívida y recorrida por arterias azuladas. Un pliegue del vestido permitía ver el muslo derecho hasta arriba, una nalga menuda y un trocito de la braga de algodón torcida, con un estampado de animalitos apenas visible. Era siempre así, cada hebra de cabello, cada arruga del vestido, cada pestaña descolorida siempre en la misma posición, como una fotografía que mirara cientos de veces sin que la gente retratada parpadeara o volviera nunca la cabeza. Me habría llevado un susto de muerte si me la hubiera encontrado incorporada y mirándome a los ojos con sus ojos azules, plácidos, de niña infeliz. Silvia era la hermana pequeña de Marian, Marţagan, como la llamábamos nosotros. Su madre era vendedora en la pastelería de Tunari, junto a la sifonería y el despacho de hielo. Vendía unos pasteles grasientos, de crema rosa y verde, envueltos en una especie de glaseados como flemas. Cubiertos siempre de moscas. El mundo estaba en efecto, por aquella época, lleno de moscas, las veías ahogadas por centenares en platillos de Muscamor, pegadas a las bandas que colgaban de los techos, dando vueltas por los edificios de correos, de la Caja de Ahorros, de la División de Finanzas, de la Comisaría, por las policlínicas y las tiendas de alimentación, chupando con sus ávidas trompas los caramelos, las galletas, el sudor de la gente, la goma de las ventanas de los tranvías... Mi madre las espantaba decenas de veces al día, con una falda o alguna camisa de mi padre, pero por las ventanas abiertas de par en par entraban más de las que salían... Tanto Silvia como Marţagan salían cada día a jugar a la parte trasera del bloque con un pastel rosado, coronado por un copete de chocolate, abrían de par en par una boca gigantesca y lo engullían, pringándose la cara hasta los ojos y limpiándose los dedos grasientos en los demás niños... Decían tacos y escupían, nadie los apreciaba, nadie contaba con ellos. Y, sin embargo, no fue Iolanda, la de las coletas con lazos de holanda, la niña guapa con vestidos nuevos y coquetos, a la que ningún chaval, por muy golfo que fuera, se atrevía a decirle marranadas o a tirarle de las coletas, o a levantarle las faldas hasta arriba, como hacían con las demás, no fue la niña feliz y bien alimentada la Elegida, sino Silvia, la niña de la calle, que, al crecer, sería una amargada trabajadora de la empresa Zonas Verdes, con tres hijos en casa y sin marido, y que finalmente, a los treinta y ocho años, moriría de pancreatitis en un inmundo pabellón de hospital...

La niña soñaba. Manojos enteros de músculos en los muslos, en los antebrazos, en el cuello delicado, latían y se agitaban, a veces con tanta violencia, que la cama de metal se sacudía levemente, crujiendo. Me senté en la cama, en la cabecera, y la contemplé largos minutos en silencio. Tenía los ojos entreabiertos y dejaban ver, bajo las pestañas blanquecinas, unas córneas amarillas como las de los ciegos. Pasé, como siempre, mis dedos por su cabello, y sentí su cráneo pequeño y fino como el papel. Relampagueó en mi cabeza una escena que, de niño, me había parecido siempre atroz. No me impresionaba demasiado cómo cortaba mi padre el pescuezo a las gallinas vivas que comprábamos en Gostat:[5] observaba todo desde la ventana con bastante indiferencia. Incluso me divertía ver cómo saltaba la gallina decapitada, salpicando de sangre, como un surtidor,

5. Acrónimo que corresponde a *Gospodărie agricolă de stat*, «Hacienda Agrícola Estatal».

50

la hierba y el depósito de hormigón. Pero me espantaba ver a mi padre, dos horas después, sacar de la sopa, con las manos, la cabeza de la gallina, con el pico amputado pero la cresta intacta, arrugada tan solo por la cocción, ponerla sobre la tabla de cortar y abrirla por la mitad con el cuchillo, para chupar después, entre los huesos marrones del cráneo, unos sesitos más pequeños que los güitos de las cerezas. Se los metía en la boca y los tragaba enteros, guiñándome un ojo y diciéndome guasón: «A ver si me vuelvo yo tan listo como esta gallina...».

No tengo paciencia para seguir esperando. Estoy terriblemente excitado, mi sexo está erecto y desagradablemente húmedo. «Silvia», le murmuro, y mi susurro se convierte, en la habitación subterránea, en un grito terrible que reverbera entre las paredes intensamente iluminadas. Las baldas de cristal del armario pintado de blanco tintinean como en un terremoto. De vuelta a mis oídos, el susurro lastima mis tímpanos. Silvia da un brinco y grita de forma casi inaudible, se aparta hasta que su espalda se pega al tablero metálico y levanta el puño, dispuesta a golpearme en la cara. Tiene la boca abierta y el rostro deformado por el terror. La luz la deslumbra, el sueño gira aún en su cráneo, tardará en retirarse por el tubo de las vértebras hasta el almacén de donde proceden los sueños, como las raicillas de los granos de judías que poníamos sobre una gasa, en un frasco con agua. Las greñas le cubren los ojos, bajo el vestido su cuerpo es el de un animalito de piel dorada. Me ve con sus ojos acuosos, de un azul que solo el cielo bucarestino tiene durante los inmensos veranos: polvoriento, plácido, sin pasión y, sin embargo, de una nostalgia infinita. Se estira, se pone de rodillas, se alisa el vestido, que ahora sí que parece el delantal lleno de sangre de un cirujano. Sonríe. Me ha reconocido.

Me habla con una voz extraña, como de mujer madura. Habla mucho, ríe, y muestra un diente que ha crecido montado levemente sobre otro. Me da la mano y entonces observo por primera vez que tiene manos de niña, que tenemos, de hecho, la misma edad. Me veo, en los pies, las sandalias de imitación de piel sobre unos calcetines a rayas, llenos de polvo. Veo mis rodillas desnudas y, por encima, la marca de los pantalones cortos, desgastados, con los que salía a veces a jugar. Silvia me habla de sus amigas, de su hermano, una historia sobre unos collares de plástico encontrados o perdidos, sobre un juego llamado La goma, pero no tengo paciencia para escucharla. Mirarla a los ojos me destroza, me duele. Aturdido, me inclino sobre su oído y le susurro *aquellas palabras,* que salen silbantes y entrecortadas. Mi respiración quema. La oreja de Silvia está caliente, es elástica, traslúcida. Rozo con la punta de la lengua su pendiente de piedritas rojas, como los granos de una frambuesa... Meto la mano bajo sus bragas de algodón, con corazoncitos, y siento en el dedo su humedad.

Y entonces, con las mejillas encendidas, me pongo en pie sobre la cama, aliso mi vestido y le grito a ese muchacho moreno, de rostro delgado, todo ojos, que me mira consumido y suplicante: «¡NO!». Me arrodillo de nuevo, acerco mi rostro al suyo hasta rozarlo con la nariz y el cabello, y vuelvo a gritar, ronca: ¡NO! Veo cómo se incorpora de la cama, torpemente, con sus piernas delgadas y torcidas, cómo titubea un momento, cómo sale finalmente, con la cabeza gacha, por el marco sin puerta de la pared, tapado tan solo por un cobertor estampado, un harapo casi, cómo el cortinón improvisado se mueve todavía un rato, escondiendo y descubriendo una y otra vez, bajo las arrugas, una escena de caza con un ciervo acorralado por unos lobos y una cabaña pintoresca en un paisaje montañoso, pardo e incierto, mientras sigo gritando lo mismo que gritamos todos, al unísono, desde que sabemos qué significa la noche y el crimen y el odio y el infierno y la destrucción y el aullido y la locura: no.

En la explanada, en Teiul Doamnei, hacen cola para el pan. Habrá un centenar de personas, entre ellas mujeres y niños de unos siete u ocho años. Hace un frío que pela. Todos han dejado las bolsas en el suelo, entre las piernas, y esconden las manos en los bolsillos. Se dan la vuelta, ateridos, cuando sopla alguna ráfaga de viento norte. Muchos están arrebujados en pellizas de piel de oveja, teñidas de marrón, con los botones forrados en piel, pero la mayoría lleva unos viejos abrigos de paño del color de las paredes rugosas de alrededor. En el suelo, la nieve pisoteada por tantos pies es un lodazal mezclado con papeles, escupitajos y colillas. Para calentarse, la gente se apretuja. Pero también para no retroceder ni un paso si la hilera, formada ahora por tres o cuatro columnas, empieza, por fin, a avanzar. El vehículo con los banastos de pan no ha llegado todavía, aunque son las doce: se circula con dificultad. Colentina está casi bloqueada. Los trolebuses avanzan a duras penas entre montones de nieve, tienen que apartarse tanto de los coches cubiertos por la nieve que ocupan el carril derecho que sus cuernos esbeltos se sueltan de los cables cada dos por tres. El chófer baja maldiciendo y tira de los cables en la parte trasera del trolebús, hasta que, con mucho esfuerzo, encaja de nuevo los cabezales deslizantes en el cable. Entonces salta un chispazo verde y el suelo del vehículo empieza a temblar bajo los pies de los pasajeros, hacinados como en un vagón de ganado. Los de la cola se muestran más taciturnos y engreídos que de costumbre. Solo algún grupito de vecinas cotorrea sobre lo que han traído a Lizeanu y lo que han pillado en Tunari. Sobre lo que piensan preparar en Nochevieja. Sobre lo que han oído que echarán en la televisión esa noche. Los hombres, sin embargo, guardan silencio, protegiendo con las manos el cigarro que fuman con la ilusión de caldearse, encogiéndose para evitar rozar la capa helada de los pantalones. Unos pocos —sobre todo los dos o tres que tienen medio paquete de Dos ojos azules en el bolsillo— acercan los rostros y se soplan, junto con el olor a aguardiente de ciruela, unas palabras que los exaltan, que los vuelven de repente responsables y serios ante sus propios ojos. Pero, antes de decir lo que guardan en su fuero interno, miran siempre alrededor y tienen sus razones: las colas están abarrotadas de chivatos, de trabajadores de la oreja, como dice el refrán: «Con el yunque, el estribo y el martillo gano yo mi dinerillo…». Y de qué manera… La gente hace chistes sobre ellos, pero, de hecho, todo el mundo les tiene miedo. Ahora hay patrullas por todas partes: los ves caminando en fila, cinco o seis, pasando junto a las tiendas desiertas, las librerías polvorientas, los restaurantes venidos a menos donde no se puede comer nada, las colas de gente gris como las paredes de los bloques obreros, sin vegetación entre ellos, con las fachadas devoradas por la lepra. Son policías, soldados de las tropas de la *Securitate* y de la guardia patriótica. La gente finge no verlos, pero maldice entre dientes: «¡Hijos de puta!». Vigilan en especial las colas, los estadios, los lugares donde se agolpa la gente. Los securistas están en todas partes. Son infinitos los chistes sobre ceniceros con micrófonos, sobre los muchachos de ojos azules que se amontonan en las colas para provocar a la gente diciendo que así no se puede vivir, hasta que su jefe, disfrazado también de hombre normal y corriente que espera que llegue la carne, les dice: «¡Desperdigaos un poco!», hay muchas canciones populares que se cantan en tono sentimental, nasal, al estilo Belone o Golănescu, con las palabras cambiadas: «¿Quién llama por la noche a tu ventana? Es la *Securitate*, no pasa nada…». Los securistas parecen estar en todas partes, parecen ser más numerosos incluso que los que no son securistas… ¿Y quién, si analiza con sinceridad su propio espíritu, no es también, de hecho, un poco securista? Quién no ha delatado a su compañero en alguna reunión del partido así, sin más, por hacer algo, para no permanecer callado o no quedar en evidencia, para no revelar que ha solicitado los papeles para abandonar el país, que tiene divisas, que engaña a su mujer… ¿Quién ha tenido la presencia de ánimo de resistir cuando el securista de la fábrica, de la escuela o de la cooperativa le ha propuesto que elabore unas notas informativas? Pero nadie contempla su propio espíritu. Les parece que eso no cuenta, que ellos son gente corriente, que también tienen derecho a la vida… Todos arremeten contra los médicos que aceptan regalos, contra los profesores que venden las notas a cambio de algún detallito, pero nadie iría, por Dios, al ambulatorio sin un paquete de Kent o uno de café, que al fin y al cabo son personas como los demás, no viven en el bosque. Cada uno con lo que tiene para ofrecer a cambio: los carniceros y las vendedoras de las tiendas de alimentación son los que mejor viven. Bendita la tutora que tenga dos o tres madres tenderas: no le faltarán queso ni huevos. Pero también los obreros tienen sus artimañas. De las tejedurías salen las mujeres con toallas enrolladas en torno a la cintura, debajo de la falda. Los torneros sacan piezas por la puerta de la fábrica… los mecánicos de coches son felices como perdices: los ves gordos como cerdos con sus buzos grasientos, con anillos como bubas de oro en los dedos. A estos no les falta de nada. Quien tenga algo que ofrecer es el amo: sus hijos reciben clases particulares para entrar en el Instituto Sanitario, consiguen cupones en el Sindicato para ir a Călimaneşti o Herculane, encabezan las listas en el Consejo Popular para recibir una vivienda… Se las apañan bien. Quien no tenga nada, las amas de casa, los jubilados… a la cola de la mañana a la noche. La gente maldice a los securistas, pero, si se sabe en el edificio que el soltero del tercero es un oficial del Ministerio del Interior, la gente le saluda en la escalera y se coloca en el rincón cuando suben juntos en el ascensor. Sobre algunos circulan toda clase de historias: que si es masón, que si tanto él como sus colegas son homosexuales y por eso están tan unidos —¡como los espartanos, hombre!—, que si forman parte de la secta de los Conocedores, que, al parecer, dominan el mundo. Cuántas cosas se dicen en las colas… A los securistas los podías reconocer, decían por ahí, gracias a unos rasgos secretos, como a los extraterrestres del serial que echaban los sábados por la noche hace unos años, *Los invasores,* que adoptaban un aspecto humano, pero se desenmascaraban porque no podían doblar el meñique de la mano derecha, lo llevaban siempre estirado, como se sujeta la taza de café en los arrabales… «Miradles las piernas cuando se suben el dobladillo: si las tiene rasuradas, es marica, que por eso se les llama "pede-rastas". Es cierto que todos tenían los ojos azules, como los galones de los uniformes del Ministerio del Interior, «y si uno con ojos castaños era demasiado listo como para ser expulsado, lo obligaban a llevar lentillas de contacto azules». ¡Qué alivio era saber que Râmaru mataba solo mujeres rubias! Lo mismo pasaba con los securistas: sus ojos azules excluían al noventa por ciento de los rumanos, es decir, a mí, y también a ti…

Pero lo de ahora era grave, no se podía aguantar más. Gorbachov le besó a Ceaşca en la boca cuando vino a Bucarest: el beso de la muerte. Yo también lo creo: en el último congreso, el loco había amenazado con la bomba atómica. Se había trastornado por completo el tío Nicu últimamente. No daba comida a la gente, todo se destinaba a la exportación para pagar la deuda externa. Planeaba unas cantinas colosales para que la gente fuera cada día a comer las porquerías que nos ofrecía él. En un perol común, como ni siquiera Stalin se había atrevido a hacer con los rusos. No había ni un solo barrio en Bucarest donde no hubieran levantado uno de esos cobertizos de hormigón, con una cúpula arriba: los círculos del hambre, como los llamaba la gente. Pero la Casa del Pueblo, el bulevar de la Victoria del Socialismo, todo florecitas de mármol, hombre, todo columnas y arcos… ¿Y el Palacio del Dâmboviţa?

Solo la valla de hierro forjado a lo largo del río debe de haber costado una fortuna. ¡Y el interior! ¡Qué salones, qué pasillos, qué techos de cristal de colores dicen que hay dentro de ese espantajo! Qué alfombras persas, de miles de metros cuadrados, y tan gruesas que te hundes en ellas hasta el pecho. Qué candelabros de cientos de brazos, con miles y decenas de miles de florituras de cristal. Y la gente muriéndose de hambre... «Los roedores», dicen que dijo él cuando pasó en su coche presidencial junto a una cola: «¡Mira, los roedores!». De todas formas, aseguran que él es majo, pero que Leana lo arrastra a hacer el mal. Él hizo muchas cosas buenas antes, como el canal Danubio-Mar Negro, la carretera de Transfăgăraș... Unas construcciones que perdurarán como las pirámides, hombre. O el metro. ¿Acaso sabía la gente lo que es el metro? Y mira, ahora es bueno. Pero desde que Leana, la erudita de fama mundial, química con títulos en todas las universidades del mundo, que no sabe hablar y que está plantada como una ordinaria en las recepciones y se cubre el coño con el bolso, ha empezado a escalar en la jerarquía del partido (como decía aquel, «Sue Ellen...»), desde que la han nombrado a ella, una bruta, viceprimera ministra de los cojones, todo está patas arriba. ¿Por qué crees que no se ha trasladado la capital a Brașov? Porque no ha querido Tâmpa...[6] ¿Y te sabes ese otro? ¿Por qué no toma la palabra la Camarada en los congresos? Porque evita...[7] Ella, ese veneno, es la culpable de lo que pasa, ella y esas mujeres estúpidas que ha colocado en todas partes, para que no haya discriminación, al parecer: Gâdea,[8] Găinușa,[9] solo nombres de esos... Déjate, que tampoco los Cioară[10] o Burtică[11] son moco de pavo. Lo mismo que el suyo, Ceaușescu viene de

6. Juego de palabras: se trata de una montaña en la ciudad de Brașov, pero «tâmp» es también «tonto».

7. «E vită», separado, quiere decir «es una vaca».

8. Verdugo.

9. Gallinita.

10. Cuervo.

11. Barriguita.

«ceauș», diezmo, uno de esos que recogía los diezmos látigo en mano. Ceaușescu el de Scornicești.[12] ¿Qué más puedo tramar para arrancarle a la gente otra tira de piel del espinazo?

Un temblor, un movimiento unánime como los de Einsenstein, en la parte delantera de la cola, invisible, pues se halla lejísimos, después de doblar la esquina del bloque, se transmite con la velocidad del rayo, saltando de un anillo de Ranvier a otro, activando iones de potasio en cascada, haciendo que la turba se abalance de repente hacia delante, con la fuerza animal de las aguas desatadas: ¡ha llegado el pan! Bruscamente la cola se reduce a un tercio de lo que era, se ensancha como una lombriz, de tal manera que los recién llegados —que no albergan, de hecho, esperanza alguna de conseguirlo, pero se quedan para tener la conciencia tranquila— dejan atrás enseguida el taller de reparación de mecheros, la tienda de muebles con dos sofás devorados por los ratones en el escaparate, y entran en un callejón siniestro, donde sopla una corriente que los levantaría por los aires si no estuvieran tan apretados unos contra otros. «¡Que repartan un pan por cabeza, para que le llegue a todo el mundo!», grita alguna abuelita espachurrada entre otros dos o tres pensionistas. La dureza de su mirada solo la encuentras en los partisanos de las películas rusas. Los halcones de las colas. Muchos han hecho de ello una profesión. Guardan la cola para otros incluso una noche entera por quince o veinte *lei*. De todas formas, no tienen sueño, de todas formas, sus hijos no lloran en casa. Huesos viejos, brazos hasta las rodillas de tanto acarrear bolsas. De la mañana a la noche en la cola de la farmacia, de la noche hasta la mañana en la cola de la carne. Y así los últimos cinco años de vida pasan de manera más agradable. Al menos en la cola puedes hablar con alguien...

La cola se calma por el momento, porque la furgoneta tarda por lo menos una hora en descargar: hasta que las vendedoras cuentan los panes, hasta que rellenan los papeles, que si esto que si lo otro, va pasando el tiempo. Así que la gente se vuelve hacia los otros,

12. Topónimo a partir del verbo «*scorni*», tramar, ingeniar, urdir.

vecinos o amigos, y reanudan las conversaciones. Dicen que está pasando algo en Timişoara. La gente se ha echado a la calle, como en Braşov, en el año 87. Lo han dicho en Europa Libre. Déjate de bobadas, que esos también mienten, como los periódicos americanos. ¿Quién va a creer a esos vendidos? Yo creo que solo ladran, que se vive muy bien allí donde están ellos, no tienen que hacer colas de la mañana a la noche. No comen salchichón de soja. Ni chocolate de serrín, si es que lo encuentras. Es verdad que la gente escucha de vez en cuando radio Europa, sobre todo los jóvenes, pero más por la música, por... No por la política. Es muy fácil estar lejos y decir no sé qué, que si esto no va bien... Yo no sé qué les haría a esos que huyen al extranjero. El Estado los ha escolarizado, los ha vestido, los ha alimentado, ha gastado un montón de dinero en ellos y ahora huyen del país donde han nacido. Yo no abandonaría mi país ni por todo el oro del mundo. ¿Qué voy a hacer en otro sitio? Aquí he nacido, aquí he crecido... No, por muy duro que sea el pan, ya sabéis lo que se dice, ¿no? Es mejor el de mi país. Y, además, como si en otras partes cayera el maná del cielo. Hay muchos pobres también allí. Y los rumanos fugados, ¿qué hacen? Servir a los otros. ¿Quiénes han huido? Las descarriadas. Esa del ciervo, la otra con su cara de gatita muerta, «Buenas tardes, reina de los bosques»... Dicen que se drogaba y (entre susurros, con una cara rebosante de indignación) que tenía un perro enorme, ¿entiendes? Con el perro, sí, majo... El mundo está podrido... Dejaos de tanto «mi país». Que os morís de hambre y seguís levantando la cola, como las cabras sarnosas. Mi país, mi país. No os habéis hartado de lo que os embuten estos en la cabeza. Ya os diré yo lo bonito y lo rico que es nuestro país. Rico es, es cierto, pero no para nosotros, como en el dicho: «Nuestros montes dan oro a espuertas, nosotros mendigamos de puerta en puerta»... Mira lo que pasa en nuestro país: dicen que una lombriz sale con su hijo de un culo lleno de caca para mostrarle el mundo exterior. Y su hijo dice: «Papi, ¿qué eso azul que brilla tanto ahí arriba?». «Eso, hijo, es el cielo.» «Y, papi, ¿qué es esa cosa verde que tiembla con el viento?» «Eso, hijo, es la hierba.» «Y, papi, ¿qué es eso tan suave y agradable que siento en la nariz?»

«Es el olor de las flores, hijo.» La lombricilla se queda pensativa un buen rato y dice: «Entonces, papi, si todo es tan bonito aquí, ¿por qué vivimos nosotros en ese agujero peludo, rodeados de ese olor a caca y esa oscuridad horrible?». Y su padre le contesta con acritud: «¡Hijo mío, no hables así! Eso es la Patria».

No se ríe nadie. Nadie le responde. Ya sabemos. Luego va y te delata. Y te vas a la cárcel, chaval, por haberte reído con un chiste. Pero el parloteo sobre Timişoara no puede ser atajado. Se apaga aquí y brota allí, que la boca de la gente es libre. Han dicho en radio Europa que el cura magiar ese, Tökes, con sus seguidores, se ha acantonado en una iglesia y que los húngaros han formado una cadena a su alrededor. Fue la *Securitate*, la policía, los golpearon, pero han vuelto. No pueden con ellos. Y luego se ha echado la gente a la calle. Han ido al centro y han entrado en el Consejo Popular, en el ayuntamiento. Han sacado los retratos del Jefe y les han dado fuego, han sacado de las estanterías las obras del Camarada y las han tirado por la ventana... Se ha liado una bien gorda. Van a echarles el ejército encima y van a bañar Timişoara en sangre... Van a echarles una polla. ¿Por qué dice usted tonterías? ¿Qué, es que en Braşov llamaron al ejército? ¿Es que estamos en tiempos de los señores y los burgueses? Sí, pero los jefes de los trabajadores de Tractor desaparecieron después de aquello, nadie sabe nada de ellos. Eres un listillo. No, señor, en Timişoara está sucediendo algo, pero no es el fin del mundo. Han salido algunos golfos con ganas de romper y de robar. Unos cagones. ¿Cómo vas a echarles el ejército encima? ¡Ja! Basta con que les pongas debajo de la nariz el cañón de una metralleta y se cagan encima, se dispersan como perdices. Yo, en el 42, cuando estuve con... Váyase a casa, abuelo, que anda buscándole la muerte y usted aquí soltando tonterías. ¿Es que no ve lo que está pasando? ¿No ve que nos hemos quedado los últimos, con los albaneses? En Checoslovaquia, en Polonia, en la RDA han acabado con estos, pero aquí nadie tumba a estas bestias. Le diré lo que pasó en nuestra fábrica, en la «Suveica». Vino uno a la reunión del Partido para adoctrinarnos. Nos dijo que el comunismo está pasando por una etapa difícil en todo el mundo, que hay en todas partes revueltas... cómo decía él, sí... reaccionarias. Y él erre que erre con los nubarrones, con la conspiración, con que todo eso pasará y el comunismo vencerá, como dijo el Camarada, como un príncipe azul, cuando uno de los capataces de los telares (¡que nosotras somos todas mujeres, pero los jefes, solo hombres! ¿Será así en el otro mundo?) levanta de repente la mano y la deja así. El otro se queda boquiabierto y empieza a balbucear: «Sí, sí, dígame, camarada...». Y se levanta el loco ese (que sabemos muy bien de lo que es capaz, cada vez que pasa junto a una chica joven, le mete la mano debajo de la falda) y dice: «Camarada, he entendido lo del comunismo y los nubarrones. Pero a mí me gustaría saber... sin más, por una curiosidad personal... No digo yo que vaya a suceder también aquí... pero si por casualidad sucede... ¿en qué madriguera se va a esconder?». Tendríais que haber visto la sala petrificada. No se oía ni una mosca. Al otro se le cayó la cara al suelo, se puso verde. Balbuceó algo más y se largó pitando. No sé qué va a pasar, hoy han convocado al capataz en el Partido, pero él dice que no piensa ir, que le bese el secretario el...

Empiezan a repartir el pan. Los primeros se llevan quince o veinte. Los de atrás gritan que repartan menos para que llegue a todo el mundo. La vendedora aúlla que no vende más. Una de las canastas se cae al suelo y los panes se desperdigan por el barro. Después de mucho parlamentar, se acuerda el repartir tan solo dos por persona. «¡Se han colado los gitanos!», grita uno con un gorro de campesino. «¡Echad a los gitanos! ¡Ehhh!» Toda la cola grita y se agita. Los que lo han conseguido abandonan el gentío con los botones del abrigo arrancados, pero contentos. Desfilan junto a la cola con las bolsas llenas, los siguen cientos de ojos debajo de los gorros y los pañuelos. Qué suerte han tenido. Pero, puesto que se trata de pan, la cola avanza bastante rápido, no como con la carne o el queso. En tres cuartos de hora como mucho se acaba el pan. En último lugar se venden los panes estropeados, con gibas quemadas, torcidos, rotos, sucios de barro. También estos son buenos, que al hambre no hay pan duro. «Acabaremos comiendo también nosotros como los de Oltenia», dice un ama de casa de unos cuarenta años, rubicunda, de caderas inmensas. «¿No sabéis cómo comen los oltenos para que les dure más? Llenan un recipiente grande con pollo y salsa de ajo y lo cubren con un cristal. Se sientan todos alrededor de la mesa y untan la *mamaliga* en el cristal. Luego se van a dormir contentos por haber comido pollo con ajo. ¡Ay, qué va a ser de nosotros!»

Como era de imaginar, no le ha llegado el pan ni a una tercera parte de la cola. «Están repartiendo también en Doamna Ghica», dice un transeúnte que viene con una bolsa de la que aflora la cola de un pescado. «¿Y el pescado de dónde lo ha sacado?» «De la plaza, pero ya se ha agotado», responde el hombre. La cola se dispersa de repente, los que no han conseguido pan se dirigen hacia otros centros de distribución o incluso a la puerta de la fábrica de pan. Se queda un grupo de borrachos, los de Timişoara, los más lenguaraces. Tienen los abrigos blancos de nieve, nieve también en el pelo y en las cejas. Beben para entrar en calor. Ha caído la niebla, apenas se adivina la carretera con los coches que atraviesan como fantasmas la ventisca. Los hombres están arreglando el mundo. Qué ocurrirá, qué pasará. Va a caer el tío Ceaşca, está acabado. La gente ya no lo quiere porque no les da de comer. Construye mamotretos de mármol, ojalá se entierre en ellos… «Domus Aurea», susurra uno. «¿Cómo? ¿Qué?» «El emperador Nerón.» «¿El que quemó Roma? Yo también he leído *Quo Vadis*…» «Incluso el emperador Nerón se lavaba el culo con Dero», suelta otro. «Nerón prendió fuego a Roma para dejar libre una superficie enorme en el centro. Allí elevó su palacio, Domus Aurea. Se llamaba así porque tenía una bóveda de oro que giraba lentamente con un mecanismo hidráulico. El palacio estaba en medio de unos jardines nunca vistos, con lagos y pabellones, con una gigantesca estatua del propio Nerón, de ahí tomó el nombre el Colosseum.» «¿Y este os lo sabéis? ¡Rápido te mata la cobra, pero más rápido la Mobra!»[13] «Cuando murió Nerón, antes de cumplir los treinta y un años, el palacio y los jardines fueron destruidos. De su obra poética ha quedado un solo verso. No carente de gracia.» Y el borracho que había dicho todo esto como

13. Marca de motocicletas rumana muy popular en los años 70.

si leyera un libro, recitó con los ojos entornados: «*Colla Cytheriacae splendent agitata colombae...*». Si no hubiera sido tan extraño y tan degradado, tan jorobado que no podía levantar los ojos del suelo y miraba siempre a través de las pestañas, habrías dicho que tiene los más bellos, los más increíbles ojos azules de este mundo. Pero todo, a excepción de los ojos, mugriento y ajado. «Qué gran artista pierde el mundo, dijo Nerón antes de morir.» ¡Qué listo eres, chaval! ¡Sales tú ahora con lo del Jefe y Nerón! ¿Qué tendrá que ver el culo con las témporas? Aunque debes saber que tal vez tengas algo de razón. ¿No hizo también el tío Nicu una poesía cuando cambió el himno? «Rojo, amarillo y azul / es nuestra tricolor. / Se eleva como un astro / mi pueblo Glorioso.»

«Puebluu», empieza a imitarlo el otro. «Querridos camarradas y amigosh...» Dicen que el Jefe fue de visita a una fábrica ¿y con qué se encontró? ¡Todos los trabajadores llevaban vaqueros americanos! Al Jefe le da un patatús. ¡Que venga el director! ¿Qué es esto, camarada? Y el director responde: «¿No ha dicho usted que se pongan los buzos Lee?».[14]

Beben todos, se pasan la botella de aguardiente de uno a otro, fuman un Mărăşeşti o un Carpaţi sin filtro, los va cubriendo la nieve apoyados como están en el escaparate de la tienda. Los escaparates están completamente vacíos. Solo al fondo se distinguen unos tarros de encurtidos. El de los anuncios suelta otra perla: «Tenemos zapatos de hombre con morro ancho... Tenemos medias para señoras con agujeros», de ahí la conversación pasa de la política a las mujeres, a los agujeros peludos entre las piernas, a qué hacer para volverlas locas... Mientras uno les cuenta, por enésima vez, lo de las bolitas de rodamientos que se puso debajo de la piel de la polla; el que ha hablado sobre Nerón se siente mal y se arrodilla lentamente, luego se derrumba de medio lado en la nieve. Se aprieta con las manos la cabeza, ahora desnuda y canosa, porque se le ha caído el gorro, que yace como un trapo de fregar suelos en un charco

---

14. Juego de palabras intraducible: «alopeteli» sería la forma utilizada por Ceauşescu. Los trabajadores entendieron que tenían que vestir los vaqueros Lee.

sucio. Gime y pone los ojos en blanco. Los otros se apresuran a levantarlo, asustados: también la semana pasada perdió el conocimiento. «Salid a la carretera y parad un coche», les dice una mujer con unas gafas con unas dioptrías inusualmente altas. «Llevadlo directamente a Urgencias, que no se muera aquí, sin una vela, que Dios nos ampare...» Se ha arremolinado gente de toda índole. Incluso una patrulla combinada de policía, *Securitate* y guardia patriótica se ha detenido, con los AKM a la espalda, y unos soldados con cara de campesinos miran boquiabiertos a ese que, ahora, suelta una espuma rosada por la boca. «¿Quién es?» «Lo conozco, un tal Herman del Circo, del bloque de la tienda de muebles. Le gusta pimplar, pero no es mala gente, no monta escándalos, no se mete con nadie. Qué pena, un hombre con estudios...»

Mientras los borrachos arrastran al enfermo hacia la carretera, su lugar es ocupado inmediatamente por una marea de gente que se arremolina al instante, como el azogue, desde decenas de sitios a la vez. Toda la explanada se llena como en los desfiles, porque dicen que esta tarde traerán harina de maíz a la tienda.

Por la parte trasera, el cortinón que separaba la habitación de Silvia y el pequeño apartamento de la casa donde vivían los padres de Mircişor, en Floreasca, tenía una extraña urdimbre de nervios y vasos sanguíneos, un plexo neural bien irrigado del que, como espumillón, surgían los hilillos nacarados de los nervios aislados en sus fundas de mielina que se perdían, corriendo a lo largo de las paredes como unos cables eléctricos, bajo los muebles, bajo las jarapas de trapos coloridos, y formaban unas placas motoras, extendidas como sanguijuelas en cada pared, en cada figurita del aparador («las gallinas» de Marioara, como las llamaba Costel, que, si por él fuera, habría hecho polvo toda aquella población de pollitos, conejitos, muñecas con vestidos acolchados y todo lo que su mujer encontraba en la plaza, que no había día en el que no volviera con una «gallina» y la colocara, feliz, en el tapete de la cómoda, en la mesita del comedor, en medio de los círculos de los paños de macramé, Dios sabrá dónde más, incluso en el baño, en la repisa del lavabo), en cada pata de las sillas desvencijadas. Todo estaba vivo y vibraba en aquel campo visual, deslumbrante, con vastos y profundos cielos azules, que era Floreasca.

La casa de la calle con nombre de músico era el último y el más enigmático compartimento del nautilo. Mircea no podía entrar allí, en su caminar hacia atrás a lo largo de su propia columna espinal, deteniéndose en cada mandala con pétalos de viento de cada chakra, desde el globo de fuego cegador que apenas rozaba el cráneo —el místico Shahasrara, donde ahora, en este instante, otro Mircea traza bucles con el boli en la soledad barroca de Solitude— hasta la serpiente Kundalinda, enroscada alrededor del recto y de los testículos, ahí donde el tiempo se transforma en campo y luego en materia, si no era en el sueño y en la ensoñación. Ni siquiera la casa en forma de U de Silistra era más difícil de alcanzar. Antes de encontrar, por fin, el trayecto que comenzaba siempre con la noche ardiente de verano y el crujido de los gigantescos plátanos, había vagado por innumerables sueños, todos dirigidos, como dedos índices, hacia Floreasca, pero que llegaban a lugares completamente distintos, como los miles de caminos de un laberinto de cristal: ves claramente, a través de sus paredes, la rosa mística del centro, pero no puedes tocarla jamás hasta que no comprendes que el propio laberinto es la rosa, que sus brillantes paredes de cuarzo brillante son los pétalos firmemente apretados y que tu caminar a través de ella es el Milagro. Se había equivocado de camino cientos de noches y cada uno de esos sueños lo había llevado a una casa distinta, siempre otra, desconocida y, sin embargo, asombrosa, agotadoramente familiar. Mircea se había perdido, casi todas las veces, en la plazoleta de la iglesia que parecía construida con piezas de ARCO, el restaurante con las puertas abiertas y la carpa de lona en la que, ciertamente, se celebraba una boda. Había entrado casi siempre en la carpa, atraído por el jolgorio, pero cuando lo veían, los comensales, vestidos todos de marrón, sumidos todos los rostros en la oscuridad, se callaban de repente y Mircea avanzaba hacia la novia, sentada a la mesa al fondo de la carpa, mientras lo observaban con hostilidad las decenas de invitados. No había novio. La novia estaba sola, con un vestido de seda blanco que hacía aguas amarillentas en la penumbra aceitosa. Cuando él se plantaba ante ella, se incorporaba lentamente y lo miraba como una camarera, con las manos firmemente apoyadas en el borde de la mesa. En el plato, entre el cuchillo y el tenedor que brillaban como el mercurio, había tan solo una vejiga de pescado, sanguinolenta y nacarada. La mujer tenía ojeras, era talludita, pero sonreía lascivamente con los labios muy pintados. Era asombrosamente tetona, el borde de encaje negro del sujetador asomaba por el escote del vestido, y sus pezones se perfilaban nítidos a través de la seda fina. Se miraban un instante a los ojos, la mujer lo entendía y, con un par de movimientos rápidos, se desnudaba hasta la cintura. Tenía una piel blanca como la leche, rellenita y suave, con algunos lunares traslúcidos en su lisura. El sujetador de encaje negro reproducía unas curiosas escenas, una especie de batallas. Luego la novia inclinaba la cabeza hacia el suelo, se retorcía los brazos en la espalda y soltaba los corchetes, haciendo que saliera volando hacia el suelo. «Mira», decía mientras se sujetaba los pechos, atravesados por unas leves venillas verdosas, con las manos, y contemplaba con una especie de amor y orgullo las areolas granates, salpicadas de manchitas blancas. Aquel púrpura, los pezones ásperos y, sin embargo, blandos lo fascinaban, le hacían olvidarse del viaje. Se quedaba allí, contemplando los globos pesados y blandos de las manos de la mujer, la carne de la tripa, un poco desparramada por las caderas, el ombligo hundido en la curvatura del vientre. «Míralas —decía la mujer— yo las llamo Urim y Tummim.» Urim, repetía Mircea, rozando con los dedos la teta derecha de la mujer. Y Tummim, sintiendo bajo los dedos el calor de la teta izquierda. La novia le dejaba que le tocara los pechos con ambas manos, y se quitaba las horquillas del pelo para que le cayera sobre los hombros. Los invitados observaban con avidez los reflejos del cabello elástico, castaño, que formaba bucles a lo largo de los brazos de la novia. «¿Quieres que te muestre cómo es el sagrario?», le susurraba ella, pero apenas alcanzaba Mircea, con una voluptuosidad ulcerante, a intuir, como en una visión celestial, la vulva animalesca y peluda de entre las piernas embutidas en medias del mismo encaje negro que el sujetador, la araña voraz con quelíceros sangrientos que lo vigilaba en su densa tela de seda blanca, con aguas aceitosas, cuando sonaba de repente, de forma fuerte e imperiosa, la campana de la iglesia, y él recordaba que tenía que echar a volar de inmediato, así que se zafaba del rostro de aquella mujer obscena, atravesaba a la carrera el pasillo entre las mesas de los convidados y salía bajo las estrellas, a la plazoleta débilmente iluminada.

En cuanto abandonaba la carpa, comenzaba a elevarse. Vertical, feliz, en una violenta aura amarilla, en un hervidero de fotones que iluminaba la noche. Cuando llegaba a los cien metros de altura sobre la plazoleta, que se adivinaba tan solo como un punto difuso de luz desvaída, Mircea veía la ciudad desperdigada hasta el inabarcable horizonte, con el Dâmbovița serpenteando entre edificios ciclópeos, iluminados hasta la transparencia, con zonas de profunda oscuridad y zonas de luz fosforescente, con las más extrañas, más manieristas cúpulas y pináculos, con un huevo de piedra transparente en cada cúspide de las fortalezas y de los ministerios, con una asombrosa alfombra de estrellas esparcida como una harina deslumbrante por encima.

Volaba sin esfuerzo, con las pupilas dilatadas por la atropina, ebrio de la luz que lo envolvía, se elevaba hasta la estratosfera y descendía luego hasta el nivel de los tejados, para verse ante los miradores de debajo de la cornisa de la Universidad (¿por qué ponía HARDMUTH en letras góticas debajo de cada uno de ellos?), para unir su rostro a las estatuas alegóricas del edificio de Comercio, Artes y Agricultura, para ver cómo cobraban vida, allí, a una embriagadora altura, en sus hornacinas entre los capiteles corintios, cómo se volvían hacia el joven que flotaba entre ellas y se agarraban luego, desesperadas, a una guirnalda de yeso o a un cuerno de la abundancia para no precipitarse al vacío… El vuelo de Mircea entre las cúpulas de la ciudad despertaba a un pueblo entero de estatuas: los atlantes de los balcones se volvían transparentes como radiografías, se distinguían sus costillas, sus esternones y sus huesos ilíacos a través de su carne de cristal, a través de sus tensos músculos de animal de carga; las fornidas mujeres desnudas de la altura de una persona y media, repartidas por todas partes bajo miles de pretextos, extendían sus brazos al cielo, dejando ver la delicada pelambrera de su axila, que olía agradablemente a calor y a sudor; los querubines de yeso con las narices carcomidas y los rostros desollados se convertían por unos instantes en niños mofletudos, somnolientos, con la piel de las mejillas ruborizada y fina. Incluso los mascarones y las gorgonas de piedra que decoraban alguna casa antigua, burguesa, cobraban vida en las paredes ahora un tanto orgánicas, y que latían lentamente al ritmo de las arterias de un unánime corazón subterráneo. Las estatuas de la ciudad, sus desesperanzados, mudos, inconsolables habitantes, desde los hombres de estado de las plazoletas, cubiertos de gallinazas de paloma, hasta los monstruosos embriones de los huevos de piedra, esperaban, con infinita paciencia, las noches en las que el vuelo de Mircea los animara durante un cuarto de hora. Entonces, a la luz mística de su cola fotónica, descendían de las fachadas hombres y mujeres con pliegues de piedra, de latón o de yeso leproso, se abrazaban con miradas trágicas cuando, en grupos, se encontraban en las calles silenciosas y desiertas, en la oscuridad de los parques, para entregarse a un desenfreno sin límites, a una obscenidad desesperada, ávida de vida y sexo, a un derroche de esperma mineral que, rociado por la hierba y por las hojas de los arbustos, cristalizaba en gotitas claras, como de resina de ciruelo, que los niños encontraban al día siguiente y con las que, una vez en casa, se encerraban en la despensa para ver cómo brillaban en la oscuridad.

Mircea volaba, girando bajo las estrellas como le venía en gana, mirando a través de las ventanas a las mujeres infelices, a los poetas y a los pervertidos que no se habían acostado aún, completamente libre, incluso de su propio cuerpo, incluso de su propia búsqueda. Ya no sabía por qué estaba allí, cómo podía volar, no se preguntaba ya quién era. En cierto sentido, no era nadie, porque no tenía ya conciencia, sino que vivía en una conciencia vasta y fluida, como si volara en el espacio lógico y en el campo visual de otro. Y ciertamente, volando hasta el límite del horizonte, Mircea se había topado, en todas las direcciones, con los mismos impenetrables muros de hueso, los gigantescos huesos parietales, temporales y occipitales, con sus suturas zigzagueantes, que cerraban, como la cúpula de una basílica elevada sobre las estrellas y las galaxias, la ciudad.

Y cada una de las veces, después de flotar un rato embelesado por sus inesperados poderes (porque si deseaba algo, una manzana del mercado de frutas y verduras, la campanilla de la puerta de una farmacia, el libro de la mesita de noche de una joven que respiraba la brisa de la noche en la ventana abierta de una buhardilla, bastaba con fruncir las cejas y dirigir su mirada interior hacia su propio ojo pineal, y aquel objeto saltaba de su sitio y, brincando cada vez más deprisa, llegaba hasta sus manos), sentía de repente su corazón atravesado por una visión abrumadora. Veía siempre una casa. *Su* casa, la casa que llevaba tanto tiempo buscando. Que amaba y con la que soñaba. Una emoción imposible de expresar, una dulce infelicidad, ardiente, anhelante y finalmente dichosa, por encima de todo dichosa, lo embargaba y lo obligaba a renunciar a seguir volando. «¡Sí, así era!», se decía, así era entonces, así era la casa en la que había vivido en otro tiempo, cuando su cráneo era mucho más grande que ahora en proporción a su cuerpo. Todo en él reconocía esta casa siempre buscada, su organismo era como una clave para ella, las plantas de sus pies conocían el suelo, sus cócleas sabían la orientación de cada habitación. ¡Allí, en lo más profundo, había querido volver siempre!

Descendía al suelo y echaba a andar por las callejuelas sonoras y desiertas, junto a paredes con postigos azules, cerrados, bajo balcones con el yeso roto que dejaba ver el esqueleto de hierro oxidado. No titubeaba ni un solo instante, algo en él conocía el camino, tal y como, a los cuatro años, sabía ir al despacho de pan de la esquina para pedirle a la vendedora «dos panes morenos y las vueltas»… Y llegaba enseguida a la casa, que se alzaba siempre, de forma inesperada, ante él, inclinada ante él, a punto de aplastarlo. A veces se le aparecía en una colina verdecida, situada en la esquina, como la proa de un velero, con las paredes azules y las ventanas estrechas, con una galería en el primer piso, a la espera de que él se adentrara en sus frescos vestíbulos, entre sus extraños inquilinos, que buscara la puerta del apartamento, que entrara con una emoción delirante, perturbadora, en la habitación subterránea, de gruesas paredes de adobe, donde aquí, ahora, le parecía haber vivido en algún

70

momento. Que avanzara por su suelo de barro húmedo, que aspirara por la nariz su olor a tierra cruda, que contemplara las gruesas larvas de escarabajo de las paredes, que pasara los dedos a lo largo de los cables eléctricos del muro que llevaban a una bombilla protegida por un bozal de alambre. Allí, en medio de la estancia, sentía siempre, en su propio hipocampo, un aullido amarillo, de suprema combustión, como si estuviera hirviendo en oro fundido, que le subía irreprimible hasta la garganta, y cómo los minúsculos músculos de cada hebra de vello de su piel estremecida se contraían al ver, en un rincón oscuro, en una simple silla de cocina, a una mujer que debía de ser su madre, y Mircea tenía entonces que disolverse en el grito al contemplar su rostro desfigurado. Se quedaba para siempre en aquel callejón, con aquella madre que no era la suya, como si, en la ceguera del éxtasis y de la nostalgia, se hubiera acurrucado en el pecho de un gigantesco grillo topo.

Otras veces la casa era púrpura, perfilada sobre el cielo negro como el alquitrán, con los pueriles frontones lamidos por las nubes de lluvia que volaban inusualmente deprisa por encima. Mircea subía unos escalones que le llegaban hasta las rodillas, abría puertas de una altura imponente, puertas de palacio o de catedral, penetraba en espaciosos vestíbulos, tan conocidos. Había vivido allí, decenas y cientos de veces había caminado por aquellos extraños lugares, conocía perfectamente las puertas con cristales opacos del fondo, la línea marrón de la pintura de las paredes, el olor a aguarrás del borde de los muros. El espacio de alrededor estaba vivo y era sensible, como un campo emocional, sentía el miedo en una dirección, sin saber por qué, y alegría en la otra. Hacia una puerta determinada no podía avanzar, como si el aire marrón entre él y su marco se hubiera vuelto más denso y más rígido. En esta casa Mircea sentía miles de matices de temor, de inquietud, de espanto y de pánico, mezclados con el gozo asombrado de estar allí, de haber reencontrado la casa. Entraba, con la timidez de penetrar en un templo, en una habitación gigantesca, con el techo pintado de rosa, con muebles que le resultaban muy familiares, con una mesa cubierta con una holanda cegadoramente blanca. Sentados a la mesa estaban un hombre y una mujer desconocidos, con unos rostros que lo amedrentaban. Salía de allí y, en un recibidor estrecho, pero increíblemente alto, como el hueco de un ascensor, encontraba, en una mesita (la encontró cientos de veces), una campanilla de cristal bajo la que había una llavecita azul, con una mariposa en el extremo, como las llaves de los mecanismos de los cochecitos o de las muñecas. Se quedaba allí eternamente, con la llavecita en la mano, en otro *impasse* del laberinto que formaba, con sus paredes de cuarzo, la rosa.

Mircea recordaba también otras casas, descubiertas todas con el suplicio de un orgasmo abrasador, reales todas ellas hasta los más nimios detalles, tal y como no pueden serlo jamás los pobres simulacros de hormigón y de ladrillo en los que vivimos. Nunca había amado nada con el dulce sufrimiento con el que descubría aquellas casas, que eran todas «la casa en la que había vivido en algún momento de su infancia». A veces se le presentaba como un palacio gigante y barroco, pero con paredes de papel, otras veces era un chalecito cuadrado, abrumado por la luna llena, que tenía en la fachada una letra verde: R. En las profundidades de otra había una sala larguísima con un suelo de parqué muy brillante, pero la habitación mágica estaba arriba. Mircea abría una trampilla del techo y, atemorizado, penetraba en esa estancia con todo el mobiliario pintado de rojo, un rojo carmín. Las sillas con respaldo curvo que rodeaban la mesa (con un mantel estampado también con peonías rojas), las cómodas y las alacenas adosadas a las paredes, todo era de un púrpura fluido, palpitante... Y todas aquellas flores carnívoras, y otras, y otras más cada noche, se encontraban «en Floreasca», como si así se llamara un estrato neuronal de su mente, tal y como otros se llamaban Isla, Fascículo de Vicq d'Azyr o Área Wernicke. Y no solo en el cerebro, sino también en las articulaciones, en la tensión de unos grupos de músculos, de unas posturas de los dedos (que codifican, en sutiles *mudras*, todo el catálogo de estremecimientos de nuestro corazón), en los movimientos lentos de las vísceras estaba disuelta una gota de Floreasca, de «allí», de «la casa de la infancia», de «la calle con nombre de músico». El gato amarillo que había aparecido de debajo de la bañera, la Ciacanica que no había podido poner en marcha jamás, las hojas de *La historia de Saltan,* alborotadas por el viento en el alféizar de la ventana, la mancha de pintura sanguinolenta que se extendía por la puerta, las paredes pintadas con rodillo en aquel horrible color caca, todo estaba diseminado por el cuerpo de Mircea, que recordaba con las vértebras y los intestinos, soñaba con los omóplatos y con los nervios ópticos y lloraba con chorros fluorescentes de serotonina. En cada una de aquellas casas-trampa estaba encerrado, para siempre, un niño que tenía sus ojos…

«¡Mirrrcea!» El chiquillo salió a la carrera, gritando, de detrás de la cortina de la despensa, donde se había escondido para que no lo encontrara «el enchufe con ojos», pero había sido incluso peor, porque allí estaba siempre oscuro y olía a la piel de las botas de militar de su padre y a la arpillera de un saco lleno de ropa sucia; también había una muñeco de trapo que te abrazaba de repente y, con sus dientes pintados a bolígrafo en el redondel de la cara, te mordía el dedo, con fuerza, hasta que brotaba sangre. Y tenías que volver al médico, que te ponía una inyección con una jeringuilla tan grande como tú. Sin embargo, a pesar de que le daba un miedo indecible la muñeca de trapo, más incluso que el enchufe con ojos, se escondía de vez en cuando en la despensa, porque ahí, solo ahí, era la oscuridad tan profunda que empezaba a ver, recostado en el montón de cachivaches, unos circulitos verdes delante de los ojos, unas estrellitas que brillaban y danzaban en la noche y que, poco a poco, se unían entre sí, y entonces el niño veía cosas que se movían de manera ridícula e inesperada, hombrecillos que peleaban, perros y casas y torres y mucha gente en una parada de tranvía, y un plato lleno de fresas cortadas, espolvoreadas de azúcar. Solo tenía que quedarse allí, sin pensar en nada y mirar como si fuera el televisor de tita Elenbogen. Al final, aquellos dibujos verdosos en continua transformación adoptaban siempre la forma de la muñeca de trapo pintarrajeada con boli, y tenía que salir corriendo de nuevo, gritando con toda su alma y dejando atrás una fina línea de sangre. Ahora había corrido por casa zapateando como un pequeño robot, hasta que, después de equivocarse un par de veces de habitación, encontró por fin a su madre, en la cama, con su camisón de franela naranja, leyendo un libro. Al principio la casa tenía muchas estancias, vagaba por ellas desesperado, sin conseguir jamás llegar adonde quería. Cuando creía que iba a entrar en el baño, acababa en la habitación de sus padres. Si quería bajar a la calle desde el alféizar, acababa en la cocina. Los pasillos increíblemente largos e imbricados, con sus jarapas extendidas en la tarima de madera tosca, pintada de marrón, se habían reducido progresivamente, en los muchos días transcurridos desde que vivían allí, a dos, al igual que las habitaciones, si no considerabas la cocina, la despensa y el baño. Y había algo más: las habitaciones ya no rugían. Al principio las paredes emitían un ruido como el gruñido ronco de un animal, como el rugido de una cascada. Y se inclinaban hacia él enfadadas, desde su inconcebible altura, para reprenderlo. Los pasillos se balanceaban a su paso, y él se mareaba como si hubiera cruzado unos puentes estrechos y colgantes.

Ahora se habían calmado y, exceptuando el hecho de que eran extraordinariamente grandes, al igual que las sillas y la mesa, y de que el muchacho, de tanto como se elevaban las paredes torcidas, apenas podía ver las bombillas colgadas del techo, cubiertas con periódicos descoloridos, la casa podía ser habitada con bastante seguridad. Para domesticar un espacio tenías que patearlo con los pies, tocarlo repetidamente con las manitas, algunas veces olerlo o lamerlo. La casa era ahora dócil, aunque a veces se sobresaltaba y gruñía, como un perro sacudido de su sueño, pero si abrías la puerta tenías que aferrarte a la mano de tu madre. Alrededor de ella y de su padre se formaban sendos círculos luminosos, adonde quiera que fueran. Mircişor se quedaba dentro del círculo mágico y no tenía miedo. Algunas veces tomaron el tranvía y pasaron por lugares desconocidos y malignos, pero incluso en el tranvía aquel círculo dorado bañaba los asientos, la ventanilla y a una parte de los viajeros, arrojando su luz suave, tranquilizadora, sobre el cráneo cubierto de pelito castaño del niño que quería ir siempre solo en el asiento de madera, amplio como un trono, y pegar los labios a la ventanilla polvorienta.

Se lanzó a la cama, sobre su madre, apretándole la cara con el libro, clavándole tanto las rodillas en la barriga que la hizo gemir. Sin embargo, la mujer no se enfadó, sino que le hizo un hueco a su lado con una sonrisa de oreja a oreja: ¡cariño mío, es que me lo comería! Y empezaron sus juegos habituales, con los que Mircea se desternillaba de la risa: cosquillas en las costillas y en la planta de los pies, mordisquillos en el pecho y en la barriguita, de los que se protegía gritando y pataleando, pellizquitos voluptuosos en las nalgas desnudas… «Así, así, que te como…», lo amenazaba su madre, revolcándose con él, gritando con él, roja como un tomate, con el pelo alborotado. Peleaban, reían, se empujaban, hasta que la broma se complicaba y una patada la alcanzaba en la barbilla o le metía un dedo en el ojo. «Cuidado, que de la risa se pasa al llanto», y así sucedía de hecho algunas veces. En el placer desenfrenado de sus revolcones entre las sábanas arrugadas, el niño llevaba la broma demasiado lejos, no quería apaciguarse. Agarraba mechones del cabello de su madre y solo podías abrirle los puñitos cerrados por la fuerza. O, arrastrado por la alegría, le soltaba un bofetón en pleno rostro que la hacía gritar de dolor. Entonces, después de mucho insistir para que se tranquilizara, se llevaba una tunda. Cuando sentía el escozor de los azotes en el trasero no se lo podía creer. ¡Si solo estaban pasándoselo bien! Se quedaba indeciso un instante, transpirado y colorado como un cangrejo, y luego lanzaba unos aullidos como de animal apuñalado, tan desgarradores que su madre no sabía cómo calmarlo, cómo mimarlo, qué cantarle, qué susurrarle al oído solo por verlo tranquilo de nuevo. «Perdona a mami, que no quería hacerte daño», balbuceaba la mujer, acunándolo y distrayéndolo con juegos más pacíficos. «Cruza la señora el salón», musitaba ella como un conjuro, moviendo el dedo alrededor de su carita todavía lacrimosa, y luego el dedo, con la uña sin manicura, se detenía en la «naricilla»: «¡Y aprieta el botón: riiing!». Cada vez que le apretaba la nariz, llena de mocos por culpa de las lágrimas, su madre repetía un «¡Riiing!» tan alegre que el chiquillo no tardaba en reaccionar soltando por la fuerza una carcajada, mezclada con los hipidos. Con «bichito, bichito, ¿adónde vas?» ya no aguantaba más y se reconciliaba de repente con su madre y empezaba a reír de nuevo como si no hubiera pasado nada: «A Mircica a devorar», respondía el bichito, que avanzaba titubeante por su pierna y subía luego hacia su barriguita: «¿Y por dónde lo cogerás?». El niño, que sabía lo que vendría a continuación, se acurrucaba del todo, protegiéndose el pecho con los dedos extendidos, pero la mano de su madre encontraba siempre el punto vulnerable: un trocito al aire de la barriga con un ombligo prominente, un hombro delgado y desnudo, un muslo rollizo, la barbilla húmeda por el esfuerzo, y se lanzaba con la velocidad de un insecto depredador sobre la zona indefensa: «¡Por aquí, por allá, por aquí, por allá!» El chiquillo se retorcía de la risa y de miedo, luego se acurrucaba junto a la mujer enorme, mojándole con la boca un pliegue del camisón.

Su madre empezaba a leerle entonces su libro, las páginas ocres que olían bien y entre las que, algunas veces, surgía por un instante una minúscula escolopendra que se alimentaba del pegamento del lomo y de celulosa, atravesaba rápidamente la hoja y se perdía de nuevo en el grosor del libro. Pero el niño no tenía paciencia para escuchar aquellas historias sobre gente mayor, sobre viajes al corazón del África negra, sobre la isla de Tombuctú y sus habitantes tan oscuros como la caoba. Se agitaba unos minutos cambiando de postura, y después volvía, como tantas veces, a la pregunta con la que la acosaba todo el tiempo: «¿Cómo era yo de pequeño?». Escuchaba siempre, con infinito deleite, con la mirada perdida a través de la ventana, las historias sobre Silistra, sobre la casa en forma de U, sobre el perrito Gioni, sobre los pavos encerrados en el corral de alambre a los que Mircișor, el corazón del corazón de aquel mundo de amaneceres helados y sol triunfante, cantaba para verlos ahuecándose y cloqueando por la indignación: «¡Chincha, que no tienes perlas / tan rojas como las mías!». Siguiendo la pauta de la voz de su madre, Mircea abandonaba la realidad y se encontraba de nuevo allí, subía de nuevo los escalones de madera de la casa, caminaba por la galería del primer piso, contemplando, sucesivamente, todas las estancias con la puerta abierta, atestadas de hombres sin afeitar, en camiseta de tirantes, y de mujeres con batas floridas, pringosas, revolviendo eternamente las cazuelas puestas al fuego con la cuchara de madera... Llegaba, después de un trayecto largo y peligroso, ante la habitación del tío Nicu Bă, donde había unos jilgueros en una jaula colgada de la pared, pasaba hacia la otra ala, donde no se cansaba de contemplar el barco, de más de un metro de largo, que navegaba, con sus velas almidonadas, sobre un arcón en el que había habido naranjas, y descendía finalmente por la escalera simétrica del extremo opuesto de la galería, donde, en un escalón de piedra caldeado por el sol, estaba siempre el viejo Catana, con su barba hasta la cintura, amarilleada por el tabaco, tan enredada y evanescente como las nubes de encima de la casa. Aunque había escuchado esas palabras cientos de veces, el chiquillo estaba aún ávido de ellas y se moría de felicidad cada vez que las escuchaba. «¿Recuerdas, Mircişor, cómo te sentabas a su lado y le preguntabas todas las mañanas: abuelo, qué viejo estás y con la vieja cómo te va? A lo que él respondía siempre: como al perro con el gato...». Su madre se detenía, como si quisiera ver con más claridad aquel mundo obrero, abigarrado, fantásticamente iluminado por su piel perlada de mujer joven, el mundo al que había traído dos chiquillos con una estrella en la frente y que uno de ellos no había podido disfrutar... Los dos niños habían dejado en el cruce de la casa en forma de U de Silistra un pichón, una amapola y un pañuelo. «Aquel de los dos que vuelva antes, que vea qué ha dejado el otro: si el pichón languidece y no quiere trigo, si la amapola está mustia y el pañuelo deshilachado, eso significa, hermano, que a partir de ahora estás solo en este mundo...». Luego seguía contando, sobre todo para ella, cómo, hasta que cumplió un año, tuvo a Mircişor siempre sobre la cama, porque el suelo de cemento estaba helado, cómo lo instalaba entre cojines, «como los boyardos». Cómo le mostraba los dibujos de los libros, cómo se los explicaba: «este es un señor, esta una señora, mira, también hay un gato…», fingiendo una alegría sin límites cuando pasaba la página y encontraba allí a Ciopârțilă, a Foltea o al tío Stiopa el Policía. Le recitaba poemas que para el niño eran mágicos porque las palabras se atraían, empujándose inevitablemente, unas a otras, para recordarlas siempre: «¡Viene la pata de la alberca / con la cola tiesa / se sube al niditooooo / y pone un huevitooooo / para que lo coma Mirci-șooor!».

El niño dependía por completo de la voz de su madre, que brillaba ahora como un hilo flexible de seda, mientras que la habitación que los rodeaba se convertía en una bruma coloreada, borrosa y sin relevancia. Se acordaba, estaban en sus dedos, en sus párpados y en sus labios las imágenes y los olores, la brisa y las voces de entonces. Revivía el triunfo de aquellas mañanas, cuando salía en calzoncillos al patio lleno de gente, el único chiquillo del vecindario, y cuando, agobiado por los besos y las carantoñas, lo pasaban de brazo en brazo. Veía todavía los rostros ásperos, los dedos ennegrecidos de torneros o barrenderos, el cabello teñido de violeta de alguna prostituta, los dientes de oro de los gitanos gordos como hipopótamos. Sentía, por encima de todo, el aroma embriagador de las adelfas rosas, que se mezclaba, en el arrabal mágico de su memoria, con el vaho de las sopas y el tufo insoportable, agrio y leñoso, de los dedos llenos de manchas de tabaco.

Se veía también a sí mismo, brillante y compacto, perfecto en cada uno de sus detalles, en la articulación de su rodilla y en el plegado de los intestinos, en la delicada sombra de las costillas y en la estructura fibrosa de las pestañas, en el *pajadito* arrugado y en los huevitos del escroto con la sutura visible en el centro. Distinguía a veces la cara en el espejo que su padre sacaba al patio, por las mañanas, para afeitarse. Lo colgaba de la cerca de alambre donde, junto al pavo, habían aparecido también, quién sabe de dónde, un pavo y una pava reales, con cuellos de un azul metálico con aguas verdes, y unas colas y unos ojos prendidos en un arabesco de pinzas. En aquel espejo viejo, que arrojaba destellos hacia el centro de la casa, cegando a algún inquilino, se veían dos rostros pegados, riendo de oreja a oreja: un padre enjabonado de una mandíbula a otra, con una barba de espuma en la que aparecía solo la boca roja, como de payaso, y un chiquillo de ojos negros, muy pálido, con la nariz y las orejas llenas también de espuma. Ese era él, no podría ser otro, así lo mostraban las dos o tres fotografías sacadas por aquel entonces: una cabeza grande de niño, con el cabello largo hasta los hombros, con un bucle sujeto en la frente con una horquilla, un cuerpecito de piel elástica, con un trajecito de ganchillo, las piernas desnudas por arriba, desde las caderas hasta las botitas rozadas. Una expresión de niño que acaba de despertarse, enfurruñado y quejumbroso. Algo lógico: el señor fotógrafo estaba vestido de blanco, como un médico, y lo apuntaba con un aparato desconocido que podría causarle un dolor inédito... Aquellos Mircişor «de cuando era pequeño» quedaban siempre atrás, se desprendían de él junto con el desprendimiento, de vez en cuando, de todo el mundo que lo rodeaba: las casas se desprendían cuando se mudaban de una a otra (había vivido donde la tía Vasilica, luego en Silistra, luego en un bloque de Floreasca, y en una casa, unas pocas calles más allá), el verano se desprendía al hacer sitio al otoño, que se despojaba a su vez de su piel cobriza para dejar sitio al tierno brote del invierno, el sol se escamaba cada tarde, para que de su piel resquebrajada brotara la piedra luminosa de la luna... Cada una de las veces se desprendía junto con todo ello un Mircişor fantasmal, ligero como el papel, que era arrastrado por el viento y empujado hacia el territorio del recuerdo. El niño podía manejarlos y enfrentarlos al viento, como si sujetara en la mano los hilos de incontables cometas en forma de Mircişor que llenaban un cielo vasto y profundo, con solo dos o tres nubes algodonosas en toda su extensión.

Su madre le hablaba olvidándose de sí misma y de su hijo, como si la arrastrara el pecio de una nave hundida, cubierta de madréporas, donde había quedado su cuerpo ahogado en medio de una catástrofe terrible, mordisqueado por los peces, corroído por el salitre y, sin embargo, más deslumbrante que nunca, porque a través de los óvalos de su mariposa ilíaca se colaban ahora las medusas transparentes de las profundidades, y a su cráneo se habían adherido las anémonas marinas, con sus filamentos largos, ondulantes, como un cabello alborotado por las corrientes. Para ella, el abigarrado patio de Silistra había sido una nave grandiosa, destinada a hundirse, como todos los días que han sido y que no volverán a ser jamás. El niño la escuchaba con la mirada perdida, más atento, en su ensoñación, cuanto mejor conocía los detalles que su madre alteraba en una saga llena de esplendor: cómo se escondía debajo de la mesa, donde se sentía a resguardo, y le gritaba a aquel hombre jovencísimo, de cabello ala de cuervo, al que veía solo por la tarde y los domingos —¡tonto! ¡loco!—, en un gesto de desafío supremo que lo embriagaba por la conciencia de su propio valor; cómo se había caído de la bicicleta el tío Nicu Bă con él y todo, cuando se lo llevó sentado en la barra a dar una vuelta; cómo había hecho pis en una cazuela grande de sopa de judías, puesta a enfriar en el umbral, un día de verano en el que andaba con el culo al aire, y cómo no se habían decidido a tirar su comida de dos días por un pipí de niño (aquí su padre añadía siempre que su madre, la abuela de Budinţ, se había encontrado un día un ratón ahogado en una jarra de leche y, sin decir una palabra, escurrió bien la piel y a continuación se bebió tranquilamente la leche…); cómo se le había caído una campanilla en un charco delante de la casa y cómo había llorado hasta que le subió la fiebre y tuvieron que llamar a la ambulancia; cómo se había hundido el techo de la habitación sobre la maleta vieja con la que había estado jugando un momento antes y de la que había salido porque lo había llamado su madre, que no lo había llamado en realidad, y que se encontraba en otra parte de la casa; cómo se había hundido la cama con ellos, una noche; cómo una tarde habían despertado a Mircişor de la siesta para preguntarle si quería que su papi fuera periodista, y él se había echado a llorar, porque los periodistas, para él, eran aquellos pordioseros y borrachos que vendían periódicos; cómo había salido al patio por primera vez, a la calle llena de barro, para jugar con «Mia-Guliachupa-platos» y su hermano; cómo se había quemado la manita con la plancha de hierro, que era para él lo más terrorífico que se podía imaginar…

El niño recordaba también otras imágenes coloridas (porque así eran: fotos, fotos sin relación entre sí, momentos conservados, quién sabe por qué, por esa criatura gigantesca que habita en nosotros o, más bien, que nos rodea por todas partes, como un ángel embarazado de nosotros y cuya misión es llevarnos, por fin, al mundo, a una tierra nueva, bajo un cielo nuevo), sobre las que su madre no le hablaba jamás. La había visto un día, grande, blanca y completamente desnuda, tumbada en la cama. Se había acercado a ella y había rozado con el dedo la mancha púrpura de lupus de su cadera, aquella mariposa enfermiza que perdía la punta del ala derecha en la maraña del vello púbico. Su madre le había susurrado que saliera a la calle, a jugar con Gioni, porque su padre tenía que darle un masaje. Y luego vio al hombre con la barba siempre verdosa, con el pelo peinado hacia atrás y unos ojos increíblemente negros, que estaba, desnudo hasta la cintura, en el umbral de la puerta, arrojando una sombra enorme en la habitación. No sabía qué había visto en él que pudiera asustarlo tanto, pero durante mucho tiempo después de aquello soñó que su padre se acercaba a su madre con una cámara de fotos como la de aquel señor que lo había fotografiado a él en el patio y que le pegaba la lente helada del objetivo al vientre, haciéndola gritar, gritar fuerte, muchas veces, hasta que su grito acababa en un gemido agónico. Y también recordaba, con una claridad absoluta, cómo estaba en la cama, en la habitación estrecha, donde apenas cabía una mesa —sobre la que reinaba siempre la plancha—, y su madre sostenía a su lado un espejo grande en el que se veía y se sonreía a sí mismo. Tendrían que pasar varias décadas hasta comprender que no había sido un espejo, sino que le sonreía a su hermano, Victoraş, idéntico a él, pero incongruente, como la mano derecha y la mano izquierda, como dos triángulos esféricos que podrían superponerse perfectamente solo si giraras uno de ellos a la cuarta dimensión, sacándolo de la mazmorra de nuestro espantoso mundo con un suelo de espacio y unas paredes de tiempo. Idénticos pero opuestos, idénticos en la densidad infinita del mundo y opuestos en cada uno de sus instantes, los gemelos se buscarían por el paraíso sombrío de la cosmología, a través de la grisura de la luz humana y a través del infierno luminoso de la mecánica cuántica, para disolverse en la llama cegadora, creadora y destructora de mundos, una de cuyas chispas está plantada en las profundidades de la nuez de nuestra mente...

Pero su madre se levantaba, luego, para ocuparse de la colada puesta a remojo en el barreño, y Mircişor venía tras ella, con los pies descalzos, a aquel baño con dos puertas, se subía a la tapa del váter y empezaba a practicar la «r», su más reciente y glorioso descubrimiento.

Hacía ya unos días que podía pronunciar la «r», así que el Işa de antaño, convertido más adelante en Micea, se había transformado ahora en un guerrero terrible llamado «Mirrrcea», que hacía vibrar la lengua sin parar como un molinillo hasta que se le adormecía. Hablaba solo con la «r», allí donde era necesaria y donde no, pronunciando con tozudez «reche», «rola», «ruz», a pesar de las correcciones furiosas de su padre, que quería que su hijo hablara correctamente. «¡Quibe, mamá, quibe!», animaba el niño a su madre para que dibujara «una caballo y un vaca», a lo que su padre respondía, mirándolo con aspereza cada vez, «*un* caballo y *una* vaca, atontado. ¿Por qué te resulta tan difícil?». Lo que más le molestaba era que el niño dijera, en lugar de «cabeza», «capeza». «Venga, repite conmigo: ¡cabeza!» Y Mircişor, con los ojos clavados en él: «¡Capeza!». «¡Mírame y repite: c!» Mircea repetía: «c», «c»; «a», «a»; «b», «b»; «e», «e»; «z», «z»; «a», «a»; «Bien, ahora di: cabeza.» «Capeza», decía el niño tranquilamente, y se llevaba un buen pescozón. «Déjalo, Costel, que ya aprenderá a hablar bien», decía Marioara tomando al niño en brazos. «Así son los críos, unos hablan enseguida, a otros les cuesta más, pero al final todos consiguen hablar bien.»

Su madre llenaba casi todo el baño con su cuerpo delgado, de pechos caídos, envuelto ahora en una bata de flores moradas. Se pasaba todo el tiempo lavando algo en el lavabo o en el barreño de estaño verdoso que el niño aporreaba cuando lo encontraba puesto a secar bocabajo, como si quisiera despertar a los muertos de las tumbas. Para él, el baño presentaba muchos puntos de interés, era en cierto modo como el trasero de alguien, siempre tapado, siempre vergonzoso, misterioso e incitante. Había allí tres recipientes de porcelana, listos para recibir la extraña porquería de la que la gente se libraba. En el *lapavo* le fascinaban los *guifos,* como los llamaban sus padres: se habría pasado el día haciéndolos girar, mirando cómo salía el agua por el tubo, turbulenta y retorcida como un tornillo, y cómo desaparecía con aquel ruido de pedo por el agujero de abajo. Cuando nadie lo vigilaba, se empapaba la camiseta e incluso los calzoncillos, pues desde la tapa del váter llegaba bien a los *guifos*. Sabía que se llevaría unos azotes, pero eso sería en otro momento, no ahora, cuando malgastaba el agua con los dedos, contemplando con una risa tonta cómo se escurría hasta los codos, cómo le mojaba la camiseta y le bajaba por las piernas, frías y temblorosas, y luego era una alegría todavía mayor chapotear en ella con los calcetines y llevársela, chop-chop, por toda la casa. Más curiosa aún era la bañera, de aquellas pequeñas, con un banco, en las que no podías tumbarte. Cuando se bañaba, se metía en la cubeta donde los adultos introducían solo las piernas. No tenía permiso para manipular sus grifos, pero tampoco le gustaban, porque uno era de agua fría como el hielo y el otro caliente-caliente, porque a este llegaba el agua hirviente del enorme cilindro colocado sobre la bañera, en cuya parte inferior, si abrías la puertita, veías el fuego aullando con una furia insólita. No tenía permiso para abrir la portezuela, porque, al igual que con los enchufes, le saltaría el fuego y lo quemaría y se moriría. Siempre que lo bañaba, su madre vertía en la bañera una gota de algo morado que olía raro. Toda el agua se volvía entonces morada, como si (tal y como le había enseñado su padre una vez) alguien hubiera arrojado en ella la punta de un bolígrafo. En aquella agua morada se bañaba Mircişor, en aquella agua que olía a… sobaco, a pescado, a albérchigo… no mal, o mal, pero agradable. Se chupaba a veces el dorso de la mano y olía luego la piel sobre la que se secaba la saliva. Le gustaba su sabor agrio y en cierto modo vergonzoso. Le gustaba meterse el dedo en el trasero y olerlo después. No tenía que contárselo a nadie, por supuesto, todos lo animaban a que oliera una florecita, pero no gasolina, ropa sucia o la mano después de llevársela a la colita. Algunos olores, incluso aunque fueran muy agradables, le estaban completamente prohibidos. Del mismo modo, su madre no le dejaba jugar, en la bañera, a un juego que le había parecido muy interesante (y que él había seguido jugando a escondidas): en un estado de ensoñación y de abandono, se enrollaba hacia dentro la piel del pajarito hasta que el bultito se hacía tan pequeño como un ombligo, y luego estiraba por encima la piel de los huevitos, cedida por el calor del agua. Entonces no tenía nada entre las piernas, era liso como una muñeca a excepción de una suave prominencia que contemplaba satisfecho por la hazaña. Su madre lo reprendió con dureza cuando le enseñó, pensando que también ella se alegraría, cómo le había desaparecido el pajarito. Le contaría, asimismo, a lo largo de toda su infancia, todas las porquerías, chistes y canciones con tonterías que escuchaba de otros niños, confiando siempre en que también a ella le gustarían y soportando cada vez una reprimenda. Era incomprensible que sus padres alentaran algunas diversiones y le prohibieran otras igualmente interesantes. Nunca se lo explicaban, siempre le gritaban: no debes subirte a la mesa, no debes echarte arena por la cabeza, no debes chupar la ventanilla, no debes esto, no debes lo otro… Se formaba así una curiosa frontera entre las cosas, reforzada cada día con gritos y rapapolvos, aunque el niño intentaba volver a mezclar los mundos, porque no podía comprender las leyes déspotas a las que se veía sometido. Para él, todas las alegrías eran iguales: un trapo de fregar suelos, fermentado y pringoso, tenía un olor tan interesante como un clavel. Un «cacamoco» sacado de la nariz, medio líquido medio seco, era tan digno de ser mostrado, en su estructura inédita, como cualquiera de las figuritas del tapete. Con gran cautela, el chiquillo había seguido disfrutando de todas las facetas de su mundo, ignorando con terquedad la línea roja entre ellas, que, por lo demás, podría haber sido trazada también, pensaba él, de otra manera, entre las cosas y los hechos. Podía imaginar que la frontera estaba precisamente donde la habían trazado (y la reforzaban en cada instante) sus padres, pero que todo habría podido ser al revés: que habrían podido sonreír aprobadoramente al verlo haciendo pis en el felpudo y que le habrían reñido e incluso azotado por portarse bien en la mesa… Por esto, tal vez, le atraía tanto, mucho más que el lavabo y la bañera, el váter de porcelana con asiento y tapa de madera del cuarto de baño.

Allí hacían sus padres cacas y pis, tal y como hacía él en el orinal. Algunas veces, su madre lo colocaba en el asiento, pero lo sujetaba, porque era demasiado ancho para su culito de niño. Entonces lo hacía. Era muy agradable hacer pipí. Lo sentía caliente a través del pajarito y, si mirabas hacia abajo, entre las piernas, veías cómo caía con fuerza, amarillento y deslumbrante, al agua del fondo del recipiente de porcelana. Hacer caca en el váter no era tan agradable, se le dormían las piernas y, aunque lo sujetara su madre, siempre le daba miedo escurrirse y caer por la cañería. Entonces se habría deslizado por muchos tubos retorcidos, junto a otros niños caídos en los váteres, hasta llegar a un inmenso mar de caca y pis, donde se quedaría mucho mucho tiempo. Además, siempre que un trozo de caca le salía por el trasero, caía al agua chapoteando, y el agua le salpicaba las nalgas y los huevitos, algo que no le gustaba en absoluto. Su madre cortaba entonces un trozo de periódico y le limpiaba el trasero, pero tampoco esto le gustaba, porque el papel áspero y lleno de tinta le hacía daño en el culete. Sin embargo, todo el mundo se limpiaba con un periódico, era mejor que limpiarte con la mano y pasarla luego por las paredes, como los gitanos. Así que Mircişor prefería el orinal grande y barrigudo en el que lo sentaban habitualmente.

Había descubierto hacía poco tiempo que su madre no tenía pajarito. Cuando era pequeño, pensaba que tanto su madre como su padre tenían. Ahora sabía que solo su padre, aunque no se lo había visto nunca de verdad, solo había observado que en los calzoncillos había algo abultado, y que únicamente su padre, en verano (y en Floreasca era verano todo el tiempo), estaba en calzoncillos de tela, largos hasta las rodillas. A su madre no la veía en bragas —y cuando la había visto completamente desnuda, en Silistra, él era demasiado pequeño para darse cuenta—, pero *sabía* que no tenía pajarito, porque… En cambio, tenía tetas, mientras que su padre no tenía. Con ellas le había dado de mamar cuando era un bebé. Su madre no se desnudaba ya delante de él, pero se ponía y se quitaba el sujetador en su presencia, sin prestarle atención, dándole un manotazo solo cuando él, divertido por las areolas inusualmente grandes en torno al pezón, intentaba tocarlas con el dedo. Entonces la mujer le daba la espalda, lo cual era igualmente gozoso, pues en su espalda llena de pecas se veían las vértebras, como otra fila de tetitas pequeñas y blancas. Su madre también hacia pipí, pero no a través de una lombricilla como la suya, sino a través del conejito. Las niñas tenían conejitos y cuando se hacían mayores se convertían en mujeres. Las mujeres también tenían conejito. Eso no debía verlo nadie, era el secreto mejor guardado.

En general, el chiquillo se había dado cuenta, asombrado, de que la parte superior del cuerpo era buena y que la parte inferior era mala. Arriba tenía el pelito, lleno de bucles, que su madre le peinaba a veces en trencitas, los ojos con los que veía, las orejas con las que oía… Cuando era pequeño, pensaba que si cerraba los ojos nadie podría verlo. Ahora sabía que no era así. Las cosas y la gente no desaparecían cuando no las veía, seguían allí, aunque no pudiera imaginar cómo eran, si no tenían ya forma, color, dureza ni blandura. ¿Cómo eran cuando él cerraba los ojos? Unos espectros, tal vez, algo que te inspiraba miedo. Sus ojitos iluminaban el mundo, quizá por eso todo el mundo hablara tan bien sobre los ojos. Porque, si de los ojos fluían lágrimas, nadie gritaba, a nadie le daban asco, incluso su madre se las besaba a veces, pero era tal vez lo único que brotaba de su cuerpo y no resultaba asqueroso. La boquita era bonita, lo decía todo el mundo, pero escupir no estaba bien. El escupitajo era algo repugnante, a pesar de que todo el mundo tuviera escupitajos en la boca. También que se cayeran los mocos era asqueroso. No tenías que chuparlos con la lengua ni quitártelos con la manga. Tenías un pañuelo, que olía a limpio y a las brasas de la plancha. Pero, aparte de todo esto, la cabeza, las manos, el pecho y la barriguita eran buenos y bonitos. Del ombligo para abajo, sin embargo, empezaba lo que era repugnante y vergonzoso: el pajarito, los huevitos, el trasero, sobre todo. Había unos agujeros por donde salían el pipí y la caca, por eso era vergonzoso mostrarlos. Y también por ese motivo el baño era, en cierto modo, diferente al resto de la casa, como si fuera su trasero. También él tenía unos agujeros por los que salía la porquería de las manos, del cuerpo, y la caca y el pipí de los que vivían en la casa. Los tres recipientes de porcelana blanca se mantenían impolutos gracias a su madre, que los limpiaba sin cesar, como le limpiaba a él también, por otra parte, el trasero. Su baño tenía dos puertas.

Una daba a la habitación de sus padres, ocupada casi por completo por una cama con la lencería amarilleada y casi siempre revuelta, porque Mircişor se envolvía en las sábanas, las arrancaba del colchón, las arrugaba debajo de él, saltaba en la cama sobre las almohadas y las sábanas... En la otra parte estaba la ventana: de la cama llegabas fácilmente al alféizar, desde donde podías bajar, si la ventana estaba abierta, directamente a la callejuela soleada y silenciosa, llena de arbustos de forsitia de un amarillo cegador y de setos y, sobre todo, cubierta por el más intenso y más profundo cielo de verano que podías imaginar. El niño no sabía entonces que en Floreasca era siempre verano, verano con mañanas heladas, alegres y deslumbrantes, con mediodías espectrales e inmóviles bajo un sol unánime, y con tardes rosadas, porque todo el barrio había sido cubierto, ya en los años cincuenta, con una gran semiesfera de cristal. Fue una de las condiciones que los aliados les habían impuesto cuando le cedieron a Rusia los países del Este: lo destruiréis todo, pero conservad al menos algunas islas que recuerden, dentro de unas décadas, que disfrutasteis en algún momento de la gracia y de la magia del mundo libre. Esas bóvedas, desperdigadas por el mapa del Este, desde la RDA hasta Bulgaria y los países bálticos, pudieron verlas desde el cosmos, como unas chinchetas deslumbrantes, los primeros astronautas, que informaron asombrados de que, a pesar de que los americanos habían cubierto de forma completamente aleatoria los barrios antiguos y nostálgicos desperdigados desde el Rin hasta el Volga, en las ciudades destruidas por las divisiones alemanas camino del este, luego por las rusas, camino del oeste y, finalmente, por las escuadras anglo-americanas que lanzaban alfombras de bombas, las cúpulas brillantes formaban las letras, perfectamente visibles desde la órbita, de la palabra:

CEGADOR.

La campana de cristal sobre Floreasca era la barra de la «e», algo que la *Securitate* rumana, cuando accedió a los documentos, comentó de todas las formas posibles, interpretándola de manera teosófica, antroposófica, psicoanalítica, geoestratégica y militar, aunque abandonó finalmente la cuestión en un dosier cerrado para que otros se rompieran la cabeza con ella. El caso es que allí, en el alféizar, con las piernitas colgando en la parte exterior de la pared rugosa de la casa, el chiquillo se pasaba horas muertas hojeando las páginas caldeadas por el sol del libro sobre Saltan, mientras el viento perfumado, cargado de polen, jugueteaba con su cabello suave, broncíneo y ardiente en la luz deslumbrante. Enfrente había otra casa, baja y amarilla, calle arriba había algunos viejos frigoríficos, arrojados quién sabe por quién, luego venía la cerca de alambre de un liceo. Más adelante estaba la fosa de los gitanos. Calle abajo, por donde no pasaban casi nunca los coches, se encontraban, al final del mundo habitado, la tienda de ultramarinos y el despacho de pan. Si ibas más allá, donde solo podías respirar aferrado a la mano de tu madre, como si el intercambio de gases tuviera lugar entre las manos firmemente unidas, entre las líneas de la vida, del destino y de las oportunidades enredadas las unas con las otras, encontrabas, después de varias vueltas por unas callejuelas idénticas a la suya, el dispensario, con su sombra helada, con sus consultas en las que se oía siempre el balbuceo de un bebé. Mircişor había sentido que, a medida que avanzaba por el mundo en todas direcciones, sus pasos lo inflaban, le daban volumen, consistencia y seguridad, como si el mundo hubiera estado arrugado al principio, con las paredes pegadas entre sí, como un guante de goma que tienes que hinchar con fuerza para ver cómo se despliega cada dedo de su capullo arrugado y pegajoso. Al principio hinchó la casa, luego empezó a extender y a arreglar, en forma de estrella, los lugares todavía inexistentes que la rodeaban. No cabía duda de que el dispensario o la tienda, o el liceo, o la fosa de los gitanos no habían sido reales de verdad hasta que no llegó él allí para verlos, para sentir su olor, para tocarlos, para *construirlos* en cierto modo. El niño se sentía espantado cuando pensaba que había aún cosas arrugadas, como unos nudos oscuros, que lo esperaban para que él las desplegara en toda la amplitud de su volumen. Cada mundo albergaba en su centro a un chiquillo que lo iluminaría poco a poco, cada vez más lejos, a medida que el niño iba creciendo. Pero había también mundos oscuros, llenos de espectros de oscuridad blanda, pues en ellos no había nacido todavía ningún niño. Y Mircişor retomaba de nuevo la pregunta con la que acosaba a sus padres: ¿cómo son las cosas cuando no las ve nadie?

La otra puerta del cuarto de baño daba a su habitación, una estancia estrecha y sin ventanas. De haber habido alguna, Mircea no la recordaría jamás como recordaba las paredes pintadas con rodillo —setitas de color caca—, su camita con sábanas cenicientas como si fueran una sola hoja de hollín extendida en el colchón con olor a pipí y la bombilla mortecina colgada del techo, sin cubrir siquiera con el periódico viejo y medio quemado de la otra habitación. Desde la camita hasta la pared quedaba un hueco en el que cabía una alfombrilla sobre la que solía jugar él; el techo, en cambio, estaba increíblemente alto, extendido tal vez sobre los dos pisos de la casa. Además de la cama, en la habitación había también un arcón grande, un antiguo trinchero, de hecho, de un conjunto desparejado de los muebles del comedor, lleno de juguetes. El niño no olvidaría jamás la primera, justo la primera noche cuando llegó a aquella casa nueva, debido precisamente al diluvio de juguetes con que se encontró de manera inesperada. Sus padres habían intercambiado la casa con una familia que tenía una hija y que le dejó al nuevo propietario de la habitación un saco lleno de juguetes, la mayoría viejos y estropeados, pringosos, raros... Fue una noche misteriosa, mágica: bajo la luz ocre que caía de muy muy arriba, su madre y su padre habían envejecido de repente, tenían unas ojeras oscuras y sus narices lanzaban una sombra afilada sobre los labios y la barbilla. Sus ojos y dientes brillaban tenuemente, sus palabras brotaban de su boca amortiguadas, susurradas, y se desperdigaban de inmediato por los rincones negros como el betún de la habitación. Su padre sostenía el saco y su madre iba sacando, uno a uno, aquellos ídolos de miedo y oscuridad. La mayor parte de las muñecas eran de trapo (a la luz del día se revelarían llenas de mugre), despojadas de sus vestidos y con las horrendas cabezas de cartón yeso melladas. Algunas tenían unos ojos que se cerraban si las tumbabas y decían «mamá», o deberían de haberlo dicho en algún momento, porque ahora sus ojos estaban vueltos y mostraban lo blanco como los ojos de los ciegos, y el sonido que emitía el mecanismo del pecho parecía más bien un grito de dolor, una desesperada petición de ayuda. ¿Qué niña era aquella que había martirizado las muñecas de aquella manera? En la cara de las que tenían cabezas de trapo y pelo de lana enredada, había dibujado con bolígrafo unas sonrisas que te ponían los pelos de punta. Sus ojos azules, pintados en la fábrica, estaban furiosamente garabateados, con saña, con la misma punta morada. Un par de desgraciados osos de peluche mostraban la paja de su interior a través de más heridas de las podría tener un soldado caído en la guerra. Uno no tenía ya piernas, el otro tenía las patas delanteras atadas con un burdo cable de plástico. Del saco salían sucesivamente ranas de hojalata desmontadas, primero las carcasas de ojos saltones, luego el mecanismo, una especie de cochecitos llenos de ruedas dentadas, caballitos con las crines arrancadas, piernas y cabezas desparejadas, piezas de ARCO: cuadrados rojos y azules, un cono verde, triángulos de madera sin pintar… Luego, las piezas del puzle de *Blancanieves:* la parte de un brazo con el trozo de un ramo de flores, un fragmento imposible de identificar, como una rodilla y una cabeza de pájaro, la cara boba de un enano… Otra muñeca más con todo el rostro pintarrajeado y, finalmente, aquel espantajo que su padre había bautizado, en cuanto lo sacó de la bolsa, como Ciacanica, un nombre cómico, pero que a Mircea le provocaba escalofríos. Era una especie de payaso con ojos grandes y tristes, estrellados, y una boca roja extendida de oreja a oreja, como una herida a través de la cual se viera la carne viva. A diferencia de las demás, esta muñeca era un chiquillo, llevaba una camisa y un pantalón de un tejido sedoso, floreado, y estaba curiosamente bien conservado respecto al estado de las demás muñecas. En el rostro de Ciacanica no se veía, asimismo, ni rastro de boli. El muñeco era muy blando, le quedaba un resto de relleno, al palpar su pecho, en cambio, sentías un rectángulo muy bien delimitado. Después de mucho tantear, su padre lo estrujó entre los dedos ¡y el muñeco hizo una reverencia! Pero necesitabas unos dedos fuertes para hacerlo, Mircişor no lo consiguió nunca por mucho que estrujara el pecho. Al cabo de unos días, intrigado, le quitó la ropa floreada y desnudó su cuerpo delgaducho, de tela blanca que parecía como almidonada al tacto. Vio entonces que aquella majadera de niña tampoco había dejado en paz a este muñeco. Le había hecho entre las piernas, con una saña evidente, un agujero roto, desflecado, una raja con una tijera o un boli. Aquella herida lo impresionó tanto que sintió cómo se le encogían, con un dolor violento, sus propios huevitos, como si fueran estos los que había trinchado aquella niña mala. Al final, cuando toda la jarapa era un montón informe de hojalata y trapos, su madre metió una vez más el brazo hasta el hombro dentro del saco y sacó del fondo, sujetándola de una pata, una araña negra como la antracita, grande como un platillo, con las patas extendidas. En la espalda tenía unos puntos rojos, como el fuego. La soltó de inmediato, dejando caer también el saco, en un rincón de la habitación, donde se fundió en la sombra. Luego desapareció quién sabe dónde, pues el muchacho no volvió a verla jamás. Entonces se había asustado tanto que tuvieron que pasárselo de unos brazos a otros para que se calmaran sus gritos. En vano intentaron acostarlo en su camita: mientras vivieron en Floreasca, no durmió nunca en su habitación, únicamente en la cama de sus padres, entre ellos. Si querían obligarlo a dormir en el cuarto de las muñecas (una vez lo encerraron en su interior), gritaba hasta ponerse morado, hasta que los vecinos se arremolinaban en la puerta, hasta que se presentaba la policía, avisada por alguien. Así que, encima de que el apartamento era pequeñísimo, desaprovechaban una habitación. Solo de día, con la puerta abierta de par en par, jugaba a veces allí Mircişor, construyendo casas con las piezas de ARCO en la jarapa multicolor. Hacía también, con aquellas piezas mal cortadas —que tenían en la parte trasera un dibujo de florecitas— el eterno cuadro de *Blancanieves,* que al cabo de un tiempo conseguía montar incluso del revés, solo por la forma de las piezas, sin fijarse en el dibujo.

Pero las muñecas se quedaron encerradas para siempre en el baúl. Cuando el silencio era total, las oía susurrar y gruñir en su interior, y entonces salía corriendo a la cocina, a los brazos de su madre, cuya transpiración, por el denso vaho de las cazuelas que hervían en el hornillo, olía a cebolla y a salsa de tomate.

Sus padres habían intentado por todos los medios hacer el cuarto de Mircişor habitable, pero, por mucho que se esforzaran, seguía pareciendo un armario torcido y absurdamente alto. Un día llamaron a dos pintores, dos chavales de unos diecisiete o dieciocho años, para que le dieran una mano de pintura más luminosa a aquella pared cenicienta, pero todo acabó de manera catastrófica, pues aquellos muchachos con los buzos llenos de yeso y las gorras caladas hasta las cejas, resultaron ser unos novatos de tomo y lomo. El niño observaba con gran regocijo cómo los pintores vaciaban la habitación, cómo desaparecía la cama en la que no había dormido jamás y el baúl de los juguetes, al igual que la jarapa, y cómo unos periódicos viejos se extendían ahora por todo el suelo. Entró en la habitación completamente vacía y escuchó su profundo silbido. Resultaba más siniestra todavía. En las paredes se veían las huellas de unos muebles desaparecidos mucho tiempo atrás, de unos cuadros colgados por arriba en algún momento, más allá de donde podría llegar el hombre más alto, en aquella chimenea que subía hacia el cielo. Al día siguiente, los chicos trajeron la bomba y el yeso y rociaron las paredes con una capa húmeda, amarillenta, que olía a crudo. Se subieron a una escalera de dos lados, en forma de A, y empezaron a pasar por la pared un rodillo de goma en el que sobresalían en relieve una especie de setitas. El rodillo estaba empapado en pintura, de tal manera que el modelo se repetía en las paredes de arriba abajo, las mismas alternancias de dos setitas, una grande y otra pequeña, y una sola seta más grande, que brotaban de una hierba dibujada también con torpeza. Las pintaron todas de marrón, un marrón oscuro, triste, como si una gruesa capa de grasa cubriera ahora las paredes. Los periódicos del suelo estaban tan sucios que ya no se veían las letras ni las fotos por culpa de las huellas manchadas de yeso. Los pintores bromeaban con el chiquillo, cantaban a voz en grito las canciones populares que sonaban por aquel entonces en la radio y al final se traicionaron. Uno de ellos, en lo alto de la escalera, empezó a moverse con ella, como si fueran unos zancos, a lo largo de las paredes, balanceando el cubo de pintura y simulando que se caía. Era un hombre enorme, con la cabeza perdida en el techo. El chico se apartaba, riendo a carcajadas, del paso de sus piernas gigantescas, que arrastraban consigo los periódicos del parqué, miraba hacia arriba hasta que se le entumecía el cogote, aplastaba con el pie la manguera de goma de la bomba... Todos se divertían de lo lindo. La habitación estaba casi lista, solo les quedaba trazar la línea superior, a un palmo del techo. Para esa raya, su padre había elegido, como estaba de moda entonces, la sangre. Cada varios años, no se sabe por qué ni de dónde, llegaba una nueva idea sobre cómo debería ser la pintura de una casa. Se añadía al yeso mica molida, para que las paredes brillaran, se trazaba una línea no en las paredes, sino en el techo, como un cinturón, y luego se pintaban en aquel friso frutas, flores o animales, como en los cuadernos de los párvulos, o se colgaban del techo montones de carámbanos de yeso, como en las cuevas. Aquel año se había puesto de moda en Floreasca lo de la raya de sangre. Esta línea, destinada a proteger las habitaciones y a sus habitantes de cualquier desgracia, se trazaba el último día de la pintura, con una ceremonia especial. En primer lugar, se elegía la *pintura*. Habitualmente, se trataba de sangre de gallina. No eran necesarias, para toda la casa, más de dos o tres gallinas, de cuyos pescuezos cercenados goteaba la sangre en un vaso de cristal. Pero los más pudientes utilizaban sangre de oveja o de cerdo, más densa y más oscura, con mayor capacidad de sanación. No eran pocos los que pagaban una fortuna por una tacita de sangre de elefante, de foca o de tigre del circo, pues se rumoreaba que una gran bendición protegía las casas así decoradas. Los pobres animales estaban apáticos y anémicos. En el Circo Estatal y en el Zoológico habían tomado medidas, se habían celebrado reuniones del Partido en las que los cuidadores realizaron una autocrítica sobre sus principios, pero no se pudo frenar la corrupción. Porque alguien, se decía, había pintado las rayas con sangre de delfín y al cabo de tres semanas ganó un Wartburg en una rifa, otro había vencido un cáncer de huesos el año en que trazó la raya con sangre de jirafa, un tercero fue nombrado administrador de un almacén de verduras a raíz de la utilización de sangre de rinoceronte. Naturalmente, aparecieron sinvergüenzas que te vendían, en el rastro, botellitas envueltas en periódicos con sangre de dragón, de unicornio, de basilisco y de otras fieras asombrosas, y que encontraron incluso compradores. No era difícil darse cuenta de la insistencia con la que se murmuraba en las colas que, en los ministerios, en la Hacienda del Partido, en el edificio del Comité Central e incluso en la Casa Scânteia, la raya se trazaba con sangre humana, recién extraída de los donantes que recibían a cambio un almuerzo... Por algo se podían ver por la ciudad anuncios que animaban a la gente a dirigirse a los centros de extracción... Pero la gente corriente no se complicaba la vida con esas cosas. Llamaban a los pintores que, al final de su tarea, se subían a la escalera, extendían un cordel empapado en yeso, lo fijaban para dejar una huella recta en la pared y luego, con un metro de madera y un pincel, trazaban, con sangre de color vivo, aquella línea protectora contra los males. Entre tanto llegaba el cura, acompañado del sacristán y de una recua de mendigos. Con su indumentaria más sagrada —la casulla bordada en oro y perlas—, el cura arrojaba el incienso y cantaba, luego abría aquel enorme libro encuadernado en plata, con suaves ópalos en los cantos, en la página en la que se hablaba sobre las plagas que se abatieron sobre Egipto en tiempos de Moisés, cuando el Señor había endurecido el corazón del Faraón para que no dejara al pueblo de Israel partir al desierto. La última y más terrible de las plagas, después de las oleadas de langostas, ranas, piojos y moscas, después del oscurecimiento del sol y de la conversión del agua en sangre, fue la desaparición de los primogénitos de los egipcios, desde el primogénito de la burra del belén hasta el primogénito del Faraón. Pero no murió ninguno de los hijos del pueblo elegido: «El día diez de este mes, cada uno tomará una res por familia, una res por casa... Tomaréis luego su sangre y untaréis las dos jambas y el dintel de las casas donde comáis... La sangre os servirá de señal en las casas donde estéis. Cuando yo vea la sangre, pasaré de largo; y no os afectará la plaga exterminadora cuando yo hiera al país de Egipto».

Por supuesto, en su casa no se podía plantear la presencia del cura, no lo recibían ni cuando pasaba por Navidad. El padre del chiquillo odiaba a los popes, decía que eran todos unos parásitos. Así que los pintores tuvieron que conformarse con la sola presencia de Mircişor como testigo de su hazaña, pero, sobre todo, de su descerebrada tropelía. Pues en cuanto uno de ellos vino con el bote de *pintura* de la cocina (donde hervían en las cazuelas las dos gallinas donantes), el otro, encaramado en lo más alto de la escalera, empezó a hacer toda una serie de monerías. Jugaba con el pincel, lo lanzaba hacia atrás y lo atrapaba al vuelo, cruzaba la habitación con sus enormes zancadas, le hacía al chiquillo toda clase de muecas. Cuando cogió el tarro del otro, el pintor fingió, con una mirada terrible, beber del vaso que sujetaba con ambas manos... Entonces sucedió el desastre: el chaval perdió el equilibrio de golpe, se retorció desesperado para no caerse de la doble escalera y, mientras el frasco, al escapar de sus manos, golpeaba violentamente la puerta y se rompía en miles de añicos salpicándolo todo de sangre, la escalera se inclinó de lado y quedó apoyada en una pared, con el pintor aterrado colgado de ella. El estruendo fue como de fin del mundo. Su madre vino corriendo de la cocina y lanzó un grito a su vez al ver la sangre derramada por la puerta, por el suelo y las paredes, y a su hijo arrimado a una pared, blanco como la cera, empapado también de sangre de pies a cabeza.

Entonces vio Mircea los rulos de su madre —porque estaba precisamente secándolos al calor del hornillo— ahuecándose como una furiosa maraña de serpientes. Gritó a los pintores que se largaran de su casa, que no quería volver a verlos jamás, luego se abalanzó sobre su hijo, lo cogió en brazos y lo metió directamente en la bañera, enloquecida por el miedo a verlo cortado por los cristales, lo colocó bajo la ducha y le lavó toda aquella sangre, que se marchaba ahora por el sumidero, gorjeando, para animar, imaginaba él, a quién sabe qué criaturas subterráneas que esperaban pacientes el manantial de vida. Porque la vida del cuerpo estaba en la sangre. En las profundidades de la tierra había tal vez hígados y riñones, capas de grasa y médulas espinales que, cuando un niño se cortaba un dedo, sorbían ávidamente la sangre escurrida por las venas de las cañerías. Y entonces unas criaturas aterradoras abrían los párpados en la oscuridad. Despojado de su ropa húmeda, su cuerpecito tenía una sola herida, en la muñeca de la mano izquierda, cuya cicatriz llevaría toda la vida. La media luna de tejido cicatrizado le resultaría incluso útil, porque con solo pensar en ella, localizándola con la mente en la piel del brazo, como si no fuera una herida real, sino una de cristal brillante entre dos circunvoluciones, el niño averiguaba cuál era su mano izquierda, cuál era la dirección izquierda del mundo que había girado hasta entonces, simétrico, a su alrededor. Más adelante estaría convencido de que, si no hubiera tenido aquella marca de recuerdo, la diferencia entre la derecha y la izquierda, simplemente, no habría existido, y él habría podido ponerse el guante izquierdo en la mano derecha, el zapato derecho en el pie izquierdo y, cuando hubiera extendido el dedo de la mano derecha hacia el espejo, para tocar el de su gemelo (entre las puntas quedaba siempre una minúscula sinapsis en la que se vertían las vesículas llenas de neurotransmisores), un juego que repetía una y otra vez —muchas veces se besaba en el espejo o pegaba todo su cuerpo desnudo, cuando salía de la bañera, al cuerpo de su gemelo en las profundidades—, habría encontrado también, al otro lado del cristal helado, el dedo índice de la mano derecha. En cierto modo, su herida había inventado la asimetría de su cuerpecito y la del mundo.

Sin embargo, no pudieron limpiar las manchas de sangre de la habitación del niño. Se extendían, como mapas soñadores, por la puerta, y como unas islas cada vez más aisladas en las dos paredes adyacentes. ¡Cuántos horrores habían coincidido en aquel lugar maldito! Las muñecas que gemían y suspiraban en su baúl, la pintura enmohecida, como en una tumba, la sangre, luego, desparramada granate por encima… Era como si aquella estancia hubiera adquirido todavía más vida propia, hinchada en la sombra, alimentada del moho y de la piedra de azufre de quién sabe qué otros mundos. Durmiendo entre sus padres, en la habitación luminosa incluso de noche —porque los cuerpos de sus padres brillaban tenues, tranquilizadores, reflejando sus auras sobre el niño como dos delicados edredoncitos—, Mircişor viajaba a menudo a la otra habitación. Se levantaba de la cama, pasaba sobre el cuerpo de su madre, que dormía de cara a la pared del cuarto de baño, abría la puerta del baño y trotaba con los pies descalzos por el terrazo entre los tres recipientes de porcelana, desiguales e instalados a alturas diferentes. Cuando cerraba la puerta tras él, reinaba una oscuridad total. Se instalaba sobre la tapa del inodoro y se quedaba inmóvil minutos, horas, eternidades muertas, en un silencio absoluto. Era tan agradable disolverse en la oscuridad. Ser oscuridad, sin márgenes, sin recuerdos, oscuridad dentro y fuera. Entonces percibías lo accidental, lo inútil, lo improvisado que era el mundo, donde cualquier cosa, cualquier historia, cualquier forma y cualquier pensamiento podría ser también de otra manera, o podría incluso no ser. En aquellos momentos de ensueño el niño amaba la oscuridad total y aséptica, tan pura en su semilla que, de hecho, no podía diferenciarse de la luz total, cegadora, del ser. Pues aquí el ojo, el órgano que nos habla sobre la luz, trivializándola en la lengua grosera de las sensaciones, quedaba totalmente excluido. No se trataba de *aquella* luz, tampoco de *aquella* oscuridad. Sino de la oscuridad cegadora, de la luz profunda de los que tienen ceguera psíquica, los que no pueden imaginar cómo es ver. O cómo un muerto percibe la luz y la oscuridad. O una piedra, o un nonato. El chiquillo se bañaba en la oscuridad, dejaba que se escurriera por el interior y el exterior de su cuerpo, de su vida, de su mente, de su destino. Más adelante se sustraía de aquel estado de placer infinito y continuaba su viaje. Abría la puerta opuesta y salía al pasillo, pisando la suave jarapa de trapos, carentes ahora de colores. Afilada y oblicua, en una pared, caía la luz de la luna. Abría la puerta de su habitación y se quedaba en el umbral, con los ojos abiertos de par en par, dispuesto a enfrentarse a lo intolerable.

¿Qué está pasando? ¿Qué *demonios* está pasando? ¿Cuarenta mil muertos en Timişoara? ¿Tanques? ¿Armas automáticas contra los manifestantes? ¿El Consejo Popular del centro destruido por los cañonazos? ¿Generales enviados a borrar la ciudad de la faz de la tierra? Los vecinos ya no se esconden, se escucha «Europa Libre» a través de todas las paredes. Es una voz alarmada, exaltada, como si estuviera comentando un partido de fútbol. Si sales, el aire huele a pólvora, a testículos de verraco. ¡Cuarenta mil muertos! Sangre derramada en la nieve. El impacto terrible de los obuses de los tanques contra los muros. Escaparates hechos añicos. Jóvenes gritando y cantando, alzando los brazos al cielo. Y que caen luego abatidos por las metralletas, aplastados por las orugas de los tanques. Los supervivientes huyen, arrastrando una pierna destrozada, balbuceando con los ojos ensangrentados, gritando: «¡Mamá!». Una joven camina, blandiendo una flor, hacia una fortaleza sobre orugas. La tapa se levanta, un tanquista casi adolescente saca la cabeza y grita: «¡Lárgate! ¡Apártate!». Salta de la torreta y la aparta a empujones de la implacable columna de blindados (al final de la película se casarán…).

«¿Qué nos importan, di, corazón, estos charcos de sangre?» ¿Qué es para mí Timişoara? ¿Qué tengo yo que ver con todo esto? Nunca he entendido qué es ese garabato obsceno en una pared, llamado historia. Leyes, revoluciones, guerras, campañas. Pero una sola letra de mi manuscrito es más real que todo eso. El pájaro que sobrevuela el campo de batalla no sabe qué significa Stalingrado. El piojo del cuerpo del soldado ignora el dolor atroz del balazo en los intestinos. Vivimos bajo el pesado polvo de los milenios, centelleamos un momento en la oscuridad eterna, sin que nadie nos mire, sin que nadie sepa de nosotros. Un millón de personas hechas pedazos, gaseadas y carbonizadas en una sola batalla: en las aldeas de Ceilán no han oído hablar de ellas. Dentro de un siglo, nadie sabrá nada e, incluso si lo saben, los jóvenes dirán: no es asunto nuestro. Nosotros miramos al futuro. Sobre el sufrimiento del mundo han brillado siempre las mismas estrellas impasibles.

No puedo sentir el dolor de muelas de otro, tampoco su amor, ni su hastío. Estoy bloqueado en mi propio sufrimiento. Gritas agonizante, pero también unos rostros pintados o esculpidos pueden tener el mismo gesto atormentado. ¿Sufre una cabeza esculpida cuando grita? ¿Hay algo *real* en ello? Al contemplar a algún transeúnte por la calle, un organismo biológico envuelto en tela, he querido muchas veces desnudar, en una violación desesperada, su verdadero rostro, despojarlo de las aglomeraciones celulares: la piel de la cara, los ojos, el cráneo y los maxilares, abrir con brutalidad los hemisferios cerebrales para encontrar ahí, liberados de tanta carne exprimida y temblorosa, *su* campo visual, *su* sentido de vértigo en las cócleas, *su* «amargo», *su* «amarillo», el recuerdo de *su* primer día de escuela. Extenderlos en la mano, como si fueran unas pastillas traslúcidas, probármelos como si fueran la ropa de otro, ver con los centros de la vista de su occipital, oír con sus espirales ciliadas qué responden a las diferentes frecuencias como unos tubos de latón... Que me duelan sus muelas, amar a su mujer, pasarme los dedos por el pelo con ese gesto suyo tan personal. Morir su muerte, que desaparezca *su* recuerdo de la faz de la tierra... Pero tal vez no encuentre nada de todo eso, sino únicamente simulacros, muñecas que cierran los ojos y dicen «mamá», pinturas que imitan el rostro humano, personajes de sueños o de novelas, tan redondos y tan vacíos, hemisferios de Magdeburgo unidos por la abrumadora presión de tu mente. De mi mente, cuyas articulaciones tiemblan. Salgo, en medio de la nevada, a la avenida. Ni siquiera la luz pura de la nieve salva a la ciudad de su aire siniestro. La gente muere de frío en los apartamentos. Los radiadores están tan congelados como el hielo y las tuberías revientan. Las fachadas jamás repintadas se han decolorado con las lluvias y el calor de los veranos. Miles de bloques idénticos, con el hierro de los balcones oxidado, con grietas verticales, a lo largo de diez pisos, en las que cabes entero, con filas de bragas puestas a secar en unas cuerdas improvisadas. La gente, con ropa de abrigo ajada por el uso, va de aquí para allá intentando respirar una vez más, comer una vez más… La manduca de cada día. Camino con las manos en los bolsillos, cabizbajo, los copos brillantes se me enredan en las pestañas, se me clavan en los ojos, se me cuelan por el cogote y se transforman en arroyuelos de agua helada. Llego a la parada, a Tunari, donde espero el trolebús más de media hora. Entre tanto veo tres patrullas del ejército, de la milicia y de la guardia patriótica. Los cañones de los AKM ansiosos por calentarse. En los cargadores curvos, ahí, están los brillantes, aceitosos cartuchos de guerra, de puntas cobrizas. Qué curioso, los que desfilan, en fila india, con el arma al hombro, parecen más asustados que los transeúntes. «¿En qué madriguera os vais a esconder?» El trolebús llega avanzando como un cortejo mortuorio entre oleadas de nieve. Nos apretujamos, pecho contra pecho, en el vehículo abarrotado, con las caras a un centímetro las unas de las otras, en medio del tufo a oveja húmeda que emanan las pellizas y las chaquetas y las gorras rusas de la gente. Respiramos nuestras pesadas respiraciones, sentimos la forma de nuestros cuerpos aplastados unos contra otros. El trolebús arranca, nos arrastra pesadamente entre los túneles de las calles. ¡Ciudad de la ceniza, ciudad de las ruinas! Despojo de un bombardeo nuclear realizado a cámara lenta durante cuatro décadas… Y la gente está contaminada, se le cae el pelo, le crecen hongos en la piel, los ojos se cubren de leucoma… Cuando pasa una mujer con bolsas, todas las cabezas del trolebús se vuelven bruscamente hacia ella. ¿Habrán traído carne a Dorobanți? Las tripas empiezan a hacer ruido y, si pudieras ver a través de los cráneos como a través de unos recipientes redondos de Pyrex, distinguirías guisos dorados, salpicados de láminas de ajo, albóndigas marinadas en una salsa espesa y picante, sobre un lecho de puré, filetes con crujiente pan rallado, deslumbrantes como los de los folletos de la exposición. Antes podías encontrar en los puestos callejeros bollos, pasteles de queso, hojaldres rellenos de champiñones o de carne, para comer algo por la calle si te entraba el gusanillo… buñuelos bañados en azúcar glas… Ahora no hay nada. Se te pegan los intestinos al espinazo.

En el trolebús, sobre todo cuando se pone en movimiento y el ruido ahoga las palabras, se habla, se susurra. Los desconocidos, hombres y mujeres, obligados a mirarse a los ojos y a rozarse casi los labios en medio del hacinamiento, susurran siempre una misma palabra, que adquiere consistencia en el aire, como aquel interminable *«bitte schön, danke schön»* de los alemanes cuando se pasaban los ladrillos unos a otros. Timişoara, Timişoara. Cuarenta mil muertos. Los retratos del jefe incendiados, sus libros de portadas rojas amontonados delante de las librerías y la gente orinando encima de ellos. Banderas tricolor con el escudo recortado. Queda un agujero grande, a través del cual se ve a los soldados de las tropas de seguridad, con escudos blancos, y los tanques. El escudo de la República Socialista de Rumanía: una corona de espigas, la estrella roja del comunismo, un paisaje montañoso, bosques de abetos, un río manso, una sonda. Los vaivodas reunidos en torno al Camarada, con la escarapela tricolor en el pecho y el cetro en la mano. Él y ella entre niños, palomas y ramas de manzano en flor. Él, con la mano tendida a los trabajadores; y los campesinos mostrándoles el Camino, ofreciéndoles unas preciosas indicaciones. Brindando con una copa de Cotnari con el mismísimo Ştefan cel Mare. Y en Nochevieja, desde las once y media hasta la hora cuya aguja latía nerviosa señalando la medianoche: «Querrridosh camarradash y amigosh…». Hay miles de detenidos en Timişoara, susurra una mujer con un pañuelo morado, los golpean, los torturan. Los arrojan vivos, desnudos y atados con alambre de espinos, a los descampados, en medio de un frío de dieciocho grados bajo cero. Han encontrado cientos de muertos alineados en un gimnasio, con quemaduras de cigarrillos y los ojos sacados, añade un vejete de cara colorada. ¡Señor, qué salvajada! ¿Quién habrá hecho algo así? ¿Quién podía odiar tanto a esa gente? ¿Cómo que quién? ¡Los milicianos! ¡Los securistas! Hay muchos sádicos entre ellos, por eso vivimos así. Despedazarían incluso a su padre. Han encontrado también a una mujer rajada, con el niño arrancado de la tripa y colocado en el pecho. Ambos cubiertos de nieve, congelados por el frío del invierno. La mujer tenía la barriga cosida con cordel de embalar. Estos son monstruos, no personas. La ciudad está totalmente sitiada, no entra ni sale nadie. Al parecer, Ceauşescu quiere dialogar con los manifestantes, enviar a uno de sus ministros, como hizo en Valea Jiului, pero Leana no le deja. La necia esa quiere mandar aviones para que lancen bombas. Que no se vuelva a oír hablar de Timişoara. Señor, ¿qué va a ser de nosotros? La joven obesa quiere santiguarse, pero no puede sacar los brazos por culpa de la aglomeración. Hace la cruz con la lengua, casi me chupa la cara…

El trolebús avanza cada vez más despacio, nieva con saña, los coches de los bordes de la carretera son unas formas ovaladas como tumbas, insoportablemente blancas. En las paradas tienen lugar verdaderas batallas. Para poder apearse, la gente se desgaja de los demás, se les arrancan los botones de las pellizas, pierden las gorras. Gritan y pelean, intenta abrirse paso entre los que, muchos más y más desesperados, quieren subir. Se arraciman en la escalerilla, en plena ventisca, el vehículo no puede arrancar, la gente grita: «¡Bájense! ¡Bájense!». ¿Pero cómo van a resignarse a bajar cuando llevan una hora en la parada y cuando el próximo trolebús vendrá también dentro de una hora? Estoy atrapado por todas partes, no me sujeto a nada, me protejo tan solo el pecho para que no me lo estrujen como si fuera una jaula de alambre, me elevo con el pensamiento por encima del trolebús, lo veo desde arriba avanzando como un pesado escarabajo por una carretera cuyos límites no se distinguen ya. Me elevo aún más, sobre la ciudad extendida como una lepra por la paciente piel de la tierra, atravieso el grueso estrato de nubes y de repente me encuentro en lo más alto del cielo, deslumbrantemente azul, iluminado por un sol grandioso y efervescente. El planeta está envuelto en nubes de nieve, no se ve ni una mancha de tierra. Sigo elevándome hasta que la veo, esférica y cristalina, sobre el fondo de la noche profunda, salpicada de estrellas. Muy cercana, la luna resplandece atenuada, fantasmal. La tierra se convierte enseguida en una mota de polvo, perdida en el eterno movimiento browniano de otras motas, la galaxia empieza a perfilarse, una trompa de oro gaseoso, con un centro helado y suave, para perderse a su vez en el enjambre de Sagitario, y el enjambre en superenjambres, describiendo en la forma de nuestro intelecto modelos de colmenas y de desbandadas, deposiciones fractálicas de gallinaza luminosa, de polvo estelar en el espacio de once dimensiones, siete de las cuales están firmemente apretadas en la escala de Planck. Y se te revelan de repente, al ascender todavía más en la escala gigantesca de los holones, mundos en mundos, mundos de mundos de luz pulverizada, granos de luz formados por granos de luz que forman granos de luz, la campana inflacionaria de nuestro mundo, que es solo espíritu santo y viento ardiente, inventado con el único objetivo de crearme a mí, al cabo de quince millardos de años desde una explosión asombrosamente bien controlada. Porque yo soy el segundo escalón del mundo que me alberga en el centro, soy explosión en explosión, una expansión ovariana en una expansión cósmica extendida por alrededor como un vestido florido. Enseguida me elevo todavía más. Sostengo ahora la campanilla, con el borde doblado, en eterna expansión, en mi mano derecha. Juego con ella, la hago sonar fresca y cristalina: «¡cling!». A su alrededor, como un mar lleno de medusas, hay más campanas, billones, que iluminan mi rostro y mi pecho. Me disuelvo luego en un silencio de oro, desaparezco en la urdimbre del espacio, del tiempo y de mi mente, en las bandas y en las cadenas de la eternidad.

Me sobresalto cuando decenas de viajeros empiezan a aullar todos a la vez. El trolebús ha sufrido una sacudida brusca, en el techo se ha oído un golpe fuerte, el vehículo se ha detenido y se niega a partir. «¡Ehhhhhh! —grita alguien como un loco—, ¿qué estás haciendo? ¿Nos vas a dejar tirados aquí? ¡Ojalá te ponga Dios tres coches bonitos delante de la puerta: la ambulancia, la funeraria y el de los bomberos!» El chófer ha bajado, reniega y empuja a la gente, al final se mete en un estanco y deja el vehículo tirado. Se apea todo el mundo y, calándose las gorras hasta los ojos, se dirigen a la siguiente parada. Muchos renuncian al trolebús y se marchan caminando por los raíles del tranvía, en los que acumula la nieve un viento violento. Me apeo también yo, el último, y camino de vuelta, unos tres cuartos de hora, doblado, con los ojos clavados en el suelo, a través de la ventisca. El viento lateral me empuja, me golpea contra las paredes y los escaparates. Veo tan solo mis propios pies, siento tan solo mi propio jadeo, que me humedece el bigote, sus hebras se hielan al instante. Cuarenta mil muertos, como si uno solo no fuera ya bastante. Un millón de muertos con los pulmones abrasados por la iperita. Herejes escaldados en aceite, sumergidos lentamente en el caldero hirviente. Traidores enterrados hasta la cintura, obligados a mirar las orugas del tractor que se acerca despacio para mezclarlos con la tierra. Cuerpos desnudos, vivos, enloquecidos por el terror, arrojados a fosos con leones, con ratas hambrientas, con escorpiones, con arañas… Gente devorada por el cáncer, estrujada en accidentes de coche, que cae en un avión minutos y minutos, sabiendo que no tiene ninguna posibilidad de salvarse. Generaciones tras generaciones que envejecen y mueren. Ni un superviviente. El tiempo devorador, que no hace prisioneros, más desalmado que cualquier campo de concentración. Todo ello en una mota de polvo en movimiento browniano por el inconcebible universo. ¿Dónde caben aquí la elección y la salvación? ¿Quién va a elegirte precisamente a ti, tu arquitectura de huesos y músculos, idéntica a la de las bacterias, a la de los ácaros? ¿Cómo va a decirte alguna vez el microbio, mientras lo miras en el microscopio: «Señor, socórreme en mi falta de fe»? Y, sin embargo, esto es lo que digo siempre, por la noche, antes de quedarme dormido, mientras contemplo mi ventana llena de estrellas. Asépticas, impasibles, separadas de nosotros a través del vacío entre Lázaro el pobre y Lázaro el rico, por el cual la gota de agua de la compasión y de la fe, la lágrima brotada del ojo del que sufre todos los horrores del mundo no puede ya viajar.

Oscurece lentamente, la nieve se vuelve rosada-marrón, el cielo está tan lúgubre como la tierra, pero entre ellos queda una línea de luz difusa. Una casa en ruinas, en la que se han refugiado unos gitanos (se ve a un mocoso con la nariz pegada a una ventana iluminada, en el primer piso), se eleva, solitaria como un campanario, en el campo de los márgenes de la ciudad. Recuerdo vagamente que junto a ella pasaba el camino al hospital. Me habría gustado tanto entrar por su puerta oxidada, abierta de par en par, adentrarme en el pasillo y subir luego los escalones estrechos, entre las paredes muy juntas y mugrientas. Llegar arriba, en la luz del ocaso, a un vestíbulo con el suelo cubierto de periódicos agitados aquí y allá por la corriente que entraba por las ventanas rotas, arrastrando brillantes copos de nieve. Habría empujado, al cabo de mucho tiempo, la puerta de la única estancia habitada y los habría visto allí, clavando en mí sus ojos amarillos, un pólipo humano cálido y bendecido, dispuestos a recibirme en la intimidad de su sueño solitario. Veinte manos con anillos de plata extendidas hacia mí, tetas desnudas con tatuajes en torno a los pezones, críos llenos de mocos tirados en edredones devorados por las polillas, una lata de conservas vieja de la que comen por turnos, con cucharas de estaño. Habría vivido allí, con ellos, el resto de mi vida, iluminado por sus ojos tristes, de perro apaleado, habría aprendido a hacer anillos a partir de monedas antiguas con bustos de emperadores desconocidos. Ellos no sabían qué es la historia, no entendían de victorias ni hecatombes. No esperaban ninguna redención y no tenían palabras, en su lengua tan concreta como un tablón o unas tenazas, para ayer, para mañana, para ángeles ni para ideas. Cuando estaban cansados dormían amontonados, recostados en sus bancos cubiertos con jarapas, y cuando sentían hambre salían a buscar algo que comer. Cuando un mozo y una joven se acoplaban, miraban todos, rodeándolos, rozándolos y olisqueándolos, toqueteando su vulva de yegua, tumefacta de placer, y sus pelotas negras, estriadas, en continuo bombeo entre los muslos blancos de la gitana. Pero la casa en ruinas, rosada ahora en el ocaso, me resultaba tan intangible como la Jerusalén celestial, y la dejo atrás por el camino que se dirige, infinitamente largo, hacia el hospital. Alrededor no hay nada más, solo la nieve que cuaja sobre las capas ya heladas, solo el ruido de mis pasos al hundirse en los montones de mullidos cristales. Cada estrellita de hielo de cinco puntas tiene cada uno de los lados dividido en tres. En cada tercio central de cada lado se construye otra estrella de cinco puntas, con cada lado dividido en tres. Y en cada uno de sus tercios centrales se construye otra estrella de cinco puntas, y así hasta el infinito. Y con estas afiladas y brillantes construcciones de nadie se extiende la nieve suave, húmeda, en un campo de las afueras de Bucarest.

El edificio del hospital sale, brusca e inesperadamente, de la bruma cuando quedan menos de cien pasos hasta llegar a él. Lo iluminan tan solo las ventanas pálidas de los salones. Entras en la sala de guardia, te frotas los zapatos, te sacudes la nieve que te cubre. Pronuncias un nombre: Herman. Aunque lo has dicho casi entre susurros, la palabra regresa a tus oídos como un grito insoportable. Lo recuerdas, como en un relámpago, sentado en el umbral de la puerta, en el aire enrarecido del séptimo piso, con el rostro transformado, con la bata retorcida en torno al cuerpo como un espejo líquido donde los rostros de los niños se extendían en terribles anamorfosis de las que goteaban, como en un caleidoscopio multicolor, imágenes fundidas unas en otras: catedrales, reptiles, mecanismos extraños, soles, niñas gritando en los suplicios de un infierno que viraban despacio a imágenes del paraíso. Y los rasgos de su rostro angelical y sin embargo terrible se disolvían en la luz más cegadora. Nunca, más adelante, volverían a mostrarse así, ni siquiera cuando se pasaban, tardes enteras, en los escalones del bloque, entre los pisos séptimo y octavo, a la luz de la puerta acristalada que daba a la azotea, ni cuando lo dejaba durmiendo en su cama, en el cuartito del ático del bloque de Uranus, después de recogerlo, cada vez más alcoholizado, cada vez más enfermo, increíblemente envejecido durante esos años, junto al pedestal de la estatua de C. A. Rosetti, donde mataba el rato con otros borrachos de la zona que salían de la bodega Izvor. «Tan desfigurado estaba que no parecía un hombre, ni su apariencia era humana —me digo entre susurros mientras avanzo por los pasillos pintados en un verde aceitoso—, despreciado, marginado, hombre doliente y enfermizo.» Paso junto a salones con hombres en pijamas azules —por debajo se marcan las camisetas de tirantes—, junto a salones con mujeres en batas de lunares, tumbadas en camas de metal. La mayoría tiene los cráneos rasurados y unas marcas extrañas, como ideogramas japoneses, pintadas en azul y púrpura sobre la superficie brillante. Muchos presentan unas cicatrices curvas, burdamente cosidas, marcas de una trepanación reciente. Les han extraído o destruido con inyecciones de alcohol, con electrodos incandescentes o, por el contrario, con una congelación instantánea, unos trozos malignizados de la más preciosa sustancia del mundo. Cuando revuelven con las cucharitas los tarros de yogur, cuando leen el periódico a la luz crepuscular de los salones, cuando yacen, arrebujados en sus sempiternas batas de tela ordinaria, no parecen personas, sino enfermos en un mundo estancado así desde hace una eternidad y que durará hasta el infinito, un solo instante infinito. Porque ¿quién piensa, al contemplar una silla, que esta es tan solo una fase de la sustancia en eterna conversión, que fue en otra época el tronco de un árbol, que a su vez fue una semilla? Los enfermos del salón de neurocirugía no fueron nunca niños y adolescentes y no se convertirían en cadáveres descompuestos, insoportablemente apestosos en sus féretros. Ellos eran simplemente enfermos, y así permanecerían para siempre, bajo la luz bendita de la mente.

Encontré a Herman en un reservado retirado, al fondo de un pasillo de al menos un kilómetro de largo, tenuemente iluminado, aquí y allá, por unas bombillas protegidas por unas estructuras metálicas. En aquel pasillo no había puertas, las paredes estaban lisas, pintadas hasta la mitad en el unánime verde oscuro, sombrío, de todas las policlínicas, ambulatorios y hospitales, lugares lúgubres llenos de gente que espera. De trecho en trecho había también aquí unas sillas ensambladas, forradas siempre con el mismo hule marrón. Me senté en una, hacia la mitad del pasillo, para sentir por un instante la tristeza más humana de todas las que existen: la de esperar en el pasillo de un hospital, ante una pared desnuda.

En el box había una sola cama, en la que dormía él, de cara a la pared, de tal manera que de la manta no salía sino un cráneo cuidadosa y recientemente rasurado, y dividido en cuadrados de diferentes tamaños a través de una curiosa red de líneas verdes, rosas y de un azul intenso. Antes de que apareciera el más extraño doctor que había visto nunca, tuve tiempo de acercarme a la cama, de arrodillarme ante ese cráneo como bordado y de perderme en el laberinto de líneas sofisticadamente tatuadas en su curvatura, que empezaban detrás de las orejas peludas y llegaban al cogote trágicamente doblado, como si el pequeño falo del axis se hubiera desviado del mandala del acoplamiento con el atlante, para inclinar la frente de Herman hacia el suelo. Había líneas rectas que corrían alejándose como pistas de aeropuerto, había triángulos inexplicables. Había también dibujos de una claridad mágica, un mono con la cola retorcida en espiral, una araña que descendía por un hilo y, sobre todo, un gran pájaro que extendía sus alas tubulares sobre el occipital, como unos dedos que sostuvieran delicadamente el globo de marfil del cráneo. Distinguí asimismo los instrumentos que habían grabado esos dibujos en la cabeza de Herman: en el taburete redondo, de metal, junto a la cama había un maletín pálido, como de hueso transparente, con el interior forrado en seda blanca, fruncida. En los huecos de este lecho brillante se encontraban unos instrumentos de metal mate con unas extensiones relucientes en forma de agujas, tenazas, pinzas y sierras, combinadas de manera mucho más monstruosa que los instrumentos de tortura del dentista y que los del maletín del torturador, muchas veces los mismos, pues de ellos brotaba, como una luz pura, el dolor vivo que florece, en largos intervalos, de nuestro cuerpo seco. Me puse de nuevo en pie y solo entonces vi que, bajo las mantas del enfermo de gran tamaño, salían un montón de cables que penetraban en un conducto grueso, estriado, de plástico gris. Este serpenteaba por el suelo y se perdía tras una cortina de tela engomada. Retiré el cortinón y encontré otra estancia, atestada de aparatos que en aquel momento no funcionaban. Varios monitores médicos, tan pequeños como postales, estaban apagados. El conducto se introducía en una grieta de metal del cuerpo macizo al que estaban conectados las manivelas, los monitores, los indicadores luminosos, las campanas de cristal, los cilindros que contenían unos fuelles ahora inmóviles. El silencio era algodonoso y profundo. Cada objeto que yo tocaba gritaba y me lastimaba los tímpanos. Cuando la suela de mi bota se despegaba del suelo de terrazo, dejando todavía charcos sucios por la nieve atrapada en los surcos de la goma, era como si se arrancara una postilla, lenta y dolorosamente, de una herida rezumante de sangre.

Sabía desde hacía varios meses que Herman no se encontraba bien. Todo había empezado en primavera, cuando fue arrestado e interrogado. Entonces, en la habitación, estrecha y elevada como un pozo en la que, desde muy arriba, le proyectaban una luz dorada sobre su cuerpo contrahecho, mientras un hombre de negro, un tipo anónimo que podría haber sido su vecino o su cuñado, pero que tenía ahora derecho de vida y de muerte sobre él, algo que lo volvía tan terrible como un arcángel, le mostraba un taco de hojas escritas a bolígrafo y se las leía con voz monótona; entonces, en aquella habitación en la que podrían haberlo clavado en una cruz de tablones sin que nadie en este mundo supiera de su lágrimas de sangre y de su agonía, sufrió sus primeras sacudidas, la primera caída al suelo helado, donde las convulsiones le hacían golpear rítmicamente la cabeza contra el cemento. Fue apaleado, apaleado incluso con saña, es cierto, un violento bofetón le reventó el tímpano del oído izquierdo, pero Herman (me lo contó muchas veces, con una sonrisa extraña) no relacionaba sus crisis epilépticas con estas torturas. «Es otra cosa —me decía siempre—, la semilla viene de otra parte.» «Estoy bien —me decía—. No te preocupes. Hay enfermedades hacia la muerte y enfermedades hacia la vida.

Enfermedades grotescas y enfermedades graciosas. Y, sobre todo, hay enfermedades que se te conceden para que acompañen un don celestial y que, por muy difíciles que sean de soportar, están iluminadas gracias a él.»

Di un respingo violento, como si me hubieran sorprendido haciendo algo horrible y prohibido, cuando alguien se aclaró la voz en el box de Herman. Me giré, de repente, espantado, y lo vi. Lo había visto otra vez. En algún momento tuve un sueño en el que aparecía también él, un hombre joven, vestido de blanco, con un rostro muy bello y, sin embargo, no humano. Por esa época me había aparecido en la piel, exactamente debajo del esternón, una gran mancha morada, cuyos filamentos habían empezado a extenderse, como los dedos de la manita de un niño, hacia el ombligo, que el dedo corazón acabaría por alcanzar. Como nunca voy al médico, porque me espanta el momento en el que mi enfermedad adquiere un nombre y a partir de ahí multiplica su malignidad, el pánico se acumula en mí hasta que se desborda y salpica todo lo de alrededor. Doy vueltas luego noches enteras, envuelto en las sábanas empapadas de sudor, gimiendo, gritando a veces como un animal desollado vivo. Me quedo dormido de madrugada para soñar con cirujanos que me cercenan la cabeza de los hombros y la colocan sobre el hule pálido de una mesa de operaciones. Pero en el sueño de aquella noche viajaba en un velero por un mar oscuro. Arriba había nueve inmensas lunas de sangre. A lo lejos se adivinaba una montaña cargada de palacios. Atraqué en una lengua de arena y avancé hacia los primeros edificios que aparecían en la falda del monte. Eran palacios de cristal, artificiosos y desiertos. Recorrí varios soportales y me encontré en una plaza con una fuente en el centro. La custodiaban, a ambos lados, dos hombres vestidos de blanco, dos jóvenes bellos y en cierto modo inhumanos, porque quien los había modelado había dado muestra de gran virtuosismo, como un escultor que pule tanto sus esculturas que sus rasgos adquieren una dulzura impersonal. Me acerqué, uno de ellos me dijo en un tono extraño, con una ironía contenida, como hablas con un niño fingiendo que te lo estás tomando muy en serio: «Esta vez has sido perdonado. Vuelve a casa, tu enfermedad se va a curar». Y eso es lo que sucedió. El médico que estaba ahora ante mí podría haber sido uno de aquellos dos, a pesar del nombre banal bordado con hilo rojo en la pechera de la bata. Me miraba con unos ojos azules, interrogantes, así que le dije que era el vecino y único allegado del enfermo, así que me había acercado a... Sé que no es la hora adecuada, pero me he apresurado a venir en cuanto me he enterado... El joven me miró una vez más, silencioso e impersonal, luego se inclinó sobre la cajita de marfil y empezó a hurgar entre los instrumentos tintineantes de su interior. Sacó finalmente una especie de jeringuilla que, en lugar de las gradaciones habituales, tenía en el cilindro de cristal unos jeroglíficos incomprensibles. Insertó en ella un líquido amarillo grasiento y se dirigió a la cama. Clavó la aguja no en el cuerpo de mi pobre amigo, sino en uno de los cables gruesos que salían de debajo de las mantas. «Ahora podremos verlo con total claridad», murmuró el doctor, que parecía entonces un individuo tan encantado por una película que no podía sino verla con alguien más para que compartiera su pasión. Enfiló hacia las cortinas, las retiró y, con una sola rotación a un conmutador, puso en movimiento todos los aparatos de la habitación contigua. «Sí, ahora sí que lo veremos con más claridad.» Me agarró de la muñeca derecha y me arrastró hasta la cama. «¡Arrodíllate!», me susurró, y se instaló también él, apoyado en una rodilla, ante el cráneo rasurado, multicolor, del que seguía dormido de cara a la pared. «Me dedico a la cirugía cerebral desde hace dieciséis años, pero no me he encontrado jamás con un caso semejante, con una maravilla así. He extraído meninges como un huevo de gallina, carcinomas del tamaño de una naranja. He visto tumores que volvían a los enfermos dóciles como santos o, por el contrario, unos desenfrenados sin pudor. He sacado tumores redondos y nacarados como perlas (una antigua novia mía llevó al cuello, una velada, un collar de tejidos malignos), tumores azulados como las turquesas, rojizos como los rubíes... Guardo en casa, en cilindros de cristal, tumores en forma de conejo, de corazoncito, de hoja de roble e incluso, algo rarísimo, en forma de letras.

¿Sabes que he llegado a escribir la palabra CEREBRO con melanomas en forma de letras? La presenté hace tres años en el congreso balcánico de cirugía cerebral en Sofía. Fue un éxito. ¡Pero mira lo que tenemos aquí! ¡Es único, es mágico, es inimaginable!» La luz de la estancia se atenuó hasta un ocre cálido, con sombras sepias, aterciopeladas. Entonces me di cuenta de que su origen me resultaba desconocido, porque no se veía ninguna bombilla en el reservado. El cráneo de Herman adquirió un brillo apagado, de cuero, los dibujos se difuminaron y los relieves —las crestas de los parietales, la pequeña apófisis occipital— adoptaron la dulzura de un paisaje ondulado. Todo se desarrolló a partir de aquí con una lentitud hipnótica. Con los rostros pegados, respirando en silencio, el doctor y yo pudimos ver cómo, en primer lugar, la piel del cráneo se iba tornando amarilla, matiz a matiz, en degradaciones infinitas, como si se hubiera desprendido de su brillo membrana a membrana, llevándose consigo capas y capas de tatuajes, sebo, glándulas sudoríparas y raicillas de pelo, corpúsculos de Golgi y capilares morados. Aquel amarillo espectral se aclaró luego, como una sustancia lechosa, y enseguida una costra de cristal blando cubría el cráneo, visible de repente en todos sus detalles como a través de una lupa brillante. Podías adivinar la porosidad de los huesos, su calcio de madrépora, las comisuras en zigzag, la curvatura pulida, como una piedra que hubiera sufrido la corriente de las aguas, de la cúpula elevada sobre nuestros hombros, de la fantástica catedral construida por nuestra sangre, tal y como la sangre del caracol edifica, con el mismo caolín esponjoso, la espiral asintótica de la concha. Tras la curvatura del cráneo de Herman, fundido en la penumbra marrón, podíamos distinguir la roca facial, la órbita derecha en la que el ojo esférico estaba dibujado con la precisión de una lámina anatómica bajo el párpado completamente transparente, la mejilla derecha y una parte del maxilar. Bajo la piel de cristal fino, los músculos traslúcidos como los órganos de las medusas permitían ver, por todas partes, nuestro coral interno.

«Mira ahora», susurró el médico, transfigurado de placer. Me había agarrado del brazo y me lo apretaba dolorosamente, pero, aunque en casa, cuando me he desnudado y me he puesto el pijama para abalanzarme sobre el manuscrito que escribo aquí, ahora, cuando apunta el día, estas letras que no *pueden* decir nada —este libro ilegible, este libro—, he visto las huellas azules de unos dedos, en aquellos momentos solo tenía sentidos para lo que estaba pasando en el cráneo de Herman, para el milagro más allá de las palabras que se me revelaba con la lentitud de un organismo invertebrado, peristáltico.

Justamente bajo el pliegue de la sábana podía distinguir ahora, orlada en un azul eléctrico, la mariposa del etmoides, que sujetaba con sus alas de querubín la base del cráneo, como un atlante que acarreara en la espalda la esfera platónica de la Tierra. «Alabado seas, Señor —me vinieron a la cabeza esas palabras antiguas—, porque en la base del cráneo de cada uno has colocado una mariposa, para incitar y para acariciar...» Pero, poco a poco, también aquel perfil fantasmagórico palideció y finalmente se apagó.

Un pitido intenso, un *glissando* con subidas y bajadas como el sonido de una sirena, empezó a oírse en la habitación del instrumental médico, en el silencio que hasta entonces había sido total, como de un planeta en el que el oído no ha sido creado aún. Con las primeras ráfagas de este sonido *amarillo,* el cráneo empezó también a disolverse. Más lentamente todavía que el cuero cabelludo, tan penoso de seguir como el avance, en el cuadrante, de la aguja que marca las horas. Al principio creías que se te había nublado la vista: las suturas no estaban tan claras, la porosidad del hueso se había difuminado. Pero a medida que pasaban los minutos, y poco después las horas, el canto rodado se volvió lechoso, a continuación, su leche se enturbió como si se hubiera diluido en los turbiones de agua. Lavado por estos, el cráneo se adelgazaba, se tornaba transparente como una uña, como la sustancia traslúcida del cuerno. Por la puerta de marfil salían los sueños engañosos, pero la puerta era ahora de cuerno e íbamos a conocer, por fin, el sueño verdadero, enviado por los dioses, la cegadora Orama.

Poco después, solo las porciones más gruesas del cráneo ocultaban todavía, sombras en proceso de disolución, el milagro. En amplias zonas, los huesos se habían vuelto totalmente cristalinos y permitían ver la *dura mater*, púrpura como el envoltorio de las naranjas en el que pone Jaffa. Me esperaba ver un trapo lívido, burdo, tal y como se mostraba en los frascos con alcohol de los museos de ciencias naturales, pero la *dura mater* del cráneo de cristal de Herman rezumaba vida y sangre. Estaba viva, latía con el latido arterial de millones de capilares, estaba ricamente inervada y, sobre todo, tenía una gracia extraña, femenina, en su gesto rotundo de protección y sustento y alivio. «¿Dónde has visto antes algo así?», rio feliz el doctor, como un niño que le propusiera a otro un acertijo irresoluble.

Una vez que el cráneo se aclaró por completo, visible ahora únicamente a través de reflejos, brillos y pequeños juegos irisados en la penumbra, la meninge permaneció durante un tiempo más concreta que ninguna otra cosa de este mundo, más material que la propia realidad, como una imagen de una resolución infinita. No la veías (ni siquiera tal y como únicamente el ojo de un niño puede ver las cosas), sino que *se veía*, estaba modelada en la sustancia ideal del campo visual, y habría sido igualmente visible en ausencia de cualquier ojo que pudiera verla. Se encontraba allí, y en su grueso y elástico papel secante estaba envuelto algo que latía lentamente, al mismo ritmo que el pitido que se volvía cada vez más fuerte, más rico, como un coro de millones de voces. Era un cántico de gloria, la unión de un ejército celestial, una pirotecnia de voces de niñas gritando con toda su alma, como con una alegría suprema o en medio de unos suplicios aterradores: ¡hosanna!

No sabíamos ya si era sonido o llama, fuego furioso y abrasador. Intentábamos aguantar su insólita densidad mientras seguíamos contemplando el espectáculo permitido a nuestras mentes. Porque en el infierno de gritos celestiales, de cuellos que sangraban gotas de oro fundido, de cuerdas vocales incendiadas, de caracoles del oído interno destrozados contra el suelo, fundidos con la noche, el tejido nutritivo empezó a disolverse. Al igual que el cuero cabelludo, al igual que el cráneo, el paquete meníngeo se abrió floral y multicolor a nuestras miradas, a continuación, sus pétalos palidecieron. Empecé a intuir el objeto monstruoso y cautivador del cráneo de Herman, luego lo vi, cada vez más claro, más irrefutable, más denso, más pesado, más enternecedor y más verdadero. Parecía flotar en el aire marchito, a unos pocos centímetros de la almohada sobre la que descansaba la cabeza del gran enfermo.

Una vez al mes el padre fumigaba con insecticida. Era, en cierto modo, un día solemne. Todos en casa, pero sobre todo el padre, adoptaban desde por la mañana un aire obstinado, como si fueran a la guerra. Y en cierto modo, efectivamente, iban, porque las personas, en los libros, luchaban entre sí o contra dragones y unicornios que ni siquiera existían de verdad (tampoco el sacamantecas, ni los espectros, ni Dios ni los santos existían de verdad), pero en realidad luchaban contra las moscas, los mosquitos y las pulgas que se formaban en el polvo. Y, aunque la madre barría el polvo de la casa cada día, seguía estando llena de bichos, «¡Es que ni Dios acaba con ellos!». A Mircişor le picaban de vez en cuando las pulgas y se inflaba como una vejiga, pero era vergonzoso decir que tenías pulgas, había que decir que tenías «urticaria». Se rascaba entonces con las rueditas dentadas de una rana de metal, sacadas de la carcasa. O con los pétalos de metal de «la niña del laurel», una muñequita de goma que salía de entre los pétalos al apretar un pistón. También los mosquitos lo picaban, y las moscas se paseaban por sus labios y sus manos, haciéndole cosquillas. Estas tenían en la cabeza una especie de trompita. Y sus vientres estaban repletos y eran pálidos, con un punto negro en la cola. De ahí, a algunas les salía una especie de gusanillo. De vez en cuando, las moscas volaban de dos en dos, acopladas. Eran la mami y su cría, le había explicado su madre, pero entonces, ¿por qué era a veces la cría más grande que su mami? Tres o cuatro veces al día, su madre abría las ventanas de par en par y las despachaba con una toalla, pero muchas volvían a entrar al momento. Entonces su madre se enfurecía y las acechaba con las palmas abiertas. Y cuando una mosca se posaba en la mesa o en la pared, ¡pac!, la aplastaba entre las manos. Luego iba a lavarse la sangre, las tripas y las patitas de mosca pegadas a las palmas. Aparte de moscas, mosquitos y pulgas (que cogían sobre todo en Tântava), había también microbios, pero estos eran tan pequeños que ni siquiera podías verlos. Tampoco se podía ver a Dios ni a los santos, nadie los había visto nunca, pero no porque fueran muy pequeños. Era difícil comprender cómo los microbios, aunque no se vieran, al igual que los santos, sin embargo, existían, mientras que los santos o la Virgen María, no. Si se te caía una rebanada de pan con mantequilla bocabajo, no había que comerla, porque se subían los microbios encima. Y si te la metías en la boca, los microbios se te subían a la lengua y empezaban a morderla. Te mordían también el estómago si los tragabas. Mircişor no era demasiado obediente y, a pesar de que le daban miedo los microbios, comía moras del suelo y pegaba la boca a las barras del tranvía, chupaba los cristales… entonces sentía en la lengua las patitas de los microbios y sus dientes afilados. Sacaba la lengua todo lo que podía y se miraba la punta. Los veía allí bailando el baile de san Vito.

El padre no iba ese día a trabajar, porque siempre fumigaba en domingo. En cuanto desayunaban, se levantaba de la mesa sin decir palabra y, con Mircişor tras él, se dirigía a la despensa, donde tenía la caja de herramientas. De hecho, era una caja de zapatos, de cartón, rota y pringosa, ahí guardaba él las herramientas con las que también Mircişor tenía a veces permiso para jugar. Y esas herramientas eran las siguientes: el martillo, la llave inglesa, el punzón, dos limas tan miserables que no podías tocarlas, la lámina de una sierra y un poco de lija. Y algo de alambre, clavos y tornillos. También allí guardaba la bomba del insecticida, con la que, sin embargo, el niño no podía jugar, menos aún chuparla, aunque le gustaba muchísimo, porque era dorada y en los botoncitos tenía dibujada una flor roja y ponía algo. Había también una calavera dibujada debajo de las letras. Pero la bomba de insecticida olía a insecticida, que era un veneno para moscas tan fuerte que no te apetecía tocarlo. Más arriba, en una estantería a la que el niño no llegaba, guardaban el insecticida. Estaba en una botella grande, con una mazorca en lugar de corcho. El padre la cogía y empezaba a verterlo con cuidado en el recipiente de la bomba, gritándole al niño que se alejara de allí. Luego colocaba en su sitio la pieza de metal. Qué raro estaba su padre, que llevaba todavía en la cabeza el fez fabricado con una media de su madre para aplastarse el pelo y pegarlo al cogote, y que ahora se había cubierto también con un pañuelo la nariz y la boca, como los bandidos. Qué aspecto tan heroico tenía —recordaba a Saltan, el del libro que hojeaba en el alféizar—, cuando, con la bomba cargada en las manos, partía a la batalla, decidido, hacia la habitación de Mircişor. Su madre se recostaba un momento en él, como si se estuvieran despidiendo para muchos años, le decía «ten cuidado», y lo acompañaba con una mirada de cariño. «¡Papi, papi, ten cuidado!», gritaba también el niño, con el corazón en un puño. ¿Se las arreglaría su padre? ¿Vencería? Detrás de la puerta cerrada, oía los ruidos lejanos de la batalla: los crujidos de la bomba, el zumbido furioso de las moscas, las trompetas de los mosquitos, los silbidos de las pulgas, el rugido sordo de los microbios. E imaginaba a su padre como un dios terrible y vengativo, haciendo girar la bomba en las cuatro direcciones y atacando a las grandes criaturas aladas que revoloteaban en torno a él. Veía cómo se asfixiaban las moscas, maldiciéndolo, intentando arañarlo con sus garras afiladas como cuchillas, absorberlo con sus trompas peludas. Los mosquitos lo rodeaban como vencejos, se posaban en su espalda, introducían a través de su pijama a rayas las agujas de sus diminutas cabecitas, pero su padre, en cuanto las sentía, se daba la vuelta bruscamente, les lanzaba a la cara un chorro asesino de insecticida y los mosquitos caían, se rompían la cabeza contra el cemento. Los peores eran los microbios. Negros, peludos, con doce patas, le llegaban a su papi hasta las rodillas. Cubrían la habitación como una piel temblorosa en la que brillaban los colmillos terriblemente afilados y los cientos de ojitos (cada microbio tenía seis). Pero el padre bailaba sobre ellos, daba piruetas y saltos rápidos, los cegaba con el brillo dorado de la bomba y luego, mirándolos con crueldad y apretando cada vez más rápido el pistón, los hacía caer patas arriba en el suelo y salpicaba las paredes con su sangre verde. De vez en cuando se oía en el fragor de la batalla un «¡A tomar por culo!» o un «¡A la mierda!», y entonces el crío, con la oreja pegada a la puerta, daba un respingo de alegría porque sabía que su padre estaba todavía vivo. Miraba hacia arriba, a su madre, que escuchaba también con la oreja pegada a la puerta, y sonreían felices. Al cabo de mucho rato, la puerta sufría una sacudida, ellos se retiraban asustados y el padre, rojo como un cangrejo, con los ojos inyectados de sangre, apestando a productos químicos, cruzaba tambaleante hacia el vestíbulo sin dirigirles la mirada, en medio de un torrente de juramentos, se dejaba caer, exhausto, en la primera silla del comedor. En la mano derecha, extendida en el respaldo, sostenía todavía la bomba salpicada de sangre verdosa, con la varilla levantada y el recipiente colgando hacia el suelo. Luego tosía tanto durante un cuarto de hora que parecía que estuviera escupiendo los pulmones.

Mircişor no tenía permiso para entrar inmediatamente en su habitación, pero, un par de horas después (tiempo que su padre dedicaba a limpiar de monstruos también el comedor, rociándolos con el veneno de la bomba), podía avanzar sobre una alfombra de moscas agonizantes que se apoyaban en dos patitas para desprenderse de la carcasa. Luego se quedaban así, con las patitas temblorosas y alargando, implorantes, sus pequeñas trompas. Victorioso, su padre se despojaba finalmente de todos aquellos trapos que apestaban a veneno, se quitaba el pañuelo de la cara y la media de la cabeza y se quedaba en calzoncillos de tela blanca, tipo «Dinamo de Moscú», como decía él, y entonces, en medio del comedor, iluminándolo con sus ojos aterciopelados, se alzaba el hombre más guapo del mundo, atlético y moreno, vencedor e intrépido, cuyo rostro de actor de cine conservaba siempre, en la sombra verdosa de la barba, en la dulzura de las mejillas, en la melancolía ausente de la mirada, algo del asombroso destino de Witold Csartarowski, el noble polaco y antepasado suyo desconocido. Era sobre todo el cabello de su padre lo que resultaba sorprendente, prodigiosamente bello: cada hebra, de un negro azulado, era gruesa como el pelo de la cola de los caballos, y cuando se lo peinaba liso hacia atrás, bien impregnado con aceite de nuez, se llenaba de aguas y reflejos, como un espejo de piedra negra, pulida. El padre se metía en el baño y, al cabo de un rato, llamaba a su madre para que fuera a frotarle la espalda. Cuando su madre abría la puerta del baño, Mircişor veía a través del vaho denso el cuerpo de su padre en la bañera y el agujero de debajo, de cuando lo del gato, y luego su madre le decía: «Sal a la calle a jugar un poco», y se encerraba en el baño con su padre. Su papi tenía veintiséis años, su mami treinta, y él solo cuatro. Eso es lo que debía responder él cuando le preguntaban cuántos años tenía: «Yo tengo cuatro años».

Se dirigía a la habitación de sus padres, se subía a la cama revuelta y, desde allí, trepaba a la ventana siempre abierta que lanzaba sobre las sábanas una luz olorosa. Los días, en Floreasca, eran de una belleza sin par. El niño se detenía un instante en el alféizar caliente, contemplaba la villita amarilla, sin tejado, donde vivía Marilena, las acacias en flor, cuyos racimos perfumados comía con glotonería cada vez que su madre le arrancaba uno del árbol, y los arbustos de forsitia, con sus flores en forma de estrella tan amarillas que permanecían en tus ojos mucho después de mirarlas. Así de amarillo solo era el grueso polen del centro de los lirios rojos que su madre tenía en el otro alféizar. Si metías la nariz dentro, la sacabas llena de un polvo amarillo que te hacía estornudar.

A lo lejos, sobre las nubes blancas y brillantes de encima del liceo, se adivinaba el efecto de arcoíris de la bóveda cristalina que cubría Floreasca. El niño se giraba, dejaba que sus piernecitas colgaran en el vacío debajo de la ventana, sobre la pared granulada de la casa —al principio se hizo unos largos arañazos en las pantorrillas, porque llevaba siempre los famosos petos de tirantes, pero al final aprendió a bajar ileso—, y enseguida estaba en el suelo, en el sendero angosto entre la villa y el parterre de rosas. El verano era tórrido, tan espacioso como un hangar, las rosas eran más altas que él y teñían su sombra de rosa, el zumbido de las abejas y de los abejorros llenaba el silencio. Si hubiera podido verse (como lo ve Mircea, mientras escribe febrilmente su manuscrito vivo y opalino, dibujando con el boli una letra tras otra, letras que extienden al instante sus micelios en el papel velludo de las páginas y se interconectan, a través de sinapsis de miles de botones, con todas las demás letras, dispuestas en estratos y grupos autorresonantes, para que finalmente las hojas sean tan solo el soporte del cultivo, nutritivo y sustentador, de una red tridimensional de letras que brillan en el aire como una esponja azul y pensativa; y como lo veía el otro Mircea, en la ermita de Solitude, mirando al primero por encima del hombro y garabateando, a su vez, con un bolígrafo, letras en el cuaderno de tapas azules; y como abarcaba a todos los demás, a los vivos y a los muertos, a los reales y a los virtuales y a los creódicos y a los de viento y a los de fuego, al verdadero Mircea, el que no escribía, sino que esculpía un mundo fractálico en una brillante carne neuronal), Mircişor no habría visto entonces a un niño, sino una especie de ilusión óptica, una forma de sombras, mariposas y flores, un caleidoscopio con sandalias también moteadas, un camuflaje perfecto, una fusión total en la profundidad colorida del verano y del recuerdo. Pasaba debajo de las rosas y la forsitia y los setos, y todo ello coloreaba sus ojos de violeta y morado y rosa y verde oscuro, el cabello del color crudo de los zarcillos de la vid. Se dirigía a la parte trasera, donde había un patio espacioso, con un solario lleno de arena. Las acacias formaban allí un verdadero bosquecillo cargado de flores. A su alrededor, el aire era gelatinoso, oponía resistencia, así que el niño a duras penas conseguía llegar al solario. Desde ahí veía la parte trasera de la casa, que, curiosamente, no tenía un muro que diera al patio. Tal vez se hubiera venido abajo tiempo atrás, o tal vez no hubiera existido nunca. Desde el patio podías ver todo el día vecinos en pijama, o incluso en calzoncillos, moviéndose desorientados en sus cajitas, cocinando, besándose, estudiando… Por la noche, la luz de la luna llena volvía sus camisones transparentes. Los hijos de los vecinos, incluso los del piso superior, peleaban en las habitaciones sombrías y de repente daban un gran salto en el vacío, para aterrizar, con palitas, cubos, triciclos y todo, en la arena húmeda del solario. Sobre las diez habitaciones que podías fisgar a gusto estaba el tejado puntiagudo, de tejas, bellamente recortado sobre el azur del cielo. En el centro del mundo había una casa. En el centro de la casa había una madre. En el centro de su madre había estado él, y el recuerdo de aquellos meses felices lo atraía aún hacia allí con la fuerza de un millón de brazos blandos y elásticos. En la extraña época de la villa de Floreasca, había una única, gigantesca, estatua de una diosa. ¡Pero cuánto enigma la rodeaba! Porque era una diosa del amor y de la muerte, del éxtasis y del horror infinito. Mircişor daba vueltas y más vueltas en la terraza, pero con la cabeza siempre girada, como la luna, hacia la casa y hacia su madre. Se aburría enseguida y se iba al otro lado, rodeando el edificio y entrando por delante, por las puertas batientes que daban al portal. Allí reinaba una sombra densa. Una sombra verde, solemne, helada. Las paredes pintadas de color oliva tenían unas irregularidades en las que habrías podido fijarte mejor si no hubieras tenido miedo: un cuadro eléctrico, unos tubos que corrían por las paredes, una vitrina de madera con papeles amarilleados sujetos con alfileres, una fila marrón de buzones. En uno de los lados, el portal bajaba unos escalones y allí estaba la puerta del estudio. En la parte contraria empezaba la escalera que llevaba al primer piso. Al niño le daban ganas, cuando estaba solo, de salir corriendo para llegar a la puerta de su apartamento, aporrearla con los puños hasta que abriera su madre, pero a veces algo lo empujaba a adentrarse más en el corazón de aquella casa que parecía extenderse en todas las dimensiones de su mente. Se detenía, tragándose el miedo, delante del cuadro eléctrico, con el signo del rayo dibujado encima. Olía a prohibido, a amenaza. «¡Mircişor, cariño, no puedes tocar los enchufes, no te acerques a la corriente eléctrica! ¡Que ni se te ocurra arrimar la mano!» La voz de su madre resonaba en sus oídos incluso cuando solo veía un enchufe. Los enchufes eran muy malos. Si acercabas la mano, salía un fuego que te quemaba mucho mucho mucho. Sobre todo, el enchufe con ojitos. Era un enchufe de ebonita negra, más grande que los otros de la casa, que su padre no utilizaba jamás. Estaba en la pared del pequeño distribuidor que daba a su habitación, y el niño, cuando pasaba por allí, lo evitaba asustado, con los ojos apretados, porque los ojillos del enchufe te llamaban, te animaban a meter una aguja para ver qué sucedía. Tiempo atrás, mientras su madre planchaba una pila de ropa, se puso a hacer un castillo con piezas de ARCO y, mientras colocaba en la punta más alta el cono azul, se sintió de repente contemplado con atención. Era el enchufe con ojitos, que lo vigilaba desde la pared y cuyos agujeros profundos tenían un punto de luz radiante. Eran ahora unos ojos de verdad, esféricos, brillantes, ojos de araña, como si la araña grande y negra que su madre encontró en el fondo del saco de los juguetes se hubiera refugiado allí, en el enchufe, y lo estuviera mirando mal a través de los orificios. Se levantó bruscamente, destruyendo el castillo, y corrió a la caja de herramientas de su padre. Sacó de ella dos clavos largos, casi tanto como su antebrazo y, corriendo de vuelta al vestíbulo, los clavó con fuerza, hasta el tope, en los ojos de la fiera, que lanzó entonces un grito aterrador, como gritaría un hombre al que arrancan los ojos de las órbitas. El niño se vio lanzado por los aires con una fuerza increíble, volteado y golpeado contra una pared, pero no por la descarga, como cabría pensar, sino por su madre, porque al final solo vio el rostro desfigurado por el pánico de su madre —que lo sostenía en brazos gritando y gimiendo—, bañado en lágrimas y saliva. Por la tarde, en la cena, sus padres lo miraban como si fuera un milagro, porque, si en el barrio no se hubiera producido un apagón eléctrico, que había empezado un momento antes de que el niño introdujera los clavos en el enchufe y había durado hasta el mediodía, estarían llorando ahora ante un pequeño cadáver carbonizado. «Señor, perdónanos», balbuceaba su madre sin cesar, y el padre, con los pies encaramados en la silla, en calzoncillos, miraba furioso su plato, decidido adrede a no entender.

Pero lo que más lo atraía en el portal de la villa, en aquella cripta espaciosa, era la escalera que llevaba al primer piso. El portal tenía un gran hueco en el centro en torno al cual, si echabas la cabeza hacia atrás, veías el anillo del piso perdiéndose en la niebla, y más arriba aún, a una altura increíble, la bóveda pintada del techo y su tragaluz redondo, a través del cual se colaba una luz lechosa. En la cúpula estaban pintadas, en colores fuertes y contrastados, unas escenas alegóricas que el niño no entendía, un remolino de nubes y de cuerpos desnudos, de carros alados que huían en la luz crepuscular y de grandes y pálidas y melancólicas ruinas. Dominaba toda la bóveda el cuerpo enorme de una mujer desnuda, pintado en escorzo, de tal manera que la cabeza y los senos apenas se distinguían, achicados por las líneas de fuga, mientras que, en primer plano, sus muslos se abrían triunfantes, carnosos y con leves estrías. En el lugar donde se articulaban, ahí donde Mircişor sabía que tenía que estar el bollito, se encontraba el gran tragaluz circular a través del cual, ciertamente, se colaban en el portal gorriones y vencejos.

A solas en la amplitud del portal de entrada, el niño empezaba a subir, titubeante, los escalones, que le llegaban hasta las rodillas. Sus pasos resonaban en el aire helado y podía oír también, desde hacía un rato, su respiración. Qué curioso que el mundo no se extendiera tan solo en horizontal, en la superficie de la tierra, por donde te llevaban las carreteras y los tranvías, desde la casa del centro hasta los lejanos territorios donde vivían la tía Vasilica o la madrina. Mircişor había descubierto a edad muy temprana que los caminos verdaderos conducían hacia arriba y hacia abajo. Si, tumbándote en el suelo, abarcabas sus formas y colores y sus olores y su esplendor, solo subiendo y bajando descubrías su sentido conmovedor y oculto. Al subir, Mircişor llegaba siempre bajo la bóveda pintada de su pequeño y tierno cráneo; al bajar, vagaba por el laberinto de su vientre. Él en el centro de la villa, la villa en el centro de Floreasca, Floreasca en el centro del mundo, como en un juego encerrado en una esfera de diamante que sostuviera en sus palmas, calentándola con el calor de sus manitas.

El piso de arriba era el de las niñas. Porque allí, bajo la bóveda estridentemente coloreada, dominaba una luz de leche y bruma, los perfiles de las niñas eran suaves, y sus mejillas, de porcelana. Sobre ellas se condensaba en gotas de agua aquella niebla pesada, y sus ropas estaban húmedas. Las puertas de los apartamentos eran enormes y brillantes como las lápidas de las tumbas. No se abrían jamás. Alrededor, el techo rodeaba la abertura ovalada del centro, sin balaustrada, así que, a aquel borde afilado, desde donde se veía, en lo más profundo, el portal de la planta baja con la puerta de sus padres, no podía acercarse Mircişor por culpa del vértigo que le atenazaba las tripas, estrujándoselas como una garra. Pero precisamente allí estaban las niñas, en los felpudos, con sus muñecas a las que alimentaban con cucharita. En cuanto su coronilla con pelito ondulado y brillante aparecía por el rellano, mientras subía lentamente los escalones, los ojos de las niñas se volvían hacia él, como un banco de peces con movimientos asombrosamente sincronizados. Las bocas de las niñitas, intensamente pintadas en sus rostros blancos y brillantes, se redondeaban en una O con incontables estrías y grietas. Se ponían de rodillas y lo llamaban estirando sus brazos de porcelana, que salían de las mangas de tela fruncida. Sus ropas estaban mezcladas con la bruma y formaban en conjunto una espuma rosada, satinada, salpicada de florecillas. El chico sabía que no estaba bien quedarse con ellas y, sin embargo, se pasaba allí horas muertas, tardes y tardes, dejándose achuchar, mimar y acariciar por las niñas. No lo habrían deslumbrado más sus cuerpos tiernos si hubieran tenido escamas de serpiente o un ojo en la frente, o si por debajo de sus vestidos salieran unas patas peludas de león. Pero ellas parecían ser iguales que él, incluso aunque fueran algunos años mayores, incluso aunque conocieran las letras y pudieran dibujar hadas. Tenían rizos castaños como él, en los que habían prendido flores y pompones, no tenían tetitas, al igual que él, a excepción de dos manchas rojizas en el pecho, hablaban igual de bajito que él. Pero no tenían un pajarito entre las piernas, lo había visto muy bien y por eso sabía que tampoco su madre tenía, porque las niñas giraban y se retorcían en las alfombrillas, enseñando las piernas e incluso las barrigas, y en las braguitas húmedas por la bruma no había nada, solo una leve hendidura de la tela de algodón que parecía haberse introducido en una arruga de la piel. A través de esa arruga de debajo de la tripa hacían también, ellas, seguramente, pipí. Más curioso aún era que del hecho de que no tuvieran pajarito se desprendían asimismo otras cuestiones que le resultaban indeciblemente extrañas: llevaban vestidos, algo que a él le estaba vedado, tenían también pendientes en las orejas. Robaban en casa el carmín de sus madres y se pintaban burdamente los labios. Robaban incluso frasquitos de esmalte y se pintaban las uñas de las manos y de los pies. Traían collares de perlas y rodeaban con ellos sus cuellitos transparentes. Un día lo vistieron también a él de chica. Lo abrazaron cien brazos de porcelana, lo desnudaron del todo (Mircişor creía que se mostrarían llenas de admiración por su pajarito, pero ellas apenas le echaron un vistazo divertido) y le pusieron un vestido estampado que se le había quedado pequeño a una de ellas. Le plantaron unos pendientes en las orejas, grandes, mates y redondos como caramelos, y luego empezaron a maquillarlo y pintarlo como a una muñeca mientras él gimoteaba e intentaba, indeciso, escabullirse de sus manos. Le pintaron de granate cada uñita y le pusieron brazaletes en las muñecas. Jugaron luego un buen rato, las niñas le llamaban Mircica y se morían de la risa. Pero él no se reía. Estaba de pie, atenazado por un sentimiento terrible de inseguridad y de peligro, como si una araña de su tamaño lo hubiera atrapado entre sus patas y hubiera empezado, lentamente, a envolverlo en hilos de seda. Había pasado al otro lado, veía de repente el mundo desde el otro lado. Nadie sabría nunca cómo es el mundo contemplado por un individuo, porque no existían individuos, sino únicamente hombres y mujeres. Para cada uno de ellos, el otro era amenazador y terrible, pues se parecían sin parecerse, y, cuanto menor era la diferencia, más te atenazaba el pánico, más alarmado y asombrado estabas. Allí, entre las piernas, comenzaba todo, pero esa línea brutal pasaba de hecho entre dos mundos, casi idénticos y sin embargo irremediablemente desconocidos, como esos dibujos en los que tienes que encontrar varias diferencias. Cuando miraba a una niña, Mircişor miraba un espejo increíblemente extraño, en el que la derecha seguía siendo la derecha y la izquierda, la izquierda, pero el pajarito se transformaba en bollito y los pantalones en vestido, y el pelo corto, en bucles hasta la mitad de la espalda. Y, tal y como únicamente rotados a la cuarta dimensión el guante derecho se podía utilizar para la mano izquierda, existía tal vez en algún sitio un giro del mundo, del sueño o de la mente, en el que al pasar por el cual, de hombre te transformabas en mujer, una metamorfosis tan elevada como la de la oruga que se convierte en un ser alado, en la crisálida en la que se entrelazan el espacio, el tiempo y todas las demás ilusiones.

Tras las horas transcurridas en compañía de las niñas, el niño volvía a casa avergonzado y asustado, como cuando hacía algo muy muy malo: cuando aplastaba un escarabajo verde-metálico con la suela de la sandalia o cuando golpeaba un caracol contra el suelo hasta que veía, a través de la cáscara destrozada, su carne babosa, martirizada. Después de hacerlo se marchaba corriendo, con la piel de gallina en los brazos, como si aquellas criaturas tan terriblemente aplastadas se pudieran vengar de él de un modo mágico e implacable. Así también lo inundaban de un placer asustado y culpable los juegos de las niñas, sacar la lengua, por ejemplo, porque ellas, allí, al borde de su precipicio, moviéndose de repente hacia él, apoyadas en los brazos y estirando los cuellos, mostraban de repente unas lenguas largas, carnosas, tan rojas como si hubieran comido solo fresas y guindas, con las papilas tumefactas y la venillas azuladas de debajo de la lengua brillantes por la saliva, y se quedaban así, como un cuadro viviente, unos largos minutos, con los cuellos hinchados por el esfuerzo de sacar la lengua todo lo posible, con los ojos límpidos de los animales disecados. O el juego de los saltos, en el que cada una se dirigía al borde del rellano, se agachaba y saltaba de repente al hueco del centro, con el vestido ondulante, para aterrizar, al final de un salto enorme y demente, en la parte contraria, donde, en el aire oliva, brillaban otras puertas de apartamentos funerarios. O el de escupir desde arriba, en el que las niñas se dirigían juntas al círculo embriagador y, con los ojos cerrados, pensaban un rato únicamente en dulces, pasteles, savarinas y hojaldres, mazapán y chocolate con leche Pitic, gominolas y caracolas de crema, hasta que la boca se les hacía agua. Entonces escupían la saliva todas a la vez, en chorros finos, claros e hialinos, que se extendían ininterrumpidos, elásticos, hasta el suelo, brillando mágicamente en el rayo grueso de la claraboya de la cúspide de la cúpula...

Siempre bajaba de donde las niñas a la carrera, mirando hacia atrás para asegurarse de que no lo perseguían para clavarle unas lenguas más largas que sus propias manos. Se apoyaba en la puerta de su apartamento y la aporreaba hasta que su madre le abría y lo arrastraba de la oreja hasta el baño, donde le limpiaba el carmín y las demás porquerías, le daba unos azotes en el trasero y le decía a voz en grito: «¡Es que eres azogue puro, no paras quieto! ¡Pero descuida, que ya voy a ir yo un día adonde esas burras y se van a acordar de mí, se les van a quitar las ganas de reírse de ti, tonto, más que tonto!». Entonces también él empezaba a gritar, se revolcaba en el suelo y se envolvía en las jarapas hasta ponerse morado, no tanto por el dolor de los azotes en el trasero o por los gritos de su madre, sino porque se sentía culpable, culpable hasta lo más profundo de su corazón, y porque la vergüenza no se podía derrochar de esa manera. «Espérate a que vuelva tu padre a casa y te vas a enterar, que me estás matando a disgustos, me dan ganas de marcharme y no volver...» Pero al cabo de un rato acababan como siempre, abrazados, ruborizados y sudorosos por el esfuerzo, riendo entre lágrimas y mirándose felices a los ojos. Se tiraban los dos en la cama arrugada, su madre lo hacía rodar y lo volteaba, levantándolo por el aire con las piernas y arrojándolo de lado, fingía que lo dejaba caer fuera del borde de la cama, pero luego lo salvaba y depositaba su cabecita rizada en la almohada. Le leía en *La isla de Tombuctú* unas historias con negros y brujos, y él se quedaba con la mirada perdida en el vacío, aferrado a las palabras de su madre, en un mundo que adquiría de repente perfiles de oro fundido y de sombra.

En el cráneo de Herman había, acurrucado, un niño. Un feto grande y pesado, con la cabeza inclinada hacia la base del cráneo, listo para nacer. Ocupaba casi todo el interior de la cavidad ósea, transparente ahora como el cristal. Un cordón umbilical unía al niño a una capa fina del cerebro que le servía aún de placenta y que se había vuelto también traslúcido. Solo el cuerpecito elástico y sano, cubierto con una lanilla delicada como una piel de hilos de seda y una pelusa dorada en la cabeza, se distinguía bien, real como cualquier objeto del mundo físico, y arrojaba una sombra en la almohada de la que lo separaban unos centímetros. Los dedos y las orejas, más finos, dejaban pasar a su vez una luz rojiza, pero, por lo demás, su piel era bonita y mate, muy tirante sobre una espalda de omóplatos inverosímilmente pequeños y con las apófisis vertebrales apenas visibles bajo un delicado estrato de tejido adiposo. Los rasgos de la cara, al menos lo que se alcanzaba a ver (porque la cabeza, del tamaño de una manzana, estaba vuelta hacia las rodillas), estaban bien perfilados: los párpados ovalados, con las raicillas de las pestañas ya pigmentadas, la nariz con unas narinas tiernas y la boca con unos labios llenos, como dibujados. Era un niño precioso, un chiquillo robusto dispuesto a heredar el mundo.

Los párpados se movían levemente cuando bajo ellos pasaban muy despacio, de un lado a otro, los bultos duros de las futuras córneas transparentes. Aovillado en su útero de hueso, el niño soñaba. «¿No es asombroso?», susurró el doctor alargando la mano hacia la cabeza de Herman y golpeando suavemente, con la uña, el cráneo transparente como se golpea el cristal de los acuarios. «¿Y no es milagroso que el paciente esté vivo todavía? He visto enfermos con la mitad del cerebro extraído y que, a primera vista, creerías personas perfectamente normales. Pero aquí, este tumor encantador, como ves, ha ocupado toda la cavidad. Está envuelto tan solo en las seis capas corticales, las más ricas en conexiones, es cierto, la materia gris pensadora. Pero también estas se las zampa cada día que pasa, como ha devorado en los últimos meses todo, los núcleos basales, la mancha roja, el hipocampo y la amígdala, el tálamo y el hipotálamo, las zonas sensoriales y las motoras, una multitud de centros vitales sin los cuales una persona simplemente no puede sobrevivir. Y sin embargo este vagabundo alcohólico lo ha soportado todo, ha vivido como un vagabundo, ha andado con sus alcohólicos sin preguntarse cómo diantres puede caminar, cómo le late el corazón y cómo puede tragar y cómo respira y cómo caga si no tiene ya centros neurales que hagan posible todo ello. En dos o tres semanas nosotros, los neurocirujanos, no tendremos nada que hacer, habrá que llamar al ginecólogo. Porque este valiente debe de pesar ya unos tres kilos y no va a esperar mucho más. ¡Suelta ya, con los talones, unas patadas en las meninges que transforman nuestro EEG en un sismógrafo!»

Estábamos a millones de kilómetros bajo tierra. De hecho, la tierra era infinita, uniforme y compacta, y en toda su extensión inconmensurable no había sino una imperfección, como una burbuja de aire en un cristal grueso, tan solo una en toda la materia infinita: el reservado de Herman en el cual, arrodillados, contemplábamos el feto de cabello dorado. Éramos un plano fijo de la película tridimensional del mundo, una cajita de luz castaña en una noche sin límites y sin fin. Vivíamos en el subsuelo, como insectos lívidos y ciegos con unos filamentos largos y frágiles que buscaban permanentemente, a su alrededor, la improbable boca de un túnel, la salida hacia la imposible redención. Porque si encontráramos una salida de nuestro mundo cóncavo (Horbiger tenía razón: vivimos en una caverna excavada en la roca infinita de la noche, iluminados, en el centro, por el sol ovariano), esta no sería, no podría serlo, hacia un espacio abierto, de un azur luminoso, sino hacia un manojo de túneles ramificados, grietas en torno a la pequeña caverna en la que, tras un viaje tan largo como la vida, dejaríamos los huesos por el camino, a tan solo un milímetro de nuestro mundo. O penetraríamos en otra caverna, con otros cielos y otros dioses, otra fisura igualmente insignificante en el granito de la eternidad. Ay, Herman, ¿y si el reino del Jerusalén Celestial que buscamos todos a tientas como ciegos, aunque no está siquiera lejos de cada uno de nosotros, es tan solo otra hendidura en la noche, miles de veces más grandiosa y sin embargo igualmente insignificante en el núcleo de la oscuridad? ¿Y si la luz que anhelamos es oscuridad cerrada ante la verdadera luz?

«Cuando vino por primera vez y le realizamos las primeras exploraciones, yo estaba convencido de que tenía un simple melanoma. Se encontraba ahí, situado en un lugar extraño, es cierto, justo en el centro, en medio del paquete de fibras de los puentes de Varolio. No era más grande que una cereza. Imposible de operar, un caso triste, por supuesto, de esos que nos llegan de vez en cuando para terminar en unos gritos desgarradores en unas salas aisladas. No se podían aplicar ni las técnicas clásicas ni las estereotácticas. Estuvimos a un paso de la quimioterapia y la habríamos comenzado si no hubiéramos observado una curiosa pulsación del tumor, como si en su centro latiera acelerado un corazoncito. Dios mío, es el latido de un corazón, nos dijo el anestesista, así empieza, allí, en el útero… Entonces lo mandamos de vuelta a casa, era demasiado atípico para nosotros, y teníamos un severo problema de espacio: durante una temporada poníamos dos enfermos por cama, pero nos lo trajeron de nuevo al cabo de un mes, después de que se cayera en un tranvía. Contemplábamos la imagen de los monitores y no nos lo podíamos creer: ahora estaba claro que se trataba de un milagro, que no había ningún tumor en ese cráneo decrépito de cabellos sucios, sino un feto, un feto de tres meses, con un ojo visible, grande y oscuro, y los brotes de los miembros bien marcados. En medio año este hombre iba a dar a luz a un niño nacido de su vientre cerebral. Era una señal celestial, una anunciación terrible. Poco después, nuestro hospital estaba ya abarrotado de securistas. Lo trasladaron al box más retirado. Trajeron unos aparatos cuya existencia desconocíamos (los oímos hablar de ingeniería inversa y de bases subterráneas por la zona del lago Baikal), una tecnología nueva y asombrosa que nos enseñaron a utilizar con gran secretismo. Asistimos a los interrogatorios y así descubrimos que este Herman era un viejo conocido suyo. Lo habían detenido antes por un cuadro y por un manuscrito...» Aquí el doctor me miró de repente a los ojos: «*Tu* manuscrito, Mircea». Di un respingo, asustado, cuando el médico pronunció mi nombre. Lo miré asustado a los ojos. Sabía desde el principio quién era yo, pertenecía a la misma historia, los filamentos de tinta azul de las palabras «doctor» y «Mircea» (y Herman, y Dios, y Albino y Maarten) se entrelazaron como unos zarcillos brillantes en el estambre de las mismas páginas del manuscrito, mi manuscrito ilegible, el manuscrito por el que habían arrestado a Herman. «Solo entonces descubrimos que el mendigo de la orilla del puente era el pilón en torno al cual giran las estrellas. Comprendimos que sin Herman no habría existido la Secta, supimos que él era la voz que clamaba en el desierto: ¡despejad los caminos de Dios! Y ahora teníamos su cabeza atormentada descansando en la almohada como sobre una bandeja de plata. Los securistas venían en bandadas, invadían sus noches, le robaban el aire, llenaban el box con el tufo de su sudor. Querían ver, convencerse, miraban como en el circo o como en un *peep-show* la cabeza transparente a través de la cual se adivinaban todavía la lengua y las parótidas, y arriba, bajo la bóveda, el niñito del tamaño ya de un albaricoque, durmiendo en su camita neural. Y Herman estaba en el borde de la cama, ante ellos, con el cable grueso colgando de su cuerpo como la cola de un reptil prehistórico, con el cráneo rapado y transparente doblado hacia el suelo, respondiendo a sus preguntas alucinantes con las mismas frases repetidas una y otra vez, con una sonrisa cohibida, como si hubiera descubierto, una y otra vez, la fuente de su infelicidad y del milagro que estaba ocurriendo. «Fue Soile, fue cuando jugábamos al cielo estrellado… Cuando se apagó la luz… Cuando penetró su esperma sideral en mi cabeza…» Y los securistas, bañados en sudor, anotaban cada vez cada una de sus palabras, subrayando siempre el nombre de Soile y añadiendo signos de interrogación. «¡Qué aguante!», los oía decirse unos a otros por el pasillo, al marchar, para añadir luego algo sobre tenazas eléctricas y sobre aplastar las uñas en el quicio de la puerta. Estaban convencidos de que Herman formaba parte de una conspiración secreta, con objetivos políticos claros y extremadamente peligrosos: el vuelco del sistema socialista instigado por agentes extranjeros. No nos permitían mantenerlo ingresado más de una semana, tenía que estar libre para que ellos pudieran vigilarlo y él los condujera a la casa secreta que imaginaban por el barrio de Pajura…

Y de repente se hizo la oscuridad, total y helada. «Desgraciados —oí la voz del médico a mi lado—, han vuelto a cortar la luz. No tienes ni idea de la cantidad de enfermos que mueren por la estupidez esta de ahorrar energía. Bebés en las incubadoras, enfermos conectados a los aparatos de diálisis, los del pulmón artificial, los de reanimación… Quédate aquí un momento, no te muevas de tu sitio…» La voz del médico se alejó, algo metálico cayó al suelo, el doctor empezó a maldecir, luego continuó con una voz clara en aquella privación sensorial total y desoladora: «Imagínate que estás en una operación, una operación de cerebro… La vida y la muerte son cuestión de milímetros… El paciente está ya trepanado y hurgas en su cerebro con tu instrumental. Y justo cuando te estás preguntando cuántos milímetros cúbicos hay que extirpar, se va la luz… Dios mío, se han interrumpido todos los sistemas que lo mantienen vivo…, se apagan los monitores… Él, pobrecillo, no sabe nada, pero ¿te imaginas nuestro pánico, el de los que rodean la mesa de operaciones? Muere en nuestras manos, no hay nada que hacer… Las enfermeras empiezan a gritar, nosotros abandonamos toda prudencia, tiramos el escalpelo y aullamos como locos:

¡encended la luz, encended la luz, hijos de puta!... Cuántas mujeres habrán alumbrado a la luz de las linternas e incluso de las velas... ¿Y sabes cuánto ahorran los desgraciados estos con todo el coste de ese sufrimiento inimaginable? Todo lo que consume la población significa el dos por ciento de... ¿dónde diablos está el cuadro eléctrico? Nosotros, afortunadamente, tenemos un generador propio, nos lo trajeron los mismos tipos esos de las chaquetas de cuero... Así pues, solo un dos por ciento del consumo industrial. ¿Y cuánto de ese dos por ciento significa el consumo de los hospitales? ¿Cuánto se ahorra con el coste de una mujer que muere en la mesa de parto? ¿O con el de un enfermo de riñón cuya diálisis se interrumpe? ¿Sabes lo que pasa con estos últimos? No es broma, es como en Auschwitz, amigo. Solo hay unos pocos aparatos en todo Bucarest. Se accede a ellos con muchos enchufes y favores. Los más pobres revientan. Pero también revientan los demás... (ajá, aquí está)... porque los seleccionan en función de la edad. Los de más de cuarenta años no tienen derecho a diálisis... (mierda, nunca acierto a la primera con la tecla esa)... Están condenados a muerte. Y con las ambulancias lo mismo: ¿que tienes más de setenta años? La ambulancia no viene, adiós, ya has vivido la vida, se acabó lo que se daba...».

La luz llenó el reservado de manera tan brusca y milagrosa como la oscuridad anterior. Sin transición y sin memoria. Estaba ahora a solas con Herman. El médico seguía manipulando los conmutadores del panel, regresó el pitido, pero era completamente distinto e inusual, como una melodía cantada al revés, y pude ver cómo, con mucha más rapidez que el proceso de clarificación, las capas de tejido alrededor del niño se volvían opacas, la textura volvía a ser táctil (el grueso papel secante de la meninge, la áspera porosidad de los huesos craneales, la piel brillante, miríficamente tatuada, del cráneo), de tal manera que, en menos de diez minutos, el enorme enfermo estaba de nuevo allí, durmiendo de cara a la pared, un mechón de pelo gris le salía de la oreja derecha. El zumbido se cortó un instante y el doctor regresó a la estancia. «En este momento todo Bucarest está sumido en la oscuridad. Si pasara un avión por encima, no se daría cuenta de que ha sobrevolado la capital de un país europeo. Como dice el chiste: si hubiera también algo de comida, sería como en la guerra. Por cierto, ¿sabes por qué los rumanos son los más creyentes del mundo? Porque ayunan todo el día, por la noche encienden velas y el domingo van al servicio... es decir, al trabajo, entiendes, ¿no?...»

Pero no me di prisa por entender porque Herman empezó justo entonces a agitarse en la cama y luego se incorporó lentamente. El médico se apresuró a ayudarlo y, sobre todo, a asegurarse de que los electrodos pegados a su piel, cuyos hilos multicolores salían de debajo de la chaqueta del pijama para introducirse en el conducto gris, no se habían desprendido durante el sueño. La columna vertebral del hombre doliente estaba doblada en ángulo recto justo entre los hombros, así que sus ojos estaban siempre clavados en el suelo. Su rostro, tan hermoso en otra época, iluminado por unos ojos intensamente azules, era ahora el de un viejo pordiosero, sin afeitar, ojeroso, con un rictus amargo. Permaneció largo rato en el borde de la cama, con la cabeza apoyada en las manos, sosteniéndola como un objeto pesado y precioso que no formara parte de su cuerpo, como un cáliz de oro lleno de sangre sagrada. El médico había pasado el brazo sobre los hombros de Herman y colgaba de él como una gran ala blanca. Tuve de nuevo la sensación de que nos encontrábamos en las profundidades de la tierra, reunidos en una escena alegórica incomprensible. Y entonces oí la llamada. No era la voz de Herman, aunque él había movido los labios sin apartar los ojos del frío terrazo del suelo. No era una voz humana. Era la voz que escuchó Zacarías, mientras dormía en el templo, cuando, desde el centro de su mente, fue llamado por su nombre, como si alguien hubiera arrojado una piedrita en un estanque oscuro. Y de repente una onda de oro, sin vocales ni consonantes, sin el timbre de una laringe, sin las minúsculas vejigas de saliva aplastadas entre la lengua y el paladar. No era un ruido, no era un sonido, sino un concepto puro, luminoso, triunfal, que partía del centro de su mente y sacudía el universo. Me oí llamado por mi nombre con un susurro que goteaba en mi cerebro: Mircea. Sien contra sien, Herman y el médico me contemplaban ahora con unos ojos idénticos, de un azul imposible. No oía nada y, sin embargo, las palabras, carentes de sintaxis y de morfología, iluminaban, en oleadas, mi entendimiento. Prepárate, entendía. El momento está cerca, entendía. Victor está en la puerta y su rugido es el de una fiera. Victor, el asesino. La araña que eterna, eterna, eternamente envuelve en seda a la mariposa blanca y la arrastra luego, viva y con los ojos ardientes, a su boca infernal. «Perdóname, Señor», susurré también yo, pero el instante había pasado y la visita al enfermo había finalizado, Herman me miraba ahora con unos ojos turbios, sin dar muestras de reconocerme. Luego se dejó caer de lado en la cama y empezó a gemir con la cabeza entre las manos. «No hay que fatigarlo», me dijo el doctor con una mirada inequívoca. Regresé luego por el pasillo interminable, vagué entre salones con enfermos y, cuando salí por la puerta del hospital, me invadió un frío espantoso. Había una ventisca. Estaba todavía oscuro, pero en el horizonte se extendía, entre los bloques de yeso y ceniza, una línea anaranjada. Llegaba la mañana.

«¿Has oído lo que está pasando, cariño? ¡Anda con cuidado, hijo mío, que no se te ocurra salir a la calle estos días, hay jaleo con mayúsculas! Lo he visto en la tele con mis propios ojos. El loco ha convocado a la gente a un mitin, un mar de gente con banderas y eslóganes, con este frío… como si la gente no se congelara bastante haciendo colas… Menos mal que ha dejado de nevar y ha salido el sol… Y ha empezado, cariño, a mover la mano y a decir con voz ronca no sé qué, cosas suyas, que si todo estaba bien, que si saldrá bien, y hablaba y hablaba cuando ha sucedido algo, la gente ha comenzado a gritar, pero no "Ceauşescu PCR" o "Ceauşescu y el pueblo", como antes. No, gritaban y se movían, se agitaban, me ha parecido oír también unos bombazos… Y de repente el viejo se queda boquiabierto con los ojos clavados en la muchedumbre, así. No sabía qué pasaba. Se ha puesto a golpear el micrófono con el dedo… Hola, hola, decía… Luego ha venido uno y le ha dicho algo al oído, pero él parecía estar en otro mundo… Y verás lo que ha empezado a decir después, me daban ganas de hacerle no sé qué. Con lo miedosa que soy, me he puesto a gritarle, ahí, en el televisor, le he llamado de todo. Mira con qué quiere seguir sacándonos los ojos el muy desgraciado: que si nos va a

dar cien *lei* más con el sueldo, que si no sé qué indemnización...
Pero no piensa en que la gente no tiene qué comer, ¡que Dios lo
castigue bien castigado, al tonto de él y a Leana! Jamás ha sucedido
nada semejante en este país, que se muera la gente de hambre, que
no tengas qué ponerles a tus hijos en el plato... Y mira tú, cariño,
la gente ha empezado a abuchearle sin miedo, podía oír cómo pi-
taban como en el fútbol: ¡buuuuhhh! ¡buuuuhhh! Creo que también él lo oía, porque de repente se le ha cambiado la cara, se
le notaba la vejez en esos ojos ovinos, ha venido otro y le ha dicho
que se vaya, pero él seguía sin poder creérselo... Él piensa que la
gente lo quiere, el muy miserable... Tenías que ver cómo seguía allí
plantado, mirando como un pobre abuelito con su gorra de lana de
oveja... Y te preguntabas cómo había engañado ese zapatero a tanta gente, cómo había metido miedo a tantos... Al final se ha mar-
chado y han cortado bruscamente la emisión como si hubiera habido, como sucedía antes, "una avería técnica". Porque al principio
la televisión no valía un pimiento, la programación era breve y un
día (el martes, creo) hacían también un descanso. Y además la emisión se interrumpía todo el tiempo y en la pantalla aparecían esas
palabras: avería técnica. ¿Recuerdas todavía nuestro antiguo televisor, el Rubin 102? La pantalla era como una felicitación de Año
Nuevo. Ese era el que veíamos. Entonces había cosas que ver, había
programas de entretenimiento, con Căciulescu, con Puiu Călinescu,
había cantantes de música ligera como dios manda, serias, Pompi-
lia Stoian, Doina Badea, que murió en el terremoto... Y no era,
cariño, solo con lo del Partido, con la patria y con Ceaușescu, como
ahora. Más o menos cuando se pasó al color empezó también la
porquería esa, al principio se decía "color parcial", y circuló un
chiste: es color parcial porque el Camarada y Elena son a color y
todo el resto a blanco y negro... Desde entonces todo ha ido a
peor. Antes la gente reía, se divertía, ahora nada. Mircișor, me ha
dicho la señora Rădăuceanu que no salgamos esta tarde, que hay
una revolución. Vuelve la gente del centro diciendo que es un desastre. Se han llenado las calles de gente gritando contra Ceaușescu.
Dios mío, cuánto valor deben de tener... Que Dios nos ampare y

que no le eche el Loco al ejército, pobres chavales... que este es capaz de cualquier cosa. Dicen que Leana ha ordenado que borren Timişoara de la faz de la tierra, con aviones... con bombas... Es muy capaz, esa arpía vieja. Que solo ella es la culpable de todo, ella y las tonterías que tiene en la cabeza. "Madre amante, erudita de fama mundial"... ¡Soy yo más erudita que ella, esa oltena mala y tonta! Al menos Gheorghiu-Dej era moldavo, más manso, más tranquilo, pero cuando llegaron los dos oltenos estos no hubo manera de vivir. Es cierto que al principio estuvo bien, había de todo. Pero luego se les subió a la cabeza, que si ellos eran gente de alcurnia y todos los demás, sus esclavos. Que dicen que estaban una vez Nicu y Leana durmiendo en su cama y de repente Leana empieza a hablar en sueños: "¡Rei... del mundo... rei... del mundo!". Y el tío Nicu se alegra de que Leana lo llame así, pero ella sigue balbuceando: "¿Nos queda algún reino del mundo por visitar?". Y luego empieza él a hablar en sueños: "Diosa, diosa...". Y Leana se ahueca como un pavo real cuando la llama diosa. Pero él añade: "Diosa... dios sabe que no". Y así era de verdad, que estos andaban como locos visitando a todos los negros de África, ¡si al menos les hubieran dado algo de sus riquezas! Solo que esos eran todos caníbales. Cuando moría un jefe de Estado, el que venía tras él se comía su hígado para heredar sus poderes, dicen. Los sacaban también en la telenciclopedia: desnudos como los trajo su madre al mundo, solo con unas hojas por delante. Esos sí que son felices: no necesitan ropa, no necesitan nada. Comida de los árboles, toda la noche cantando y bailando... ¡Eso es vida, chaval! Recuerda cuando eras pequeño y te leía *La isla de Tombuctú*, con los salvajes aquellos. En fin, con esos andaba el Camarada. Traía de vez en cuando a alguno a Bucarest y plantaba a la gente en el recorrido para que gritara: "¡Ceauşescu, Bokassa!". ¿Y qué es lo que sacó en limpio al final? Polvo y ceniza. Lo llevó la reina de Inglaterra a dar una vuelta en calesa. Eso es lo que sacó, como si Andruţa[15] no hubiera podido ponerle unos caballos al carrito, en su Scorniceşti natal, y pasearlo

15. Hermano de Nicolae Ceauşescu y general de la *Securitate*.

todo lo que le viniera en gana si era eso lo que quería. Se le subió a la cabeza, empezó a pensar que también él era como Ştefan cel Mare, como Mihai Viteazu, un vaivoda o un señor… Se hizo incluso un palacio, la Casa del Pueblo (dicen que ahí hasta la cadena del váter es de oro), y una cachiporra con la que sale en todas las fotos… Se ha chiflado con la edad.

Que se vaya al carajo, que se ponga también cuernos si es lo que quiere, y plumas en el trasero, pero que nos deje vivir a los demás, ¿por qué tienen que disfrutar ellos de todos los placeres y nosotros a aguantarnos? Que vivan ellos como reyes y nosotros a morirnos de frío en casa (va y dice "poneos un jersey más", el muy canalla) y a comprar salchichón con la cartilla de racionamiento… Y qué salchichón… qué le pondrán, soja, cualquiera sabe, que dicen que en la mortadela meten papel higiénico troceado… Ay, qué mundo… Ay de nosotros, qué amargura, así no se puede vivir. Si te paras a escucharlos, todo es maravilloso, aquí se vive como en ningún sitio, ellos piensan a todas horas en la felicidad del pueblo… Hay comuniiiiiismo, hay igualdaaaaad… ¡Es decir, yo soy igual que la señora Leana y ando también con un abrigo de leopardo, tomo también piña y caviar, y me paseo por todo el mundo como ella! ¿Qué he conocido yo en toda mi vida? Tântava y Bucarest. Y dos veces otros sitios: Oradia y Govora y se acabó. Y no digo que por qué no he ido yo al extranjero, que tampoco allí atan a los perros con longanizas. ¿Adónde vas a ir? A conocer mi país al menos. Pero cuánto me habría gustado, Mircea, ir una vez en avión, volar también yo entre las nubes. Antes podías tomar un avión en Băneasa, había algunos viajes de placer: te paseaban un par de horas sobre la ciudad y luego aterrizabas. Toda la vida he querido volar en uno de esos… Pero ¿de dónde vas a sacar el dinero? Tres con un salario y los muebles a crédito, plazos y más plazos…Y vosotros necesitabais ropa, porque salíais a la calle, tú a la escuela, papá al periódico. Yo podía pasar con tres trapos, pero por lo menos tu padre tenía que ir bien vestido, ser igual que sus colegas. Hubo una cosa que no me gustó de él, y es que durante una temporada empezó a comprar también los Snagov de los paquetes esos rojos, de doce *lei*. Me puse entonces como una fiera. Qué bonito, ¿ves que yo he renunciado a todo para que tengamos algo que llevarnos a la boca y tú haciéndote el señor? Claro, es que tú te comparas con Matei y con Verendeanu, que toman coñac todos los días, que tienen coche, no gastan en otra cosa, y sus mujeres trabajan, no como yo, todo el día detrás del crío… Aflojó un poco la cuerda y volvió a los Carpați, pero yo seguía encontrando algún que otro paquete de Snagov escondido en el maletín…»

Mi madre tiene unas profundas ojeras bajo sus ojos castaños, mucho más claros que los de papá. Cuando la recuerdo de joven, se me encoge el corazón. El universo envejece, se arruga y tiene que pasar, pero yo no puedo aceptar que mi madre envejezca, es demasiado injusto, demasiado estúpido. Siente también ella ese sadismo astral, el tiempo en una dilatación irreversible que separa a la gente, oscurece las fotografías, destruye el amor y la vida y la juventud y la esperanza, y que sobre todo nos aleja de nosotros mismos, la aleja a ella de Maria, la chica de la franja luminosa del alba de sus días, como si todos nosotros, los elegidos para juzgar un día a los ángeles, viviéramos aquí, en la tierra, una trágica metamorfosis inversa: de perezosos lepidópteros navegando por mares de iridio en el umbral de nuestra juventud, nos transformamos en orugas, en lombrices, en gusanos ciegos, en miriápodos y en escolopendras, supuramos babas impotentes a través de nuestra piel vieja, vencida, a través de las miles de heridas de nuestro desagradable cuerpo. Mariposas con ojos de niño en unas alas colosales, nos mezclamos volando con las nubes y con la Divinidad, hasta que de repente nuestras alas se incendian en el aire, se gangrenan por el roce con las cosas, y de todo ello queda tan solo el cuerpo que se arrastra por el suelo transportando con dificultad los cientos de segmentos llenos de huevos nacarados, los martirizantes corpúsculos del recuerdo. Una tenía como una película de cientos y miles de planos, cada vez de un sepia más oscuro, cada vez con más arañazos a medida que se aleja del escólex con ventosas y pinzas que nos mantienen, todavía, anclados a la realidad. En su foto de juventud, con unos bordes dentados como los sellos, con la película amarilleada y rota en una esquina, mi madre es cegadoramente joven y guapa. Está erguida y sonriente, sus ojos muestran ironía y descaro en el patio de la casa de Silistra. Sus zapatos humildes pisan la hierba brotada, con florecitas minúsculas, entre las piedras cúbicas que pavimentan el patio. El cuerpo joven, en blusa y falda, es espigado, limpio y virginal, al igual que sus labios maravillosamente arqueados, su rostro delgado y los luminosos ojos castaños, lo único que no ha envejecido en el rostro de mi madre, que está ahora en la cocina, contemplando hipnotizada el hule, y me habla. Por aquel entonces, incluso en esta foto borrosa se puede apreciar, de sus hombros crecían un millón de brazos de oro. Llevaba sobre los bucles castaños una diadema repujada con un millón de brillantes, cada uno de ellos un universo con billones de galaxias. Ahora los soles se han apagado, los brazos se han secado y mi madre es una mujer mayor.

«Cuando llegaron los comunistas, nosotros éramos jóvenes, ¿cómo íbamos a saber esto? Para gente como nosotros, los de pueblo, zurrados por la vida, era un cambio a mejor. Que tampoco con los señores te las apañabas. O con los patrones: trabajabas desde el alba a la noche hasta que echabas los bofes. ¿Acaso no fui también yo aprendiz? Y llegaron estos y nos dijeron: se acabó, a partir de ahora vosotros sois los señores. Acabaremos con los reyes, con los curas, con los amos, seremos todos iguales y trabajaremos con provecho. Aparecieron también aquellas películas tan bonitas, cariño: *Retumba el valle, Amor a cero grados,* con Iurie Darie de joven… (¿Qué pensarán estos actores ahora cuando se ven en las películas antiguas tan jóvenes y guapos?) Y todas esas películas nos animaban a trabajar con alegría, porque a partir de ese momento trabajábamos para nosotros. Y nos metían todo el día en reuniones en las que nos machacaban la cabeza, como si nos importara lo que ellos decían. Nosotros sabíamos que éramos gente corriente, dejábamos que otros se rompieran la cabeza con la política. Nosotras, las chicas, como chicas, teníamos la cabeza solo para películas, chicos… Estos hablaban en la mesa roja, nosotras les hacíamos ojitos… Como contaba el tío Ştefan que había dicho un propagandista de esos en el pueblo, en una reunión (lo digo como él, en rumano):

"Camaradas, hasta ahora todos nos han cagado de la cabeza a los pies. ¡Ahora tenemos también boca!". Y, ja, ja, ja, lo cierto es que así era, que si alguna de nosotras, las trabajadoras, quería tomar la palabra, nos escribían ellos en un papel lo que teníamos que decir. Por lo demás, el trabajo era como con los señores, o incluso peor, porque ahora teníamos que mejorar el plan, nos metían en competiciones, la mejor tejedora, el mejor tornero... Y era la posguerra, el hambre, la penuria. Solo era bonito cuando salíamos a desfilar, sobre todo el Primero de Mayo y el 7 de Noviembre, con banderas rojas con la hoz y el martillo. Cantábamos *La Internacional,* agitábamos los banderines, teníamos también unas flores de papel... Llegábamos hasta la tribuna oficial donde estaban los dirigentes, los generales... Tocaba la fanfarria, era muy bonito cuando no llovía. Un par de veces pude ver al camarada Gheorghe Gheorghiu-Dej, con gabardina gris, sombrero gris... nos saludaba con la mano... Y junto a él había uno tan calvo como la palma de la mano, feo, el camarada Chivu Stoica. Por lo demás, yo solo conocía el camino desde Donca Simo hasta donde vivía, con tita Vasilica, en Sfântu Gheorghe (el tranvía pasaba entonces por delante de la Universidad y desde allí iba andando), y hasta el cine Hermandad de los pueblos, donde echaban aquellas películas rusas de guerra, que no me gustaban, pero también algunas cómicas. Cómo me reí con *Todo el mundo ríe, canta y baila,* cuando se despertó el cerdo borracho, en la bandeja, con una manzana en la boca... Bueno, así era mi vida. No conocía otra, y éramos jóvenes. ¿Qué más nos daba? Nos lavábamos la cabeza en la artesa y salíamos con el cabello húmedo, sin cubrírnoslo, en invierno, en plena ventisca. Y da gracias si nos poníamos una combinación fina debajo de la falda... No me rompía yo la cabeza con el Partido, con la política. Pero después de casarme con tu padre, él me lo explicaba, él se creyó, pobrecillo, todo lo que le metieron esos en la cabeza. Escribía en el periódico de la ITB, también era algo en el sindicato... En cuanto nos conocimos, me enseñó el carnet rojo de la UTM[16] (hablaba todavía con su acento

---

16. Unión de las Juventudes Obreras.

del Banato: "Mirá, yo soy utemista…"), con una foto tan ridícula que, me acuerdo, me eché a reír: tenía una boina calada hasta las cejas, como las de los tractores. No tenía ni veintidós años… En nuestros primeros meses juntos, me acuerdo, yo hacía la comida y él estaba en la silla, con los pies metidos debajo del trasero, en el borde de la silla, y no paraba de hablar de sus reuniones, de la Unión Soviética, donde al parecer corrían ríos de leche y miel (pero ya sabía yo cómo son los rusos y de qué son capaces), del Partido Obrero, de los reaccionarios, los popes… De los imperialistas americanos… Me leía los periódicos, luego me leía también sus artículos del *Bandera roja,* porque lo metieron en el periódico. Yo solo soltaba algún "¿Sí?", "¡Ajá!" o "¿Cómo dices?", para que viera que estaba atenta, pero, de hecho, pensaba en mis cosas: qué cocinar, cuándo lavar la colada… Ahora solo Dios sabe qué va a pasar. ¿Lo echarán, no lo echarán? Casi no me lo puedo creer. Pero que no manden al ejército contra esos pobres chavales. He estado en la habitación delantera y he abierto la ventana, y parece que se oye algo por el centro, una especie de rugido, me ha parecido oír incluso disparos. ¡Que Dios nos ampare! Y si echan a este, supongamos, ¿qué pasará después? ¿Será para bien? ¡Qué va! Quién sabe a qué otro bellaco pondrán. ¿Qué más dará Pepe que Juan? Solo que le den a la gente qué comer y que luego hagan todos lo que les dé la gana. Que ahora no tendrán ya excusas de esas, que si hay que pagar la deuda externa, que dicen que ya está pagada. Al menos de eso presume el viejo. ¡Cuántos vagones de queso y de carne habremos enviado a los rusos y a todo el mundo estos años! Ojalá tuviera yo ese dinero… He oído que van a poner a Nicuşor,[17] este al menos nos liquidará del todo, incluso la piel, los huesos, que ya no queda nada que vender. Un golfo, dice la gente que se junta con todas las perdidas, que se pasa el día de fiesta. Qué quieres, un principito, un niño de papá… Que pongan al Demonio, perdóname, Señor, pero que vivamos un poco mejor. Que tampoco Ceauşescu vivirá eternamente, aunque no lo echen ahora. Si hasta tu padre ha empezado a maldecirlo…

17. Se refiere a Nicu Ceauşescu, el hijo del dictador.

Recuerda lo contento que se puso entonces, en el 65, cuando anunciaron en la tele que después de Dej vendría el camarada Nicolae Ceauşescu. "¡Qué bien —decía él—, es joven, cuarenta y cinco años, nos irá bien!" Empezó a irnos bien. Pero envejeció, se volvió chalado, se le subió esa arpía a la chepa y empezó con sus ideas absurdas, que si pagar las deudas, que si la Casa del Pueblo, que si lo listos que son los dos, que si nadie les llega a la altura del zapato. Ahora tu padre, pobrecillo, se enciende tanto cuando oye hablar de ellos, que me da miedo incluso que le dé una apoplejía. Yo le digo, Costel, Costel, que te oyen los vecinos. "¡Pues que me oigan —ruge—, que esto no es ni comunismo, ni socialismo ni nada! Su clan de miserables se ha apoderado de todo el país. ¡Han traicionado los nobles ideales del socialismo!" Y dale otra vez, y maldice, ya sabes tú lo que hace tu padre cuando se queda sin cigarrillos o cuando pisa una chincheta: ¡cabrones de ladrones!, ¡de dictadores!, ¡de fascistas! Menos mal que los vecinos tampoco se quedan cortos, incluso el policía de debajo aúlla a veces cuando lo oye hablar de *pueblush* y *amigush* en la tele. Tu padre dice siempre que el comunismo es bueno, pero que el jefe no ha sabido aplicarlo como es debido. Mira, dice, Gorbachov, un chaval listo, intenta hacer algo, echar a los dictadores que se habían puesto al mando. La desgracia es que todos esos países han reculado hacia el capitalismo, se han alejado por completo del ideal de la humanidad, de nuestro futuro de oro. El futuro del que cagó el moro, mejor dicho, como dicen los graciosillos esos cuando les preguntan si el anillo es de oro: es del que cagó el moro… Ay, qué te voy a contar… Aunque te parezca un hombre tranquilo, que parece no estar contigo en la habitación, tu padre está atormentado por lo que está pasando. Le da miedo que suceda, Dios no lo quiera, como en Hungría en el 56, cuando colgaron de los postes eléctricos a los activistas y a los securistas… Al menos él se ha ocupado en su periódico de lo de la agricultura… pero ¿quién sabe? Si llega una revolución, te encuentras con que a uno se le pasa por la cabeza fusilar a todos los miembros del Partido. Como sucedió en mi pueblo, en Tântava, después de la guerra, cuando llegó la colectivización. ¿Qué, acaso hacían lo que querían? Al que no quiso entregar sus tierras lo apalearon hasta dejarlo inválido. Luego, de todas formas, les quitaron los caballos a todos y los fusilaron en la cuneta. Se los quitaron también al abuelo. Él no tenía tierras que dar, pero tenía dos caballos preciosos, negros, y un carro nuevo. Se quedó con el carro en el establo, tú jugabas en él todo el día, cuando eras pequeño...»

Mi madre calla. Cuando se trata de Tântava, sus palabras empiezan a fermentar como la leche cuajada. Sin darse cuenta, vuelve a su acento, a sus inflexiones ingenuas, a sus graciosas discordancias. Todo el enlucido de los años bucarestinos se funde como el glaseado rojo de una pastilla de complejo vitamínico, tiñéndole los labios y el paladar, cambiando su expresión y sus gestos. Es de nuevo la aldeanita de trenzas largas, la niña que canta en la estancia estrecha de la escuela del pueblo: «Vamos a decir una, una es la luna. Vamos a decir una, para que sean dos. Dos manos tiene el niño, una es la luna...». Sus palabras empiezan a distanciarse y se vuelven más ondulantes, hasta que se quedan en la boca, como un canto rodado levitando entre la lengua y el paladar, en un instante de gracia en el que el espacio cambia y el tiempo desaparece, y luego empiezan a discurrir al revés, hacia la laringe, las cuerdas vocales y la tráquea. Las palabras pronunciadas al revés, como una extraña melodía, penetran en los pulmones, se ramifican en tubitos gofrados cada vez más estrechos, entran en los alvéolos y se disuelven en la sangre, y entonces el vello de los brazos de mi madre se eriza y sus ojos se humedecen, y en las pupilas bruscamente dilatadas en los iris castaños se extiende de repente la imagen de una casa de pueblo con un peral cuajado de peras maduras en el patio, con un perro encadenado y muchos membrillos, y muchas ciruelas, y un horno de adobe con una puertita del tamaño de una mano. Mi madre es entonces toda ella solo Tântava, el lugar de la tierra donde sueña consigo misma, noche tras noche, y cuya lengua hablará hasta la muerte.

Vamos los dos a la habitación delantera, recorremos la casa sumida en la oscuridad. Mi padre está viendo la televisión, cubierto de algas y madréporas, con su cabello en otra época azul de tan negro, completamente gris ahora, aleteando en las corrientes de la habitación. Unos peces cenicientos, traslúcidos, nadan lentamente en el agua turbia, arrastrando tras ellos una línea de excrementos. Encajes y tapetes flotan retorcidos sobre la mesa, las sillas se tambalean, repujadas con nidos de mejillones. A duras penas arrastramos los pies por la gruesa arena del suelo, llena de gusanos y de informes trozos de hierro oxidado. Nos impulsamos suavemente y nos elevamos en el agua gelatinosa, nadamos entre el suelo y el techo, con la ropa unas veces pegada al cuerpo, otras ahuecada como las campanas de las medusas, penetramos en el vestíbulo a través de la puerta podrida, que se deshace en miles de astillas, y llegamos a mi habitación, ante el triple ventanal que da a Ştefan cel Mare. Nadamos lentamente en la luz verdosa del crepúsculo, entre las hojas de mi manuscrito, que flotan ahora, ondulantes, con la escritura borrada por el agua, por toda la habitación, y salimos, a través de la ventana abierta en la parte derecha, sobre la ciudad sumergida. Remamos despacio con los brazos sobre las cúpulas de bronce, giramos bajo la alfombra de estrellas, que, sabemos ahora, es tan solo el brillo de las olas de arriba. Luego los edificios colosales con columnas y capiteles, ministerios y hoteles, universidades y tiendas, abarrotados por su pueblo de estatuas, habitados por cangrejos y visitados por bancos de peces, empiezan a disolverse como la arena. Se hunden como Babilonia y Alejandría, como Uruk y Avalon, hasta que no queda de ellos piedra sobre piedra. Nadando delante de mí, con su vestido barato ondeando sobre las dunas de arena, entre boquerones y barracudas, mi madre vuelve la cabeza hacia mí, me mira con sus grandes ojos de foca y me hace una señal para que la siga. Con dos fuertes brazadas se eleva en vertical y se arroja, con una velocidad cada vez más enloquecida, hacia el círculo de oro fundido, titilante, de arriba. Enseguida se pierde en una luz sobrenatural.

Mircişor se encontraba en el umbral de la puerta de su habitación, bañado por la luz de la luna. A través de la puerta abierta ahora de par en par veía las manchas de sangre, negras como el alquitrán, de las paredes, que formaban mapas con fiordos, penínsulas e islas de un continente infernal. Y de cada península, si te fijabas mejor, despuntaban otras penínsulas pequeñas, y cada una de estas tenía otras aún más pequeñas, y así hasta el infinito. ¡Cuánto frío podía colarse por los poros de las paredes de hormigón! ¡Cuánta locura podían abarcar los ojos vivos de las muñecas de cabezas de cartón esmaltado, escapadas quién sabe cómo de su arcón y desperdigadas ahora por los rincones! La araña no se veía, pero en cierto sentido estaba por todas partes, disuelta en la sombra de la enorme cripta. Podías oler los sobacos de las ocho u ochenta mil patas, se te colaba en los pulmones su pelusa negra, venenosa. El silencio era paralizante. Los pies desnudos del niño con el pijama de elefantitos estaban tan pegados al cemento frío del vestíbulo que era como si fueran ventosas y él estuviera colgado del techo cabeza abajo. La luz de la luna era clara, azul, vesicante, la siente en la mejilla derecha como un chorro de alcohol medicinal, pero olía raro, ligeramente, a almendras. El niño penetraba en su propia tumba, en el solitario cenotafio de su mente. Hasta la cama pegada a la pared solo había tres pasos, pero tal y como solo unos pocos centímetros de acero te separan del tesoro de la caja de caudales, nunca habría podido recorrerlos. Se había imaginado tantas veces tumbado en la cama dura de su habitación, un muñeco de carne fría. Un niño muerto, cubierto de azucenas con el corazón viscoso. El polen llovía sobre él, sobre sus ojos abiertos de par en par, sobre sus labios blancos como el papel, sobre las uñitas azuladas clavadas en la sábana. Unas alas lívidas salían por debajo de su cuerpo y colgaban hacia el suelo hechas jirones y agujereadas. Estar muerto, no sentir nada más nunca.

Avanzaba hasta el centro de la habitación, por la alfombrilla multicolor de día, formada por bandas oscuras, más grises o más negras por la noche. Las muñecas intentaban mordisquearle los tobillos con unos dientes como los de los peces abisales, y Ciacanica lanzó un gemido de agonía cuando la planta del niño le pisó el pecho sin querer. El niño lo recogió del suelo y lo abrazó contra su pecho, porque era, al fin y al cabo, su único aliado. Si lo hacían juntos le resultaba más fácil descender a los canales subterráneos. Mircişor metía la mano en el orificio de Ciacanica entre las piernas, ahí donde aquella niña mala le había hecho una herida profunda, después de, tal vez, cortarle el pajarito con unas tijeras, y ahora lo manipulaba como una marioneta que cubría sus dedos por completo. El índice llegaba a la cabeza, sentía allí el cerebro húmedo, el pulgar y el corazón se colaban en los brazos de Ciacanica, y este hacía todo lo que el niño quería. Pero todas las niñas y todas las mujeres tenían un agujero entre las piernas, que era su pajarito. Tal vez por eso no lo mostraran jamás (y tampoco se podía hablar de él), tal vez por miedo a que alguien les metiera la mano dentro, por ahí, hasta el codo, y empezara a manipularlas, a moverles las manos y a girarles la cabeza en todas las direcciones como a unas muñecas grandes. Porque si te manipulan debes de pasar mucho miedo, pues ya no vives tú, sino que es otro el que vive en ti y hace contigo lo que quiere. Y tú sientes y ves todo, pero no tienes fuerza, tal y como debe de ser terrible estar atrapado en una telaraña y ver cómo se acerca la araña a absorberte, y no puedes hacer otra cosa que mirarla… Tal vez las mujeres vivían siempre con ese miedo, que no se les metiera una culebra por el agujerito, o que sus maridos, por la noche, mientras ellas dormían, no les introdujeran la mano y empezaran a moverlas despacito… Y si algunas tienen un niño en la barriga, es imposible que no teman que alguien pueda robárselo a través de ese agujero, sacárselo cuando es tan pequeño todavía como un hombrecillo de plástico y convertirlo en su propio hijo…

En la pared de la derecha había un lugar que el niño había observado tiempo atrás, porque allí las setas de la pared, alineadas en franjas monótonas, mohosas, hasta el techo, no coincidían. Era una línea en la que la mitad de un sombrero quedaba un poco más abajo que la otra mitad; no se observaba al principio, pero Mircișor no tenía, muchas tardes, otra cosa que hacer que seguir con el dedo los contornos de las manchas de sangre y mirar las paredes que se mostraban a sus ojos tiernos con una resolución casi infinita, de tal manera que las gotas de pintura verde oscura no solo se veían con perfecta claridad, sino que, en cada rugosidad, el niño veía cavidades esponjosas de paredes extraordinariamente irregulares a las que se pegaban rebaños de ácaros de cuerpos amarillo-traslúcidos, con filamentos largos y piezas bucales de gelatina, con una especie de muñones como de mutilados en lugar de patas y con montones de huevos visibles a través del grosor anillado del vientre, con poros abiertos en su piel de vidrio blando, forrados de células en un peristaltismo continuo, cuyos núcleos rosados contenían los paquetes grasientos de los cromosomas, formados por cadenas de ADN —cuánto le divertían al niño sus espirales como de papel—, formadas a su vez por bases purínicas y pirimidínicas en continua alternancia… Seguía un abismo enorme que la ágil mirada de Mircișor salvaba en un instante, y luego se distinguían las gigantescas estructuras nucleares, como estrellas barrigudas, rodeadas por la nube probabilística de los electrones, que se veían fácilmente por separado porque, al ser idénticos, todos eran de hecho uno solo. El ojo penetraba entonces entre neutrinos y quarks, distinguía divertido entre narq, parq y larq, entre colores y sabores, para que a continuación otro barranco negro se extendiera también allí, en el fondo de los mundos, distintos como una pared de lingotes de oro, en la escala de Planck, se adivinaran los gránulos de espacio y las perlas de tiempo que ni la más afilada mirada del mundo, la de los embriones, la de los ángeles y la de los muertos, podría eviscerar jamás. El niño se zafaba entonces de esa concentración de la mirada tal y como un mosquito saca el aguijón de la carne y se despertaba de nuevo ante la pared pintada con setitas, en la que se dibujaba con claridad una puerta, del tamaño de Mircişor y tan ancha como para que pudieran pasar, sin esfuerzo, sus estrechos hombros de niño. Ahora sabía muy bien que se encontraba en las tripas de la casa, aunque no fuera nunca igual, pero al principio, cuando empujó por primera vez, con ambas manos, la puertita vagamente perfilada en la pared, y en la que durante mucho tiempo no había reparado, lo recorrió un escalofrío fúnebre, lo invadió un malestar semejante al vivido unos meses atrás, cuando se despertaban los tres, por la noche, con unos gemidos y unos gritos ahogados que se oían por toda la casa, muy cerca. Su madre era la primera en despertar: «Costel, ¿qué es eso? ¿Has oído?». Y para cuando se levantaban todos y encendían la luz, Mircişor empezaba a lloriquear… Su padre se incorporaba y recorría la casa martillo en mano, porque temían que hubiera entrado algún ladrón, que estuvieran robando algo. Pero no había nadie. Volvían a acostarse y, justo cuando estaban a punto de quedarse dormidos, surgía de nuevo uno de aquellos gritos, inhumano, pero como lanzado por una garganta humana, de mujer aterrada. Así pasaron una semana, asustados y sin dormir, hasta que su padre, cuando estaba en el váter, se dio cuenta de dónde venía el ruido. Era una mañana fría, con una luz límpida y cruda. Cuando la puerta del baño estaba abierta, la luz, filtrada por las rosas de la ventana, penetraba hasta el cuarto de baño, haciendo que brillaran los tres recipientes de porcelana. «Viene de debajo de la bañera, lo acabo de oír con claridad», le dijo su padre a su madre, que, con su bata morada y los rulos en la cabeza, lo miraba incrédula en medio del olor a caca que había invadido toda la casa. «Vete a buscar el escoplo y el martillo.» Su padre hizo, trabajando largo rato, porque era cemento, un agujero cada vez más grande. Todo el baño se llenó de polvo de cemento que el niño pisaba feliz, con los pies descalzos, y esparcía luego por las alfombrillas y por el suelo. Cuando el agujero era tan ancho como una cabeza, su padre encendió una cerilla y la metió dentro, para ver si allí había algo. Y había, porque su padre se retiró bruscamente, sacando la mano del agujero: de un dedo manaba sangre. «¡Qué pedazo de cabrón!», gritó más asustado que furioso, y en aquel instante del agujero saltó algo que al crío le pareció una llama anaranjada. Era un gato, grande y esquelético, asilvestrado por el hambre, enseñaba los dientes y sus ojos brillaban. Se había caído por el conducto de ventilación, unos diez días antes, hasta el hueco de debajo de la bañera, y no había conseguido salir. No había bebido agua ni había comido nada en todo este tiempo. Se refugió, con el pelo erizado, aullando desesperado, debajo de la cama, donde su madre le puso un platillo de leche. Lo rellenó unas diez veces, porque el gato lamía todo en un instante, gruñendo y enseñando los colmillos. Era tan anaranjado que te dolían los ojos cuando lo mirabas a la luz. Siempre que se sentaba ante la pared pintada con setitas, Mircişor se esperaba que de allí saltara una fiera de fuego semejante, que lo abrasara de golpe, como a los niños desobedientes que juegan con los enchufes. Pero no ocurría eso. Empujaba la puertita y se encontraba en un lugar frío y seco como un sótano, con todas las paredes de cemento ordinario, rugoso, manchadas aquí y allá de alquitrán. El lugar, completamente vacío, estaba bien iluminado: una bombilla, protegida para que no la robaran, arrojaba sus rayos desde el techo. El suelo era del mismo cemento ordinario, con unas puntas de hierro oxidado que brotaban de trecho en trecho, y todo estaba cubierto por una capa de escombros. Ni puertas ni ventanas, tan solo una escalera de metal, con balaustrada, que bajaba al sótano de la casa. Mircişor había oído a su padre decir que la villa tenía un sótano, pero pensaba que era el apartamento de la anciana que vivía unos escalones más abajo del rellano del portal, en una especie de agujero en el que Mircea jugaba, de vez en cuando, con los niños de su edad. Una vez se abrió la puerta y la vieja lo invitó a entrar, pero el niño se asustó muchísimo, porque aquella habitación, con un arcón cubierto de mantas al fondo, con una mesa en la que había siempre una plancha de hierro, con la punta hacia arriba, y con un hornillo en un lado, era precisamente la habitación donde había vivido él en Silistra, no es que se pareciera, sino que era precisamente aquella, hasta tal punto que de debajo de la cama asomaba la esquina del librito *Tío Stiopa el Policía*, que tantas veces le leía su madre cuando lo colocaba entre almohadas «como los boyardos». Por la puerta salía una fuerte corriente que había alborotado los mechones del cabello del niño, y aquel aire olía a adelfas hasta causar desmayo, a adelfas y a gachas, el olor de la casa mágica, en forma de U, la casa de su infancia en Silistra. El niño supo que, si hubiera entrado allí, se habría vuelto pequeño de nuevo, de tan solo un añito, pero que no habrían aparecido ni su madre ni su padre, sino que se habría quedado para siempre en brazos de aquella mujer muy muy mayor, que había ido esparciendo los dientes, en las profundidades del bosque de su vida, para poder encontrar el camino de vuelta.

Pero aquello no era el sótano. Descendía, escalera tras escalera tras escalera, los peldaños de hierro, demasiado altos para sus piernas, hasta que llegaba a la sala de máquinas. Allí se encontraban las máquinas que tejían la realidad. A medida que las cosas se desgastaban, ellas tejían deprisa, con un material tan fino como las telarañas, remiendos, repuestos, piezas de recambio para ellas. Al principio, las formas eran ilusorias y transparentes, pero al subir al mundo, al aire duro de las casas, de las calles, del cielo azul, se pegaban a los objetos en una eterna disminución y lenta, muy lentamente se volvían opacas, coloridas y rígidas como la chapa, como la arena, como la piel de las mejillas, como el plumón del pecho de los pájaros. Cuando una hoja caía de un árbol, aquellas maquinarias negras y grasientas, con un montón de lenguas dentadas, piñones, palancas, cruces de Malta y cremalleras, con lentes abombadas y pistones delgados como un dedo, la rehacían de inmediato, al principio como un brote verde en la axila de un árbol, luego como una manita arrugada, finalmente extendida y atravesada por nervios. Si la sonrisa se borraba en el rostro de la vendedora del despacho de pan, las máquinas le fabricaban otra rápidamente, y Mircea la veía brillar en la penumbra del sótano antes de que subiera, hinchada como un copo, por los grandes ventiladores del suelo, y se extendiera de nuevo por el rostro y los ojos de la mujer que estaba entre barras y bollos calientes, recién sacados del horno. Si derribaban un edificio, si un dentista extraía una muela, si un viejo menguaba, si una ropita se le quedaba pequeña a Mircişor, aquellos brazos mecánicos lo redibujaban de inmediato en el aire con unos gestos precisos, impersonales y mágicos, completándolos, compensándolos, elevándolos y acariciándolos con la ternura fría y eficiente del insecto que traslada delicadamente, con unas mandíbulas cortantes, sus crisálidas de una cámara subterránea a otra. Había incontables máquinas de esas. El niño se paseaba entre ellas tal y como su madre, en Donca Simo, había estado a cargo de ocho telares a la vez, volando de uno a otro, atando los hilos rotos, colocando los rollos en los soportes, bajo la luz lechosa que se colaba por las ventanas del taller. Todas las máquinas, había observado él, extraían la sustancia, aquella materia pegajosa con la que tejían los hilos, de un gran depósito de cristal, una semiesfera más grande que cualquier cosa que hubiera visto el chiquillo hasta entonces, a excepción de la gigantesca bóveda bajo la que estaba resguardado el barrio de Floreasca, sumido en un verano eterno. El niño del pijama de elefantitos, con los pies descalzos, avanzaba por el terrazo cálido, entre máquinas diez veces más altas que él, que hacían vibrar todo aquel espacio vasto y mal iluminado. Tras un tortuoso camino, bloqueado siempre por inesperados acoplamientos entre las máquinas —correas de transmisión, bandas giratorias y, sobre todo, tubos envueltos, como el de su ducha, en espirales metálicas— llegaba hasta la cúpula transparente donde temblaba la sustancia nacarada, irisada, que formaba el mundo. Las ciudades, los tranvías, las personas, las nubes —todo, todo lo que veías en la superficie de la tierra (el propio Mircişor podía ver cómo cada capa escamada de su fina epidermis era automáticamente sustituida por una ola de células vivas), e incluso las maquinarias mismas, sometidas también a la erosión en el medio corrosivo del tiempo, y que se rehacían permanentemente, abrillantándose y remodelándose entre sí—, todo estaba construido con aquel nácar tan denso como la miel, destilado en hilos brillantes. Mucho más adelante averiguaría el niño que, sin embargo, existían en el mundo dos cosas que no se podían rehacer, porque, desde el comienzo, estaban formadas precisamente por ese nácar: las neuronas y los espermatozoides, los agentes del espacio y los del tiempo, los ángeles animales y vegetativos de nuestras vidas. Si envejecían y morían, a estos no los esperaba ninguna sustitución, ninguna reparación, ninguna prótesis, ninguna redención. Su objetivo era únicamente uno, Dios o el óvulo místico, una y misma cosa, que se diferenciaban tan solo por el camino elegido hacia el palacio eterno, hacia el reino al que todos anhelamos volver. Y su gloria era la disolución en aquella luz destructora.

Cuando llegaba a la pared de cristal, tibia al tacto, el niño caminaba a lo largo de ella, contemplando su vago reflejo en el cristal curvo hasta que, al final de un camino infinito, se encontraba en la zona de la que partían los canales. Había tres canales, estrechos al principio como unos toboganes de agua, cada vez más anchos después, que se curvaban también con la gran semiesfera, penetrando bajo el techo y descubriendo así que la bola de cristal estaba entera y era perfectamente esférica, pero que tenía una parte oculta que se hundía un cuarto de kilómetro bajo tierra. Por los canales corría un agua verde, ligera, agitada, que formaba miles de arrugas brillantes, como unas miríficas flores de mina, bajo la luz mortecina. El niño se quitaba el pijama y se quedaba desnudo, enternecedoramente pequeño y gracioso en la grandiosidad indescriptible de aquella sala. Probaba el agua con el dedo, aunque sabía que estaba caliente por el contacto con la enorme esfera, y luego montaba en el canalón tan suave como el interior de las caracolas. Se dejaba deslizar, con el agua, hacia el espacio desconocido de abajo, espiral tras espiral tras espiral en torno al maravilloso depósito, contemplando la roca áspera que tenía a la derecha, incrustada con vetas de jaspe y de pórfido, en las que se excavaban pequeñas cavernas llenas de insectos transparentes y ciegos.

Cuando elegía el primer canal, el más alejado de la gigantesca esfera de cuarzo, se dejaba llevar por el agua que conducía a un cauce más ancho, hasta convertirse en un río brumoso que se deslizaba bajo las nubes incendiadas de un ocaso eterno. Nadaba sin esfuerzo en el agua inmaterial, gaseosa, que el niño podía también respirar, de tal manera que muchas veces se hundía en las olas para que su cuerpo desnudo recibiera la luz que llegaba de las profundidades. Porque bajo su vientre y sus muslos se extendía una vasta ciudad sumergida, mágicamente iluminada, con flechas y cúpulas de bronce, con huevos de piedra que se elevaban sobre las fachadas amarilleadas. Sacando de nuevo la cabeza del agua, sacudiéndose el pelo cargado de glicerina, el niño avanzaba increíblemente deprisa por las aguas del río, hasta que llegaba, en una de sus orillas, a la boca de un canal, por cuyo túnel descendía a la vez que el ramal fino y frágil del gran río. El canal era tortuoso y tenía varias filas de cable burdo de las que colgaba, de trecho en trecho, una bombilla con un protector de alambre. Tras varias horas flotando en el canal de paredes amarillas como una raíz sinuosa del mundo, Mircişor llegaba a una piscina llena de vapor, donde en una luz verde nadaban (sobre todo estaban, con los pies en el agua, en el borde rectangular, en un espacio estrecho, irrespirable, casi indistinguibles en el vapor venenoso), diez hombres desnudos, esqueléticos, con la piel ajada y amarillenta. La mayoría eran calvos y, en sus cuerpos avejentados, tenían las huellas de unas heridas terroríficas, cicatrices cosidas con cuerda de embalar, hernias como la cabeza de un niño, testículos hasta el suelo, hinchados por la elefantiasis. El niño se asustaba con sus ojos tristes, con los muñones de los miembros que les faltaban, con el agua sulfurosa en la que estaban los unos pegados a los otros, mirando a su alrededor con ojos como platos, como si esperaran que, de un momento a otro, los apresaran los insectos ciegos que pululaban por las paredes de la piscina. La gruta se cerraba herméticamente en cuanto el niño penetraba en aquella angostura abarrotada de gente, y no quedaba ninguna esperanza, como no la había habido nunca: permanecerían allí eones tras eones, desnudos y sufrientes, esperando en vano que un ángel descendido de las alturas para liberarlos y sanarlos enturbiara las aguas. Y siempre sucedía lo mismo. Uno de los hombres se desprendía del vaho giratorio y se dirigía hacia él. Tal vez incluso le sonriera, pero no se podía ver la sonrisa en el rostro trágico vuelto hacia el suelo del hombre lisiado, cuyos ojos azules lo miraban por debajo de las cejas. Con indecible ternura, lo sacaba del agua, sosteniéndolo por los sobacos, y lo cogía de la manita para conducirlo hacia el lado opuesto del túnel por el que había llegado el niño. Todos los hombres de la sala salían del agua, se levantaban y los seguían con la mirada, se los señalaban unos a otros con los pocos dedos que les quedaban en las manos atacadas por la lepra, se apartaban de su camino con una especie de veneración mística, porque al niñito de ojos negros en una carita lívida le debían la felicidad salvaje de vivir, ya fuera incluso cargados de enfermedades, llenos de parásitos, mutilados e impotentes, ya fuera también en la doble, terrible prisión de una piscina hermética y de una aún más críptica página de manuscrito.

El del cuello como roto por la pesada garra de un león o de un ángel llevaba al niño hacia una puerta batiente, con la madera pintada en azul, y deteniéndose en el umbral, soltaba su manita sudada. El niñito empujaba la puerta y salía bajo un cielo de otoño. Era un espacio estrecho, entre bloques grises, una especie de patio interior de asfalto. En uno de los lados tenía una cerca prefabricada de hormigón, más allá de la cual, entre acacias de hojas redondas, se distinguía un inmenso edificio de ladrillo, con frontones y torres como los castillos de los cuentos. «El molino Dâmbovița», pensaba el niño, contento por haberlo reconocido, tras lo cual, con asombro y alegría, se le aclaraba también todo lo de alrededor: el agujero, el puente sobre este, el trono de metal sobre su pedestal de cemento macizo, el transformador cubierto de letras escritas con tizas de colores y, sobre todo, los niños, que con su llegada dejaron de jugar al potro y se arremolinaron contentos en torno a él. Estaban todos, estaban Silvia y Iolanda, estaban Lumpă y su hermano Mirel, estaban Vova y Paul Smirnoff, Dan el Loco y Marțagan. Era el espacio mágico del Portal 1, envuelto en el áspero perfume de la ficción. Y Mircișor, que ahora sabía quién era y qué querían los niños de él, se subía siempre al trono de hierro oxidado y empezaba a contarles una historia, esta vez no era la de *El valiente vestido de tigre,* tampoco la de los *Once cisnes,* tampoco la historia del príncipe Saltan, el del libro que leía en el alféizar de la casa de Floreasca. Era una historia que, sin embargo, las abarcaba todas, como abarcaba ahora también a los niños —como te abraza el sueño—, haciendo que se olvidaran de juegos, de peleas y de sus padres que, en camiseta y bata, fumaban un cigarrillo en los balcones de arriba, contemplando el horizonte hacia las torres de la Casa Scânteia, visibles todavía tras la fila de álamos. Era la historia sobre el país de Tikitan.

Otras noches, Mircişor elegía el canal del centro y se deslizaba por él, junto con el agua ligera y agitada, sacudida por sus manitas hasta que caía en una cascada de gotas deformes y brillantes, hasta que la pesada ubre de la esfera de cristal se perdía por arriba. La veía un rato más flotando sobre los giros sinuosos del canal como un planeta melancólico, antes de que el niño se perdiera luego en la oscuridad. Se deslizaba ahora, a una velocidad aterradora, por un túnel de paredes escarlata, como si estuvieran formadas por la costra de sus rodillas después de caerse y arañarse, esa costra que se arrancaba con voluptuosidad. Y el agua se iba volviendo rojiza, y desde hacía un rato por sus corrientes pegajosas se distinguían, en esa transparencia, glóbulos rojos y glóbulos blancos, líneas de grasas y azúcares, anticuerpos con pseudópodos indagadores. Tras muchos giros entre paredes de carne viva y tendones elásticos, llegaba hasta una orilla silenciosa, salpicada de los enormes esqueletos de unas criaturas imposibles. El niño pasaba entre ellos asombrado y colmado de una alegría oscura. Sabía que también en su cuerpecito se construían sin parar los huesos que lo sostenían, como un coral interno por el que la carne informe trepaba cada vez más arriba hacia la luz. Había secretado su cráneo, capa tras capa de calcio, igual que el caracol forma su espiral de piedra asintótica, para que el animal blando de su mente pudiera vivir dentro. Pero no sabía cómo se forman los huesos del feto en el vientre de su madre, tampoco podía crear un solo cabello de la cabeza de una persona. ¿Cómo habría podido su pobre soberbia infantil enfrentarse al poder del Leviatán? Avanzaba entre los ruinosos monumentos orgánicos, descansaba en unas vértebras tan altas como él, se acurrucaba en las órbitas en las que cabía perfectamente, como si él fuera su propio ojo, evaporado mucho tiempo atrás... Entraba en la gruta de una roca inmensa, descendía entre flores de malaquita y erizos de cuarzo hasta la gran sala de un mausoleo subterráneo. ¡Era como una catedral sumergida, pero mucho más melancólica! Había por todas partes colosales monumentos funerarios, de piedra marmolada, verde y roja, pulida hasta brillar como un espejo. Había columnas acanaladas, muchas desbaratadas y derrumbadas en el suelo con mosaicos geométricos, tan suave y pulido también, tan vasto, que veías su curvatura siguiendo la de la tierra. Sobre los gigantescos sarcófagos de pórfido y granito había estatuas traslúcidas que sostenían cruces de ónix o esferas de ámbar y seguían al niño con sus ojos ciegos, con sus labios fruncidos, cargados de desprecio. Grandes cuadros con marcos barrocos representaban esqueletos humanos con tiras de carne seca pegadas todavía a ellos, con restos de cabello erizado en las nucas de los cráneos pelados, que asaltaban a unas mujeres rubicundas, rubias y aterradas, las tiraban en los lechos con baldaquino y, mientras les mostraban triunfantes la clepsidra medio vacía, las violaban salvajemente, asaltaban cinco o seis a una mujer sola, como una manada de lobos que hubiera arrinconado una cierva. Otras pinturas rezumaban una luz crepuscular, en la que, transparentes como el azúcar, unos edificios antiguos, templos y baños y villas con frontones triangulares y ventanas redondas se arruinaban en soledad. En sus losas de piedra ciclópea, pequeños grupos de gente con ropajes desconocidos formaban ridículas procesiones, como los pulgones de las plantas. Pues la más modesta de las bóvedas, el techo más bajo sobre las pilastras de alabastro era cien veces más altos que ellos. Arriba, nubes retorcidas, irreales, manieristas acrecentaban la soledad hasta la desesperación.

En la gigantesca, helada catacumba, la luz caía, en rayos oblicuos y verdes, desde una altura inconmensurable, de tal manera que el chiquillo estaba medio bañado en un agua lechosa y cruda y medio sumergido en una oscuridad profunda. Caminaba, chapoteando, aterido de frío, semanas enteras, hasta que, en el margen de la vista, aparecía la chispa que había esperado desde que había puesto el pie en la cripta. La luz, de un blanco cegador, aumentaba diamantina hasta que adquiría forma: un ataúd de cristal en el centro de una sala llena de tumbas y estatuas. Cuando llegaba a él, el niño distinguía las paredes de cristal y la tapa de una tumba de un brillo irisado, irreal. En ella, como en una crisálida traslúcida, latía el único objeto vivo de la nave de la gigantesca catedral: un capullo húmedo, pálido, de membranas arrugadas, apenas esbozadas, con canaladuras y extraños apéndices, con capas como de cristal empañado sobre los bultos turbios de los ojos, que no se habían abierto camino aún a través de la carne hialina como el pie de un molusco. El aparato bucal, ya esbozado, de la ninfa del tamaño de una persona tenía forma de espiral, como el muelle de un reloj, y las alas, arrugadas y lívidas, apenas se divisaban bajo la silueta de momia viva del sarcófago de cristal. El niño tocaba con sus manitas las paredes duras y frías, contemplaba asombrado los lentos movimientos peristálticos bajo la piel de molusco de la ninfa, la agitación sonámbula de su cabeza con enormes bultos oculares, y luego seguía avanzando hacia el extremo opuesto de la catacumba. Abría, empujando con todas sus fuerzas, una puerta de caoba tallada, diez veces más alta que él y se encontraba en otra sala del museo, donde las muestras de las vitrinas —animales disecados con ojos de cristal, serpientes incoloras en frascos de formol, insectos y tortugas, pero sobre todo enormes lepidópteros— habían resucitado y habían destrozado los hábitats de vidrio de los dioramas, y ahora se acercaban como un mar de pieles, plumas y quitina, dispuestos a acorralarlos y a hacerlos pedazos. Pero no era tanto el bullicio y los rugidos de la fauna desatada lo que lo aterraban, sino el hecho de que... tenía un cuerpo de muchacha, que miraba a través de los ojos de una joven, y de repente le venía todo a la memoria: era Andrei, el adolescente infeliz y esquizoide enamorado de Gina, con la que había recorrido las salas del Museo Antipa completamente desiertas, cogidos de la mano, como Adán y Eva en su paraíso, poniéndoles nombres extraños, latinos, a los animales y haciendo luego el amor, por primera vez, en medio del jardín con vitrinas y muestras. Y también recordaba ahora cómo, tras separarse, los enamorados se habían mirado a los ojos y cómo en los ojos castaños, sus propios ojos, la había visto a ella, y así descubrió que se había transformado, trasferido a Gina y ella a él, y que ahora tenía lo que había deseado siempre, sus labios, sus pechos, sus caderas, sus labios menores, pero no de la forma como los había deseado, porque la había llenado por completo con su mente en expansión, enloquecida de amor y de nostalgia. Y ahora huía de la horda de animales resucitados que intentaban acorralarlo(la) por las salas estrechas del viejo museo de ciencias naturales. Cuando las mandíbulas de las mantis y los quelíceros de las tarántulas y los dientes de las hienas y las garras de los osos hormigueros los habían atrapado ya y le habían desgarrado el vestido, Mircișor-Andrei-Gina consiguió, golpeado, golpeada en la cara por las alas de las mariposas tropicales, salir corriendo por la puerta de entrada, cerrándola de golpe sobre la ola multiforme de fluido vivo. Ahora se encontraba en la Piața Victoriei, de noche, bajo la luz mortecina de unos postes lejanos. Pasaban pocos coches. A lo lejos, delante del Consejo de Ministros, un par de policías charlaban en voz baja. Descendía las escaleras del museo y giraba a la izquierda, hacia Kiseleff, caminando con torpeza con sus zapatitos de tacón alto. La noche era suave, recorrida por cálidos soplos de viento. El cabello largo, ondulado, del color de la madera de roble, se esparcía sobre sus hombros. Se preguntaba si dirigirse hacia Floreasca, Ștefan cel Mare o Armenească, si era niño, hombre o mujer, si soñaba, si recordaba o si estaba despierto. Se quedaba clavado en el sitio, en medio de la plaza desierta, como una estatua alegórica que representara a la Duda.

Pero el chiquillo eligió ahora la tercera dendrita, el canal más cercano a la esfera de cuarzo llena de aquel esperma extraño, como pegado electrostáticamente a ella, pues era el canal que seguía con más fidelidad la curvatura barriguda del gran atanor. Se dejaba caer por el canalón lleno de la misma agua ligera y verde que rodeaba, tibia, su frágil cuerpecito. Descendía, en círculos de diámetro cada vez más reducido, hundiéndose hacia el centro de la tierra, como en otra época tejió el florentino su viaje a lo largo del cuerpo fantástico de Satán, arrastrándose por su piel como un pequeño parásito, contemplando su cerebro, su corazón y sus pulmones, atravesando el diafragma en el que, como en un espejo, «hacia abajo» se transformaba en «hacia arriba», y subiendo por los intestinos, el hígado y los testículos negros como el alquitrán, hacia las estrellas que los ojos humanos no habían visto jamás. Solo que Mircişor no tenía ningún guía hacia las zonas inferiores, al contrario, era él mismo una especie de hermanito mayor de Ciacanica, arrebujado en sus brazos, con el cuerpo empapado, y cuya cabeza hacía girar de vez en cuando el niño para que viera los maravillosos lugares por los que pasaban.

Porque en el punto más bajo del círculo de la esfera de nácar, ahí donde su pesado vientre se reducía a un solo punto, una singularidad semejante al Big Bang, de donde había surgido un universo finito, pero sin márgenes, desarrollado en un tiempo imaginario, perpendicular al tiempo mostrado por los relojes, el canalón por el que se deslizaba Mircişor se ramificaba y penetraba bruscamente en la roca de alrededor, como un conducto auditivo en la gruesa pared del cráneo. En los ojos de payaso del muñeco animado por la manita del niño se reflejaban ahora unas imágenes fantásticas, las de un mundo de una belleza tan triste que solo el cerebro de oscuridad y vacío de una cabeza de cartón esmaltado podía soportar. Mircişor resbalaba por el tobogán morado con los ojos cerrados, pero a través de la transparencia de su brazo derecho se podían ver, como a través de los cuernitos de los caracoles, unos nervios ópticos, largos y oscuros que le llegaban al dedo índice y al corazón, donde se abrían, negros-brillantes, en las pupilas dilatadas de la muñeca, a través de cuyos ojos el niño absorbía ahora las imágenes de un mundo fabuloso.

Había fractales, verdes como las langostas, púrpuras como los ocasos, azules como las profundidades del cielo, dorados como las avispas, fluidos y floridos y en forma de espiral y embriagadores, que corrían a la vez que el niño hacia abajo por el túnel liso y flexible como una vena. Colas de pavo real y alas de mariposa y copos de nieve, y costas noruegas, y amaneceres de Caspar David Friedrich se extendían por las paredes, se mezclaban unos con otros, se devoraban los colores y las transparencias y los reflejos en una homotecia total. Nacían en medio de coros angelicales y morían en batallas heroicas, absurdas y olvidadas. Extendían brazos que se abrían en brazos que se abrían en brazos. Se ondulaban como los fascinantes gusanos abisales, pintados con granza, minio y azur. Jugaban, en un triángulo de espejos, con rugosos añicos de esmeralda. Abrían pétalos de iris índigo, que se transformaban en serpientes venenosas que se transformaban en mariposas. Vulvas carnosas, entre muslos abiertos de par en par, se fundían en cabecitas con la forma espiral del helecho, y estas en nubes, descompuestas y recompuestas sobre ciudades incendiadas...

Todo el cuerpo del niño estaba ahora tatuado con fractales, chorreaba lágrimas y belleza. En su rostro se deslizaban arañas multicolores, adoraciones de los magos, sombras carmesíes de coral. Era una tortura insoportable, porque habrías deseado que cada imagen se quedara para siempre, como el éxtasis del consumidor de hachís, como la felicidad de la eyaculación. Pero la belleza desaparecía, los pétalos de luz se ajaban y el verde fresco de una brizna de hierba no podía ser sustituido por el oro grueso del casco de un hitita, ni por los labios de una cortesana...

El túnel terminaba en un bosquecillo de acacias con racimos de flores entre las filas de hojas redondas. Era una noche de verano, con una luna gigantesca en el cielo. Los grandes y silenciosos murciélagos relampagueaban delante del disco naranja y sobre la escuela abandonada. Nana tenía todavía el corazón atenazado por el dulce suplicio del viaje a través del túnel, pero Zizi, sujeta por las trenzas, parecía no recordar nada. La ruina de la escuela, con sus ventanas, cuya madera había sido arrancada hacía mucho, y en la que crecían las malas hierbas, brillaba apagada gracias a los cristales intactos. La niña penetró en el vestíbulo de la escuela, iluminado, a través de los agujeros abiertos en la pared, por una blancura espectral. Echó a andar por el pasillo desierto, en el que se sucedían las puertas de las aulas, abiertas de par en par y que dejaban ver la pizarra, los bancos y el estrado, ahogados en sombras profundas. Oía ya el murmullo de sus amigas por algún sitio, muy lejano, hacia el fondo del pasillo infinito. En el suelo había exámenes arrugados, corregidos con tinta roja, negra ahora como la brea a la luz de la luna. Olía a orina y a heces rancias. Los murciélagos se colaban por las ventanas, con sus chillidos apenas audibles y, cuando giraban demasiado cerca de Nana, a punto casi de enredarse en su cabello, la niña se protegía con la muñeca que agitaba furiosa a su alrededor.

Una luz de fuego, el chasquido crujiente de unas llamas salía por la puerta de una de las aulas, y la niña reconoció la voz de Ada y de Carmina, la de Garoafa; la de Puia, la de Balena y, sobre todo, la querida voz de Ester. Abrazó a Zizi contra su pecho, consciente ya de que la muñeca estaba condenada, sintiendo ya en la nariz el olor a trapo quemado, a cartón lacado carbonizado. Se detuvo, se atusó el vestido, levantó la barbilla y entró en el aula en cuyo centro ardía una hoguera púrpura...

Mircişor desconocía el significado de todos esos sueños, tampoco los recordaba por la mañana, cuando se despertaba solo en la cama grande y revuelta, y corría a la cocina en busca de su madre. No percibía los innumerables sensores, escondidos detrás de los muebles, camuflados en una figurita, que abrían unos ojos redondos detrás de la barra que sujetaba las cortinas, que retorcían los corpúsculos de Golgi en la gruesa epidermis de los suelos, y que medían, segundo a segundo, su glicemia, su tensión arterial, la actividad eléctrica de su cerebro de niño, dibujaban en el aire, anticipándolos, los movimientos del próximo instante, hacían previsiones sobre sus pensamientos, intenciones, deseos, miedos y alegrías. No sabía que todas las hebras de su cabello castaño estaban contadas y que ninguna se movía en la corriente de la habitación (en la ventana abierta, el libro sobre Saltan se hojeaba solo en la luz verde-azul-dorada del verano) sin que sus modificaciones espaciales se tradujeran en complicadas tablas de logaritmos, dibujadas en sistemas de coordenadas en las que cada pelito brillante y castaño brillaba cohibido. Sí, cada hebra de su cabello estaba numerada y, cuando el cuerpecito de cuatro años se movía, somnoliento aún, en busca de su madre, pateando los escalones pintados de marrón y tropezando con las alfombrillas, un aura como dos manos cuidadosas se curvaba tiernamente en torno a él, como dos manos que protegieran del viento la llama de una vela. Era vigilado, guiado, los obstáculos eran apartados de su camino, era disciplinado, por su bien, a través del sufrimiento y del descontento, pero, sobre todo, lo contemplaba, por todas partes a la vez, un vasto y nítido campo visual, en el que su cuerpo dislocaba un volumen centelleante. Y visual significaba aquí escritural, porque la predestinación está siempre ligada a una mirada y a una escritura, un ojo que escribe y un manuscrito que ve lejos, que recuerda lo que va a ser. El niño se movía en su mundo soleado que bañaba sus mejillas en una luz de alba, helada y alegre, pero al mismo tiempo estaba inmóvil para siempre en un manuscrito con páginas que, superpuestas como diapositivas, lo construían en el tiempo, petrificando cada mudra, cada postura codificada de su mente, de sus brazos y de sus pensamientos. Es imposible retirar la mano del gesto que hiciste ayer, tal y como al insecto en el ámbar y al que te sonríe en una foto antigua no les están permitidos el movimiento de las antenas, el grito de desesperación.

Escribo en la habitación delantera de la vivienda de Ştefan cel Mare. Tengo en el cráneo un manuscrito arrugado, apretujado ahí dentro, escrito con billones de letras grises. Intento reproducirlo, idéntico, en las hojas blancas. No entiendo qué pone, copio tan solo, como un niño retrasado, la forma ondulada de los axones, las proyecciones del hipotálamo en la corteza. A la derecha del folio todavía virgen que empiezo a ensuciar, mi manuscrito se ha elevado, entre las azucenas rojas de mi madre, hasta tocar casi el techo. Los cimientos de esta Babel demente están amarilleados y podridos. Las escolopendras y las tijeretas asoman entre las hojas arrugadas, manchadas de tinta, las roen, forman en su roca cavernas y túneles, se integran en el manuscrito, aparecen entre los personajes… Ya no sé cuándo vivo y cuándo escribo. Cuando camino por la calle, me doy cuenta de repente de que estoy en una calle inexistente del Bucarest real, que es la calle descrita por mí un día antes en este libro ilegible, este libro… Cuando escribo, la nieve empieza a caer de nuevo en el gran ventanal triple de mi habitación, borrando el bloque obtuso de enfrente, colmando los árboles del borde de la carretera. Y entonces sé, tal y como en algunos sueños empiezas a entender que estás soñando, que esto es solo posible si existe otro manuscrito, un hipertexto que une mi manuscrito y la escritura que urde la historia, incongruentes, aunque idénticos, como los triángulos esféricos que no pueden superponerse jamás. Dejo la frase inconclusa y me levanto de la mesita de madera amarilla pasando, ya ves, del manuscrito a la escritura. En el ala derecha del tríptico, la Gloria de Dios se distingue, muy arriba, entre las nubes desordenadas, inmóvil como una icneumónida. Me dirijo al espejo y me miro en esa segunda habitación que se hunde en el cristal. La asimetría de mis ojos y de mi boca me golpea de lleno. Mis ojos son profunda, trágicamente cadavéricos, el derecho castaño y brillante bajo una ceja bellamente arqueada, el izquierdo empequeñecido y sin brillo en un rostro moreno, como de santo bizantino. Estoy aquí, en la habitación con una silla, una mesa y una cama, en una atormentada soledad. Me miro a los ojos durante un tiempo infinito, cruzando tantas veces el espejo que veo también desde el otro lado, de tal manera que no sé en qué parte del cristal ensuciado por las moscas y el polvo me he detenido. Me invade un llanto histérico, inconsolable. Me abruma de repente la infelicidad sin límites de mi vida. Me quedaría aquí, en esta habitación, escribiendo mi libro, hasta el final, traspasándole toda la savia de mi cuerpo, trazando las letras con hiel y linfa y esperma y sangre y orina y lágrimas y escupitajos hasta quedarme esquelético, lívido y arrugado como una araña seca, muerta de hambre en su desdichada telaraña. Así me encontrarían algún día, con la cabeza derrumbada sobre el manuscrito amarilleado, trasformado en un montón de polvo desmenuzado…

Me detengo ante la gigantesca ventana en la que Tú has dibujado Bucarest con Tu propio dedo (pues estas líneas las escribes Tú, estas líneas en las que me obligas a detenerme ante el Bucarest nevado de la ventana y a ver el bloque que Tú colocas en el foco de mi mirada, y a llorar lágrimas que Tú haces rodar por mi rostro cuando escribes, en tu hipermundo, «él llora»), contemplo ese aparato tan extraño en el cielo, envuelto en su halo irisado, y le grito las palabras que me has dado para que grite, que gritaré siempre, en la misma página del mismo libro, cada vez que una mano la abra y un ojo la lea: «¡Señor, ven!».

Segunda parte

En la azotea del bloque de Ştefan cel Mare, al otro lado de la puerta con el candado oxidado por cuyo ventanuco entraba una luz transfinita, se elevaban dos columnas de bronce, llamadas Jaquín y Boaz, que captaban la voz susurrante de la Divinidad. Sus capiteles en forma de flor de lis estaban decorados con una red de cadenas y granadas magistralmente talladas, tan bruñidas que lanzaban llamaradas sobre el frontón, que se elevaba sobre el bloque desgarrando las nubes, del molino Dâmboviţa. Mircea no había estado jamás (pues era algo inimaginable) en la azotea, pero podía verlas indirectamente en las miradas de algún molinero que asomaba un momento la cabeza por las ventanas blanqueadas por la harina y se llevaba el brazo doblado a los ojos, cegado por el brillo de los espejitos de bronce. También en la azotea, desde donde se veía en otra época el panorama abrumador de Bucarest desparramado sobre las colinas, las casas antiguas, con tejados de tejas, desperdigadas entre los árboles y, en el horizonte, con las nubes de verano como iluminadas por dentro, los altos edificios construidos entre las dos guerras, con paredes ciegas y siniestras pintadas con anuncios de una ingenuidad enternecedora, había también, afirmaba Herman, un mar de bronce apoyado en el espinazo de doce toros igualmente de bronce. El enorme recipiente era redondo y estaba lleno de un agua negra. Herman enfatizaba la última palabra, mirando a los ojos al niño que estaba a su lado, en los escalones de cemento entre los pisos séptimo y octavo, como si intentara transmitirle algo que las palabras no podían decirle y, en cierto modo, lo conseguía, porque en las profundidades de la mente de Mircea se despertaba cada vez, en ese instante, el mismo recuerdo de un sueño de otra época. Se encontraba en un parque después de que se extinguieran los últimos rayos del ocaso. Reinaba una oscuridad triste y seca, no total, un aire de ceniza funeraria a través del cual alguien, no se sabe quién, una criatura a través de cuyos ojos podías mirar, avanzaba despacio, evitando los bultos oscuros de los arbustos y de los setos geométricos. Llegaba a un espacio vasto y desierto que tenía en el centro un estanque rectangular, apenas visible en la luz mortecina. El agua del estanque era tranquila y oscura, un espejo que no reflejaba nada. Mircea permanecía allí, en la oscuridad, junto al estanque de piedra, abrumado por una pena profunda, insoportable. En el mar de bronce de la terraza estaba la misma agua, no igual, sino la misma, la misma de su sueño. Las columnas, decía Herman mirándolo por debajo de las cejas, filtraban el éter como las antenas pinnadas de las mariposas, captando las feromonas místicas de la Divinidad. Los mensajes de las alturas llegaban raramente y de forma aleatoria, diluidos en el espacio y en el tiempo, rodeados por kilómetros cúbicos y siglos, atravesando, como los neutrinos, el grosor de la tierra, sin ser detenidos por los muros de plomo, ni desviados por los imanes, traspasando corazones, intestinos y riñones que no podían adivinar sus complicadas moléculas, porque solo el espíritu importaba, la carne no valía para nada. Incluso el cerebro con el que los hombres se adornaban era carne, una carne marrón-cenicienta, destinada a una descomposición rápida. La palabra descendía a veces entre la gente, su aroma asombrosamente evanescente se derramaba sobre valles habitados y metrópolis y pueblos y cuevas, pero ni la carne ni la mente la retenían en sus redes, tal y como nosotros no percibimos el olor de la mariposa hembra ni vemos por debajo del rojo ni más allá del violeta. Tal y como no puedes oír si no tienes en la roca del cráneo el delicado caracol del oído interno, tampoco puedes ser salvado si no cuentas con el órgano de la salvación, como posee la mariposa macho unas antenas pinnadas. Tienes que estar construido para la salvación tal y como estás construido para caminar y para acoplarte, y a través de ello estás ya unido al constructor, así como la luz está unida al ojo construido por ella en nuestra carne y como el sabor de la fresa está unido a las papilas de la lengua. «Pero —decía Herman aquellas tardes en las que pasábamos horas y horas juntos, irrealizados por la penumbra y sobresaltándonos con el ruido apocalíptico del ascensor—, aunque no puedes salvarte si no estás hecho para la salvación, el hecho de que tengas un órgano que detecta la presencia de la Palabra no significa que ya estés salvado, es tan solo una prueba de que la salvación existe. Puedes estar predestinado y, sin embargo, no ser elegido, como las jóvenes con ovarios fértiles a las que no desea ningún hombre, como una flor de diente de león miríficamente abierta en el campo de un mundo sin abejas. Puedes saber que existe la Salida, que existe el Reino, pero que tú, que estás hecho para ellos, impecable con tu traje de boda, no recibirás sin embargo la llamada. Puedes ser profeta en los tiempos en los que las visiones son raras, tan raras que ninguna te saca de la cama para lanzarte entre las nubes, del mismo modo que tus tímpanos anhelantes se marchitarían en el mundo del silencio eterno. Cada uno de nosotros tiene un órgano sensorial para Dios. Más claro o más turbio, más distraído o más fino. Es cierto que no lo percibimos en su totalidad, en toda su avasalladora magnificencia, sino únicamente lo que se nos concede, al igual que del espectro electromagnético percibimos tan solo un minúsculo segmento. Somos ciegos al infranacimiento y a la ultramuerte. Nuestra vida es un trocito de milagro que se nos concede, es el agujero en la pared a través del cual, mirones trascendentales, contemplamos el jardín de las delicias. Desde la ameba con una sola mancha fotosensible hasta el ángel con miradas que atraviesan los objetos y leen los pensamientos, fotosensible él por completo, con piel y alas de retina, todos observamos la danza inmóvil de la Divinidad, el espectáculo total y eterno, iluminado un instante por nuestros ojos. Nuestra vida, la maravilla de que estemos en el mundo, de que pensemos, traguemos, eyaculemos, defequemos, de que nos calentemos bajo el sol primaveral, de que nos duela y gritemos en medio de los sufrimientos, de que soñemos e imaginemos, es nuestro gran órgano sensorial abierto hacia El que lo ha construido, imprimiéndolo en nuestra carne. Somos zonas de Dios, píxeles de Dios, escamitas coloreadas del ala de una mariposa extendida tanto como el universo y que revolotea en el interior de su propio contorno...»

Herman tiene ahora en el cráneo un niño acurrucado, pesado y de piel luminosa. Hace un mes que se ha colocado bocabajo y espera ahora, estremeciéndose en sueños, el nacimiento. Son tiempos terribles, tiempos apocalípticos. Anoche vi a gente morir. Hoy he visto gente feliz y, sin embargo, tan atormentados todos por su insoportable felicidad como si estuvieran aullando en el infierno. Siempre me digo, ¿qué significa todo eso para mí? ¿Qué son para mí charcos de sangre? Me esfuerzo con toda mi alma porque este manuscrito mío no se transforme en un diario, así como no he permitido, desde el principio, que sea literatura. Quiero seguir escribiendo sobre mis cavernas interiores, sobre mis alucinaciones más verdaderas que el mundo, sobre Desiderio Monsú, el pintor bicéfalo de las ruinas, sobre Cedric y sobre Maarten y sobre el noble polaco y sobre estatuas y sobre los Conocedores, pero la alucinación se ha desbordado estos días y ha llenado el mundo, cada vez me cuesta más saber en qué parte de cada página de mi manuscrito me encuentro, como si cada hoja fuera un espejo en cuya superficie se unen dos mundos con el mismo derecho a llamarse «reales». En el mundo real se ha mostrado, ahí está, sobre el Bucarest envuelto en el invierno, la Gloria de Dios, idéntica a la que vio Ezequiel en el río Chebar. Con unos prismáticos corrientes puedes distinguir sus detalles, mientras permanece inmóvil entre nubes: los querubines de cuatro rostros y pezuñas idénticas a las de los terneros, pero de latón pulido, las ruedas ajustadas en otras ruedas, cuajadas de ojos en las llantas y en los radios, la bóveda como de zafiro, «idéntica al cielo en su pureza», y arriba, en el trono imperial, «algo que recordaba el aspecto de un hombre», rodeado por un aura irisada. Cómo no vas a escribir sobre ello, cómo no vas a dejar a Vasili y a Monsieur Monsú entre los insectos lívidos que se alimentan de papel y no transformar tu cuaderno en diario, en un diario cotidiano, en un diario impregnado de lo que más he aborrecido hasta ahora: de la urdimbre de caos y peste y hordas y reyes y falta de sentido e infelicidad, es decir, de historia, historia, historia. No he tenido infancia ni juventud, no he entendido nada de lo que sucede en el mundo, he creído siempre que seré, toda la vida, un monstruo solitario, sin esposa, sin casa, sin una piedra en la que apoyar la cabeza, destinado a escribir, años y años, un libro ilegible e infinito, pero que sustituirá algún día al universo. Y aquí estoy ahora, hundido hasta el cuello bajo las sucias faldas de la historia, gritando con las masas, levantando los puños hacia el cielo (donde el vehículo celestial ha brillado toda la noche sobre la locura de Calea Victoriei), enfervorecido por lo que había pensado hasta hoy que era tan solo una desgraciada sucesión de crímenes sin sentido: una revolución, el derrocamiento de un tirano, la toma del poder por parte de una hidra de mil cabezas. Pero he estado, esta mañana, en la Piaţa Palatului, delante del Comité Central, y había allí un millón de personas, y he visto el helicóptero blanco elevándose de la azotea con su cargamento presidencial, y he gritado, yo, el enviudado, el sombrío, el inconsolable, yo, alef a la potencia de alef y Dios a la potencia de Dios, junto con un millón de personas que dentro de ochenta años estarán todas, sin excepción, muertas, y entonces no podré impedir que el manuscrito sea un diario, el diario de hojas transparentes, como si escribiera por ambas caras a la vez un texto multidimensional, como escribes en una banda de Moebius con una cara de realidad y otra de sueño, cada letra fluyendo de una en otra y construyendo así la hiperrealidad de este mundo y de este libro, de este cerebro y de este sexo, de este espacio y de este tiempo.

Ayer por la mañana me desperté con las palabras de Herman en la cabeza. No había pensado en ellas durante más de veinte años, a pesar de que, como todas las demás, habían estado en mi mente todo el tiempo, en habitaciones cerradas con candados blandos, de carne, del color de la piel del escroto, alineadas a lo largo de unos corredores desiertos. Jaquín y Boaz, me susurré cuando no me había despertado aún del todo, y salté de la cama, porque tenía que verlas, aunque siempre había sabido que estaban allí, las había visto con tanta claridad cuando contemplaba Bucarest desparramado bajo mi cráneo como bajo un cielo deslumbrante. La ciudad se me mostraba entonces como una maqueta con incontables edificios de cristal, excéntricos y entremezclados: casas burguesas junto a bloques modernistas del período de entreguerras, las *cajas de cerillas* de los guetos obreros junto a iglesias y palacios, la Casa Scânteia, en una esquina, con sus afiladas flechas, los circos del hambre desperdigados por los barrios y, en el centro, como un mausoleo colosal, la Casa del Pueblo, un fantasma envuelto en bruma, una Domus Aurea girando con el sol en sus rodamientos de oro y cristal. Y en toda la extensión blanquecina, anónima y brillante, solo unas pocas casas vivas, intensamente coloridas, con tejados de teja porosa y paredes pintadas de amarillo, de rosa desvaído, con cristales cubiertos con papel azul, con la madera putrefacta de los bastidores, con las sombras de los álamos y de las acacias y de las adelfas salpicando sus fachadas. Lugares vivos en una maqueta muerta, miasmas vivas (basura, claveles, campanillas moradas trepando por las cercas): la casa en forma de U de Silistra, el bloque de Floreasca, la villa del mismo barrio bajo la cúpula brillante de plexiglás que protegía la modorra del verano eterno, el bloque de Ştefan cel Mare, pegado al castillo de la Dirección de Policía esculpido en un anónimo bloque de cristal. Me vestí y salí al frío luminoso de la mañana, crucé la avenida como hacía en otra época para comprar pan en el despacho junto al patio de Nenea Căţelu, entré en el primer portal del edificio de enfrente, el que me había arrebatado la ciudad, y subí en el ascensor hasta la azotea, desde donde contemplé, al otro lado de la calle, mi bloque. Aunque sabía que estaban allí, no pude evitar gritar asombrado: también en el castillo con almenas de juguete de la Policía se amontonaban antenas, parabólicas y en forma de escalera, pero en el centro de nuestro bloque, como las dos chimeneas de un transatlántico, había ciertamente unas columnas de bronce y se distinguía bien, brillando al sol, el cuenco con el borde doblado, apoyado en el espinazo de los toros de cobre. Junto a las buhardillas instaladas en la terraza como unas casetas solitarias había unos carritos y unos atizadores del mismo bronce brillante, decorados con arabescos y curiosas excrecencias. Por lo demás, todo el bloque había cambiado de aspecto: irradiaba ahora una luz dorada, suave, apenas visible, que emanaba de las paredes y ventanas, de los escaparates de la tienda de muebles y del centro de reparación de televisores de la planta baja, de tal manera que los callejones en los que se encontraban los portales parecían más profundos y más misteriosos.

Regresé a casa, almorcé en el comedor, con mis padres, la sopa y las patatas guisadas de cada día y, más adelante, escribí unas páginas en mi habitación sombría. Cuando sentí que mi mente se dislocaba de tanta alucinación e infelicidad, fui a la cocina, donde mi madre descansaba agotada en una silla vieja y mugrienta. Me habló largo rato sobre su juventud, sobre las reuniones en Donca Simo, sobre la revolución que parecía haber empezado también en Bucarest, tal y como, en Europa Libre, decían que habían gritado los timisoreanos exaltados: «¡Hoy en Timişoara, mañana en todas partes!». Me aburrió con sus consejos para que fuera prudente, como había hecho durante toda mi infancia: «Si eres formal, todo el mundo te querrá, te darán juguetes y caramelos… Hay que ser como hay que ser, que nadie pueda decir nada malo de ti, no avergüences a tu padre. Nosotros somos gente corriente, Mircea, la política no es cosa nuestra»… Cuarenta mil muertos en Timişoara. Vagones cargados de muertos, desnudos y atados con alambre de espino, con marcas de torturas salvajes, que llegaban a Bucarest para ser incinerados. Y nosotros, la gente corriente, como las hormigas de los troncos de los árboles, ciegas a todo lo que estaba a más de dos centímetros de sus cuerpos negros y duros. Nuestra vida de un grosor de dos centímetros. Entonces me sucedió algo: veía a mi madre flotar en la cocina, hundida hasta el pecho, junto con el molino y con el invierno y con las palomas, en las aguas densas de mi manuscrito, y de repente me pregunté si el mundo no sería también una forma de realidad, tal vez tan consistente como la ficción, si no sería también la vida tan verdadera como los sueños... Me miré las manos, que había considerado siempre una ilusión óptica, del mismo modo que en tu campo visual adivinas, fantasmales, la nariz y las pestañas: estaban firmemente apoyadas en el hule de cuadros marrones. Una venita latía en la raíz del dedo corazón. Supe que tenía que permitirles a mis ojos que vieran la belleza y la desdicha, a mi corazón que se hundiera en charcos de sangre.

Me dirigí al centro y, cuando caminaba hacia Dorobanți junto a los montones de nieve, pensé de nuevo en las palabras de Herman que en otra época sorbía sin alcanzar a comprender, tal y como enterramos profundamente, más allá del Círculo Polar, cápsulas para el futuro, con objetos de nuestra vida actual: un zapato de señora, un periódico plegado, un transistor con tres patitas de alambre, el rollo de fotos revelado. Vagué un rato, con las manos enrojecidas por el frío, por la ciudad silenciosa, llegué al centro y vi los autobuses de los militares —galones azules: tropas del Ministerio del Interior— que se apresuraban hacia la Piața Palatului, hacia el Comité Central donde Ceaușescu había pronunciado un discurso, me senté en un banco, muerto de cansancio, hasta que cayó la tarde. Vi cómo el cielo se tornaba amarillo-verdoso, luego sangriento, cómo la nieve se volvía gris. La iglesia Kretzulescu, púrpura como una herida, se perfilaba afilada sobre el cielo todavía luminoso hacia el ocaso. Tengo treinta y tres años y ningún amigo. Paseos solitarios cada día de mi vida. Transeúntes lejanos, mujeres que miran a través de mí, policías sospechosos, Dacias con la chapa abollada, cubiertos de polvo, huyendo hacia quién sabe dónde... No me daba prisa por llegar a casa, a mi manuscrito monstruoso como el nido de una araña, tejido con mi saliva brillante. Estaba en un banco, bañado por el crepúsculo, sintiendo la amarga felicidad de estar vivo. Me imaginaba el brazo desnudo de una mujer amada por el que pasas la mano hasta la axila suave y almizclada, el cabello sedoso de un niño. Bailando con ella de noche y de día, constantes en un mundo inconstante, pidiéndole a ese instante que se detuviera. Inmanentes, mezclando nuestros gestos y nuestros pensamientos, el olor de la piel y los bucles del pelo, en una casa llena de luz en la que las cañerías no revienten y la pintura no envejezca. El mismo día repetido hasta el infinito, con una mujer y un hijo, en una perla esférica, protegida por dioses sonrientes que no existen... Cuando me levanté, había caído la noche. Revoloteaban unos pocos copos de nieve que brillaban por un instante en la luz anaranjada, cicatera, de las lámparas fluorescentes. Me dirigí hacia el Athenée Palace, desde donde llegaban unos ruidos sordos, animados de vez en cuando por una ráfaga de viento. Eran gritos, a medida que avanzaba se oían con más claridad, parecían proceder de un estadio lleno donde se estuviera jugando un partido apasionante. Me pareció oír incluso los cánticos de los hinchas del Dinamo, tal y como llegaba, en verano, por la ventana abierta del balcón, en las tardes de domingo en las que veíamos *El planeta de los gigantes,* el «Oé-oé-oé-oé...», seguido de rugido unánime, un grito general que comprimía el aire como un avión a reacción, arrastrando hasta nuestro bloque la ola de choque: ¡gooooool! «Hay un jaleo con mayúsculas», me dije, recordando y sonriendo por la preocupación de mi madre, y eché a correr junto al Palacio, hacia el callejón de Calea Victoriei, donde, en un claroscuro violento, bajo las mismas bombillas anaranjadas, cientos de jóvenes hacían y deshacían, cantando y coreando, unas escenas alegóricas delirantes. Aparcadas justo enfrente del hotel, dos tanquetas esperaban a entrar en acción. Un cordón de escudos retenía la ola abigarrada de los manifestantes sin intervenir por el momento. En las aceras y en las ventanas de los edificios antiguos y ennegrecidos por la contaminación había cientos de mirones que escuchaban impasibles las llamadas de los de abajo, sus gritos para que se les unieran. «¡No tengáis miedo, Ceauşescu importa un bledo!», coreaban, agitando los brazos, ebrios de alegría, y abrazándose los unos a los otros para formar una sola e invencible criatura. Desde un balcón, alguien filmaba con una Betacam de aquellas grandes y antiguas. «¿Qué nos importan, di, corazón, estos charcos de sangre?» Crucé deprisa, justo por delante de las tanquetas cuadradas, que parecían ahora negras como el alquitrán, y pasé entre dos soldados con cara de niños asustados. Me coloqué entre los barbudos y las chicas que cantaban, acalorados y desafiantes, con la misma locura patética en su mirada: «¡Oé, oé, oé, oé, Ceauşescu ya se fue!». «¡Bravo, tío!», me gritó un tipo moreno, barbudo, con una calva enrojecida por el frío, luego empezó a gritar de nuevo, coreando con los demás: «¡Venid con nosotros, venid con nosotros!». Sentía cómo me invadía una embriaguez desconocida. Empecé a gritar con todos los de mi alrededor, agitando en el aire el puño: «¡Fuera, Ceauşescu! ¡Fuera, fuera, fuera!», aquella noche madura para el caos y la locura.

El coronel de la *Securitate* en reserva Ion Stănilă se encontraba también allí, aunque a un ojo no iniciado le habría costado localizarlo entre la muchedumbre. Porque ¿qué sospechas habría podido despertar una viejecita en la acera que, delante de un escaparate con maniquíes sin cabeza, sacaba fotos con una antigua cámara Leica, así, sin más, para mostrarles a sus nietos qué era la revolución? Clic, y en la película se estampaba el rostro de alguno de los trescientos jóvenes que se agitaban y gritaban al unísono. Clic, y una joven con la cabeza descubierta, que justamente exhalaba vaho por la boca diciendo algo, era fotografiada asimismo en una larga galería de individuos encerrados, cada uno, en el recuadro de 35 mm, tal y como estarían también, puerta con puerta, en Jilava,[18] los muy desgraciados... El coronel no era una mala persona, pero el trabajo era el trabajo y, en definitiva, él solo sacaba fotos, mientras que sus colegas especializados en asuntos sucios, que se meterían en harina al día siguiente, les sonsacarían hasta la leche que habían mamado de su madre. A veces venían de visita a su casa, invitados sobre todo por su mujer, que sufría de vez en cuando

18. Cárcel de Rumanía.

crisis de ansiedad, los chicos de investigaciones e interrogatorios, «los mineros», como les llamaban también porque trabajaban solo en sótanos, y entonces había que ver en qué encendidas discusiones técnicas se enzarzaban Vereştiuc y Manea sobre el cuenco de sopa de albondiguillas, cómo sopesaban las ventajas y desventajas del método argentino de las tenazas eléctricas, del vietnamita de la fuentecita de sangre o del autóctono, primitivo, pero mágicamente eficaz, de pillar las yemas de los dedos con la puerta. «Deliciosas las albondiguillas, doña Emilia, se funden en la boca», y luego, en la misma frase, «… pero yo rechazo a Gonçalves y a Tellier, que en el 58 demostraban que el globo testicular es menos sensible en la zona del epidídimo. Mis investigaciones con dieciséis individuos, con un índice de supervivencia de…». Y Manea, royendo un pimiento asado, con el vinagre escurriéndose por las comisuras de la boca: «Pero no es menos cierto que, según Wei, la resistencia eléctrica del escroto presenta una paradójica…». Y otra vez: «A la luz de las investigaciones recientes»… «Por ejemplo»… «Por otra parte»… Vereştiuc era un erudito de dedos finos, abonado a las revistas especializadas, un virtuoso del dolor puro, bajo cuyas manos, como un piano bien afinado, el cuerpo del torturado emitía en cascadas, como las de Grieg, los pesados bajos de los golpes en los riñones con saquitos llenos de arena, los agudos de las muelas agujereadas con el torno, las armonías en sordina de los golpes en los testículos o el *staccato* de la depilación con pinzas de los pelos del bigote, de los sobacos o incluso de los delicados pelillos anales. A Ionel, un chico de pueblo, estas discusiones salpicadas de pedanterías lo hacían vomitar, pero a su mujer, que a los cincuenta años seguía siendo tan folladora y alocada como en su juventud, la conversación sobre testículos (nunca *cojones,* porque esos dos eran unos sabios serios, autores de manuales de renombre en ese ámbito) estrujados, quemados con cigarrillos o golpeados con un lapicero hasta ennegrecerlos, sobre mujeres violadas por filas de soldados antes de ser sometidas a tortura la excitaba locamente y, cuando los huéspedes se marchaban, seguía un desenfreno inédito al que el pobre jubilado hacía frente cada vez peor. No había terminado

Ionel de fregar los platos, cuando se encontraba con Emilia la del Buró del Partido encima de él, con los trapitos sexis de encaje rosa, con la piel pecosa visible a través de los agujeros de las medias de rejilla, con las tetas un poco caídas ahora, con barriguita y estrías, pero folladora todavía hasta decir basta. Y, en un pispás, lo arrastraba como una arañita hasta el dormitorio, donde empezaban el circo y el desenfreno. ¡Por todos los santos, qué imaginación tenía aquella judía con los dientes manchados de carmín, con sus cabellos de alambre salpicados de unas pocas canas! A la abuelita de la Leica se le espabiló, incluso en el frío de la noche, el viejo aparato cuando recordó el guion de la noche anterior: Estera era una securista enviada a Timişoara para recuperar las obras del Camarada antes de que las quemaran aquellos trúhanes. Se cuela entre los revolucionarios —jóvenes musculosos, morenos, implacables— en el edificio del Consejo Popular y empieza a retirar, de las estanterías polvorientas, las *Obras Reunidas* encuadernadas en tela roja, y a esconderlas debajo de la falda, en una talega especial. Pero de repente las puertas se abren de par en par y aparecen unos quince... «¿No son demasiados, querida?» (Ionel, debajo del edredón, acariciado por una mano experta). «¡*Quince* he dicho, y no me interrumpas!»... Unos quince revolucionarios, con la bandera tricolor cuyo escudo han recortado... Intenta esconderse, pero ellos la localizan, se abalanzan sobre ella, la toquetean ¡y le encuentran entre las piernas los documentos del XIV Congreso del PCR! Ahora no tiene escapatoria posible. Le arrancan la ropa, la ponen bocabajo sobre un escritorio cubierto con una tela roja y luego... ah, aah... hasta la tarde... y toda la noche... y vuelta a empezar... «Cariño, dame... por favor, te lo suplico, dame también por detrás... ¡aaaah! ¡aaaaaaah!». Completamente loca esta mujer, pero así había sido siempre: le hacía gritar unas veces «Sieg Heil!», otras «¡Venceremos!», a veces cantaban juntos *Bandiera Rossa*, otras *Orgullosa juventud legionaria*... Lo esencial era que la detuvieran muchos, todos los hombres que fuera posible, ya fueran ustachas, comunistas, peronistas o chechenos, y que la castigaran inagotable y severamente por sus numerosas ambigüedades ideológicas... Es cierto, a una mujer así era imposible que la satisficiera un solo hombre, e Ionel la pillaba de vez en cuando (había contado, a lo largo de los años, ochenta y cuatro flagrantes delitos) con algún tunante, incluso en el lecho conyugal, pero había acabado por resignarse porque, como dice el refrán, ¿qué es mejor: compartir una tarta con otros o comerte una mierda tú solo? Pero ahora tenía que hacer algo para librarse de aquella erección.

Era muy desagradable, puesto que, en aras de la verosimilitud psicológica de sus disfraces, el coronel no descuidaba ni siquiera los detalles invisibles, así que ahora, junto a la peluca teñida en azul genciana y las gafas de gruesa montura de plástico, el abrigo de imitación de leopardo y botas hasta las caderas (los accesorios femeninos los tomaba generalmente prestados de sus colegas, las llamadas ascensoristas y camareras del Inter), a Ionel se le había ocurrido esa noche fatal ponerse unas bragas de señora, con lacitos y encajes, de las que sobresalía más de la mitad su verga todavía vigorosa y notaba la tripa húmeda. En vano pensó Ionel en los temas habituales en esa clase de situaciones —follar a doña Leana, a Gâdea o a Găinuşa—, la erección no cedía y la calidad de las fotos se iba a resentir. Llevado por la desesperación, recurrió entonces al arma secreta que, aunque no fallaba jamás, presentaba también temibles efectos secundarios. Pensó en la revolución húngara del 56, en los miles de activistas y securistas colgados de las farolas de Budapest y abandonados allí, en los postes, hasta que entraron los tanques soviéticos y los soldados amigos del Ejército Rojo los descolgaron, tapándose la nariz por el hedor de los cadáveres con las lenguas amoratadas. Se le pusieron los pelos, bajo la peluca, más tiesos que el artilugio de las bragas, que se ablandó al momento y —efecto secundario— así se quedaría durante al menos una semana. Sin embargo, a los cincuenta y nueve años, los que tenía ahora el coronel, podía permitirse también alguna pausa...

Se había jubilado diez años antes, pero, tanto por motivos financieros como porque se aburría encerrado entre cuatro paredes, Ionel servía de vez en cuando a la patria en alguna misión que, aunque no le reportaba gran cosa, al menos le desentumecía los huesos. No eran ya los días de gloria de otra época, se había gastado el brillo de los botones dorados del uniforme y de las condecoraciones. La vida de verdad fue la de los años 60 y 70, ahora la ruleta había girado de nuevo y todo el país se bañaba otra vez en la mierda, como con Gheorghiu-Dej. Había regresado el terror, a pesar de que ese de ahora, Iulică Vlad, no tenía ni de lejos los pedazo de cojones de Drăghici. Este sí que era un hombre, Ionel lo había visto varias veces: no confiaba en los verdugos, se ponía él mismo manos a la obra en los casos más difíciles, como nuestros vaivodas, que, con la espada o la barda en ristre, en camisa y con el cabello al viento, se zambullían en el fragor de la batalla. Arrancaba confesiones con la elegancia descuidada con que algunos dentistas extraen las muelas cariadas. Y donde no había nada que confesar, también las arrancaba, porque el principio básico de la *Securitate* rumana era que toda la población conspiraba continuamente contra el orden socialista. Sin embargo, a Ionel, un hombre pacífico, nacido en un pueblo, nunca le habían gustado la sangre, ni los gritos, ni siquiera las excitantes contorsiones de los cuerpos quemados con la lámpara de acetileno. Habían observado también sus superiores su flaqueza de ánimo y le encargaban las tareas más sencillas: seguimientos, disfraces, una maletita con vaselina y bigotes falsos, pechos de bolas de calcetines, una joroba artificial... eso le habían asignado durante cuarenta años, de tal manera que la piel de la cara se le había llenado de poros como los de las mujeres, los payasos y los artistas callejeros. Poco faltó incluso para que lo enviaran a las cárceles, infiltrado entre los maricas tatuados, Dios no lo quiera, para arrancar quién sabe qué secretos pronunciados delicadamente al oído mientras su ojete... Con lo tonto y papanatas que lo consideraban, habría acabado llevando un tapón rojo en el culo si no lo hubiera salvado, una y otra vez, de todas las cagadas, la camarada Estera (más adelante Emilia) del Buró del Partido del Municipio de Bucarest, que velaba por él como un hada madrina. Siquiera por una vez había sabido él labrarse un futuro en la vida: cuando la tomó por esposa, bailando el baile de la gallina[19] en su pueblo,

19. Baile tradicional en las bodas de Moldavia.

mientras a los mozos se les caía la baba al ver a la novia con velo y flor de azahar, roja como un cangrejo y con los párpados entornados; se la robaron por la mañana mientras su padre paseaba al yerno en la carretilla, y la llevaron al fondo del huerto para comprobar si merecía los símbolos de su pureza. Y, para qué vamos a extendernos, que no habría sido su mujer una santa en la cama ni en el trabajo, pero en su carrera profesional le había mostrado una fidelidad intachable, ayudándolo no solo a no terminar en la corte marcial por culpa de sus incontables pifias, descuidos y fantasías, sino a ascender también poco a poco, imperceptiblemente, de teniente a capitán, luego a comandante (a pesar del terrible incidente de la mujer-araña, que habría supuesto el final de la carrera de cualquiera), luego a teniente-coronel y a jubilarse finalmente como coronel, con una pensión muy elevada y un montón de tiempo para cultivar zinnias y peonías en el jardín de una casa imponente. Y eso, alardeaba él, solo poniendo ceniceros con micrófonos en los bares, rapando a jóvenes melenudos en el bulevar Magheru y rellenando papeleo con denuncias ridículas como que mengano ha dicho que somos un país de ladrones y que zutano ha contado el chiste del Camarada y Gina Lollobrigida, y que perengano ha cometido errores gramaticales en un eslogan de la pared. Así que si ahora, Dios no lo quiera, estos golfos que gritan que te revientan los tímpanos tumbaran al tío Ceaşcă, a él lo ahorcarían en balde... Con este pensamiento, le temblaron las manos dentro de los guantes de ganchillo, que no calentaban nada, y la foto del tipo calvo que justamente estaba gritando con toda su alma «¡Li-ber-tad! ¡Liber-tad!» resultaría inservible.

Solo que el jefe no iba a caer así como así, porque berrearan unos chavales alborotados. Incluso aunque no lo protegieran el ejército y el ministerio del Interior (que contaba también con su propio ejército, casi tan grande como el otro, con tropas antiterroristas y transmisiones y camiones y helicópteros, y todo lo que quieras), que para eso era el Comandante Supremo —se habría hecho incluso metropolita en lugar de Teoctist si se lo hubiera permitido la ideología—, el tío Nicu tenía a su disposición también otras armas secretas. ¿Y los críos sin padres de los orfanatos? ¿Acaso no se les decía ya desde pequeños que su padre era Ceauşescu y su madre, doña Leana? ¿No eran adiestrados como perros lobo para destrozar a cualquiera que atacara a sus amados padres? ¿No daban las gracias antes de cada comida, de pie y vueltos hacia la calle Primavera, al Partido y al Secretario General, por la sopa de sus platos? Con ellos, niños sin padre y sin madre, en sentido propio y figurado, había formado el Camarada su guardia personal. Los veías, de negro, con el pelo siempre recién cortado y el rostro pálido, con el fanatismo brillando en sus ojos, allí donde estuviera su amado papaíto, resueltos a plantar su pecho ante cualquier atacante. Eran falanges de miles de huérfanos, armados hasta los dientes y dispuestos a cualquier cosa, tan formidables como el ejército de mujeres, las alemanas de la RDA, que defendían al gran amigo del Camarada, Gadafi. Los dos criaban un rottweiler corpulento, su único amigo en este mundo, al que cuidaban durante varios años y al que enseñaban toda clase de atrocidades, hasta que al perro, una raza creada por los nazis a través de demoníacas manipulaciones genéticas, se le pudría el cerebro y convulsionaba entre atroces sufrimientos. Entonces lo mataban ellos mismos con la bala que colgaba del cuello del cachorro desde su nacimiento. Por supuesto, en el ejército de huérfanos absolutamente todos eran homosexuales, algo que los mantenía unidos como espartanos. Y aunque las falanges negras no hubieran podido enfrentarse a aquellos alborotadores, el tío Ceaşca tampoco habría caído, porque (y aquí incluso el monólogo interior del coronel bajó el volumen varias rayitas) la *Securitate* que lo protegía no era una simple institución del Estado, como, digamos, la CIA o la KGB, sino una milenaria fraternidad mística. «Los muchachos de ojos azules» eran una raza aparte, emparentada con los gogomanos de las montañas de Făgăraş y con los blajinos, y que, ya desde los tiempos del mítico Deceneu,[20] habían puesto sus poderes ocultos al servicio del pueblo rumano, reconocido como el más noble de todos los pueblos de la tierra (¿acaso no dijo el propio

20. Sumo sacerdote de los dacios.

Heródoto que los dacios eran los más valientes y los más justos de los tracios?). El siglo pasado, los sabios rumanos, verdaderos hijos de este pueblo mesiánico, demostraron que los dioses y los héroes del mundo antiguo moraron exclusivamente en las tierras dacias. Que el monte Olimpo era de hecho el Ceahlău, y el Parnaso, llamado a veces también Musaios debido a su cargamento de cuerpos rubicundos con una lira, se identificaba, sin duda alguna, con Busaios, el Buzău de nuestra época. El propio nombre del grandioso rey Decébal procedía del místico Deke-Balloi (diez bolas), símbolo del poder y de la gallardía. Ya desde entonces, la fraternidad de los muchachos de ojos azules había llevado a los rumanos al corazón de las montañas, a inconmensurables cavernas subterráneas, donde crecían cristales con poderes mágicos que no se encontraban en ninguna otra parte del mundo, así que Rumanía era, de hecho, el centro energético secreto del planeta y, tal vez, incluso del Universo. Cada dirigente patriota del pueblo rumano era iniciado, desde el momento en que accedía al trono, en los misterios de los cristales irisados que le conferían poder y sabiduría para pastorear a su rebaño hacia el Nuevo Jerusalén que era el comunismo. En la larga serie de mártires y prelados se inscribían todos los que, para consumo de la plebe desvergonzada, habían sido pintados en las películas de la Época de Oro, en *Los dacios* y en *La columna*, en *Mihai el Bravo*, en *La maza de tres sellos*. Aquí, los reyes de la antigua Dacia y los vaivodas posteriores hablaban como en los documentos del PCR no por culpa de los guiones, manipulados por los ideólogos comunistas, como decían en Radio Zanja, y tampoco era por casualidad que los figurantes que representaban a los soldados dacios o los vecinos moldavos se dejasen por error los relojes de muñeca. Todo estaba pensado hasta el último detalle, las películas estaban llenas de alusiones y símbolos para iniciados. El hecho de que, en pleno apogeo de la batalla entre los dacios y los legionarios romanos, se pudieran distinguir en el horizonte los postes de teléfonos y las chimeneas de la central térmica representaba el vínculo indestructible entre el pasado y el presente, traspasados también por el hijo rojo de la iniciación en el Nacional-Securismo, como había oído Ionel que denominaban los jerarcas (empezando desde el duodécimo escalón en la iniciación) a la doctrina comunista original de las tierras de la Miorița.[21] Es cierto que la ancianita de cabellos violetas, que se escapaban del bonete devorado por las polillas, encorvada por las ráfagas de viento helado de Calea Victoriei, ensordecida por el rugido de los cientos de manifestantes, había sido durante varias décadas únicamente diácono de la secta, es decir, apenas el segundo peldaño de la escala que se perdía en el horizonte de oro donde oficiaba el minúsculo e invisible Korutz, el gran sacerdote de aquel año, pero, como en el chiste de los siete enanitos encaramados unos sobre otros para ver qué hacían Blancanieves y el príncipe la noche de bodas («Y ahora, Blancanieves, te voy a hacer una cosa que no te ha hecho nunca nadie», dice el príncipe, y los enanitos se transmiten hacia abajo, unos a otros: «Se la va a meter por la oreja, se la va a meter por la oreja, se la va a meter por la oreja...»), pillaba también él de vez en cuando un fragmento por aquí, otro por allá, de las verdades eternas, lo suficiente como para entender los hilos secretos que ligaban el asesinato del pastor en ese trozo de paraíso donde celebraba su boda con la novia del mundo al martirio de Brâncoveanu, y el del vaivoda Ioan el Bravo al destino glorioso del tío Ceașca, escogido tal vez para convertirse en un mártir más grande que todos los mártires juntos, tal y como la serie de profetas bíblicos está coronada por Jesucristo, el Hijo de Dios. Así que el Jefe se encontraba a salvo también por esta parte. No se le movería ni una hebra de su cabello, protegido como estaba por la energía de los cristales irisados...

La secuencia de pensamientos devanados bajo la peluca de la viejecita se vio de repente interrumpida por un ruido sordo, como en el desfile de los tanques el 23 de Agosto. Los soldados, que habían permanecido hasta entonces inmóviles como muñecos, cagados de miedo (unos amargados reclutas de quién sabe qué unidad militar perdida en el corazón del Bărăgan, jodidos en aquella época hasta que se les salía el cerebro por la nariz, obligados a correr kilómetros

21. Balada popular rumana de carácter pastoril.

y kilómetros con la máscara puesta, a arrastrarse por campos de legumbres, azotados por el cierzo en los cementerios, eran castigados a fregar los váteres con el cepillo de dientes, apremiados a vestirse en siete segundos, a hacerse la cama de tal manera que una moneda arrojada sobre la sábana rebotara diez centímetros, forzados a limpiar horas y horas su AKM en cuyo cañón se incrustaban «dragones») sin responder a aquellos que les gritaban a la cara: «¡Criminales! ¿Por qué defendéis al dictador, al zapatero, a ese desgraciado?», o les persuadían para que soltaran el escudo blanco y la porra y se unieran a ellos, «¡Que somos todos hermanos, chavales!», se hicieron a un lado, respondiendo a una señal, y las dos tanquetas aparecieron amenazadoras girando junto al hotel. Se detuvieron con sus morros, chatos como barcas, y con los cañones cortos de las metralletas dirigidos hacia el apretado grupo de jóvenes que, con los brazos enlazados, en filas y más filas, se enfrentaban a ellas con un valor insensato y desafiante. Pasaron lentamente sobre las barricadas improvisadas con unas vallas de metal blanco, con unas jardineras en las que quedaba aún la nieve de dos días atrás, que se aplastaron como cajas de cartón bajo las orugas de los vehículos blindados. Un oficial provisto de un altavoz empezó a lanzar ásperamente, ladrando, unas palabras que se perdían en el viento cuando las ráfagas venían hacia él, o que retumbaban de forma insoportable cuando cambiaba la dirección del viento: «¡Ciudadanos, abandonad la zona! ¡Os ordeno que os disperséis! ¡Tenemos orden de disparar! ¡Abandonad la zona!». Y luego, tras arrojar al suelo el aparato de plástico naranja, se dirigió hacia los que tenía enfrente: «¡Marchaos a casa, no os busquéis una desgracia! Tenemos orden de disparar, en serio… Venga, chavales, que también nosotros tenemos hijos como vosotros, no nos hagáis pecar…». Pero sus palabras se perdieron por completo en un huracán de gritos que recordaban de manera impresionante, una vez más, al rugido amenazador de un estadio: «¡Eaaaaaaaa! ¡Eaaaaaaaa! ¡Ceauşescu fuera! ¡Fuera! ¡Fuera! ¡Fuera!». Y cada vez más fuerte: «¡Li-ber-tad! ¡Li-ber-tad!».

Los de la acera, indecisos largo rato entre unirse a la falange de manifestantes o quedarse entre dos aguas y poder decir: «Quieto, hombre, que solo estaba mirando», pero, si cambiaban las tornas, podrían golpearse en el pecho y afirmar que habían estado allí, se escabulleron, uno a uno, hacia las callejuelas laterales, así que los revolucionarios no tenían otros espectadores que los soldados, las tanquetas y tres o cuatro colegas de Ionel, disfrazados de putas, mendigos, mutilados de guerra y otros disparates, filmando sin parar desde la cadera, desde el bolso agujereado, a través de los botones de los abrigos mucho más estrechos de hombros de lo deseable o, por el contrario, tan anchos que podrían caber dos en ellos. Ionel se refugió en la entrada de un hotel: sabía que no era una broma. Los sorches solo estaban armados con sus porras, pero tenían que aparecer las tropas especiales, como en Timişoara, y esas eran capaces de cualquier cosa. Las tanquetas habían encallado ya en el mar de gente que intentaba hacerles retroceder, golpeaban con las manos el blindado pintado de caqui, se encaramaban a las orugas… «Ayer en Ti-mi-şoa-ra», empezó uno, aullando, con las cuerdas vocales hinchadas por el esfuerzo. «¡Hoy en todas partes!», le respondieron los de alrededor, y el eslogan se extendió como un rayo por todo el grupo. Clic, el coronel fotografió al agitador, grabándolo también en su cabeza como a uno de los cabecillas de la revuelta. Era difícil distinguir a unos de otros, porque todos eran barbudos, todos rondaban la treintena, la generación que, en lugar de construir el socialismo, se despertó con la música de los melenudos de Occidente, esos Beatles que llevaban el pelo sobre los ojos y que gritaban como locos y que creían que todo lo que vuela, a la cazuela. En vano habían recibido una educación comunista y atea en la escuela, en vano se les había dicho que el avance de la humanidad hacia el comunismo era lógico e irreversible, en vano tenían todos los periódicos rúbricas con «realidades del mundo capitalista», donde mostraban el nivel de pobreza de América, los estragos de las drogas, la carestía de la vivienda, el paro y la delincuencia… Ellos se pasaban el día mirándoles el culo a aquellos desgraciados capitalistas, los imitaban en todo, en su música bestial, en sus bailes escabrosos, en sus modelos de la época de las cavernas, en las melenas pringosas que les llegaban hasta la cintura, en los pantalones de campana llenos de tachuelas, en las gabardinas al estilo de Malagamba, en las patillas a lo Aurelian Andreescu. Lo que hace el hombre, lo hace también el mono, dicen… Y las chicas, qué vamos a añadir: minifaldas a la altura del coño, sin sujetador, una generación de perdidas, de descarriadas, de chifladas. Cuántas melenas había rapado él con saña, con unas tijeras, cuando acompañaba a las patrullas de la policía por Magheru, cuántas minifaldas había recortado por la entrepierna, ¡se escondían las chicas en los portales para que la gente no las abucheara…! ¡Si hubieran sido sus hijos, les habría zurrado bien la badana! Menos mal que Dios (como dice el ateo) no le concedió hijos en un mundo que había perdido el juicio. Los veías apoyados en las paredes, de tres en tres o de cuatro en cuatro, con las guitarras, con unos discos rayados, con gafas de sol de esas chulas… Siempre que pasaba junto a uno de esos grupos, no podía evitar gritarles: «¡A trabajar! ¡Al tajo, panda de parásitos de mierda!», y ellos lo miraban así, como si le escupieran… Y esos, esa juventud con la mano siempre en el bolsillo de sus padres, siempre con un cigarrillo en el morro y el coñac en la nariz, esos hacían ahora el loco y se alzaban contra el régimen que los había alimentado, los había vestido y los había escolarizado en los treinta años transcurridos desde que habían salido del cascarón. Rastreros, vendidos, desgraciados… Pero déjate, que les saldrá la revolución por las narices. ¡Si no acaban todos en la cárcel y en el tribunal militar…! Esta misma mañana los verás en Jilava, llamando a su madre y cagándose por los puñetazos y las marcas de las botas en la cara.

¡Clic! Otra chica que… su rostro le sonaba de algo…, aunque… hacía mucho que no la veía… La viejecita se olvidó por un instante de la cifosis avanzada que arqueaba su espalda, se enderezó violentamente y se puso de puntillas para ver mejor al joven de rostro lívido y delgado, de ojos oscuros y un bigotillo ralo, fibroso, que, en medio de la agitación de los manifestantes, parecía despistado y, en cierto modo, como de otra película, como si fuera la única figura en blanco y negro en un cuadro de grupo de colores espectrales, en tonos de orina, cianuro y sangre coagulada. ¡Maldita sea, era Mircea, el chaval de Marioara! No cabía duda, por su aspecto miserable, por cómo le quedaba la ropa, no podía ser otro. La cara levemente asimétrica, bajo la gorra de piel, mostraba la marca de la esquizofrenia, porque, aunque lo sintiera profundamente por Marioara, su antigua vecina (vecinita, vecinita, como decía la canción...) de Silistra, eso era su hijo, un demente, un antisocial que no hacía otra cosa todo el día que garabatear una especie de novela estúpida e ilegible. Si no hubiera sido por Ionel, el simpático de Mircişor (y tal vez también su papaíto y su mamaíta) estaría ahora en el manicomio, en Valea Mărului, o en la cárcel. Porque en el mundo mejor y más justo que se estaba forjando en nuestra patria, nadie podía garabatear lo que le diera la gana. Incluso los poemas sobre el Camarada y Leana no podía escribirlos uno cualquiera, al buen tuntún, se encargaban de ello los camaradas escritores de confianza, que los hacían siguiendo los cánones pertinentes y aprobados por Dios en persona (¡Dumitru Popescu, un gran periodista, digan lo que digan!), como los rostros de los santos de antaño. ¿Qué? ¿Es que podías hacer gordo a san Sisoe? Se sabía cómo había que pintar a cada uno, con la barba hendida o redondeada, negra o gris, con el aura en la coronilla o coquetamente colocada de lado... Así también, en todo poema tenían que aparecer determinadas palabras en una determinada sucesión. El tío Ceaşcă era «el maestro timonel» tal y como Aquiles era «el de los pies ligeros». Lenuţa era «una sabia de fama mundial y madre amorosa». No podías escribir que era lista o guapa o folladora, o quién cojones sabe qué... También él tenía en casa (lo habían repartido en el trabajo) un *Homenaje,* un ladrillazo de unas mil páginas, ilustrado con retratos del jefe sobre un fondo azulado, pintados por el famoso B. Sălaşa, y lleno de sentidos poemas de ese tan gordo como un cerdo (¿cómo diantres se llama?), del gorrón del camarada Barbu y de otros cien menos importantes, todos con timoneles y genios de los Cárpatos y gente decente y madres amorosas, pero bien construidos, hombre, con rimas elaboradas, no con ripios, «Mamá tiene tres perritos, / ¿quién les toca el pito?», o las cancioncitas esas estúpidas que les oyes a los críos antes de que les suelten un bofetón y les digan que ni se les ocurra cantarlas en la calle a voz en grito: «¿Quién pasea en la barquita? / Ceauşescu y Elenita. / ¿Quién pasea en el navío? / Ceauşescu y el gentío»… No, el Mircea este era un caso. En opinión del coronel Stănilă, no debería andar suelto por la calle. Estaba loco el pobrecillo. Que sean bendecidos la santa de Marioara y el pobre Costica (un chaval majo, con estudios y nada altanero) con un chaval así… Cuántas veces intentaron abrirle los ojos, cuántas le dijeron: «¡Ay, chaval, qué pena que tengas una cabeza tan amueblada, qué pena de libros! Escribes solo tonterías. ¿Es que no ves cómo se vive en este mundo? Escribe también tú lo que hay que escribir, que te vas a quedar atrás…». Costica lo abordaba de vez en cuando, se encerraba con él en la habitación y le montaba allí mismo una reunión del Partido. Lo acorralaba mirándolo a los ojos: «A ver, ¿qué intenciones tienes? ¿Qué tienes pensado? ¿Qué hay en esa cabeza hueca? ¡Habla! Venga, dímelo, que no voy a hacerte nada: ¿qué tonterías se te han metido en la cabeza?». ¡Y así horas y horas, sin resultado alguno, que el chaval seguía haciendo lo que quería! Le habían confiscado dos veces el juguete, ese taco de folios increíblemente sucios y arrugados entre los que se hundía tanto que no se le veía ni la coronilla, en su habitación del fondo en Ştefan cel Mare. Habían ido ellos de visita adonde Costica y Marioara varias veces y el desgraciado aquel no se había molestado en aparecer para decirles hola o adiós. Tenía que acercarse él a su habitación con un ventanal gigantesco desde el cual se veía Bucarest hasta el horizonte. Y se lo encontraba allí, encogido e inmóvil, como una tarántula en su terrario del Museo Antipa, escribiendo y escribiendo y escribiendo, y cuando él le ponía una mano en el hombro se sobresaltaba como si le hubiera dado una apoplejía. Pero qué no hará uno por unos ojos luminosos y castaños a los que amó en su juventud… Marioara había acertado, Costel era un muchacho serio y había ascendido, al igual que Ionel, de los cuernos del arado hasta la clase dirigente, la primera generación con zapatos, como se dice, aterrizada en los pasillos de la Casa Scânteia, con un Volga para los desplazamientos y una secretaria a la que dictaba sus artículos. El coronel tenía en casa una foto que le gustaba mucho: ellos dos con las ropas intercambiadas, Ionel con los pantalones del uniforme de oficial y la chaqueta del traje de Costel, y Costel, bien plantado, con la chaqueta del uniforme y los pantalones del traje. Jóvenes los dos, mirando confiados al objetivo. Soldados del mundo nuevo que por desgracia se había empantanado por el camino. Pero, por muchos fracasos, errores e incluso crímenes que hubieran ocurrido, el comunismo seguía siendo la idea más grandiosa de la humanidad. ¿Y qué si el presente era una mierda y si habían muerto millones de personas con Stalin? Era suficiente tener una gran idea y esperar, incluso cien años: acabaría por triunfar. Tenía razón Mao que, al parecer, había dicho: «Han muerto tres millones de personas. ¿Y qué? ¿Acaso se ha modificado por ello el curso del río Yangtsé?». Se habrán muerto, pero la cuestión es si se ve la Gran Muralla desde la luna o no. Eso es lo importante: las pirámides, el coloso de Rodas, el Louvre, la Casa del Pueblo… ¿Es que va a preguntar alguien cuánta gente ha caído de los andamios? Lo que importa es que a su lado el Pentágono es una chabola. Por mucho que estos lo odien, el jefe pasará de todas formas a la historia, hombre, digan lo que digan… Mientras que estos mocosos que gritan como si los escaldaran vivos acabarán entre rejas, que Dios los pille confesados, y estarán contentos si no terminan ante el pelotón de fusilamiento.

Pero la sangre tira. Lo sentía por Mircea, que acabaría en la cárcel aun siendo inocente. Un pobre lunático, se habrá confundido de camino (que andaba como un zumbado, tropezando con todos los postes) y ha aterrizado entre unos rufianes, unos muertos de hambre. Habría sido mejor que lo hubieran metido en el manicomio, en primavera, cuando lo detuvieron durante un mes y le hicieron todas las pruebas del mundo. Solo que Ionel mintió cuando le dijo a Marioara que él, con sus enchufes, lo había sacado del embrollo. De hecho, el muchacho había sido investigado en condiciones supersecretas por no sé qué comisión científica, al parecer le pasaban cosas… raras, de gran relevancia, vete tú a saber… farfullaban algo, pero ¿quién podía entenderlos? El hecho es que ni palizas, ni ojos hinchados, ni uñas arrancadas, nada de nada. Salió indemne, como lo había parido su madre (perdón, Marioara), y le devolvieron incluso el taco para que hiciera lo que le diera la gana con él, después de fotografiar cada una de las hojas. Diantres, ¿y si (estoy pensando ahora) al fin y al cabo hubiera algo en la cabeza del loco este, si hubiera quién sabe qué código secreto en esa verborrea suya? Tal vez él escribe «melón», pronuncia «melocotón» y entiende «moretón», o quién cojones sabe... O hay que leer las letras de tres en tres, o de atrás hacia delante... ¡En fin, está loco! Mira lo perdido que parece incluso ahora, en medio de la muchedumbre, cómo grita con la boca pequeña, cómo besa también él, como en un sueño, a la chavala que acaba de besarlo en las mejillas... El coronel rebobinó la película y sacó otra foto encima. Tal vez el pobre se libre, tal vez el colega que está filmando desde la casa no lo haya sacado a él, de todas formas, su ángulo es bastante sesgado, cenital y oblicuo, es difícil pillar con claridad rostros identificables.

Un frío de cojones, de ese que raja las piedras. Y un cielo límpido, con estrellas desperdigadas como en verano encima de los edificios modernos, del período de entreguerras. Y ese monstruo entre ellos, nadie sabe qué coño es: esa cúpula verde azulada, con un piloto sentado en la punta... Lo rodearon los helicópteros militares, lo invitaron a bajar, todo en vano. Tenía alrededor una especie de campo magnético, una especie de ondas que no permitían el paso de nada, ni balas, ni cohetes... Estaba en el cielo, a lo tonto, desde hacía unos días, como en esa antigua poesía: «Todas las estrellas que hay en el cielo / mueren antes del alba. / Solo una, la más fea, / se queda en nuestra fábrica». Bueno, pues que siga así muchos años. La viejita armada con la antigua cámara de fotos se acercó, encogida y renqueante, al oficial del altavoz, el que daba órdenes a los soldados y al que se había presentado al principio: «¿Cómo es la situación, camarada mayor?». «Camarada coronel, informo...» «Descanse, mayor. ¿Cómo es la situación?» «No se sabe, señor, es un caos. Mírelo usted mismo: en el aparato unos dicen una cosa, otros dicen otra... ¿Qué orden vas a obedecer? Está fatal. No se sabe por dónde sopla el viento. Por el momento cumplimos con nuestro deber, porque las órdenes no se discuten, se ejecutan. Vamos a desplumar a todos estos. Pero son muchos, mire, la policía y el ejército no paran de informar: un grupo de manifestantes aquí, otro en Magheru, otro en el quinto coño, son unos quince grupos compactos, señor. Han levantado barricadas por todo el centro… en el restaurante Budapest, en la Piaţa Palatului… Se han venido arriba estos cabrones, se les han ocurrido toda clase de ideas. Unos desgraciados gafotas y barbudos que se creen más listos que los demás…» El oficial bramó otra vez con el altavoz: «Os lo ordeno por última vez: ¡despejad la zona! ¡Marchaos a casa! Tenemos orden de restablecer el orden público cueste lo que cueste. Repito: ¡cueste lo que cueste!». La viejita se agitó inquieta. Se moría por un cigarro, pero no podía. Los jóvenes montaban más escándalo que nunca, el centro rugía. Ahora gritaban delante de los soldados: «¡Buuuuu! ¡Buuuuuu! ¡Perros de Ceauşescu! ¡Peleles!», y golpeaban incluso los escudos de plástico. Por el momento, sin embargo, los soldados tenían orden de no responder. «En Timişoara se disparó, camarada coronel. Disparó el ejército, disparó también la policía, se utilizó todo el equipo. Se arrojaron incluso petardos. Esa fue la orden, ¿qué otra cosa iban a hacer? Disparamos también nosotros, que no nos dan miedo estos chavales, sí… Camarada coronel, disculpe… ¿y si cambian las tornas? ¿Quiénes serán entonces los criminales? Eso es lo que nos preocupa. Vaya situación de mierda a la que hemos llegado… que decían en Radio Zanja (no es que yo la escuche, me lo han contado otros) que la polenta no explota. ¡Pues, mira, sí que ha explotado, ha explotado de cojones!» El mayor empezó a lanzar juramentos terribles, gritaba a los jóvenes de la primera fila, que se agarraban del brazo y cantaban. Los mocosos esos no sabían cuánto sufrimiento y preocupación les provocaban a los militares honrados. Que al fin y al cabo eso era lo único que seguía siendo digno e incorrupto en este país de alimañas: el ejército, hombre. ¿Los civiles? Míralos: una turba de desgraciados, de miserables. Todo se habría ido al carajo hacía ya tiempo si no hubiera sido por el ejército. Este protegía las fronteras del país, de lo contrario, los húngaros y los rusos ya les habrían echado la zarpa, el ejército custodiaba la soberanía nacional y defendía las conquistas del socialismo. Él construía grandes obras —digan lo que digan, el Canal o la carretera de Transfăgăraş son cosas serias, no una broma—, con él se recolectaban las cosechas en el campo. Con el amargado del soldado de batallón, tan jodido en la mili que no sabía ni cómo se llamaba. Disparaba con el rifle tres veces en un año y cuatro meses, en cambio, se deslomaba todos los días en la construcción, en el campo, donde fuera necesario. El mayor no tenía un insulto más grave en su vocabulario —por lo demás increíblemente vulgar— que el fulminante «¡Civiles! ¡Apestosos civiles!», que solo les lanzaba, con la rabia más profunda, a los reclutas plantados, firmes como velas, con el arma junto a la pierna, ante él.

El *walkie-talkie* empezó a piar, apenas se oía en medio del jaleo general, y una voz como la del pato Donald le habló al mayor al oído: «Hola, Carpe... Carpe, ¿estás ahí?». El ejército había contratado a un botánico para que pusiera un nombre en clave a los cientos de unidades siguiendo el modelo de la película *Roble emergencia extrema*, así que podías responder a nombres pasmosos como «serbal», «tamarisco», «alerce», «mirabel» o «bonsái», por no hablar de «boca de dragón», «cola de caballo», «pedo de lobo» «teta de gitana», unas contraseñas creadas en plena desesperación por la multiplicación de las unidades móviles. «Sí, Matamoscas, te escucho...» La peluca azul-genciana acercó también la oreja al aparato. «Preparados para el ataque. Bloquead a los manifestantes por ambos lados, hacia el hotel Bucarest. Que no salga nadie. Que las tanquetas disparen al aire. Cuidado con atinar en la gente que tenemos repartida en los pisos, que ya sabéis quién está en Calea Victoriei... Os enviamos tropas especiales de la U.M. 0835... ¡Cambio!» El mayor rugió también al aparato: «Matamoscas, informo: ¡entendido! Bloqueamos a los manifestantes. Comunico a los tanques que disparen al aire. Corto». «Carpe, procede a arrestarlos en cuanto lleguen los furgones que vienen con el pelotón, ¿entendido?» «Entendido: pasamos a los arrestos en cuanto lleguen los furgones.»

El coronel podía considerar ya la operación cumplida: cuatro rollos llenos de rostros de agitadores. Aterido por el frío de la noche de diciembre, guardó la cámara en el bolso, estrechó la mano del mayor y, cojeando, se dirigió hacia la plaza. En el aire olía a guerra, a pólvora, aunque todavía no se había disparado un solo tiro, al menos en aquella zona de Bucarest. La siniestra iluminación anaranjada teñía de un marrón oscuro el Museo de Arte, la Biblioteca Universitaria y la sede de la *Securitate* en la esquina. El espacio vacío era enorme y se respiraba una tensión difícil de soportar. Más abajo, el Comité Central del Partido estaba custodiado por la policía y el ejército. Varios camiones con toldos estaban mal aparcados debajo del balcón, entre los abetos cubiertos todavía de nieve. Ráfagas de viento arrastraban, intermitentemente, el rugido de Calea Victoriei, mezclado con chispas de nieve. ¿Qué buscaba, a esa avanzada hora de la noche, una abuelita coqueta, con guantes de ganchillo, en el siniestro paisaje de la plaza desierta? Nadie podría decirlo. Se dirigiría a una cola, tal vez, porque esos días terribles las colas eran tan largas como siempre, o tal vez tuviera insomnio y saliera a pasear, nostálgica, por los lugares por donde había correteado con el aro antes de la guerra… Los primeros disparos la alcanzaron por Kretzulescu, unos chasquidos secos, lejanos. Un aullido interrumpido por el viento en decenas de paquetes sonoros los siguió, mientras la viejecita jorobada, hundiendo más la cabeza entre los hombros, dobló junto a la iglesia hacia la Piaţa Palatului.

«Las mariposas», decía Herman, instalado junto a Mircea en las profundidades del tiempo y alargándose, sin embargo, cada vez más fantasmagórico, hacia el presente como un curioso efecto fotográfico. La tarde de verano arrojaba tan solo un pseudópodo de luz difusa en el espacio blanco y estrecho entre el séptimo y el octavo, pero el niño se sentía bañado por el sol, como si los cimientos del bloque y todas las estructuras superiores, el hueco del ascensor, el estudio de Herman, las paredes y las puertas, se hubieran transformado de repente en pesados y transparentes prismas de cristal. Cuando estaba en el primer curso, aparecieron las primeras reglas de plástico transparente que, aunque no podías pintarrajearlas y garabatearlas con tinta como las de madera, tenían en cambio una magia intensa, la de la luz. Todas las cosas contempladas a través de ellas se rodeaban de un arcoíris líquido y tembloroso, con los colores más puros que el niño podía imaginar. Todo tenía un aura: la maestra, los compañeros con sus batas a cuadros, los conejitos de cartón alineados en el borde del encerado. Y cuando la maestra se inclinaba sobre un alumno para enderezarle los bucles de la letra H del cuaderno, los arcoíris que la rodeaban se fundían en uno solo, con el púrpura, el verde y el naranja latiendo vivos en el aire polvoriento de la clase. Mircea sabía muy bien que las auras habían estado siempre allí, que cada criatura y cada objeto estaba rodeado por un arcoíris y que la regla era una ventana a través de la cual podías ver cómo eran en realidad. Sí, nuestra piel irradiaba, nuestros ojos brillaban, las membranas emanaban un rocío soleado, de nuestras axilas brotaban rayos. Así éramos nosotros de verdad y así seríamos para siempre.

Así también, durante el verano que siguió al acontecimiento con la polea y el cubo con que los niños se elevaban al cielo a través del cañón abrumador del Portal 1, se sintió Mircea allí, entre los pisos séptimo y octavo, junto a Herman, incendiado, blanqueado por una luz transfinita, como en una fotografía terriblemente sobreexpuesta. Por las mañanas jugaba en la parte trasera del bloque, donde en otra época se extendía el sistema de alcantarillado. Ahora las tuberías estaban enterradas, y aquel nivel subterráneo y prehistórico en el que los críos, con las caras cubiertas por máscaras terroríficas, habían jugado a la terrible Brujitoca, era profundo como un estrato arqueológico, como un nivel recesivo y obnubilado de la mente, como si el paisaje bucarestino entre el bloque y el molino fuera precisamente una capa cerebral del niño, bajo la cual otras constelaciones neuronales brillaban tenuemente, a la espera de ser descubiertas en algún momento, y de que sus añicos neolíticos, las ristras de cuentas rotas y los arpones de bronce fueran expuestos en las vitrinas de algún sombrío museo de la nostalgia. En algún momento, también el estrato superficial, donde los niños jugaban al fútbol con botones o se apoyaban en las paredes para contar historias y reírse, sería cubierto por el polvo. En algún momento, los esqueletos pequeños y frágiles, envueltos todavía en harapos, de Silvia, de Marțagan, de Mimi, de Lumpă, de Dan el Loco, marrones y dislocados por el peso del polvo, serían desenterrados cuidadosamente. Y las ruinas melancólicas del molino Dâmbovița y del Bloque 15 dominarían, gigantescas y frágiles, como trozos de muelas cariadas, aquella parte de la ciudad y del mundo. Hasta que las propias ruinas se arruinarían y sobre su polvo se extendería el polvo.

Sin embargo, los niños no conocían el drama que iba a suceder con sus cuerpos, cómo se iban a adornar enseguida con la vejez y la degeneración. Cómo iban a llevar en los dedos, como anillos kármicos, enfermedades y dolores insoportables, cómo iba a cubrir el infarto sus hombros como un manto sangriento. No veían a través del grosor del tiempo la pesada corona del cáncer que presionaría sus sienes, la serie de accidentes de tráfico, la orden de la embriaguez y de la desesperación prendida a su esquelético pecho. No se habían despertado aún del sueño, bañados en sudor, gimiendo y berreando de pánico al pensar que un día morirían y que ya no existirían, que desaparecerían para toda la eternidad. Que dejarían de pensar y de sentir, que su vida había sido un destello en una noche infinita que ojalá no hubiera brillado, mejor que no hubiera brillado... Tenían largas décadas por delante, y el tiempo permanecía inmóvil por el momento, en una eterna mañana en la que, vivos y tiernos, con los brazos transparentes-rosados, se perseguían jugando al «corre que te pillo», al escondite, se vapuleaban en el fútbol, se deslomaban con el potro y el chorro-morro-pico-talloqué, contaban chistes, escupían, reían y se insultaban, y se empujaban sin que les importara vivir en una mota de polvo de un coloide infinito que se extinguiría poco a poco en un mar de instantes, de años, de milenios, de eras, de eones, de yugas y de kalpas...

Mircea no sabía que aquel verano, eterno y perecedero al mismo tiempo, eternoperecedero y perecederoeterno, sería el centro luminoso de su vida, con las mañanas filtradas por el follaje de los castaños del parque del Circo y con las tardes en las que, casi cada día, escuchaba a Herman. Desde que lo había salvado de su caída del octavo piso, reteniendo con el precio de sus manos ensangrentadas la cuerda que se desenrollaba libremente, a una velocidad insólita, sobre el asfalto, mientras que, por la otra parte de la polea, el cubo con el niño paralizado por el pánico se precipitaba por el pozo de hormigón y ventanas, Herman, que se les había mostrado a los niños, en primavera, transfigurado y brillante como un dios, se había apegado mucho a aquel chiquillo tan corriente, tan delgaducho y retraído que, más que jugar, contemplaba los juegos de los demás. A las cuatro de la tarde, mientras el bloque se sumía en un sueño profundo, fundido por el calor, Mircea salía, para asombro de sus padres, que sabían que era un huraño, inclinado siempre a pasarse todo el día con ellos. Su madre podía respirar así dos o tres horas, después de trajinar toda la mañana en la cocina. Y su padre no llegaba nunca antes de las cinco; a él, además, todo parecía resultarle indiferente. En cuanto salía por la puerta, miraba en primer lugar detrás de la portezuela de cristal burdamente pintada de blanco, en la que ponía AGUA, porque sabía que el bloque seguía siendo generoso con él, al menos hasta que cumpliera catorce años y dejara de ser un niño y, ciertamente, encontraba todavía allí, cada día, los curiosos frutos que el bloque producía solo para él, porque solo él conocía el secreto de la puertita de su rellano. Todos los días encontraba algo: un cochecito rojo de metal, cuyas puertas y capó se abrían, una napolitana de nombre desconocido envuelta en estaño de colores, un lapicero rosa, una pera jugosa cuyo rabito crecía directamente de la pared, así que tenía que arrancar la fruta como si de un árbol se tratara, una baraja de Catetos, que tenía dibujados en cada carta un hombre o una mujer con trajes regionales. A veces, sin embargo, cerraba la puertita de golpe, porque dentro se retorcía una escolopendra gigantesca o se resquebrajaba un huevo tan grande como todo el interior de aquella hornacina, y por la grieta se escurría una línea de sangre… Subía luego las escaleras, pasando por los fantásticos paisajes de los pisos sexto y séptimo, extraños, geométricos y desiertos, y llegaba hasta arriba, al octavo, donde, entre el hueco del ascensor y la puerta con la ventana enrejada, se encontraba el estudio de Herman.

«Las mariposas», decía Herman y, ciertamente, cada vez que el niño llamaba a la puerta, en el umbral aparecía una mariposa alucinante, del tamaño de una persona, de ojos fosforescentes, abultados y divididos en millones de hexágonos, con una trompa delgada y transparente, retorcida como el muelle de un reloj e igualmente temblorosa. Una gota de agua, grande y brillante colgaba de ella todo el tiempo. El vientre peludo estaba envuelto por las alas, y las alas reproducían el Mundo. Con su frenesí estrellado, con sus colores abrumadores, desde el blanco perlado del gusano del albaricoque al violeta sombrío de las supernovas, del rosado de las noches polares al amarillo sucio de las ciudades en ruinas, del verde helado de los lagos de las salinas al castaño húmedo de los ojos del Pantocrátor. La visión cegadora duraba unos instantes, hasta que Mircea empezaba a distinguir, en la explosión irisada, desgarradora, del umbral de la puerta, la figura profundamente encorvada de su amigo, inverosímilmente joven en aquella época, sus ojos azules y, en lugar de las alas fantásticas, su kimono habitual, con el que andaba siempre por casa. Distinguía también, a sus espaldas, el brillo de una arquitectura abstrusa, como si toda la pared trasera del estudio fuera transparente y a través de ella se pudieran distinguir construcciones de otro mundo, recargadas de ocaso y estatuas... Pero Herman cerraba rápidamente la puerta tras él (su madre, con la que vivía, seguiría siendo, hasta el final, una criatura inmaterial como el aire: alguien se aclaraba la voz de vez en cuando, detrás de la puerta de aglomerado en la que no ponía nada), acariciaba distraído la coronilla del chaval que lo visitaba un día tras otro, como si todo el verano fuera un solo día profundo y espacioso, descendían juntos los escalones que conducían al espacio blanco, conocido, entre el séptimo piso, donde estaba la última puerta del ascensor, y el último piso, sobre el que se derramaba la luz dorada, cálida, de la tarde. Se sentaban en los escalones, bajo las ventanas situadas en lo alto de la pared, y Herman, después de guardar silencio un rato (a veces callaba horas y horas, hasta el final del día, pero Mircea jamás se iba afligido, decepcionado o triste: escuchaba entonces el silencio impregnado del traqueteo profundo y lejano del molino Dâmbovița, del crujido de las pelusas de los álamos que se amontonaban junto a la cerca de hormigón, de las carcajadas de los niños en la parte trasera del bloque o en algún apartamento alejado, un silencio rico, rugoso, con la complicada textura de una alfombra persa), empezaba, contemplando el terrazo del suelo —en cuyas piedritas veía Mircea unas escenas extrañas, siempre distintas, pues su cerebro estaba ávido de rostros y de historias y, al igual que los paranoicos, descubría, en la urdimbre aleatoria de las cosas y de los instantes, sentidos terribles, astutas cábalas, amenazas difusas—, a hablar, él solo, de hecho, sobre cosas de las que pocas veces podía extraer el niño un significado familiar, pero que sonaban sin embargo claras en su cráneo delgado, como si este fuera una campana que, a veces, entraba en curiosa resonancia con aquella voz monótona y, no obstante, apasionada. Mircea entendía no las palabras o su sentido, sino las inflexiones de la voz, su carga somática, tal y como entiendes la madera del fagot y el latón del cuerno inglés. Era como si Herman le transmitiera no sus curiosas ideas y pensamientos, sino una amplia y pormenorizada lámina de su aparato fonador, de su tráquea, de su laringe, de sus cuerdas vocales, de su lengua y de sus dientes y de sus labios, como si se ofreciera a sí mismo como alimento sonoro del niño, su cuerpo partido como un pan allí, en aquel espacio que no había hollado un pie humano. El mensaje no eran las palabras, sino el propio mensajero, tal y como, antes de decirle algo a la joven de la habitación de adobe, el ángel ya significaba «¡Alégrate, María!». Al final del verano, el niño regresó a la escuela, y otra historia, otra geografía, incluso otra matemática, ocuparon el lugar de los espacios hermanianos, tal y como sobre la enorme y enigmática prehistoria se extendió la capa de la escritura que simplificó, falsificó y erosionó todo lo que encontró a su paso (pues la inteligencia del hombre es vacío a los ojos de Dios), y sobre los abismos interiores, el delgado hielo de la razón. Y Herman, con sus discursos monótonos y apasionados, que no tenían otro contenido que el siempre repetido «¡duerme!» del hipnotizador, se quedó en el centro del cerebro de Mircea, un genio del abismo esculpido en su misma sustancia cerebral, pues las plantitas neuronales que significaban Herman habían crecido y se habían entretejido entonces, durante aquel verano, a la luz del sol melancólico inclinado sobre ellos: el cráneo contiguo, el mundo contiguo del enorme jorobado. Permaneció allí, olvidado, durante varias décadas, como el genio encerrado en una barrica en la habitación prohibida del palacio de los cuentos. Mircea había entrado, finalmente, en la estancia de adobe, y ahora contemplaba petrificado cómo los aros de hierro reventaban uno tras otro. Dentro de poco, la barrica saltaría en pedazos.

Tal vez en Akasia, la memoria universal que *es* el mundo, más allá de su ilusorio discurrir desde el pasado hacia el futuro (porque somos de hecho un objeto compacto, totalmente presente, que tiene en un extremo un óvulo fecundado y en el otro, un cadáver, y el mundo es un objeto totalmente presente, con un punto de luz intensa en un extremo y un frío absoluto en el otro; en realidad, todos hemos envejecido ya, hemos muerto, y hemos resucitado y hemos alcanzado la redención), las palabras de Herman se conservaron intactas y eternas, sin que las cubriera el polvo, sin que las corrompiera el balbuceo del vacío.

Pero Mircea olvidaría casi todas, sin que le importara demasiado, porque, en definitiva, algo de Herman se había transferido a él, tal y como recibes, cuando lees un libro, un trasplante en el cerebro, un implante de la mente de quien lo ha escrito. Las palabras que conservó las guardaba, sin embargo, como unas reliquias extrañas y oscuras, como un osario heteromorfo en el que no crees necesariamente, pero por el que sientes respeto y piedad, como besas el brazo momificado, forrado en plata, del santo protector, en la hornacina de una catedral. Mircea había planeado mucho tiempo atrás incluir en su infinito manuscrito un insectario de palabras y visiones, aterciopeladas y oscuras como las grandes polillas nocturnas, las enigmáticas palabras de Herman, pero el caos demente de la historia lo había atrapado y lo zarandeaba ahora azotado por todos los vientos. El tiempo se había acortado, Mircea miraba ahora cada vez más hacia el cielo, y solo avanzada la tarde, cuando la soledad se tornaba dolorosa como un desollamiento, se levantaba de la cama para salpicar de signos escritos a bolígrafo la superficie de la hoja ya impresa, en blanco, por el texto de la hoja precedente. Muchas veces lo sorprendía así la mañana.

«Las mariposas», decía Herman. «No el pájaro, sino la mariposa fue, para los griegos y para sus predecesores, el símbolo del alma y de la inmortalidad. Sin su imagen simétrica y extraña (pues los insectos, que son también ADN, proteínas y supervivencia, al igual que nosotros, son sin embargo para nuestra mente todo lo que pueda ser más monstruoso y más fascinante, porque son mecanismos de carne, nervios, vacuolas, agujas y piezas bucales que funcionan al margen de la conciencia) no habríamos comprendido jamás la lógica de la resurrección y, con toda seguridad, habríamos ignorado el hecho de que tenemos un alma inmortal. La mariposa inventó el alma humana. Nos fue concedida como símbolo vivo y perfecto de nuestra situación en esta tierra donde fluyen la leche, la miel, la sangre y la orina. No habríamos sabido nunca que aquí, en el mundo de colores y olores, somos orugas, tubos que degradan la materia, tubos digestivos con ojos. Nos arrastramos en el plano de la realidad, porque no podemos imaginar otro, avanzamos sin cesar por nuestra rama hacia otros manojos de hojas, ingerimos su sustancia estructurada y dejamos un rastro de sustancia amorfa, eso es todo, dicen muchos, los que son ciegos a la luz que viene desde el futuro. Eso es todo, autoestructuración, autogeneración, autoselección, inmanencia total, ciega, ajetreo en las ciénagas paradisiaco-infernales de la historia. Ningún otro sentido que la simple vida, ninguna esperanza: la pared contra la que enseguida chocamos es de un grosor infinito. Bebamos y comamos, que mañana moriremos. Y moriremos copiosamente, moriremos abundantemente, ostentosamente. Será una orgía de la muerte infinita, una desaparición sin huellas. El tubo digestivo que se arrastra de forma peristáltica, con ojos que alcanzan a ver un centímetro, con sexos que ven solo la distancia de una generación, desaparecerá en el polvo, despedazado por las hormigas y descompuesto por las bacterias, hasta que de su arquitectura blanda solo quede el polvo y el polvo del polvo.

Somos orugas, pero precisamente por ello sabemos que seremos mariposas. El gusano anillado y peludo, completamente ciego respecto al futuro, no entiende que todo en él suspira y tiende hacia este, tal y como, de niños, no comprendemos cómo pensaremos de adultos, porque la comprensión no es asunto nuestro, sino de nuestros huesos y de nuestras glándulas, de la lógica y de la inteligencia del mar de pensamiento en el que, como una medusa transparente, palpitamos. Llega un momento en que la gran oruga deja de beber y de comer. Una nostalgia crepuscular la envuelve, una nostalgia inversa, dirigida no hacia el pasado, sino hacia el futuro, del que la separa su extraña ceguera. Présbite y visionaria, empieza de repente a secretar el líquido brillante con el que construye su féretro, el hilo de cuarzo que lo construye en vida, hasta que el cofre de cristal está completo y en su interior se distingue una criatura deforme, de leche y membranas, con inmensos párpados cerrados y brotes de los que resulta imposible adivinar que va a nacer. Sin la imagen de la mariposa, no habríamos sabido jamás que nuestra tumba es una crisálida. No habríamos adivinado que lo amorfo y el caos de nuestras vidas contienen la semilla de una mágica simetría. ¡Criptas, sarcófagos, mausoleos! Siempre perfilados en el crepúsculo, siempre considerados moradas de la podredumbre, pero construidos por nosotros sin parar, con la obstinación de los insectos, en lugar de arrojar nuestros cuerpos a los descampados. Las grandes crisálidas de Gaza, los grandes ejércitos de barro de las crisálidas de China, los campos de crisálidas de las afueras de las ciudades. La crisálida gigantesca, gelatinosa, del océano, con sus muertos convertidos en hombres-sirena...

En el estado de Bardo de la crisálida, la oruga se transforma en ninfa. Enigmática y silenciosa, sombría y oracular como ninguna otra cosa en este mundo. Porque no es tan solo una criatura, sino un eje de simetría, el borde de cristal amorfo del espejo. Aquí el vientre se convierte en ala, la carne en espíritu, lo horizontal en vertical, lo real de los sentidos en lo real de más allá de los sentidos, la vida en ultra-vida. Si miramos hacia la tumba, a lo largo de nuestra vida y más allá de ella, distinguimos tan solo una noche eterna, es como si miráramos un espejo cubierto, en un velatorio, y tomáramos la muselina fúnebre por nuestro propio rostro. La mariposa nos dice que solo más allá de la tumba está la gloria y el resplandor de nuestro verdadero ser.

Pero no es un más allá horizontal, en el alargamiento de la rama y de la línea de excrementos, sino uno en ángulo recto, perpendicular a la realidad. Húmeda tras salir de la crisálida, con las alas arrugadas como dos ovillos cenicientos, como nuestros hemisferios cerebrales que un día extenderemos y nos alzaremos sobre el mundo, la mariposa permanece un tiempo aferrada a su cáscara de cristal, bombeando el flujo de su nueva sangre a las alas, hasta que se extienden inmensas, coloridas como el arcoíris, como los recipientes de una clepsidra horizontal —porque su tiempo es a partir de ahora perpendicular a la historia y al destino—, sobre un cielo nuevo y una tierra nueva, y finalmente se eleva proféticamente a la dimensión jamás imaginada por la oruga que ha sido, desgarrando la encantadora ilusión de la existencia.

Somos orugas y nos convertiremos en mariposas, esta es toda nuestra historia, todo nuestro sentido en el mundo, en una sola imagen providencial que cualquiera puede comprender con la mente, con el corazón o con su laberinto visceral. Somos criaturas en metamorfosis, construidas ya para la salvación. Sabemos que el sol saldrá mañana, y esto significa que se nos han abierto ya, en unos tímidos capullos, los órganos sensoriales para el futuro porque, de lo contrario, ¿cómo osaríamos creer algo así? Cuando la hoja del almendro se ablanda, comprendemos que la primavera está cerca. Cuando vemos una nube en el ocaso, nos decimos: «Mañana va a llover». Son las primeras marcas de nuestra naturaleza visionaria. Estaremos enteros solo cuando veamos el futuro con tanta claridad como el pasado y cuando comprendamos que son lo mismo, cuando, en cada instante, nos elevemos sobre la realidad agitando majestuosamente las dos alas, llenas por igual de nervaduras y de imágenes encendidas, el pasado y el presente. Entonces seremos lo que hemos sido siempre, Anunciadores, Espectadores y Testigos de la maravilla que no se muestra en el mundo, del milagro, tan solo, de que el mundo existe… Entonces sostendremos entre los dedos nuestro universo inflacionario como una campanita dorada cuyo dulce tintineo absorberemos a veces con infinita nostalgia: ¡cling!»

Herman se incorporaba, me pasaba los dedos por el cabello, como la primera vez que lo vi, en el ascensor recién instalado, y, sin decir una palabra, subir las escaleras hacia su estudio. Yo me ataba los cordones de las zapatillas con los que había jugueteado todo el rato mientras escuchaba a mi amigo mayor, y entraba también yo en mi casa, a tiempo de encontrar sobre la mesa la cartera de mi padre, recién llegado, y de sacar de ella los periódicos para ver (era lo único que se podía leer entre las fotos retocadas del Camarada) contra quién jugaba el Dinamo el domingo siguiente.

«¡Li-ber-tad, li-ber-tad!», gritaban los trescientos jóvenes en el frío, la oscuridad y la desolación del gran cañón de Calea Victoria, cuando, sin previo aviso, las dos tanquetas lanzaron las primeras ráfagas de ametralladora. Su llamarada, como un intenso relámpago, paralizó por un instante la agitación de los grupos pesadamente abrigados, con ropa de pleno invierno, en un cuadro lívido: fantasmas sin sangre, ojos brillantes, bocas tan abiertas que se veía, al fondo de la garganta, la campanilla, manos aferradas a la ropa de otros, melenas de mujer extendidas por el aire de alrededor, incendiándolo. Y el aliento blanquecino de trescientas bocas que se elevaba inmóvil hacia el cielo, empañándolo como el espejito que se acerca a los labios del moribundo y que grita él mismo su propio eslogan: «¡Estamos vivos, estamos todavía vivos!». Casi al instante estalló el estruendo, reflejado en los ventanales con cortinillas plisadas de la cervecería, en las placas de travertino de los bloques de entreguerras, provocando que los tímpanos sangraran y las vísceras se arrugaran. Gritos agudos de las jóvenes, un desconcierto aterrador, el intento de retroceder corriendo hacia la Piaţa Victoriei, el golpeteo de los escudos de plástico, el dolor sordo de las porras de goma en la cabeza, en la espalda, los gorros caídos por los suelos, pisoteados, la retirada, la caída de unos cuantos que se aferraban desesperados a los demás. La enorme presión de los cuerpos en un intento por escapar, empujando de manera caótica unas veces hacia un punto de la muchedumbre elástica, otras veces hacia otro, como en una sala de cine en la que se ha producido un incendio, como una cola ante la tienda donde han traído carne. Una chica se desmayó y fue arrastrada hasta la acera. Un hombre con gafas gritaba con toda su alma: «¡Quedaos quietos, están disparando al aire!». Pero precisamente entonces emergen otras llamaradas de los cañones de las metralletas dirigidas. Solo unos pocos conservan la calma para observarlo, hacia el cielo, como si hubieran querido abatir el carro de fuego que esperaba allí, muy por encima de la historia, entre las estrellas. «¡No tengáis miedo, están disparando al aire!», gritó de nuevo y los de alrededor repitieron, en círculos cada vez más amplios, sus palabras: «¡No tengáis miedo! ¡No tienen permiso para disparar a la gente!», hasta que los jóvenes se reagruparon de nuevo y uno de ellos, un barbudo de frente taurina que había dado hasta entonces el tono de los gritos y de las canciones, aulló de repente, colorado y ronco: «¡No tengáis miedo, Ceauşescu importa un bledo!», sin saber entonces que este sería el eslogan más poderoso, más provocador, más esperanzador en aquellos días de diciembre. Poco después, el grupo se había congregado de nuevo, se enfrentaba a los soldados con los brazos enlazados y sintiéndose de nuevo invencible, gritando al unísono, decenas de veces, delante de los soldados que estaban preparados para la lucha y agitaban las porras con gesto amenazador: «¡No tengáis miedo, Ceauşescu importa un bledo! ¡No tengáis miedo, Ceauşescu importa un bledo!». Si solo una hora antes (cuando Mircea se había unido a los manifestantes) los militares se mostraban pasivos, con la mirada perdida, limitándose a protegerse, con el escudo, de los empujones de los más osados, ahora golpeaban sin piedad a cualquiera que se acercara, así que entre ellos y los manifestantes se había formado un pasillo de varios metros en los que sucedían incidentes puntuales que, por el momento, no se traducían en arrestos ni en lesiones graves. Acostumbrados a obedecer ciegamente las órdenes, los soldados no se permitían siquiera pensar, ni sentir, porque los oficiales les habían dicho que los fusilarían ellos mismos ante la menor señal de camaradería con los alborotadores. Y habrían cumplido su palabra. Solo unos días atrás, en la U.M. 7432 Băneasa, un teniente coronel había fusilado a un soldado, al pasar revista, porque se había negado a cumplir la orden: «¡Al suelo! ¡Arrástrate!», que él le había exigido, furioso porque al militar le faltaba un botón del capote. Las unidades militares trabajaban con una planificación de pérdidas: cada año morían, tanto en el M.A.N. como en el M.A.I., alrededor de diez soldados en cada unidad, ya fuera porque se suicidaban cuando estaban de guardia y tenían en el cargador munición de guerra, ya fuera porque recibían una bala entre los hombros, como por casualidad, en las maniobras nocturnas, ya fuera porque, con menos frecuencia, es cierto, eran fusilados por las bestias de los oficiales. Muchos chicos de pueblo no soportaban, simplemente, «las dificultades y las privaciones de la vida militar», como se decía entonces: arrojaban el AKM en el campo y regresaban a su pueblo natal, sin intentar siquiera esconderse. Era natural: habían pastoreado, es cierto, las vacas desde que eran unos mocosos de tres años y se habían llevado bastantes pescozones de su padre, de sus hermanos mayores y de cualquiera que pasara por allí, pero nadie los había tenido en posición de firmes todo un tórrido día de verano, nadie los había arrastrado por el barro con el rostro cubierto por una máscara de goma. Nadie los había humillado, nadie los había «jodido», como decían ellos, varios meses seguidos, ni les había gritado: «¡Soldado, saca las manos de los bolsillos, que la polla te va a comer las uñas!». No les habían llamado «reclutas cagones», «blandengues de mierda», ni les habían cantado para fastidiar debajo de las ventanas del dormitorio: «Corneta toca otra vez la retreta / salen corriendo los caguetas / solo los reclutas desfilan al paso / son los setenta que le hacen caso».

Durante media hora las cosas siguieron igual. El portavoz lanzaba de vez en cuando su estribillo, que ya no exhortaba a la gente a dispersarse, porque la trampa estaba cerrada, sino a no provocar a los soldados, el *walkie-talkie* seguía gruñendo algo en la cintura del mayor, las tanquetas avanzaban lentamente y lanzaban unas ráfagas cuando se acordaban. La muchedumbre cantaba y bailaba sin moverse, para calentarse, gritaba eslóganes y se abrazaba, animada por el hecho de que no parecía suceder nada malo. Incluso la chica que se había desmayado había vuelto al grupo, precisamente junto a Mircea, más o menos en el primer tercio del montón de manifestantes. Era, probablemente, una universitaria, de unos veintidós años como mucho, con un abriguito coqueto, de paño negro, y una bufanda multicolor al cuello. Era morena y, bajo su gorro de piel, se veían los pendientes prendidos a los lóbulos de las orejas: dos perlitas sobre una hojita dorada. Lo había besado en las mejillas cuando él se decidió a sumarse a los manifestantes, y ahora se agarraba a su brazo con ternura. Por el otro lado, apretándole dolorosamente el brazo derecho, tenía a un hombretón de casi dos metros, con la cabeza descubierta, calvo y barbudo, un tal Călin, y delante de él gritaba con toda su alma Florin, un tipo al que había visto antes en algún sitio («¡Vamos, tío, vente con nosotros! ¿No nos conocemos de algo? ¿No has estado en el Cenáculo de la Luna?») y, ciertamente, de eso lo conocía: varios años atrás Herman lo había llevado a Schitu Măgureanu, al último piso de un edificio que temblaba peligrosamente cada vez que un tranvía subía la cuesta de Cişmigiu. Allí se había celebrado una reunión del cenáculo, y Mircea había conocido a los poetas jóvenes de los que hablaba todo el mundo, unos chavales en vaqueros que devoraban poesía, sarcásticos, irónicos y descerebrados, que no sospechaban con cuánta meticulosidad apuntaban en sus libretas y grababan con micrófonos ocultos todo lo que se discutía allí, en plena libertad interior, dos o tres de sus colegas. De tal manera que los versos leídos entonces por Florin, ante decenas de individuos a los que, como en un tobogán gigante, se les subía el estómago a la garganta y se les ponía la carne de gallina en los brazos, tenían un público mucho más amplio de lo esperado: «¿Hasta cuándo, Catilina, aparecerás / en la portada de los cementerios?». También vio entonces a Sandu, que había leído un poema sobre los lameculos y los palmeros; a Nino, con su terrible: «Se ve la tierra. No sucede nada. / Dum-dum, los desarmados se pegan solos, con el puño. / Un balazo en la sien»; a Cărtărescu, muy alto y pelirrojo, con el pelo cortado a cepillo, que declamaba los alejandrinos de una epopeya «sobre un dictador y una revolución»; a Madi, la de los labios carnosos y ojos tristes; a Traian, con las botas y la perilla de mosquetero que lo habían hecho famoso, leyendo algo sobre «mil lazos para cien cuellos»… Al final, uno se puso de pie, Gaius, que había solicitado leer un poema breve y, cuando el mentor, el famoso Nichi, le dio permiso con su voz débil y apergaminada, el joven solo alcanzó a recitar, en un silencio sepulcral: «¡Arriba parias de la tierra. / En pie, famélica legión!». Siguió una atronadora salva de aplausos, como una liberación suprema. ¿Quién, entre los presentes, habría imaginado alguna vez que llegaría a aplaudir con entusiasmo unos versos de *La Internacional?*

Nichi fue convocado luego, le dijo Herman, que lo sabía por un estudiante alcohólico, al Buró del Partido de la Universidad, donde la camarada Stănilă (que tenía en secreto una debilidad por el hombre tan guapo como un actor de Hollywood que dirigía el Cenáculo de la Luna) le plantó delante el estenograma de las lecturas y de las discusiones y, en tono inquisitorial, le preguntó: «¿Cómo permite, camarada profesor, semejante provocación ordinaria en el cenáculo que usted dirige?». Y Nichi, con su sonrisa juguetona, le respondió: «Bueno, doña Emilia, ¿qué más se puede pedir aparte del hecho de que nuestros estudiantes aplaudan *La Internacional?* ¿No es eso lo que les enseñan en todas las reuniones de propaganda?». «Nada de doña Emilia, camarada, que no estamos en un café. Y en cuanto a esos versos, debe saber que no somos tontos, que sabemos muy bien quiénes son los parias de la tierra y la famélica legión…» El Cenáculo de la Luna fue clausurado, poco después de aquella famosa velada, por subversión. A los que habían leído, la *Securitate* les abrió unos gruesos dosieres.

Mircea había ido al cenáculo por obligación, arrastrado casi a la fuerza por Herman. Aunque escribía, y había escrito miles de páginas para entonces, sentía que no había que buscar la verdad en los poemas ni en las novelas, que ese no era el camino. Naturalmente, en la adolescencia había escrito también él literatura, había soñado con la novela que sustituiría al universo. Había escrito desesperados poemas de amor para nadie, fantásticas alegorías, había cantado libremente a la muerte, a los cipreses y a los infiernos. Pero, sobre todo, había soñado con libros, libros enteros que llevaban su nombre, aunque no recordaba cuándo los había escrito. Una noche soñó con un libro de relatos sobre temas graciosos, sorprendentes, entusiastas, emocionantes hasta el horror sacro y el desmayo, un libro escrito a mano con su caligrafía y que había leído estremecido toda la noche. Hacia el alba se levantó de la cama, conmovido, se dirigió a la ventana cubierta por completo con brumosas flores de hielo y apoyó la frente en su nieve barroca, en la extraña luz de los amaneceres invernales. Y se despertó precisamente así, de pie, junto a la ventana, a su espalda estaba la habitación en la que había leído su cuaderno de relatos, idéntica en todos sus detalles, como una imagen en el espejo, a la de su sueño, solo una rosa faltaba en el ramo, una rosa con los pétalos tatuados: el cuaderno no estaba en ningún sitio, la trama de las historias y sus curiosos personajes habían desaparecido como se disuelve el azúcar en el agua. Durante semanas enteras había intentado recordar siquiera una de las historias, siquiera alguna de las frases que lo habían asombrado y le habían inyectado aquella noche la heroína más pura. Recordaba oleadas de compasión, reverberaciones de tristeza, relámpagos de alegría, pero ni una sola palabra. «El demonio de papel», recordó bruscamente más adelante, mientras comía a solas, en la cocina, y esa frase, que no estaba en el manuscrito, le resultó de repente abrumadora como una revelación. Si se hubiera acordado alguna vez de la carne de letras dibujadas a boli en aquel manuscrito perdido, lo habría llamado «El demonio de papel» y habría sido su primer libro publicado. Pero Mircea no iba a publicar nada, jamás. No quería dibujar salidas en la pared infinitamente gruesa de su cráneo, sino hacerla pedazos y llenar el mundo con un billón de billones de dimensiones. Su manuscrito era todo lo que podía ser más diferente a una novela: era un libro. No podía ser leído, como no se puede leer una piedra o una nube. Lo escribía no con la tinta del bolígrafo, sino con la propia médula de su espina dorsal, que menguaba, cada día, en el tubo de las vértebras. Las letras de su libro eran neuronas, los capítulos eran arcos reflejos, todos los personajes tenían su rostro y su voz, terribles como los de los arcángeles, automáticos como los de una larva trocófora. Sus páginas no eran textos, sino una colección de texturas de las cosas del mundo: el espejo duro y grasiento del rodamiento, el rosa granulado de la vela del velero en el ocaso, la densidad helada del aire de la catedral, la molicie húmeda y arrugada de los labios, la ternura del tallo del aro... Su texto vomitaba y eyaculaba, digería y veía, agonizaba y secretaba bilis, pensaba y defecaba, porque él escribía como otros vivían, y nada de la gloria y de la obscenidad de la vida le resultaba ajeno.

En el grupo se encontraba asimismo el pintor Ion, barbudo también, al igual que Călin, transfigurado como él por el entusiasmo. «¡No tengáis miedo, hermanos!», gritaba, feliz porque, por fin, después de varias décadas grises, era ahora un cuerpo del cuerpo de la historia. Por encima pasó un helicóptero militar, muy bajo, a unos pocos metros de los tejados. El estruendo de sus aspas cubrió, durante un minuto largo, el resto de los ruidos, consagrando en aquella zona del centro de la ciudad una especie de silencio paradójico, un ruido blanco e indescifrable. En aquel silencio ensordecedor, cayó la chica. Se escurrió junto a Mircea, la presión del brazo se aflojó y, antes de que alguien se diera cuenta, estaba de nuevo tumbada en el suelo, como cuando las metralletas de las tanquetas dispararon por primera vez. Mircea se inclinó sobre ella y de repente se le aflojaron las piernas. Cayó de rodillas, en la nieve embarrada, contemplando el amplio agujero, rebosante de sangre, entre los ojos de aquella que, un momento antes, gritaba en silencio a su lado. Ahora era una máscara terrorífica, con los ojos abiertos de par en par y una expresión inhumana en la boca. La sangre manaba de la órbita izquierda y desaparecía en el cabello, negro bajo el chorro de luces del faro de una de las tanquetas. Mircea no pudo decir nada. Tuvieron que levantarlo los de alrededor, que se habían abalanzado de inmediato sobre el cuerpo de la joven que ni siquiera tenía nombre: se lo había dicho, pero todos lo habían olvidado al instante. «¡Hermanos, están disparando! ¡Está muerta, por Dios bendito! —gritaba el de las gafas en la fila de atrás—: ¡Retiraos! ¿Quién ha disparado? ¿De dónde han disparado?» Estaba claro que no habían sido los de los escudos, tampoco las tanquetas habían disparado. «¡Han disparado a bocajarro, por la espalda! Está disparando uno de nosotros, hermanos», se oyó otra voz quejumbrosa, muerta de miedo.

«Uno de vosotros es un diablo», relampagueó en la cabeza de Mircea y, rápidamente, otras imágenes-pensamientos, estúpidamente mezclados, lo invadieron. Se acordó, en aquel segundo que no quería que terminara, del síndrome Capgras: el marido comienza a entender, poco a poco, que su esposa ya no es la misma, que ha sido sustituida por alguien clavadito a ella, pero que lo espía y le prepara un destino terrible. Por lo general, el enfermo asesina a su pareja y solo entonces se descubre su anomalía (pero ¿y si es exactamente así, se preguntaba siempre Mircea cuando leía sobre este síndrome, si las parejas de algunas personas eran efectivamente sustituidas por unos sosias aterradores?). Uno de los manifestantes era un desconocido sombrío, armado, que acaba de matar a bocajarro, a sangre fría. ¿Escondía el arma en el bolsillo y había disparado a través de la tela, como en las películas? No parecía posible. En torno a la joven asesinada se formó un círculo, alguien la había retirado y colocado bocabajo, así que ahora se veía su cabello húmedo, en el occipital, el orificio de entrada de la bala, y estaba claro que habían disparado a un palmo de distancia, un poco de abajo arriba, probablemente con una pistola, una TT militar tal vez. La sujetaron por los brazos y la depositaron en la acera. ¿Cuántos muertos yacerían a su lado, con los rostros cubiertos, como el suyo, por un abrigo (el barbudo de la frente abombada se había despojado del suyo y se había quedado en jersey), hasta la primera luz de la mañana?

Era irreal, todos tenían ahora, cuando se encontraban en peligro de muerte, cuando habían visto lo fácil que era morir, esa sensación de sueño estático, de ballet sin música, de secuencias de película desfilando ante el ojo de la mente que experimentas cuando te enfrentas a unos hechos que no pueden suceder, cuando ves el puñal relampagueando delante de los ojos y sabes, y algo en ti lo acepta, con la calma más extraña, que en un instante se clavará en tu vientre, cuando te precipitas desde las alturas y aceptas, con una especie de candor infantil, que cada uno de tus huesos se romperá contra el asfalto, que tu piel reventará y brotará la sangre, cuando te ahogas y te recibe una luz intensa filtrada a través del agua turbia, y alguien en tu interior susurra: «Voy a morir ahora»... En una oscuridad casi total, rota tan solo por los proyectores histéricos de las tanquetas, podía ser cualquiera. En la agitación ininterrumpida del grupo de manifestantes, el que se encontraba a tu espalda podía estar, un momento después, en cualquier otra parte. Ahora los jóvenes se agarraban del brazo, en filas largas, y no podían evitar mirar, cada minuto, bruscamente, hacia atrás, a la espera de ver, apuntando hacia sus rostros bañados en un sudor frío, el cañón de la pistola brillando tenuemente en la noche. «¡Ehhh! —gritaba un tipo corpulento, con una pelliza de piel—. ¡Si te pillo te corto en tiritas con un cuchillo, ehhh! ¡Te despellejo, securista asqueroso!» (¿Y si era precisamente él?) Mircea sintió los estrujones de los que lo rodeaban mucho más crispados que antes. «¡Hermanos, resistamos hasta la mañana!», gritaba otra voz, muy lejos por detrás. «¡Fuera Ceaușescu! ¡Fuera el dictador! ¡Fuera los securistas!» «¡Fuera, fuera, fuera!», empezaron a gritar todos de nuevo, entrecortadamente, volviéndose otra vez hacia las filas de los soldados, que parecían ahora mucho más inofensivos, porque sus rostros se veían, mientras que el del asesino estaba oculto.

Desde la plaza llegaba ahora un estruendo, como si se estuviera acercando una caravana de camiones. Y, ciertamente, eran dos camiones militares con toldos y dos furgones negros, con las ventanas cubiertas por unas rejillas de alambre. Venían a gran velocidad, con luces largas, y frenaron rechinando detrás del muro de militares. Casi en ese mismo instante salieron de los camiones unas dos docenas de hombretones de negro. El oficial gritó algo por el altavoz, la muralla se abrió, los soldados se reagruparon en dos filas, y las tropas especiales se abalanzaron en silencio sobre los manifestantes para detenerlos y arrastrarlos a los furgones. El caos era total.

Los jóvenes se arrojaron al suelo, agarrados los unos a los otros y resistiéndose con todas sus fuerzas, empapados por el barrizal de la calle, y los individuos de negro los separaban como piezas del puzle de la desesperación. Los arrastraban de un brazo o de una pierna, los golpeaban brutalmente en la cara con el codo, los levantaban por los aires de tres en tres o de cuatro en cuatro y los arrojaban en los furgones como si fueran sacos de arena, amontonados unos sobre otros. Algunos jóvenes se habían encaramado al morro prismático de las tanquetas y resistían allí, aferrándose incluso a los faros encendidos y a los cañones de las metralletas, golpeando con las botas a los GEO. Una de las tanquetas aceleró, imposible entender por qué, e impactó de lleno en algunos manifestantes tirados en el asfalto. Unos aullidos aterradores, agónicos, se oyeron entonces. La mitad del cuerpo de un hombre estaba ahora bajo la oruga. De su boca brotaba sangre. A otro le había atrapado y destrozado la pierna entera. Uno de los soldados dejó caer el escudo de plástico, mirando atónito la tanqueta que se había detenido y que retrocedía lentamente. Los que estaban encaramados a ella golpeaban los cristales blindados, del grosor de un palmo: «¿Qué has hecho, asesino, desgraciado? ¿Matar gente, pedazo de bestia? Retrocede, retrocede, joder...». Un olor a sangre y a heces se extendió sobre la escena alucinante, contemplada desde arriba por las estrellas frías, impasibles. Murieron tres millones de personas. ¿Y qué? ¿Acaso modificó eso el curso del Yangtsé? Mircea se sentía en una película de guerra, más aún, en el rodaje nocturno de las escenas de una batalla. Era irreal, la muerte y la agonía no podían existir en un mundo hecho, como se sabe, para convertirse en un verso bonito. Para alguien, a un paso de él, había llegado ya el apocalipsis, alguien a su lado tenía el cuerpo descuartizado por las orugas y alguien más tenía la tibia hecha añicos, la rodilla destrozada y gritaba hasta perder el sentido. Pero ¿cómo nos puede doler la muela de otro y cómo podemos saber si el que grita, con los ojos desorbitados, no es un actor o un fingidor? ¿Cómo puedo sentir tu dolor y cómo puedo ver tu amarillo? ¿Cómo puedo saber que no eres un sueño de mi mente, tú, el de los dientes rotos ahora por una patada terrible en el rostro? Era irreal, mucho más desvaído, más teatral y más lívido que cualquiera de las letras de su manuscrito. Por eso ni siquiera se resistió, ni se aferró a otros cuando un individuo con un bigote negro y mirada perdida lo agarró y lo arrastró, asombrado tal vez por lo ligero que era, hacia la puerta trasera, entreabierta, del furgón. Apenas visibles en su oscuridad aterciopelada, en los bancos laterales se veían, pálidos, con los huesos del rostro abultados a través de la piel, los arrestados antes que él. Le ayudaron a levantarse del suelo y lo apretujaron también en la esquina de un banco. Nadie hablaba, todos se imaginaban terribles escenas de tortura. A partir de ahora se encontraban en el camino de la muerte, y cualquier fantasma de la mente podía volverse, de repente, real. Se les mostrarían terribles dioses abrazados, ofreciéndoles sus cráneos llenos de sangre. Pensaban en los largos saquitos de arena que te destrozan los órganos internos, sin dejar rastro en la piel, pensaban en las costillas, las mandíbulas y los arcos rotos por las patadas de las botas. Pensaban en los alfileres clavados bajo las uñas, en los pezones amputados y en los testículos aplastados poco a poco. Si Ceaşca no caía... si la *Securitate*... pero ellos saldrían, al cabo de años o décadas, con la salud debilitada, con la vida destruida... O los pelotones de fusilamiento... Cuarenta mil muertos en Timişoara... La mujer asesinada, con el feto arrancado del vientre.... Oleadas de adrenalina les secaban la piel, los dientes castañeaban, los ojos se hundían en las órbitas... Alguna joven sin gorro y el cabello enredado, algún individuo tanteando sin sus gafas aterrizaban de golpe, de vez en cuando, en el suelo que brillaba tenuemente. Todos los ruidos se convirtieron de nuevo en silencio por las hélices de un helicóptero que barría el centro de la ciudad con un proyector de luz cegadora. Y de repente, al cabo de unos minutos, horas o siglos, la puerta se cerró de golpe, se oyeron unas órdenes y el furgón arrancó hacia lo desconocido. Las ventanas tintadas no dejaban pasar más que, a veces, un poco de luz lechosa. Una joven empezó a sollozar histérica. Los órganos sensoriales que seguían activos y dominantes eran los canales semicirculares de la roca de las sienes, los que registraban las curvas y la aceleración. Oían a veces algo que parecían gritos y disparos. «Los chicos resisten», dijo alguien, pero nadie respondió. El cansancio y el hambre, agudizados terriblemente en aquellos cuerpos que no habían sentido nada hasta entonces, como los de los derviches, dominaban ahora al miedo. Yacían, sin pensar en nada, o con tantos pensamientos que la suma total producía un ruido blanco, en los bancos, golpeándose en cada giro contra las paredes metálicas, hasta que la carretera se volvió recta y por las ventanas no entraba ya un atisbo de luz.

L a revolución rumana, una joven de diez metros de altura, con los pechos desnudos visibles a través de la blusa de algodón sobre la que colgaba un collar de ducados austriacos y con las caderas envueltas en una saya de seda cruda y un mandil por delante y por detrás (el traje popular de Argeş, es evidente) caminaba majestuosa por el Bulevar 1848, con su cabello negro ondeando en la brisa de monóxido de carbono de la mañana. Al observar su perfil noble, de camafeo, elevándose entre las construcciones eclécticas, ruinosas y amarilleadas, el espectador, desde algún balcón lejano, habría creído por un instante que una estatua ciclópea iba decorar las fuentes del bulevar de la Victoria del Socialismo, o que iba a ser instalada sobre la Casa del Pueblo, como una representación alegórica de la etnogénesis dacio-romana o como una réplica desafiante de la Estatua de la Libertad del Imperio de la Esclavitud: al fin y al cabo la Casa del Pueblo podía ser considerada, siquiera por su volumen, el edificio más grande del mundo, humillando así al Pentágono... Sin embargo, se habría frotado los ojos un instante después al observar los gestos de los brazos marmóreos, y no obstante vivos, de la mujer gigantesca, con los que animaba a las columnas proletarias a seguirla, y el brillo de sus ojos como moras, almendrados, y de cejas pobladas, ojos de rumanita como no encontrabas en otra parte del mundo. Se habría pellizcado al pensar que estaba soñando, pero no, no era la confusión del subconsciente que solo piensa en eso mismo día y noche: si era un sueño, era el sueño con los ojos abiertos de la valiente nación rumana que, ahí está, había alcanzado también ella, detrás de las demás, la hora de despertar. La *mămăliga* había estallado por fin y de su costra dorada había salido esa hermosura de joven con lazos tricolor en el cabello, tal y como en las fiestas de los años locos, entre enfriadores de champán, serpentinas y metralletas, salía una chica en bañador de una tarta gigantesca. No cabía duda, era la Revolución, y el individuo del balcón, ignorando que había nacido de forma colateral, unos minutos antes, por una mezquina necesidad diegética, entró bruscamente en el apartamento, se enredó con los pantalones del pijama de los que había querido despojarse deprisa, se quedó desnudo, con una barriguita nada atractiva volcada sobre sus ridículas parafernalias, luego se puso precipitadamente la ropa y, vistiéndose aún, se lanzó hacia la puerta, al fin y al cabo no podía ser él el único escéptico en medio del entusiasmo nacional. Sigámoslo también nosotros, puesto que lo he inventado, por varias callejuelas con casas burguesas sumidas en la miseria, quemadas por el sol de un día de invierno insólitamente cálido, caminando por sus huellas y poniendo buen cuidado en no pisar sus cordones sueltos. De camino al bulevar se agachó y recogió un galón azul, húmedo, desprendido quién sabe cómo del cuello de un militar del Ministerio del Interior. Lo guardó exultante en el bolsillo con la idea de enseñárselo más adelante a sus nietos, si es que llegaba a tenerlos algún día, y alardear de habérselo arrancado él mismo al soldado en el fragor de los enfrentamientos y de haberle soltado también después unos puñetazos bien dados. Cuando salió al bulevar, junto a unos tristes escaparates con productos de papelería, a nuestro personaje, virtual como los piones, lo golpeó una enorme explosión de júbilo popular cuyos ecos había percibido vagamente hasta entonces, como el ruido ahogado del Dinamo o el Ghencea cuando un jugador cometía una falta.

Era una riada de gente, como el 23 de Agosto, la que fluía por el cañón de las casas burguesas con el revoque agrietado y amarilleado, cuyos balcones estaban abarrotados de gente que aplaudía, levantaba el puño hacia el cielo mate del invierno o —lo más frecuente— hacía un gesto desconocido hasta entonces, pues los bucarestinos lo habían hecho como mucho con un solo dedo, el corazón, bien elevado hacia el cielo, o bien dirigido hacia alguna delicada presencia femenina en un tranvía que pasaba veloz, o bien, el más habitual, hacia la propia boca, lo cual no significaba en ningún caso el signo universal de «tengo hambre», sino que era una insinuación de que la adolescente aplicada, con su cartera repleta de apuntes sobre las rodillas, vislumbrada un momento a través de la ventanilla del trolebús, era de hecho un putón imperial que practicaba el sucio sexo oral: dos dedos separados, como cuando los niños ponen cuernos al hacer una foto. Con los músculos patéticamente abultados, con las venas de la frente descascarillada a punto de reventar, los atlantes que sujetaban los balcones seguían solo con los ojos —vivos, verdes o azules en sus barbudos rostros de estuco— las columnas de trabajadores, y los mascarones con terribles rostros de gorgonas agitaban las serpientes de sus cabellos, que se retorcían como tallos de esmeralda, solo por atrapar con sus bocas sanguinolentas, de orquídea, a alguna víctima con la gorra rusa calada hasta los ojos. En cuanto lo engulló la muchedumbre, nuestro personaje, vivo tan solo por un nanosegundo, se dispersó en el vacío que bullía con la energía latente de la página blanca, de la que brota todo para que todo regrese de nuevo a su tumba. Nos queda por describir el grandioso desfile, y para ello nos vamos a elevar un instante al cielo a fin de poder ver mejor la ciudad vestida hoy con sus mejores galas. «Bucarestino, alma de campesino», le chinchaba a Mircea su padre, en alusión al legendario Bucur, el fundador perdido en las brumas de Vlăsia, el que había construido el primer corral de ovejas junto al agua cenagosa del Bucureștioara, o junto al Dâmbovița, con sus dulces aguas. En época de Țepeș Vodă, que no fue Drácula, sino un vaivoda valiente y justo, con esas rarezas que, ya se sabe, acompañan a cualquier mente genial (era una cuestión de honor para cualquier rumano disipar esa deshonrosa confusión), el pueblo de los Bucureşti se extendió, entre bosques repletos de fieras salvajes, y se adornó con bellas iglesias, levantadas en agradecimiento por la victoria en las batallas del príncipe de ojos grandes, brillantes, y un bigote hasta el enorme y húmedo labio inferior. Después de cada batalla, los prisioneros —turcos, tártaros o rumanos de otros terruños— eran sometidos a una operación extremadamente delicada. Con unos martillos especiales de madera se les introducía, milímetro a milímetro, una estaca por el perineo —y no por el ano, como han insinuado con evidente mala fe los historiadores irredentistas—, su punta penetraba con precisión por el hueco entre la carcasa corporal y el peritoneo que envuelve los órganos internos, sin desgarrar ninguna membrana y sin lastimar ningún órgano, hasta que la estaca salía por la espalda, a la izquierda o la derecha de la columna vertebral. Entonces el sujeto de esta operación era elevado y así permanecería, vivo y (casi) incólume, durante largos días en esta pintoresca hipóstasis que presentaba evidentes ventajas respecto a la trasnochada crucifixión. Cuando se reunían bastantes artefactos humanos de esos como para ofrecer una sombra densa (más o menos veinte mil ya eran —se consideraba— suficientes), el vaivoda se sentaba bajo ellos para comer, en medio de la hierba, brindando a derecha e izquierda con su copa de oro con incrustaciones de zafiros y rubíes, por la salud de sus seres queridos. El tufo de los empalados, ya reblandecidos y con los ojos picoteados por los pájaros, le sentaba tan bien al señor como la brisa del mar. Todos los ciudadanos de la pequeña patria valaca disfrutaban de una pizca de la grandeza del famoso príncipe, pues en todos los pozos se bebía el agua en unas copas de oro muy parecidas, colocadas en el brocal sin cadena ni vigilancia, porque a los declarados ladrones se les trepanaban los miembros (no necesariamente los implicados en el robo), y luego, cuando los pillaban mendigando en los puentes, eran recluidos en una posada, donde eran bien agasajados por la misericordia del señor, tras lo cual les prendían fuego, algo que, para determinados gustos, era un espectáculo gozoso. A la corte del gran príncipe venían a menudo emisarios de los países más remotos que portaban ofrendas dignas de la reina de Saba. Partían generalmente transportados en literas por albaneses, porque cuesta más hacerlo con tus propios pies cuando tu turbante está bien fijado al cráneo con una docena de clavos grandes, de carpintero. Los poetas y los pintores nacionales rivalizaron a la hora de describir la nobleza y la lección moral de semejantes escenas.

La urbe se construyó en torno a las torres de la Metrópoli, se extendió por las colinas de alrededor, se transformó en melancólicos grabados de los viajeros extranjeros que mostraban grupos de casas pastoreados por una iglesia adornada de cúpulas, bajo un gigantesco gallardete desplegado en el cielo, que ondeaba rígido y en el que ponía BUKAREST, BUCAREST, BUKREŞ u otra cosa, con las más curiosas ortografías. Hacia el 1800 la ciudad tenía patios señoriales, macizas casas boyardas entre las que se extendían enormes huertos y solares invadidos por las malas hierbas, posadas y caminos enlodados, barriadas extensas con geranios en las ventanas tapadas con vejiga de buey; mujeres desnudas que se bañaban en el río al que se arrojaban también las lavazas y donde, junto a su pública desnudez, se deslizaban los patos y los lucios; fanariotas con enormes turbantes, campesinos que apestaban a ajo, acarreando los portacubos al hombro, gitanas con los pechos al aire; carros con toldos avanzando pesadamente por las huellas llenas de estiércol, densas humaredas de las chimeneas ruinosas, cigüeñas sobrevolando las paredes ciegas, chabolas de adobe, derrumbadas sobre niños desnudos y hambrientos que jugaban en el polvo. La torre de Colţea, pesada como un zigurat de barro, e igualmente frágil, se elevaba por aquel entonces unos setenta metros sobre el pueblo de callejuelas intrincadas, desgarrando las nubes tristonas que se balanceaban —veleros perezosos— sobre el Bărăgan.

De esta ciudad quedaba ahora solo lo que los lugareños denominaban «centro histórico»: tres callejuelas por cuatro, con casas horriblemente ruinosas, con el pavimento arrancado, con solares en los que se arrojaban carcasas de frigoríficos, gatos muertos y trapos apestosos. Por las ventanas sin cristales, con los marcos arrancados, asomaba la cabeza desgreñada de algún gitanillo, y gitanas con faldas floridas lanzaban palanganas de lavazas sobre los transeúntes de Lipscani, que se arremolinaban para comprar zapatos baratos o para rellenar los mecheros en unos miserables tenderetes. La boca de un viejo, con las muelas rotas y amarilleadas y, más frecuentemente, con las encías desnudas, eso es el centro histórico que, en nuestra ascensión en globo, distinguimos en primer lugar, como en una maqueta de la ruina y de la desolación. A su alrededor se elevó el Pequeño París, y en torno al Pequeño París, la Bélgica de Oriente. En 1900, el Reino de Rumanía realizaba grandes esfuerzos por modernizarse. Se habían construido edificios neoclásicos con columnas, arquitrabes y frontones llenos de diosas de la Justicia, de la Agricultura y de la Industria; se habían encaramado a sus pedestales los hombres del pueblo, a los que unas fornidas musas, con lorzas de grasa en las caderas, ofrecían la pluma; se habían extendido raíles por los que circulaban, tambaleantes, tranvías tirados por caballos; se habían entretejido bulevares bautizados con el nombre de sus Majestades, pues ahora teníamos una dinastía que descendía directamente del Almanaque de Gotha, Hohenzollern-Sigmaringen, a Carol de Joj-en-jol, mira tú, cómo le llamaban los campesinos, poco acostumbrados a los nobles vaivenes de los vocablos alemanes, tal y como, unas décadas atrás, habían hablado en sus veladas sobre las hazañas de Na-pollón, el emperador francés. La universidad, los Grand Hotel del *bulivar,* el Capşa, los automóviles que traqueteaban tras los carruajes en la Avenida… Todo esto habría sido digno de sus tiernos apodos, de sus halagadoras comparaciones con las tierras del mundo civilizado, si no se hubiera mezclado indistintamente con la ciudad precedente, porque los corrales de vacas, las mosterías y los mozos de cuerda, los arrabales con sus perreros y sus amores indecentes, los hurgadores de basura y los devoradores de cadáveres, los niños de doce años que servían a su señor y las putillas corroídas por la sífilis en la Cruz de Piedra se veían tan bien como los palacios con columnas y estatuas del bulevar de Pache Protopopescu, el que había erigido la metrópolis del Dâmboviţa. El aroma a *moussaka, mititei* y *sarmale* se elevaba sobre la nueva Ciudad de la Luz como una déesis bizantina que redujera a un denominador común, voluptuosamente condimentado, la grandeza y la depravación.

Si nos elevamos un poco más en nuestro globo a rayas, abarcamos con la vista el Bucarest de entreguerras, o de después de la Gran Guerra, como se lo llamaba entonces, porque el pequeño y valiente país del Danubio entró también, al igual que en el 77, en el fragor de las batallas, perdidas una tras otra a pesar de los milagros de bravura en Mărășești, Mărăști y Oituz, cuando nuestros soldados lucharon en calzones contra los alemanes, aventajados estos gracias al porte del uniforme reglamentario. Curiosamente, después del absoluto fracaso militar, el joven reino se encontró con el doble de territorio y de población y, en consecuencia, con unas veleidades de preeminencia política, económica y, por encima de todo, intelectual sobre nuestros hermanos búlgaros, con sus bien conocidos cogotes gruesos. Modernismo, liberalismo, vanguardia, arquitectura rectangular al estilo internacional, hemos tenido de todo en abundancia, y nuestro vuelo sobre la ciudad demuestra que lo tenemos todavía, en condiciones bastante buenas, a excepción de los bloques derrumbados por el terremoto. Es una ciudad con puntos rojos, con tuberías oxidadas, con mugre en las paredes, invencible como una nación bárbara, con interiores que huelen a vejez y a enfermedad. La pueblan una variada mezcla de nomenclaturistas, securistas, artistas del pueblo, gestores de Gostat, cantantes de música ligera y poetas de los nuevos tiempos, una fauna que sustituyó a la anterior con la nacionalización, cuando fueron expulsadas las víboras del régimen burgués-señorial. Barrios de villas sombreadas por carpes gigantescos han sobrevivido desde entonces, pero, desatendidas, abarquilladas, llenas de muebles ordinarios, se han deteriorado, poco a poco, hasta convertirse en casonas siniestras, con un Dacia apoyado sobre troncos en patios de verjas oxidadas.

Pero si la ciudad antigua se ha arruinado paso a paso y se ha llenado de una jovial e insolvente población nómada, la ciudad nueva nació ya en ruinas. Más allá del círculo por el que se desliza perezosamente el tranvía 26, lleno de maniquíes de escayola que acarrean bolsas de panes rellenos de algodón, se extienden los nuevos barrios obreros, construidos para los trabajadores, a un ritmo cada vez más acelerado, después de 1950, prueba de la preocupación del Partido por la clase obrera. Hectáreas de bloques, cada uno de su madre y de su padre, cajas de cerillas en las que no puedes darte la vuelta, celdas de hormigón con techos que parecen venírsete encima y aplastarte vivo. Bloques sobre bloques, a un palmo los unos de los otros, con nombres codificados como las piezas de una plaquita electrónica, bloques con conductos de basura desbordados que apestan a desechos, con tuberías de un plomo venenoso que llevan hasta los grifos y con plomo irradiante en los omnipresentes ladrillos de hormigón. Granjas avícolas para humanos, cenicientos campos de exterminio donde las mejillas se hunden y la piel se marchita. Miles, decenas de miles de bloques obreros de paredes delgadas como el papel, a través de las cuales se oyen los regüeldos, los juramentos, los gritos y los gemidos de los vecinos, bloques donde en invierno el agua de los radiadores se congela y los revienta, donde en verano te arde el cerebro por el bochorno. Cientos de miles de bloques con los buzones del portal oxidados y doblados, con las tablas de los pagos pendientes pintarrajeadas por analfabetos, con tufo a sopa y a col hervida por las escaleras, con garabatos y dibujos guarros por todas las paredes, habitados por una turba que solo conoce el trabajo y vuelta a casa, por mujeres sin dientes, por hombres peludos, en camiseta, por niños psicópatas que juegan a la Brujitoca en la parte trasera, entre coches Dacia y Oltcit. Con el paso del tiempo, incluso estas ruinas terminaron por arruinarse. Sin pintar durante décadas, sin clavar un clavo durante años. Las placas prefabricadas se han roto y afloran los hierros del encofrado donde menos te lo esperas. Las balaustradas de los balcones se han oxidado. Las grietas de las paredes son tan grandes que puedes meter un puño. En todos los balcones hay filas de bragas puestas a secar, barras de salchichón, jardineras rotas, de plástico, en las que, a falta de flores, hurga un gatito cuya existencia la gente parece ignorar. Bloques de los que no hay escapatoria, porque estás en Corea del Norte y el camarada Kim, en su variante caucásica, vela por la felicidad general. Primavera, Cotroceni, Floreasca, bajo su enorme bóveda de cristal, Mântuleasa son parches decentes del cosmos urbano que congelan nuestra sonrisa y nuestro espíritu de farsa en los labios.

Hemos comenzado el capítulo muy contentos, pero confesamos que nos hemos entristecido. También nosotros hemos tenido suficiente: toda la vida en un bloque, de gueto en gueto, en compartimentos de nautilo de presupuesto reducido (presupuesto cero), con un destino en consonancia: nacimiento, trabajo, muerte, que solo el encuentro con Herman, probabilísticamente imposible (pero el universo es probabilísticamente imposible), ha impedido. El sembrador salió a sembrar su terreno, pero la semilla cayó en hormigón prefabricado, pues no había otra cosa alrededor. ¿Cómo va a brotar de ella un girasol o una orquídea? ¿Qué iban a recolectar los ángeles, al final de los tiempos, de los millones de semillas obreras desperdigadas en hogares obreros y en viviendas de ínfima calidad? ¿Llegará la salvación en medio de las cucarachas de la cocina? ¿Estará el ángel en el portal, junto al colector de basura, manchándose las alas con restos de guisado y hablando con su voz de triángulo y carillón: tú sí, tú no, tú sí, tú no...?

Pero la lágrima se nos seca rápidamente en el rostro porque tenemos una labor por completar. En fin, mira lo que observamos ahora, esta mañana cálida del 22 de diciembre, desde la altura de la que abarcamos toda la ciudad, hasta la circunvalación donde el tráfico es complicado y lento: por todas partes, desde el borde de la megalópolis, desde las plataformas industriales en torno a las centrales térmicas y los extremos de los tranvías, discurriendo a la sombra de las torres de agua y de las fábricas abandonadas, se derraman hacia el Centro infinitas columnas de ciudadanos, como los rayos de un sol centrípeto. Es imposible que no exista una cierta coordinación: desde Pipera, desde 23 de Agosto, desde Timpuri Noi y desde Dămăroaia las columnas parecen haber salido en orden según la distancia al Centro y se mueven lentamente, como si se comunicaran (¿por telepatía?) unas con otras. Al aumentar la resolución de la imagen, vemos el torrente que pasa triunfante entre filas de bloques de diez pisos, en cuyos balcones incontables individuos saludan como en los desfiles. Faltan, es cierto, las flores artificiales, los retratos, las carrozas y los carteles del PCR, ondean en cambio bastantes banderas tricolores, con el escudo cuidadosamente recortado, tal y como ha sucedido, espontáneamente, al parecer, en todo el país. Las columnas se engrosan sin cesar a medida que avanzan, nutridas con el vecindario de los bloques, en los que solo quedan las amas de casa y los niños pequeños, porque la Navidad está llamando a la puerta y no puedes dejar las cazuelas en el fuego justo ahora, aunque el mundo se venga abajo. Al llegar de nuevo, *deus ex machina*, al nivel de la calle, nuestra mirada se ve atraída, más allá del entusiasmo general y de los abrazos ruidosos («¡Joé, tío! —contaría alguien más adelante—, ¡qué fue aquello, como para no participar! ¡Si alguien me hubiera pedido la camisa entonces, te juro que se la habría dado!»), por unos detalles curiosos: en el bulevar pone en todas las paredes, con la misma letra gigantesca, marrón caca, FUERA EL SAPATERO e incluso FUERA CEUŞESCU. Además, hay por todas partes pelotones de soldados apostados en las aceras, con sus abrigos de invierno, con sus gorras, mirando atónitos, con expresión aturdida, a la gente, como si fueran los de los chistes, que meten la cabeza en el váter porque han oído que después del afeitado hay que masajearse con agua de toilette y que esperan delante del ascensor, en el que pone «Ascensor para cuatro personas», a que aparezcan tres más para poder subir. Esos con un cerebro redondo como una bola donde se distingue una sola circunvolución, que resulta ser finalmente la marca de la gorra...

La gente pasa a su lado sin el miedo de otra época, se mofan, ríen (¡cabrones miserables, os ha llegado la hora!) y siguen caminando, en manada, sin saber adónde y sin saber qué va a pasar. Corean también ellos los mismos lemas que los jóvenes la víspera: «¡Oé, oé, oé, / Ceauşescu ya se fue!» y «¡Ve-nid con nosotros!» y «¡Li-ber-tad. / Li-ber-tad!», pero hay también unas sutiles diferencias: ya no se muere, ya no golpean, ya no se arresta. El bulevar principal, que lleva hasta la Universidad, es ahora demasiado estrecho para la columna gigantesca. Se avanza despacio, como a la salida de los cines, pisando los pies del de delante. Pero esto no es nada en comparación con el enorme remolino de la plaza de la Universidad, rodeado por cinturones de soldados encaramados a las escaleras que conducen hacia el Teatro Nacional. Aquí se han reunido las columnas procedentes de todos los barrios; a continuación, ese flujo humano, tras unos momentos de desorientación, se dirige espontáneamente, al parecer, hacia Magheru. De puntillas, una chavala de instituto ve, a lo lejos, la parte trasera de un tanque al que se ha subido una muchedumbre de individuos con banderas, mientras cien manos hacen a la vez el signo de la victoria. En un ramalazo de inspiración, aúllan con toda su alma: «¡El ejército está con nosotros!». La consigna eleva bruscamente la temperatura varios grados. A lo largo del bulevar corean sin descanso: «¡El ejército está con nosotros! ¡El ejército está con nosotros!». Parece que hay muchos tanques tomados por la gente, avanzando despacio por el entusiasmo del bulevar, como aquellas carrozas de otro tiempo en las que los deportistas hacían torres humanas y las tejedoras trabajaban en los telares, y en las que las estadísticas, en letras de un palmo, mostraban los logros del último plan quinquenal. Delante de los tanques había también un vehículo militar dotado con dos altavoces. Alguien hablaba con claridad, repitiendo siempre las mismas frases que retumbaban entre las paredes de los hoteles de lujo como aquel «¡Retírense a la derecha!» que precedía a los convoyes oficiales en su discurrir fantasmal. ¿Quién era el dios inteligente, responsable y todopoderoso que se dirigía a la muchedumbre desde el coche blindado? ¿Quién había asumido la abrumadora tarea de guiar a las masas hacia la libertad? Nadie se lo preguntaba, tal vez así tenía que ser, tal y como en un sueño no te asombra caminar desnudo por la calle. Pero en el horizonte, bañada por la luz naranja de la mañana, la Revolución rumana, que llega al tercer piso de los edificios y, a pesar de ello, tan femenina que algunos patanes de alrededor intentan mirar por debajo de su falda, hace tintinear las cuentas de su pecho y se contonea, incitando a los ciudadanos a tomar el camino de la historia gloriosa del pueblo. Bajo la luz rasante, los ríos y las florituras de su blusa están saturadas de colores y adquieren un aire festivo. Las lentejuelas del delantal, tan grandes como platillos, brillan violetas, lanzando engañosos reflejos sobre los ventanales del cine Scala y de la librería Sădoveanu.

Con un recurso cinematográfico bastante barato, pero efectista (pues ningún artista verdadero ignora el fantástico poder del cliché), repasamos el curioso desfile en el que se entrecruzan tantas reminiscencias —la salida de los hinchas enfervorizados del estadio del Dinamo y sus banderolas flotando por la ventana de los tranvías, con la calle Ştefan cel Mare abarrotada de chavales cetrinos y ensordecida por los cánticos: «¡Di-na-mo, oé, oé, Di-na-mo!», las colas inmensas para la carne en Obor, sobre las que la estatua del tirano de 1907, con el puño alzado al cielo, lanza una sombra siniestra como las de Chirico, los desfiles del 23 de Agosto y el Primero de Mayo—, fingimos titubear y, finalmente, entre los miles de rostros redondos y exaltados, con las bocas abiertas, focalizamos bruscamente uno, aparentemente idéntico a cualquier otro, tal y como los rostros de las hormigas nos parecen idénticos y tal y como el gato de hace trescientos años es idéntico al de hoy en día. Tres cuartas partes de lo que vemos son rostros. La parte superior del tubo digestivo, donde se concentran los analizadores, en torno al cerebro, como las gotas de rocío sobre una flor. Mientras que en la parte inferior están los sexos, porque somos simetrías bipolares: arriba, el vínculo con el espacio; abajo, el vínculo con el tiempo. Tenemos en el cerebro estructuras neuronales especializadas en el reconocimiento de las caras. No hacemos distinciones entre las caras de las langostas, pero el rostro humano, igualmente anónimo, tal vez, para unas criaturas más maravillosas que nosotros, inclinadas invisiblemente sobre nuestras cabezas («pues Dios no mira el rostro del hombre»), adquiere para nosotros una resolución enorme y muchísimo significado. Como el homúnculo deforme extendido de manera anamorfótica en los hemisferios cerebrales, somos tres cuartas partes nuestros rostros, de los que cuelga la colita vibrátil de los cuerpos. Acerca tu rostro al lactante de un mes y se animará. Ni siquiera tiene que ser una cara: una hoja en la que aparecen dibujados dos ojos es suficiente para provocarle una sonrisa. Tal vez así sonriamos nosotros también a una máscara que consideramos la Divinidad, consolándonos con la idea de que, de todas formas, es mejor que la prosopagnosia que parece afectar a tanta gente… Es la cara de Mircea, más pálida y más chupada incluso que de costumbre, con los ojos brillantes por la falta de sueño, con el labio inferior agrietado e hinchado, es Mircea arrastrado por la muchedumbre hacia el estrechamiento de Oneşti, por donde la columna gira a la izquierda, rozando los escaparates de las galerías Orizont y dirigiéndose, ahora estaba claro, hacia el gran espacio abierto frente al Comité Central, donde, dieciocho horas antes, había tenido lugar el mitin fatal. El sol deslumbrante, poco apropiado para las fotografías, de la mañana de invierno sobreexpone sus pómulos, la frente y la nuez, acentúa, en cambio, las cuencas de los ojos. Avanza también él con la muchedumbre, como los espermatozoides en una impetuosa eyaculación mientras se deslizan entre las musculosas paredes de la vagina, hacia el óvulo todavía invisible que —solo nosotros lo sabemos— viene majestuosamente a su encuentro por la colosal trompa de Falopio.

Mircea está muerto de cansancio, alucina por culpa del hambre. De hecho, casi se duerme de pie, arrastrado por la multitud y, en cualquier caso, se zambulle a menudo, durante unos minutos, bajo el rostro brillante, como el del mar en el ocaso, de la conciencia. Desciende nadando, con movimientos lentos, con su cabello de hombre-sirena ondulando en las frías corrientes, hacia las fantásticas ciudades sumergidas de su mente, mezclando los inviernos y las primaveras, los cielos y las estrellas, los recuerdos y los deseos en fractales y fractales de fractales. Y siempre encuentra en las profundidades la misma escena, abrumadora y demencial, con las dos mismas criaturas encerradas para siempre en la misma *bolgia* de infierno: la araña y la mariposa, el verdugo y la víctima, enfrentándose e hiriéndose y restableciéndose y desgarrándose de nuevo, bajo tierra, de donde no puede llegar ningún grito. La mariposa blanca, de alas suaves y ojos ardientes, que se agita en la tela sucia, con un ala todavía libre, llenando el aire oliva de millones de escamitas, y la araña que corre hacia ella sobre sus pinzas invencibles, de un negro antracita, para envolverla como si fuera un capullo con sus babas brillantes. Absorbe luego la carne y los órganos licuados del cuerpo vivo, paralizado y consciente, incapaz siquiera de gritar. Unas veces, la cámara subterránea —tal vez la única del universo— era su habitación de Floreasca, en la que no había dormido jamás. Otras veces, en el fondo de los valles del sueño, en el cuarto estadio, ese en el que el estado más enigmático de la mente, el sueño REM, despliega su cola como un pavo real, Mircea se encontraba de nuevo en el pabellón psiquiátrico donde, en primavera, tras los pinchazos de monohidroclorida de piperidina, había delirado decenas y decenas de horas ante las láminas Rorschach, con sus terribles lepidópteros aleatorios de tinta, con su poder para extraer del cerebro miedos animales y sutilezas angelicales, vergüenza y odio y profecía. Con aquellas alas perfectamente simétricas, de sangre coagulada y orina cristalizada, se mezclaba también la terrible batalla de Jilava, aquella noche, los bofetones en la boca en el interior de la celda en la que fueron encerrados tres individuos, la linterna enfocada a los ojos, el odio del interrogador que apestaba a ajo: «Hijo de puta, te estás haciendo el loco, ¿eh? Sales a las calles, ¿eh? ¡Me cago en tu madre, cagón! ¡Ya te voy a dar yo revolución, os vais a arrepentir de que os haya parido la cerda que os parió!». Y el chaval de dieciséis años, que hasta el amanecer ha llorado todo el tiempo, en un rincón de la celda, tirado en el cemento, gritaba de vez en cuando: «¡Nos van a matar, Dios mío, nos van a matar!». Mientras el otro, uno de los barbudos, con unas espaldas de una envergadura colosal, como si fuera uno de los atlantes de escayola de los balcones del centro histórico, soportaba los golpes sin decir nada, porque a él, enfurecidos por su estatura atlética, lo habían pisoteado y le habían roto los dedos y las costillas. Luego entró en escena el securista bueno, con falsas alas irisadas en la espalda, para apuntar sus datos en unos formularios; acercaba la oreja para poder oír lo que salía de una boca con la lengua ensangrentada y los dientes rotos, protegiéndose el bajo de los pantalones de la suciedad fisiológica de la celda y dirigiéndose a ellos con piedad cristiana: «Ay, chavales, ¡en qué mierda os habéis metido! ¿Esto es lo que estabais buscando, partiros el cuello ahora, cuando teníais que labraros un futuro en la vida? En fin, no puedo entender qué tenéis en la cabeza. ¿Qué mierda habrá al otro lado que morís por ella, os asfixiáis en contenedores y os ahogáis en el Danubio con tal de llegar hasta allí? ¿No es mejor quedarte en tu país, donde has nacido, donde te han educado gratis, donde te han vestido y te han hecho un hombre? ¿Qué es lo que os falta? Dispensarios gratuitos, cuotas y alquileres reducidos, préstamos para poder comprar unos muebles, un frigorífico... ¿Qué es lo que os ha faltado, chavales, para que os echéis a la calle y montéis este jaleo? ¿Comida? Pues veo que eres corpulento como un oso. ¿Ya sabéis, chavales, que América es el país de los obesos, que se atiborran hasta vomitar con toda clase de moluscos y caracoles y otras porquerías? ¿Habéis visto cómo comían cucarachas en *Mondo Cane*? ¿Os creéis que es mentira o qué? Eso tampoco está bien. No hay que desperdiciar. Es que no piensan en esos niños esqueléticos de Biafra, llenos de moscas como si fueran cadáveres. ¿Sabéis cómo comen los americanos? Comen medio tarro de mermelada y luego lo tiran. ¿No es una pena? ¿No es mejor ahorrar, como dice el Camarada Ceauşescu? Es cierto que exportamos la comida, el queso, la carne, pero no es culpa de la dirección del Partido ni del Estado. ¿Es que no tenéis ni pizca de sesera? ¿No veis cómo nos tienen los capitalistas cogidos por los huevos? ¿Qué vamos a hacer? El Camarada quería que las cosas funcionaran bien, ha construido fábricas de productos químicos, refinerías, el canal, ha fabricado el coche Dacia, de buenos materiales, no como el Trabant, de hojalata. Hasta hace diez años le besabais los pies, que vuestros padres os tenían en palmitas, como a principitos. ¿Querías chocolate? Toma chocolate. ¿Querías también un zumo? Toma zumo. Natural, de naranja. "Cico-cico, naranjas en tu vaso." No porquerías químicas como la Coca-Cola. ¿Y calefacción? ¿Acaso no había calefacción en las casas? Yo a mis críos los tenía todo el invierno en calzoncillos, se arrastraban por el parqué, se quemaban con los radiadores. Ahora no es así, lo reconozco, pero no le jodáis al camarada con eso, que también es por culpa de los capitalistas. ¿O es que podía el camarada prever la crisis mundial del petróleo en el 79? ¿Acaso era él Mafalda? Eso es lo que nos ha jodido, no nuestros errores. O el canal. ¿Es culpa del Camarada que no hayan construido los alemanes su parte, por el Elba o por donde fuera? Él quiso hacerlo por el bien del pueblo, para que la gente tuviera qué comer. ¿Pero no veis, cabezas de chorlito, que estamos rodeados de enemigos? ¿Que todos quieren nuestras riquezas? ¿Que nos meten palos en las ruedas? ¿A quién va a interesarle el milagro rumano? ¿A los húngaros? ¿A los rusos? Si no estuviera el Camarada, llevaríamos mucho tiempo con la mierda al cuello: los rusos seguirían aquí (de acuerdo, los echó Gheorghiu-Dej, pero el jefe siguió en esa línea: que no se mezclen en nuestros asuntos internos), Ardeal se lo quedarían los húngaros... Seríamos un guisante con un territorio en el que no cabría una pulga... ¿Qué van a entender estos jóvenes despistados? Saben cómo se llaman los *Bítels,* pero no conocen a los vaivodas rumanos. Les espanta todo lo rumano. Háblales de la patria, del pueblo, de la deuda: es como hablar con las paredes. Se te ríen a la cara, Señor, es que ellos son más listos. Qué cuadrilla de traidores y de vendedores del país...

Paraos a pensar por un momento: ¿qué habríais hecho en el lugar del Camarada? El acero y los productos químicos y los tractores resultan demasiado caros, que no había problemas con la crisis energética cuando los proyectamos, entonces había energía a tutiplén. Pero el kilovatio se puso por las nubes. Y de repente resulta que has invertido billones en naves y en hornos y en chimeneas que ahora tienes que desmontar para venderlas por piezas, a precio de chatarra. ¿Acaso no vendíamos ARO, fosfatos y azoatos, instalaciones petroleras? ¿Quién nos los va a comprar ahora, cuando otros los producen tres veces más ligeros y más baratos? ¿Y entonces de qué vivimos? De la industria ligera, ahí estamos, si lo hubiéramos sabido, no habríamos hecho solo eso. Carne, queso, textiles. Calzoncillos, esto es lo que hemos llegado a exportar, hay que joderse. También el queso Miorița, que incluso una oveja, la pobre, es más compasiva con el pueblo rumano.

¿Lo entendéis ahora? ¿O seguís haciéndoos los tontos? Exportamos la comida, pero también queda para el pueblo, que de lo contrario no estaríais vosotros aquí, rollizos y lustrosos. Os damos lo necesario, no para que os atiborréis, y con las divisas de las exportaciones levantamos instituciones, monumentos que se enfrentarán a los siglos, porque nadie pregunta qué comieron los que levantaron las pirámides o el Taj Mahal. ¿La carretera de Transfăgăraş se ve desde la luna y vosotros protestáis porque no tenéis salchichón para llenar la barriga? La Casa del Pueblo es más grande que el Pentágono. ¿Qué otro vaivoda ha hecho algo parecido? ¿El rey? ¿Se puede comparar Peleş con la Casa del Pueblo? No habéis estado dentro para ver qué candelabros, qué mármoles, qué esculturas en ébano... Peleş es una paja a su lado, os lo digo yo, que he entrado. Miras los techos y te cruje el cuello y no te cansas de mirar y remirar...

Pero ellos erre que erre: no hay libertad. No podemos decir libremente lo que pensamos. ¡Ahora hay que pensar! Tal vez cómo tirarse a una pelandusca o cómo ponerte los pelos en punta para parecerte a los maricones esos que cantan rock. No creo que se os pase otra cosa por la cabeza. Dime, majo, ¿acaso te lo impido yo? ¿Te coso yo la boca para que no puedas hablar? Solo para que no se digan cosas en contra de la dirección del Partido, del Camarada, del régimen socialista. Habla todo lo que quieras, hasta que te duelan las mandíbulas de tanto hablar, pero sé un hombre, un patriota, un buen rumano, y de lo contrario al manicomio o a la cárcel, que basta con una manzana podrida para estropear todas las buenas. Así sucede en todas partes. ¿Es que pensáis que un inglés puede gritar por la calle "Me cago en la reina de Inglaterra"? ¿O un americano "Me cago en la Casa Blanca"? Lo gritará algún loco, pero luego sufrirá las consecuencias. ¡La silla eléctrica, majos, que allí tampoco puedes hacer lo que te dé la gana! Hablaba yo con uno de mis chivatos, un carcamal, antiguo legionario (que con esto lo tengo bien pillado: casca el viejo por los codos), y eso me decía: "Señor, yo estudié en Alemania en la época de Hitler. Y le juro por mi honor que si eras una persona decente y no decías lo que no había que decir, nadie te hacía nada...". Normal, ¿qué tenía que ver la Gestapo contigo si te ocupabas de tus asuntos? Estudia, majo, escribe poemas con flores y pajaritos, ve también a la tasca, bebe con moderación, búscate una buena chica… ¿Crees que te arrestaremos por eso? ¡Ni hablar, incluso te diremos "Que aproveche"! Pero no comentes la política del Partido, que eres un mierda con ojos, no tienes ni idea de lo que pasa en el mundo. ¿Creéis vosotros que los securistas somos criminales, bestias, que no hacemos otra cosa que moler a la gente a palos? Pues decidme en qué lugar del mundo no hay *Securitate*. ¿Qué mierda es la CIA? Pues es un Estado dentro del Estado, quizá no lo sepáis, pero ellos mataron a Kennedy… ¿A quién ha matado nuestra *Securitate*, hombre? Tal vez en los años 50, a dos o tres bandidos en las montañas. Después no sé de nadie más. La *Securitate* rumana, para que os enteréis, es del pueblo y nacida del pueblo. Y tiene que saber todo lo que se mueve por el bien del pueblo. No os preocupéis, que no ponemos micrófonos en el dormitorio para escuchar cómo folláis con vuestras mujeres. Y no gastamos los cuartos en una red de delatores para que nos cuenten *Caperucita Roja* o *La cabra y las tres cabritillas*. Ya sabemos nosotros quiénes son los enemigos del pueblo, esos que miran lo que sale de la boca del pope Calciu y de Monica Lovinescu, esos que se lanzan, como vosotros, a la calle a gritar tonterías. El que la hace, la paga…

¿Crees que te voy a arrestar por contar un chiste sobre el tío Nicu? No te arresto, chaval, que tengo otros asuntos en la cabeza. Pero te hago llamar y te digo: mira esta grabación. ¿Qué prefieres: te meto en la cárcel con los maricones para que te revienten el culo, o me haces unos informes, bajo una identidad secreta, de tal manera que nadie pueda enterarse, sobre lo que se cuenta en tu trabajo? Así trabajamos nosotros ahora, tenemos métodos específicos. Y hasta ahora no me ha sucedido nunca que alguien prefiera estar con los mariquitas, ni siquiera esos a los que detenemos por homosexuales. A estos, que quede entre nosotros, los gasearía a todos, malditos maricones, ¡la vergüenza del pueblo rumano! La ley es demasiado blanda con ellos, los castiga con unos pocos años de cárcel… Je, je, je, ahora que viene al caso, me he acordado de un chiste… y que me lleven todos los demonios si no os va este chiste como anillo al dedo, que parece pensado para vosotros. Dicen que un ejército de espermatozoides brota de una polla y avanzan, alegres y valientes, por un túnel largo y resbaladizo. Estaban deseosos de hundirse bien adentro en el coño de la chavala para cumplir su misión. Como cualquier tropa, envían una avanzadilla para ver cómo está la cosa. Al cabo de un rato, la tropa vuelve y grita: «¡Hermanos, estamos perdidos! ¡Nos hemos topado con la mierda!». Je, je, eso es lo que os ha pasado también a vosotros con vuestra revolución. Una cosa es pensarlo y otra hacerlo…

Y ahora, chavales, puesto que os habéis topado con una mierda como la Casa del Pueblo, sed buenos y decidme cómo se llaman los que han estado con vosotros esta noche. Me imagino que no los conocéis a todos, pero al menos unos pocos nombres, para que podamos enterarnos también nosotros de quiénes son nuestros héroes y no muramos en la ignorancia. Yo no os pego, no os parto las piernas. No es mi estilo. Tenéis derecho a guardar silencio, como en las películas americanas. Que a los maricones de Jilava ya se les está cayendo la baba al pensar en vosotros, pedazo de doncellas guapas y virginales… Os doy una hora para que reflexionéis, para que recordéis, y luego vuelvo…».

Por detrás, sus alas como de Fra Angelico parecían andrajosas, como los felpudos de otra época en Floreasca o como unos apestosos trapos de fregar el suelo. El securista no volvió a presentarse jamás, esfumado en quién sabe qué madriguera, y los tres chicos fueron liberados, simplemente, sin decir una palabra, les mostraron el camino delante de la cárcel, que serpenteaba por el campo cegador, cubierto de nieve. La luz del alba, polarizada, retorcida como en una bola de cristal, se confundía ahora, en la mente en estado de Bardo de Mircea, con el brillo y la barahúnda de la plaza delante del Comité Central, donde un millón de personas había abarrotado no solo la superficie ovalada, cubierta por un pavimento cuadrado, sino todo el aire puro y helado de la mañana, en el que un vago perfume a monóxido de carbono nos recuerda que nos encontramos en Bucarest. Solo un poco del gigantesco cielo curvado sobre la plaza, firmemente apoyado en la librería Kretzulescu, en el Palacio Real transformado en museo de arte, en la Biblioteca Universitaria y en el terrible, misterioso edificio del Comité

Central se distinguía entre tantas manos que hacían el gesto de la victoria con los dedos, entre tantas banderas tricolores con el escudo recortado, entre tantas torretas de tanques pacifistas, repletas de individuos exultantes. Los altavoces de los coches blindados aullaban algo ininteligible, pero muy convincente, y la Revolución se había detenido finalmente junto al C.C., apoyando sus pechos, con la mora de la teta asomando por la sisa, en el balcón de la Patria. La pobre chica temblaba de frío, se abrazaba los hombros con las manos y se frotaba los brazos, mientras el pueblo pigmeo de alrededor se encaramaba a los abetos decorados, a los postes de las farolas y a cualquier borde elevado, para ser testigo, para tener qué contar a los nietos en las lejanas y pacíficas veladas de invierno del imperio de la libertad, cuando a Rumanía le fuera bien y los rumanos prosperaran…

Arrastrado por el torrente, Mircea se encontró también él ante el balcón presidencial, desde el cual, un día antes, el vejestorio decrépito, con la gorra de astracán calada hasta las cejas y con Leana a su lado, había prometido a la muchedumbre un aumento de salario de cincuenta *lei* y había esperado, con sus ojos apagados de campesino anciano, los vítores habituales. Desde el lugar en el que se hallaba, Mircea podía tocar los faldones de la Revolución rumana e incluso, con un impulso de niño ansioso, agarrar el tejido áspero, cosido con crucecitas de algodón, del mandil. El pie de la gigantesca mujer estaba embutido en una coqueta abarca de piel fina, y cuando el viento ondeaba de repente los faldones del mandil, los de alrededor podían ver claramente las medias de rejilla negra y el liguero fruncido, rojo como las brasas, que abrazaba el muslo de la imponente rumanita, de tal manera que una erección unánime se extendió por aquella plaza tan vasta que se podía adivinar su curvatura, ceñida a la curvatura de la Tierra. ¿A cuál de los apasionados novios elegiría la Reina del baile? ¿Con qué rusos y con qué turcos bailaría la *Acana*, en una orgía de la libertad como no se había conocido desde el 48? Después del emparejamiento, las hormigas se arrancan ellas solas las alas y pasan a asuntos más pedestres. ¿Sucedería eso mismo ahora? Parece que nos cuesta creerlo, pues el proletariado de las plataformas industriales está todavía embriagado de felicidad y amor, hace todavía la señal de los cuernos con millones de manos robustas, acostumbradas a manejar piezas pesadas, los tubos y los artefactos de las fábricas del país. Cada uno espera ser el elegido, cada uno lleva en los pantalones el bastón de mando de un mariscal, endurecido por el grandioso día de la boda con la Historia. Y la Revolución, haciendo tintinear su collar de monedas, viene a su encuentro sometiéndose a la voluntad del pueblo: lanza su mirada sobre la muchedumbre y, de repente, comienza a elegir a sus pretendientes con una sonriente seguridad, como si los conociera de toda la vida. Se inclina levemente sobre la masa hormigueante, extiende el brazo y sujeta con gracia, entre dos dedos cargados de anillos, a uno de los manifestantes, lo eleva hasta su cara, le da un beso coqueto en la coronilla y lo coloca suavemente en el balcón. Liberado del abrazo, el interfecto se atusa la ropa, colorado por la emoción, y adopta a continuación una actitud responsable y severa deslizando su mirada sobre el mar de gente que tiene a sus pies. Se siente ahora a la altura de la Revolución, de la situación, del momento en el que, ante Europa, debemos dar muestra de tacto... La gigantesca campesinita se inclina de nuevo sobre la multitud (Mircea siente por un instante su cabello pluma de cuervo azotando sus mejillas como en la infancia, cuando iba en el pescante del carro en Tântava, y los caballos le golpeaban la cara con la cola), la gente le mira de nuevo el canalillo, un ducado del tamaño de una rueda de camión deja KO a más de uno, pero la fogosa rumana continúa implacable con su misión: sube a otro revolucionario al balcón, luego a otro y a otro más, hasta que, finalmente, unos treinta hombres con abrigos negros completan la formación. *Rien ne va plus.* La mujer se retira discreta a un rincón, para escuchar, junto a la infinita muchedumbre, los discursos de los elegidos. Nos retiramos también nosotros, discretamente, del cubículo nevado en el que se celebra el misterio nupcial, no tan cósmico como la boda del pastor moldavo de otra época, pero, sin duda, tan lleno de consecuencias de buenos augurios para el futuro destino del pueblo. Alcanzamos a ver todavía un helicóptero blanco, con los símbolos presidenciales, que se eleva desde el tejado del Comité Central, arrastrando consigo una pancarta gigante en la que pone con letras estilizadas, al parecer «rumanas», como en la etiqueta de Dos ojos azules: VOLVEREMOS A VERNOS... La Revolución se estira hacia él, intenta atraparlo en el puño como si fuera una mosca, pero el aparato blanco y regordete se le escapa entre los dedos y se aleja, sobre los cientos de paredes ciegas, tejados afilados y cúpulas oxidadas, carpes deshojados, estadios en ruinas, plataformas industriales desmanteladas, remiendos de campos y de bosques nevados, en dirección al muro abandonado y destrozado del cuartel provincial ante el cual espera ya, con el arma preparada, el pelotón de fusilamiento.

«Telomerasa», decía Herman, y Mircea, que se encontraba a su lado, en los escalones frescos entre el séptimo y el octavo, disuelto casi en la luz que llegaba de la azotea a través del ventanuco de la puerta cerrada, pensaba todavía en Mona, la hermana de Sinfonía en Do Mayor, a la que había pedido un trocito de la tiza coloreada con la que estaba dibujando en el asfalto reinas asesinas, pero ella le dio la espalda y se levantó bruscamente el vestido, le mostró las bragas torcidas en un trasero como de niño y, azotándoselo con la palma, le gritó llena de odio: «¿No quieres que te dé esto?», e incluso aunque el niño no hubiera sentido esa humillación ni el escozor de las lágrimas en los ojos, tampoco se habría quedado mudo de asombro, porque para él la te-lo-me-ra-sa era solo una palabra extraña, como esas inventadas para jugar al ahorcado o como el nombre imposible que Jean el del séptimo juraba que tenían algunas personas, Karaconstantinopolovescovich, por ejemplo, y otras gansadas. Porque, si le hacías caso, el embajador de Italia se llamaba Mechupas la Pollalella, el de la Unión Soviética Natasha Rajanskaia y el chino No Se Fo... Te-lo-me-ra-sa, cinco piedritas como unos dientecitos lanzados por Herman en el terrazo del rellano, que rebotaban por todas partes con un silbido delicado y se quedaban luego inmóviles, como si fuera un juego para adivinar el futuro. Mircea no sabía —e incluso aunque lo hubiera sabido, no le habría importado demasiado, porque su mente no se había desprendido aún del asombro y su timo no se había reabsorbido bajo el esternón— que esa ínfima estructura biológica de los extremos de los cromosomas, varias veces retorcida, como el papel de plata de los bombones de Año Nuevo, sería descubierta al cabo de varias décadas, cuando los nuevos microscopios electrónicos aportaran detalles de la granulación molecular de la célula. Pero Herman se hallaba siempre entre dos alas inmensas, era un eje siempre inmóvil entre los rostros del mundo. Era el cuerpo de la mariposa, el quiasmo óptico, la parte de cristal del espejo, el lomo de un libro abierto, la punta de Varolio y el cursor del momento actual. Tal y como fundimos en el área óptica del occipital la imagen del ojo derecho con la del izquierdo, Herman recordaba el futuro y predecía el pasado en un icono del mundo en el que todo había ocurrido ya. El libro estaba ya escrito, pero para el lector que se encontraba por la mitad las páginas de la derecha, aunque estuvieran cubiertas de letras idénticas a las ya leídas, aquellas resultaban enigmáticas, inquietantes y sacras, como si las hubieran escrito en un alfabeto antiguo, jeroglífico. La ceguera respecto al futuro, ese escotoma hereditario que nos arrebataba la mitad del campo temporal, nos volvía a ojos de los sanos, como los ángeles o como Herman, tan dignos de compasión, tal vez incluso también de un asombro divertido, como esos extraños enfermos, afectados por lesiones del cerebro, que no tienen ya la parte derecha o la izquierda del mundo y que comen solo la mitad de la comida y visten tan solo la mitad de su cuerpo. ¿Qué lesión en el cerebro o en el destino nos arrebata el futuro? Sin duda, algo parecido a la telomerasa, habría respondido Herman, ese para el cual el pasado y el futuro, la vigilia y el sueño, la memoria y la clarividencia, lo real y lo virtual, el ala izquierda y el ala derecha de las eternas mariposas de nuestra mente se fundían siempre en una visión andrógina, abrumadora, incomprensible para la jalea temblorosa de nuestros cráneos, así como los ganglios de la lombriz no pueden operar con las tablas de logaritmos. Solo con dos alas podía la mariposa emprender el vuelo, perpendicular con el universo, como si se despegara de una pared y aleteara por el aire oscuro de la tarde. Una senda mucho mejor es el amor, dijo alguien, pero el propio amor es el abrazo de dos criaturas lisiadas, cada una con una sola ala, la de su sexo, y el vuelo, a continuación, a través de un aire de oro, pues en la confluencia de lo femenino y de lo masculino brota el tiempo, el de la cuarta dimensión. «Telomerasa. Las espirales afiladas de ADN en los extremos de los cromosomas. Presente en todas partes, en todas nuestras células a excepción de las neuronas, las únicas que no se dividen jamás. En cada división de la célula —y hay solo ochenta a lo largo de la vida de un individuo, desde el huevo inicial hasta el organismo adulto, con billones de células, surgidas todas a partir del primer huevo a través del fantástico poder de la duplicación, tal y como llegamos a la Luna si doblamos una hoja solo cincuenta veces y sobrepasamos todas las cosechas de la tierra si ponemos un grano en la primera casilla del tablero de ajedrez, dos en la segunda, cuatro en la tercera, ocho en la cuarta—, la telomerasa pierde una espiral de su molécula retorcida, y la célula se encuentra así una vuelta más cerca de la vejez y de la muerte. Empezamos a envejecer, según el metrónomo terrible de la telomerasa, desde la primera división del huevo fecundado, y luego, en ochenta etapas, la muerte nace en nosotros y crece mientras nosotros decrecemos, adquiere voz cuando nuestra voz se torna rota y temblorosa. De niños, tenemos ya un gemelo siniestro aovillado en el vientre que va abriéndose camino, rompiendo con los dientes el tejido vivo, salvando astutamente los órganos vitales, hasta que nos sustituye triunfante en el lecho de muerte. "¡Acabemos con este hombre cuyo aliento se encuentra en sus narices!" Tenemos, en cada paquete de genes de cada célula, la condena a muerte, nuestra tumba está a ochenta pasos de nosotros, y desde que somos tan solo un capullo de células nos precipitamos hacia ella con la agitación ridícula de las tortuguitas que, recién salidas del huevo, se dirigen al mar.

¿Pero no es acaso también el sol, para nosotros, una gigantesca espiral de telomerasa? Se nos acorta la vida con cada vuelta en torno a él. Y la vida de un hombre es de setenta años, y la de los más fuertes, de ochenta, dicen Allá. Con cada vuelta en el carrusel solar, nuestros huesos se vuelven más frágiles, la carne se desprende del esqueleto vaporosa como la pelusa del diente de león. Ruedas en ruedas, horas en horas, espirales en espirales, y nosotros, estirados en este aparato de tortura, chorreamos lágrimas y sangre… ¿Quién nos ha colocado entre la telomerasa y el sol, a media distancia entre los átomos y las estrellas, una simetría distinta, otras alas con las que volamos hacia el centro de la rosa de infinitos pétalos? Tenemos en el cuerpo exactamente tantos átomos como estrellas hay en el universo, como si fuéramos una lupa de aumento, o tal y como media el tálamo entre nuestro cuerpo y nuestro espíritu cerebral…».

Herman se calló y volvió de repente la cabeza, de rasgos tan jóvenes por aquel entonces, y miró al niño por debajo de las cejas. Desprendía un leve olor a alcohol, y Mircea recordó el primer día en que lo vio, cuando subieron juntos en el ascensor y el enorme jorobado le acarició la coronilla. Pero solo una hora antes Mona le había enseñado el culo y no le había dado ni un trocito de tiza rosa o azul para que pudiera dibujar también él un tanque con el cañón dirigido hacia el molino. Las lágrimas habían brotado de sus ojos todo el tiempo mientras escuchaba, abstraído, a Herman, pero solo ahora las había visto su enorme amigo y se las enjugaba, torpemente, en las pestañas mojadas y en las mejillas. La vejez y la muerte eran para los viejos y para los muertos. Para el niño eran los cielos increíblemente profundos de aquellos veranos, los chistes de Jean, los gritos de Lumpă, la llamada de su madre desde el balcón, cada tarde, como un eco de la oscuridad. Él estaba todavía creciendo en medio de la ruina y de la desdicha, su telomerasa tenía un número infinito de vueltas, su sol no se apagaría jamás, y el polvo de estrellas del cosmos interminable se pegaba a sus pestañas lacrimosas. Pasarían eones hasta que la terrible lámina número cinco del insectario de Rorschach (*Hermann* Rorschach) se extendiera a lo largo de toda su vida, tocando su nacimiento con el ala izquierda y su muerte con el ala derecha y gritando de manera insoportable sobre el ángel afligido, con su polígono y su cuadrado mágico.

«La telomerasa, la enzima de la vejez y de la muerte, es la astilla clavada por el Señor en mi carne, porque Su poder alcanza la perfección en la debilidad...», añadió Herman, y hundió de nuevo la cabeza en el pecho, apoyando, como un feto, la frente en el esternón y apretándola contra él, como si hubiera querido llevar a cabo en aquel instante en que la luz se tornaba ya rosada lo que han soñado siempre los místicos y los profetas: la fusión entre el cerebro y el corazón.

«¡Cariño, mira, están echando la revolución en la tele!», me dice mi madre en cuanto entro por la puerta, avanzada la tarde, después de abandonar el mitin («¡Amigos, viene para acá una columna de tanques procedente de Ploieşti!», había gritado alguien desde un balcón con un altavoz, y la gente se dispersó, como cuando, en otra época, te enterabas de que no quedaba pan en el despacho) y deambular de aquí para allá por las calles de la ciudad, entre grupos de gente que hablaba a la vez, luego por calles silenciosas, entre casas amarilleadas, ridículamente decoradas, con los bordes de las cornisas y las melenas rotas de los angelitos cubiertas aún por un dedo de nieve sucia.

Mi padre, bañado en la luz azul de la pantalla, como siempre, me suelta un hola desde su rincón y me señala, sin decir nada, lo que sucede en el televisor. No estoy acostumbrado a mirar ese acuario, porque el mundo tiene mi piel como frontera y nadie puede contarme nada nuevo. Sin salir por la puerta, viajo hasta las más alejadas regiones de mis vértebras, sin mirar por la ventana veo hasta lo más profundo de mis riñones... En la pantalla hay un claroscuro dramático, como en los cuadros de los románticos: un balcón largo e irregularmente iluminado, unos rostros crispados, firmes como los de los soldados del Ejército Rojo en las películas de guerra rusas. Así pues, han retomado el mitin enfrente del Comité Central. Alguien habla por el micrófono, flanqueado por otros individuos que parecen querer defenderlo con su cuerpo. «Se han ido al carajo, nos hemos librado de ellos», dice mi madre mirando con los brazos en jarras. «Veremos qué pasa ahora, pero peor es imposible. Antes han salido unos que hablaban para la televisión desde un despacho, decían que Ceauşescu había huido, que todo acabaría bien. Ha salido también un general y ha dicho que el ejército está con el pueblo. Dios míoooo, nos hemos librado de esos sinvergüenzas, ¿quién iba a decirlo, cariño? Luego ha salido también un soldado, que si también ellos están con el pueblo y que se alegran también de haberse librado del dictador. Y que a partir de ahora no se llaman milicia, sino policía. Y muchos más, unos tras otros, que como no hay guardias en la puerta entra quien quiere… Han hablado en directo chiflados de todo pelo, incluso un pope, se han santiguado todos, ya ves, cariño, así, delante de todo el mundo… Eso sí que no lo había visto desde que era joven, como nosotros con la iglesia… Ah, y he visto también a Caramitru, el actor… Y ahora hay un mitin enorme en la Piaţa Palatului, pensaba que estarías también tú. Cariño, tú no te metas, que no se sabe qué se va a sacar en limpio de todo esto. Mejor que te quedes en casa, que se ve muy bien también en la tele…»

Me siento junto a mi padre, dos máscaras azuladas, con oscuridad en lugar de ojos. La luz titila como la llama de un fuego extraño. Alguien habla desde el balcón, lee algo en una hoja, pero no entiendo nada, es una lengua extraña y lejana. Me dicen mucho más los brillos de las figuritas de la vitrina («las gallinas» de mi madre bellamente alineadas sobre sus tapetes), el espejo de aguas torcidas en el que nadan los rostros, sumidos en la oscuridad del comedor, el silbido apagado del molino Dâmboviţa, que no ha parado de trabajar ni siquiera ahora, en pleno diciembre. La luz amarilla como la orina, parsimoniosa y conspirativa, de las pocas farolas de la Piaţa Palatului golpea aquí y allá fragmentos de paredes, pálidas ahora como la piel de las lagartijas, rostros lívidos, soportes de micrófonos, rebota después de que determinadas longitudes de onda hayan

sido absorbidas por los sombreros, los abrigos, por algún copo de
nieve, por el vaho que sale de las bocas de los oradores, viaja en billones de chorros paralelos de fotones que se mueven de dos en dos,
de manera cicloide, en espirales dobles como las de las moléculas
de ADN, llevando consigo la imagen transparente, volátil, fantasmal, *ineluctable* de las cosas, sus camisoncitos, su lencería sexy, el
negligé de luz de todo lo que existe, penetra en la lentes abombadas
de las cámaras, se vuelve densa y se diluye en diferentes medios de
refracción, se transforma en señales eléctricas, pasa por un laberinto
de transistores y de diodos, una fábrica en miniatura para adaptar
la luz o la información, da lo mismo, es amplificada y emitida al
aire, atraviesa *ineluctablemente* el aire con sus remolinos nocturnos,
en los que se mezclan la desesperación y las estrellas (no sabes de
dónde viene el viento ni adónde se dirige: así es también el espíritu
de Dios), se detiene en las paredes ciegas, con el revoque desmoro-
nado, de los bloques construidos entre las dos guerras, en las ramas
deshojadas, negras y húmedas de los álamos, en la bruma que se
posa en las plazas vacías, Nacht und Nebel, en las tejas porosas, húmedas, de los tejados, en el cabello tallado con cincel de las estatuas
alegóricas, que mueven ya, inquietas, sus dedos de escayola y las
serpientes entrelazadas del caduceo, sintiendo que se acerca su hora,
para aferrarse por fin, traslúcida e ineluctable luz de luz hertziana,
a las telarañas de las miles de antenas de los tejados de los bloques
obreros. Cuando no tenía mucho más de tres años y su madre lo
dejaba con una vecina cálida y perfumada del piso de abajo en el
bloque de Floreasca, ella le mostraba, sosteniéndolo en su regazo y
apoyando su cabecita en sus pechos blandos, más grandes que su
cabeza, un libro mágico, gigantesco, con páginas rígidas de cartoné
rosado, y allí aparecían dibujados unos edificios, con los cuadraditos oscuros de las ventanas y multitud de antenas en los tejados, y
sobre ellos se balanceaba en un muellecito una luna redonda, cobriza, recortada de otro trozo de cartón, y esta luna tenía rostro
humano y sonreía... La señal era decodificada en una pequeña y
brillante caja de ebonita, luego descendía a través de un cable que
recorría tres pisos por la fachada del bloque y entraba por el balcón,

se enredaba entre los frascos de encurtidos de mi madre y, a través de un agujero hecho con un taladro en el marco de la ventana, entraba en su comedor, tan helado como el exterior, donde también ellos tres, con jerséis y pellizas, lanzaban vaho cuando hablaban, al igual que los oradores del balcón de la Patria. El cable de la antena se acoplaba a través de una clavija al manguito de cartón duro, gris, de la parte trasera del televisor y luego el fluido *ineluctable* se perdía de nuevo por un bosque de varios pisos de lámparas llenas de polvo, en las que ponía algo en ruso. Nuestro televisor se estropeaba a menudo, siempre se fundía una bombilla o se aflojaba un contacto, y entonces venía el técnico, con su maletín lleno de un hilo de cobre tan blando que podías romperlo con los dedos, de piezas sucias, tornillos impregnados de vaselina, tenazas ennegrecidas y un burdo soplete con el mango de plástico roto. Colocaba el televisor sobre la mesa y le quitaba la tapa trasera, desatornillando los miles y miles de tornillos con arandelas de cartón marrón. En cuanto retiraba la tapa, se revelaba ante nuestros ojos una ciudad extraña, fascinante, como la de un planeta lejano de mi colección *Relatos científico-fantásticos*. Terrazas y explanadas abarrotadas de edificios de cristal gris, cada uno de ellos bien fijado a su pedestal. Bóvedas brillantes, redes de cables subterráneos, postes de cerámica en los que brillaba el código de los colores, complicados mecanismos con un núcleo de ferrita, piezas de plástico que encajaban con un clic, una arquitectura ininteligible y distante, encastrada en pisos de cartón prensado. Y en el centro de esta ciudad abstrusa, un gigantesco vientre de cristal grueso, pintado de gris-hierro, cubierto de inscripciones enigmáticas, que tenía en la parte posterior un cañón transparente en cuya carne se adivinaban unas estructuras de tela metálica, reluciente: el tubo catódico, recipiente del vacío, la interfaz entre nuestro mundo y otra civilización, fría y tecnológica, carente de interés por las larvas pálidas a las que —un efecto colateral e indiferente— bañaba en la luz azul. Lo que en un extremo era luz libre y triste salía por el cañón de la pantalla como un flujo de electrones espectrales, escaneados hacia el cristal frontal en chorros rectos de puntos que se encendían y se apagaban, recomponiendo, en blanco y negro, los rostros y las voces y las muecas y los gestos y las paredes de piedra amarilla y un mar de gente que coreaba algo en una plaza a varios kilómetros de distancia, sobre la cual, fuera de la vista de los carros del reportaje, había un objeto de otro mundo. Y nosotros contemplábamos la pantalla en la que pululaban las pulgas enloquecidas de la imagen, fingiendo no sorprendernos por la realidad de lo que sucedía allí, aunque la luz, la única verdad, había sido conducida por incontables hileras estrechas, convertida y reconvertida cientos de veces, de tal manera que la correspondencia entre la escena real y el círculo de pulgas de la pantalla era más que dudosa. En la ciudad de la carcasa de madera laminada había sin duda edificios y cúpulas en los que los servicios secretos, con sus minúsculos funcionarios, controlaban el viaje de cada quantum de energía, esculpiendo la información según unos criterios ocultos, modelando y modulando sus meandros hasta volverlos irreconocibles. Nunca había existido, entre la mente y el mundo, un intermediario tan taimado, tan traidor y tan envenenado, una ventana hacia las cosas tan semejante a una picadora: los trozos de luz compacta salían por la otra parte en chorros donde el rojo de la carne alternaba con el blanco de la grasa, mezclados e interpretados ya, llenos de conservantes y estabilizadores y emulgentes y edulcorantes, idénticos a los bombones de chocolate y jalea en cuyas cajas ponía honradamente: «Colores sintéticos, aroma artificial»...

«Se acabó», dice mi padre con toda la amargura de los últimos años acumulada en unas palabras. «Se han ido al carajo con su locura y todo eso. El comunismo no se puede llevar a cabo con paranoicos y analfabetos. Se han burlado de todo y de todos. Ni los cerdos comerían lo que han hecho ellos con este país.» Mi padre es el hombre de ojos soñadores y aterciopelados que siempre me ha inspirado miedo. Con la misma mirada perdida le daba a la lima, de joven, en los talleres ITB; con los mismos ojos infinitamente tiernos entraba luego en los despachos de los presidentes de las GAC[22] para preguntar por las cosechas y las cabezas de ganado; inclinaba

22. *Gospodării Agricole Colective*, Haciendas Agrícolas Colectivas.

esas mismas pestañas largas sobre los documentos del Partido y sobre la página deportiva de los periódicos, con los mismos silencios desconsiderados, largos descansos de su mente, llenaba sus días entre los raros pero terribles estallidos de una furia devastadora. El hombre ausente e incomprensible que, no se sabe por qué, se interponía a veces entre mi madre y yo, mellando su esfera hasta reducirla a una hoz de luz o eclipsándola por completo en una explosión epileptoide, había acumulado en su interior, a lo largo de la vida, un desencanto cada vez más amargo, como una gastritis de la mente que no le dejaba ni vivir ni morir. En toda su vida solo había creído en dos cosas, curiosamente hermanadas en su mente de hombre «retorcido», como lo definía mi madre: en el comunismo y en Maria. Pero la pequeña y misteriosa modista a la que conoció un día, casi en otra vida, la mujer desnuda, rubensiana, había alumbrado una mariposa y la había alimentado con su leche entre las cuatro paredes de un ascensor desmantelado, la joven que le contaba historias sobre su familia de búlgaros procedentes de los Ródope se había convertido ahora en Marioara, una simple ama de casa, una «maruja» como el resto de las vecinas del portal. Y el comunismo… El sueño dorado de la humanidad… La idea más noble que se le había ocurrido jamás a un hombre… Se le llenaban los ojos de lágrimas cada vez que lo pensaba. Había sido un pobre aprendiz, venido del campo, con una mente tan blanca como un folio cuando los camaradas lo cogieron por banda y la llenaron de… otra especie de iconos, como los de las paredes de la casa de sus padres en Budinț, encima de las camas altas, con unos cabeceros que olían a calor y a oveja. Solo que en lugar del Nacimiento, de Cristo y de san Jorge clavando la lanza en el dragón rojo como el fuego, le habían enseñado ahora a adorar a otros Dioses de luz: Lenin, con sus ojos vivarachos, con su frente despejada, hablando con entusiasmo, con una mano en el bolsillo, a los trabajadores y a los soldados de quién sabe dónde, quién sabe cuándo, dirigiéndose al teatro y riendo a carcajadas, acariciando a los niños (todos estos Dioses e Hijos del hombre dejaban que los niños vinieran a ellos con ramos de flores y sonrisas felices); Marx y Engels, inseparables, barbudos e inteligentes, escribiendo *El capital*, mostrando que la base determina la superestructura, que Hegel tenía que haber puesto su sistema al revés, que la religión es el opio del pueblo, que el trabajo hace al hombre («El trabajo hace al hombre mono», como bromeaba fuera de lugar su cuñado Ştefan), que la historia de la humanidad se divide en cinco etapas: la comuna primitiva, la esclavitud, el feudalismo, el capitalismo y el socialismo, y que todas se dirigen hacia el sol deslumbrante del comunismo, en el que desaparecerán el Estado, la propiedad y toda forma de explotación. La electricidad y el poder de los sóviets iban a resolver todos los problemas de la humanidad, las enfermedades del cuerpo y del alma, y el hombre volvería a nacer del polvo, con el toque de la última trompeta, musculoso y recio, a la edad de treinta años. Y entonces se mostraría la estrella de cinco puntas, el sagrado Pentagrama, y el planeta se convertiría en un Jerusalén celestial, largamente anunciado por los socialistas utópicos, por Fourier, por Cernyshevski, por los clásicos del marxismo-leninismo. Llegaba luego, naturalmente, Stalin, el guía de los pueblos, el gigante bueno del Kremlin, el que había ganado él solo la batalla contra el dragón hitleriano, el hombre guasón, lleno de un sano humor popular, el creador del Estado más justo de la historia, la Unión Soviética, nuestro amigo de Oriente. Porque el corazón, no lo olvidéis, camaradas, late en la parte izquierda del pecho, y la luz, camaradas, viene de oriente. El aprendiz asistía fervoroso a los cursos, tomaba notas con su lápiz romo, se iluminaba a cada instante, dirigido paternalmente por los camaradas activistas. ¿En qué mundo había vivido hasta entonces? Qué necia le parecía la gente corriente, los campesinos que no querían entregar sus tierras a la cooperativa, los que murmuraban que no había comida, que había demasiadas normas en la fábrica… ¡Qué monstruosos eran los capitalistas, los señores y los propietarios que habían explotado a los trabajadores en la época del régimen burgués-señorial! Gordos como cerdos, a horcajadas sobre su saco de dinero, protegidos por las metralletas y por sus siervos intelectuales, los capitalistas, sobre todo los imperialistas norteamericanos, los peores de todos, conspiraban permanentemente contra los pueblos que, guiados por los comunistas, habían tomado el destino en sus manos y construían el socialismo. No entendían los muy tontos que era algo inevitable, que las leyes de la historia mostraban claramente que tras el capitalismo venían el socialismo y el comunismo, con los que la explotación del hombre por el hombre quedaría definitivamente aniquilada. Los curas, los burgueses, los latifundistas habían perdido ya la batalla y estaban al borde del abismo. El capitalismo se estaba pudriendo, mientras que el régimen socialista triunfaría en todo el globo, destrozando la cabeza del dragón con su lanza de acero. La historia y el lugar que ocupaba en ella, entre las masas proletarias, le resultaban ahora al muchacho del buzo, con unos pelillos en el bigote, de una claridad meridiana. Tenía dieciséis años, la edad del ímpetu revolucionario, cuando el rey y su banda de explotadores fueron expulsados por el pueblo, que había instaurado la República Popular de Rumanía, el Estado de los trabajadores de las ciudades y de los pueblos. Al Gobierno del país había llegado un simple trabajador, el camarada Gheorghe Gheorghiu-Dej, que, al frente del Partido Obrero Rumano, velaba por que en el país reinara la abundancia. En los campos colectivizados había ahora tractores, por los sembrados de cereal venían tambaleándose las sembradoras, fábricas y factorías se elevaban en toda la superficie de la nación. En la escuela, los niños estudiaban la lucha de los comunistas en la clandestinidad, a las figuras luminosas como I. C. Frimu, Olga Bancic, Donca Simo, Vasile Roaită, cada uno junto al aparato con que había sido torturado, tal y como en otra época san Lorenzo era representado en los frescos y vidrieras sosteniendo la parrilla en la mano, y santa Águeda llevaba en una bandeja de plata sus dos senos amputados, como dos pasteles coronados con una cereza en almíbar. Jamás había sido Costel más feliz. Pertenecía a la UTM[23] («¡Yo soy utemista, Marioară, mira mi carnet!»), un soldado modesto y resuelto del mundo nuevo, enemigo irreconciliable de las víboras que intentaban todavía sacar la cabeza y picar. La lucha de clases se agudizaba definitivamente, los popes escondían revólveres debajo

23. *Uniunea Tineretului Muncitoresc*, Unión de la Juventud Trabajadora.

de la sotana, los «de antes» —los campesinos ricos, los todavía propietarios de pequeños talleres, los funcionarios— querían regresar a los antiguos vicios protestando contra el nuevo orden. No se podía mostrar piedad con ellos. Muchas veces se preguntaría, más adelante, qué habría hecho durante todos esos años si hubiera tenido poder, si, por ejemplo, no hubiera suspendido las pruebas físicas para ingresar en la *Securitate*, donde había sido asignado antes de acabar en el periodismo. Qué desgraciado se había sentido entonces cuando, debido a unas contracturas de los brazos en la barra y a la respiración, que le había fallado en la prueba de resistencia, había perdido la ocasión de convertirse en defensor de las conquistas revolucionarias del pueblo rumano. Los oficiales de la *Securitate* eran verdaderos héroes, curtidos en la lucha contra los bandidos de las montañas y contra los elementos hostiles que se escondían, todavía, entre la gente honrada. Ellos luchaban contra los espías, contra los antiguos nazis, contra los saboteadores... Cómo le habían gustado siempre las novelas policíacas, *A medianoche caerá una estrella*, *El fin del espía fantasma* y otras, en las que los oficiales de la *Securitate,* el mayor Frunza y el capitán Lucian, por ejemplo, eran retratados como hombres honestos, honrados y valientes, buenos maridos, buenos padres, pero implacables con el enemigo de clase... No pudo ser, decía con tristeza antes de 1980, con alivio más adelante. Y hoy, cuando, tal vez, los securistas iban a ser enviados a la mina, a escupir allí los pulmones o, todavía peor, iban a ser colgados de los postes de neón, como en Budapest en el 56, bendecía su cuerpo blandengue, que se había opuesto a una carrera sombría. Tal vez pesarían ahora en su conciencia los campesinos molidos a palos, lisiados e incluso asesinados por no haber querido ceder sus tierras en la colectivización, por haber escondido una parte de su cosecha y haber defendido sus caballos cuando les fueron confiscados y fusilados en las cunetas. Tal vez habría metido a la gente en la cárcel por un chiste o por un comentario soltado en la taberna. Y, tal vez —pero esto no, en ningún caso, porque habría llegado a vomitar hasta las tripas; aunque acaso, con el tiempo, se habría acostumbrado también a ello, porque el hombre se hace a todo—, habría torturado, en sótanos de piedra, a unos desgraciados atados con cadenas, enemigos del pueblo, es cierto, pero también criaturas de carne y sangre y gritos, y la orina escapada, y las muelas desperdigadas por el suelo... No, no, eso jamás...

Lo habían enviado, en cambio, a periodismo y, poco después, era uno de los ácaros que se movían despacio por los pasillos de una construcción de mármol blanco como la leche, construida a imagen y semejanza de la universidad Lomonosov, que elevaba sus flechas hacia el cielo como una catedral adornada con nuevas gárgolas, nuevas hornacinas de santos, nuevos bajorrelieves: la hoz y el martillo, la estrella de cinco puntas, el escudo del país, tallados para la eternidad en planchas de travertino. El enorme templo para el culto había recibido el nombre de Casa Scânteia. Se veía desde lejos, como un monumento megalítico, completamente ajeno a la ciudad polvorienta, mercantil y balcánica que se extendía dócil a sus pies. Ante las arcadas y las cornisas y las torres de mármol que desgarraban las nubes se encontraba la estatua de Lenin, cinco veces más alta que una persona corriente, y que parecía el único habitante legítimo de la construcción erigida en la escala de la eternidad. También Costel había oído el rumor, propagado por sujetos con una conciencia revolucionaria endeble, por mujeres de la limpieza contratadas por centenares para pulir las monumentales escaleras de mármol traslúcido, por porteros y ascensoristas menudos como pulgones en sus puestos de trabajo, en garitas y ascensores con rejas metálicas, de que al caer la noche, mucho después de que se marcharan a casa las decenas de miles de sacerdotes y feligreses del Templo de la Luz, cuando solo la estrella roja seguía centelleando en lo más alto del edificio oscuro, el hombre de bronce descendía de su pedestal revestido de obsidiana, recorría pesadamente la alameda hasta la entrada principal y penetraba en el edificio desierto. Descendía a las catacumbas donde las linotipias que sacaban el periódico *Scânteia*, el órgano del Partido, yacían inmóviles, brillando tenuemente bajo un rayo de luz, subía las colosales escaleras, majestuosamente arqueadas, hasta los pisos en los que, a lo largo de unos pasillos increíblemente altos, se sucedían las puertas de los despachos y de las redacciones, mezquinas como si fueran para pigmeos, y se detenía finalmente en la sombra densa de los vestíbulos helados, sujetos por columnas corintias, gruesas como árboles viejos. Allí, Lenin se despojaba, con gestos morosos, del abrigo de bronce y, tumbándose en el suelo, con las rodillas pegadas al pecho, como un mendigo en el banco de un parque, se envolvía en él y al cabo de un rato se sumergía en unos sueños terribles e incomprensibles, cuya agitación hacía temblar el edificio entero. Pero el joven periodista, que había pasado por convincentes cursos de ateísmo científico, no creía en semejantes supersticiones. No había nada sobrenatural. La materia era la realidad objetiva que existía fuera de nuestra conciencia y que conocíamos con ayuda de los sentidos. Lenin estaba muy bien allí donde estaba, sujeto a su pedestal con unos gruesos pernos y no tenía nada que buscar en la basílica erigida en su nombre.

Trabajaba en el *Bandera roja*, el diario de la región de Bucarest, que recorría a lo largo y a lo ancho en el Volga negro, macizo como un tanque, con una chapa de un dedo de grosor, que lo esperaba en el portal, porque por aquel entonces el Partido pagaba generosamente a sus fieles, a los camaradas periodistas y los camaradas escritores. El coche, conducido por un chófer maníaco-depresivo que unas veces volaba a ciento cincuenta por hora, otras se arrastraba como un caracol, y que era, como todos los chóferes de las embajadas, representaciones y uniones de artistas, un oficial encubierto tan cargado de micrófonos que a veces podías ver cómo le asomaban por la nariz, tenía en la parte delantera una rejilla niquelada, como una dentadura sonriente detrás de la cual, tras cada viaje por Roșiori, Videle, Alexandria, Călărași, Oltenița o Slobozia, los más tristes parajes sub-sub-suburbanos de la faz de la tierra, podías sacar puñados de gorriones ensangrentados. Así había vivido su vida durante unos quince años, siempre de viaje, siempre llegando de noche, cenando a la carrera y acostándose para salir de nuevo al día siguiente hacia sus desoladoras ruinas del Bărăgan, hacia los establos con vacas sucias y los campos de maíz atacados por el tizón, hacia aldeas olvidadas de la mano de Dios, con su cuaderno de notas, con el maletín repleto de *Deporte popular, Información* y *Crucigramas,* él, el descendiente de la más noble casa aristocrática polaca y de una estirpe antigua y misteriosa... escuchaba, con sus ojos de doncella perdidos siempre en el vacío, el parloteo de los ingenieros agrónomos, de los presidentes de las GAS, aceptaba resignado las sandías y las cajas de tomates que le apretujaban en el portamaletas, luego el almuerzo en la desagradable bodega, «el sarao» que se prolongaba hasta bien avanzada la noche —él, que no bebía casi nunca porque sabía que se emborrachaba tan solo con el olor de la țuică corriente, turbia, agria y ahumada, que le ofrecían en todas partes—, y finalmente el Volga arrancaba de nuevo por las carreteras oscuras, barriendo espectralmente con los faros los arneses de los carros e iluminando los ojos de algún perro solitario, mientras que una luna redonda, del color de la orina fermentada, llenaba de desesperación un terreno despejado como la palma de la mano.

Estaba contento, ganaba bien con su salario y sus artículos, escribía ahora con fluidez, por rutina, pero, si le hubieran preguntado, de hecho, por qué vivía, no habría sabido qué responder. ¿Amaba acaso a su mujer, a su hijo? ¿Tenía buenos amigos? ¿Tenía fe, convicciones? Parecía que todas estas cosas, en las que no pensaba nunca, eran una especie de afectos recesivos, un genotipo psíquico que se había limitado a recibir de sus antepasados —de los que conocía tan solo a sus padres y a sus abuelos de su Budinț natal— para seguir trasmitiéndolos, como me había transmitido también a mí el alivio y la beatitud y el ensimismamiento de la mirada perdida en el vacío.

El tiempo pasaba y el futuro dorado de la humanidad no parecía estar cerca. Los dioses de la nueva fe se habían vuelto evasivos y lejanos. Se seguía desfilando el 23 de Agosto con Marx, Engels y Lenin, tres camafeos de perfil, como un grupo de cantantes que hacen los coros a la vez, pero ¿quién sabía quiénes eran? Desde el 53, el gólem del Kremlin, con sus ojos asiáticos y su bigote tupido, se había hundido y no se oía hablar de él. En los 60 se glorificaba ya al hombre soviético. El internacionalismo proletario había dado paso, insidiosamente, al patriotismo romántico, semejante al del 48. Las tropas soviéticas habían abandonado el país. El periodista había tenido que abandonar, así, por las bravas, todo un set de creencias, las únicas que tenía, todo el breve curso de marxismo-leninismo profundamente grabado en sus virginales circunvoluciones. ¿Cómo es descubrir, de golpe, que Dios es malo? ¿Que Jesús es el hijo de una prostituta y del legionario Panthera? Los ídolos que había arrojado al fuego regresaban, vengativos, con sables de llamas, y subían de nuevo a sus tronos celestiales. Los iconos que había roto con la azada, sobre los que había escupido con desprecio, estaban colocados de nuevo en el iconostasio, deslumbrantemente enmarcados en oro. ¿Dónde estaban Stalin, Iulius Fucik, Gorki, dónde Olga Bancic, Eftimie Croitoru, Theodor Neculuța, A. Toma? Costel escuchaba cada vez menos unos nombres gloriosos solo unos pocos años antes: Mihai Bengiuc, Dan Deşliu, Maria Banuş Eugen Frunză, nuestros amados escritores, como les llamaban en la radio y en los periódicos. ¿Dónde estaban los estajanovistas, los héroes de los retos socialistas, y dónde estaba la estrella roja de cinco puntas que anunciaba al mundo el alba de una nueva era? ¿Y los cantantes de música popular que cantaban con acento moldavo, según los gustos de Gheorghiu-Dej, a los logros de los campos colectivizados, a la central hidroeléctrica de Bicaz y a la fábrica de cables y fibras sintéticas de Săvineşti? Los cánticos a la vida nueva eran paulatinamente olvidados, al igual que las hazañas juveniles de los brigadistas de Bumbeşti-Livezeni, embriagados de ímpetu revolucionario. Empezaba a escucharse, en cambio, de manera tímida al principio, cada vez más arrogante después, otra voz, distinta, que los comunistas se habían acostumbrado a asociar hasta entonces, más bien, con los legionarios y con los siervos del antiguo orden: las alabanzas a los héroes de la patria, a los vaivodas del pasado, a los escritores clásicos, hasta entonces olvidados o incluidos en el índice, pues incluso los progresistas —decía en los prefacios de los libros de portadas rojas publicados por la ESPLA—[24] no habían alcanzado

24. *Editura de Stat pentru Literatură şi Artă*, Editorial Estatal de Literatura y Arte.

a entender la lucha de clases y habían cometido muchos errores ideológicos por no estar pertrechados de la doctrina marxista-leninista. Eso se les había perdonado, sin embargo, a algunos, porque, en definitiva, cuando ellos escribían, esa doctrina no existía, así que eran admitidos, como los héroes de la Antigüedad, virtuosos pero desconocedores de la Palabra de Cristo, en un limbo especial, donde no eran castigados, pero donde tampoco podían ver la luz. Se hablaba de manera cada vez más atrevida de independencia, de la lucha del pueblo rumano por la unidad nacional, el nacionalismo sustituía en general, rápidamente, los mitos importados o fabricados al instante siguiendo los modelos soviéticos. Costel se había preguntado durante una temporada si el Partido empezaba acaso a desviarse de la línea recta, pero al ver que la nueva orientación partía incluso de su héroe, el camarada Gheorghe Gheorghiu-Dej —ese trabajador que había luchado en la clandestinidad, había sufrido en los campos de trabajo y había salido victorioso del enfrentamiento con los elementos traidores, desviacionistas, que habían burlado durante una época la vigilancia revolucionaria de los comunistas, Ana Pauker y el húngaro Luca—, se había resignado, se había atemperado también él un poco y no citaba tanto los ejemplos de los koljoses y las lecciones del camarada Stalin, sobre el que había descubierto, como en un mal sueño, que había practicado el oscuro culto a la personalidad. Estaba bien, en definitiva, crecer ante nuestros propios ojos, que no se oyera ya hablar en las reuniones sobre el hombre soviético para arriba y para abajo, que también se oyera hablar, en las clases nocturnas, sobre Ştefan cel Mare, Mihai Viteazu o Alexandru cel Bun, y no solo de la lucha de los campesinos contra los rapaces boyardos.

Así que se había alegrado infinitamente cuando vio en la tele que, tras la trágica muerte de Gheorghiu-Dej, llegó a la dirección del Partido y del país alguien joven, poco conocido para él hasta entonces, Nicolae Ceauşescu. Era un hombre de cabello rizado, nariz recta y narinas anchas, con una mirada aguda, que hablaba con acento de Oltenia, porque era un hombre de pueblo, con un origen intachable. Cuando lo veías por primera vez, en la tribuna, mirando feliz a su alrededor, embriagado por su asombrosa ascensión, te dabas cuenta de que era distinto a los viejos camaradas estalinistas y de que estaba decidido a ser un dirigente bueno y sabio que heredaba un país de adobe y lo entregaría de mármol. Era un milagro que precisamente él, un jovenzuelo respecto a los demás miembros de la dirección del Partido y del Estado, hubiera sido el preferido, así que, antes de que se espabilara, la gente puso en circulación un chiste: dicen que Gheorghiu-Dej, enfermo de cáncer en fase terminal, con una máscara de oxígeno en el rostro, fue rodeado por los miembros del Comité Central, que le habían suplicado que designara a su sucesor en la gobernanza del país. Y de repente Dej empezó a agitarse y, como no podía hablar, pidió con gestos desesperados lápiz y papel. Emocionados, todos comprendieron que había llegado el momento culminante. El lápiz se movió espasmódico por el folio hasta que la palabra «Ceauşescu» se perfiló ante los asombrados ojos de los dirigentes del Partido. Algunos corrieron a comunicar la noticia a los periódicos, a la radio y a la televisión, pero los que se quedaron con el enfermo vieron que añadía algo más en el papel, con el rostro cada vez más amoratado y más congestionado: «Ceauşescu, levanta el pie del tubo, que me ahogo…», decía el mensaje completo. Pero, al parecer, era ya demasiado tarde.

Era solo un chiste malo, inventado por algún enemigo del pueblo. Cuando los periodistas se dirigían al bufé a comer una salchicha y a tomar una copita de aguardiente, alguno que otro dejaba caer, cuando se achispaba, una tontería de esas. Costel se levantaba entonces de la mesa y se marchaba, sinceramente indignado. Bufaba toda una tarde contra aquel mequetrefe que, a lo largo de los días siguientes, desaparecía de repente del paisaje, porque la *Securitate* no permanecía cruzada de brazos. Cuántas veces le habría dicho Ionel: «Mira, Costică, ya sabes que se están construyendo en el Lotru dos centrales hidroeléctricas inmensas. En la primera trabajan los que han contado chistes políticos, en la segunda, los que los escucharon y no nos lo comunicaron a nosotros…». En realidad, el camarada Ceauşescu no era exactamente un desconocido, al contrario, había trabajado en la dirección, al igual que Stalin en otra época, y, respecto a su poder en el Partido, solo el camarada Drăghici estaba a su altura. Tal vez muchos de los viejos pensaron que, al ser joven, podrían manipularlo a su gusto, pero, si habían pensado así, se habían equivocado de medio a medio. En los siguientes desfiles del Primero de Mayo y del 23 de Agosto, se escamotearon los retratos de los dirigentes: Bodnăraș, Chivu Stoica y otros de la vieja guardia habían desaparecido y se rumoreaba incluso que habían sido agentes soviéticos, y sobre Gheorghiu-Dej se seguía hablando con la boca pequeña. Se había modificado hasta el nombre del estado, y la República Popular Rumana se había convertido en la República Socialista de Rumanía.

Y llegó el período del Milagro rumano, del patriotismo fervoroso y del desarrollo industrial sin precedentes. Acerías, industrias químicas, nuevas centrales hidroeléctricas, entre ellas la joya de las Puertas de Hierro, luego el vehículo rumano, el tractor rumano, el frigorífico rumano. Las tiendas de las esquinas eran sustituidas por autoservicios abarrotados de productos atractivamente embalados. El camarada Ceaușescu dirigía su mirada, de manera cada vez más evidente, hacia Occidente, así que los chistes, siempre despectivos con los jefes de estado (Stalin y Jruschov en el infierno, en grandes calderos llenos de mierda), lo mostraban ahora como un héroe taimado que había engañado a los rusos: es como un coche que señala hacia la izquierda y gira luego a la derecha... Con qué dinero se llevaban a cabo las grandes transformaciones, cuánto costaban los puertos y las fábricas, quién financiaba la explosión económica rumana («con su pivote, la industria pesada»), era algo que no se preguntaba nadie. Las refinerías surgían, simplemente, del entusiasmo popular, del patriotismo milenario del pueblo. ¿Acaso no aprendían todos los niños en la escuela, con los nuevos manuales, que los vaivodas rumanos derrotaban, con unos hatajos de soldados, a los ejércitos enormes de unos grandes imperios? No importaba la cantidad de gente, ni el dinero, solo el amor a la patria, del que brotaban directamente los bienes nacionales. Tendrían que pasar diez años para que el pueblo descubriera que tenía que pagar una deuda externa que desconocía por completo.

El jefe del estado había adquirido, más o menos en esa época, el don de la ubicuidad. Como era incapaz de enfrentarse, a pesar de su actividad incansable, del alba a la noche, a todas sus obligaciones internas y externas, decidió, tal y como le aconsejó su suegro Jetro a Moisés, delegar sus obligaciones en algunos hombres de confianza, sin que su estrella ascendente se viera sin embargo amenazada. De esta manera, la *Securitate* llevó a cabo una extensa actividad, estrictamente secreta, gracias a la cual se descubrieron, en aldeas alejadas, pero también en grandes centros industriales, unos perfectos sosias del Camarada, once en concreto, que, tras una instrucción intensiva, se desperdigaron por el mapamundi de tal manera que no faltara ningún Ceaușescu en ningún punto candente del mundo. Uno mediaba entre los palestinos y los judíos en Oriente Próximo, otro visitaba la fábrica de automóviles de Pitești, donde había comenzado la producción de aquel Dacia con el capó en forma de V de Victoria, un tercero se dejaba ver paseando de aquí para allá, delante del palacio de Buckingham, en la deslumbrante calesa de la reina de Inglaterra. Un Ceaușescu había esperado impaciente a Nixon en el aeropuerto y lo había acribillado con insistencia, mientras pasaban revista a la guardia de honor: «¿Me has traído los vaqueros?», otro había pronunciado un discurso incendiario el día de la invasión de Checoslovaquia por parte de las tropas del Tratado de Varsovia, llorando lágrimas de cocodrilo hasta ablandar incluso el corazón de los disidentes («Por mucho que se diga, el Camarada es un gran tipo y, en definitiva, un poco de nacionalismo no nos viene mal»). Tres o cuatro fueron necesarios simultáneamente en África, donde los Estados independientes, socialistas, nacían como setas, así que no sabías a qué jefe de tribu o a qué chaman lisonjear primero solo para que te vendiera algo de cobre o de magnesio a cambio de unos abalorios y unos espejitos. Durante todo este tiempo, aparecían en el órgano oficial del Partido, el periódico *Scânteia*, fotografías y artículos en los que los Camaradas pululaban por doquier, el mismo día y a la misma hora, con la misma mirada penetrante, con la misma nariz en forma de flecha que metía en todas partes. La docena de

Ceauşescus se reunía cada varios meses, el Camarada verdadero les leía la cartilla a los demás, y los securistas ponían buen cuidado en distinguir, sin embargo, al verdadero gracias a una clave que se cambiaba en intervalos regulares.

En esta época, también Costel vivía su pequeño milagro, contento e incapaz de creer, sin embargo, su nueva situación. ¡Qué camino tan largo había recorrido desde el pueblo hasta los grandiosos pasillos de la Casa Scânteia! ¡Cómo se había ensanchado su horizonte! Se había mudado a casas cada vez más espaciosas, ganaba cada vez más, ahora tenían incluso televisor, no tenían que ir adonde los vecinos para poder ver *El Santo* o el partido de los domingos. Si Marioara hubiera trabajado también, habrían podido permitirse incluso un coche, un Dacia 1100, como tenía cada vez más gente. Se preguntaba algunas veces cómo podrían haber vivido años y años sin frigorífico o sin cocina, cómo habría sido tener que comer cada día, como en los primeros años que pasaron juntos en Silistra, solo macarrones con mermelada… Se le había olvidado ya, vivía en la beatitud de los veinte millones de rumanos que se sentían orgullosos de su pueblo y decididos a construir el socialismo en las tierras de sus antepasados. A veces se preguntaba, sin embargo, si no había empezado ese socialismo a guardar demasiadas similitudes con la vida burguesa, la de los que corren tras los bienes materiales y toda clase de comodidades. ¿Dónde quedaba la conciencia revolucionaria de los años cincuenta, dónde estaba la lucha de clases, cada vez más delgada? Quedaba tan solo en una expresión banal: «Has adelgazado como la lucha de clases», le decía su madre a Mircişor cuando hacía melindres en la mesa. ¿Dónde estaba el celo de otra época, los cánticos de los brigadistas, los tribunales populares que desenmascaraban a los enemigos del nuevo orden? Todo se había aplacado, había caído en la rutina. Pâslăriţa y Aurelian Andreescu imitaban a los cantantes extranjeros, los gustos del público habían abandonado la música popular, que se escuchaba solo en las bodas. Los rumanos tenían también sus grupos de rock, sus melenudos, sus parásitos… De vez en cuando oías que había huido alguien al extranjero, traicionando así a la patria, que lo había hecho un hombre. En general, sin embargo, las cosas iban bien. Costel había empezado a comprar libros, a hacerse con una biblioteca, luego siguió el ejemplo de otros colegas y se volvió un apasionado filatélico. No había día en que no volviera a casa con una serie de sellos: cosmonautas soviéticos y astronautas americanos, sabios famosos, pájaros, flores, incluso sellos antiguos con el busto del rey Ferdinand. Unos maravillosos cuadraditos de colores de unos países con nombres extraños: San Marino, Ghana, Sharajh, Trinidad y Tobago, ocupaban obedientemente su hueco en los álbumes, protegidos por una lámina con filigranas. Mircea robó un día un sello que lo volvió loco cuando lo vio por primera vez. En él ponía Uruguay y formaba parte de una serie de cuadros famosos. Era una chica en una ventana, contemplada desde el interior de la habitación sombría y perfilada, de una manera increíblemente graciosa, sobre el morado intenso del anochecer. Una luna redonda y frágil iluminaba su rostro bañado en lágrimas. Mircea conservó durante varios años ese sello en su cuaderno de apuntes. Por las tardes, se sentaba él mismo en el arcón y, con los pies apoyados en el radiador, esperaba pacientemente a que la ciudad desparramada a sus pies y el cielo de arriba adquirieran el matiz violeta exacto del cuadrito. Eso solo ocurría cuando había luna llena. Sentía entonces una curiosa transformación en su cuerpo. El cabello le llegaba hasta el pecho y los hombros, y un desgarro del corazón como solo había vivido allí, ante la ciudad abrumada por el ocaso, le llenaba los ojos de lágrimas brillantes. Se quedaba allí, llorando, hasta que las casas viejas, con las luces ya encendidas, los árboles retorcidos, los raíles violetas del tranvía y los Cristos crucificados en cada poste cargado de lámparas fluorescentes se convertían en un garabato de luz estrellada, extendida caóticamente por su retina…

La gran ilusión duró unos pocos años. La docena de Ceauşescus desperdigada desde las crestas de los montes hasta el corazón de las junglas se repartió finalmente el mundo en reinos altaneros, independientes entre sí, y los sosias (entre los cuales el original acabó por confundirse del todo) empezaron una lucha sin cuartel. Se hicieron y deshicieron alianzas, sucedieron conversiones milagrosas, asedios y revueltas. Murieron sucesivamente (y fueron enterrados, al igual que Moisés, en lugares desconocidos) el Revolucionario, el Patriota, el Viajero incansable, el Mediador, el Oponente valeroso, el Líder abierto a la modernidad. Ganó por fin la contienda, como ocurre de costumbre, el sosia más grotesco, el más criticado en todas las reuniones, el Ceauşescu más reaccionario y más tonto que, debido a sus muchos pecados, había sido desterrado a la zona asiática para que sufriera junto a los camaradas Kim Il-Sung y Pol Pot, para que comiera raíces y bebiera agua sin depurar. Mientras los demás malgastaban su energía bajo el rutilante sol del rumanismo en un intento por demostrar que nuestro genial pueblo había inventado no solo la pluma estilográfica, la insulina, la cibernética y la carrocería aerodinámica, sino también la rueda, el fuego, la poesía, los calzones deportivos y las pinzas para la ropa, que los dioses griegos habían vivido en los Cárpatos y que Eminescu, el poeta nacional, había sido también el más grande matemático, físico, astrónomo, filósofo, quilópodo, nigromante, otorrinolaringólogo, alfarero y patafísico de su época, que si no hubiera existido el escudo rumano que había frenado a los bárbaros, Europa no habría construido sus catedrales, Van Gogh no se habría amputado una oreja y Andy no habría pintado la polaroid de Marilyn Monroe, el Ceauşescu del Lejano Oriente resistía en su quiste hidatídico, a la espera del momento adecuado para salir, como un sol redondo y púrpura, del país de las mañanas serenas. No era tan solo la sed de poder lo que lo atraía hacia su patria originaria, no solo las ondulaciones colina-valle de las tierras mioríticas. Había otras curvas fascinantes en aquella tierra añorada. De entre los doce Ceauşescus, de aspecto todos tan idéntico como si los hubieran hecho un padre y una madre, él había sido el único capaz de apreciar como dios manda los encantos de la camarada Elena Petrescu, antigua Lenuţa la de Briceag, antigua Miss Industria Peletera, a la que había deseado salvajemente desde la primera vez que la vio en la residencia de la calle Primavera. ¡Cuánta gracia en su rostro, cuánta timidez en sus ojos oltenos, con cuánto pudor se cubría siempre el vientre con el bolso! La camarada presentaba un potencial que su marido, el original, no había valorado ni en la cama ni en política, un error garrafal. El Ceauşescu de Phnom Penh se había jurado levantarle al de Scorniceşti[25] no solo la jefatura del Partido, sino también a su esposa, a la que pensaba transformar, como Pigmalión, en una verdadera señora (en fin, en una Camarada, como se decía entonces, incluso en la Camarada absoluta).

Cuando, en julio de 1971, Ceauşescu regresó de su visita a Corea del Norte, llevaba consigo no solo una insignia con el retrato del Camarada Kim Il-Sung en el ojal, una copia de la película *Los niños del Valle del Tigre* (que le había gustado porque el nombre del gran dirigente se pronunciaba en ella setecientas veces, y todos los que aparecían en la pantalla se echaban a llorar cada vez) y algunas raíces suculentas en su valija diplomática —el paquetito para el viaje preparado por unas camaradas proletarias con una sonrisa feliz en el rostro—, sino también la Verdad Absoluta, concretada en la doctrina comunista original, perdida en la Europa corrupta, pero reencontrada en la curiosa comunidad amish del comunismo que era la República Popular Democrática Coreana. Había encontrado allí, en aquellas lejanas tierras, un pueblo trabajador y valiente, guiado por un grande y misterioso dirigente, que solo se mostraba, al igual que los dioses, bajo la forma de las colosales estatuas de las alturas y de las encrucijadas y de la única fotografía del único periódico, de un hombre benevolente, de ojos rasgados, que iluminaba con su sonrisa paternal las chabolas, los palacios, las fábricas, los talleres, los cuarteles, las estaciones, los tribunales, los campos de concentración, las cámaras de tortura, incluso los váteres de la patria de las mañanas serenas. Ceauşescu no pudo, en el curso de su visita, contemplar el cielo sin ver, en una colina, el rostro de piedra del nuevo Buda con la mano tendida hacia Corea del Sur (el trapo de fregar suelos de los americanos) y no había podido hacer pipí sin contemplar los ojos lánguidos de aquel hombre sabio. El verdadero comunismo se estaba construyendo allí, donde los escolares, en los recreos, fabricaban ladrillos y donde las mujeres, una hora después del parto, se hundían hasta las rodillas en fértil lodo

25. Localidad natal de Nicolae Ceauşescu.

de los arrozales. Rumanía había retrocedido respecto a la doctrina marxista-leninista, pues su pobreza resultaba mediocre en comparación con la pobreza fundamental de China, Vietnam o Corea del Norte, y su diversidad social resultaba inaceptable. «La luz viene de Oriente», se dijo el líder del pequeño país balcánico, y regresó a casa decidido a reparar lo que habían estropeado los otros Ceauşescus durante seis años de servidumbre a los capitalistas. Había que acabar con la molicie popular, con el parasitismo, con las melenas, con las barbas, con la música desenfrenada. Con los intelectuales que escribían en una lengua artificiosa incomprensible. Era necesaria la unidad, todas las miradas tenían que dirigirse a un solo hombre. Eso no significaba, por supuesto, un culto a la personalidad, porque ese hombre —así como los iconos no son el propio Dios (pues estaba prohibido esculpir tu propio rostro)— era tan solo un símbolo nacional en el que, como en el foco de una lente, se concentraban la historia, las aspiraciones y la voluntad soberana de la nación rumana. Puesto que el orgullo de nuestras montañas con abetos centenarios, las riquezas de nuestro subsuelo, la inteligencia natural del pueblo rumano, el gracioso porte de las mujeres, la originalidad de nuestras tradiciones y costumbres tenían que llevar un nombre, uno solo, conocido en todos los rincones del mundo, se les llamó, simple y vibrantemente, Ceauşescu. Es cierto que, al comienzo de su sabio gobierno patriarcal, al último Ceauşescu, el triunfador entre los sosias, no le había gustado demasiado la sonoridad de ese nombre, que en su caso era, de todas formas, prestado (él se llamaba, de hecho, Ionescu): Ceauşescu venía de «ceauş», el lacayo con el látigo en la mano. Una de sus primeras iniciativas, cuando regresó a la patria, fue encargar a un comité de académicos que le buscaran un nombre adecuado. Tras deliberar varios días, llegaron a la conclusión de que el nombre más apropiado para el gran líder era Priceputu,[26] fiel reflejo de la competencia universal que, a partir de aquel momento, se arrogaría. Los primeros decretos, como ese que obligaba a los médicos, los profesores, los ingenieros o los escritores

26. El diestro, el hábil.

a vestir un uniforme específico acorde con su profesión, fueron firmados, en consecuencia, *N. Priceputu* y, a raíz de la hilaridad de este maldito pueblo, que no comprende las Escrituras, tuvieron que ser derogados. Ceauşescu, furioso, echaba chispas: los uniformes estaban ya preparados y, con sus cordones, con sus pespuntes, con sus galones, con los colores y los distintos materiales para cada categoría social, la vida pública habría sido mucho más sencilla. A partir de ese momento, cada uno habría sabido claramente cuáles eran su papel y su lugar en el mundo, en la calle cualquier ciudadano habría distinguido fácilmente a los suyos y no se habría mezclado, por error, con individuos con los que no tenía nada que ver. El problema más complejo había sido el del uniforme de los oficiales de seguridad, que trabajaban de incógnito, y el de los chivatos de sus redes. En aras de no llamar tanto la atención, para los oficiales se aprobó finalmente un traje discreto: chaqueta de cuero negro, sombrero, gafas oscuras. Para los chivatos, buzos, sarafanes, pellizas, bombachos de lino, delantal de cuero y todo aquello que se llevara, en cualquier caso, allí donde ellos husmeaban y ponían la oreja. Pero no pudo ser. De toda esta agitación, solo los niños, el futuro de la nación, sacaron algo en limpio. Los uniformes de pioneros se engalanaron con tantas insignias, medallas, galones, cordones y demás parafernalia que las escuelas empezaron a parecer cuarteles militares. Incluso los niños de la guardería se veían obligados ahora a lucir una combinación de naranja y azul que solo un pintor expresionista abstracto habría podido soñar, y se les preparó también un juramento solemne para entrar a formar parte de la organización Halcones de la Patria: «Juro con una mano en el lacito / y otra en el orinalito / que para el pis y la caquita / estaré cada día listo»…

Costel vio al principio con buenos ojos al nuevo avatar de la serie de los Ceauşescu: el ímpetu revolucionario casaba bien con el nacionalismo. En unos discursos muy sensatos, fueron amonestados como escolares los ciudadanos del país arrastrados por el afán de lucro: habían arrinconado su conciencia a la hora de construir el socialismo. Se habían relajado, se habían dormido en los laureles de la victoria del Milagro rumano, del ritmo de crecimiento, entre los más rápidos del mundo, de la economía nacional. En lugar de seguir así para poder ver, cuanto antes, una sociedad sin clases, se habían cansado como los cristianos, hartos de esperar la prometida segunda llegada, aplazada de una generación a otra. El amor a la patria, el orgullo de ser rumano y de construir un socialismo original en las tierras ancestrales tenían que ser reintroducidos, a toda costa, en el alma de los trabajadores, incluso aunque estos, unos cabezotas, prefirieran comer yogur para comprarse un coche, al igual que sus vecinos. Había que recuperar la cultura y las artes, fieles servidoras del aparato de propaganda en tiempos del estalinismo, que ahora habían escapado por completo a su control. A oídos del Camarada llegaban cosas increíbles: los poetas se habían entregado de nuevo al intimismo y al formalismo burgueses, estériles, los pintores habían llenado las exposiciones de cuadrados y triángulos de colores, los novelistas bebían hasta caer redondos bajo las mesas de Mogoşoaia y luego escribían toda clase de disparates, cada uno a su aire. Incluso la censura había empezado a cerrar los ojos ante las más transparentes alusiones, dejaban pasar obras de teatro y películas, libros y artículos llenos de veneno contra la sociedad socialista multilateralmente desarrollada, como se había bautizado por aquel entonces la variante de nuestro orden político. El arte, de ahora en adelante, tenía que volver a sus sanos orígenes, beber del manantial, no del cántaro. Es cierto que el escritor debía tener valor, eran necesarios hombres que pusieran el dedo en la llaga, es decir, en la llaga del Gobierno de Dej y de sus acólitos, espías de Moscú, que habían cometido grandes errores. El comunismo era una doctrina genial, pero lo habían aplicado mal unos hombres que no habían sabido comprender su esencia, que era la del humanismo revolucionario.

Y entonces tuvo lugar el acontecimiento que pasaría a la historia con el nombre de la Noche de las lenguas largas. Por iniciativa del Secretario General del Partido y de Dios (el jefe de la sección de Propaganda) fueron convocados, una famosa noche del año 1972, numerosos poetas, narradores, músicos, artistas plásticos, actores y periodistas, que llenaron la Sala del Palacio con un murmullo de excitación. ¿Iban a ser condecorados? ¿Decapitados? ¿Instruidos, amonestados, recompensados? Una salva de aplausos estalló cuando el Camarada apareció en el escenario, acompañado de unos individuos en buzos de trabajo, con un metro plegable en la mano y un lapicero grueso, de carpintero, en la oreja. Dios, que caminaba tras ellos con una amplia camisa blanca, con el aura triangular levemente torcida y brillantes gafas de carey, les explicaba pacientemente que el Camarada deseaba seguir el deslumbrante ejemplo del emperador romano Heliogábalo (pues, como se sabe, todos descendemos de Roma), que elegía a sus dignatarios según la largura y la gallardía de sus cipotes. Como nuestra forma de gobierno era original, se había rechazado desde el principio la imitación servil de unos modelos extranjeros, sin relación con nuestra tradición milenaria. Así que, en lugar del órgano que había proporcionado fama a nuestros pastores en todos los meridianos del mundo («Es la polla pastoril el arquetipo de polla rumana», recitó Dios, con pasión, el comienzo de nuestra única epopeya nacional culminada jamás), el Camarada determinó, como verdadero órgano central de su doctrina, la lengua. Como decía Esopo, estimados artistas, la lengua, de ternera o de cerdo (con o sin aceitunas), es lo mejor y lo peor de este mundo. Con la lengua se firma la paz, se pactan casamientos, se oye el Verbo primigenio. También con la lengua, sin embargo, se producen guerras, enemistades, discordias y otras vilezas. De ahora en adelante, camaradas, la lengua será, en nuestra patria socialista, la medida de todas las cosas.

Fila tras fila, los artistas nacionales subieron al escenario, donde los maestros carpinteros vestidos de maestros carpinteros les sacaban toda la lengua de la boca y la extendían en los segmentos del metro. Se aceptaba todo lo que superaba un palmo, el resto se arrojaba de nuevo al estanque para que siguiera creciendo. Poco después, quedaron alineados en el escenario unos treinta o cuarenta monstruos de ambos sexos, todos con la lengua enrollada dentro de la boca, como los camaleones, listos para lamer cualquier cosa que chorreara de la sacra figura del Camarada y de la Camarada (presente también, más discreta, con un uniforme de leopardo, en un rincón del escenario). ¡Cómo les habría gustado que el Partido tuviera un solo culo para poder lamerlo con un único y diligente movimiento! Entre ellos se encontraba el famoso pintor B. Sălaşa, que mojaba su pincel directamente en el azul de Voroneţ, la filmóloga L. Coproiu y, sobre todo, aquel llamado a ser un Orson Welles del verso rumano, Aviar Găunescu, cuya lengua de cerdo rodeaba su cuerpo más de doce veces antes de que la punta se arrastrara por el suelo. Conocido hasta el lejano Japón con el nombre de Yegura Kakuru,[27] Aviar iba a fijarse a las partes traseras del Secretario General como los peces parásitos, con una ventosa. Un *lengüista* algo inferior era W. C. Teodosie, al que se le auguraba, sin embargo, un gran futuro.

Una vez elegidos, los cantantes del pueblo se pusieron manos a la obra y el jardín de Dios (para los íntimos, Dumitru Popescu) floreció con la exuberancia de miles de rosas. El país se transformó en un enorme campo de desfiles y, al mismo tiempo, en un gigantesco escenario. ¿Dónde se había visto algo parecido antes? Se organizaban manifestaciones, por el 23 de Agosto y el Primero de Mayo, en los estadios. Decenas de miles de jóvenes con flores en la mano formaban con sus cuerpos el nombre de Ceauşescu. En cientos de altavoces sonaba al mismo tiempo el himno estimulante: «Pueblo, Ceauşescu, Rumanía». El festival nacional, El cantar de Rumanía, descubría a los talentos del pueblo, abrevados en el manantial del arte auténtico: viejas con dos dientes que tarareaban algo a su aire, algún pastor decrépito que silbaba con una hoja, unos niños alborozados que se equivocaban al bailar la *hora*. Aparecían año tras año *Homenajes, Laureles en el escudo, Rendidas reverencias, Húmedos encomios* y otros gruesos libracos, encuadernados en plata con incrustaciones de perlas, en los que el Camarada aparecía como un maestro hábil, un agudo timonel, un hombre benevolente, un estratega imbatible, un arquitecto del nuevo mundo, genio de los Cárpatos y del resto de la geografía, descendiente de los vaivodas, gemelo de Decébalo, príncipe del Universo conocido y primo de la

---

27. Juego de palabras, *yegura ka kuru* significa: «es la lengua como el culo».

Eternidad. Los pintores lo retrataban en las paredes de los monasterios, intercalándolo discretamente entre los barbudos fundadores con una iglesia en miniatura en la mano, lo representaban con su traje habitual de inspiración coreana, con una gorra de jubilado en la cabeza, sosteniendo en la mano quién sabe qué fábrica de abonos de nitrato, lo pintaban en gigantescas pantallas de tela adosadas a las fachadas de las tiendas y de las casas y se las veían y se las deseaban para pintar en cada adoquín del pavimento el bien conocido rostro del jefe de la Patria. Todos los manuales escolares tenían el mismo rostro en la primera página, impreso en tres dimensiones en plaquitas dentadas de plástico, de tal manera que los niños no aprendían nada, porque se distraían horas y horas viendo cómo el Camarada guiñaba el ojo. El camarada Ceauşescu aparecía todos los días en los periódicos, en la televisión, en la radio, en el frigorífico, en la base de la plancha, su rostro vivaracho asomaba, arrugado y con la nariz afilada, en las cajitas de preservativos rumanos, que se rompían *ante-portas,* en las cajas de cerillas y en los frascos de medicinas. Gracias a las maniobras paranormales de Mamá Omida,[28] habían sido resucitados en secreto todos los vaivodas del pasado a los que, por decreto, Ceauşescu había nombrado miembros suplentes del C.C. del PCR. El informativo de las siete de la tarde en el único canal de la televisión nacional, los mostraba ahora a todos, en un semicírculo de sillones señoriales, escuchando con deferencia, mientras el Camarada, en medio del coro, con el brazo extendido, les mostraba el camino al futuro y los reprendía de vez en cuando si los sorprendía cuchicheando o mirando a las musarañas. Allí estaban todos, con sus trajes de época, y eran fácilmente reconocibles: Ştefan cel Mare, un enano de mirada furiosa; Mihai Viteazu, moreno y con una gorra ladeada; Mircea cel Bătrân, tambaleándose con su bastón y arqueándose las cejas con la mano; Vlad Ţepeş, con ojos de doncella perversa y labios húmedos; Alexandru Ioan Cuza, con su capa como de Superman y toneladas

---

28. Famosa bruja y adivinadora rumana (1940-1954), cuyos servicios solicitaron muchas autoridades y famosos de la época.

de condecoraciones en el pecho; dos o tres desconocidos más que habrían hecho algo o que, al menos, se habrían dejado despedazar por unos camellos para pasar a la historia. Tras los altos respaldos, tallados con animales heráldicos, miraban con avidez algunos siervos harapientos, Horia, Cloşca y Crişan, Gheorghe Doja y Moş Ion Roată, que, al no ser nobles, habían alcanzado tan solo el estatuto de observadores. Burebista, Decébalo y Deceneu, que por desgracia no habían sido precisamente rumanos, al igual que Glad, Gelu y Menumorut, que no se sabe muy bien qué fueron, estaban allí como palmeros y chinchaban al Camarada estallando en aplausos en cuanto abría la boca.

Se construían bloques para los trabajadores de tal manera que, vistos desde el avión, formaran el nombre de CEAUŞESCU. Se tallaban las montañas para que, desde la Luna se pudiera leer en sus cumbres CEAUŞESCU. Se modelaban las nubes con cohetes especiales que esculpían en ellas el nombre CEAUŞESCU. Las revistas de efectos paranormales y ufología hablaban del descubrimiento, en los campos de cereal de la patria, de unas letras surgidas de la noche a la mañana, que formaban la palabra CEAUŞESCU. Los fuegos artificiales del 26 de enero, el cumpleaños del Camarada, componían con estrellitas violetas y anaranjadas el nombre CEAUŞESCU. Cada libro publicado, ya fuera sobre enterocolitis, meteoritos, danza contemporánea, jazz, prácticas chamánicas de Nueva Zembla, demonología o trigonometría esférica, debía incluir en la bibliografía las Obras del Camarada, unos volúmenes idénticos, encuadernados en tela roja, con las páginas llenas de letras elegidas al azar.

Hasta un determinado momento, la gente se divirtió con el arlequín nacional, se rieron de sus fotos agresivas, de sus esfuerzos ridículos en el televisor, de sus fanfarronadas cotidianas. Se desternillaron cuando, de visita en un instituto de investigación, el Camarada se abalanzó sobre dos sabios con batas blancas y les agarró de las barbas: «¿Desde cuándo tenéis permiso para llevar *bagggba*, golfos?». Solo que aquellos dos jóvenes no eran unos pobres rumanos, sino unos químicos famosos de una universidad americana, venidos a levantar la industria rumana en ese ámbito. Se divirtieron también cuando, al mostrarle la maqueta de una refinería, el Camarada cogía una nave o una chimenea y la cambiaba de sitio, hasta que a los arquitectos se les ocurrió pegar con cola los cubitos de madera a la plancha. Solo entonces, tras un esfuerzo desesperado por despegar un edificio, les dijo Ceauşescu decepcionado: «¡Ahora está bien, *camagggadas!*». La hilaridad era general cuando se oía que el Jefe, después de haber visitado cada CAP del país, cada ciudad y cada barrio, se subió a un helicóptero y se dirigió a la cima de unos montes, donde le habían dicho que estaba la última cabaña de Rumanía por visitar, donde vivía el ultimo paisano que no había recibido aún sus preciosas enseñanzas. El helicóptero aterrizó en un calvero, donde un pastor con una capa peluda, con la barbilla apoyada en el cayado, dormitaba junto a un rebaño de ovejas. El Tío Nicu se acercó a él y le dijo: «Buenos días, camarada». «Buenos días, señor.» «A ver, majo, ¿sabes quién soy yo?» «No, señor.» «¿Cómo que no sabes quién soy yo? Mírame bien, abuelo: soy ese del que hablan los periódicos, el que aparece todo el tiempo en la tele, el que recorre todos los países...» Entonces el pastor, iluminado de repente, le dijo: «Quién lo iba a decir, Dobrin,[29] cuánto has envejecido...».

El padre de Mircea se divertía también, al igual que los demás, con las hazañas del forzudo nacional, que no paraba de romper cadenas en las ferias de pueblo. No era bonito que se mostrara tan sediento de gloria, que inventara algo cada día para ponerse en evidencia a la vista de todos, pero, en definitiva, lo importante era la vida de la gente. Podías vivir bien si te acostumbrabas a ir con los ojos cerrados. Las reglas eran simples: no veas el telediario, lee tan solo la página de deportes de los periódicos, escucha solo música en la radio, no asistas a las reuniones. Y, sobre todo, no olvides que, todavía, el paraíso estaba al alcance de tus dedos: el coche Dacia, la bicicleta Pegas, la motocicleta Mobra, el frigorífico Fram, las napolitanas Dănuţ, el concentrado de sopa Supco, los refrescos Cico y Frucola y, sobre todo, la omnipresente Eugenia, las galletas rellenas

---

29. Nicolae Dobrin, famoso futbolista y entrenador rumano.

de crema que representaban esa época mucho mejor que el escudo del país o la bandera tricolor. Los rumanos compraban eugenias por sacos, las llevaban a casa en los carritos de las bombonas de butano y construían con ellas (porque eran duras como piedras) casamatas en las que se enfrentaban a los rigores del socialismo. En el centro del «ja-ja-ja» general que salía de las casitas de esos cerditos astutos, contra las que en vano soplaba el lobo hasta que se le caían los calzoncillos, se oía discretamente también el «ji-ji-ji» de los padres de Mircea. Bueno, el Tío Nicu parlotea sobre lo divino y lo humano, pero no nos va mal. Todavía vivimos bien. Tenemos calefacción, tenemos comida, ¿por qué vamos a quejarnos? ¿Qué, es que acaso tendríamos que hacer caso a los mentirosos de la Voz de América o de Europa Libre? Esos, como ya se sabía, eran unos traidores a la patria y denigraban los logros del socialismo. Estaban muy bien pagados para ello por los capitalistas que querían destruirnos, quitarnos Ardeal, dejarnos en manos de los rusos, comprarnos el país y llevarnos a la azada de madera.

Pero un día el bufón se sintió indispuesto. Los médicos llegados a la carrera encontraron, tumbado en el sofá, en su residencia de Primavera, cuyos lavabos tenían grifos de oro macizo, a un Camarada lívido y traslúcido como un insecto, la ropa le quedaba como a un extraño maniquí sobre una piel de cristal mate. Puesto que no conseguían encontrar el pulso ni el aliento, aunque los movimientos peristálticos, apenas perceptibles, de los órganos internos señalaban que estaba todavía vivo, lo enviaron de urgencia, en una limusina negra sin ventanas, a Fundeni, donde los que le hicieron la tomografía se quedaron estupefactos: en la caja torácica del Secretario General había otro Ceaușescu, el decimotercero, por el momento no mucho mayor que un dedo, pero que crecía imparable en la carne de su anfitrión, al que devoraba ferozmente con unos dientes tan afilados como el del lucio, poniendo buen cuidado en evitar los órganos vitales. La explicación científica de este fenómeno atroz era simple: de hecho, el payaso y la larva asesina eran gemelos univitelinos. El primero se había desarrollado con normalidad, mientras que el segundo había dormido varias décadas en la humedad calentita del pulmón derecho de su hermano, hasta que el exceso de ajetreo de este en el escenario nacional lo había espabilado a una vida parasitaria.

El bebé crecía en un día lo que otros en un año, como un Príncipe Azul del nuevo orden, así que, al cabo de tan solo cuarenta días, había llenado por completo la piel brillante del gran dirigente, a través de la cual se distinguía ahora, perfectamente, el nuevo rostro. Era una transfiguración desconcertante e inquietante. Aunque los rasgos del rostro se correspondían punto por punto con el retrato «de medio lado» que adornaba las aulas y los despachos oficiales, en ellos se insinuaba algo aterrador, de tal manera que la sonrisa despectiva, de fingido sometimiento ante el payaso que se emperifollaba con emblemas regios, se te congelaba en los labios. Este último Ceauşescu era más viejo y estaba más aislado. En sus ojos, que se veían turbios aún a través de la capa de cristal, se insinuaba la melancolía asesina de los grandes tiranos: Tiberio, Nerón, Calígula... El rostro mustio y arrugado, con un aire tenaz de pajarraco viejo, había acentuado la línea viril de la nariz y la obscenamente femenina de la boca, que ahora mostraba una sonrisa forzada y envidiosa. La larva permaneció unos diez días más en el lecho inmaculado, inflándose y desinflándose como una masa puesta a fermentar, hasta que se vio con fuerzas, gracias a una presión suprema, de rajar a lo largo el imago membranoso y mostrarse al mundo entero en una hipóstasis que muchos habían presagiado, pero que pocos veían en realidad posible.

Porque, un poco lívido y húmedo aún con la leche de la pupa recién abandonada, Nicolae Ceauşescu el Decimotercero apareció de repente en la tribuna de la Gran Asamblea Nacional, con un traje nuevo, salpicado de colores de advertencia: con la banda tricolor cruzada en el pecho y el cetro dorado en la mano derecha, con la izquierda apoyada en la Constitución, se proclamó a sí mismo presidente de la República Socialista de Rumanía con la misma desvergüenza barroca con que Bokassa se había proclamado emperador de su país en mitad del África negra. El camarada Kim Il-Sung había quedado atrás (un triste jefe de Partido, en definitiva).

279

Los modelos eran ahora Dionisio, el tirano de Siracusa, Caracalla y Cosme de Médici. Agitando el bastón ante las narices de los elegidos que, puestos en pie, aplaudían hasta que las manos se les ponían rojas como el trasero azotado de las prostitutas, el inofensivo, el truculento Tío Nicu se transformó en el terrible Ceaşca, y los chistes, el botiquín de supervivencia de los rumanos, se esfumaron de repente, a la vez que la última sonrisa del país. Solo Salvador Dalí, el único que había vaticinado tiempo atrás que Rumanía volvería a la monarquía, estuvo encantado con la paranoia oficial del nuevo presidente, e incluso se mostró deseoso de visitar su residencia, con la modesta condición de que, en el aeropuerto bucarestino, pudiera pasar revista, del brazo del dictador, a la guardia de honor, formada por cien mil latas de pescado bellamente alineadas en el asfalto…

Los proyectos del Tío Ceaşca eran ahora sobrehumanos, porque, al igual que los faraones, se había convertido también él en un hombre-dios, omnisciente y omnipotente. Todo lo que construyeran aquellos veinte millones de esclavos debía verse desde la Luna, sino incluso desde Sirio: la carretera de Transfăgăraş, que serpenteaba por las crestas más altas del país, y por la que no circularía nadie jamás. El canal Danubio-Mar Negro, la celebradísima «autopista azul», por la que ningún barco se arriesgaría nunca. La Casa del Pueblo, el edificio más grande del mundo en volumen, el segundo en superficie, en el que no entraría nunca un solo individuo que amara a la humanidad. Con una mirada feroz, el recién nombrado presidente de la Galaxia decretó que Rumanía construyera a partir de ese momento el Socialismo Megalítico, el *perpetuum mobile* que extraía su energía de la nada y de la melancolía. El cincelado de los bloques de piedra, el tallado de los mármoles de Ruşchiţa, el repujado en las barras de hierro candente de los capullos y de los tallos Art Nouveau de las balaustradas y las puertas imperiales iban a ser acompañados del modelado en la carne viva del propio pueblo, al que la fiera con rostro humano dominaba ahora por completo. El hambre, el frío y el miedo empezaron a recorrer Rumanía.

Costel no entendía nada. ¿Qué tenía que ver todo esto con el socialismo y el comunismo, con el luminoso futuro de la humanidad? Era cada vez más evidente que, sobre el pueblo y sobre los comunistas (que habían llegado ya a los cuatro millones, pues era muy difícil prosperar sin carnet), había aparecido una capa nueva, como un neoplasma que se extendía rápidamente, como una sarna que desmenuzaba la epidermis de la nación: era el clan Ceaușescu, un puñado de hermanos, hermanas, esposas, hijos, cuñados y cuñaditas, apiñados en torno al déspota en un olvido total de la ética y de la equidad socialistas, y que gobernaban a través del terror, pues la *Securitate*, que había languidecido en los años 70, había vuelto a ser una herramienta del miedo, un instrumento de una inimaginable tortura psicológica. En alguna parte de la cámara secreta del inmenso y desierto palacio interior, el periodista que se ocupaba de los problemas de la agricultura empezó a murmurar. En primer lugar, el pago de la deuda externa. ¿Por qué había que liquidarlo y encima en diez años? Todos los estados del mundo tenían deudas, incluso deudas más grandes cuanto más poderosa fuera su economía. ¿Podíamos nosotros pagar un billón de dólares al año? ¿No olía eso a locura? Estaba muy bien ser independientes, por supuesto, defender la pobreza, como había escrito un poeta, pero ¿para qué iba a servirnos una independencia entre ruinas, con las tripas rugiendo por el hambre? Porque la única fuente de dinero era la industria alimentaria, no teníamos nada más: las instalaciones petrolíferas, las fábricas, los pantanos, los puertos estaban arruinados. Así que el queso, la carne, los huevos, la mantequilla emprendían el camino de la exportación, arrebatados de la boca de los niños por una siniestra quimera. Sin embargo, por una especie de lealtad hacia el hombre que había hecho conocida a Rumanía en todos los meridianos y que se había negado a entrar en Praga con los tanques, Costel se tragó sus preguntas, reprimió su confusión. Además, tal vez así tenía que ser, tal vez en la mente genial del Camarada se había producido una mutación que podía parecer perdedora pero que, a largo plazo, traería ríos de miel y leche a ese amado paisito. Al fin y al cabo, todos los poetas cantaban tensando su lira: «¡Orgulloso velero, / maestro timonel!». ¿Acaso podían equivocarse los poetas?

Cuando llegó el primer invierno con los radiadores congelados, con el agua que formaba una capa de hielo en las tazas, con el gas del tamaño de una uña al principio, luego como la punta de una aguja, e inexistente después, con la luz que se iba diez veces al día, con las noches siniestras en las que los cúmulos de nieve eran tan altos como casas y en el interior de los pisos se veía a la gente moverse con velas, con las ambulancias que no se llevaban ya a los viejos, los padres de Mircea empezaron a maldecir en voz alta, y el primer «desgraciados» retumbó entre las paredes del comedor como si hubiera salido del cañón de una pistola. Comenzaron las colas interminables para la «manduca» de cada día y la muerte de los bebés en el vientre martirizado de sus madres, condenadas a parir como las vacas para incrementar la ganadería de esclavos del país. Los orfanatos se convirtieron en campos de concentración de niños abandonados, los perros se multiplicaron en las calles y atacaban en manadas en cuanto caía la noche. Las iglesias eran colocadas sobre ruedas, como unos trolebuses transcendentales, con sus barbudos archimandritas al volante, y escondidas tras los telones de los bloques. Otras eran derruidas en circunstancias apocalípticas. Costel odiaba a los popes de su juventud, pero no le había gustado lo que había sucedido una gélida mañana en Barbu Văcărescu, junto al edificio del ISPE: unos artefactos anaranjados, con orugas, en torno a una pequeña y pintoresca iglesia, medio derruida ya, y una bola de acero que había estado golpeando el rostro de los santos pintados con delicadeza y piedad en las paredes, cada uno con un nimbo que parecía iluminar la nieve sucia. Desde el frontón todavía en pie, el ojo triangular, castaño, lo había mirado con tanta intensidad, con tanta humanidad, le había pedido de forma tan imperiosa una reacción, una lágrima, un gesto de rabia, que el periodista se estremeció y siguió su camino. Los buenos tiempos se habían ido para siempre, llevándose consigo el Volga negro, el buen salario, la esperanza de mejorar, el fantasma del comunismo triunfante y, finalmente, el último bastión que le quedaba al antiguo cerrajero, antiguo estudiante de periodismo, antiguo creyente en los nuevos dogmas, antiguo devoto de los nuevos dioses, semidioses y héroes: la honestidad de su escritura, la conciencia limpia de alguien que no había hecho el mal, aunque había vivido, empezaba a pensar ahora, en medio de un mal difuso, con tantas máscaras como se había puesto y se había quitado el nuevo orden. El mal había atacado el estómago ruidoso, la piel helada, la mente atenazada por el pánico, y ahora descendía hacia el corazón. Porque las sucesivas instrucciones obligaban a los periodistas del ámbito agrícola a informar sobre cosechas fabulosas, éxitos exorbitantes, muy por encima de toda credibilidad. El nuevo faraón dominaba el tiempo, los eclipses y la alineación de los planetas, enviaba las lluvias en su momento y aumentaba exponencialmente la fertilidad del país por el que fluían, en la tele, la leche y la miel. Costel tenía ahora que reflejar el nuevo Canaán, con las ramas de los árboles rotas por el peso de los frutos, con los racimos de uva acarreados en pértigas por cuatro hombres fuertes, con unas cosechas de cereales diez veces superiores a la media, con vacas que parían seis terneros y ovejas que parían doce corderos a la vez... Es cierto que las cifras, en agricultura, habían sufrido reajustes siempre, pero dentro de los límites del sentido común. Ahora era una pura locura, puro veneno de escorpión imperial al que no le importaba nada. Más que el frío, el hambre y el miedo, a Costel le abrumaba ahora la vergüenza, la mancha colorada de las mejillas que le quemaba cada vez que tenía que mentir descaradamente, él, que había creído en la verdad de los tiempos que estaban por llegar. Ya no sabía dónde esconderse, en qué madriguera escabullirse.

La culpa de la transformación del tirano —se oía cada vez más— era Leana. *Cherchez la femme*. La oltena mala y tonta, con pieles de leopardo, con el bolso delante del coño, esa de la que se habían burlado todos los chistes, que se parecía a la supuesta bella Olive Oil de los dibujos animados. Esa que, cuando se la llevaba el jefe a París o a Londres, visitaba los museos y no reconocía ninguna pintura, hasta que, por fin, exclamó delante de un cuadro: «Ah, este lo conozco, ¡es la campesina de Grigorescu!», a lo cual el guía respondió abochornado: «No, camarada Ceauşescu, es solo un espejo veneciano». Esa a la que, después de regresar de Versalles, preguntaron sus amigas: «¿Cómo son allí los baños de señoras, querida?». «No lo sé, yo he meado en el jardín…» Esa que había pedido unos zapatos de cocodrilo de África, pero los cazadores enviados por Tío Ceaşca pudieron constatar que ningún cocodrilo llevaba zapatos. A Leana, sin embargo, la descubrió, encaramada en la cama, el duodécimo Ceauşescu, el único que la había amado y que había decidido ofrecerle un empleo, algo que no fuera vender pipas de calabaza, a lo que se había dedicado en su Piteşti natal. Como Leana había estado enamorada, antes de conocer en la clandestinidad al joven Nicu, de un estudiante de química, ella le pidió, zalamera, que la hiciera también química, aunque no tenía ni idea de lo que eso significaba porque solo tenía cuatro cursos de la escuela primaria. Y su amante esposo se puso manos a la obra. La nombró jefa de la industria química rumana y le compró un taco de diplomas, de doctorados y de afiliaciones a las más importantes universidades del mundo. Así que la tonta del pueblo se vio de la noche a la mañana nombrada Académica Doctora Ingeniera *honoris causa,* tal y como los gitanos llaman a sus hijos con neologismos pedantes y absurdos. A partir de entonces, la prensa solo se refirió a ella como la «Sabia de renombre mundial», mientras que los numerosos químicos a los que pastoreaba la llamaron en secreto *Ceodos,* según la única fórmula química que conocía la sabia, el dióxido de carbono. Sí, ella era la culpable, ella empujaba al jefe a cometer todas esas locuras. Aparecía ahora en todas partes, en todas las situaciones oficiales, había empezado a pronunciar discursos también ella, silabeando las páginas con letras de un palmo, se inventó para ella un puesto de viceprimer ministro primero, había conseguido un despacho, el Gabinete dos, desde donde manejaba con sus manos salpicadas de manchas de vejez los hilos de la propaganda. Sue Ellen. Y Elena ascendía, levantando oleadas de odio popular, como un Goebbels con faldas, porque para los rumanos, encerrados en su política ingenuo-arquetípica, el jefe tenía que ser siempre inocente (el zar era bueno, pero los ministros le ocultaban la realidad) y una mujer se transformaba en un demonio en cuanto dejaba las cazuelas. Leana era también una madre cariñosa (¡una arpía miserable!), con un hijo golfo, putero y peleón, llamado —suprema imaginación— Nicu, y una hija, Zoe, que comía únicamente en platos de oro puro y se bañaba en champán dos veces al día. El hijo bueno y formal era Valentin, el segundo chico, pero ese no era sangre de su sangre, lo habían adoptado entre los afectados por las inundaciones. Incansables, los virtuosos de la lira, sobre todo el campeón W. C. Teodosie, le ofrecían también a ella poemas interminables, homenajes hiperbólicos en los que la describían con el rostro de la Primavera de Botticelli, la Madonna Sixtina y la Victoria de Samotracia, los pintores la retrataban con un rostro fantástico, de doncella renacentista, correteando feliz por un campo esmaltado de violetas, de la mano de un joven atlético, con un jersey de cuello vuelto, ni más ni menos que el Camarada Secretario General del Partido, Comandante supremo del ejército, cabeza de la Iglesia Ortodoxa Rumana, Rabino jefe de la comunidad judía, Arquitecto general de la Capital, Maestro Supremo de la Logia Masónica, el primer minero, agricultor, ingeniero, poeta, metalúrgico, catoptromante, sinólogo, merceólogo, meteorólogo, urólogo y ólogo del país. Ambos, naturalmente, sobre el fondo azul de Voroneţ, nacido del pincel del maestro Sălaşa. «¡Es demasiado!», exclamaba indignado Costel cuando veía algún montaje literario-musical en la tele, en el que unos niños transfigurados se dirigían a la madre de la patria, acentuando con patetismo: «¡Camaaaaarada Elena Ceauşescu, gracias de todo corazón por nuestra dichosa infancia!», o cuando algún actor de enormes cejas enmarañadas, tan envarado como si llevara una zanahoria en el trasero, recitaba algo sobre orgullo, humanidad, resplandor y Nicolae Ceauşescu. «Ni en tiempos de Stalin se hacía nada parecido. Estos han perdido hasta el último resquicio de sentido común. ¡Imbéciles! ¡Desgraciados!» La televisión emitía ahora solo dos horas al día, una de las cuales estaba dedicada al Camarada y a la Camarada, con sus siniestros abrigos, cada vez más mermados, más arrugados, cada vez con más odio, negro, ulcerante, acumulado en sus miradas. «Un viejo y una vieja, dos juguetes estropeados que caminan de la mano», recitaba su padre cuando los veía, maldiciendo entre dientes. Ellos habían matado el socialismo en Rumanía. Ellos se habían burlado del humanismo revolucionario. Ellos habían construido una sociedad basada en la mentira y en el miedo, un mundo en ruinas, donde durante años no se había clavado un clavo, un enorme campo de trabajos forzados, un agujero negro en el mapa de Europa. «Costica, esto no va bien», le decía también Ionel cuando pasaba por su casa. El antiguo campesino de Teleorman, que en otra época había fregado las estatuas de los prohombres de los parques de la ciudad y que había seguido, disfrazado, a la terrible mujer-araña, tenía ahora una cara terrosa, con los poros dilatados de tanto fondo de maquillaje y el pelo ralo por las sempiternas pelucas que tenía que utilizar en las diferentes circunstancias de la vida. «Esto no va bien, chaval. Nosotros estamos al servicio del Jefe, ¿pero te crees que la *Securitate* es tonta? ¿Es que no tenemos también nosotros ojos para ver que (acercando sus labios a los oídos de Costel) está cada día más loco? Va a acabar poniéndose plumas en el culo antes de subir a la tribuna. Nos vamos al carajo, Costel. Y nosotros, los securistas, también somos personas, también nosotros tenemos frío en casa, a duras penas conseguimos un trozo de queso —es cierto que en nuestra cantina cae alguna cosa más, pero igualmente una porquería—, también a nosotros nos jode en las reuniones de Partido algún mierdecilla que nos saca de nuestras casillas. Dinero... tengo. ¿Por qué me voy a quejar? Tengo divisas, un rollo de billetes verdes bien guardadito, a ti no me da miedo decírtelo, varios miles. ¿Pero qué puedo hacer con ellos? Puedo limpiarme el culo, que no hay nada que comprar. He estado tres o cuatro veces en el extranjero, con alguna misión. ¿Y sabes cómo se vive allí, Costel? Como en el seno de Abraham. Tienen todo lo que quieren: coches de los de verdad, no nuestro Dacia, casas con tejas nuevecitas, televisores Philips, videos y magnetófonos, y gastan dinero a espuertas. Y qué comida en las tiendas, Costel, te quedas boquiabierto. Te dan ganas de lanzarte a esas estanterías de cosas ricas, echártelas encima y rodar con ellas por el suelo. Hay que ver cómo sacan brillo a cada manzana, ¡puedes afeitarte el bigote en ella! Y las langostas y todos los pescados del mundo colocados así, rodeados de hielo… Y las putas (ahora, entre hombres, antes de que venga Marioara con el *nechezol),* que están en los escaparates con las tetas al aire. ¡Ahhh! Te las comerías con plumas y todo. Y encima baratas, Costel, puedes follarte a una cada día si te apetece… Y cines porno, para que la gente se alegre la vista… Que aquí dicen que solo Leana, por envidia, hace que graben a Violeta Andrei mientras folla y luego ve la cinta: mira lo que hace la puta esta, y encima su marido es ministro y miembro del C.C.… Así les hace el traje a todos: que si uno es obeso, que si el otro es tonto, que si el de más allá se ha casado con una puta… Ya te digo yo: odiaremos nosotros a la sabia, pero ¡cómo la odian los de la dirección del Partido! De tanto como los humilla, la cortarían en tiras con una cuchilla si pudieran. Bueno, a lo mío: ¿crees que nos vendría mal librarnos de estos dos? ¿Del paranoico y de la rústica? Sobre todo, porque los rusos los tienen enfilados… ¿No ves que van eliminando, poco a poco, a todos? Gorbachov es un hombre marcado, ¿no has visto esa mancha rojiza en la calva? Se los va a cargar a todos, y le llegará el turno también al jefe, por muchos aires que se dé. Lo importante es que no caigamos nosotros como tontos a la vez que él. ¿Por qué va a colgarme la gente de una farola? ¿Qué es lo que he hecho yo? ¿He matado a mi madre? He puesto un poco la oreja, como cualquiera, como dice el refrán: con el yunque, el estribo y el martillo gano yo mi dinerillo… *¡Securista!* ¡Vaya cosa! Es una profesión, como tractorista, tornero… ¿Quién si no va a detener a los espías? ¿Quién va a cargarse a los disidentes? Pero al pueblo no le hemos hecho nada malo, que somos gente del pueblo. Costica, atento (los labios se acercan tanto a la oreja que casi la rozan): nosotros vamos con Ceaşca, que el oso no baila porque sí, pero miramos a uno y otro lado. Dicen que nuestros jefes están ya en contacto con algunos del Partido, de esos muy mal vistos, la gente de los rusos. Dicen que quedan en los parques para hablar: ¿qué podemos hacer? ¿Cómo podemos librarnos del loco? ¿Cómo podemos salvar el socialismo? Dice que están metidos en el ajo varios generales del ejército. ¿Entiendes? Jugamos con dos barajas, que de lo contrario sería grave: o nos mata el dictador, o nos matan los otros si pasa algo. Nosotros tenemos que caer de pie de todas formas, como los gatos, ¡si nosotros no aguantamos, se va el montaje al carajo y vuelven los capitalistas!» Esto es lo que más se temía Costel. Derrocarían al tirano, ¿y luego? ¿Y si volvían los terratenientes, los curas, los banqueros y los fabricantes y lo pillaban con el carnet del Partido en el bolsillo? Y con la credencial de periodista, que no tenían ellos tiempo de comprobar que se dedicaba solo a la agricultura… ¿Y si regresaba el rey con su hatajo de parientes para reclamar sus propiedades? Pero esto era imposible, antes desaparecería el Danubio por la grieta de la que había brotado, en las montañas de la Selva Negra. Todo era legal, solo que el progreso de la humanidad no podía tropezar con los pequeños accidentes de la historia. ¿Y qué si moríamos de hambre y de frío mientras el dictador levantaba en medio de la ciudad destruida una casa abrumadora? ¿Y qué si habían muerto en la lejana China millones de personas en aras de una quimera? ¿Acaso se había modificado el curso del Yangtsé? ¿Era el cielo menos azul en Ucrania después de que decenas y cientos de aldeas se hubieran muerto de hambre? ¿Acaso no bailaban salsa en Cuba, no reían felices en Corea del Norte? Todo pasaría, y los hijos de los rumanos olvidarían a Ceauşescu después de que otro camarada dirigiera de nuevo a la nación hacia el verdadero comunismo, el de rostro humano. Incluso aunque no caiga ahora, el viejo aguantará como mucho diez años, que al fin y al cabo no es inmortal…

Y ahora, petrificado ante la luz azul del televisor, junto a su hijo pródigo, completamente ajeno a él, más alejado de él que si viviera en otro hemisferio, que pastoreaba los cerdos de un arte incomprensible y que anhelaba atiborrarse también él, siquiera una vez, con las algarrobas que, a falta de margaritas, devoraban los animales embarrados, Costel escuchaba los discursos de unos desconocidos, pronunciados desde el balcón lívido ante un mar de gente, después de que el tirano, llevándose consigo todas las aspiraciones y esperanzas del antiguo cerrajero, hubiera desaparecido no se sabía dónde, dejando el país en manos de no se sabía quién. Costel no guardaba desde hacía años, como todos los rumanos, una botella de vino espumoso Zarea con la intención de abrirla «cuando reviente ese». Su ofrenda sería sombría, negativa, símbolo apotegmático de la ruina de una vida, de la muerte de una fe. Con un estruendo apocalíptico, el comunismo se derrumbaba esa noche en Rumanía, simplemente desaparecía sin dejar huella, como si no hubiera existido. Supe, como en el relámpago de un *déjà-vu,* lo que iba a suceder: mi padre se levantó de repente del sofá y resuelto como no lo había visto jamás, se dirigió a la cocina. Me levanté también yo y fui tras él. Lo encontré allí, entre las paredes pintadas de color caca, ante el fregadero con el fondo oxidado, con los grifos que goteaban tristes. Yo había intuido ya que, en cuanto me viera aparecer (como si hubiera necesitado imperiosamente la presencia de un testigo además de su propia conciencia, como si yo fuera la propia humanidad, al margen de la cual ni siquiera el gesto más patético tendría valor, como si los individuos desconocidos del C.C. no hubieran soltado una palabra ante los micrófonos si la plaza hubiera estado desierta), mi padre sacaría del bolsillo del pijama el carnet rojo del Partido, encuadernado en cartoné, guardado hasta entonces en el bolso granate de mi madre, entre imperdibles, certificados amarillentos, pastillas petrificadas y fotos con la película agrietada. «Que se vaya todo a la mierda», murmuró el hombre sin afeitar, con los pelos de la barba grises desde hacía tiempo, mirando desorientado a su alrededor. «A partir de ahora, lo que tenga que ser, será... Marioara, ¿dónde has puesto las cerillas?». Pero las encontró antes de que llegara la respuesta desde el comedor, que por lo demás tampoco llegó, como si el universo hubiera quedado reducido a aquella miserable cocina, a través de cuya ventana se veía, negra como el betún, la losa gigantesca del Molino Dâmbovița, con dos o tres estrellitas encima. Dejó el carnet del Partido sobre la mesa, encendió una cerilla y una llamarada con olor a azufre iluminó la estancia. Luego, con la cerilla encendida en la derecha, sujetó de una esquina el rectángulo rojizo en el que estaba grabado PCR en una guirnalda dorada de laureles y lo acercó lentamente al centro de la luz. Pero la llama le llegó al dedo y el palito carbonizado cayó en el fregadero antes de alcanzar las hojas rígidas entre las tapas de tela. Siguió la segunda cerilla, el segundo fogonazo de luz, la segunda aparición de nuestras sombras en las paredes desnudas, salpicadas tan solo por las gotas de rebozado que habían saltado, hacía tres o cuatro años, de la sartén. Tampoco esta vez alcanzó la llama el carnet, que parecía envuelto en un impenetrable campo mágico. Las manos de mi padre temblaban, sus ojos aterciopelados estaban arrasados en lágrimas.

Cuando la tercera llama empezó a morder la parte inferior de las hojitas, en las que figuraban las cotizaciones mensuales corroboradas con sellos, los bordes se ennegrecieron un poco, pero no prendieron. Fueron necesarias tres o cuatro cerillas más para que las páginas se consumieran despacio, milímetro a milímetro, como unas hojas minuciosamente devoradas por orugas. Las tapas no querían arder, solo la foto de mi padre, en la parte interior, tenía una capa de ceniza. Mi padre se ensañaba con ellas, y pude verlo entonces, después de muchos años, como lo recordaba en mi infancia: un dios colérico, implacable, congestionado, maldiciendo a todos los santos, arrojando las cosas al suelo, hinchándose hasta llenar toda la habitación en un arrebato de odio y de frustración. Consumió casi toda la caja hasta que una cerilla más afortunada consiguió prender las alas de la mariposa púrpura, que echó a volar de repente de las manos con los dedos quemados e, iluminando hasta la blancura, hasta lo insoportable, la cocina, se transformó en unos instantes en hojas de ceniza, marchitas, que crepitaban y se retorcían todavía en el suelo como criaturas agonizantes. El humo era ahora tan denso que podías cortarlo con un cuchillo. Tosiendo, mi padre se precipitó hacia la puerta y salimos los dos al balcón, a un aire duro como el de la montaña. El humo blanquecino se elevaba en oleadas sobre nuestras cabezas, como si hubiera salido de un horno enorme. Mi padre se cubrió la cabeza con las manos, lloroso y estremecido como una vara en medio del frío invernal, pero yo seguía mis presentimientos y no tuve que volverme hacia los cientos de ventanas de nuestro bloque para ver los cientos de oleadas de humo blanquecino elevándose de todas las cocinas, subiendo hacia el cielo sombrío y fundiéndose allí, sobre el molino, los álamos y la Casa Scânteia del horizonte para formar una columna densa, que se fundía a su vez con otras y otras y otras, de todos los bloques y de todos los barrios, hasta que, sobre Sodoma y Gomorra, sobre Bucarest se elevó una columna enorme de hollín brillante que llegaba hasta el cielo, mezclándose con las nubes de nieve.

Con la cabeza entre las manos, con los codos apoyados en la balaustrada del balcón, mi padre parecía ahora una gárgola fantástica en la fachada de un templo en ruinas. En su rostro petrificado por la desilusión lo único vivo eran sus ojos, sus bellos ojos castaños, porque no eran de hecho sus ojos, sino otros, de las profundidades del tiempo, los que habían trepado por él, de manera casi visible, tal y como los filamentos negros de la carne transparente del caracol se extienden hasta la punta de los cuernecitos tiernos y solo allí comienzan a ver. Como en todos los momentos de tristeza y desesperación, a través de sus pestañas húmedas miraba ahora Witold, el príncipe polaco cuyo descendiente era sin él saberlo y cuya historia fantástica se entrelazaba de forma tan extraña con la suerte del antiguo aprendiz de los talleres ITB.

No soplaba el viento, soplaba el ocaso. El ópalo líquido y el ámbar formaban corrientes claras en el espacio vasto sobre el lago Como, reflejando una vez más la luz mística en sus aguas transparentes hasta casi el fondo, pero más tenuemente, diluyéndose en una masa hialina. Era como si la quimera de arriba hubiera mirado a los ojos a la quimera de abajo, transmutando el gas rosado y luminoso, cargado de nubes en continuo envolverse y desenvolverse, en el brillo de oro denso, gelatinoso, de abajo. En el inmenso anochecer que había caído ya y que dominaba el resto de las tardes del año como la bóveda más alta de la catedral en el centro de una lejana ciudad, los Alpes brillaban blancos-amarillentos, reflejando ellos también, en las aguas casi lisas, el sabio *origami* de sus perfiles de papel plegado. La tristeza abrumadora, de otoño profundo, tan profundo que penetraba en el cuerpo calloso, volcándose en el crepúsculo talámico de las voces y de los recuerdos, hinchaba la única vela de la barca de pescadores que cruzaba el lago desde Cadenabbia con la proa apuntando, titubeante, hacia Bellagio. La vela parecía, desde lejos, una concha suave al tacto, una uñita de nácar rosa que avanzara por el angustioso vacío de la tarde. La inflaba uno de los senos del ocaso, mientras que el otro, desvergonzadamente libre de ataduras, mostraba, allá abajo, sobre las aguas, su areola morada: el sol que se extendía en el brillo efímero de abajo. Parecían navegar bajo una inmensa mujer desnuda, envuelta en una ola de melenas rojas, hiperabundantes, recostada en la sábana arrugada de los Alpes y en el espejo del lago de Como, que devolvía su reflejo oscuro.

En las dos pupilas del joven que, arrebujado en un manto forrado de seda violeta, descansaba sobre una barrica de arenques, junto al pescador que manejaba los cabos de la vela jurando en quién sabe qué dialecto piamontés, se adivinaba el promontorio al que estaba encaramado, casa sobre casa, como una colonia de ostras, el pueblito de Bellagio, reunido en torno al campanario de la iglesia italiana que dominaba la roca y el paisaje. El ángulo desde el cual lo veía cada ojo difería muy poco del otro, de tal manera que en la zona occipital del cerebro del joven se perfilaban casitas tridimensionales, blancas y amarillas, sorprendentemente luminosas en el ocaso, diseminadas por la roca boscosa, irregular, que sobresalía sobre el fondo brumoso, azulado, de la extensión de las aguas, donde la luna, casi redonda, como un canto de río levemente mellado, se mostraba ya amarilla, traslúcida.

El hombre estaba aterido por el frescor de la tarde otoñal. Había hundido la barbilla en el cuello alto de la camisa, atado con un lazo púrpura. Tenía un rostro fatigado y triste. Sus ojos castaños estaban sombreados por unas pestañas demasiado largas para un hombre. Cuando las cerraba, había en su forma curiosamente arqueada algo perturbador tanto para los hombres como para las mujeres, como si le revelara a cada uno una hasta entonces desconocida quimera interior. Una cortesana de Lviv dijo una vez, en un salón libertino, que, mientras hacía el amor con el joven Witold, había tenido la sensación de que estaban tres en la cama, que se besaba con un hombre y una mujer a la vez, y que nunca se había sentido tan feliz como cuando tuvo su cabeza de cabello negro ala de cuervo, rizado, entre los muslos, y cuando sus labios besaron apasionada, tiernamente, *mujerilmente* (esa era la palabra), su concha rosada y suave, perdida en un bosque de oro. Witold era bello y ausente. Entre las cejas firmes, más negras aún que los mechones de su cabello, tenía grabada en la frente, con unas profundas arrugas, la gran Omega de los melancólicos, delante de la glándula pineal, abierta en otra época como un tercer ojo entre las cejas. «*Bądz co bądz*», murmuró Witold inspirando, resignado, el aire ocre. Nunca la divisa de la Familia, inscrita en letras de bronce bajo el escudo heráldico, en el que un caballero con coraza asaltaba una torre como las del ajedrez, había resultado más acertada. Que sea lo que tenga que ser. El príncipe no se sentía ya, había dejado de sentirse una criatura humana, incrustada en la urdimbre inextricable de destinos con la que estaba adornada, en altorrelieve, la lápida de la tumba de la historia, sino un extraño instrumento, venido de otro mundo, tal y como el artista penetra en el diorama de una sangrienta batalla para añadir pintura roja a la herida de un zuavo, para dorar una charretera, para cambiar la posición de un brazo de escayola crispado en un antiguo trabuco de verdad. Si le hubieran preguntado qué estaba haciendo allí, en medio de la enorme Y del lago bañado por el ocaso, deslumbrante como un lazo de fuego entre los Alpes infinitos, por qué él, el noble polaco, duque de Klevan y de Zukor, había abandonado los fruteros rebosantes de uvas y su mesa de trabajo de la alejada Galitzia, los salones abarrotados de nobles en los que se practicaba el florete de la ironía y se urdían conspiraciones contra el Zar, a las mujeres que siempre se habían acostado con él, incluso las casadas, incluso las vírgenes, incluso las monjas (había tenido a *todas* las mujeres de la tierra), le habría resultado difícil y complicado responder. En su vida había habido una sucesión de hechos improbables, naturalmente. Pero había también otra cosa que superaba con mucho su insignificante destino personal. En su infancia, en Puławy, la ciudad plagada de plátanos, el pequeño príncipe solía sentarse en el alféizar de la ventana de su habitación en el castillo paterno, con el regalo que le había entregado, cuando cumplió ocho años, su famoso padre: el gran álbum de litografías con los dibujos de anatomía de Da Vinci. Hojeaba horas muertas las páginas amarillentas-ocres, contemplando la mirífica arquitectura del cuerpo humano, los huesos y los tendones desprovistos de piel, el globo ocular con los músculos que lo hacían girar en la órbita, los nervios seccionados que partían de la espina dorsal, limpia como la de los pescados en el plato, el cráneo en el que, a través del gran agujero trapezoidal, se veía el misterioso cerebro. A medida que caía la tarde, amarilla como una llama de sodio, el color de la página se confundía por completo con el del cielo entre los plátanos inmemoriales, de tal manera que el libro desaparecía y quedaban flotando en el aire, entre los dedos del niño, solo los hilos cobrizos de los dibujos: un brazo fantasmal con las venas al aire, un estómago, una mandíbula sin la pared del rostro, llena de muelas incrustadas directamente en el hueso. El dibujo que le había fascinado siempre era, por supuesto, el del niño aovillado en el útero seccionado de una mujer, rodeado por la escritura menuda de Leonardo, que solo se podía leer en el espejo. El feto de ojos inteligentes, uranianos, con el cuerpo firmemente encajonado para que pudiera caber en el espacio asignado, como un cerebro que sufriera la opresión del hueso de alrededor, se quedaba, en aquel preciso momento en que el libro se disolvía en el crepúsculo para levitar en el aire, en el regazo del niño, entre sus manitas incrédulas, tridimensional y transparente, delimitado tan solo por las líneas firmes, de tinta sepia, del dibujo leonardesco. Y muchas veces Witold permanecía así hasta la caída de la noche, mirando a los ojos al embrión de luz. Desde entonces había pensado a menudo que también su vida era una especie de feto, retorcido como la punta de un helecho en el vientre de la existencia y retomando, etapa a etapa, la historia secular de su estirpe, la famosa Familia que había dirigido, en la sombra o en la gloria, el destino de la desdichada, de la martirizada, de la tantas veces despedazada Polonia. Su infancia había sido tan oscura como los primeros nobles, rutenos y lituanos, que habían vivido, habían luchado y habían muerto en las ciénagas del Levante, descuartizados por los tártaros, cazados por los suecos, enviados, como prisioneros de guerra, a los fiordos de la lejana Noruega, donde habían fundado pequeñas iglesias blancas al borde de unos aterradores abismos. De adolescente, floreció bello y bendecido como la larga serie de Kazimierz y Stanislaw y Augusti inclinados sobre unos papeles ajados en sus aposentos con retratos bituminosos en las paredes forradas de cordobanes. Tuvo a su primera mujer a la edad de quince años, y asociaba el grito del momento en que su nácar se vertió en el receptáculo de aquella criada olvidada con el momento legendario, ocurrido doscientos años atrás, cuando el príncipe Kazimierz Csartarowski, su antecesor, el fundador de la Familia, se despertó en medio de la noche, bajo el baldaquín de su lecho, tras un sueño espeluznante: una enorme mariposa tropical se había posado en su rostro, lo había sujetado firmemente con las garras de sus seis patitas, había desenrollado la trompa retorcida, dura como el alambre, como si estuviera hurgando con ella en el cáliz de una flor, y le había clavado la punta en la frente. El durmiente sintió aquella sonda diabólica avanzar, crujiendo, hasta el centro de su cerebro y vio, a través de los párpados ahora transparentes, los ojos ardientes de la fiera cubierta de pelusa, de antenas pinnadas y unas alas que oscurecían el universo. Se despertó aullando, puso a todo el palacio en pie, pidió un espejo y —no había sido un sueño— en medio de la frente se vio una herida redonda, como la huella de una polilla en la madera, de la que manaba todavía un hilillo de sangre. No pasó siquiera un mes y el príncipe se extinguió tras unos sufrimientos atroces. Los médicos de la corte recibieron la orden de abrir el cráneo y —dice la leyenda— encontraron en su gelatina nacarada una bola de cuarzo del tamaño de un ojo humano y pesada como el plomo, su propio hijo limpió la placenta pringosa que velaba su brillo y no se separó de ella jamás. La bola de cuarzo que brillaba de forma extraña, paradójica, como si la luz recorriera, en su interior, un trayecto laberíntico, cruzando membranas y microtúbulos, había atravesado seis generaciones hasta llegar, opaca como el marfil por el paso del tiempo, a la palma izquierda de Witold, donde pesaba monstruosamente como un sello sobrenatural. Desde los quince años, desde que había vertido su leche ardiente en una mujer, ahí, *«inter urinas et faeces»,* donde la maravilla cobraba forma a partir de la obscenidad, el príncipe no se separó jamás de la esfera de marfil, recibida aquella misma tarde, en la penumbra de la biblioteca, de manos de su padre, como si este hubiera sabido, a través de quién sabe qué vía oculta, que el jovencísimo príncipe se había hecho hombre. Durante el día, en las horas de silencio y soledad de su cuarto de techos inusualmente altos, jugueteaba a menudo con la esfera de cristal, se la pasaba por la barbilla, los labios y la nariz, hasta encajarla en el lugar adecuado, en el hueco entre las cejas. Mientras estaba tumbado en la cama bocarriba, con una camisa de holanda con cuellos de encaje, el príncipe sentía el peso terrible de la bola en la frente. Su caja craneal crujía, a punto de reventar sus costuras como el capullo de una flor. Con los ojos cerrados, con sus pestañas femeninas delicadamente arqueadas, que arrojaban sombra sobre sus mejillas, el joven tenía a veces la sensación de que podía ver a través de aquel ojo helado, de que, a través de una curiosa transustanciación, sus globos oculares se habían vuelto de cristal, mientras que la esfera de la frente se había vuelto de carne y había adquirido, como en las láminas de Leonardo, unos músculos oculares, una esclerótica gruesa y amarillenta, un iris castaño, un cristalino… En su superficie convexa serpenteaban ahora unos delicados vasos sanguíneos, rojos y azules… Un nervio lívido, como un pequeño cordón umbilical, atravesaba ahora su frente y llegaba al centro mismo del quiasmo óptico, bajo la presión difusa de la masa cerebral. En aquellos momentos de ensoñación, el príncipe sentía que se encontraba al otro lado del mundo, en su forro de sueño y seda, que no vivía de verdad, para sí mismo, sino que una fuerza colosal había colado en su carne la mano de luz que lo manejaba, lo arrastraba por el camino predestinado, en cierto modo contra natura, como en ese truco en el que una bola transparente sube por unos carriles desafiando a la gravedad. ¿Es que acaso no somos todos manipulados, acaso el espíritu que se insinúa en nuestra carne, mirando con nuestros ojos, oyendo con nuestros oídos, moviendo nuestros músculos y nuestros huesos, de lo contrario inertes como una mano adormecida en el sueño, llorando con nuestras lágrimas, utilizándonos como si fuéramos un conjunto de ropa, no es como esa mano de billones de dedos, inserto cada uno en los billones de dedos del guante de mi cuerpo? Como si nuestros ojos fueran dos agujeros recortados en el plano de la existencia, a través de los cuales alguien espiara indiscretamente nuestro mundo…

Y la madurez de su historia personal repetía también la filogénesis de la línea aristocrática cuyo último representante era, tanteándolo a ciegas, conducido por una voluntad que no era suya, que correspondía por completo a una determinada inclinación de la rama de los duques de Galitzia hacia zonas que desbordaban sus costumbres políticas y galantes. Naturalmente, la Familia no había estado nunca al margen de la política nacional, y el padre de Witold —acaso había que recordarlo— jugó un papel relevante en la revolución que había tenido lugar unos años antes, sin embargo, lo que en otra época era percibido por el clan de los Csartarowski como, simplemente, su deuda para con la Patria, su destino de nobles de sangre azul, se había erosionado de un siglo a esta parte, y se había convertido ahora en poco más que en un conservar las apariencias, en «preservar el rango». Por debajo se había insinuado otra clase de deuda y una lealtad completamente distinta. Durante seis generaciones, la Familia se había implicado —evidentemente, a partir de la pesadilla de la mariposa y de la bola de cristal— en un quehacer incongruente para una estirpe aristocrática y, sobre todo, para un territorio nórdico, cenagoso, cubierto de neblinas. El hijo de Kazimierz, Jan, el primer heredero de la esfera, se había aislado en un pabellón de caza no muy lejos de Csartarowsk, la ciudad originaria de la Familia, y ordenó a sus criados hacer circular el rumor de que el príncipe había desaparecido en brazos de una bella desconocida y de que regresaría al mundo después de saturarse de sus gracias. El único que conocía la verdad era su mejor amigo; solo a él se le había permitido visitar, con una venda en los ojos y en un carruaje sin ventanas, al excéntrico príncipe, al que encontró en un salón redondo, bajo una cúpula alta rodeada de luceros ovalados. Las paredes y la cúpula estaban completamente cubiertas de pinturas grotescas en colores estridentes: pájaros exóticos, tigres de ojos humanos, camaleones fantásticos, mujeres desnudas con pezones descarados, maquinarias imposibles, demonios. El suelo era un espejo circular, de diez brazas de diámetro, en el cual la locura de arriba se prolongaba en el abismo. El príncipe estaba feliz en medio del salón, sobre los talones de otro príncipe cabeza abajo, como la imagen de la carta de una baraja, y a su alrededor había, sostenidas por unas patitas delicadas, graciosamente arqueadas, cuatro mesitas de palisandro, repujadas con maestría. En cada una de ellas había una bandeja cubierta por la agitación de unas mariposas de seda. Los gruesos lepidópteros, nacarados, incapaces de volar, se habían desparramado fuera y se movían ebrios, golpeándose unos con otros, enredando sus antenas pinnadas, por las patas de las mesitas, por el cristal del suelo, por la levita y por la peluca del príncipe, por las paredes cubiertas con aquellos dibujos perturbadores, excitantes, dementes, y llegaban hasta la bóveda en cuyo centro estaba pintada una tarántula enorme, con las patas extendidas. El príncipe Jan estaba chiflado por los gusanos de seda y, con infinitesimales detalles técnicos, le explicaba a su amigo el ciclo reproductor del precioso animal, sus metamorfosis y sus exigencias, su monomanía por las hojas de morera con las que se alimentaba exclusivamente, como un opiómano con esa gota dulzona que brota de las cápsulas de las amapolas. Allí había pasado sus tres últimos meses de vida, durmiendo acurrucado sobre la superficie dura del espejo, picando mano a mano con sus criados las hojas de morera, vigilando el hormigueo de los gusanos, su voracidad, su indolencia de seres artificiales, creados y criados por otros seres a los que ignoraban, aunque fueran gigantescos y tuvieran los ojos fijos en ellos, así como ignoraban el objetivo para el que eran tenidos en palmitas, cuidados, agasajados y mimados como bebés. Se fiaban simplemente de la buena fe de los dioses que velaban sonrientes por ellos, que procuraban que no les faltara de nada, que vivieran su vida paradisíaca hasta el final, tal vez hasta el fin de los tiempos. ¿Cómo se les podría ocurrir, cómo iba a imaginar el ganglio que tenían en lugar de cerebro que los dioses esperaban pacientemente a que los gusanos se envolvieran en una pupa de seda brillante, que esa seda, y no sus vidas, era preciosa para ellos, que los capullos en los que sus cuerpos vivos, en transformación, soñaban imperturbables, las mandorlas en las que se alzaban hacia un cielo interior, serían arrojados al agua hirviendo? ¿Que morirían en medio de unos sufrimientos espeluznantes ante los ojos sonrientes de los grandes dioses que enrollaban en bobinas su saliva transparente con la que tejerían ropa, antes de arrojar a la basura, con asco, el cadáver que había secretado aquel hilo milagroso...? «¿Qué recolectarán de nosotros, al final de los tiempos, los ángeles?», le preguntó, pensativo, el príncipe Jan a su confesor. Durante el tiempo que duró el encuentro, escribiría más adelante el conde Voiniţky en sus memorias, el príncipe Csartarowski había jugueteado con su esfera de cristal, paseándola por la bandeja de las mariposas, divirtiéndose al contemplar sus rostros bonachones a través del cristal que los aumentaba de repente, deformándolos de forma fantástica. «Se parecían, así vistos, a los rostros de unos desesperados habitantes del infierno...»

Pero si el príncipe Jan sentía por los gusanos de seda una pura pasión entomológica y había rechazado con indignación su sacrificio para obtener los hilos transparentes, sus descendientes, mucho más orientados al mundo real, habían fundado sobre la curiosa manía de su padre un negocio inesperadamente lucrativo. Nada podía acabar con la atracción que despertaba la seda, al igual que con el deseo de amor de las mujeres que la lucían. Seda y perlas, perlas y seda, prestándose las unas a las otras el brillo nacarado, la suavidad al tacto que anticipaba el roce de las pestañas, de los pechos, de los labios entreabiertos. Los hombres adoraban devorar a las mujeres entre oleadas de seda, en sus ardientes alcobas. Las mujeres se estremecían por retar a sus rivales con sus pañuelos y sus turbantes de seda, bañados en los más deslumbrantes colores. El taller original, abierto en Puławy, consiguió, después de varios fracasos, producir una cierta cantidad de seda, pero el clima, la eterna grisura de los cielos bálticos y el amargor de las hojas de morera en aquellas tierras no parecían demasiado propicios para el negocio. La familia intentó, así pues, salvar su industria exportándola a otros lugares gracias a su formidable red de alianzas político-matrimoniales. En ningún otro sitio se dio la cría de gusanos de seda mejor que en el norte de Italia, en varios pueblos y ciudades en torno al lago de Como, donde los animales alados parecían sentirse como en casa.

Por lo demás, el lugar era también un paraíso para los hombres. A lo largo de las aguas heladas se extendían unas costas montañosas, dominadas por los gigantescos e impasibles riscos de los Alpes, que se reflejaban aquí y allá en el espejo del lago. Unas casitas pintadas en rojo o en naranja se desparramaban por todas partes, alternando ventanas estrechas, con orlas de estuco, con apotropaicas, soñadoras estatuas. En sus jardines rodeados de muros de mica brillante, se elevaban hacia el cielo los husos negros de los cipreses reales, árboles fúnebres, nostálgicos, emblemas de la Italia septentrional. Siempre que alzaban sus miradas hacia las antorchas inmóviles, incluso los campesinos, que en aquellas tierras se sabían a Dante y a Petrarca de memoria, repetían un verso de un poema muy antiguo: «El poeta canta libre a la muerte, los cipreses, los infiernos». Pequeñas poblaciones, reunidas en torno a una iglesia románica de piedra tosca, alternaban con olivares, con pueblos pesqueros, con zonas estériles por las que serpenteaba el camino que bordeaba el lago, tan estrecho que solo podía pasar un carro tirado por bueyes. Y cada ermita, cada capilla de los pueblitos de casas blancas y muros rematados con tejas y cubiertos de hiedra, presumía de un santo, de una virgen, de una ascensión, de una última cena pintada por un gran maestro de otra época. Aquel lugar no era de este mundo. Era un injerto del paraíso plantado en el valle de lágrimas, que había prendido y había dado fruto. En Como, la ciudad más grande del entorno, habían abierto los polacos una gran fábrica de seda, famosa muy pronto en toda Europa. En muchas ocasiones podías ver ante las puertas de los enormes talleres a viajeros llegados de Hamburgo, de Passau, de Moscú o de La Haya, llenos de polvo, derrengados por los días de viaje en diligencia, esperando para comprar de primera mano, sin intermediarios, los rollos de tela ligera como un copo, magistralmente estampada con los modelos propios del lugar, pájaros exóticos, tigres de ojos humanos, camaleones fantasiosos, mujeres desnudas de descarados pezones, maquinarias imposibles, demonios… En unas barracas se criaban los gusanos, desde los huevos nacarados hasta la mariposa gorda que ponía otro montoncito de huevos; en otras se arrojaban las pupas envueltas en su capullo en cazuelas de agua hirviendo y a continuación, con dedos delicados, las trabajadoras encontraban el extremo suelto y empezaban a enrollar en bobinas el hilo brillante, un solo hilillo continuo, de la longitud de una milla marina. En la fábrica de ladrillo se oía sin cesar el traqueteo brutal de los telares, el silbido de las lanzaderas, la risa vulgar de los tejedores, que se lanzaban pintorescos juramentos, pues el arquetipo ideal de sus vidas miserables era «*cazzo longo, figa stretta*» y solo pensando en la siguiente hora que pasarían entre los muslos de sus mujeres reunían las fuerzas para manipular minuciosamente los hilos de las máquinas. A la tintorería, en otra zona de las instalaciones, se entraba solo en determinadas ocasiones y solo por motivos serios, porque allí se trabajaba con ácidos y mezclas que apestaban a amoniaco. En cuanto penetrabas en esa *bolgia* se te llenaban los ojos de lágrimas y no sabías si era por la irritación provocada por las sustancias químicas o por la compasión por aquellas veinte muchachas, ninguna mayor de catorce años, que, ebrias del éter de los tintes, pálidas como la muerte, con los ojos cerrados y con los cabellos sueltos cayendo en cascada sobre unos cuerpos vestidos de blanco, pasaban sus delicados pinceles, de pelo de cola de ardilla, sobre las piezas de seda cruda, sujetas en marcos de madera, para llenarlas de manera obsesiva, como en trance, con los mismos modelos grotescos, pájaros exóticos, tigres de ojos humanos… Ante ellas, como una profesora ante una clase de niñas, había, en un banco de trabajo especial, una mujer madura, corpulenta, con unas enaguas de encaje negro que ponían en evidencia su carne lívida, las arrugas de los muslos, el pecho redondeado, voluminoso, abundante, las axilas de las que afloraban unos mechones de vello rizado. La mujer tenía unas intensas ojeras, señal de desenfreno, y unos labios voluptuosos, intensamente pintados. En la lámina traslúcida que tenía delante dibujaba cada día una imagen, una araña negro antracita, con una mancha roja en el vientre. Era el emblema de las Viudas Negras, el pañuelo que los más temidos piratas de la zona llevaban en torno a la cabeza o anudado al cuello para luego, durante las incursiones criminales en las villas de los alrededores, cubrirse con él el rostro y dejar tan solo a la vista sus ojos implacables. De vez en cuando, la mujer se levantaba y se paseaba lentamente entre los pupitres de las chicas traslúcidas, deslizaba aquí su dedo con un anillo de pelo de mamut por las delicadas vértebras de alguna de ellas, hasta que toda la piel de su cuerpo se erizaba, agarraba allí el cabello rizado de otra, obligándola a echar la cabeza hacia atrás y a acercar su boquita infantil, hasta que esta se entreabría y una expresión de terrible sufrimiento se dibujaba en el rostro de la así seducida. Todos, en Como, conocían a la mujer ojerosa, no había hombre que no hubiera manoseado, perdido en su carne blanca, las tres aberturas insaciables de su cuerpo, de costumbre en compañía de otros hombres, noche tras noche, enloquecido por sus gemidos de cerda imperial. Sin embargo, no había domingo en que la «puta de Babilonia», como la llamaban todos, no apareciera en el aire opalino de la iglesia, elegantemente vestida, con una cruz de coral al cuello y un evangelio pequeño, encuadernado en plata, en las manos, y no se arrodillara en medio de la nave solemne, rezando con fervor. Se incorporaba, al final de la misa, purificada, con la mirada dichosa de una consumidora de opio, y salía como una reina del edificio estrecho y bajito, escondido, como sucede muchas veces en Italia, tras una fachada grandiosa. Donde la puta de Babilonia había estado, en la mañana de nuestro relato, el príncipe Witold se hallaba ahora mortificado por unos pensamientos muy distintos.

Había anochecido casi por completo. El agua del lago estaba ahora negra y en calma, en el cielo la luna perfilaba nítidamente su círculo afilado, solo en un borde del cielo persistía una resina morada. Bellagio era ahora una colonia de lucecitas que subían por una roca oscura y se arrojaban desde allí, temblorosas, en las aguas llenas de destellos. Arriba, cerca de la cima de la colina, se adivinaban otras lucecitas, separadas de las del valle por una gran zona oscura. Las ventanas de la villa Serbelloni, se dijo Witold, pasándose descuidadamente los dedos por los cabellos y descubriendo solo entonces la mariposa de la seda que se le había enredado en la melena. La cogió con la mano y la colocó a la altura de los ojos: una gordinflona cubierta de pelusa, con alas que no le servían ya, temblando levemente y despidiendo un brillo blancuzco en la oscuridad. La dejó trepar, como una mariquita, por el dedo índice. La mariposa se quedó allí, como un náufrago en una roca. Para ella no había camino de vuelta. «*Bądz co bądz*», rio Witold con amargura y, con dos arrugas crueles en torno a la boca, arrojó la mariposa a las aguas heladas.

«Guarda, *signore!*» El barquero le mostró, con un gesto brusco, una roca redonda que afloraba del agua a tiro de piedra de la orilla, pero Witold tenía todavía la mirada clavada en el agua negra junto a la barca, donde la mariposa, con las alas empapadas, se ahogaba en silencio. «*Il sasso del pane.*» Dos siglos antes, durante la peste bubónica, en Bellagio se hacía pan inmaculado, el único del norte del valle del Po, porque la península estaba aislada y la plaga no había atacado a sus habitantes. El pan para la ciudad de Varenna se depositaba en la enorme piedra que emergía del mar y los comerciantes, llegados en barcazas profundas y amplias para el transporte de mercancías, lo cargaban y dejaban también sobre la roca, en un cántaro de cobre lleno de vinagre, las monedas correspondientes, que se purificaban así de los miasmas de la terrible enfermedad. La región producía leyendas y milagros más abundantes incluso que las cosechas de higos y naranjas. Witold los coleccionaba por pasión artística. Sus primeros libros de poemas, impresos en Cracovia, estaban llenos de esas leyendas puestas en verso, la mayoría pertenecía al tesoro de sabiduría de los habitantes del Báltico, pero últimamente, desde que al joven poeta le había confiado a la Familia el negocio de la seda en Como, su imaginario se había poblado de visiones de la espléndida y soleada Italia, abarrotada de columnas antiguas, de mujeres bellas y frívolas, de ángeles. Había planeado incluso escribir un libro en tres partes, cada parte vinculada a uno de los lados del lago en forma de Y: Como, Lecca y Colico, un libro que se titularía *Poemi di Lario*, según el nombre antiguo y verdadero del lago. Cada poema estaría dedicado a una mujer amada por él durante los dos años que llevaba allí, en los pueblecitos alineados a lo largo de cada orilla de las aguas. Habían sido más de cien, cien túneles de carne a través de los cuales había intentado escapar, pasar al otro lado, cien salidas que no daban a ningún sitio, que se cerraban antes de ofrecer la mínima oportunidad de salvación. Su libro sería un detallado mapa de este sistema de túneles subterráneos, que se comunicaban entre sí en la gran roca de la feminidad y que, sin embargo, no se abrían al exterior, sino que llevaban, tal vez, todos, a un único lugar, un único vientre sagrado en el que levitaba un único huevo, la mandorla en la que nos elevamos hacia los cielos. Hacia esa única perla de la única ostra del centro de la feminidad lanzaba siempre el príncipe sus mensajeros, las gotas de líquido nacarado de tantas aureolas aplastadas entre sí, pero los billones de animalitos, todos con un mensaje suyo tatuado en su propia carne, se perdían por aquellos caminos largos y aterradores, donde morían devorados por monstruos, caían en precipicios y eran engullidos por la inmensidad de las aguas turbulentas. Pues las mujeres del lugar, entre las más ávidas del mundo por acoplarse, eran también las más hábiles en matar, de raíz, la esperanza de salvación. En aquella época, solían disfrutar seguras de los placeres de la cama ofreciendo a los hombres excitados túneles falsos: la boca de labios hábiles para extraer la densa leche del escroto que les colgaba a los mozos como una ubre entre los muslos, el canal entre los pechos, la axila peluda y almizcleña. No en pocas ocasiones, con el trasero levantado y el pecho apoyado en las sábanas arrugadas, se dejaban penetrar como los chicos, por el lugar vergonzoso donde el dolor terrible se transformaba de repente en un placer perverso, blasfemo, que les hacía gritar como en medio de los suplicios del infierno. Desde que en Como se fabricaba seda, el miedo a quedarse preñadas había abandonado por completo a las campesinas y a las trabajadoras de los alrededores. Todas guardaban bajo la almohada, ahora, un pañuelo fino como una telaraña, pero de un tejido tan tupido que podías transportar agua en él sin que cayera una gota. Ninguna recibía a su amado en el agujero creado por Dios para el acoplamiento sin colocar antes, con sus dedos expertos, el velo transparente sobre el pubis, tal y como el cendal de estrellas cubría las estatuas de las grandes diosas. Sobre ellas, sobre todas y cada una de ellas escribiría Witold en el libro con el que ya soñaba, el libro en forma de Y que recordaba a la Y femenina en el paréntesis de las caderas doradas, musculosas, y a la Y del lago, donde Bellagio, encaramado a su pequeño promontorio, era el clítoris dulce, escondido en su capucha rosada, de una mujer alpestre.

De esta ensoñación lo sacó el pescador que, con unas maniobras firmes, dirigió la barca hacia el desembarcadero de madera resbaladiza, incrustado de mejillones resecos, bañados por las olitas que golpeaban rítmicamente los viejos pilones. Witold se puso en pie, dejando que el mantón se desplegara alrededor de su cuerpo. A la luz de la luna las aguas se disolvían en semicírculos de oro. Al final de embarcadero había un desconocido, uno de los Conocedores, sin duda. Aunque sospechaba que alguien lo estaría esperando, el príncipe se sobresaltó al verlo como cuando, en sueños, te precipitas desde una torre muy alta. Se dirigió, sin embargo, por la pasarela desvencijada sobre las aguas, hacia el hombre solitario, con una resignación que los Csartarowski habían ensayado desde hacía mucho, incluso desde los tiempos del príncipe Jan, pues la pasión por el cultivo de gusanos de seda se la había provocado a este vástago medio loco de la gran Familia un hombre también solitario, un viajero, como se había llamado a sí mismo a falta de otro nombre o título. Allí, en el lejano reino de Cracovia, el príncipe Jan recibió de sus manos el primer cucurucho de simiente: unos huevos amarillentos, minúsculos, ligeros como semillas de amapola, de los que saldrían aquellos gusanos regordetes. El hombre vestido de negro, con un cuello blanco, sencillo, en el que brillaba un alfiler con un diamante, no le dijo nada, pero en el cucurucho retorcido, de papel poroso, había algo escrito con unas letras menudas, extrañas, con una tinta sepia. Tras repartir los granos en bandejas, sobre el picadillo de hojas de morera, el príncipe abrió el cono arrugado, lo extendió con la mano sobre el pupitre e intentó adivinar, distraído, el texto compacto, aparentemente sin pies ni cabeza, en aquella banda bidimensional, tan ajena a nuestro mundo como un cuento con dragones y unicornios. El príncipe recordó vagamente, de las lecciones de cosmología que había recibido en la adolescencia por parte de un instructor famélico, que las ondas gravitacionales de un cuerpo masivo de una urdimbre se pueden transmitir perpendicularmente a la urdimbre paralela, abriendo así un improbable canal de comunicación entre dos mundos cerrados en su enigma. «Un cuerpo masivo», repitió para sí asintiendo varias veces, y su pensamiento lo llevó de inmediato a la bola de cuarzo extraída del cráneo de su padre. Y, ciertamente, solo leído a través de aquella lente esférica, deslizada suavemente en la luz lechosa de la mañana sobre las líneas marrones-rosadas, el texto, cuyas letras se abrían de repente en el centro de la bola, para encogerse de nuevo por la parte derecha, adquiría no solo sentido, sino, podríamos decir, un sentido exponencial, como si de la sangre púrpura de aquella escritura menuda y febril se hubieran levantado las almenas de zafiro de un mundo eterno, envuelto en su propio brillo. Se hablaba allí de la secta de los Conocedores, la de los que habían recibido, no de otra persona, sino de sí mismos, engramada en la carne, en la mente, en la memoria y en los sueños, la buena nueva de que el universo iba a existir, que cada mota de polvo y cada mota de polvo astral y cada diente y cada hoja, y cada palabra y cada nube iban a ser creados por un demiurgo que no existía aún, o existía virtualmente, y cuya existencia sería completamente distinta a la suya, a la de Jan Csartarowski. Todo, el mundo con su densidad aterradora, con su milagrosa presión por milímetro cuadrado, iba a existir en un libro cuyo autor no había nacido todavía y que tenía unas ínfimas posibilidades probabilísticas de existir. Los Conocedores eran una madre indefinida, colectiva, decidida a traer a su hijo al mundo a cualquier precio, porque solo así podía el hijo, a su vez, entre suplicios extáticos, con una alegría atroz, alumbrar a su madre.

Entonces supo Jan que se encontraba en un relato, que su vida insulsa de príncipe cruel e inculto, encaminada aparentemente hacia una senectud temprana y más adelante hacia la muerte y hacia la disolución, había sido, por fin, redimida, fijada en una inmovilidad inmortal. Ahora sabía que, se predicara donde se predicara el evangelio de los Conocedores, se hablaría también de él. Porque Pia sobrevivió a Dante en ese verso maravilloso e indestructible: *«Siena mi fe, disfecemi Maremma».*… Había sido mirado, había sido elegido, su existencia era ahora importante, e incluso aunque no hubiera sido sino un personaje episódico del gran relato, introducido hacia el final por una oscura necesidad diegética, Jan sabía que solo ahora existía de verdad, como sabía que no existían supernovas, enjambres de galaxias, reyes e imperios que no aparecían en ningún relato. Es eso lo que le había dicho también a su hijo, en el lecho de muerte, y lo mismo que este le había susurrado a su hijo, siempre que la escena trágica se repetía cada treinta años: «No olvides que estás en una historia. Desempeña tu papel hasta el final. Introduce tu mano en el guante del futuro, pronuncia tus palabras para oídos que aún no existen». Y, junto con estas palabras y con el último aliento del moribundo, como si fuera en verdad el último aliento, la bola de cristal caía de la palma lívida a la palma ardiente, y perdía un poco más del brillo inicial.

A lo largo de las siete generaciones de antepasados entre Kazimierz y Witold, la bola se había vuelto opaca a ojos vista. Límpida como el agua helada al principio, aquella esfera pesada como el plomo se había empañado imperceptiblemente en las primeras décadas, se había vuelto luego lechosa y finalmente, al cabo de doscientos años, parecía una bola de marfil o un ojo ciego, cubierto por la capa de una córnea impenetrable. Cada vez que un príncipe entregaba el alma, bajo el mismo baldaquino del mismo aposento del mismo palacio, a la escena de la transmisión de la extraña herencia asistían soldados, lacayos, camareras, sacerdotes o simples criados que encendían el fuego en la estufa, de los que se sabría más adelante que formaban parte de la secta de los Conocedores y que habían vigilado que la transmisión se realizara como correspondía. De la mano temblorosa del moribundo habría podido caer la bola sobre la piedra áspera del suelo y se habría roto en mil pedazos. Los Conocedores habrían sabido, en ese caso, recoger, haciendo que el tiempo retrocediera unos instantes, los añicos desperdigados por el suelo, pegar y encajar gracias a infinitos cálculos de trigonometría esférica las astillas tridimensionales, afiladas como navajas, acercarlas tanto que los intersticios entre ellas, finos como cabellos, formaran un circuito completo que transformaba la tecnología en mística pura, para reconstituir finalmente, nítida, compacta y sin fisuras, la esfera inicial. Y también los Conocedores habrían sabido suplantar, como los ventrílocuos, las palabras que no hubieran salido de la laringe seca del moribundo. Ellos velaban por los negocios con los gusanos de seda de la Familia, habían infiltrado a sus agentes en los talleres y en los telares, se habían metido en las camas de los duques y de las duquesas, habían cambiado los circuitos neuronales de sus cerebros y habían influido en la evolución de la gota y de la pelagra de sus cuerpos, habían traído las lluvias a tiempo y habían apadrinado bodas y bautizos. Eran, en cierto modo, como una sustancia de contraste a lo largo de la trayectoria temporal de la dinastía de los Csartarowski, absorbida exclusivamente por los tejidos de la Familia, mientras dejaban el resto de la historia en la indecisión y en la lividez. El último vástago, Witold, había notado su presencia desde la infancia, pues el gran álbum anatómico no había caído en sus manos por azar. Los había encontrado luego en torno a él cada vez con más frecuencia. La primera Conocedora que se le había revelado, mirándolo tristemente a los ojos, una tarde que olía a esperma fresco y a mujer, fue una campesina rutena que le había hablado no con la voz afectada y dialectal del principio, sino con una voz asexuada que no se oía con los oídos, sino que se dibujaba, elástica, en el espacio lógico. El terror que sintió entonces se repitió cada vez que lo acariciaba el frío metafísico que emanaban los Conocedores. Pero jamás habría creído que también la mujer que, para él, como para los demás hombres de la zona, de los diez a los noventa años, era el pan de cada día, buscada cuando no había otra entrada al paraíso al alcance de la mano, la Puta de Babilonia, formaba en cierto modo parte de la secta, o era al menos un artefacto colocado en su camino para cambiar su itinerario en este mundo. Decenas de veces, al regresar por la noche de los talleres, el príncipe se había desviado por la casa de la mujer con lencería negra. Si estaba con un hombre, lo despachaba enseguida y recibía al príncipe relamiéndose, como si hubiera olisqueado el cadáver de un ciervo recién estrangulado. Seguían horas de desenfreno sin límites, durante las cuales el príncipe soportaba, en el infierno, las torturas de un placer agotador que no había creído nunca posible y que luego, cuando se libraba de los brazos de la mujer, le provocaban un espanto y unos remordimientos terribles, no tanto por el placer en sí, sino porque en el curso de aquellos fantásticos acoplamientos la mujer se transformaba a menudo en hombre y el hombre en mujer, superando así el límite más enigmático de nuestro cuerpo y de nuestra mente. Tal vez fuera milagroso explorar las cavernas, las catacumbas y los canales de sarcoptos de este mundo inagotable al que fuimos arrojados sin saber por qué, en el que se nos dijo «¡busca!» sin mostrarnos qué buscar y «¡lucha!» sin decirnos contra quién (la única certeza es el hecho de que tenemos que escapar de aquí), pero más extraño y más estremecedor aún era para un hombre tener de repente vulva y pechos y dejarse explorar los túneles oscuros por un verdugo sombrío, con el instrumento de tortura en la mano, como si, en la telaraña, comprendiera de repente la mariposa que dispone de un aguijón venenoso y lo clavara por sorpresa en el cuerpo del animal peludo, antes de paralizarlo y sorberlo. En el lecho arrugado y empapado de sudor de la Puta de Babilonia, el verdugo y la víctima se intercambiaban a menudo el puñal, en un juego psíquico de los hemisferios dominantes y sumisos, el eterno juego de la mente que busca el placer.

Pero esa mañana no habían jugado a ese juego. El príncipe se había despertado de un sueño en el cual poseía a la mujer corpulenta, de nalgas pesadas, precisamente en el taller donde se teñía la seda. Desnudos, formaban juntos un conjunto estatuario modelado minuciosa y fríamente por la luz que caía del techo, desde las ventanas ovaladas de cristal. Arrodillada ante él, la mujer deslizaba sus labios rellenos arriba y abajo por su columna de carne, acariciando su escroto con dedos expertos, mientras las veinte doncellas, reunidas en torno a ellos, los contemplaban con avidez, hinchando las narices para poder sentir mejor el olor a simiente cruda que se expandía alrededor de los dos amantes. Cuando sintió que el líquido ardiente subía irreprimible, Witold se retiró bruscamente de la boca de la mujer. Las trabajadoras esperaban con los ojos abiertos de par en par, sacando todo lo posible sus lenguas sorprendentemente rojas, el rocío que iba a brotar del tallo vertical, cuando Witold se despertó con una erección, arrebatado por la urgencia de la descarga. El sueño tenía que hacerse realidad, el esperma dolorosamente retenido en sus receptáculos ardientes debía ser vertido ante aquellos ojos inocentes vislumbrados en la dulce alucinación del alba. No recordaba siquiera cómo se había despojado de la ropa. Dejó intacta la palangana en la que de costumbre se aseaba hasta la cintura, así como el neceser para lavarse los dientes, de piel de vacuno, que incluía un cepillo, un polvo negro de corteza de pan tostado y un cuchillito de plata con mango de ballena para rascar la lengua, y salió corriendo en dirección a los talleres. Rodeó el telar y entró como un torbellino en la sala en la que, se dio cuenta al instante, lo estaban esperando.

Las chicas habían soltado los pinceles, generalmente en continuo movimiento, y seguían con la mirada cómo avanzaba, bello y distraído, con el cabello ala de cuervo cayendo hasta los hombros, por el pasillo entre las dos filas de bancos. La Puta de Babilonia, con su lencería de encaje negro, se encontraba allí, delante de los bancos, pero en su rostro de sacerdotisa del placer no había ya ni rastro de concupiscencia. Tenía de hecho otra cara, seria y extática al mismo tiempo, con unos ojos brillantes como los de los morfinómanos, el rostro que tenía los domingos en la nave silenciosa de la iglesia de Como. En el cuello, entre los pechos recogidos por las copas del sujetador negro, llevaba la crucecita de coral, y en el pupitre, ante ella, brillaba el Evangelio guarnecido en plata, cerrado con un pasador, como un cofrecito con un contenido valioso.

El príncipe se detuvo ante ella, desorientado. Le dolían muchísimo los testículos, pero su sexo colgaba ahora blando entre los muslos, porque los ojos de la mujer no eran ya de ramera, sino de madre. Impenetrable como una roca, encerrada en sí misma como si sus ojos hubieran basculado de repente, como los de las muñecas, dejando lo blanco hacia fuera, la Puta de Babilonia enarbolaba ahora una virginidad santurrona propia de una solterona. Witold permaneció largo rato ante ella, con la mente vacía, sin saber si quedarse, pero incapaz de marcharse. Sus frentes, inclinadas entre sí, parecían dos bultos sinápticos al final de unas neuronas que se trenzaban, serpenteantes, como muchas más en la densidad del manuscrito, formando siempre nuevas conexiones, enviando proyecciones corticales o descendiendo por el cordón espinal, luego por las profundidades de la carne del cuerpo, donde ponían en movimiento los dedos, los párpados y las cuerdas vocales de unas criaturas fuertes y desconocidas, inclinadas sobre la página de luz transfinita que tú lees ahora.

Y de repente, en el espacio entre sus frentes, como en una hendedura por la que se liberara dopamina o IMAO, el contacto entre sus mentes se produjo y el príncipe recibió, de quién sabe qué otra parte del libro, la información que necesitaba. Le quedó claro qué tenía que hacer a continuación. «¿Dónde está la caja?», le preguntó, y la mujer, con una precipitación dichosa, le señaló el Evangelio. Solo entonces observó el príncipe que el texto sagrado tenía unas tapas de marfil envejecido y que parecía, de hecho, un maletín. La mujer con enaguas de encaje negro empujó, con la uña pintada del índice, el pasador y abrió la tapa de la cajita, que reveló a la mirada un lecho de satén nacarado, fruncido, con unos huecos en forma de los instrumentos metálicos que contenía, colocados de tal manera que ahorraran el mayor espacio posible. Witold no había visto jamás unas herramientas semejantes, con pinzas, picos, tenazas y sierras cortadas de forma manierista, como con un molde, de un metal brillante, afiladas como cuchillas, fijadas con pequeños rodamientos a los mangos de metal satinado. Era imposible comprender para qué podía servir cada una si no era para arrancar con todo el dolor imaginable, vivo, implacable, atroz, los dientes, los tendones y las cápsulas articulatorias de unos individuos reducidos a cuerpos desgarrados y aullidos animales. De los catorce monstruos de metal, entre los cuales había una cánula en la que se veía claramente grabada la letra P (¿Peccavi? ¿O acaso la misteriosa sustancia P?), solo uno tenía una forma en cierto modo benigna, aunque en absoluto familiar aún para los habitantes de mediados del siglo XIX. El príncipe, que seguía en las gacetas distribuidas por los pueblos los inventos que podrían mejorar el oficio de la producción de seda, reconoció, en su lecho de satén, la maquinilla de cortar el pelo, en forma de tenazas dentadas solapadas en el extremo, que había visto dibujada en un anuario publicado un año antes en Graz. Extrajo de su hueco el aparato frío y pesado, de una perfección increíble, y lo depositó en el pupitre. Se colocó luego detrás de la mujer sentada y le acarició los omóplatos con la mano, sintió su piel blanda, la capa de grasa cálida de su interior. Le soltó a continuación los corchetes del sujetador, como si no hubiera podido ponerse manos a la obra si la mujer no tuviera los pechos desnudos, con las marcas rojas de las copas de encaje, y solo ahora, con sus tetas imperiales al aire, ligeramente caídas hacia el vientre, su efigie se volvió nítida y bien perfilada en la gloria de la mañana que descendía, como en el sueño de Witold, desde los luceros ovalados.

Bajo la mirada ávida de las muchachas que se habían arremolinado en torno a ellos, el joven comenzó a rapar los mechones del cráneo que tenía delante y que, uno tras otro, caían enroscados al suelo. En primer lugar, rapó la nuca, con sus musculitos gemelos, luego avanzó hacia el ápex de la bóveda, muy lentamente, tropezando con el pequeño bulto del occipital y avanzando a continuación hacia las orejas, que liberó despacio del laberinto blando, traslúcido y enmarañado de los miles de hilos duros. Ya desde la nuca, como el pie de un arcoíris apoyado en una cumbre oscura, empezó a verse el dibujo. Se perfiló, multicolor, casi tridimensional, no tatuado, sino esculpido, podría decirse, en la roca ósea, con detalles tan precisos como el conjunto, como si cada fragmento se hubiera expandido de repente bajo el rayo cálido de la mirada detenida en él. Witold seguía pasando los dientes de la maquinilla por el cabello de la mujer, fascinado por la asombrosa precisión del instrumento: las hebras de pelo parecían arrancadas de raíz, el cuero cabelludo quedaba limpio y brillante como una gran bola de marfil, solo las bosas del cráneo, la parte posterior de las orejas, sobre todo, sobresalían en un relieve modelado por el juego de sombras y luces. El joven recordó que así se transmitían, entre los imperios de otra época, los grandes secretos de las alianzas y de las traiciones: a través de esclavas rapadas al cero, en cuyos cráneos se tatuaba la terrible misiva antes de dejar que les volviera a crecer el pelo. Eran vendidas finalmente a lo largo y ancho de los mares, a la sombra de los palacios donde, rapadas de nuevo, se leían como epístolas vivas, luego eran decapitadas y sus cabezas eran arrojadas al fuego. Durante miles de años esta profesión se transmitía de madres a hijas, en cada generación se elegía a las esclavas a las que más rápido les creciera el pelo de tal manera que, al cabo de una prolongada selección, el tirano de alguna isla medio legendaria podía alardear de mensajeras cuyos cabellos crecían en tan solo unos instantes para cubrir inmediatamente las runas de su preciosa bóveda. Así, los mensajes urgentes podían transmitirse en una hora. ¡El metal de la maquinilla era tan extraño! Caliente y fluido, como si fuera en realidad mercurio reducido a esa forma por un campo de fuerzas invisible. Hacía aguas y tintineaba al hundirse entre los mechones de pelo. Witold no quería contemplar todavía el dibujo. Le parecía, en realidad, que no era él quien, como un sonámbulo, sacaba de debajo de la pieza dentada los rizos de cabello brillante. Recordaba como si fuera un sueño que, a mil páginas de distancia, había vivido ya esa escena perturbadora, con otro nombre y en otras circunstancias. Detrás del enorme tapiz persa se extendían fibras de mielina que se cruzaban y descruzaban, uniendo la cajita de aquí, decorada con flores o unicornios, a otra, de una zona completamente distinta, comunicando con las áreas de asociación de otro friso, como si todo el tapiz (CE-GA-DOR) fuera un microchip conectado al universo a través de los cientos de patitas de oro, paralelas, de los flecos de los bordes.

El cabello de las sienes estaba, ahora, en el suelo, más oscuro de lo que parecía antes, y la maquinilla dejó atrás el centro de la bóveda y descendió hacia la frente. El príncipe no pudo evitar ver por el rabillo del ojo, justo en el centro, las patas extendidas de la araña, que abarcaba con sus pinzas todo el cráneo. Era un tatuaje tan realista que te daban ganas de agarrar su cuerpo fuerte, con unas hebras venenosas de pelo negro como la antracita, y arrancarla del cráneo martirizado, en el que sus garras habrían dejado unos arañazos largos, sanguinolentos. Los pequeños ocelos, agrupados de tres en tres en el pelo de la fiera, como de mono, brillaban igual que granos de zafiro. Cuando los últimos bucles del pelo de la mujer cayeron también, crujiendo suavemente como hojas secas, al suelo cubierto ya de mechones retorcidos, y el cráneo quedó desnudo, con su brillo mate de marfil, el hombre, inclinado esta vez directamente sobre él, se dio cuenta de que se había engañado. Lo que había tomado por una tarántula era de hecho —claro ahora como en un mapa aéreo— el promontorio boscoso al que se encaramaba el pueblo de Bellagio, y los ojitos de zafiro del enorme animal, las ventanas de la villa Serbelloni, situada muy por encima de la ciudad, en la cima de la colina.

¡Qué paisaje asombroso! En los huesos del parietal izquierdo se elevaban los Alpes, nevados y azules, reflejando sus laderas en el lago glaciar en forma de Y, con el punto de enlace de los tres brazos justamente en el centro el cráneo. En el temporal derecho se distinguían bien las otras poblaciones, a lo largo de la orilla, cada una con su iglesia y sus villitas: Varenna, Cadenabbia, Menaggio, Griante; así como sus callejuelas rectangulares y su rastro, y en ese rastro se veía un puesto con herramientas oxidadas, molinillos petrificados y relojes sin agujas, y bajo el tenderete, un perro flaco, con una pulga paseándose por su ceja, y se veía bien cómo latía, en el cuerpo transparente, extraplano de la pulga, su propia sangre, mezclada con la del perro, sorbida un instante antes. Y se distinguía bien cada olita levantada por el viento frío de otoño en la superficie del lago y cada hojita del huerto de olivos, con sus nervuras y sus estomas, con las moléculas retorcidas de clorofila en sus minúsculas células. Hacia la frente, sobre las cejas de la Puta de Babilonia, gruesamente maquilladas con máscara, descendía el brazo más lacio entre Cadanabbia y Tremezzo, donde, en medio de sus laberínticos jardines, se encontraba la Villa Carlotta, en cuyo interior neoclásico brillaba tenuemente el conjunto estatuario de Psique y Cupido. Todo, todo aquel paisaje de ensueño parecía iluminado por un delicado sol matinal, de una infinita ternura. El artista criptógrafo que había tatuado el cráneo de la mujer había imaginado incluso las nubes diáfanas que arrojaban su sombra sobre lagos y valles, y sobre las pequeñas ciudades pintorescas que los salpicaban. Naturalmente, al pasear su mirada también sobre los infinitos detalles del grabado, Witold descubrió la fábrica de seda junto a Como, con el taller donde se teñían los rollos de seda y, a través de uno de los luceros, se vio a sí mismo, inclinado sobre el cráneo rasurado de una mujer medio desnuda, y entonces supo que, desde una altura que no se puede calcular ni en millas, ni en pársecs, alguien, inclinado sobre el gigantesco cráneo de otra mujer, lo contemplaba también a él, incrustado en su pequeño mundo, y así hasta el infinito, hacia arriba y hacia abajo, en una escala de una aterradora magnitud. Witold se perdió un momento por completo. No sabía ya quién era en la serie de príncipes que contemplaban, en una serie de estancias, la serie idéntica de mujeres con el cráneo tatuado, cada vez más gigantescas hacia arriba, cada vez más minúsculas hacia abajo. Pero, más allá de esta zambullida metafísica en mundos proyectados desde un abismo sin esperanza a una gloria sin límites, el príncipe recibió el mensaje engramado para él: se le ordenaba que se dirigiera, ese mismo día, a la Villa Serbelloni, incluso aunque eso significara su final. Antes de apartar la mirada de la bola hipnótica, el príncipe Csartarowski murmuró para sí: «Si la semilla no muere, se queda sola, y si muere, produce fruto». Se escabulló a continuación, dando la espalda a la corpulenta mujer con el cráneo rasurado, tan inmóvil en su silla como si fuera de mármol, entre las jóvenes núbiles que, de vuelta a sus pupitres, habían retomado sus pinceles de pelo de ardilla, y salió, sin volver la vista atrás, bajo el cielo barrido por la melancolía de las puntas de los fúnebres cipreses. Cuando caía la tarde, alquiló la barca de pescadores con la que cruzó el lago hacia Belaggio: «*Bądz co bądz...*».

Y ahora, en medio de la noche, subía junto al desconocido las callejuelas estrechas, cuesta arriba, rodeadas de muros de hiedra, que conducían a la villa. Las callejuelas zigzagueaban, trepando entre huertos de olivos. La roca boscosa se perfilaba siniestra en un cielo iluminado por la luna. Las lucecitas del enorme edificio rectangular aparecían y desaparecían, titilando fantasmales sobre ellos. Witold no había llegado nunca hasta la cima del promontorio, hasta aquella hermosa villa. Pero sabía muchas cosas sobre ella, al igual que sobre las otras decenas de maravillas arquitectónicas desperdigadas alrededor del lago, cada una con su historia, con su estructura y con sus decoraciones interiores, algunas realizadas por artistas famosos. La Villa Serbelloni había sido construida sobre unos cimientos antiguos. En su lugar se encontraba, en las profundidades insondables del tiempo, la *vila Tragoedia* de Plinio el Joven. También en aquel umbral suspendido sobre las aguas edificó más adelante el famoso Stilicone su fortaleza después de someter a los visigodos. En el siglo XV, unos anónimos señores italianos levantaron un edificio, destruido poco después por las llamas, hasta que, unos cien años más tarde, el conde Alessandro Serbelloni trajo a arquitectos y a artistas de toda Italia para construir una fantástica residencia, una de las más grandes y más fastuosas de la época. Para los jardines laberínticos en torno a la villa vinieron maestros franceses que concibieron un espacio lleno de arcanos y peligros, pero que contaba también con un ingenio secreto, con pájaros de hojalata que piaban en los árboles, rocas artificiales que se deslizaban sobre raíles para mostrar grutas húmedas, repletas de insectos descoloridos y ciegos, peces de estuco que asomaban la cabeza en los estanques y te salpicaban con perdigones de agua, náyades y dríadas desnudas, voluptuosas, recubiertas por un cardenillo verdoso. En cuanto traspasabas la puerta de la propiedad —decían—, penetrabas en un laberinto y no podías llegar al centro, a la villa, si no conocías antes la clave mística bajo la cual se encontraba toda la construcción arquitectónica. Al caminar por el sendero angosto, tortuoso, entre los muros de setos impenetrables, encontrabas aquí y allá un pequeño demonio de cobre, alado, que sostenía en las garras una letra mayúscula, deformada y retorcida hasta hacerla irreconocible. Tu itinerario tenía que pasar junto a estas letras siguiendo un determinado orden, de tal manera que, sumadas en tu cabeza, revelaban la palabra clave, el palíndromo más bello que se pudiera imaginar, y que incluía, además, en su larga secuencia, el anagrama de todos los nombres de las constelaciones del cielo nocturno:

INGIRVMIMVSNOCTEETCONSVMIMVRIGNI.

Los habitantes de la villa y los huéspedes habituales, al igual que las provisiones, entraban sin embargo a través de un túnel bien custodiado en la parte inferior de la colina, que desembocaba precisamente en el gran muro de roca de la parte posterior de la villa, lleno siempre de lagartos grandes y ágiles, inmóviles al sol. En cuanto salías del laberinto, veías la villa en todo su esplendor neobarroco. El revoque era amarillo, viraba levemente al ocre debido a su antigüedad. Las ventanas estaban rodeadas por orlas y sostenidas, a ambos lados, como si fueran espejos o pinturas, por estatuas, efebos desnudos, con sonrisas distraídas en sus rostros de piedra. Una especie de lianas, con flores lilas en gruesos racimos, se encaramaban hasta el tejado de pizarra, en sus venas rojizas y azules parecía latir una sangre impetuosa. Ante la entrada principal había una explanada de pavimento y unas escaleras de caracol, monumentales, con suaves balaustradas de pórfido, que llevaban hacia la puerta de hierro forjado, tan maravillosamente trabajada con tallos y querubines que muchos visitantes venían, la contemplaban y luego se marchaban contentos a sus lejanas tierras.

La maravilla más extraordinaria de la villa, decían en la región, era una pintura que pertenecía a un artista enigmático, conservada por la estirpe de los condes Serbelloni, celosamente, en una estancia a la que solo podían acceder ellos y los pocos elegidos a los que se les concedía ver la magnífica tela. Ni qué decir tiene que, en los pasillos de la villa, con sus techos pintados con miles de figuras grotescas, en vivos colores, sobre todo en amarillo, púrpura y azur, se encontraban bastantes obras maestras de pintores como Tiepolo, Rosso Fiorentino, Parmigianino y Giorgione di Castelfranco, al igual que la cabeza de un anciano modelada por Miguel Ángel poco antes de morir. Copias romanas de estatuas griegas y sarcófagos etruscos adornaban prolijamente los grandes salones con candelabros de cristal de Venecia, modelados en forma de tallos y pétalos en la isla de Murano. Pero estos estaban al alcance de todas las miradas y, por muy deliciosos (como denominaban los aristócratas a todo lo que les gustaba, desde las putas hasta los sagrarios de las iglesias) que fueran, su esoterismo se marchitaba al lado de la leyenda del fabuloso cuadro central. Su tema, su tamaño, el propio nombre del artista y su país de origen eran objeto de interminables disputas. Es cierto que nos encontrábamos a unos pocos años de la revolución e Italia estaba en plena efervescencia de la unificación, así que el arte (con la notable excepción de la música de Verdi) no levantaba ya las pasiones habituales. Era más raro aún escuchar, entre tantas controversias sobre Garibaldi, Gambetta y Vittorio Emmanuele, que no pocas veces culminaban con navajazos en tabernas sombrías, una disputa agitada sobre el misterioso cuadro, venerado por los campesinos de Lombardía como era venerada solo otra tela, la mística Síndone, conservada en una iglesia de Turín, el sudario en el que se adivinaba, amarillento, difuminado y con unos contornos extraños, el rostro del Redentor, que no había sido pintado por manos humanas. Subiendo, de noche, junto al silencioso mensajero, Witold se preguntaba si le sería concedido ver en la villa, siquiera por un instante, la famosa pintura.

Todas las ventanas del edificio estaban iluminadas y se perfilaban claramente en el gran rectángulo oscuro, como si la villa fuera una nave desconocida, recién llegada de los cielos hasta la cima de aquella colina boscosa. Los viajeros necesitaron más de dos horas para atravesar los sinuosos corredores del laberinto, tanteando, sonámbulos, en busca de las letras oxidadas, que brillaban tenuemente a la luz de la luna. Entre tanto, la bóveda de diamante de arriba, cargada de constelaciones, había girado unos grados, con el ruido apagado de las ruedas dentadas. Se acercaba la media noche.

Minúsculos bajo el edificio que parecía ahora un templo de dimensiones sobrehumanas, los dos hombres subieron las escaleras monumentales, retorcidas, de pórfido brillante, con una balaustrada absurdamente recargada de estatuillas y mascarones en altorrelieve. Witold los contempló con asombro: cada uno de los rostros de estuco expresaba un terror sin límites, como si hubieran visto salir del infierno unos espíritus monstruosos, implacables. «Tal vez seamos nosotros dos los monstruos que perturban el sueño de las estatuas», pensó, estremecido, el príncipe. De repente empezó a hacer frío y en el valle, sobre el espejo de las aguas, se posó la niebla. Los escalones no terminaban jamás. Aparecían más y más, como unas setas minerales, bajo sus pasos cada vez más agotados. Los pilares que sostenían la balaustrada parecían ahora transparentes, y en su carne se adivinaban unas formas que se contraían y se distendían lentamente, en un extraño peristaltismo.

Y de repente se plantaron ante la puerta de hierro forjado, en cuya superficie había ornamentos y torsos retorcidos, y rostros de niños enmarcados por alas, y querubines con cuatro caras, y las alegorías de la Justicia, la Codicia, el Desenfreno, la Traición, la Venganza, y carros de fuego, y columnas cargadas de redecillas y granadas (Jaquín y Boaz), y los genios de los vientos y de los puntos cardinales, y las alegorías del Paraíso y del Infierno y (de repente, en toda la perfección de su representación anatómica, golpeándote con la fuerza de la bala de un cañón, exprimiéndote la adrenalina de los riñones) dos sexos acoplados, profundamente fundidos el uno con el otro, y los mapas de unos territorios desconocidos (el lejano país de Tikitan), y fantasmas y sueños y voces que gotean a veces en el lago oscuro del centro de la mente, provocando reflejos bajo la bóveda de tu cráneo… Todo esto y miles de símbolos más configuraban, desde la distancia, las cincuenta y dos zonas Brodmann de una corteza cerebral, extendidas en el marco negro de la puerta que había que atravesar en cierto modo para llegar al templo interior. Los dos permanecían como dos insectos apenas visibles ante la enorme entrada, tan impenetrable por el momento como si fuera un muro de inflorescencias negras. «Sígame, príncipe», dijo el desconocido, mirándolo por primera vez a los ojos con los suyos castaños, tan luminosos que parecían amarillos, como si el hombre fuera simplemente un rostro pintado en la pared y a través de sus ojos perforados se colara la luz de otro mundo.

Echaron a andar hacia la izquierda, junto a la puerta. Después de unos cincuenta pasos, llegaron ante un rostro esculpido en relieve, la cara de una mujer con la boca abierta de par en par, gritando como si la estuvieran devorando unas llamas de una insólita violencia. A través de esa boca que era un aullido mudo penetraron en las tripas de la villa, recorrieron un pasillo largo, al principio de metal, que se volvía paulatinamente de cristal turbio y rugoso, formado luego por un gel diáfano, orgánico, como la carne traslúcida de una medusa. Salieron a un salón circular, bajo un candelabro de oro cargado de velas, sujeto con una varilla infinita que nacía del ápex de la bóveda, como una araña con las patas extendidas que bajara por su hilo brillante desde la cúpula elevada a una altura sobrenatural. Era una sala vasta, con un suelo suave y pulido en el que se mezclaban ágatas de diferentes colores y filones minerales. La bóveda superior descansaba en unas pilastras de malaquita, como oxidadas, alineadas a una distancia idéntica en el interior de la estancia redonda. En el centro de la sala, justamente debajo del candelabro, había un jarrón de cristal traslúcido como el azúcar, cuyo interior era liso como el de un mortero de porcelana. Alrededor de su borde curvado, una faja de letras doradas repetía el largo palíndromo del jardín laberíntico, como si un segundo círculo de un mundo mágico se cerrara allí:

INGIRVMIMVSNOCTEETCONSVMIMVRIGNI.

Entre cada dos pilastras de piedra verde alrededor del salón había una entrada de gel hialino, límpido y tembloroso, idéntica a esa por la que había penetrado Witold en la sala. A través de ellas entraban sin cesar, por todas partes, jóvenes acompañados, al igual que el príncipe, por un desconocido enigmático, como un hermano gemelo de su guía. Los mismos ojos luminosos, el mismo traje negro con cuello blanco, el mismo alfiler con un diamante en la corbata. A las curiosas parejas se sumaron otros recién llegados, varios cientos finalmente, reunidos en torno al gran recipiente central, cuyo diámetro alcanzaba la envergadura de un hombre con los brazos extendidos. Mientras que los acompañantes eran muy parecidos, los jóvenes guiados por ellos eran extraordinariamente variados. Su ropa no reflejaba tan solo modas y estilos distintos, de todas las partes del mundo, sino también de diferentes épocas, del pasado y del futuro. Macizos o gráciles, angelicales o bestiales, morenos o rubios como el fuego, aterrados o eufóricos, contemplaban todos ellos, sedientos, el receptáculo de mármol, como si su mundo fuera cóncavo y la copa del centro representara el cielo.

En el extremo opuesto de la sala, suspendido sobre las coronillas de la muchedumbre, colgaba de la pared, extendido sobre cuatro pilares y otras tantas entradas, un cuadro enorme, con un pesado marco de madera de olivo exuberantemente tallado. A Witold se le olvidó incluso respirar, pues aquel era, sin duda, el misterioso lienzo, el orgullo de los condes Serbelloni que tan pocos ojos habían contemplado hasta entonces. Un vistazo fue más que suficiente para reconocer al autor —a los dos autores, mejor dicho: el maniático de los detalles, Didier Barra, y el loco melancólico, François de Nomé, fundidos en un solo nombre místico, inolvidable—, cuyas telas extáticas, empapadas en la destrucción y en lo crepuscular, había contemplado durante horas muertas en Nápoles, en los fríos pasillos de la pinacoteca colgada entre la ciudad de edificios de toba volcánica, con los balcones atestados de coladas puestas a secar, y el cono verde oscuro, perdido en la bruma, del Vesubio. El enorme cuadro presentaba todos los distintivos de Monsú Desiderio, el sublime pintor de la desesperación: la pasta traslúcida cuya composición era un enigma, el encaje que destilaba blancos y amarillos, las columnas y los capiteles que decoraban las fachadas de unos edificios imposibles, el ocaso insoportable, la ruina. La luz densa como una leche de yeso que envolvía todo en sus sábanas transparentes, la misma de los cuadros de Claude Lorrain y otros pintores de Metz que habían bajado en otra época hasta Italia en busca de la perla de la Antigüedad, la perla de la concha irregular, miserable, de nuestro mundo.

En el cuadro era de noche. En los vastos cielos sobre el golfo habían salido nueve lunas grandes y redondas, de sangre, que teñían las olas de púrpura. Una minúscula barca con un hombre joven en la proa avanzaba, junto a otras innumerables embarcaciones a vela, hacia una orilla de una belleza sin par. Era un peñasco alto, con las faldas hundidas en las olas, por cuyas laderas de roca caliza se encaramaban, unas sobre otras, unas fantásticas construcciones: basílicas, palacios, templos y monumentos, con torres, bóvedas, galerías, columnas y cornisas y capiteles y frontones y frisos y bajorrelieves que se entrecruzaban, superponiéndose, saliendo unos de otros y pintados con tanta minuciosidad que podías distinguir claramente cada una de las caras de las estatuas, las uñas de sus dedos de piedra, la sombra de las nubes sobre los muros y los jardines con una fuente en el centro. Al contemplarlo, con avidez, por encima de las cabezas de los reunidos en la sala, el príncipe sentía una dolorosa presión en el pecho: lo conocía, también él había estado allí, había pisado, en otra época, mucho tiempo atrás (de hecho, no *mucho tiempo atrás*, sino *de otra manera),* aquella orilla silenciosa. Había atravesado también él las galerías y los patios interiores de aquellos palacios frágiles como el papel. Había sabido siempre por qué le gustaba tanto Desiderio Monsú, por qué se gastaba mucho más dinero de lo debido para poder contemplar sus pocos trabajos, desperdigados por toda Italia. Él y Desiderio tenían los mismos sueños. Solo que los pintores hermanados bajo ese nombre habían sabido arrancárselos de la cabeza y hacerlos flotar, espectrales, sobre los lienzos embadurnados con aceite de linaza que el pincel casi no tocaba, como si no fuera la tela lo que el recuadro de madera sostenía, sino la propia corteza cerebral del pintor, tensada hasta que todas las circunvoluciones se hubieran alisado y el mapa del sueño, claro como la palma de la mano, les hubiera sido revelado en una alucinación extática del soñador. Por encima se arqueaba, en una monstruosa anamorfosis, el homúnculo sensorial, de labios gruesos, frente estrecha y dedos colosales, nuestro hermano lisiado, la vergüenza de la familia, encerrado para siempre en su caja craneal. Era el único arcoíris permitido a aquel mundo crepuscular.

«¡La bola, príncipe!», oyó de repente susurrar a su espalda y, aturdido como un alumno pillado con la cabeza en las nubes, metió mecánicamente la mano en el bolsillo del pecho del chaleco y sacó la esfera, en otra época de cristal, cubierta ahora de una capa de marfil. Antes de darse cuenta de que todos los jóvenes habían hecho el mismo gesto que él, como si se lo hubieran sugerido a través de la hipnosis, extendió el brazo izquierdo, con la palma abierta y la bola, pesada como el plomo, en el cuenco de la mano. Todas las manos, con sus ofrendas, convergían ahora en un hombre corpulento, que había aparecido de improviso entre ellos, completamente distinto al resto de los hombres de la sala, era de una rareza insólita. Su rostro presentaba rasgos negroides, pero estaba totalmente despigmentado, como si el fantástico personaje hubiera vivido en un mundo en el que no existiera el color o como si este se hubiera reabsorbido hacía mucho en la piel de los objetos. Una crueldad aterradora podía leerse en su rostro lívido como el vientre de los lagartos, una crueldad serena, sin embargo, de teólogo que ha comprendido *unde malum*. El Albino esperaba junto al jarrón central, tan marmóreo como este, como si formaran ambos una fuente barroca en la plaza central de una ciudad de pesadilla. Estaba completamente desnudo, con unos pectorales fuertes como dos escudos y con el sexo erecto sobre un vientre duro como la piedra, carente de ombligo. Los globos oculares de los elegidos, al igual que el tercer globo de sus manos extendidas, no se podían apartar del cuerpo animal del Albino. El hombre comenzó a caminar entre los convocados, pisando con los pies descalzos el suelo pulido que se empañaba como un espejo a su paso: las huellas de unos pies que se absorbían luego, despacio, en el brillo del ágata. Se detenía ante alguno de los jóvenes y contemplaba las profundidades de la bola de su mano. ¿Buscaba acaso algo escrito en las líneas de estas? ¿Esa M firmemente perfilada, la señal de los amados por el destino, ampliada por la lente de las bolas hasta que aparecían cada corte y cada sedimento de mielina? ¿O, por el contrario, se buscaba intencionadamente a alguien sin destino, una W, la letra inversa de la M, y al que ahora, precisamente porque no lo había deseado nunca, porque no había creído nunca que fuera posible, porque estaba en su rinconcito, golpeándose el pecho con los puños y murmurando: «Señor, ten piedad de mi alma», sin atreverse a elevar los ojos hacia la luz, se le hacía justicia y su desesperanza se consideraba fe? Un abrumador sentimiento de predestinación lo invadió de repente. *Supo* que él era el elegido, que así había sido siempre, que a través de él circularía, y a través de nadie más, el mensaje que había que transmitir. Él, Witold Csartarowski, que había contemplado una vez, en la ventana del aposento paterno de Puławy, el útero lleno a rebosar con el cuerpecito pesado, acurrucado, casi esférico, del feto, en los dibujos en sepia de Leonardo, se veía ahora como parte del recorrido, como una zona crucial del relato. Por el tallo frágil de su cuerpo corría una savia que irrigaría la gigantesca inflorescencia del mundo, el girasol de lava, aromas y viento en cuya faz vivimos todos, girando siempre hacia la Divinidad. En un relámpago vio, a través de los ojos aterciopelados de su descendiente de la cuarta generación, al que iba a escribir el Libro, y el rostro fino, de ojos desiguales y boca triste, bajo un bigote ralo, de aquel ser creado por él para que pudiera ser creado, a su vez, junto con todo lo que existe en el mundo, quedó grabado para siempre en su corazón. Tras aquella noche en el forro de la realidad, cuando, en la villa Serbelloni, iba a inundar con su simiente un vientre insospechado, la vida del príncipe continuaría, cenicienta y marchita —aunque llena de éxitos mundanos—, hasta 1865, cuando, con tan solo cuarenta y un años, moriría en un hospital de Argelia, a consecuencia de una banal disentería. Solo en algunos sueños (navegaba de noche, bajo nueve lunas de sangre, por las aguas de un golfo transparente hacia un promontorio abarrotado de palacios) y en el primer verso de uno de sus sonetos tardíos, muy famoso en la poesía polaca («No soplaba el viento, soplaba el ocaso»), recordaría, desquiciado por la nostalgia, el enigma de aquella noche.

El Albino pasaba por cada uno de ellos y contemplaba las profundidades de la bola de cuarzo, como un biólogo que estudiara los micelios y los sarcoptos a través de la lente de su microscopio. Sacudía luego furioso la cabeza y se dirigía hacia otra de las manos tendidas. El joven rechazado avanzaba, decepcionado, hacia el jarrón del centro, donde dejaba caer su bola, con un ruido suave, en el caolín cóncavo. Salía a continuación, acompañado de su guía, por la misma puerta por la que había entrado. A lo largo del túnel que conducía al jardín laberíntico, en sus cuerpos se producían unos cambios extraños. El guía se tumbaba en el suelo de piedra para convertirse en la sombra del joven, y los rasgos de este se alisaban, se tensaban poco a poco, la nariz y las orejas se escondían en la carne del rostro, los dedos se reabsorbían en las manos, los brazos y las piernas se escondían en el cuerpo, la cabeza se hundía en la caja torácica hasta que solo una esfera semilíquida, acompañada, en el suelo, de su sombra elipsoide, seguía levitando a lo largo de las paredes. Cuando salía por la boca de hierro forjado de la mujer loca de espanto, esculpida en la puerta gigantesca, la membrana de la esfera se rompía violentamente y su contenido estallaba como un grito desgarrador, llenando el vacío sobre el lago y reflejándose en los Alpes que brillaban tenues en la noche. A continuación, en aquel espacio infinito, reinaba de nuevo el silencio.

A medida que la sala se vaciaba, la vasija redonda de debajo del candelabro se llenaba de cientos de esferas brillantes. En cada una de ellas había empezado a latir un embrión transparente, alimentado con la carne de cristal del huevo que lo cobijaba. Tras varias horas de búsqueda y continuas decepciones, el Albino se vio, finalmente, a solas con Witold y con su silencioso guía. Llegado ante el príncipe, su rostro se relajó y la crueldad de sus rasgos se transformó en una especie de goce supremo, el de la certidumbre. Sujetó la palma extendida con las dos manos y contempló el huevo esférico, envuelto en su esclerótica marfileña, con la avidez con que habría aspirado por la nariz, a través de un tubito, ese polvo blanco que abre la mente como si fuera una corola fantástica. Tomó la bola opaca y se acarició con ella el hueco entre las cejas. Cerrando los ojos, la apretó con sus dedos fuertes y firmes hasta que la bola comenzó a hundirse en el hueso de la frente. Resultaba insoportable verlo. La piel de la frente se abrió, se convirtió en dos párpados gruesos sobre el nuevo ojo, que se distinguía al final solo como una uña de córnea amarillenta, como los ojos vueltos de los ciegos. Los párpados sin pestañas, finalmente, se separaron, y el ojo ciego se movía lentamente entre ellos en su nueva órbita, como si los musculitos oculares se hubieran formado ya en torno a él, aferrándose a la esclerótica dura y a las paredes de hueso de la órbita. Una bruma ligera empezó a colorear la parte delantera del ojo, levemente abombada, antes de perfilarse en él, despacio, un iris de un azul profundo, de piedra preciosa, que rodeaba deslumbrante la pupila.

Un ojo maravilloso, como no había tenido jamás una criatura humana, se clavaba ahora en Witold, sobre los párpados cerrados del rostro negroide, ensanchado en una sonrisa extática. Era la única mancha de color en aquel cuerpo lívido, como si el ojo brillante hubiera absorbido todos los pigmentos del personaje escultural. Era Ajna, el ojo de Shiva, pensó el príncipe. El último fuego en el camino hacia la corona de diamante, Shahasrara. Tuvo de repente la visión de una columna vertebral a lo largo de la cual, con un número diferente de pétalos multicolores, con brillos y virtudes distintas, se alineaban, unidos por conductos, fibras y plexos imposibles de seguir, los cinco todopoderosos chakras, como siete universos jerarquizados, abarrotados de galaxias, quásares y supernovas, encendidos en una noche infinita.

A través de los portones hialinos penetró en la sala un grupo de jóvenes núbiles, entre los cuales Witold reconoció, asombrado, a las trabajadoras del taller de la tintorería de seda de la fábrica de Como. Estaban pálidas como insectos cavernícolas y llevaban en las manos unos recipientes grandes, de arcilla, llenos de brillantes hojas de morera. Los vaciaron en el receptáculo central, sobre los huevos transparentes, y se retiraron, con sus vestimentas blancas que se amoldaban a sus cuerpos filiformes. Como si el olor crudo de la savia hubiera precipitado el proceso de eclosión, en el silencio silbante de la sala se escucharon al cabo de un rato unos pequeños crujidos cristalinos, y el lecho vegetal comenzó a moverse. Asomaron unos gusanos gordos, brillantes, que agitaban sus cabezas ciegas, de fuertes mandíbulas, y que empezaron a devorar las hojas a una velocidad increíble, dejando a su paso tan solo una tira de fibras y nervuras demasiado duras como para ser digeridas. En unos pocos minutos, los gusanos terminaron su festín y cayeron en una especie de sopor. Ya no movían sus cuerpos con decenas de patitas romas. Solo unos lentos movimientos peristálticos sacudían de vez en cuando, como unos leves escalofríos, como unas olas, su carne gelatinosa. Al cabo de un rato, uno tras otro, comenzaron a secretar el hilo brillante que brotaba de sus mandíbulas como el de las hileras ventrales de la araña. Era como si aquí, en la capacidad de secretar el hilo místico, se hubiera anulado la eterna oposición entre araña y mariposa, verdugo y víctima, oscuridad y luz, mal y bien, hombre y mujer, los opuestos que desvelaban de repente su identidad más profunda. Girando las cabezas cientos y miles de veces, como unas lanzaderas incansables, las orugas se envolvieron en un capullo de seda, blando, enternecedor, formado por un solo hilo ininterrumpido. Las veinte jóvenes las cogieron a manos llenas, se las acercaron a las mejillas y a los labios. Su cabello largo y seco se elevó en el aire, crujiendo levemente por la electricidad estática de los capullos de seda y esparciendo por la sala unos rayos pálidos. La sala se llenó a su paso de un vago olor a quemado, como tras el rozamiento de dos cantos rodados. Al poco tiempo, los capullos empezaron a temblar entre los dedos amarillentos, a deshacerse por los extremos, y de ellos brotaron cientos y miles de mariposas, demasiado pesadas, demasiado peludas y con alas demasiado cortas como para soñar siquiera con volar. Haciendo vibrar con un sonido sordo sus alas blancas, inmaculadas, se desperdigaron por los brazos, la ropa y el cabello de las jóvenes, por sus rostros estirados, por sus labios y por sus párpados, desde ahí muchas cayeron al suelo, donde se reflejaban sus vientres hinchados. Poco después, la sala bullía de mariposas, y un polvo nacarado brillaba en el aire, volviéndolo asfixiante y áspero. Witold las notaba pulular por su cabello, pero no se atrevía a sacudírselas, pues el ojo azul entre las cejas del hombre desnudo lo miraba fijamente con calma, como si le dijera en su propio idioma: «¿Lo entiendes ahora? ¿Lo tienes claro ahora?». ¿Qué campo visual podría tener aquel ojo de otro orden del mundo? ¿Veía las cosas tal y como son, sin pasar por los sentidos, sin que las reflejara una conciencia? ¿Podía mirar directamente el espacio lógico? ¿Unificaba él, acaso, los tres espacios concedidos a nuestra intuición, el de los objetos, el de la mirada y el de la mente? Witold no tuvo tiempo de responderse, porque el enlace, su enlace con un vientre insospechado, estaba a punto de comenzar, y comenzó como correspondía, con escenas de una incomparable belleza y crueldad.

El Albino pasaba delante de cada doncella, le sujetaba la cabeza entre las manos y la miraba fijamente a los ojos, tal y como había mirado antes las bolas de los llamados pero no elegidos. En ese momento, cada una de ellas ponía los ojos en blanco, como las muñecas, dejando ver, entre los párpados, solo una córnea amarillenta. El hueso del cráneo se iba aclarando hasta convertirse en una campana de cristal bajo la cual, llenándola por completo, había, en lugar de un cerebro, una araña enorme, gorda, con un vello negro y las ocho patas musculosas dobladas contra su gigantesco vientre. La presión que el ovillo de vísceras, pinzas y veneno aplicaba en los huesos del cráneo era irreprimible. Cuando el círculo se cerró y todas las doncellas exhibieron la fiera peluda del cráneo, las arañas sacaron a la vez, triunfantes, las patas a través de los huesos parietales y frontales, como las puntas de unas coronas siniestras. Veinte reinas, así coronadas, custodiaban ahora el receptáculo del centro, lleno de nervuras de hojas de morera como el lecho nupcial de un templo antiguo. La hierogamia iba a tener lugar en medio de sus fuertes gritos: «¡Hymen, oh, Hymen!».

El guía de Witold, entre tanto, había degenerado, pero no hasta convertirse en sombra, como los demás, sino que se había encogido como un trapo arrugado, pegado a los omóplatos del príncipe, de tal manera que, cuando apareció, en el otro extremo de la estancia, la novia, dos enormes alas de mariposa tropical, con manchas de púrpura y colas de azur y nervuras de antracita, se extendieron en la espalda del príncipe. Desnuda, con un cabello rojo como el fuego, con unos pezones maravillosos en medio de unos pechos blandos y redondos, con unas caderas suavemente extendidas en torno a la tímida flor sexual, en su nido de vello cobrizo, una mujer joven caminaba entre las dos filas de reinas, con los párpados cerrados, con una leve sonrisa en el rostro que Witold conocía muy bien, pues la muchacha de rizos pelirrojos y pecas en la nariz y en las mejillas era Miriam, la hija del joyero de Lezzeno, por cuyo taller solía pasar el príncipe de vez en cuando en busca de los anillos baratos y los brazaletes que regalaba a las campesinas descaradas de los alrededores. Había visto así, varias veces, a la hija del israelita, con su curiosa indumentaria (seda verde y blanca, una perla grande, gris, anudada en la frente) y le había gustado su cabello suelto, que iluminaba el cuchitril del joyero más intensamente que todos los collares, las cadenitas y los relojes de bolsillo con sus tapas de oro repujado. Dos veces incluso habían llegado a conversar en polaco, pues los Shapiro habían llegado, un par de décadas antes, desde Galitzia y hablaban todavía en casa esa mezcla de ruteno, polaco y alemán, muy marcada ya por un fuerte acento italiano. Un buen día, tres meses atrás, cuando el viejo, que salió por unos asuntos, dejó a su hija al cuidado del taller, Witold se acercó a ella y la agarró por la cintura. En su cancionero en forma del lago de Como y del pubis triangular entre los muslos de las mujeres no había aún ningún poema sobre una judía. Lo excitaban el olor del cabello rojo, la sombra y la intimidad, los ojos verdes, osados, de la hija del joyero. Le metió una rodilla entre los muslos ocultos bajo la pesada tela del vestido y acercó su boca a la boca de ella: «¿Me quieres?», pero la chica se desembarazó de él dándole un empellón. «No soy una criada», le gritó y huyó corriendo hacia el interior de la casa.

Y ciertamente lo era menos aún de lo que sabía por aquel entonces Witold. Pues su abuelo había sido un famoso *tsadik* en Galitizia y Lituania, descendiente directo de Israel Ben Eliezer, más conocido con el nombre de Ba'al Shem Tov, que podía curar a los tullidos con un solo versículo del Libro de la Luz y adivinaba el futuro como no lo había hecho ningún judío después de Daniel. Él difundió entre los judíos polacos, los de Galitzia y los rutenos el jasidismo, la doctrina del amor místico entre Dios y los hombres. Muchos acontecimientos maravillosos habían quedado ligados al *tsadik* de Lemberg. Una vez, en un mercado de ganado, unos judíos vinieron a visitarlo para quejarse de que en su pueblo eran ya once, pero no tenían dinero para construir una sinagoga. «¿Cuánto dinero necesitáis?», preguntó el *tsadik*. «Trescientos ducados», respondieron los hebreos. Entonces el abuelo de Miriam reunió a los comerciantes y a los campesinos del mercado en torno a él: «¡Vendo mi lugar en el cielo por trescientos ducados!». Apareció alguien dispuesto a comprarlo y los judíos se marcharon satisfechos con el dinero para el edificio de la sinagoga. Otra vez, en una boda judía a la que no había llegado a tiempo la banda de músicos, rezó con fervor hasta que se produjo un milagro: el propio rey David, con todo su fasto, se presentó para cantar a los novios toda la noche, con el violín, unas endiabladas canciones *klezmer*. Pero lo más precioso que guardaba el *tsadik* de Lemberg en su corazón era la antigua tradición según la cual su pueblo se reencontraba en la Torá, el libro sagrado, entre los hijos de Israel. A menudo, a una velocidad cómica y sin equivocarse jamás, recitaba, para quien quisiera oírlo, varios cientos de nombres de varones, cada uno nacido del anterior, una genealogía que lo emparentaba, en las profundidades del tiempo, con el famoso maestro Bezalel, hijo de Uri, hijo de Hur, de la tribu de Judas, al que el propio Adonaí le había concedido el talento y la pericia para toda clase de trabajos en madera, en bronce, en metales y en piedras preciosas. El padre de la joven se había hecho joyero precisamente a raíz de este maravilloso descubrimiento, con el que su santo y sabio padre lo había atosigado durante toda la infancia.

Desde entonces, el príncipe la había visto una sola vez de forma totalmente casual, de camino a la fuente, pero cada vez que entraba en la tienda del joyero se sabía observado, y en la nariz sentía vagamente, en la penumbra llena de los destellos de los brillantes, el olor del cabello de alambre retorcido de la joven judía. No había puesto jamás en duda que la muchacha lo amaba en secreto, se lo habían contado otros, pero no era ninguna sorpresa: *todas* las mujeres lo amaban, mientras él las recolectaba como si tomara con indiferencia un melocotón o una pera del frutero. Para saborear un melocotón no era necesario estar enamorado de él. Igualmente extraño le habría resultado al príncipe derretirse de nostalgia por unas nalgas redondas o por el sabor fresco de una boca que acababa de masticar una hoja de menta.

Así que solo ahora la veía de verdad, como si Miriam fuera ella misma solo desnuda, y únicamente en el templo redondo, de mármol, de la villa. Ahora venía hacia él, con sus hombros frágiles de adolescente y, como si se conocieran desde antes de los comienzos del mundo, se detuvo frente a él y el gran sacerdote itifálico unió sus manos. El ojo de su frente había perdido brillo y había comenzado unos movimientos lentos de reabsorción. Ahora había abierto sus párpados naturales, mientras que los divinos se cerraban, como una herida, sobre el ojo que se hundía cada vez más en el hueso del cráneo. A medida que se escondía en el cerebro, como el cuerno de un caracol, el ojo de Shiva se reducía, al principio era como una cereza, luego como un guisante. Navegaba así entre los dos tractos olfativos hasta que se detuvo en el centro del cráneo, en el hueco de la base, donde, colgado del hipotálamo, se convertiría en la pituitaria, el sol interior de nuestra sexualidad. Y la intensa luz del sexo, las dulces feromonas del acoplamiento del hombre con la mujer llenaron de repente la sala, incendiándola. El rostro de Monsieur Monsú, el albino, recobró su crueldad, y su sexo erecto, itifálico, curvado y atravesado por los meandros de las venas, atraía de nuevo, gracias a su horror ofidiano, las miradas de todos, como si hasta entonces hubieran estado obnubilados por el ojo pineal, brillante, de la frente.

Witold dejó que se le cayera la capa blanca, con lúnulas doradas, en la que se vio de repente envuelto, y se quedó desnudo, alado, compacto y viril, una estatua de mármol pintada del color de la piel, como era costumbre en la antigüedad. Abrazó a la novia por la cintura, sintiendo el calor de esos dos músculos y del gracioso hueco sobre las nalgas, y caminaron juntos sobre el borde doblado del jarrón del centro de la sala. Las sacerdotisas coronadas con tarántulas vivas se acercaron hasta que sus rodillas tocaron la pared fría, curvada, de yeso, al otro lado de la cual, en un lecho de hojas de morera trituradas, habían empezado ya los esponsales. Ciegas, contemplaban sin embargo con avidez las caricias de los dos cuerpos desnudos, pues sus ojos vueltos hacia dentro miraban directamente la zona del placer de sus cerebros ardientes por la voluptuosidad.

En el centro del enorme salón, bajo el candelabro que colgaba de una bóveda infinitamente elevada, los jóvenes se amaban. Se devoraban las bocas, se lamían los pezones, se estrujaban gimiendo la carne firme de las nalgas. Se acariciaban los sexos hasta humedecerlos e inflamarlos, los cogían en la mano, los penetraban con los dedos. Se colocaba cada uno entre las piernas del otro para degustar el sabor dulce y soso de los labios húmedos, del ano estrellado entre las maravillosas semiesferas, para llenarse la boca del vigor y de la ternura del corazoncito morado de la punta del miembro que la joven acariciaba de arriba abajo con los labios y la lengua. Y mientras se sumergían en el olor y en la textura y en el placer abrumador al contemplar los testículos y el pubis y la parte interior de los muslos, y el pequeño clítoris en su funda de piel, mientras se devoraban delicadamente con las bocas sedientas, sentían de lleno, como una maldición, la desesperación de no tener manos suficientes, labios suficientes, piel suficiente, terminaciones nerviosas suficientes para absorber al otro por completo, para saturarse de una vez del placer devastador, de la beatitud que, nacida de lo más profundo de nuestro infierno interior, el de los órganos que supuran, el de los intestinos y las gónadas, el del mal y la crueldad y el miedo, brotaba de repente como un arco voltaico hacia el otro polo, el de la santidad extática, el del ayuno y la oración. Nunca se había producido un salto más osado desde la teología a la escatología. Nunca el bien y el mal habían mostrado tan claramente su identidad. Pues sagrado era lamer con devoción el escroto de tu amado, sagrado era besar los labios del sexo de tu mujer, como si besaras una flor o la manita de un niño. Mientras yacían del revés, abrazados, con las bocas hundidas entre los muslos del hombre y de la mujer amados, una felicidad fluida y luminosa los envolvía como un capullo de almizcle y de profunda hipnosis. El hombre abría con su boca áspera la única puerta hacia el paraíso que le era concedida en esta vida, el túnel de carne que había recorrido él mismo, décadas atrás, envuelto en la membrana y el meconio, y adonde había deseado siempre volver. Abría un camino hacia la cámara húmeda y cálida en la que, acurrucado, había soñado una vez, en colores fuertes e insoportables, con unos demonios sin rostro que le entregaban las antiguas tablas de la ley. La mujer, a su vez, recibía en su boca caliente, de labios pintados, tumefacta por el deseo, la cabeza húmeda del pene, que chupaba mientras recordaba el pezón materno, del que había mamado en otra época la certeza y la protección. ¡Benditos preludios, felices gestos del amor! ¡Intensa ensoñación junto al centro de fuego y hielo del cuerpo ajeno y, por ello precisamente, ¡más deseado! ¡Circuito de la desesperación y de la alegría, creado para que no pueda ser descrito jamás, sino únicamente vivido, con el sexo, el corazón y la mente abiertos de par de par!

Las mariposas gruesas, nacaradas, desperdigadas por todas partes, agitaban sus alas atávicas, como pestañearían dos párpados heridos por una luz demasiado intensa. Una nube de escamitas se añadía entonces al aire ya lechoso de la sala circular, a través del cual apenas se adivinaba el paisaje nocturno del cuadro de Desiderio. Los actores de la gran escena inspiraban y expiraban esta pasta de escamas de nácar, las velas del candelabro la convertían en ceniza, y la ceniza en ceniza a su vez. Los amantes del lecho circular tenían los cuerpos bañados en sudor. Se habían dado la vuelta y ahora se miraban a los ojos. Las manos de la mujer se paseaban por las caderas y las nalgas de su amado, abrazadas por sus muslos blancos, abiertos. Su barra de carne le humedecía el vientre, buscaba un hueco en la humedad suave y ardiente bajo su pubis y, finalmente, sin esfuerzo alguno, se deslizó en toda su longitud en la vagina abierta como una flor de diente de león. Y empezaron a jugar con esta vara común, caliente y elástica, que sostenía por igual el cuerpo de él y el de ella, por la que los cuerpos se deslizaban con una fuerza cada vez más libre de velos y suavidades, más dura y más violenta, hasta que de todo el ritual de sus pubis golpeando entre sí quedó tan solo la búsqueda salvaje, sin límites y sin obstáculos, del placer, se escondiera donde se escondiera, en el amor-odio y en la pureza-abyección y en la delicadeza-crueldad y en la ternura-violencia. Witold había obligado siempre a la mujer a mirarlo a los ojos mientras gritaba bajo su cuerpo, pero ahora no fue necesario: Miriam era de un ardor masculino en este juego en el que no había ya señor y vasallo, sino señor-vasallo y vasallo-señor, en una polarización temblorosa en la que los papeles, ni siquiera deseados, sino dictados por la inminencia imperiosa de un placer del final del mundo, se intercambiaban miles de veces en cada instante. Ella tenía ahora las piernas atrapadas bajo los hombros de él, y el hombre, apoyado en un codo, tocaba con los dedos sus muslos, el ano húmedo, los labios pegajosos que le humedecían el pene, el pubis bañado en sudor. Los dedos tanteaban luego el vientre, subían hacia los pechos, estrujaban los pezones endurecidos, avanzaban por el cuello y el rostro de la mujer que, jadeando excitada, no apartaba sus ojos de los de él, mostrando un rostro devastado por la voluptuosidad, más excitante que el paisaje entre los muslos. El joven reprimía el semen que subía por los canales inguinales, pues no quería abandonar el territorio profundamente hundido bajo el rostro de la conciencia, en el que nadaba en corrientes de endorfinas, en la luz fundida del presentimiento de la explosión final. Fluían el uno al otro, en ambos extremos, en un circuito cerrado, exasperante, asintótico: él se vertía en ella a través de la puerta abierta del sexo, que es el tiempo; ella fluía en él a través de la puerta de los ojos, que es el espacio. Como una lanzadera de oro tejían juntos el capullo de hilos de diamante del que venimos y al que volveremos.

Bajo los ojos ciegos de las reinas sombrías, el retorcido monograma de los dos cuerpos, aferrados ahora para formar uno solo, intensificó la doble ondulación, controlada únicamente por los mecanismos blandos del hipotálamo. Las nalgas del hombre se sacudían ahora a un ritmo implacable. Los huevos, visibles a través de su bolsa de piel, golpeaban el ano y las nalgas de la mujer, que habían empezado a proferir gritos ásperos y súplicas obscenas, pronunciados en un tono brutal, entrecortado, por sus labios en algún momento de niña, animando al que estaba sobre ella a no parar, a llegar más adentro en el túnel palpitante, hasta la caverna protectora que lo esperaba allí, a su cáliz místico abierto *«inter urinas et faeces»*.

Cuando los gritos de la mujer se transformaron en un lamento continuo y sus músculos apretaron la barra de carne que la penetraba, el hombre no pudo controlarse más. Con una contracción que quería estrujar todo su cuerpo, liberó de golpe el líquido que hasta entonces no se había acumulado tan solo en los testículos, tampoco únicamente en la próstata, ni en los canales seminales, sino en cada célula de su cuerpo, en el cerebro y en los ojos y en el corazón y en las tripas, y en el esqueleto, y en las glándulas, en todas partes, pues ese chorro entrecortado era la esencia concentrada de su mente, de su cuerpo, de su fe y de sus esperanzas. Crispados de repente, de manera epiléptica, uno en los brazos del otro, temblando inconscientes como insectos uno en el otro, gritando como abrasados en el aura que los disgregaba, viendo sus rostros de habitantes del infierno a través de los ojos que parecían gritar también, los dos amantes sentían ahora lo terrible que es la felicidad, lo mortal que es el placer, lo martirizante que es el éxtasis. Sus alas, su piel y sus huesos se disolvieron en la luz blanca, cada vez más blanca, hasta la conversión de las moléculas en átomos y en vacío, hasta la desaparición de su destino en la tierra.

Y en esas profundidades, en el espacio gelatinoso entre el glande y el útero —tan parecido al que existe entre las sinapsis, pues lo neuronal y lo sexual mostraban siempre, a través de infinitas analogías, su identidad de fondo—, una lluvia de oro cubría a la dulce Dánae. El arcángel san Gabriel, con un lirio imperial entre los dedos, vertía sobre la Virgen la leche transparente de la Buena Nueva: «¡Alégrate, María!». Nacarado como un cerebro fundido, el líquido seminal invadía la brecha entre las dos enormes neuronas, que habían conectado, habían copulado para transmitir un mensaje divino. Al igual que la acetilcolina, la dopamina o la serotonina, el esperma, con sus millones de semicriaturas, con entrañas de diamante y riñones de rubí, se apresuraba hacia los receptores postsinápticos que ocupaba liberando iones de calcio y de potasio. Una legión de criaturas independientes, con órganos internos y voluntad ardiente, que portaban la mitad del plano divino del hombre (como si el ser humano fuera una alternancia de hombres o mujeres y estas mitades-de-seres-cabalgando-sobre-mitades-de-liebres-cojas, los espermatozoides y los óvulos), avanzaba entre las membranas vesicantes, los anticuerpos devoradores, el calor que disolvía la membrana de su gigantesca cabeza. Levitaban como una bandada de cigüeñas de nácar hacia el gran sol ovariano, que venía a su encuentro por el suave tallo de la trompa uterina. Era como si dos criaturas aladas, pero cada una con una mitad del cuerpo y una sola ala, hubieran anhelado el vuelo. Se hubieran buscado de manera quimiotáctica para poder abrazarse y así, medio rostro junto a medio rostro, medio pecho unido a medio pecho, el ala izquierda del óvulo junto al ala derecha del esperma, formar a una persona completa, hombre y mujer, cerebro y sexo, espacio y tiempo, en medio de la rosa de un millón de dimensiones del mundo. Ahí, en la fisura estrecha entre el útero y el glande, se celebraba la segunda boda, la del hermano con nuestra hermana lisiada, minúsculos y sin embargo idénticos a nosotros excepto por sus enfermedades monstruosas. Hombres y espermatozoides, mujeres y óvulos se alternaban hasta el infinito por la cadena gigantesca que subía desde las primeras células desperdigadas en el océano hacia los ángeles y hacia la Divinidad.

La alianza del espermatozoide con el óvulo es el mandala que nos abre la comprensión de la redención. Puesto que podemos contemplar, desde nuestra colosal altura, el vuelo abrazado, sabemos ahora que somos también espermatozoides, eyaculados por un dios desconocido, expulsados por su aparato de fabricar el futuro. Somos semicriaturas, ansiosas por conocer a su progenitor, apresurándonos todos en nuestro mundo entre el útero y el glande («*inter urinas et faeces*») hacia el Pórtico del que venimos y al que tenemos que volver. Generados por un dios siempre oscuro, llevando la mitad de su mensaje hacia el fin del tiempo, luchando contra la evidencia de la destrucción, de la conspiración de la realidad, del cinismo de la vuelta al polvo, buscamos eternamente el óvulo místico que nos espera —una catedral de piel— en el horizonte dorado. En la grieta entre la tierra y el sol nos dirigimos hipnotizados hacia Dios. Agitamos las colitas vibrátiles en la gelatina turbia de la historia, en busca de ser los primeros que pegarán su sien a la gigantesca estrella, fundiéndose en ella e inyectando en su carne la mitad de su cerebro. Esperamos ese instante de *unio mystica* en el que, en el coro de miríadas de voces, solo uno se fundirá en el triunfo y en la alegría, mientras que los que lo siguen, destruidos por las enfermedades, los saqueos, los incendios, la mala suerte, caerán paralizados por las membranas vesicantes. Porque la salvación no era para todos, ni siquiera para muchos, sino para uno solo, para el ya salvado, elegido desde el principio entre los millones que emprendieron el camino para dejar sus huesos en el desierto. Hermano pequeño de un dios innombrable, alumbrará a su vez, fundido en la semilla milagrosa, un huevo gigante, una nueva vida, un nuevo cosmos sin fin. Mientras que Miriam, brillante de sudor, yacía inerte bocarriba, y el príncipe, desnudo, con el miembro húmedo, se había vuelto de lado, tapándose los ojos con el brazo y sintiendo bajo él, arrugadas, las miríficas alas arrancadas de los omóplatos, los segundos esponsales, los del espermatozoide y el óvulo, tenían lugar en las profundidades de la mujer, bajo la piel húmeda, temblorosa, entre su ombligo hundido y los pétalos suaves de la vulva, de la que fluía ahora un hilillo nacarado.

El contacto se había producido según la voluntad de los Conocedores y el mensaje estaba asegurado, transmitido más allá a través de sus vías genéticas. El Albino agachó, satisfecho, su cabeza taurina y, con una mano fuerte, sacó a Miriam de las sábanas. Las núbiles ciegas la rodearon, la miraban a través de los ocelos de zafiro de las bestias de sus cabezas. La envolvieron en un manto de seda aceitosa, de reflejos dorados, y la acarrearon hacia la salida de debajo del enorme cuadro. El Albino las seguía, y Witold se despertó de repente solo en la sala barroca, bajo las garras de oro del candelabro, del que caían de vez en cuando unas gruesas mariposas, que agitaban inútilmente sus alas. Tomó una con la mano y se la llevó a la altura de los ojos. Miró su rostro impersonal, de ojos ardientes y antenas pennadas, con la trompa apenas esbozada. Un rostro de embrión o de demonio. Habría querido cambiar su destino por el de ella, pero no tenía ya destino alguno. «Bądz co bądz», susurró, y la colocó suavemente en el borde del recipiente que había servido de lecho nupcial.

Se puso de rodillas sobre el montón de hojas de morera troceadas, y se quedó así, con la cabeza profundamente inclinada, un cuerpo de carne cenicienta cuyo precioso mensaje habían exprimido. Se despertaría al día siguiente en su cama de la posada del Cadenabbia, abatido por un sueño extrañísimo en el que él, un príncipe polaco enterrado bajo la tierra de los siglos, se vio por un instante en el

foco del Ojo que todo lo ve, en el centro del Relato. De todo lo que
había sucedido aquella noche fantástica, lo que mejor recordaría era
el enorme cuadro de Desiderio, con su golfo transparente bajo la
luna de sangre, con la barca negra en la que había navegado, junto
a miles de otras embarcaciones, hacia la montaña abarrotada de
palacios. No volvería a ver a Miriam jamás. Viviría diecisiete años
más, recorriendo los países bálticos a lo largo y a lo ancho, descendiendo año tras año, arrastrado por una irreprimible nostalgia,
hacia el lago de Como de los Alpes italianos, en la misma época en
que, en otra cara del mundo y del relato, Vasili, el niño sin sombra
del clan de los Badislav, que tras descender de los Ródope y cruzar
el Danubio sobre el hielo debajo del cual brillaban unas mariposas
gigantes, multicolores, se preparaba, sin saberlo aún, para el encuentro con Maria, bajo el mismo cielo extendido como un toldo
azur más allá de los confines de la tierra, bajo las mismas estrellas de
diamante y bajo la misma luna. En Argelia, en el lecho de muerte,
pronunció, antes del último aliento, una larga lista de vocablos que
los *felcer* bereberes tomaron por un delirio:

INGIRVMIMVSNOCTEETCONSVMIMVRIGNI.

Y Miriam, la judía, ta-ta-ta-tarabuela de Mircea por parte de padre, empezaría el calvario de su viaje hacia oriente, expulsada por el
joyero de Lezzeno, que no había podido comprender que no fue
el desenfreno, sino un sueño maravilloso el que había hinchado su
vientre como la vela de un velero. El viento paracleto que inflaba
esta vela la había arrastrado hacia Austria, que atravesó vestida con
harapos, cruzando ríos y montañas, durmiendo bajo puentes y en
almiares, luego hacia la *puszta* húngara. Dio a luz en Pécs, en una
casa devorada por el fuego, sin techo, y descendió más adelante, con
el niño en un hato de trapos, hacia el Banato, donde encontró refugio en Budinț, un pueblo de gentes tranquilas y de espíritu lento,
camino de Lugoj. Incluso diez años después de vivir allí, después de
aprender la lengua rumana, a Miriam la consideraban loca, como
sería considerada toda su vida, pues contaba a todo el mundo que
su niño era el hijo de un príncipe y que su padre vendría algún día
en su busca para llevarlos a Galitzia, el lejano país donde fluían la

leche y la miel. La mujer se ganó la vida criando gusanos de seda, un oficio completamente desconocido en aquellas tierras, pero que se extendió luego entre aquellas gentes simples, que viven de él hasta hoy en día. Los miembros de su clan fueron llamados Goangă,[30] por los gusanos que criaban, pero Miriam enseñó a su hijo a presentarse con el apellido noble de su padre, solo que adaptado a la pronunciación rumana. El niño había heredado los ojos soñadores, con pestañas largas, de su padre. Aunque se había mezclado con sus semejantes y se había convertido en un campesino como los demás, Ioan Goangă seguiría transmitiendo religiosamente, a sus hijos, y estos a los suyos, durante un siglo y medio, hasta el día de hoy, la historia de una boda orgullosa celebrada en una casa que giraba con el sol.

30. Insecto, bicho.

Tuve que pasarle el brazo por los hombros y llevarlo de vuelta a la cocina. Nunca lo había tocado así, tal y como no había hablado nunca de verdad con mi padre. Sentía ahora cómo temblaba, no por el frío de fuera, o no solo por ese motivo. Regresamos al comedor, donde la única luz seguía siendo la azulada, trémula, que procedía de la pantalla en blanco y negro de nuestro televisor Electronica. Mi padre se sentó a la mesa, junto a la ventana, y se sumergió por completo, como de costumbre, en aquel campo visual artificial que sustituía a la realidad. Mi madre estaba en el otro extremo, al otro lado del mantel granate sobre el que había aparecido, unos años antes, una gruesa placa de cristal. Durante muchos años habían jugado al tabinet o al rummy sobre aquel mantel suave, con motivos indescifrables y bordeado de flecos, bajo las bombillas mortecinas de la lámpara, en una búsqueda desesperada por matar el tiempo. Y cuando el aburrimiento ponía fin también a la última partida y yo me retiraba a mi habitación para sentarme en el arcón de la cama y apoyar las plantas de los pies en el radiador todavía caliente aquellos años, oía cómo pasaban a su otra ocupación, las eternas cuentas de cada tarde, cuánto había pagado mi madre por el pan —integral o blanco, de patata, pues éramos demasiado boyantes como para comprar pan negro, redondo, que era de hecho el que más nos gustaba, pero eso significaba ser pobres—, cuánto por los tomates, cuánto por los pepinos, cuánto por el pescado, cuánto por la leche, cuánto por el yogur, cuánto por las cerillas, cuánto por el añil de la colada, por el Dero, por todo lo que traía, cada día, en sus bolsas de rafia, acarreando a veces incluso hasta veinte kilos, así que luego le dolían insoportablemente las manos. «Mira, Mircişor», me enseñaba, después de soltar las bolsas en el vestíbulo y apoyarse en la pared. Extendía las manos en las que estaban grabadas unas marcas profundas, rojas como el fuego. «Qué asco de bolsas, otra vez me han cortado las manos...» Casi lloraba de dolor, se metía varios minutos las manos martirizadas bajo los sobacos, con los brazos cruzados sobre el pecho. El acarreo por las mañanas, las cuentas por las tardes, en los márgenes de los periódicos, con su escritura infantil, la misma que le enseñó el maestro del pueblo, una escritura florida que encontrabas en el reverso de las fotos (a bolígrafo) y en los documentos de su bolso granate —y, entre tanto, lavar, frotar, hacer las camas y recoger lo de todos, la marcha de mi padre al trabajo y la mía a la escuela, las cazuelas de comida («No sé qué prepararos, voy a volverme loca») y la falta de reconocimiento y la indiferencia general, como si esta mujer que nos había convertido en personas, esta persona buena y honrada («Mircişor, no se te ocurra en esta vida llevarte ni un hilo que no sea tuyo»), que se había colocado en el último lugar, en ningún lugar, de hecho, en la jerarquía de las necesidades familiares, sin ropa para salir, sin zapatos, sin maquillarse y sin arreglarse, que renunciaba incluso a su colonia de un *leu,* la de los cochecitos de cristal, que se hacía la permanente una vez al año, con motivo de quién sabe qué ocasión, fuera tan solo una criada pagada para ponernos todo delante de las narices, para lavar y planchar nuestra ropa y que pudiéramos presentarnos decentemente en nuestro deambular por el ancho mundo, brumoso y aterrador, que se extendía más allá de su pueblo en el centro de Bucarest, delimitado por los cines Volga, Floreasca y Melodia, más allá de los cuales no se aventuraba jamás. Yo encontraba siempre en los cajones de la alacena aquellas tiras arrancadas de los periódicos en las que se alineaban en vertical *uebos, tomates, carambelos* y su precio, escrito floridamente a bolígrafo, sin que yo supiera por aquel entonces que esos eran los poemas de mi madre, más inspirados, más desgarradores y con una historia de amor más apasionada que la de las cartas portuguesas y que la de las páginas exaltadas de Santa Teresa. En nuestra casa, mi madre guiaba a dos ciegos, dos personas con corazón de piedra, ajenos a ella y ajenos entre sí, a los que servía con una devoción que se bastaba a sí misma y que no esperaba respuesta ni recompensa. Me senté también yo en el sofá. En el televisor seguía la misma escena del balcón. Alguien hablaba desde allí con exaltación, estrechamente rodeado por otros individuos que parecían defenderlo con sus cuerpos. Como estaban bañados por la luz de los reflectores de la televisión, parecía uno de esos bajorrelieves de los pedestales de las estatuas que reflejan el momento auroral de la carrera de ese gran político, con una paloma acurrucada en su coronilla. Me había quedado casi dormido, hipnotizado por la repetición continua de las mismas palabras, por la oscilación de las decenas de miles de individuos de la plaza oscura, por el fantasmagórico ballet del vaho que salía de las bocas de los oradores, cuando unos relámpagos extraños, que iluminaban la plaza, y una especie de estallidos simultáneos, que tapaban por un momento las voces de los megáfonos, me hicieron prestar atención a lo que sucedía en la pantalla. El nuevo orador ante los micrófonos se calló un instante, desorientado, miró más allá del carro de la televisión y gritó: «¡Hermanos, están disparando! ¿Quién está disparando, hermanos?». La cámara se desvió del balcón del C.C. y se paseó sobre la multitud. La gente gritaba y abucheaba, mirando a todas partes. Por la zona de atrás se adivinaban las estelas de los disparos, rectas como rayos láser, dirigidas hacia el edificio de mármol. Era evidente que estaban lanzando balas trazadoras que dejaban una línea fosforescente en el cielo negro, helado, de ese diciembre. ¿Es que no había terminado todo por la mañana? ¿No había visto con mis propios ojos el helicóptero presidencial elevándose como una ballena blanca del tejado del Comité Central para llevar a Ceauşescu al quinto pino?

¿No estaban también la policía y el ejército con nosotros, como habían repetido cientos de voces a lo largo del día? El pueblo estaba de fiesta, habían abierto el champán reservado durante años en el frigorífico, el tapón había saltado, lo habían servido y había resultado estar demasiado agrio como para beberlo, los verdugos habían confraternizado con sus víctimas y cantaban codo con codo «Despierta, rumano»,[31] los curas desfilaban del brazo de las profesoras de ateísmo científico, que se santiguaban ahora hasta tocar el suelo y rezaban por la prosperidad del país. Sabían todos, pequeños y grandes, buenos y malos, todos los rumanos más o menos honestos, que de ahora en adelante manaría leche y miel en esa tierra miorítica. ¿Quién estaba disparando? ¿Quién seguía con el otro bando?

El televisor temblaba posado en su pequeña cómoda. Sobre él destacaba una lámpara con pantalla que no había funcionado jamás. En la pantalla se veía el balcón barrido de nuevo por los reflectores, los revolucionarios, pálidos como insectos cavernícolas, se habían apretujado todavía más, como si tuvieran de repente un frío terrible. Sin embargo, el hombre que estaba hablando ante los micrófonos, con una mirada fanática, no había interrumpido ni un instante el chorro de palabras, palabras, palabras, ni siquiera cuando la gente empezó a caer en la plaza sombría, como segados por una mano invisible. Un chico joven aquí, con la sien destrozada por una bala a bocajarro, un hombre maduro por allá, una chica en el otro extremo. La muchedumbre se agitaba como poseída, los de los márgenes huían corriendo y se perdían en la oscuridad, los altavoces tronaban como por la mañana, desde un vehículo blindado: «¡Quietos! ¡Quietos! ¡Mostrémosles a estos descerebrados que no les tenemos miedo, camaradas! ¡Perdón, señores! Ciudadanos, bueno… Hermanos, ahí está la prueba de que somos invencibles, de que a partir de ahora nadie nos puede tocar». Y el orador se metió, como un pastor, dos dedos en la boca y lanzó un largo silbido de una tristeza que arrancaba las hojas de los árboles. Entonces, olvidada desde

---

31. Así comienza el himno nacional rumano.

la mañana en un rincón de la plaza, acuclillada y con la espalda apoyada en una pared, la Revolución rumana se puso en pie de un salto, se alisó con las manos, asustada, la falda, se recolocó la blusa sobre los hombros y el collar de ducados al cuello y se dirigió, con unas zancadas de elefante que hacían temblar el pavimento, hacia el balcón, abriéndose paso entre los ciudadanos espantados, que le llegaban hasta las rodillas. ¡Ay de los que no se apartaban a tiempo de sus enérgicas abarcas! Eran aplastados y revolcados sin piedad, mezclados con la noche cada vez más fría de la plaza. Al plantarse frente a él, la joven, una belleza de ojos grandes y cejas típicamente rumanas, cubrió con su pecho todo el balcón, de tal manera que ninguna bala atinó, aquella noche trágica, en ninguno de los revolucionarios. Durante varias horas interminables estos se pasearon por los micrófonos, mirando entre los omóplatos de la orgullosa mujer y perorando cada vez con más coraje, mientras que las balas impactaban por toda la fachada mutilada del edificio sombrío.

«Dios mío, Costel, ¿qué está pasando?» Mi madre estaba petrificada en su silla. «¿Quiénes están disparando?» Mi padre estaba blanco como la cera. Miraba la pantalla y parecía no entender. «Es la reacción, hombre», dijo por fin. «Son la gente de Ceaușescu, sus guardaespaldas. Los chavales esos de los orfanatos. Han salido del agujero para defender a su padre.» «¡Ay, Dios mío! ¿Y si vuelve el viejo? ¡Señor, Señor, qué va a ser de nosotros! Yo que pensaba que se había ido al diablo, pero mira…» «Si vuelve nos mata a todos. Hay que joderse, se me ha ocurrido quemar el carnet del Partido, podría haberlo guardado en cualquier sitio…»

Vuelve Ceaușescu. Sus guardas negros, adolescentes con el cerebro lavado, sin madre y sin padre, con el Jefe y Leana como ídolos, se hacen con el control de la situación. El terror se desencadena. Se bloquean las estaciones y los aeropuertos. Las emisoras de radio y la televisión son suyas. Se proclama el estado de emergencia. Las tropas negras patrullan las calles. Los rottweilers destrozan a todo el que se encuentran. La gente tiembla en las casas, no se atreven a salir. En la radio, en el televisor, en las máquinas de escribir, en las planchas, en los hornillos habla Ceaușescu con una mirada de animal salvaje. Si abres el frigorífico, te encuentras la cabeza de Ceauşescu en un plato de tarta, hablándote sin parar. En las paredes, en el techo, en los suelos se abren pantallas en las que habla Ceauşescu. Las puertas de los apartamentos saltan bajo los golpes de las botas e irrumpen unos hombres enmascarados con perros, que sacan de debajo del edredón a la mujer en camisón, con los rulos puestos, y al hombre con una media de señora en el cabello peinado hacia atrás y embadurnado de aceite de nuez. Ella quiere decir algo y recibe un bofetón en la boca que la lanza de nuevo a la cama. Un perro salta sobre ella, gruñendo, la saliva se le escurre de la lengua, la mujer se desmaya. El hombre en pijama apenas parpadea, cegado por la linterna de caza. «¡El carnet del Partido! ¡Enseña ahora mismo el carnet del Partido!» «N-n-no lo tengo ya... Lo he...» La boca no le escucha, las rodillas le fallan, cae en la alfombra y lo agarran al momento, lo arrastran al furgón, lo llevan a un estadio con las luces encendidas y lo colocan en la fila de miles de individuos en pijama vigilados por guardias con metralletas. Son fusilados en orden, unos delante de otros. El hombre espera su turno, es el quinto, luego el cuarto, luego el tercero, el segundo... El adolescente con la pistola en la mano, que desconoce por completo que en el mundo existen la compasión, el amor, la amistad, se acerca a él, apoya el cañón frío en su frente, el hombre cierra los ojos y el cráneo explota en añicos de hueso. El cerebro y la sangre salpican el césped en varios metros alrededor.

Los dejó ahí, fundidos en la sombra, en los extremos opuestos de la mesa, esculpidos en contrastes violentos por la alternancia de luz y oscuridad que brota de la pantalla del televisor y que pone en evidencia el espanto de sus ojos, la crispación de sus dedos sobre el cristal, la impotencia y la desesperanza de los que, después de recorrer el laberinto de la vida, lleno de giros, de subidas y de bajadas, de estrechamientos y de bruscos ensanchamientos de las perspectivas en inmensas grutas de lava y diamante, en jardines de rosas y en pestilentes mataderos, después de haber reído y de haber llorado, de haber sufrido y de haber provocado sufrimiento, después de haberse lacerado la piel y la carne al arrastrarse por túneles cada vez más estrechos, sarcoptos de la sarna en la piel de Dios, se ven de repente en la antesala final, de la que no hay retorno posible. Sabían ya que se quedarían eternamente allí, en su comedor con ventanas hacia el balcón y hacia el molino, rodeados por el sofá, la alacena con la vitrina llena de «gallinas», por el despertador ruso en forma de globo dorado, por los cuadros de flores, por la alfombra de bordes desgastados, por la lámpara mellada con sus bombillas mortecinas y polvorientas, mirándose hasta el infinito en el falso globo de cristal, la falsa ventana al mundo, el profeta mentiroso que los lavaba en la luz azul, en el flujo y en el reflujo, como unas rocas en la orilla del mar. Envueltos en las ecuaciones Beckenstein, estaban allí, ni vivos ni muertos, como si el comedor no fuera real, sino tan solo el recuerdo de alguien de otro mundo. Mi madre y mi padre. Las dos personas que me dieron la vida.

Voy a mi habitación, en absoluto más real. En las paredes oscuras se han multiplicado las algas babosas, que forman aquí y allá unos bultos hundidos en gelatina. Resulta difícil respirar el aire por las esporas de los hongos que crecen en manojos sobre los muebles podridos. El viejísimo diván tiene un enorme agujero necrosado, justo en el centro, por el que se ven los muelles de cobre, cubiertos de cardenillo. En el ventanal triple titila Bucarest, con más intensidad ahora desde que los cristales se han roto y solo quedan unos añicos triangulares en los bastidores incrustados de nidos de moluscos. Me dirijo a apoyar mi frente en el marco de la ventana, dejo que la intensa luz de la nieve se extienda, ella también una nieve susurrante, por la cara. La ciudad es oscura y sombría, las ventanas son ciegas, los árboles están deshojados, esqueléticos, perfilados con bordes de nieve. Solo el cielo es rojo y luminoso. Muy lejos, por el centro, se oyen disparos, gritos y otros ruidos indefinidos. Allí muere gente sin saber por qué, y con cada uno se cierra un ojo con el que alguien contempla el mundo. Me quedo mucho tiempo junto a la ventana, sintiendo los cristales de nieve en los labios, en el cuello y en las manos. En lo alto del cielo, sobre la luz rosada, de nieve y de guerra, flota inmóvil el aparato de los querubines. Sobre la extensión de zafiro, como el cielo en toda su pureza, hay un trono también de zafiro en el que está sentado alguien con aspecto humano. «¡*Maran atha!*», susurro. ¡Ven, Señor, el mundo está listo! No tenemos ya adónde ir. Nos prometemos y nos casamos. Bebemos y disfrutamos, pero mañana moriremos. Mañana se romperá el hilo de plata, mañana se romperá el cántaro de oro. Y descubriremos todos cómo es el mundo cuando no lo ve nadie, cuando no penetra en ti, Señor, por nuestra nariz y por nuestra lengua, por nuestros ojos y por nuestros oídos, por la punta con huellas dactilares de nuestros dedos.

Regreso, helado, al comedor. Paso junto a la Babel de mi texto, a la que solo le faltan unas páginas para llegar al techo. El moho del tapete de la mesa, de nuestras latas de conserva con plantas de aloe y esparragueras la ha atacado también a ella. Líquenes amarillentos se extienden por los bordes ennegrecidos de las hojas. Pero, incluso aunque toda su celulosa se necrosara y se destruyera, quedarían de manera holográfica, en el aire, sus letras indestructibles. El televisor ha dejado de emitir imágenes. En la pantalla hay un ruido blanco, cientos, miles de pulgas corretean caóticas por el cristal luminoso, emiten un silbido intenso. En los dos extremos de la mesa, mi madre y mi padre tienen los rostros vueltos entre sí, y les han crecido alas. Alas cenicientas, fuertes, con plumas secas y bien marcadas bajo la luz uniforme. Cubren con ellas la placa de cristal bajo la que se encuentran los meandros del mantel. Están así, inmóviles, mirándose fijamente a la cara de manera distinta a como se han mirado alguna vez Costel y Marioara, pues ahora entre ellos, sobre el propiciatorio, se oía una voz fuerte, ni de mujer ni de hombre, un susurro imperioso como esos que te inundan el cerebro, a veces, antes de quedarte dormido. «Mircea», es la palabra mística que oigo no con los oídos, sino con la zona auditiva de las profundidades de mi encéfalo. «Mircea, Mircea, Mircea, Mircea, Mircea…»

«Los artefactos», decía Herman, y yo, aunque mancillado (aunque fuera únicamente su intención, aunque fuera solo simbólicamente, pero de todas formas mancillado, mancillado, destrozado para siempre por Dan el Loco un día que no olvidaré jamás, a la edad de siete años, cuando apenas había abierto los ojos al mundo, solo un año después de mudarnos al bloque de Ştefan cel Mare, a los pocos meses después de salir por primera vez yo solo a la parte trasera del bloque, minúsculo en aquel inmenso espacio susurrante entre el bloque, el molino y la fábrica de pan El Pionero, vigilado a una altura de cinco pisos por la cabeza de mi madre, perdida en las nubes como si el cielo se hubiera abierto y el rostro de mujer-Dios hubiera brillado de repente en la bóveda celeste, aportando silencio y certeza a aquel espacio jamás hollado por el hombre y en el que unas trampas monstruosas acechaban a cada paso; unos pocos días después de conocer allí, en el laberinto de zanjas para el alcantarillado al que descendía, con mi pistola de agua de dos *lei,* manchándome la ropa y aspirando con miedo y voluptuosidad el olor a tierra, a raíces, a ninfas de escarabajo de las que brota una leche extraña, a los otros niños, a Mimi y a su hermano Lumpă, siempre lleno de mocos; a Marţagan y a su hermana

Silvia, mancillada más adelante a su vez, no solo con el pensamiento y no solo simbólicamente, por Dan el Loco, al que todos llamaban por aquel entonces el Mendébil porque se subía a la azotea del Portal 1, el único que tenía la puerta abierta —pero ¿quién se habría atrevido a pensar siquiera en entrar en el terrible templo oscuro del Portal 1?— y que nos llamaba a gritos desde arriba, desde el borde del edificio, desde el techo del mundo, y cuando todos nos volvíamos hacia él, rompiéndonos el cuello y ciegos casi por el sol negro que lo nimbaba, él fingía arrojarse del bloque, se inclinaba hacia el abismo y giraba los brazos gritando con un miedo falso, mientras que todos los demás gritábamos con un miedo verdadero; a Vova y a Paul Smirnoff, que comían mariposas y soñaban con barcos «del tamaño de tres bloques superpuestos» y mil hélices; a Sinfonía en Do Mayor y a su hermana Mona, mala como un gato salvaje; a Nicuşor el de las gafas redondas, a un chaval con una pierna sujeta por una complicada prótesis de metal, porque había tenido poliomielitis y, probablemente, junto con los músculos de la pierna había perdido entonces también el nombre; al siniestro Luţa y al soñador Lucian, que se convertiría en mi mejor amigo, el que llamaba a las hormigas «señorones» y las aplastaba con la suela de sus deportivas en cuanto las veía, pero que en cambio amaba los caballos, caballos con un cuerno en la frente, caballos corriendo en libertad, envueltos en un brocado florido, por campos llenos de azafrán en otoño, y por fin a Jean, el del séptimo, que contaba los mejores chistes, el que contó, de hecho, el primer chiste que había escuchado yo nunca, el de «Uno-dos, uno-dos, ¿ha caído alguien acá?». «Tres-cuatro, tres-cuatro, el sombrero y la cacá», con el que todos los niños se echaron a reír; yo no entendía por qué tenía que reír y, sin embargo, reí también para que no se mosquearan los demás; unas horas después de que, aquel día triste de agosto, aquella mañana fresca en la que los había despertado el bullicio de los que se dirigían al desfile tapizando la avenida con sus grupos alegres, con sus carteles apoyados todavía con descuido sobre el hombro, con las flores de papel y los carteles en los que ponía PCR, con los retratos de Él y de Ella, Dan el Loco los había congregado a su alrededor con la promesa de enseñarles una cosa muy chula y los había llevado hasta una puerta junto al Portal 5, en la parte trasera del bloque, una puerta de metal pintada de gris que los niños habían considerado hasta entonces parte de la tienda de muebles, pero no lo era, sino que de ella partían unos escalones que conducían al sótano del bloque, donde había una maraña de tubos que recorrían una serie de pasillos interminables y, al fondo, una sala de calderas, y luego, en el ángulo más oscuro y más secreto, la habitación del fogonero, vacía y con una sola ventana que arrojaba luz, en diagonal, desde una inconmensurable altura; precisamente allí nos mostró Dan el Loco una especie de truco de magia: cómo su pajarito de niño de ocho años se endurecía, un trozo de carne morada aparecía en la punta y de repente, de sus pantaloncitos verdes de jugar, idénticos a los nuestros, se levantó una descarada barra de carne, una especie de cola gruesa que, al contrario que en otros animales, Dan el Loco llevaba por delante y nos mostraba con orgullo, mirándonos de forma extraña, de una forma que te daba miedo), confuso, disgustado y temblando todavía por el horror, había venido, sin embargo, después de no comer nada en el almuerzo, a mi habitual encuentro con Herman, a los fríos escalones entre el séptimo y el octavo, pues estaba ya decidido a olvidarlo todo cuanto antes, a poner un remiendo artificial, recortado al tuntún, sobre el desastre más terrible de mi vida, y ahora escuchaba, como si fuese un sueño, al jorobado de ojos azules, tan joven todavía por aquel entonces, que me hablaba sobre mística y tecnología como si en el mundo no existieran monstruos, seductores, disolución y desierto, como si los niños violados moralmente, lisiados para el resto de su vida, vivieran muy muy lejos, en lugares que sabemos que no son de verdad: en la tele, en los sueños, en la radio, en los cuentos.

«Los artefactos —decía Herman— muestran, dondequiera que brillen, en la tierra ciega y sin memoria, en una historia caótica como los estratos geológicos, en la anomia y en lo absurdo y en lo inexpresable, que no hay diferencia alguna entre la manipulación de la materia y la del espíritu, que la tecnología es mística para los que no la entienden, y que la mística es una tecnología aún desconocida. No conocemos todavía el significado de las leyes físicas, por qué son las mismas en todas partes, por muy lejos que miremos en este universo, tal y como tampoco sabemos por qué existe el espacio lógico, en el que dos más dos son siempre cuatro, en el pasado y en el futuro, en el grosor del mundo o en el de nuestro propio cerebro. Pero hemos aprendido a deslizarnos entre los espacios llenos y vacíos de este mundo, y el hecho de que estemos aquí, en un trozo del universo, que yo tenga una laringe que emite sonidos compatibles con tu cóclea, que los recibe, que estemos en un escalón de cemento que fue en alguna época arena de la orilla de un mar y que se convertirá en ruina y polvo en unas pocas décadas, muestra que tampoco podía ser de otra manera. Somos hijos de este universo, todos tenemos una fecha de nacimiento común, hace quince millardos de años. Si rebuscamos en las profundidades de la memoria, más allá de la primera infancia (de la corteza cerebral), del nacimiento (el tálamo), de la concepción (los ganglios basales), de la aparición de los mamíferos (la médula espinal) y de la vida (los nervios periféricos), nos hundimos enseguida en lo somático, en los músculos y en los tendones y en los órganos internos y en el peritoneo y en los intestinos de la materia, de tal manera que todos recordamos, por la propia forma de nuestro cuerpo, las montañas y los océanos primordiales, la formación de los sistemas solares con gotas de magma fundido, el nacimiento de las estrellas. Puesto que tengo ojos y manos y testículos, puesto que la linfa y la sangre circulan, sometidas a la gravedad, por los tubos de mis arterias y de mis venas, puesto que todo yo soy un motor que se envuelve en un hilo de materia, que engulle comida y elimina heces, y que gracias a ello alimenta el giro de los cientos de billones de peonzas y trompos que me configuran, recuerdo, como si hubiera sido ayer, la fase inflacionista del cosmos, la campanita de oro que cada uno de nosotros sostuvo una vez entre los dedos y que, a través del grosor de las bandas y de las dimensiones, de las fases y de los huracanes, del tiempo con su flecha probabilística ha sonado y suena siempre en medio de nuestra mente con un tintineo de oro. Puesto que tengo la misma sustancia que el escalón en el que me encuentro, que el aire que me rodea, puesto que estoy vacío por dentro como un tubo por el que fluye el cosmos, puesto que no hay frontera alguna entre tú y yo, puesto que mi alma es una mueca de mi cuerpo, tal y como la sonrisa es una mueca de los labios (el alma es la sonrisa de mi cuerpo), puesto que hace cincuenta años yo estaba desperdigado por la superficie de la tierra, en el pétalo de una flor, en la oreja de un cerdo, en el óvulo de una mujer, en un carámbano de hielo, y dentro de cincuenta años estaré de nuevo diseminado en el polvo y en el viento y en la carne de esta tierra bendita, puesto que todo lo que se ve y todos nosotros somos tan solo momentos de cristalización, místico-tecnológica, de un polvo de ecuaciones, de una suma de historias posibles, puesto que llevo en cada instante, en mi mente, mi cerebro, mi carne, mi materia, la memoria de cada suceso ocurrido alguna vez, desde el instante actual, cuando te miro, Mircea, hasta el instante en el que, en la escala de Planck, el átomo originario, la unidad más pequeña de espacio y tiempo, que se encuentra a una temperatura y una densidad infinitas, empezó a expandirse, puesto que somos hologramas del mundo verdadero, que presenta una dimensión de más respecto a nosotros, puesto que Platón tenía razón —somos sombras del mundo verdadero—, por todo ello y por muchos otros innumerables "puesto que", cada uno de nosotros puede decir, junto con la gota de rocío, la brizna de hierba y la supergalaxia, junto con los eones y los mundos de los mundos, con la luz de la luz: "¡Soy Todo! Soy el que soy, eterno, inmutable, perfecto. Soy Uno".»

Estábamos como atontados a su alrededor, allí, en la sala de las calderas, entre aquellas paredes rugosas y como ennegrecidas por el petróleo, sobre el suelo áspero y lleno de escombros, allí donde, me enteraría más adelante, el Mendébil llevaría también a Silvia, sola en esa ocasión, y los dos se desnudarían y él le metería su barra de carne en el bollito, y gotearía sangre, y luego él la llevaría muchas otras veces allí, o a las escaleras oscuras del bloque, entre los rellanos, o al ascensor detenido entre pisos, en el Portal 3, y la amenazaría con contárselo a sus padres, y ella le dejaría, con las mejillas llenas de lágrimas, que le metiera una y otra vez el pajarito duro en su bollito, hasta un día en que, en medio de los chavales, él le susurró de nuevo al oído que se fuera con él para hacer cochinadas, y ella gritó, roja como la grana, «¡NO!», y a partir de ese momento sería siempre *no*, aunque él se lo contara a quien le diera la gana, a sus padres o en la escuela, incluso aunque la metieran en un reformatorio. Ah, por supuesto que todos conocíamos ya por aquel entonces el secreto de los mayores, habíamos leído muchas veces, en las paredes, POLLA + COÑO = FOLLAR, cantábamos, riendo, canciones con «cochinadas»: «Viejo asqueroso, ojalá te mueras, que me has dejado el coño en salmuera», sabíamos incluso que mamá y papá hacían cochinadas a veces, porque solo así nacen los niños, se los saca la mujer de entre las piernas: «Tras nueve meses y medio / sale el turco de la ciudad / guapo, pelado, rapado / del coño de su mamá...». Y de los chistes se ocupaban Mimi, Lumpă y, sobre todo, Jean el del séptimo, que nos contaban los más guarros. En todos los chistes los hombres tenían «pollas» muy largas, a veces de varios metros, las llevaban enroscadas en torno al cuerpo, debajo de la gabardina y, algunas veces, se les «levantaba tanto» que podían atravesar el grosor de la Tierra, como la de aquel muerto que crecía y crecía hasta que salía de la tumba, así que tuvieron que enterrarlo bocabajo, y al cabo de un tiempo recibieron un telegrama desde Australia: «¡Detened el sondeo, que nos estropeáis el suelo!». Pero todos esos chistes y canciones eran solo para reírnos, y todo lo que pasaba en ellos era como detrás de una ventana de cristal, en el mundo de los adultos e incluso ni siquiera ahí. Sin embargo, entre nosotros había ahora un niño de nuestra edad, con los pantalones bajados y una polla en lugar de nuestros botoncitos con un piquito en la punta, con los que hacíamos pipí y que a veces nos escocían un montón. Por algo lo llamaban Dan el Loco, el Anormal, el Mendébil. De él podíamos esperarnos ya cualquier cosa: que sacara de repente una lengua de diez metros de largo, que se le salieran los ojos azul-grisáceo de las órbitas y se nos pegaran al cuerpo como unas ventosas, que se transformara en una pared de carne y pantaloncitos cortos en la entrada de la sala del fogonero y que no pudiéramos salir de allí jamás... Mirábamos su tubo duro, rojizo, rígido, y no nos entraban ganas de reír en absoluto, como en los chistes, porque aquellos hombres con la polla enroscada en torno al cuerpo estaban lejos, en el mundo de los adultos: ¿qué, es que acaso escuchábamos nosotros lo que hablaban ellos, en la mesa, cuando venían invitados? Es como si hablaran otro idioma, mientras que nosotros jugueteábamos con los sifones por debajo de la mesa. Ahora sentíamos vergüenza y miedo, como si el padre de cada uno de nosotros nos hubiera llevado al sótano y nos hubiera enseñado... No, no podíamos siquiera pensarlo. Era como si el tigre del zoológico no estuviera ya en su jaula, sino con nosotros, como si la terrible tormenta de la tele hubiera saltado de la pantalla y nos hubiera llenado el pelo de nieve. Uno a uno, sin decir una palabra, le dimos la espalda a Dan el Loco y salimos de la habitación y, cuando pasábamos junto a las calderas oxidadas y los tubos con manómetros y válvulas, le oímos llamarnos a gritos, pero no nos detuvimos, sino que salimos a la calle, por la puertita metálica, y no hablamos sobre lo que habíamos visto: ni siquiera nos miramos a los ojos en toda la mañana. Menos mal que era 23 de Agosto y podíamos pensar en otra cosa: teníamos que pedir a los transeúntes banderines rojos y banderas tricolor de papel, guirnaldas de flores, pancartas del PCR...

«Pero mira los artefactos, Mircea. Las vértebras vidriosas del otro mundo nacidas de la ceniza fastidiosa, perezosa, falsa de la historia, tal y como nos la hemos fabricado nosotros. Ayer las veíamos como mística y todavía dudamos si llamarlas, hoy en día, tecnología. Tienes que ser ciego para no poder leer, hoy, estas letras. Para no comprender qué significan las varitas mágicas, las caperuzas que te vuelven invisible, las bolas de cristal que te muestran mundos lejanos. Para no creer que las vimanas, los vehículos voladores, han atravesado de verdad en alguna época el cielo, desde donde arrojaron, en una terrible guerra entre ellos, un único proyectil en el que estaba concentrado el poder de todo el universo. Los dioses existen, Mircea, ellos son nuestros antepasados, nuestros primos o tal vez nuestros descendientes de las estrellas.

Gyges, un pastor de la Hélade, estaba con su rebaño de cabras en la ladera de una montaña cuando se produjo un terremoto y la tierra se abrió. El joven pastor descendió a la grieta y encontró en su interior un caballo de metal, con ventanas por las que se veían unos hombres más altos de lo habitual y completamente desnudos, todos muertos. El pastor extrajo un anillo del dedo de uno de ellos, se lo puso en su propio dedo y enseguida observó que, si volvía la piedra hacia dentro, se tornaba invisible. Aprovechándose del anillo y de sus poderes mágicos, Gyges se convirtió en rey, un rey ratificado por nuestra ciega, perezosa historia. *¿Qué* era aquel "caballo" de metal, Mircea? ¿Qué avanzada tecnología, propia de otro mundo, contenía ese anillo?

O lee la historia de otro rey, Pompilio Numa, el sucesor de Rómulo, ese que, al igual que Moisés, descendió por el río en un cesto y que, también al igual que Moisés, fue finalmente llevado a los cielos y no lo volvieron a ver jamás. Durante el mandato de Numa cayó del cielo un escudo de latón que sería llamado Ancilia, no era redondo, sino que tenía una forma sinuosa, curvilínea, y una escotadura a cada lado. Con la ayuda de Ancilia, Pompilio Numa venció una peste terrible y siguió reinando, promulgando leyes y haciendo milagros, lanzando rayos, aterrando a sus súbditos con voces y visiones. Las leyes de su culto prohibían toda imagen de Dios, ya fuera pintada o esculpida, y la utilización de sangre en los sacrificios, mantenían además un fuego eterno en el templo, encendido con ayuda de un espejo cóncavo. El rey se reunía de vez en cuando con dioses y sibilas que le transmitían, "cara a cara, como habla un hombre con su amigo", como dice el autor del Pentateuco, sus instrucciones. ¿Se reunían tal vez, en aquellos tiempos protohistóricos, Rómulo y Numa, en Italia, y Moisés, en Egipto y en el desierto del Sinaí, con el mismo poder desconocido, que caminaba sobre las nubes y salpicaba la tierra de artefactos milagrosos y conjuros terribles?

Mircea, tenemos que renunciar a la historia como a un relato fatuo, seco y triste. No es verdad que ocupemos el centro de la historia, así como tampoco estamos en el centro del sistema solar ni de la galaxia. Ni que nuestra galaxia sea una mota de polvo en una aglomeración fractal de enjambres de galaxias. Fuimos injertados en la tierra por un poder desconocido que, al final de los tiempos, vendrá a segar el campo. *¿Qué* cosechará de nosotros, *cuánto* fruto daremos: uno, treinta granos; otro, cincuenta; el tercero, cien? En la época del enfriamiento y del alejamiento de unas galaxias de otras (la época de hielo, el terrible Horbiger) se formaron billones de mundos habitados, y su soplo tecnológico-místico, su aura de inteligencia sobrehumana nos rozó también a nosotros, como rozamos a veces, por error, con la planta del pie, un hormiguero minúsculo. Mientras que, encerrados en una cáscara de nuez, nos creíamos los dueños del universo, oímos el crujido aterrador de la corteza leñosa que nos rodea y, a través de las grietas, vimos el rostro de Ese que va a colectar el meollo en forma de cerebro, que va a morder nuestro cerebro solipsista y soberbio, Mircea. Y ese crujido del fin del mundo es la Biblia, el libro del Encuentro.»

¿Qué sabía yo sobre la Biblia? Solo había oído hablar de ese libro negro, pero en nuestro bloque no lo tenía nadie. En nuestro edificio vivían tan solo policías, securistas (el padre de Luci era securista y tenía un precioso cabello ondulado), activistas o periodistas como mi padre, y nadie tenía ninguna necesidad de ir a la iglesia o de leer disparates religiosos. Nosotros ni siquiera recibíamos al pope cuando venía con el hisopo y no creíamos en Cristo ni en la Virgen ni en los iconos de papel, enmarcados en molduras de cristal, de las paredes de la casa del abuelo, en Tântava. Cuando íbamos y me subía a la cama cubierta con mantas ásperas de lana de oveja y con almohadas de paja, miraba todas aquellas fotos con santos y ángeles que no existían. Dios, tal y como estaba dibujado allí, se parecía a Moş Gerilă,[32] solo que tenía un libro grande abierto ante él. «Ay, cariño, ¿quién sabe cómo será? ¡Como si hubiera vuelto alguien del otro mundo para contarnos qué hay por allí!», me decía mi madre cuando le preguntaba qué eran aquellos iconos. También en Tântava fui a la iglesia, al bautizo de una prima, oculta por entero en unas mantillas de satén rosa, con un gorrito rosa en la cabeza y un lazo rojo enorme colgando del gorrito. Y a mí también me dieron una crucecita de metal con un lacito rosa

---

32. El anciano que trae regalos a los niños en Navidad.

para que me la pusiera en el pecho. En la iglesia, los campesinos de Tântava se arrodillaban, pero yo me agachaba y me daba la risa al ver al pope, con sus ropajes, agitando el incensario (sabía, por mi padre, que era un parásito que no quería trabajar), al monaguillo que soltaba de vez en cuando un «Señor, ten piedad» («El pope sin edad», le susurraba yo a mi madre al oído, y ella, de rodillas, me miraba con los labios apretados, me habría soltado un bofetón si no hubiéramos estado en la iglesia, donde no se podía abofetear a los niños: «¡Ya vas a ver cuando lleguemos a casa! ¡Se te debería caer la cara de vergüenza!»), a todos los santos de las paredes estrechas y ahumadas, unos individuos viejos, barbudos, envueltos en sábanas, con un platillo dorado en torno a la cabeza. Luego el pope cogió a la criatura desnuda, la metió en el agua con sus peludas manos de mono y la sacó más muerta que viva, berreando con toda su alma, y eso fue todo. Salimos lentamente, pisándonos unos a otros, como cuando sales del cine.

Así pues, ¿para quién hablaba Herman? Incluso aunque yo hubiera estado tranquilo, como lo estaba muchas veces, y contento por volver a encontrarme con mi amigo, el borracho de ojos azules del que la gente se apiadaba («¡Qué chico tan bueno, querida, y mira qué pinta tiene con menos de treinta años: jorobado como un viejo! Y qué educado: "Mis respetos, señora, ¿qué tal está? ¿qué tal su esposo?", y limpio… Y vive de la pensión de su madre, qué vergüenza. Ayyy, lo que hace el alcohol con la gente…»), y al que apreciaba porque sabía un montón de cosas, y una vez me había salvado la vida, y otra vez se me había presentado con el rostro transfigurado y envuelto en el icono inmortal del mundo, incluso así, no habría podido comprender ni una décima parte de lo que me contaba, tal y como cuando hojeaba en Floreasca, en el alféizar de la ventana de la villa, el libro de Saltan, lo entendía como un cuento con emperadores amarillos o rojos de un mundo con montañas de cristal y valles de recuerdos, no como la historia de Saladino, de los cruzados y de la liberación de Palestina, convertida a su vez en leyenda, deformada por el espesor del tiempo. Pero aquella tarde mi alma estaba mancillada y perturbada, y apenas unos fragmentos sin sentido del discurso de Herman llegaban hasta mí, escurriéndose en mi conciencia no a través de los tímpanos, sino como a través de las pestañas húmedas, humilladas por la muerte, temerosas de la muerte. ¡El sufrimiento, el sufrimiento infinito de mi vida!

Porque después de permanecer un par de horas delante del bloque, mirando el nuevo tranvía silencioso que acababan de poner en circulación, burlándonos de Nea Cățelu, que salía de vez en cuando al patio inmundo de enfrente, con una bolsa en la mano, para volver a entrar de nuevo, a la espera de que regresara la gente del desfile y poder recoger banderines, se plantó entre nosotros Dan el Loco, comiendo pipas y escupiendo las cáscaras al suelo. Durante un rato contemplamos los coches. Vova, que era el mayor, se sabía todas las marcas y distinguía incluso desde el final de la calle un Wartburg de un Škoda o de un Ficățel 600. Esperábamos que pasara también uno de aquellos Buick negros que circulaban por el centro, pero transcurrían días sin que apareciera ninguno. Transitaban en cambio los Trabant, los Ceica y los Pobeda, que eran una plaga y no contaban. Si conseguías ver un Buick antes que los demás, eras el héroe de los chavales durante todo el día. Pero para mí todos los coches eran iguales. «Un Buick, un Buick», gritó de repente Lumpă, al que no creía nadie, porque era un cretino. «¡Y una mierda de Buick! —le dijo Luță con desprecio—. ¡Estás diciendo chorradas!» Pero los chavales no se permitían no verificar la visión de Lumpă, porque quizá en esa ocasión, aquel espantajo mocoso tuviera razón, así que echaron a correr hacia el final del bloque, el del Portal 8, que bordeaba la Alameda del Circo, tropezando con la gente y gritando: «¡Un Buick! ¡Un Buick!». Me quedé a solas entonces con el Anormal. A lo largo de mi vida he acabado por aprender todas las marcas de coches. Salía por las tardes delante del bloque de Ştefan cel Mare, bajo los cielos incendiados que solo allí eran posibles, en los momentos en los que se encendían, rosadas, las lámparas de los postes entre los raíles del tranvía. En cada uno de ellos estaba crucificado un Cristo cansado, con la cabeza coronada de espinas, con la barbilla apoyada en el pecho. La fila de Cristos elevados en la cruz se extendía hasta el horizonte amarillo donde la carretera trazaba una curva y se disolvía en la luz. Contemplaba los coches que pasaban y hacía esfuerzos desesperados por memorizar las marcas y los modelos, porque, si aquel demente 23 de Agosto de 1963 hubiera sabido la diferencia entre un Warsawa y un Buick, no me habría quedado a solas con el Mendébil y no me habría arrastrado a su nido de arpía lleno de heces y salpicado de mandíbulas y vértebras y huesos ilíacos destrozados. No habría encontrado allí, por primera vez, como un adelanto metafísico-sádico-escatológico-devastador, el espectro de Victor que se iba a presentar.

«Enoch relata que los Vigilantes, el ejército de Dios, miraron a las hijas de la tierra y las encontraron hermosas. Guiados por Semyaza, descendieron de los cielos y se acoplaron con ellas. Enseñaron los oficios a los hombres, entre ellos la magia, y tuvieron hijos e hijas. Sus descendientes, sin embargo, fueron eliminados de la faz de la tierra por el Viejo de los viejos, y los ángeles rebeldes fueron encadenados. Es una parte de nuestra historia que los historiadores rechazan, porque para ellos los milagros no significan aún tecnología, y el hombre es el único universo. El texto apócrifo de Enoch relata, en cambio, el primer intento de fusión de dos especies pensantes, de dos humanidades. Libre de escoria, de adendas y de errores de transcripción, el núcleo del libro de Enoch debe ser tomado literalmente. Porque Enoch estuvo con Dios y lo sabe mejor que nadie.

Y luego el Pentateuco. Creo en él literalmente. En ese libro no se reencuentra nada de la psicología del constructor de mitos. Lee con tus propios ojos, con todo lo que sabes hoy en día sobre el mundo. Abre los ojos a la Biblia, Mircea, porque no tiene nada que ver con los mitos, las iglesias y los iconos, con los ciegos que guían a otros ciegos cantando y lanzando incienso en la iglesia. Creo literalmente en la bendición de Abraham, en la elección de su tribu entre todos los pueblos de la tierra. Creo que Jacob vio en Betel ángeles que subían y bajaban por una escalera. Creo que en su viaje pasó junto al campamento de ángeles de Mabanaim, que luego, al cruzar el Iaboc, un Hombre peleó con él toda la noche. ¿Qué significó la lucha de Jacob con el ángel? ¿Por qué en el curso de esta se le dislocó la cadera? ¿Por qué los ángeles, de vez en cuando, "peleaban" con hombres elegidos por ellos mismos? Porque así también pelearon, mucho más adelante, con Moisés, antes incluso de que este asumiera la tarea de guiar al pueblo elegido al desierto. Una noche, Dios quiso matarlo, pero Sefora le cortó el prepucio a su hijo y se lo arrojó a los pies diciendo: "Tú eres para mí un esposo de sangre". ¿Acaso peleó Dios con ellos, quiso verdaderamente matarlos? ¿O cambiarlos por unos instrumentos mejores para sus insondables caminos? Porque así también cambió más adelante a Saúl, cuando lo eligió emperador: "Y el Espíritu de Dios descenderá sobre ti, profetizarás con ellos y te convertirás en otro hombre". Y para las labores de la Tienda del Encuentro en el desierto, fue, igualmente, transformado un judío elegido para llevarlas a cabo, Bezalel, que fue "imbuido del Espíritu de Dios, en sabiduría, habilidad y conocimiento en toda clase de trabajos. Le concedió el poder de inventar objetos artísticos, de trabajar el oro, la plata y el bronce, de cortar piedras y de montarlas...". Creo en la epopeya del pueblo de Israel, creo que él es el pueblo elegido, dotado, diríamos hoy en día, a través de la ingeniería genética y social, de un colosal poder sobrenatural para un objetivo desconocido, ajeno tal vez a la ética humana. Veo en él no un poder místico, mágico o religioso, sino uno tecnológico, es decir, inteligible para los ojos que quieren ver y los oídos que quieren oír. Es cierto, los hechos están en parte oscurecidos por las perífrasis de los que no eran capaces de entender (*¿qué* son "el propiciatorio", "las luces y los logros", "la gloria de Dios", "el poste de fuego", "la Santa de las Santas", "los carros y el ejército de Dios", *qué* son los ángeles, qué es el Espíritu, qué significa, en la lengua de los Evangelios, la fe que mueve las montañas de sitio?) y en parte por nuestro nivel tecnológico, que sería igualmente una mística para aquellos que pastoreaban sus terneros por el desierto del Sinaí, pero que es distinta y no tan sorprendente como la dominada por YHWH y por su pueblo estelar. Podríamos enviar hoy, para guiar a un millón de judíos por el desierto, una columna de nubes que se transformara por la noche en una columna de fuego, pero no podríamos separar las aguas del Mar Rojo y no podríamos distribuir maná alrededor al campamento del desierto, granos con sabor a miel para alimentar un millón de bocas. Nuestra magia no es tan elevada. Podemos sin embargo comprender artefactos como el arca, con los ángeles con las cabezas vueltas hacia la tapa, entre los que se escuchaba la voz de Dios. Podemos sentir que el templo de Salomón, la casa en la que Yahvé quería descansar en la oscuridad absoluta, disponía de una tecnología compleja, no tan hermética como pudiera parecer: ¿qué son las columnas del pórtico, Jaquín y Boaz, qué es el "mar" parabólico del tejado, para qué servían todos aquellos objetos de metal? El pueblo tenía que venir año tras año a plantear sus deseos y sus quejas ante el templo de Jerusalén, y no en las alturas o debajo de los árboles, porque solo allí podía Dios escucharlos y verlos. Creo en el gran encuentro del pueblo con su Dios, descendido como un nubarrón, con rayos, truenos y temblores, en la cima del monte Sinaí, entre el sonido de las trompetas, y creo que la muchedumbre aterrorizada oyó pronunciar, con una voz atronadora, los diez mandamientos. Creo que Moisés recibió, en la montaña, directamente de Dios, el plan detallado de la Tienda del Encuentro, con su arca, sus puntales dorados y sujetos con aros, la cobertura de piel de foca, las mesa, el candelabro y el altar, y que ese hombre, el único que estuvo cara a cara con Dios, ante la puerta de la tienda, «como habla un hombre con su amigo», regresó donde los judíos enfurecidos con las Tablas de la Ley bajo el brazo y el rostro resplandeciente. Creo que Moisés y los setenta ancianos vieron a Dios, en la distancia, en la montaña, y que Él era una criatura concreta, formada de materia al igual que ellos: "Vieron al Dios de Israel. Bajo sus pies había como un pavimento de zafiro, transparente como el mismo cielo. Él no extendió su mano contra los notables de Israel, que vieron a Dios, y después comieron y bebieron". El trono de Dios se encontraba sobre una bóveda transparente. Es Ezequiel, un exiliado en el agua de Babilonia, el que mejor refleja el aparato celestial que asoma sobre la geografía salvaje, grandiosa y abstrusa del Oriente Medio de aquella época, desde el limo verde entre el Tigris y el Éufrates hasta el riachuelo más sagrado del mundo, el Jordán bendecido por los pueblos. Escucha esta descripción, Mircea. La encontrarás interpretada místicamente en Dante, leída alegóricamente por los exégetas de los Evangelios, pero tú admira la precisión ingenieril de la descripción de este aparato que vuela en la atmósfera, a pesar de la incapacidad de Ezequiel para recrear algo jamás visto aún por unos ojos humanos y no detectado por los moldes de su lenguaje.

Qué intención religiosa, qué imaginario místico o simbólico, ejercitado en la combinación de partes de animales entre sí y en la humanización del sol y la luna, pudo conducir a este gráfico de dibujante técnico del libro de Ezequiel, que él denomina Gloria de Dios: "Yo miré: un viento huracanado venía del norte, una gran nube y fuego fulgurante con resplandores a su alrededor, y en su interior como el destello de un relámpago en medio del fuego. Había en el centro la figura de cuatro seres cuyo aspecto era el siguiente: tenían figura humana. Tenían cada uno cuatro caras y cuatro alas cada uno. Sus piernas eran rectas y la planta de sus pies era como la pezuña del buey, y relucían como el fulgor del bronce bruñido. Bajo sus alas, había unas manos humanas por los cuatro costados; los cuatro tenían sus caras y sus alas. Sus alas se tocaban unas a otras; al andar no se volvían; cada uno marchaba de frente. La forma de sus caras era un rostro humano, y los cuatro tenían cara de león a la derecha, los cuatro tenían cara de toro a la izquierda, y los cuatro tenían cara de águila. Sus alas estaban desplegadas hacia lo alto; cada dos alas se tocaban entre sí y otras dos les cubrían el cuerpo; y cada uno marchaba de frente; donde el espíritu les hacía ir, allí iban, y no se volvían en su marcha. Entre los seres había como brasas incandescentes, con aspecto de antorchas, que se movían entre los seres; el fuego desprendía un resplandor, y del fuego salían rayos. Y los seres iban y venían como el aspecto del rayo. Miré entonces a los seres: había una rueda en el suelo al lado de los seres por los cuatro costados. El aspecto de las ruedas y su estructura era como el destello del crisólito. Tenían las cuatro la misma forma y parecían dispuestas como si una rueda estuviera dentro de otra. En su marcha avanzaban en las cuatro direcciones; no se volvían en su marcha. Su circunferencia era enorme, imponente, y la circunferencia de las cuatro estaba llena de destellos todo alrededor. Cuando los seres avanzaban, avanzaban ellas, cuando se paraban, se paraban ellas, y cuando ellos se elevaban del suelo, las ruedas se elevaban juntamente con ellos, porque el espíritu del ser estaba en las ruedas. Sobre las cabezas del ser había una forma de bóveda como de cristal resplandeciente, extendida por encima de sus cabezas, y bajo la bóveda sus alas estaban emparejadas una con otra; cada uno tenía dos que le cubrían el cuerpo. Y oí el ruido de sus alas, como el de muchas aguas, como la voz de Sadday; cuando marchaban había un ruido atronador; como el estruendo de una batalla; cuando se paraban replegaban sus alas. Y se produjo un ruido. Por encima de la bóveda que estaba sobre sus cabezas, había como una piedra de zafiro en forma de trono, y sobre esta forma de trono, por encima, en lo más alto, una figura de apariencia humana. Vi luego como el destello de un relámpago, como un fuego que la envolvía alrededor, desde lo que parecía ser de sus caderas para bajo, vi como un fuego resplandeciente alrededor. Parecía la gloria de Yahvé. A su vista caí rostro en tierra y oí una voz que hablaba".»

Como de costumbre, Herman hablaba como si estuviera leyendo y leía como si fuera el propio Ezequiel, sentado ante su mesa de cedro y esforzándose por encontrar palabras para lo innombrable, perdido en la eterna confusión entre descripción y relato, pero no en la confusión entre lo real y lo simbólico, porque no sobre los atributos de Dios quería él hablar, sino que, abrumado aún por la fantástica visión, intentaba ligar objetos reconocibles y relaciones irreconocibles en un todo que pudiera volar. «Creo que era una especie de helicóptero», dije yo desde la altura de mis siete años, indiferente a toda carga estética, simbólica u ornamental, tal y como, en la iglesia, no entendía por qué las palabras del libro sagrado debían ser cantadas en tono nasal de manera que no pudieras comprenderlas, y tenías que hacer un esfuerzo enorme para deducir de qué trataban. Pero aquella tarde prestar atención a las palabras de Herman o a cualquier otra cosa de este mundo no me resultaba difícil, sino imposible, porque estaba continuamente amortiguado por otra atención, a su vez imposible, no porque no pudiera escuchar, oler y palpar mi pesadilla interna, sino porque esta se había vuelto ya inanalizable, así como un dolor terrible borra los contornos del mundo y de tu propia mente. No se puede pensar lo intolerable, porque destruye el pensamiento antes de que este nazca. En el infierno no puedes ver ni sentir ni pensar. No puedes ser, solo puedes gritar. Todo gritaba en mí, percibía a mi amigo a través del grito del bloque de Ştefan cel Mare, un monolito bárbaro bajo el rugido de los vastos y polvorientos cielos bucarestinos.

Porque Dan el Loco me había dado la mano y me había mirado de forma extraña, no como un niño, pero tampoco como un adulto. Su mirada de entonces era, al igual que las visiones de Ezequiel, una realidad de otro mundo, insertada de repente en mi mundo, que yo consideraba hasta entonces impenetrable. La calle estaba desierta, muy pocos coches. Enfrente, el despacho de pan, que por las tardes se tornaba tan misterioso, estaba cerrado, triste, apoyado en la casita rosa de al lado. «Vamos a jugar a mi casa», me dijo, y me acordé inmediatamente de su madre, muy joven, tan alta que llegaba casi hasta el techo, y de que la última vez que estuvimos Luci y yo en casa de Dan, nos abrió la puerta completamente desnuda y así se quedó todo el tiempo mientras jugamos con su hijo, dejándonos mirar sus tetas y su «coño» —ya conocíamos por los chistes el nombre de esa grieta peluda entre las piernas de las mujeres— y comportándose como si llevara una bata: nos trajo pastelitos en un plato, se reía con nosotros, nos ayudó a hacer un castillo con piezas de ARCO… Y Dan el Loco no decía nada, no se avergonzaba de su madre, de la que le había oído a mi madre decir que era una «cerda» y que, sin embargo, olía bien, a perfume, y no a fritanga como mi madre y las madres de todos los demás niños. Como el Mendébil tenía unos juguetes muy bonitos, cohetes con piedra de mechero que echaban chispas por atrás, pistolas de vaqueros y cochecitos, olvidé su extraña mirada y, sacando mi mano de la suya (nosotros, los chicos, nos abrazábamos sobre todo del hombro cuando caminábamos juntos por la Alameda del Circo, por ejemplo, canturreando y riendo), regresamos al callejón y entramos en el vestíbulo del Portal 3, donde vivían Luţă y Nicuşor. El hecho de que el Portal 3 se pareciera al Portal 4 de enfrente, donde vivía yo, no me tranquilizaba en absoluto, al contrario. Habría preferido que fuera totalmente distinto. Cuando entrabas, podías pensar que estabas en tu portal, y de repente te chocaba el hecho de que el gran panel de los buzones fuese diferente y desconocido, de que, al subir, llegases a unos rellanos completamente ajenos, que podían estar a kilómetros de distancia en un bloque extendido por todas partes hasta el infinito, y de donde no conocías ya el camino de vuelta a casa. La exploración de ese bloque enorme, con sus siete portales (entre los cuales estaba el irrespirable, el brumoso, el lejano Portal 1), fue para mí una saga más grandiosa que todos los viajes que llegaría a realizar jamás, en el curso cada vez más ceniciento de mi vida, tan torturada y fantástica como mi descenso, siete años antes, por el túnel de carne martirizada que desembocaba en el mundo.

Entramos en el portal donde una vez, en medio de los niños, Dan le susurró algo a Silvia al oído, y ella gritó, enrojecida y de repente bañada en sudor: «¡NO!», y empezamos a subir, en una oscuridad casi total, hasta el primer piso, que no se parecía a ningún otro, porque unos tubos gruesos, como las venas de la muñeca, corrían a lo largo de las paredes y, colgado de estas, un contador grande, pintado de rojo, que parecía más bien un órgano extraño del cuerpo de una criatura desconocida. Se veía claramente, en la penumbra, cómo los tubos y aquel hígado o bazo latían suavemente de vez en cuando, como si los atravesara un líquido espeso. En el rellano olía a col hervida. Dan abrió y entramos en su casa. Su madre dormía en el sofá del comedor, tapada con una sábana. Menos mal que no tenía que verle la entrepierna, como me había temido. Pasamos a su lado y fuimos a la otra habitación, la de Dan, donde reinaba también ahora un caos de juguetes. Durante un rato jugamos con un trenecito de madera, pero el niño corpulento que no fue nunca mi amigo —porque no era amigo de nadie, a todos les daban miedo sus chifladuras—, seguía callado y me miraba de una manera que me cohibía. Ya no jugaba, como los adultos cuando tienen que cuidar de un niño y se aburren, y le dejan jugar a él solo, pero le dicen algo de vez en cuando. Y de repente, antes de que sucediera nada, sentí miedo, se me pasó por la cabeza que el Loco había cerrado la puerta con llave, me imaginé que estábamos los dos solos, en una única habitación cerrada, perdida entre los miles de pasillos del bloque infinito, con cientos y cientos de rellanos, con puertas numeradas y tomas de agua y tiestos con plantas secas desde hacía mucho, con frío y con un silencio interrumpido tan solo por el aullido de los miles de ascensores que se deslizaban lentamente en sus pozos. Me levanté y le dije: «Me voy a mi casa». «No, quédate un poco más», gritó él, y se acercó a mí. Estábamos ahora de pie, uno frente a otro. Me tomó de nuevo la mano y me dijo: «Te voy a enseñar algo muy bonito».

«Lee con tus ojos, juzga libremente, con tu propio pensamiento. Lo que sucede en el Pentateuco no tiene nada que ver con la iglesia ni con ninguna religión de la tierra. De hecho, *no* es una religión, no tiene nada de su arquetipo, de su apelación al subconsciente. Es el encuentro entre dos civilizaciones, como el encuentro entre los mayas y los españoles, y los historiadores, incluso los de las religiones, deberían comprender ya algo, estudiar siquiera algo de la psicología, sino incluso de la tecnología, de los que descendieron de los cielos, enigmáticos y distantes, para cultivar un enigma en la tierra. Un pueblo celestial, Yahvé y sus profetas, confisca un pueblo terrenal, primitivo como todos los demás, un pueblo de pastores al que purifica, a través de una atenta selección, a lo largo de muchas generaciones, de las escorias del pensamiento mágico, de sus ídolos, de los árboles y de las alturas ante las que se santiguan, para instruirlos en un sistema de prácticas incomprensibles o, mejor dicho, mal comprendidas, porque para nosotros la tecnología es superior a la mística. Podemos comprender ahora por qué acercarse al arca era extremadamente peligroso, por qué fue despezado Uza cuando la sostuvo para que no cayera del carro, por qué debía estar cubierto con pieles de foca y transportado con puntales de madera. Por qué todos los que miraron su interior fueron golpeados por la peste y bubas en el trasero. Podemos comprender por qué los levitas y, sobre todo, el sumo sacerdote, vestían unos ropajes especiales, de lino, cuando oraban en la Tienda del Encuentro. Por qué anunciaban la entrada con el tintineo de la campanilla "para que no muera", por qué morían cuando no respetaban las reglas y traían, por ejemplo, en los incensarios un fuego extraño que Dios no había pedido. Nos imaginamos cómo salía, de vez en cuando, un fuego del Señor que abrasaba a decenas de miles de judíos. ¿Pero quién era y cómo pensaba el Señor? Es curioso, Mircea, que ni siquiera hoy en día tengamos una etología celestial. ¿Cómo piensa un ser que te prohíbe cocer el cabrito en la leche de su madre o que cojas de una rama —a la vez— el pájaro y sus pollos, que te ordena amar al prójimo como a ti mismo, pero que, en cambio, te pide que destruyas las ciudades que te entrega, pasando por el sable a los hombres, a las mujeres, a los niños y a las terneras? ¿Que aniquila, pueblo elegido, sucesivamente, a miles y miles de tus almas, amenazándote con destruirte por completo? No quiero decir que todo esté claro, al contrario, algunas cosas de los libros de Moisés son increíblemente extrañas, Mircea. Pero el hecho de que superen nuestra capacidad de comprensión, puesto que tenemos aquí una tecnología, una etología, una psicología y (como verás) una sociología extrañas, no debe impedir que intentemos al menos comprender. De lo contrario, ¿qué sentido tendría la petición de que busques a Dios y la promesa de que solo así lo vas a encontrar? ¿Por qué nos habría dejado Jesús sus maravillosas palabras: "Pide y se te concederá. Llama y se te abrirá. Busca y encontrarás"?

Los sacerdotes elegidos para servir al Señor se encontraban siempre en peligro de muerte. Tenían unos hábitos que se ponían solo para entrar en la tienda y de los que se despojaban al salir. El sacerdote llevaba un efod que tenía en el pecho otro artefacto completamente misterioso, llamado Urim y Tummim, a través del cual se le hacían preguntas al Señor y él respondía (o, a veces, no respondía nada). ¿*Qué* eran Urim y Tummim, que los judíos utilizaron hasta la época de David? Los sacerdotes comían en la tienda, en una mesa especial, unos panes elaborados de una cierta forma y determinadas partes de las ofrendas traídas por el pueblo. La tienda estaba siempre bajo una nube, es decir, bajo el Ángel de Dios, que la llenaba con su gloria. ¿Sufrían los panes una influencia venida de arriba? ¿Qué significaba la bendición de Dios, que caía sobre el alimento o la casa de un judío? ¿Por qué tenían los sacerdotes la cabeza rapada y ungida con aceite, como la tenían también los futuros reyes? ¿Por qué tenían que afeitar todo su cuerpo y bañarse continuamente? Los incontables sacrificios de animales son calificados "de un olor que agrada al Señor" y, en otra parte, "el alimento del Señor". ¿Cómo podía ser alimento de Dios el humo que se elevaba de la grasa de los corderos y de los cabritos? Nada de eso me parece directamente religioso, me parece más bien una forma de envolver en aromas mágicos unas reglas incomprensibles, porque entonces no eran posibles otro lenguaje ni otra interpretación, y en buena medida tampoco hoy en día. Hay además reglas contra la contaminación. Aquel que no las respeta es destruido sin piedad, de manera automática podría decirse. Mientras Dios vive en medio de su pueblo, abundan las desgracias, mueren juntos los leales y los sublevados, los culpables y los inocentes. En las intenciones del narrador no se puede discernir ninguna clase de ética o de simbolismo elevado. Moisés es, naturalmente, amigo de Dios, como lo fue Enoch en otra época, pero no está más cerca de Él, no lo comprende y le pide siempre ver su Rostro.

Y están luego los treinta y ochos años del desierto, contenidos en una sola página del Libro sagrado. Quien comprenda lo que sucedió de verdad aquellos años, en los que un millón de personas en compañía de su ganado dio vueltas en torno al monte Hor, una época en la que se alimentaron exclusivamente de maná y sus ropas no envejecieron y su calzado no se desgastó, tendrá en la mano la llave de nuestro destino sobre la Tierra y en el Jerusalén celestial que nos ha sido prometido. ¿Cuál fue el verdadero motivo de los años perdidos en el desierto (y perdidos en el relato que los envuelve y en el que, por orden de Dios, Moisés anotó tan solo los lugares donde los judíos instalaron su campamento)? Creo literalmente en ese éxodo, en el hecho de que un pueblo entero vagó por el desierto, de día bajo la nube, de noche bajo la luz de esta. Pero no creo que ellos se quedaran en el umbral de la tierra prometida debido a los poderosos pueblos que la habitaban. Más bien se quedaron en el desierto para comer maná y para que en ellos cambiara algo. Una especie de eugenesia divina, una especie de ingeniería genética y social. Aquellos años pasaron como un sueño. Una generación entera dejó sus huesos en el desierto. Los que salieron adelante eran los jóvenes de Josué, que, cuando cruzaron el Jordán, estaban todos sin circuncidar. *¿Por qué* no los habían circuncidado en el desierto, Mircea? Todo recién nacido de sexo masculino debía ser circuncidado al octavo día de vida. Era imposible que, en el desierto, con el Señor, con Moisés y Arón, delante de los levitas, no se respetara este mandamiento supremo. Nadie sobrevivió para poder contar la historia de aquellos años. Moisés murió en el monte Nebo y fue enterrado por el Señor en el valle, pero su tumba no ha sido encontrada jamás. El gran judío (¿o egipcio?) volvería a aparecer otra vez en los Evangelios, al cabo de cientos de años, cuando salió de la Gloria de Dios en el monte Tabor, junto a Elías, para velar en la Transfiguración del rostro de Jesús. ¿Por qué Juan, el que le despejó el camino al Salvador, es tan sorprendentemente parecido a Elías de Tisbé, y Eliseo, su discípulo, se parece tanto a Jesús? ¿Quiénes son todos estos hombres que, desde Enoch hasta ahora, andan con Dios y reaparecen, de vez en cuando, en el lienzo de los tiempos y de los hechos del gran Relato?»

Pero bajo el gran Relato estaban nuestras pequeñas, miserables, vergonzosas, atormentadoras, penosas historias, tal y como el dolor de muelas que te despierta en medio de la noche es para ti más insoportable que el degollamiento de todo un pueblo, porque, «¿Qué nos importan, di, corazón, estos charcos de sangre?». Dan el Loco me agarraba de la mano, allí, en aquella habitación ajena, en aquel lugar que gruñía como un perro inquieto, y buscaba mi mirada con una sonrisa desvergonzada. Una expresión de esa clase era imposible en el rostro de un niño. El Mendébil no era un niño como Luci, como Sandu, como yo, ni siquiera un niño como Mimi el gitano, que juraba y escupía todo el rato, ni siquiera un niño como Luță. Tal vez la culpa era de la «cerda» de su madre, o tal vez del truco de su pollito que se hinchaba hasta alcanzar el tamaño de una «polla», tal y como nos lo había plantado delante de los ojos, un rato antes, aquella misma mañana. Sentía cada vez más miedo. Se me había ocurrido, mientras me miraba fijamente con sus ojos fríos, que Dan el Loco ni siquiera vivía allí, que por la noche su madre y él descendían a las tripas del bloque, entre las calderas de la calefacción que había abajo, se pegaban al suelo como unas cerdas gigantescas, avanzaban a lo largo de los tubos de las paredes y se acostaban en la estancia más profunda, la más secreta, la sala del fogonero, que la madre de Dan se acoplaba allí con el fogonero acalorado, fantástico, ante los ojos de su hijo, mientras la sombra de las llamas de los hornos danzaba salvajemente en las paredes, y luego dormían todos allí mismo, amontonados, en un colchón putrefacto, roído por las ratas.

La habitación se había estrechado en torno a nosotros, los juguetes me empujaban y me arañaban, la lámpara del techo me hacía añicos el cráneo, los cristales, a través de los cuales se veía la colosal pared de ladrillo del molino Dâmbovița, me asfixiaban como una bolsa de plástico colocada en la cabeza. Y entonces Dan, un niño de ocho años, me preguntó algo simple y aterrador, una pregunta que yo había olvidado con desesperación, precisamente aquella tarde, cuando empapé de lágrimas mis trenzas de cuando era muy pequeño, y que sin embargo atravesó, como un aullido amenazador, toda mi vida, alterando sus perfiles, rompiendo sus aneurismas, inundando su cerebro con pegajosos coágulos de sangre, el hígado con monstruosos carcinomas, desperdigados enseguida en cada célula del cuerpo de mi mente. Necesité varias décadas para reconstruir lo que sucedió entonces, en aquella habitación asfixiante del Portal 3, apartando recuerdos-pantalla, pesadillas desfiguradas, falsas explosiones en la memoria y, sobre todo, el abrumador sentimiento de culpa y de vergüenza que me torturaba cada vez que me acercaba a la zona infectada de mi piel, de mi carne y de mis huesos. Tal vez mi infinito, ilegible manuscrito no sea sino una perla ceniciente, formada por el nácar, capa a capa, entre las valvas de mi mente, para poder soportar el grano desconocido, de bordes afilados, instalado ahí, y que la sustancia transparente envuelve y dulcifica.

«¿Quieres que follemos por el culo?», me preguntó entonces Dan el Loco y, al mismo tiempo, se bajó los tirantes de sus pantalones de peto estampados, los dejó caer hasta el suelo, hasta los tobillos, mostrando su sexo imposible de mirar, como el de los mayores, como el de los borrachos que hacían pis en las cercas. «Mira, te dejo a ti primero», añadió, tomándome de nuevo de la mano e intentando acercarla a su barra de carne. Siguió luego uno de los instantes más largos que he vivido nunca. Recordé, fulminantemente, los chistes y la cháchara de los niños. Homosexuales. Mariquitas. Mariposones. «Mircişor, que ni se te ocurra ir con un desconocido. Sal corriendo si te ofrece un caramelo o una chocolatina para que lo acompañes. Tú vienes y me lo dices inmediatamente.» Algunos hombres no la metían en el agujero de las mujeres, sino en el trasero de otros hombres. Eran los peores de todos, porque los hombres mayores hacían porquerías con sus mujeres para tener hijos, pero los mariquitas la metían ahí, en la caca, por donde te tirabas pedos, por donde te salían a veces, cuando te picaba, lombrices. Eran cerdos revolcándose en el barro. Se sentaban a tu lado, en el cine, y te ponían la mano en la pierna, te los encontrabas en el retrete, cuando hacías pis, intentando abrazarte por detrás, los reconocías por la piel marrón y por las manos sudorosas. Cuando le estrechabas la mano a alguno, te dibujaba un triángulo en la palma con el índice. Cuando se te pegaba uno, tenías que ponerle la zancadilla, pegarle hasta que se cagara, decía Mimi, que se había encontrado a unos cuantos. Era peor en los baños públicos o en los campamentos de niños, donde había duchas comunes. Si se te caía el jabón, no podías agacharte ni muerto si había algún maricón cerca, duchándose también, te la metería al instante, te rompería el culo. Los maricas, unos mariposones desgraciados, no eran personas, sino una especie de demonios que solo pensaban en cómo metértela. Cuando se reunían unos cuantos, contaba Jean el del séptimo, la metía cada uno en el culo del otro, formando un círculo: «Cerrad el círculo, bribones, hagamos un solo culo...». Dicen que un hombre fue a un baño público y se bajó los pantalones para mear, y justo entonces pasó por allí un homosexual, que se la metió al instante y luego salió corriendo. Cabreado, el tipo echó a correr tras él hasta que llegó a un bosque. Allí le perdió el rastro, pero vio a un hombre sentado en la puerta de una cabaña. «Eh, ¿ha visto pasar por aquí a un maricón corriendo?», le preguntó. «No —dice el hombre—, pero tal vez lo haya visto mi mujer: ¡Iooon!» Porque también él era maricón. Entre los rumanos había más homosexuales que en los demás pueblos, porque estos habían nacido de Adán y Eva, solo nosotros de Decébalo y Trajano. Y ese barro espeso, de caca y pis, de papel de periódico arrugado, con el que te has limpiado el culo, de moscas verdes revoloteando y lombrices gordas subiendo por las paredes de una letrina de pueblo, al fondo del huerto, donde te daban ganas de vomitar en cuanto echabas un vistazo a aquel agujero asqueroso y efervescente, se elevaba lentamente en la habitación de Dan, cubriendo los muebles y los juguetes, enterrándonos hasta los tobillos, hasta las rodillas, hasta la cintura, de tal manera que el trasero gordo del Loco no se veía ya, y luego nos cubría, caca y pis mezclados, de decenas de culos y pollas, y coños, y tripas, hasta el cuello, hasta la boca, hasta la nariz, hasta los ojos, hasta el techo, para fermentar allí durante toda la eternidad y conservarnos vivos, nadando, braceando, tragando aquella materia inmunda.

Me di la vuelta y salí corriendo como no había corrido en mi vida. Me tropecé con la bicicleta de madera y caí, gritando, en la alfombra. Me incorporé y me di de bruces con la puerta, desesperado con la idea de que estuviera por casualidad cerrada con llave, pero no lo estaba. Pasé corriendo por el comedor, donde la madre de Dan se había incorporado en el sofá y estaba así, con las tetas al aire, con las enormes areolas granates alrededor de los pezones, con el carmín extendido por la barbilla y la almohada. Corrí por el pasillo oyendo, al fondo del apartamento, las voces de los dos, superpuestas y sin embargo distintas como los chirridos de unos tornillos oxidados: «¡Espera, espera, que era en broma!». «Dănuţ, ¿qué me habías prometido tú? ¿*Qué* me habías prometido?», y luego me lancé contra la puerta de entrada intentando abrirla por la fuerza en sentido contrario al que se abría. Y escapé de la casa de Dan el Loco, pero corrí todavía más deprisa por la oscuridad del rellano. Salté los escalones de dos en dos, sujetándome a la barandilla de madera, crucé por el callejón la distancia entre los dos portales y subí a la carrera los cinco pisos hasta mi casa. Me abrió mi madre, pero pasé corriendo por delante de ella y no me detuve hasta llegar a mi cama de la habitación delantera, en la que me tumbé, tapándome con las sábanas y las mantas y la cabeza metida debajo de la almohada. Permanecí allí, temblando, zarandeando la cama, sin poder pensar en nada y sin comprender lo que decía mi madre, un tiempo que no puedo medir. Tal vez siga todavía allí. Cuando me levanté, mi madre estaba a mi lado, sentada en la cama, deformada por mis lágrimas, escurriéndose con ellas al parqué. No recuerdo ya qué le dije, que me había caído, que me había hecho daño... No pude comer entonces, al mediodía, y durante semanas enteras el olor de sus eternas sopas y guisos me producían un rechazo total. Y, a pesar de que conseguí olvidar la tarde del aquel terrible 23 de Agosto, cortando un injerto de piel húmeda de mi mente e implantándolo sobre aquella purulencia, más o menos un mes después empecé a soñar, noche tras noche, el mismo sueño en el que Dan el Loco me perseguía por el billón de habitaciones revueltas de su apartamento. En el sueño también gritaba algo, pero su voz estaba tapada por un rugido aterrador, como de un terremoto, y me despertaba aullando, noche tras noche, y mis padres venían para velar mi terror infinito. Siguió un otoño con lluvias continuas, día y noche, y yo iba ya a la escuela, cada mañana, enfrentándome al mal tiempo, de la mano de mi madre. En invierno los sueños se difuminaron y desaparecieron. Desaparecieron también Dan el Loco y la cerda de su madre, como si hubieran cumplido su cometido en el mundo y pudieran trasladarse ahora, definitivamente, bajo la gigantesca planta del bloque, para vagar entre los tubos forrados con fibra de vidrio y las ratas del sótano.

«Los artefactos —repetía pensativo Herman—. Los testimonios que ignorábamos porque los considerábamos brujería y mito. El bastón que, extendido, gana batallas, abre las aguas, mata con terribles epidemias. Los ángeles de la muerte que pasan por Egipto, con sus instrumentos de destrucción en las manos, y que matan a todos los primogénitos, desde los de las ovejas y las cabras al de la mujer del Faraón. El ángel junto al campo de Ornan el Jebuseo, colocado entre la tierra y el cielo, blandiendo la espada contra el Jerusalén asolado por la peste. ¡Qué escenas, qué escenas fantásticas a lo largo del libro sagrado! ¡Qué lógica extraña, qué psicología desconocida y que, sin embargo, nos resulta familiar a nosotros, los de ahora! ¿Por qué había que balancear o elevar el sacrificio ofrecido a Dios, como si hubiera que llamar la atención de alguien? ¿Qué significa que Dios maldijera una ciudad y que todo lo que hubiera en su interior, desde los habitantes a los objetos, debía ser destruido? Mira cómo descubren los judíos al ladrón del manto maldito de la ciudad de Ay: "Porque así dice Yahvé, el Dios de Israel: El anatema está dentro de ti, Israel; no podrás resistir ante tus enemigos hasta que extirpéis el anatema de entre vosotros. Os presentaréis pues, mañana por la mañana, por tribus: la tribu que Yahvé designe por la suerte se presentará por clanes, el clan que Yahvé designe se presentará por familias, y la familia que Yahvé designe se presentará hombre por hombre. El designado por la suerte en lo del anatema será entregado al fuego con todo lo que le pertenece…". Ahí se ve cómo cartografiaba Dios a su pueblo, pero por lo que viene a continuación no comprendemos cómo, a través de qué signos señalaba Dios el linaje, la casa y también al culpable. La "descontaminación" del campamento de los hebreos es atroz: "Entonces Josué tomó a Acán, hijo de Zéraj, con la plata, el manto y el lingote de oro, a sus hijos y a sus hijas, su toro, su asno y su oveja, su tienda y todo lo suyo y los hizo subir al valle de Acor. Todo Israel lo acompañaba… Y todo Israel lo apedreó (y los quemaron en la hoguera y los apedrearon). Levantaron sobre él un gran montón de piedras, que existe todavía hoy". La misma lógica indeciblemente extraña para aquellos tiempos resulta también de la historia de los setenta viejos elegidos por Moisés para que compartieran con él la guía del pueblo por el desierto: "Bajó Yahvé en la nube y le habló. Luego tomó algo del espíritu que había en él y se lo dio a los setenta ancianos.

Y en cuanto reposó sobre ellos el espíritu, se pusieron a profetizar, pero no volvieron a hacerlo más. Habían quedado en el campamento dos hombres, uno llamado Eldad y otro Medad. Reposó también sobre ellos el espíritu, ya que, si bien no habían salido a la Tienda, eran de los designados. Y profetizaban en el campamento". El espíritu, por tanto, no descendió sobre el grupo reunido ante la Tienda del Encuentro, sino sobre los "inscritos", estuvieran donde estuvieran. ¿No es algo maravilloso, Mircea?

A través del Espíritu, el viento paracleto, el Señor puede influir psíquicamente en los individuos hasta lograr su transformación total. Cuando desciende sobre ellos, como sucedió a los cincuenta días de la Ascensión de Jesús, la gente profetiza y habla otras lenguas. "De repente vino del cielo un ruido como una impetuosa ráfaga de viento, que llenó toda la casa en la que se encontraban. Se les aparecieron unas lenguas como de fuego que se repartieron y se posaron sobre cada uno de ellos; se llenaron todos de Espíritu Santo y se pusieron a hablar en diversas lenguas, según el Espíritu les concedía expresarse." No pongo en duda este acontecimiento, Mircea, lo creo a pies juntillas, creo que el Espíritu de Jehová ha descendido muchas veces sobre los hombres, elevándolos sobre sus semejantes y haciéndolos partícipes de la historia más grandiosa contada jamás. Creo que los profetas y Jesús y los apóstoles disfrutaron plenamente de este don, pagado muchas veces con sufrimiento y humillación: "Y por eso, para que no me engría con la sublimidad de esas revelaciones, me fue dado un aguijón a mi carne, un ángel de Satanás que me abofetea para que no me engría. Por este motivo tres veces rogué al Señor para que se alejase de mí. Pero Él me dijo: 'Mi gracia te basta, que mi fuerza se realiza en la flaqueza'". Creo que también otros, mucho más adelante, disfrutaron de la influencia del Espíritu. Qué extraño el primer recuerdo de Da Vinci: a la edad de dos años, en el canastillo abandonado por Caterina en el prado, el niño fue cubierto por la sombra de un pájaro enorme. Este le abrió la boca con la cola. Leonardo, zurdo y escribiendo en el espejo, con una inteligencia perfecta, no como la de los hombres, sino como la de los dioses, con una capacidad inventiva incomprensible, me pareció siempre un hombre modificado, al servicio de quién sabe qué obra divina. Melancólico y solitario, prácticamente asexuado, autor de maquinarias desgajadas de cualquier tradición e imposibles de utilizar, me pareció siempre imbuido del espíritu de Bezalel y de los constructores del gran Templo donde Jehová quería vivir en la oscuridad más absoluta.

Los artefactos, entre los cuales el gran artefacto de la propia Biblia, donde la tecnología de la escritura y la escritura del milagro y el milagro de la tecnología pasan de una a otra como las tres ruedas que son una sola en el paraíso de Dante, nos muestran otra historia y otro destino para la pobre mota de polvo en la que vivimos la vida, mucho más densa y más verdadera que la crónica de los siete u ocho mil años humanos-demasiado-humanos, de la que se ha eliminado cuidadosamente todo contenido aquiropoético. Pero la Biblia es aquiropoética, Mircea, al igual que la historia de las vimanas, de Ancilia, del caballo de hierro y del anillo de Gyges. Puesto que ignoramos la historia relatada por los artefactos, esas fisuras fatales en la insípida historia de la humanidad, hemos llegado a adorar a los ídolos, como los paganos, a rezar a una criatura sobre la que no sabemos nada, ni siquiera si tiene un aparato auditivo esculpido en el hueso temporal para escuchar nuestro ruego. Nuestros sacerdotes imitan, vestidos de forma absurda y fastuosa, la misa de la Tienda del Encuentro, en un mundo de simulacros y cartón. Iconos de cartón, iglesias de cartón, prédicas de cartón, un decorado recargado que imita una realidad jamás comprendida: "Porque vosotros veneráis lo que no conocéis, pero nosotros veneramos lo que conocemos", les dicen los judíos a los idólatras y en parte tienen razón, ellos vieron, vieron con sus propios ojos la Gloria de Dios, la columna de fuego, el arca, ellos les preguntaban a Urim y a Tummim si tenían que subir a tomar una ciudadela o si tenían que esperar, ellos se lavaban antes de entrar en la tienda "para no morir", ellos vieron a Dios en su trono sobre la cúpula de zafiro, ellos se encontraron a menudo con los ángeles, ellos se abrasaron en el fuego que brotaba del Señor, el Señor los golpeó con la peste y bubas en el trasero, ellos vieron cómo descendía la nube ante la puerta de la Tienda del Encuentro y a Moisés hablando con el Señor "cara a cara, como habla un hombre con su amigo". Todos ellos habían muerto, hasta el último hombre, una generación entera, en el desierto, después de ver (con sus ojos, Mircea, unos milagros tecnológicos producidos por una tecnología milagrosa) cómo se abrían las aguas del Mar y del Jordán, cómo brotaba agua de una roca y cómo alrededor del campamento se formaba el maná, parecido a unos granitos de cilantro, que sabía a pastel de miel. Vieron y consignaron, pero no para sí mismos, sino para más adelante, para los tiempos venideros, porque ellos no tenían, en su mente y en su lengua de pastores, sitio para el espectáculo milagroso, aterrador, martirizante que los había arrancado de las ollas con carne de Egipto para exterminarlos en el desierto. Pero cuál era el sentido de sus alianzas con Jehová, qué significaba que ellos lo adoraran en su tienda o en el templo, por qué había elegido Jehová al pequeño pueblo semita para transformarlo en un pueblo de santos: "Ahora, pues, si de veras me obedecéis y guardáis mi alianza, seréis mi propiedad personal entre todos los pueblos; seréis para mí un pueblo de sacerdotes y una nación santa"; cuáles eran los planes y los caminos de Dios… Todo esto les resultaba oscuro, pues tampoco ellos llegaban verdaderamente a Dios, sino que recibían tan solo, desde arriba, para que se las transmitieran al pueblo, sus sentencias. A través de ellos, tenemos una imagen fragmentaria y deformada de los hechos, sin embargo, no es imposible rehacerla, al menos en parte. Es como si la entidad llamada Dios la formaran dos aspectos: uno humano, maravillosamente humano a veces, evidente en las leyes a favor de la viuda y del huérfano, del extranjero y de los animales, en el cuidado con el que el pueblo de Israel es guiado hacia la tierra prometida. Otro lejano, desconocido, terrible, sin compasión, que destruye de manera automática todo lo que no es santo, lo que no corresponde a unas reglas y estructuras incomprensibles para la mente humana. Los hijos de Arón, que se presentaron ante el Señor con un fuego desconocido, que este no había pedido, fueron asesinados de inmediato no como si hubieran cometido un pecado, un error moral, sino como si hubieran tocado un cable eléctrico sin aislar. Es como si los seres humanos, que desde el comienzo de los tiempos caminaron con Dios —Enoch, Lameh, Noé, patriarcas que parecían no envejecer, tal y como el tiempo no parecía pasar por Moisés y su pueblo— hubieran sido utilizados como intermediarios, como expertos para la psicología de los pueblos de la tierra, como acompañantes de unas entidades terribles llegadas de otros mundos: la nube, el Ángel del Señor, la Gloria, más bien aparatos que criaturas, o una combinación de criatura y aparato de una especie desconocida e incomprendida.

A través de Enoch, Mircea, echamos un vistazo al Jerusalén celestial, el del Imperio que va a venir (¿entre nosotros, de nosotros o sobre nosotros? ¿o es todo lo mismo?). Pues Enoch anduvo con Dios trescientos años y fue llevado a los cielos como Rómulo, como Elías de Tisbé y como Jesús. Y lo condujeron a un fantástico palacio celestial, construido de cristal y rodeado de lenguas de fuego. El Viejo de los viejos estaba en su trono, rodeado de llamas, con unos ropajes más blancos que la nieve, y ante él había diez veces diez mil santos de Dios, como una inmensa colonia de abejas celestiales que rodeara a la enigmática, emblemática, grandiosa abeja reina. Inmortales, gloriosos, masculinos pero asexuados (o que rechazaban su sexo, motivo de caída y de condena eterna), que corrían invisibles por la tierra y por los cielos para cumplir la voluntad del Señor; que aparecían en los campos de batalla para confundir a los enemigos de Israel; en Sodoma para destruirla con fuego y azufre caídos del cielo; ante unas mujeres, estériles o doncellas, para anunciarles el fruto del Espíritu; ante unos campesinos para revelarles que van a ser emperadores y ante unos pastores para comunicarles que ha nacido el Mesías, los Mensajeros, los Vigilantes o los Ángeles, mostrándose siempre como unos jóvenes con vestimentas blancas, muchas veces con armas de destrucción en las manos, comiendo y bebiendo unas veces, rechazando la comida otras, apareciendo y desapareciendo, elevándose en las llamas del altar, parecen a veces criaturas corporales y reales, otras solo unas curiosas alucinaciones. No podemos saber cómo son ellos de verdad, bajo sus máscaras impersonales e impenetrables (¿un poco irónicas a veces?), porque por la maravillosa historia del monte Tabor descubrimos que el rostro de los seres celestiales se puede transformar por completo. El Mesías, tal y como es profetizado por Isaías en su página más inspirada, es descrito como alguien perturbadoramente extraño, "pues tan desfigurado estaba que no parecía un hombre, ni su apariencia era humana". Igualmente, no podemos saber qué eran los querubines, qué era el Espíritu, qué significa la fe sin dudas, qué es la redención. Pero el mayor, el más intolerable, el más tantálico misterio sigue siendo nuestro futuro en una historia semejante, en la que no somos, en nuestra cáscara de nuez, los príncipes del universo y tampoco, en nuestro útero, embriones solitarios y soñadores. Ya hemos nacido y nos vemos rodeados de criaturas más grandes y más sabias que nosotros, pero perdidas también en pensamientos y ritos incomprensibles. Para Ezequiel, el futuro del pueblo elegido estaba claro: llevado a la Gloria y colocado en la cima de una montaña elevada, un Mensajero le señala el modelo de la ciudad santa, el Nuevo Jerusalén, que será finalmente llamada "Yahvé está allí". En medio de una rigurosa construcción geométrica, en su Templo sagrado, Jehová reinaría eternamente sobre un mundo paradisíaco, rodeado por las doce tribus de Israel. Es la visión que sirve como coronación del Antiguo Testamento, en el que todo habla sobre el aquí, el ahora, sobre la tierra. El Señor desciende de su cielo para vivir en medio del pueblo elegido. Este no aspira a los cielos, tampoco a la vida eterna, sino solo a la santidad a través del cumplimiento de los deseos de Dios, del respeto y la adoración a la Ley. Pero los Evangelios cuentan otra historia.»

Ya no podía oírlo, así como no había podido escucharlo hasta entonces. Estaba petrificado en mi sufrimiento y en mi humillación, de los cuales mi mejor amigo estaba muy lejos. Yo era el de abajo, él era el de arriba, él venía de los vivos, yo, de los muertos. Nunca habían sido dos voces tan incompatibles y tan extrañas. Tocábamos, al mismo tiempo, de forma repetitiva, desesperada, hasta la locura, la tecla más a la derecha y más a la izquierda del teclado del piano, tejiendo el acorde desacordado de la esquizofrenia y de la demencia. A medida que él hablaba, como Herodes en otra época, con voz humana y no divina, osado y blasfemador, arriesgándose a ser devorado por los gusanos, lapidado, quemado en la hoguera, borrado de la faz de la tierra, y yo hablaba a la vez, de manera entrecortada y caótica, tartamudeando y balbuceando, sintiéndome ya devorado por los gusanos, lapidado, quemado en la hoguera, borrado de la faz de la tierra, a medida que, en la penumbra verdosa de la tarde, su rostro se volvía cada vez más transparente y el mío, de la consistencia y el color de la tierra llena de pupas, gusanos y raicillas, nos sentíamos cada vez más como dos compañeros de celda en un infierno infinito, devorados por el fuego común de nuestro destino. Antes de marchar cada uno a su casa, Herman se volvió y, con un esfuerzo terrible, levantó un poco más de lo habitual su rostro desfigurado hacia mí. Y los más bellos ojos azules que he visto nunca me miraron con una mirada supraterrenal y serena.

TERCERA PARTE

Antes de Navidad, en Bucarest había nevado solo una vez. Sucedió al anochecer, cuando los grandes edificios en zigzag del centro se recortaban, negros como la antracita, sobre las líneas de oro, sangre y veneno del horizonte, fluorescentes aún en la oscuridad. Sobre los bloques del período de entreguerras, unos cuantos anuncios viejísimos que en otra época se encendían y se apagaban mágicamente, con su verde y su rojo, en el gran ventanal triple a través del cual, con mi pijama andrajoso, raído de tanto ponérmelo y de tantos lavados, y con los pies descalzos apoyados en el radiador, contemplaba, a los dieciséis años, el paisaje más bello del mundo, mi ciudad brillando con los millones de ventanas en las que se reflejaba el arcoíris, se perfilaban ahora, mudos, en la inquietud del ocaso, sin recordar tampoco ellos qué significaba GALLUS, HARD-MUTH, QUILIBREX y demás siglas borrosas de neón, que los ciudadanos de los años 60 se acostumbraron a tener siempre encima, reflejadas siempre en la capa de cristal de sus ojos, encendiéndose y apagándose, encendiéndose y apagándose, verdes y rojas, allí arriba. Era como si Bucarest fuera un enorme preparado anatómico, un animal lívido con la piel escoriada, con las costillas trepanadas, con el peritoneo recortado y sujeto a ambos lados con pequeños alfileres de insectario, para dejar a la vista los órganos internos, y los anuncios representaran los nombres de los sistemas y los aparatos, de las venas y de los ganglios indiscretamente desnudos ante mis miradas y las de todos los demás individuos solos que, desde sus ventanas, contemplaban la ciudad.

¿De qué insensata soledad, de qué destino invivible se había modelado aquel copo de nieve que cayó, brillando en el ocaso, sobre la ciudad desierta? Pues aquella tarde, una de las últimas del Año del Señor de 1989, cayó sobre Bucarest un solo copo de nieve, de un diámetro de casi treinta kilómetros, que lo cubrió por completo, como un gigantesco tapete de cristal, con su brisa helada. Cayó durante varias horas, como una diáfana telaraña, desde las nubes amarillo-oscuras, milagrosamente simétrico, tiernamente suave, con las caras de las agujas de hielo brillando de vez en cuando como los diamantes y con huecos octogonales, triangulares, romboides, icosaédricos que se unían y se separaban, fractálicos, en la gigantesca rueda brumosa. Después de flotar balanceándose majestuoso sobre los tejados llenos de antenas y sobre los álamos desnudos, cada vez más negros en el horizonte sanguinolento, el copo se posó suavemente sobre edificios y calles, raíles y centrales térmicas, escuelas, museos, depósitos y fábricas, sus bordes de hielo y viento desbordaban considerablemente la carretera de circunvalación y englobaban los pueblos de alrededor. Por una noche, la desgraciada ciudad de las ruinas y de la soledad se convirtió, así, en la ciudad más luminosa de la tierra, superando con mucho las luces fastuosas de París, Berlín o Nueva York, que se habían preparado para el cada vez más improbable (a medida que mi manuscrito sustituye, poco a poco, el mundo) tránsito al nuevo año. Los largos cristales del copo de nieve se extendían ahora, curvados por su propio peso, entre la azotea con la estrella roja de la Casa Scânteia, las grúas en torno a la colosal Casa del Pueblo, la instalación nocturna (oxidada por la falta de uso) del Estadio 23 de Agosto, los hongos de la alarma antiaérea sobre los almacenes Victoria, las chimeneas parabólicas de la central termoeléctrica de Titan, la coqueta terraza del Edificio Torre, las antenas y los radares del Palacio de Telecomunicaciones, la cúpula de plexiglás sobre el barrio de Floreasca, subiendo por las fachadas y bajando al asfalto, entre bloques, doblando las copas de los árboles y la chapa de los automóviles aparcados en el primer carril de la carretera, iluminando todo como si fuera de día e irradiando un frío que rompía las piedras. En aquella noche blanca, la gente arrebujada en sus sempiternas pellizas y con sus gorras rusas anudadas bajo la barbilla, iba de aquí para allá aturdida, pasando por debajo aquí, escalando las barras de hielo poliédrico del enorme copo por allí. Después de medianoche, los grupos que se arremolinaban en las esquinas y comentaban la situación empezaron a retirarse a los portales de los bloques, donde hacía el mismo frío —el aliento salía de sus bocas como un humo blanquecino y retorcido, como si fueran unos extraños dragones de los glaciares, y los cristales de los vestíbulos se cubrían hasta arriba de fantasmagóricas flores de hielo—, pero donde se sentían más protegidos del asalto de los terroristas y de las estatuas, cada cual más feroz. Finalmente se metieron todos en el interior de sus hormigueros de hormigón prefabricado, en sus apartamentos con esposas y televisores, donde pasaron el resto de la noche engullendo pulgas azules y falsas, su principal alimento desde hacía varios días. Mientras el televisor retumbaba, mientras las familias se arremolinaban en torno a aquellas chimeneas electrónicas, con su mágico poder de convicción, los bucarestinos no temían ya el frío ni el hambre y, con el ímpetu revolucionario que los había arrebatado, habían renunciado incluso a la alegría del pobre, el cabalgamiento frugal de su esposa derrengada por el trabajo de todo el día y muerta de sueño. El televisor era ahora su único compañero de conversación, de vida, de sexo, el fuego con el que se calentaban sus corazones tan cenicientos como las paredes entre las que se arrastraban. «El viejo nos mataba de día, estos nos matan de noche», bromeaban, hechizados por la sonrisa amplia, más amplia que la vida, más amplia que la diagonal del televisor, del nuevo habitante del acuario azulado en el que el tío Ceaşca había movido la boca y los opérculos durante tanto tiempo.

Así que hacia el alba la ciudad quedó desierta, tatuada con los hilos brillantes del copo celestial, como forrados en tubitos de luz esponjosa. Rara vez pasaba algún taxi. Por las bocas del metro aparecía de vez en cuando algún revolucionario, abrigado con una pelliza, que salía para hacer pipí, pero, al ver que el chorro se helaba al instante en forma de vara curvada y amarilla, corría deprisa al interior para aliviarse en el foso de los raíles del metro. Algún que otro perro vagabundo, acurrucado en una alcantarilla de la que salía vapor, se despertaba sobresaltado por un disparo lejano. En aquel silencio espectral, en las plazas públicas, en los parques, sobre las fachadas de los edificios, en la profundidad helada de los museos, las estatuas empezaron a descender de sus pedestales.

Eran cientos, tal vez miles de estatuas, de mármol y de bronce, de piedra barata y de escayola más barata todavía. Había vaivodas a caballo, boyardos y políticos, artistas geniales homenajeados por la conciencia culpable del pueblo, que los había instalado en pedestales para poder olvidarlos mejor. Había musas corpulentas, con muslos como jamones de latón, había doncellas en las fuentes, con los rostros verdes por el cardenillo, había figuras alegóricas de grandes tetas sosteniendo un cuerno de la abundancia del que brotaban manzanas, uvas y cerezas de yeso. Había angelotes con la nariz mellada bajo los vulgares frontones de las casas burguesas, había atlantes jorobados por los balcones que se habían cansado de sujetar. Había grandes lisiados reconocidos a nivel nacional, los inventores, los aviadores, los músicos y los poetas con los órganos arrancados, reducidos a un busto que se congelaba en los parques. Había obreros y campesinos de los nuevos tiempos, firmes y musculosos, mirando al futuro con ojos de latón pulido. Un pueblo entero, el más atormentado del mundo, obligado a soportar el enquistamiento de la gota de ámbar de la historia durante siglos o décadas, anquilosado en medio de las estaciones, sin que nadie lo mirara, sin que nadie lo amara, esquivado por la circulación, renovado de pascuas a ramos, olvidado en unas alturas desde las cuales no se vislumbraba ya (de todas formas no lo miraba nadie, nunca), luchando contra las intemperies, la peor de las cuales era el aullido del tiempo, el tiempo que pasaba a su lado a cientos de kilómetros por hora, arrancando sus dedos de escayola, mellando sus faldones y sus melenas ensortijadas nacidas del cincel, puliendo su gruesa piel de latón, un pueblo en el que cada ciudadano era mucho más famoso que cualquier individuo que hacía pipí en su pedestal, el pueblo de las estatuas sintió también a su vez, bajo su corteza mineral, algo de la agitación de la revolución y decidió espabilarse de su amodorramiento.

Pues la gente que pasaba cada día, andando o en trolebús, por la plaza de la Universidad no tenía ni idea de que las grandes estatuas de la parada estaban vivas. Que bajo su capa de yeso o bronce se escondía un esqueleto cubierto por músculos estriados, rezumantes de sangre, que en sus tórax se ahogaban los pulmones, temblando en busca de aire, que un corazón cinco veces más grande que el de cualquier persona latía enloquecido, enviando una sangre ardiente a las arterias. Que bajo el bonete señorial de Mihai Viteazu, en las profundidades de su cráneo, un cerebro como el de un delfín recordaba y soñaba. Nadie comprendía el terrible sufrimiento con el que C. A. Rosetti soportaba, en su silla helada, un suplicio mucho peor que el de Gheorghe Doja. Dios mío, ¿quién, incluso aunque tuviera oídos de murciélago, habría oído? Y, si hubiera oído, ¿quién habría podido soportar los gritos desesperados de ese pueblo condenado a la parálisis eterna? Era como si el infierno hubiera extendido un seudópodo por la tierra, lo hubiera ramificado debajo del pedestal de cada estatua y hubiera inyectado allí, bajo la indiferencia del metal y de la piedra, los cuerpos vivos de carne, sangre, nervios e intestinos de sus condenados. Cada uno de ellos un paquete consciente y sensible, pero totalmente impotente, como las mariposas firmemente envueltas en la telaraña y como los saltamontes paralizados por las avispas y arrastrados al nido, junto a las larvas asesinas. Inmortalizadas en posturas heroicas y absurdas, desde la gigantesca estatua de Lenin frente a la Casa Scânteia hasta las minúsculas ninfas de Herăstrău, todas lanzaban un grito inhumano con sus laringes sangrientas, ante la idea de que un día una criatura horrible, inimaginable, pasaría de una a otra, de que clavaría su aguja a través de sus cortezas de yeso y las absorbería, dejando la estatua vacía por dentro como un imago.

La noche de la última nevada de aquel año —y de este universo— las estatuas abrieron, de repente, sus ojos sin pestañas, parpadeando bajo la luz irreal del copo de nieve. Poco a poco, su corteza implacable pareció ablandarse, su vestimenta de piedra pareció volverse flexible como una masa endurecida. Incrédulo, Constantin Brâncoveanu giró la cabeza a uno y otro lado. Un ángel del cementerio de Ghencea desprendió de la pared del panteón su ala de plomo y sacudió sus pesadas plumas en el aire. La figura alada de la Estatua de los Aviadores bajó, cansada, los brazos. En la fachada de la facultad de Derecho los filósofos griegos se estiraban y bostezaban hasta que les crujían las mandíbulas. Los héroes sanitarios salieron también de su destino petrificado, buscando otra creoda en el infinito entrecruzamiento de mundos en el centro del cual se construye, siempre con un margen traslúcido-tembloroso, la realidad. Pero la realidad era la pesadilla soñada por las estatuas en su sueño más profundo y del que habrían querido escapar para siempre. Comenzaron después, en todos los rincones de la ciudad, a descender de los pedestales donde, Simeones famélicos, habían permanecido inmóviles siglos o décadas, de las fachadas espectrales, del estuco amarillento y quebradizo, con los movimientos lentos y prudentes de los alpinistas, espantados por la idea de caer y hacerse pedazos contra el suelo, fragmentos de torsos y de brazos, añicos de cráneos. Chocaron en los museos con el brillo apagado de las cristaleras oscuras, tantearon las puertas de salida, las rompieron con sus hombros de piedra pulida y se vieron de repente fuera, en plazas desiertas, en el pavimento que temblaba bajo el peso torpe de sus pasos. Se reunieron en los barrios, en grupos heteróclitos y, siguiendo las huellas de las muchedumbres que habían llenado las grandes arterias unos días antes, se dirigieron también ellas hacia el centro entre las mismas casas burguesas alineadas, llenas de mugre y de grietas, con cartones en las ventanas y balcones derrumbados a falta de los musculosos atlantes que se habían unido al triste pueblo mineral. Pasaron asimismo junto a las descuidadas, pero gigantescas pintadas de las paredes: FUERA EL SAPATERO Y FUERA CEUŞESCU, pensando en cómo tenían que sentirse los cinco o seis Ceauşescus que se habían sumado a ellas tras abandonar quién sabe qué hornacinas cuidadosamente encaladas, y por los cuales nadie sentía rencor alguno. De cada callejuela lateral salía cojeando algún Vasile Lascăr, acompañado de una musa que le ofrecía desde hacía mucho tiempo una pluma, algún Enescu insomne, algún Caragiale orgulloso, pulido por los vientos invernales. Llegaban, desde los barrios más alejados, en tranvías nocturnos que avanzaban despacio, tambaleándose de parada en parada, toda clase de Victorias del socialismo, de campesinas con la hoz y de obreros con el martillo. Los soldados de Mărăşeşti, más atrevidos, venían sobre los topes, asqueados por el sempiterno cigarrillo que los golfillos les obligaban a sujetar siempre en la comisura de la boca. Se reunieron finalmente en la plaza de la Universidad, donde las filas se congregaron en torno al colosal Lenin de bronce, que destacaba entre las otras estatuas como un Moloch incandescente a la espera de sus sacrificios correspondientes. A lo lejos, el Intercontinental se elevaba como un menhir mudo y sombrío, y en el cielo, bajo las nubes cargadas de nieve, la Gloria de Dios brillaba como una estrella de diamante. Había descendido mucho últimamente, desde las profundidades de la bóveda, de tal manera que los rostros de hombre, de toro, de buitre y de león de los cuatro querubines se podían distinguir ahora, brillando fosforescentes en la oscuridad, junto a las ruedas cubiertas de ojos bajo la bóveda de zafiro. Aquel que, en su trono de piedra traslúcida situado sobre la bóveda, recordaba el aspecto de un rostro humano, se inclinaba a veces, como si quisiera ver mejor, a través de las paredes de cristal, el mitin de las estatuas en la plaza central de la ciudad.

Con una mano en el bolsillo de los pantalones, con una silueta impetuosa, inclinada hacia delante, con su rostro de calmuco peligrosamente convincente elevado de nuevo sobre la muchedumbre, aunque no tuviera ahora una tribuna a su disposición y no se dirigiera a unos marinos entusiastas, Lenin recuperó su discurso fluido, persuasivo y nervioso de otros tiempos. Empezó por pintarles a las estatuas, que eran ahora todo oídos, la trágica paradoja de su existencia en la tierra: aunque fueran famosos, conocidos incluso por los niños, estudiados en los manuales escolares, una colección de celebridades como solo en el Almanaque Gotha se puede encontrar, aunque fueran los hombres más afamados de ese pueblo, el orgullo de las ciencias y de las artes, unos símbolos alegóricos de lo más sugerentes, los individuos de piedra y metal eran, de hecho, los mártires de la humanidad. Meados por perros, cagados por los pájaros, completamente olvidados por los vivos, ellos formaban ahora un penoso rebaño de *dei otiosi,* eran reconocidos por todo el mundo, medio en broma, pero nadie los respetaba, ni los amaba, ni los tenía en consideración, ni les consultaba en los asuntos públicos. «Que os diga el señor Kogălniceanu, aquí presente, cuántas veces lo han invitado al Consejo Popular, aunque está a un par de pasos de él, para preguntarle qué opina sobre la sistematización de la ciudad, sobre la reconducción del cauce del Dâmbovița, sobre tantos asuntos comunes en los cuales su palabra de antiguo ayudante principesco, arquitecto de la Independencia, resultaría de un valor incalculable. ¿Cuántos de ustedes fueron nombrados jefes de gabinete, directores de empresas o al menos responsables de una verdulería? ¿Cómo es posible que no tengan todavía un sindicato que defienda sus derechos? A ver, dime, señor Ceaușescu, ¿a quién votaste en las últimas elecciones? ¿Cómo que no votaste? ¡Que levanten la mano aquellos que votaron! ¿Nadie? ¿Ninguna mano alzada? Pues me parece alucinante, incluso para un régimen comunista. No me digáis que no tenéis carnet de identidad, que no estáis inscritos en el registro civil, que no se os permite nacer y ni siquiera morir. ¡Pero si eso se les permite incluso a los gatos! ¿Sabéis entonces lo que sois, señoras y señores? ¡No sois esclavos, sois esclavos de los esclavos, la basura de la basura de la sociedad! Ni en las ciudades más bárbaras se ha visto semejante discriminación, semejante sadismo, semejante desprecio por unos ciudadanos leales, encima con certificados de vaivodas, de poetas, de héroes e incluso de santos. ¿Hasta cuándo ennobleceremos sus ciudades, hasta cuándo velaremos, serenos y limpios como una lágrima, sobre las gusaneras urbanas que, sin nuestra presencia en las encrucijadas, no son sino simples hormigueros? ¿Hasta cuándo aceptaremos, resignados, el destino de paralíticos sublimes, de lisiados célebres, de mutilados venerables? ¡Nobles ciudadanos, mostrad vuestras heridas! Las habéis ganado en la lucha contra el tiempo y contra la historia. ¿Quién se ha lamentado alguna vez por la falta de vuestros brazos, de vuestros dedos, narices y barbillas mellados? Algunos de vosotros sois tan solo cabezas o bustos. ¿Qué soldados de qué pueblo han sido despedazados con tanta crueldad? ¿Y qué pueblo ha colocado alguna vez cuartos de personas sobre unos pedestales, en los parques municipales, para espantar a los enamorados con su aullido mudo, con la sangre que brota de sus arterias destrozadas? Que levante la mano quien haya sido hospitalizado alguna vez debido a su lamentable estado, quien haya recibido una silla de ruedas (¿tú, Eminescu? ¿Cómo, ni siquiera tú, el poeta nacional?), quien haya recibido un billete para Govora o Călimaneşti? ¿De nuevo nadie? Nadie una y otra vez. Pero los mendigos sí que son recogidos entre los bosquetes, las noches de invierno, para que no se queden tiesos, para que no se conviertan en uno de nosotros. ¿Qué podemos hacer? Habéis oído, a vuestros pies, a la gente hablar sobre libertad y democracia. Los habéis visto congregarse en las plazas para exigir sus derechos. Habéis velado sobre la muchedumbre que se abalanzaba contra los muros del Comité Central, habéis sentido el ondear de las banderas tricolor con el escudo recortado, y el rugido del helicóptero blanco que ha salido volando desde el tejado. ¡Hermanos, también nosotros somos rumanos! ¡Sí, incluso usted, Beethoven, incluso usted, Lamartine! Nosotros aquí vinimos al mundo y no tenemos otra patria. ¡En nuestros pechos de cobre late un corazón cálido, rumano! ¡Amigos, también para nosotros es "ahora o nunca"! También nosotros nos hemos librado del tirano que enterró en el solar, detrás de la Casa Scânteia, a nuestro hermano Carol I, a nuestro hermano Ferdinand. Miradlos ahora entre nuestras filas, llenos de barro, pero deseosos de una vida digna, civilizada. ¡Proclamo aquí, ante todos, el final de una época de esclavitud y el alba de una libertad largo tiempo prometida!»

Los vítores hicieron vibrar la plaza. El balcón de la Facultad de Geología se desplomó de medio lado y los trozos de estuco de la antigua fachada se desprendieron y se hicieron añicos contra el asfalto. Las palomas que se pasaban la vida en el estanque de la fuente en la que nunca había corrido el agua echaron a volar de repente, asustadas, arrojando sobre las coronillas de yeso y bronce una ráfaga de gallinazas. Lenin se quedó pensativo un rato, con los ojos clavados en el horizonte, en dirección a Magheru, donde las jardineras del restaurante Flora, utilizadas varias noches antes como barricadas, bloqueaban aún parte de la carretera. Frente al Intercontinental estaban aparcadas las tanquetas y los vehículos anfibios de color caqui, traídos para luchar contra los terroristas que habían salido por todas partes, como ratas, de sus madrigueras, para defender al Conducător. El inmenso copo de nieve, con sus agujeros geométricos organizados según el modelo de la alfombra de Sierpiński, extendió por todo el cielo su encaje de escarcha. Luego, el gran hombre de bronce hundió, agotado, la barbilla en el pecho.

«Por desgracia, amigos, tenemos que enfrentarnos a la realidad: estamos cansados, enfermos, arruinados. Nos han lavado las lluvias y nos han lamido los vientos. Yo... os guiaría al asalto final, porque para mí poco importa un Palacio de Invierno más o menos, pero... (aquí la estatua se plegó y unas líneas de metal fundido cruzaron su rostro)... estoy desprestigiado, hermanos, los capitalistas me demonizaron por completo...» Lenin se agitaba entre sollozos, apoyado en los muros de la Universidad, de tal manera que cada vez más guirnaldas y mascarones de yeso se rompían contra su espalda. El edificio entero vibraba, por lo demás, peligrosamente. En una de las torrecillas de metal que miraban hacia la plaza, un terrorista vestido de negro, el conductor de un tanque, con la cogulla sobre el rostro, se sobresaltó en sueños y apretó el fusil automático contra el pecho con más fuerza. ¡No había derecho! La jornada no empezaba hasta las siete de la mañana. Sacó la cabeza por la ventanita redonda y contempló durante un rato, aburrido, el mar de estatuas. ¿Qué querrán estos cagones llenos de gallinaza? Se quitó la cogulla y se quedó con la cabeza descubierta, alborotada por el viento de la noche, como una figura alegórica contrariada y enfurruñada. El general Tudor, su papaíto, no les había dicho nada sobre las estatuas. Por lo tanto, no existían. Escupió con precisión en la noche y siguió el escupitajo hasta que aterrizó, clavadito, en el pecho redondo de la musa de Vasile Lascăr. Cerró el ventanuco y se acurrucó de nuevo, con el AKM entre las rodillas, sobre el montón de tratados de mineralogía del rincón del almacén. «¡No!», se oyó por ahí, por la parte de atrás, un grito de protesta. «¡No, camarada Lenin! ¡Nosotros te amamos y te seguiremos hasta el final! ¿Qué sería cualquier revolución en la tierra sin tu rostro luminoso? ¿Sin tus ojos agudos clavados en el horizonte? Sin tu frente de…» Pero Lenin lo hizo callar con un gesto seco: «Gracias, estimado Dobrogeanu-Gherea. Muchas gracias, amigos. Pero no nos engañemos. En el estado en el que nos encontramos, no conseguiremos nada nosotros solos. Necesitamos un hombre, un hombre vivo, cubierto de piel, con ojos orgánicos y brillantes, con reflejos rápidos. Nuestros cerebros se han atrofiado por la falta de uso y nuestro juicio flaquea. Necesitamos un líder vivo al que podamos seguir con toda el alma, a ciegas, un amante de las estatuas, un defensor de nuestro desgraciado pueblo. Sé que me entendéis, sé que en vuestra mente cobra forma ahora el mismo nombre noble, que el mismo rostro sagrado se os ha aparecido, a todos, ante los ojos. Porque, a lo largo de los tristes tiempos por los que hemos navegado, cada uno en la picota de su propia infamia, solo hemos encontrado compasión, cuidado paternal y admiración verdadera en una única criatura del pueblo coloidal y eternamente agitado de los habitantes de esta ciudad. Han transcurrido décadas desde entonces, pero ¿quién de vosotros ha podido olvidarse de aquel que, apoyando su modesta escalera en nuestros hombros, con el cepillo empapado en el cubo de metal colgado de la cintura, nos lavó y frotó durante meses, retirando de nuestros bucles el liquen y la gallinaza petrificada, lustrando a veces, con su propia manga, las córneas de bronce entre los párpados, retirando el cardenillo de las caderas de nuestras hermanas de los estanques? Con el paso del tiempo, el nombre, simple y honrado, del único hombre que nos ha amado alguna vez, se ha elevado a las dimensiones del mito. Sé que todos lo tenéis en los labios, que estáis deseosos de pronunciarlo. ¡Nobles amigos, en la primera noche de nuestra manumisión, nadie os impedirá gritarlo ante el mundo entero!». Las estatuas se pusieron a cavilar. La memoria no era su punto fuerte, pero, a pesar de ello, el amado nombre de su benefactor brotó, de repente, de sus pechos. «¡Ionel!», gritó con cariño Mihai Viteazu. «Ionel», susurró apasionada Maica Smara. «¡Ionel!», gritaron a coro los héroes sanitarios. «Ionel», murmuraron melodiosamente las náyades y las gorgonas. «Ionel», pronunció serio Ceauşescu. «¡Ionel, Ionel!», repitieron todas las estatuas. «¡Que él nos guíe, que él nos muestre el camino! ¡Que nos restaure, que nos remoce, que nos bruña! ¡Que nos muestre la Tierra Prometida! Llevadas por un entusiasmo sin límites, las estatuas chocaban unas contra otras, desperdigando las falanges de los dedos por el empedrado, mostrando en la pantorrilla rota un trozo de hierro oxidado, rompiendo sus peinados tan minuciosamente trabajados por el cincel de un antiguo maestro». «¡Sí, Ionel! —dijo Lenin sonriente, después de pedirles silencio con un gesto—. Él es el hombre que necesitamos. Pero no sabemos nada de su suerte desde aquel nefasto día en el que esperamos en vano, aquel crepúsculo perfumado, de primavera, que apareciera su figura, con su querida escalera, con su balde metálico, entre las acacias en flor… ¿Hacia qué otra noble tarea lo habrá llevado el destino? ¿Qué corazones rotos habrá consolado desde entonces? Empezad a buscarlo en primer lugar por los hospitales, porque sospecho que se ha hecho médico voluntario, o por los monasterios… No perdáis ni un minuto. ¡Desperdigaos por todos los barrios, rebuscad en todos los apartamentos, bajad a todos los sótanos y subid a todos los desvanes y que no se os ocurra regresar esta noche, aquí mismo, a la plaza de nuestra manumisión, sin nuestro hombre providencial!» Lenin se sentó, muerto de cansancio, en la acera, bloqueándola hasta el bulevar con sus piernas de cobre. Calculaba en silencio cuánto le llevaría el camino de vuelta hasta la Casa Scânteia. Anhelaba sus horas de sueño reparador en la sala de las linotipias. Las estatuas comenzaron a abandonar la plaza en grupos, dándose palmaditas en los hombros y hablando con seriedad, pero en cuanto salieron del campo visual de Lenin, que los aterraba a todos, no vieron el momento de dirigirse corriendo a los parques y a los arbustos, a Cişmigiu, a Kogălniceanu, a Unirea, para acoplarse lúbricamente unos con otros, para levantar con descaro las faldas de piedra, llenas de arrugas, de las musas, y descubrir sus nalgas redondas, para arrojarlas a la tierra helada y penetrarlas con sus falos de metal, para colocar a las náyades, paralizadas durante tanto tiempo, de rodillas ante las braguetas de mármol que desabotonaban con sus dedos verdosos antes de cabalgarlos y gemir en una orgía desenfrenada, sin límites, porque no sabían si al día siguiente tendrían que quedarse inmóviles de nuevo, esta vez para siempre, sobre sus pedestales, en sus estanques y en sus museos, languideciendo por el movimiento y la vida, gritando con su laringe de carne viva, enquistada en una cáscara de bronce, contemplando inútilmente el cielo a través de las lentes ciegas, opacas, de sus iris de mármol entre los párpados. Hacia el amanecer, las celebridades del pueblo, con la ropa en un desorden total, con sus falos endurecidos, vertieron su simiente de cuarzo líquido en vaginas de pórfido y ónice, entre labios de bronce y de escayola, en tetas de piedra y de yeso pulido por el paso del tiempo. Luego, tropezándose con los pantalones duros, con los zapatos metálicos, burdamente modelados, atenazados por la terrible tristeza poscoito, se distribuyeron radialmente por las calles de la urbe en busca de su único amigo en este mundo. De vez en cuando cruzaban, chapoteando y salpicando por el agua sucia, riachuelos extendidos por las calles y las aceras: eso es lo que quedaba del gigantesco copo de nieve, fundido por los rayos cálidos, cegadores, de la nueva mañana.

«¿Qué nos importan, di, corazón, estos charcos de sangre?» ¿Por qué estoy aquí, en la estación de metro, tumbado sobre esta pelliza humedecida por mi propio aliento, que apesta a oveja y a calcetines sucios? ¿Quién soy? ¿Qué significa que soy? ¿Qué significa ya mi nombre? He escrito toda la noche bajo la luz mortecina de las bombillas, en medio del rugido de los metros que van y vienen por sus subterráneos. ¿Por qué he abandonado mis subterráneos, mis grutas con sus melancólicas flores de mina, destinadas a ningún ojo del mundo? En otra época escribía por ambos lados de la hoja a la vez, porque yo era doble y, en cada instante, apoyaba la punta de mi boli en la punta del boli del otro, que escribía por debajo, que dibujaba también, al mismo tiempo que yo, los mismos bucles fantásticos sin escribir por ello el mismo texto, al contrario, negando en cada momento mi texto, pues él escribía de derecha a izquierda, con las letras invertidas, como una misa al revés y una burla de mi manuscrito demasiado serio, tan serio y solitario y triste que amenazaba con descuartizar el mundo por completo. Torpe e incomprendido, genial y demente, un *Lionardo* ajeno a nuestro mundo, el que escribía desde el grosor de mi manuscrito, bajo la membrana irrigada de la página, lo salvaba todo, sin embargo, gracias a su extraño número circense. Como aquel que hace girar continuamente, sobre una vara de bambú, el platillo chino, también él apoyaba, en la punta de su boli, trazando hasta el infinito los bucles de sus letras invertidas, mi mundo, el mundo exterior y plano que resistía tan solo a través de la ilusión y del movimiento, pues ningún universo existe si no está duplicado por un texto. Cada átomo descansa en la punta de un boli, cada flor florece de la savia que corre por el tallo de un boli que escribe, febrilmente, bajo la tierra. Los soles están llenos de la misma sustancia química y azul, nuestro cabello y nuestros ojos y nuestras bocas sonrientes son dibujadas, por la otra parte del manuscrito, por unos niños puestos a garabatear. Ningún objeto existe hasta que no es descrito. En la escala de Planck los bucles, las matrices y los conectores son letras que escriben un texto menudo y compacto que, contemplado desde una gran altura, tiene forma de letra y se une con otros billones de letras para, desde otra altura aún más elevada, formar otra letra gigantesca. Textos en textos, textos escribiendo textos, formando, finalmente, la textura colosal de nuestro mundo, pues la existencia y el texto, la cara y el reverso, el espacio y el tiempo, el cerebro y el sexo, el pasado y el futuro forman el Milagro en el que agonizamos, cegados por tanta belleza, y cuyo nombre podría ser Texistencia. Mi manuscrito es el mundo, y no existe galaxia ni pétalo de camomila ni tu pestaña, precisamente la tuya, que lees y respiras sobre la página de este libro ilegible, que no esté escrito aquí, con los dobles bucles del viento, del sol, de las nubes y de las letras que los alimentan y los sostienen. Toca con el dedo el centro de esta página y verás cómo parten, desde ese punto, unas ondas circulares, cómo la página se aclara y cómo ves en ella a la gemela del manuscrito, morena y ojerosa como tú, cansada también ella por recorrer en sentido inverso vuestra vida y vuestro libro común.

Sin este bustrófedon simultáneo no habría podido escribir nada jamás, porque mi boli, sin apoyarse en la punta del otro boli, se habría hundido en la sustancia cerebral de la página, en la infinidad de sus poros y de sus cavernas llenas de glúcidos, linfa y sangre, y eso hace ahora, cuando el otro ya no está, cuando mi escritura no está escrita, cuando mis letras son venas enroscadas y neuronas ramificadas, cuando he caído en las galerías de los sarcoptos de la historia. Porque eso es la historia, la escritura sin escritura, la vida sin vida, el deambular por los túneles de los topos y por el polvo de los siglos. ¿Qué significan para mí charcos de sangre, cráneos hendidos, bosques de hogueras y de cadáveres ensartados en postes, pueblos exterminados hasta el último bebé, grandes señales en los cielos, guerras y noticias sobre guerras, terremotos y hambrunas, diluvio y hielo eterno? Cuarenta mil muertos en Timişoara. Tres millones de muertos en China (sin que el gran río Yangtsé cambie su curso). La tierra destruida por un cataclismo que no perciben desde Orión. El universo se extingue poco a poco, el último protón se desagrega lentamente. ¿Qué es todo esto fuera del Relato que lo describe y lo fundamenta?

He caído en la piel ulcerada de la página. Ya no escribo de verdad. Estas hojas son el diario sin sentido de mi deambular. Ya no cuentan el relato de Mircea, sino tan solo su historia de hombre derrumbado en la historia. Como en una película absurda, sin pies ni cabeza (nuestras vidas son absurdas, sin pies ni cabeza), me presenta caminando por una ciudad con edificios viejos, en ruinas, descuidados y abandonados desde antes de la guerra, habitados por vagabundos que hacen fuego directamente sobre el parqué de los antiguos salones. Por calles con los adoquines arrancados, con las alcantarillas reventadas, entre coches con la chapa oxidada. Me muestra deteniéndome junto a grupos de gente que comenta los últimos acontecimientos. Golpeando con la mano, sofocados por la indignación, los periódicos que citan un gran diario francés. «¡Cerdos, unos cerdos ordinarios!», se oye por todas partes. Al parecer nuestra revolución es solo un truco de la televisión. Al parecer ha sido inflada por la propaganda. Al parecer no ha habido cuarenta mil muertos en Timişoara. Al parecer la mujer con el vientre rajado y cosido con un cordel y el bebé colocado en su pecho es una patraña. Al parecer no ha habido una revolución, sino un golpe de Estado. Cómo, hombre, pero si yo mismo estaba allí cuando huyó Ceauşescu. ¿Cómo pueden mentir los cerdos esos con semejante desvergüenza? Cuando ellos, los occidentales, nos vendieron en Yalta. Cuando ellos pasearon al tío Ceaşca en calesa y le besaron el culo para que se viniera arriba. ¡Cuánta desvergüenza! ¡Qué descarada política antirrumana! ¿Qué hicieron los miserables esos, hombre, cuando nos moríamos de hambre, cuando comíamos salchichón de soja, cuando el loco arrasaba los pueblos y las iglesias? ¿Y ahora que lo hemos tumbado escarnecen nuestra revolución? Lo que yo creo es que no les conviene que la situación haya reventado, que saquemos nosotros la cabeza del agujero. ¿Sabe usted cómo trabaja el lobby húngaro? Esos están en todas partes, hombre, y sueltan su veneno pacientemente, por todos los parlamentos, esperando a que se den las condiciones para quitarnos Ardeal. Y los franceses, los ingleses, los alemanes les siguen la corriente, los han embaucado a todos. Así ha sido siempre, somos un pueblo mártir, rodeado de enemigos. ¿Qué les importa a los occidentales? Tienen de todo, están empachados, que se vayan a tomar por culo. ¿Crees que les damos lástima? Los franceses han sido unos poceros toda la vida. Si no fuera por los americanos, ahora serían una república soviética. Habrían recibido incluso a los rusos entre hurras, así son de tontos, así los ha cegado su izquierdismo. ¿Los alemanes? ¡Siguen siendo hitlerianos, que se vayan también a tomar por culo! El país de la mantequilla. Dicen que se han desnazificado. ¿Cómo vas a creértelo? Los americanos y los judíos ahorcaron a unos cuantos cabecillas, pero por lo demás siguen comiendo felices y contentos sus salchichas y su chucrut y nos dan a nosotros lecciones de democracia. ¿Dónde estarían ellos ahora sin el plan Marshall? En una cagada tan grande como ellos. Comerían cada tres días una patata cocida, y eso si la encontraban. ¿Dónde estarían ahora los occidentales si no los defendíamos nosotros, con nuestro pecho, de los turcos y de los tártaros? Se pasaron toda la Edad Media bien calentitos, que ya moríamos nosotros por ellos en Călugăreni y en Podul Înalt. Ahora alardean de sus catedrales y de su cultura. Pero no saben que están pagadas con nuestro sacrificio milenario. Que para eso sí que hemos sido buenos en la historia: para salvarles el culo a los demás. Hombre, si es que en Ardeal éramos el ochenta por ciento de la población y no teníamos ningún derecho. Los húngaros, los secui[33] y los sajones, o lo que fueran, ni siquiera nos reconocían como pueblo, aunque vivían del sudor de nuestra frente. Todo Budapest está construido por serbios rumanos, con sus espinazos. Sus reyes más importantes fueron rumanos como nosotros, Matei Corvino y Iancu de Hunedoara. A Mihai Viteazu nos lo mataron con el hacha. Y ahora ríen a escondidas, ya ves, Señor, porque ellos son civilizados y nosotros unos primitivos… Y ya veremos si no empiezan nuestros húngaros como los serbios, a pedir la independencia… Que se les ocurra, que ya verán la que les caerá encima. De todas formas, somos tres veces más que ellos. Sí, pero Europa estará de su parte. Y en un abrir y cerrar de ojos te ves sin Transilvania. ¡Que nos pertenece de pleno derecho, que fuimos los primeros en habitarla, Glad, Gelu y Menumorut, hombre! Los otros son hunos, tártaros de esos que comen carne bajo la silla del caballo, ¿qué van a hacer en Europa? ¡Que se vayan a su *puszta* de mierda con su zarda y su páprika y todo! Los húngaros y los gitanos son la desgracia del pueblo rumano, nuestro cáncer nacional. ¿Por qué no vivió Antonescu lo suficiente para mandarlos a todos más allá del Dniéster, al Bug, donde está su sitio? Habló muy bien aquel que dijo: «¿Dónde estás, Țepeș, Señor, para librarnos de este pueblo de canallas y de malhechores…?».

¿Y ahora vienen todos estos desgraciados a decirnos que no hay una revolución en Rumanía, cuando está muriendo la gente en las calles? ¿Y los terroristas qué mierda son según ellos? Los han sacado también en la tele. Uno llevaba tres uniformes: de soldado de tanque (con un mono negro), de militar del ejército y de… ¿cómo se llama? De la guardia patriótica, sí… Sacaron incluso a una mujer… también con uniforme militar. La tenían con las manos en alto, de cara a la pared, y oí con mis propios oídos cómo gritaba: «¡Entregadme al ejército, entregadme al ejército!». A muchos los atrapó la gente, los hicieron pedazos al momento, los pisotearon… Cómo iban a juzgarlos cuando los pillaron escabulléndose por los puentes

---

33. Población de origen turco que abrazó la cultura húngara en Transilvania.

con la metralleta en la mano… Sí, y también sacaron en la tele el salón de un hospital. Había unos veinte mozos atados a las camas, drogados, algo increíble. Gritaban, decían disparates, echaban espuma por la boca… Son los hijos de Ceauşescu, criados en los orfanatos, unos desgraciados. Fanáticos, majo, dispuestos a morir por su papaíto. Y por la *señá* Leana. Dónde estarán esos ahora. Creo que se han largado del país, estarán en Libia, donde su amigo Gadafi… Porque no consiguieron detenerlos. Yo vi a un terrorista de esos con mis propios ojos. Estaba en la torreta del bulevar del instituto Ion Mincu, el de arquitectura…, ese junto al edificio Danubio, hombre. Se movía, se escondía, sacaba la cabeza… Vestía todo de negro y de vez en cuando pegaba un tiro con la metralleta. Yo estaba junto al Inter. Y vais a ver, llegó un camión de soldados. Reclutas, hombre, se veía de lejos —que yo he sido oficial—, no sabían cómo sujetar el arma. En cinco minutos acribillaron la fachada del edificio, dieron incluso en el bloque, la madre que los parió… Tal vez mataron a gente en sus casas. Creo que el terrorista se partía el culo de risa. Que esos están entrenados, chaval, no es broma, disparan desde la cadera, en cualquier postura. No puedes jugar así, no traes a unos chavales de pueblo, recién llegados a la unidad militar, para luchar contra ellos. ¿Sabéis qué va a pasar? Se dispararán entre ellos, eso va a pasar. Y morirá gente inocente. Estás en tu casa leyendo el periódico y te llevas un balazo en la cabeza… ¿Cómo se puede permitir algo así? ¿Es que no tienen unidades antiterroristas? ¿No tienen unidades especiales de lucha antiterrorista? Si no son precisamente ellos los terroristas, ¡cualquiera se fía!

¡Nooo, déjese de tonterías! Los terroristas son extranjeros, hombre, se lo digo yo. De razas desconocidas, parecen árabes, asiáticos… Hablan rumano con acento. Serán libios, sirios, palestinos, quién cojones sabe, infieles de toda calaña, que Ceauşescu los trajo por manadas cuando estuvo por África, donde los árabes, dicen que para hacerlos médicos. ¡Tonterías, para quitarles el dinero! ¿Qué, es que estudiaban esos algo en la universidad? Todos aprobaban los exámenes con dólares, chaval, dinero contante y sonante. Y se casaban con nuestras chicas más guapas, no con las suyas, tan feas que les da vergüenza sacarlas de paseo y les ponen un velo… Se casaban y se las llevaban a sus países, como esposas, con otras cinco o seis en el harén… O los negros. Se comen unos a otros en la jungla y vienen aquí a hacerse médicos… Se ha llenado Rumanía de negritos, qué risa. Te los encuentras incluso en la escuela, se llama Georgică y lo han hecho también pionero, pero es negro como el betún y tiene el pelo rizado como una oveja. Que a su madre le gustó el aparato negro, como dicen: «Hoja verde de mi flor / que mi novio es de color». Te encuentras a veces por la calle con alguna descarriada del brazo de un negrazo, ni siquiera se esconde, debería darle un poco de vergüenza… ¿Crees que se casan con ellos, o con los árabes esos, por amor? A otro perro con ese hueso. Se venden por dinero, chicas jóvenes sin sesera, a esos desgraciados a los que les brotó petróleo junto a la tienda. Y encima ahora nos matan en las calles, es lo que nos merecemos. Cómo les doró la píldora tío Nicu, cuántos surcos hizo de tanto andar por allí, en medio de la nada… Qué campamentos de entrenamiento les montó aquí, en Făgăraşi, para que pudieran machacar mejor a las mujeres y a los niños con sus bombas… Que dicen que son patrioootas… militaaaaantes… defensores de la libertad… el frente de libertad de su puta madre… Una mierda: bandidos, hombre, que matan a la gente como si fueran pollitos. Eso son nuestros terroristas.

No, habrá también de esos, pero el grueso son rumanos. He oído yo que el control de entrada a la Casa Scânteia ha pillado esta mañana a una vieja que parecía la abuelita del cuento. Y verás, llevaba colgada del cuello, entre los pechos, una granada así de grande… ¡Sí, yo también lo he oído! Y en la boca de metro de Timpuri Noi, dicen que aparece una mujer con un cochecito de gemelos. Dos niños preciosos con el chupete en la boca. Menos mal que el chaval anduvo espabilado. Cachea a la madre, nada: una santa, nada más. Pero de repente se le ocurre mirar debajo de los bebés. El jardín de Dios es infinito: el cochecito estaba lleno de balas de ametralladora, con cartuchos de esos grandes, increíble… Dios mío, ¡cómo pueden ser tan astutos! Securistas, qué quieres, serían capaces de ahorcar a su propio padre si se lo ordenaran.

¿Pero habéis oído el otro caso ese? Ese de Otopeni. Dicen que viene una mujerzuela a coger el avión para largarse no sé a dónde. Y quería cruzar así, sin más, meneando el trasero, el cordón de revolucionarios. Pero no le salió bien, porque se fijó en ella una de nuestras chicas, robusta y suspicaz, que se la llevó a una habitación separada y la dejó como la trajo su madre al mundo. Y no le encontró nada. Estaba a punto de dejarla partir cuando un mayor, que también estaba presente y se alegraba la vista, vio que del chochito de la chica salía un hilito. Tiraron de él y sacaron algo que parecía una bolsita de té. ¡Señoooor! ¿Sabéis lo que llevaba dentro? ¡Nitroglicerina! Habría explotado el avión por los aires. Fieras de rostro humano, no son otra cosa… Los hombres tirotean a la gente en las calles y en sus casas (que dicen que también en Sibiu hay muertos como para llenar un cementerio entero), y las mujeres, de las que nadie sospecha, les llevan provisiones, municiones, drogas… Están bien organizados, son profesionales…

Y los hay todavía de otra clase. Dicen que con eso de Timişoara se ha llenado el país de coches con matrículas rusas y húngaras. Turistas, al parecer. Dicen que se detienen para grabar, preguntan a la gente… A los rusos no les interesa que nos libremos de sus garras, que Gorbachov ya les ha llevado el tingladillo a la ruina. Estaría bien que hubiera aquí una perestroika de esas, como en Rusia, para que la gente pudiera abrir la boca, que se pudiera confiar… para que pudiéramos vivir mejor también nosotros. Una perestroika de cojones. El oso no baila porque sí. El pueblo ruso está maldito, será siempre una baraúnda de campesinos borrachos hasta las trancas y de descerebrados. ¿Es que pensáis que ha surgido así, de repente, la democracia allí? No es por eso por lo que han hecho lo que han hecho, esta apertura de ahora. Si pudieran, desollarían a todo el mundo. Solo que no han podido hacer frente a la carrera armamentística, eso los ha matado. Cuando oyeron hablar de la guerra de las estrellas, supieron que los americanos los habían jodido. Todos sus cohetes eran buenos solo para chatarra. A partir de ahora para qué iban a lanzarlos hacia Washington o Nueva York, se los destruirían sus satélites con láser y esas cosas…

Por eso se han desinflado así, no porque no quisieran poner a otro zar al frente para que nos siguiera jodiendo otros cincuenta años. ¿Qué puedes esperar de ellos? Calmucos, kazajos, tártaros... *Davai* reloj, *davai* esposa, *jarasho* camarada... Así son los rusos y así seguirán por los siglos de los siglos... De ellos no puedes esperar humanidad. Si no están también los rusos y los húngaros entre los terroristas, llámame tonto... Estás junto a uno en la parada y te dispara a través del bolsillo del abrigo, a medio metro... Para que digan los mierdecillas esos occidentales que no es una revolución, que es una manipulación de la tele...

Deambulo por la ciudad paralizada por los terroristas. De los edificios destruidos por los cañonazos se eleva un humo espeso. Los disparos retumban entre los bloques de hormigón con un eco seco que te taladra el cerebro. En las plazas, los tanques circulan, apocalípticos, sobre sus orugas, se detienen, hacen girar la torreta unos grados y dan de pleno en la fachada de algún edificio antiguo, bellamente ornamentado. Tras ellos, soldados con cascos de guerra disparan también como desesperados con todo su armamento. Por arriba se oye en algún sitio el estruendo de un helicóptero. Es como en Beirut, son como las imágenes televisadas de zonas de conflicto, que parecen siempre lejanas y sin relación con nuestra vida: el planeta ajeno del televisor. La gente vigila desde las esquinas, echa a correr cuando las balas empiezan a barrer las plazas, se reagrupa en la acera de enfrente... Se pasan de unos a otros el mismo discurso, la misma cháchara, los mismos rumores... Alguna mujer con dos críos aferrados a su falda les lleva comida a los soldados: salchichas, cabeza de jabalí, un trozo de queso, una botella de vino con un troncho de col en lugar de corcho... estamos en vísperas de la Navidad.

Llego a Izvor. A mi izquierda, enorme como una pirámide de telaraña, se infla y se desinfla la Casa del Pueblo. Domus Aurea. El edificio más grande de la tierra. El palacio del Dragón desaparecido sin dejar rastro. Tropiezo, al mirar por encima del hombro el inhumano, el obtuso, el melancólico mausoleo, contra un oficial uniformado con un arma de culata plegable colgada del hombro. A su alrededor hay varios jóvenes sin afeitar, con los ojos hundidos en las órbitas, casi muertos de hambre, como debo de parecer yo. Se necesitan voluntarios para las estaciones de metro. No entra nadie sin pasar el control. Estaré aquí lo que haga falta, días, semanas, meses. Nos entregan unas pellizas gruesas sobre las que dormiremos allí mismo, en el suelo, junto a los tornos de acceso. Trabajaremos por turnos: unos duermen (sí, allí mismo, en las pellizas alineadas unas junto a otras, a la vista de todo el mundo que toma el metro), otros controlan. Voy con ellos, iría con cualquiera, a cualquier parte. Estoy en el lado equivocado del espejo. Asumo mi tarea inmediatamente. Cacheo un rebaño vestido de invierno, envuelto en pañuelos y gorras de piel, en tabardos y abrigos pesados. Gente cansada y desorientada, con el rostro verdoso, arrastrada por la necesidad de salir a comprar al centro. ¿Qué demente podría sospechar que son terroristas? ¿Quién puede imaginar que estas gentes agotadas, hambrientas, atormentadas, encerradas durante décadas en una jaula del tamaño del país, de rostros chupados por la falta de dientes, de ojos turbios que miran las bolsas de los demás, con piojos en la cabeza por la falta de agua caliente, son securistas, árabes, huérfanos de Ceauşescu armados hasta los dientes debajo de sus harapos deformes? Un pueblo de terroristas, con emisores de radio en los dientes cariados, ceñidos con la munición de las metralletas debajo de las pellizas, con altavoces en los guantes de lana, con pistolas en las axilas, con algún tubo de dinamita en el ano y en la vagina, apresurándose todos a coger los últimos metros, metiendo todos en las máquinas las monedas de un *leu*, pasando entre las barras giratorias y desperdigándose luego por un Bucarest en ruinas para matar y torturar… Cacheo horas y horas a desconocidos y desconocidas, preguntándome cómo es el mundo visto a través de sus ojos, cómo podría dolerme su dolor de muelas. Me traen algo de comer, una chica regordeta ocupa mi puesto ante los tornos de acceso. Me tumbo en la pelliza y empiezo a escribir al instante, como si dijeras «me quedé dormido al instante»…

«Camaradas, el dictador ha sido detenido», farfulló el soldado con ojos alucinados, a continuación, entregó su alma con un gruñido a los pies del Hombre-con-dos-madres. Había recorrido la distancia Târgoviște-Bucarest corriendo a través del frío desolador de la noche, en tan solo dos horas y media. Es cierto que los últimos ochenta kilómetros fueron por autopista. El Hombre-con-dos-madres le dio la vuelta con el pie, se inclinó sobre él y le puso el espejo delante de la boca. El espejito no se empañó, y tampoco los labios de su rectángulo se abrieron para añadir algo más. «Escalpelo», pidió fríamente, en tono profesional. El Hombre-sin-cuello se apresuró a acercarle el instrumento plateado, mientras los demás formaban un círculo en torno al muerto, en cuyo rostro ennegrecido se veía todavía el suplicio de las horas corriendo. El Hombre-con-dos-madres le soltó el cinturón, le desabrochó la chaqueta y la camisa y descubrió un vientre peludo, con el ombligo cosido con un cordel. Sin titubear, lo seccionó desde la caja torácica hasta la raíz del miembro, luego, con una pericia inesperada, de carnicero experimentado, extrajo de la carcasa curiosamente limpia el peritoneo lleno de órganos internos. Apenas cayó una gota de sangre. Con el saco orgánico en brazos, rodeado por un olor a mierda tan denso que era casi visible, el improvisado cirujano avanzó por la alfombra persa de la sala de reuniones del Comité Central hasta la mesa alargada, de roble pulido, del centro, en cuyo lustre depositó los preciosos intestinos. Los revolucionarios eran todo ojos. Tres o cuatro destellos más del escalpelo, como en un truco de magia, y el peritoneo se abrió de forma simétrica, como los pétalos de una flor, para dejar ver el hígado, la vesícula, el bazo y los intestinos nacarados, que el Hombre-con-dos-madres extendió como en una lámina anatómica y se inclinó profundamente sobre ellos. Tapándose la nariz con los dedos, como unos estudiantes de Medicina que entraran en contacto por primera vez con la sala de disecciones, los elegidos guardaban un respetuoso silencio. «Mirad cómo se reflejan las constelaciones en las entrañas del Soldado Desconocido. Con qué claridad se adivina el futuro hacia el que se dirige, como una flecha siempre ascendente, la historia de nuestro bienaventurado pueblo. Observad aquí, al comienzo del colon, la organización de la comunidad primitiva, camaradas. El Pensador de Hamangia.[34] En qué creéis que pensaba él si no era en su simiente, que llenaría el territorio entre el Dniéster y el Tisza, la Tierra Prometida, donde fluyen la leche y la miel. La cerámica de Cucuteni, única en el mundo por su combinación de colores, rojo, amarillo y azul al principio, alterados sin embargo por el paso del tiempo. Si subimos a lo largo del intestino grueso, nos encontramos —más o menos por esta zona— con el período esclavista. Aquí tenemos las guerras entre los dacios y los romanos. Los dacios eran un pueblo extendido por toda Europa: ¿acaso no se llaman los alemanes *Deutsch* y los holandeses *Dutch*? Eran los individuos más civilizados de aquella época. El altar de Sarmisegetuza muestra los equinoccios y los solsticios con más precisión que Stonehenge y otros *no-name*. Todas las lenguas, incluido el latín, se derivan de la lengua dacia. Por eso es un craso error considerar que conservamos de esa verdadera lengua de los ángeles solo unas palabras tan conocidas como *brânza, miel*

---

34. Hamangia fue una cultura del Neolítico en el norte de los Balcanes, que abarcaba el curso del Danubio.

y *viezure*.[35] En realidad, cualquier palabra rumana, bien analizada, revela su origen dacio. Tomemos una al azar, la primera que se nos ocurra. «Securitate», por supuesto, queridos camaradas. No soy lingüista, pero incluso los niños saben que esta palabra, amada por cualquier buen rumano, es una palabra antigua en la que reconocemos la palabra *«secure»*[36] (*«skulë»* en albanés). El hacha fue, desde Knossos hasta la Última Thule, el símbolo de las cuevas, de los laberintos, de los secretos místicos. La raíz «skr» de *«secure»* puede rastrearse en palabras como *«secret»*, «obscuro», así como en las también relacionadas *«scrâșnet»* y *«scrot»*.[37] Todas remiten a la leyenda fantástica de los muchachos de ojos azules que, desde el primer Deceneu[38] hasta hoy en día, han velado por el destino del pueblo rumano, conduciéndolo por los arcanos de la historia con el cariño con el que un padre guía a su hijo. Mirad ahora aquí, donde el intestino grueso se une al intestino delgado. A partir de aquí empieza la época más gloriosa de nuestro pueblo, el período medieval. Pues Ștefan cel Mare, menudo de estatura, pero una gran figura, es el que, inspirado por el Espíritu Santo (pues él mismo era santo: después de cada batalla construía una iglesia, no es que eso sea algo bueno, camaradas, pero analicemos los hechos en el contexto histórico de entonces), pronunció un refrán inmortal que le sirvió como divisa y que demostró ser más adelante una ley de la tierra para todos los vaivodas que lo siguieron: «¡A los enemigos con la argolla, al pueblo con la polla!». No resulta sorprendente que todos los moldavos de hoy se le parezcan como dos gotas de agua: son pequeñitos, ceceantes y derraman en vano sangre inocente. A continuación, Mihai Viteazul. Tuvo, es cierto, algunas sombras ideológicas, convirtió a los campesinos en siervos de la gleba, pero también unió los tres territorios rumanos, como más adelante, de

35. Queso, cordero y tejón, respectivamente.

36. Hacha.

37. Crujido y escroto.

38. Rey de los dacios.

manera simbólica, los historiadores unieron tres trozos de papel para formar su famosa frase-testamento: «La petición que he pedido: Moldavia, Ardeal, el País Rumano». En señal de reconocimiento por sus valerosas hazañas, los rumanos colocaron su cabeza en el cuerpo ecuestre de Juana de Arco, que dirige la cola hacia la cristalería de la plaza de la Universidad. Y, finalmente, Vlad Ţepeş, el injuriado señor, luchador por la libertad, denigrado por unos cronistas alemanes y falsificado por Bram Stoker con el rostro de Drácula, con el que, aparte de unas pequeñas costumbres estúpidas que hay que considerar en su contexto, no tiene nada, pero absolutamente nada que ver. Por eso el mayor poeta nacional lo invoca con tanto cariño, proponiendo una solución barata y cómoda para librarse de la clase política de su tiempo.

Y siguieron los duros años del régimen burgués-señorial, camaradas (me he saltado algo, porque voy al grano), en el que la explotación del hombre por el hombre alcanzó unas cotas insoportables. ¡Ahí está la bilis, bajo el signo de Marte, de los fabricantes de armamento, de las sanguijuelas del pueblo, de los popes y de los reyes, de los ases y de los caballeros, de las reinas y de las sotas, ciudadanos! Siguió la cruel bota del hitlerismo, Antonescu y los legionarios, luego la liberación del país por parte del Ejército Rojo, digan lo que digan, un ejército amigo, que era de izquierdas. Y los comunistas, que lucharon en la clandestinidad, saboteando trenes y distribuyendo manifiestos —creedme, les costó mucho porque, de unos novecientos individuos, tres cuartas partes estaban en la cárcel y los demás en prisión—, se vieron de repente con nuestra bella patria en el regazo. ¿Veis el páncreas del soldado, un poco estropeado por la bebida? Es la época del socialismo, que el miserable dictador mancilló con sus pérfidas prácticas. Pero ahora se llevará su merecido, porque miradlo aquí, apoyado en la pared limpia del hígado como contra el paredón de un cuartel. Me parece oír la ráfaga del pelotón de ejecución que va a vengar el genocidio del pueblo rumano (¿qué cifra podemos adelantar? ¿Unos seiscientos mil muertos así, para empezar, creéis que es bastante?), la ruina de la economía nacional, el culto a la personalidad y, sobre todo, su estúpido empeño en ocultar hasta el final los números de las cuentas de los bancos suizos donde guardaba sus modestos ahorros... Y puesto que hay que hablar del futuro, camaradas, cortemos ahora el intestino del Soldado Desconocido, para poder...

Sin embargo, no pudo concluir la operación porque los revolucionarios, dispuestos ahora a vomitar hasta los intestinos por culpa del hedor, protestaron vehementemente con la excusa de que es mejor no saber qué va a pasar para que no te influya. Mejor sentarse a la mesa y festejar como corresponde la victoria indudable de la revolución del pueblo rumano contra la dictadura. El Hombre-con-dos-madres suspiró resignado. Él, personalmente, no era un *gourmand*. En su juventud, las especialidades locales de su ciudad danubiana lo habían tentado, pero ahora ni siquiera la variedad de platos que le traían del bufé del Partido, mientras las mujeres de la limpieza acarreaban el cadáver y las entrañas del soldado de la sala, le apetecían. No pasaron más que unos pocos minutos y los revolucionarios se sentaron en torno a la mesa, para pelar deprisa, a la espera de unos platos más consistentes, las naranjas desparramadas por todas partes, en montones que no dejaban sitio para pasar. Ciertamente, unos días antes, cuando el pueblo tomó al asalto el edificio solitario del Comité Central y franqueó sus puertas enigmáticas, la gran sorpresa fue que todos los despachos, las salas de conferencias, los pasillos, los almacenes e incluso los retretes donde entraron los obreros estaban abarrotados, a veces incluso hasta el techo, de naranjas, unas enteras y otras aplastadas, como si el tío Ceaşca hubiera reunido aquí, de todo el país, todas esas maravillas exóticas con que los niños soñaban en cuanto empezaba a nevar y por las que los padres hacían colas de kilómetros y kilómetros. ¡En las estanterías de las bibliotecas, en lugar de las obras encuadernadas en rojo que te podías esperar, había naranjas; en los ficheros de metal habían desaparecido los dosieres del personal y en su lugar había naranjas; los retratos del Camarada colgados de las paredes apenas se veían tras las pilas de naranjas! Ahora las mujeres de la limpieza se escurrían con dificultad entre las frutas redondas para traer las bandejas de *sarmaluţe,* salchichas, carne frita en manteca, botellas de ţuică y damajuanas de vino, tapadas con un troncho, y grandes fuentes de madera donde humeaba la *mămăliguța*. Los treinta elegidos por la historia se abalanzaron sobre la comida y, sobre todo, sobre la bebida, con un sano apetito y, durante más o menos una hora, pocas palabras memorables fueron pronunciadas por aquellos prohombres, ocupados con la contracción y distensión de los músculos maseteros. Aprovechemos este intervalo de silencio para echar un vistazo más penetrante a los héroes del bajorrelieve histórico que se desarrolla ante nosotros. ¿Quiénes son estos hombres que, en la inolvidable mañana de la fuga del tirano, la propia Revolución rumana eligió entre la multitud, ciñó por la cintura con sus dedos virginales y colocó en el balcón del Comité Central del Partido, para protegerlos luego con su pecho cargado de collares contra los disparos de los primeros terroristas? ¿Con qué criterios los eligió la hermosa rumana entre la masa gregaria de los obreros? ¿Pudo ella leer en sus ojos más valor, más patriotismo, más ímpetu revolucionario que en los demás? ¿Emanaban ellos las feromonas de una masculinidad prodigiosa? ¿Qué talentos y virtudes abrumadoras los habían llevado a tomar, en tiempos de guerra, en el ruido de los helicópteros, en el estruendo de los cañones, entre los gritos de agonía, en medio del humo que salía de los miles de azoteas y tejados de la Capital, las riendas de ese pintoresco país entre el Danubio, los Cárpatos y el mar? Observemos mejor a esos individuos del pueblo, destinados sin duda a bautizar con su nombre, el día de mañana, las calles, los liceos y las casas de cultura y a petrificarse, inmortales, en sus pedestales de granito, en el centro de las plazas y en los parques municipales. ¡Eh, pero si se trata de figuras famosas! Incluso un niño, de hecho, sobre todo un niño, los reconocería. Cómo podría alguien confundir al ilusionista Farfarelli, al maestro presentador Cărbuneanu, incluso sin su frac ni su pajarita de la arena, al payaso Bombonel, al hombre-orquesta y al domador de tigres, al lanzador de fuego y al amaestrador de pulgas, al hombre barbudo (el único en el mundo del circo, donde se amontonaban las mujeres barbudas y no atraían ya al público), al famoso Hombre-con-dos-madres, al célebre Lupoi, el enano fantasmagórico, al Hombre-sin-cuello, a los Voladores del trapecio... Qué vamos a decir, estaba aquí, con sus modestos ropajes, sin sus maquillajes ni sus pelucas estridentes, sin sus gritos ni sus volteretas, sin los puntos rosa-violetas-dorados de los reflectores, casi toda la tropa del Circo Estatal de Bucarest, con los forzudos, los saltimbanquis, los prestidigitadores, los payasos, los malabaristas tan amados por los pequeños, pero también por sus padres, que los llevaban cada sábado a ver, en la sesión matinal, a los perros amaestrados y las monerías de Bombonel.

¡Qué honorables parecían ahora, cuidadosamente desmaquillados del colorete rojo de las narices y de las mejillas, donde el rostro estaba lleno de poros dilatados, con sus levitas parecidas, con las corbatas negras, de una pulgada de grosor, en torno al cuello! ¡Cuánta dignidad se leía en los ojos del tragafuego de otra época, que ahora engullía metros de salchichas picantes, acompañándolas de encurtidos y mucho líquido! El noble núcleo de disidentes y opositores al régimen, marginados por el tirano bajo el hongo azul del Circo, se alzó con la ola del entusiasmo popular y, finalmente, tomó el poder gracias a un truco sencillo y eficaz, ensayado durante mucho tiempo en reuniones clandestinas. Entre las enanas soviéticas, los asesinos en serie americanos, los caníbales inuit, los hombres oltenos con dos madres, los gemelos siameses y otros monstruos que desfilaban entre los números de los espectáculos circenses, una adquisición reciente, muy del gusto de los espectadores, estaba la Joven-de-piernas-largas, que merecía sin duda ese nombre, pues sus piernas eran el doble de largas que toda Gina Lollobrigida, desde la coronilla a los pies, e igualmente largos eran también su tronco, y sus brazos, y todo su cuerpo maravilloso y paradisiaco. La sacaban, de costumbre, a la arena, en un pedestal móvil, sobre unas ruedas barnizadas en color dorado, arrastrado con dificultad por los otros monstruos amarrados a la enorme estatua. Porque en el pedestal se elevaba, inmutable, con una postura graciosa y los brazos inmóviles en un mudra místico, una estatua cálida, voluptuosa, que llenaba la cúpula llena de cuerdas y trapecios como llenó la Venus barroca sus nichos cubiertos por el abanico de conchas marinas. Era la Joven-de-piernas-largas, de una altura de casi diez metros, completamente desnuda, teñida de blanco de pies a cabeza, con una diadema de diamantes sobre esta. Los papaítos que abarrotaban la sala, más numerosos incluso que los niños, no podían apartar las miradas de los globos carnosos, con los pezones endurecidos por el frío, de los pechos, de las caderas arqueadas y, sobre todo, del pubis cuidadosamente rasurado, bajo el que se adivinaban muy bien, por debajo, la delicada arruga y el nacimiento de los pétalos rosas escondidos entre los muslos. La idea de disfrazar a esa graciosa joven de Revolución rumana se le ocurrió al secretario de Partido del Circo mientras hojeaba, aburrido, el *Diccionario enciclopédico rumano* —quién sabe cómo había llegado a su despacho—, flanqueado por un volumen de versos patrióticos y otro con los textos de Gheorghiu-Dej. En ese diccionario había también ilustraciones de cuadros famosos, entre ellos algunos desnudos, muy apreciados en aquella época en la que las revistas pornográficas brillaban por su ausencia. Los hombres compraban, para sus reclusiones secretas en el retrete, álbumes de arte y se tocaban deprisa —pendientes de que no viniera su mujer— mirando la Maja Desnuda, la Olympia o la Venus saliendo de la espuma marina de Botticelli. Entre los «Herreros» de Catargi y un macizo Sadoveanu pintado por Iser, encontró el famoso cuadro de la «Rumanía revolucionaria», el emblema más conocido y venerado de nuestro pueblo. Ni el pobre Cărbuneanu ni el obrero que admiraba, en la impetuosa figura de la mujer con camisola, collares y bandera tricolor, la belleza rumana más auténtica (las rumanas eran, ya se sabía, las mujeres más guapas del mundo), podían saber que la modelo que había posado para el cuadro era Mary Grant, medio irlandesa, medio francesa, y que el pintor patriota no era tampoco rumano, como los abetos, sino un judío húngaro de Budapest... Las modistas y los decoradores del Circo trabajaron días enteros, en la más absoluta clandestinidad, para reproducir de forma idéntica el traje nacional del cuadro, pero a una escala gigantesca, y cuando la famosa gigantona se puso la falda y se colgó del cuello el collar de ducados, el efecto superó todas las expectativas. ¡Era la propia Revolución rediviva, era imposible conseguir algo mejor! A ella es a quien seguirían los rumanos, unidos en pensamiento y sentimiento, en sus ojos limpios y luminosos leerían su destino. Y ellos, sus compañeros de trabajo, se verían recompensados por haberla ennoblecido, convirtiéndola en historia pura, gracias al insignificante gesto de que les facilitara el acceso a la sombría fortaleza del Comité Central antes que a otros descarados. El Hombre-con-dos-madres les explicó a todos que, una vez que consiguieran entrar en las entrañas de piedra del terrorífico edificio, el resto vendría solo. Y, en verdad, esa construcción neoclásica, más bien fea y anónima, vigilada por soldados nerviosos y por el inmenso vacío de la plaza de alrededor, que no pisaba nadie, provocaba escalofríos a los transeúntes. La idea de poder penetrar algún día en el templo supremo del poder era inconcebible e insensata. Cuenta el chiste que en una taberna estaban de charla un inglés, un americano y un rumano. Hablaban sobre la libertad que había en sus países. «Yo puedo cagarme en la madre de la reina y no me pasa nada», dice el inglés. «Y yo meo cuando me da la gana en la Casa Blanca», alardea también el americano. El rumano tampoco se queda atrás: «Y yo puedo cagarme delante del Comité Central cada vez que paso por allí». Siguen bebiendo y bebiendo hasta que les entran remordimientos por las mentiras que han contado. «Bueno, es verdad que me cago en la madre de la reina, pero cuando lo hago me encierro en el váter y no me oye nadie», dice el inglés. «Y yo meo, ciertamente, en la Casa Blanca, pero lo hago a escondidas por la noche, un chorrito rápido y salgo corriendo», farfulla abochornado el americano. El rumano también reacciona: «Es verdad que me cago delante del Comité Central cada vez que paso por allí, pero sin bajarme los pantalones...».

Después de la grandiosa escena en el balcón, roncos por los enardecidos discursos, los revolucionarios volvieron a entrar en el edificio y, guiados siempre por el incansable Hombre-con-dos-madres, que ya había estado por allí en la época del undécimo Ceaușescu, consiguieron evitar los numerosos arcanos de la construcción, los suelos que se hundían bruscamente y arrojaban a los intrusos sobre unas varillas de hierro, los micelios venenosos, las maldiciones escritas en caracteres cirílicos sobre el umbral de las puertas y, pasando junto a esqueletos que en vano tendían, tras los barrotes, la mano en busca del jarro de agua, llegaron por fin a la sala desde la cual se gobernaba el país. También había allí un timón marinero, una gran brújula horizontal, unos prismáticos y varios aparatos extraños, en los que el de Oltenia reconoció un sextante y un astrolabio. El Hombre-con-dos-madres no perdió el tiempo. Se abalanzó sobre el timón abandonado a su suerte y lo hizo girar con un movimiento elegante. Todos vieron por las ventanas cómo el país, peligrosamente inclinado tras la fuga del último timonel, se enderezaba poco a poco. Cuando la situación parecía estabilizada y disminuyeron las turbulencias, una bandada de azafatas vestidas con uniformes azules les trajeron las bandejas de comida y les preguntaron si querían café o té. Junto con ellas entraron en la sala de mandos dos generales cubiertos de condecoraciones, que discutieron largamente la situación con el comité revolucionario. Se conocían desde hacía mucho, habían conspirado en la casa de fieras del circo, ahogados por los rugidos de los tigres y las peleas de los monos, así que ahora sus largos apretones de manos ratificaban unos acuerdos establecidos tiempo atrás. Estaban también ellos en cuerpo y alma a favor de la revolución. Planificaban importantes modificaciones en la nueva era: la milicia se llamaría policía a partir de ahora, como en los juegos de los niños y en las películas de gánsteres, y la popular *Securitate* también cambiaría de nombre para transformarse en un simple y democrático servicio de información. Se esperaba que, de forma mágica, el nombre influyera en el objeto nombrado, como se cambia el nombre de un niño gravemente enfermo para que la muerte no pueda reconocerlo. Por lo demás, la *Securitate* ni siquiera había existido, era más bien un mito, ¿no es verdad, señores…? Al igual que el Partido Comunista que, por lo demás, se había disuelto discretamente, de la noche al día, como si no hubiera existido. Los muchachos de ojos azules y los de Primavera se transformarían en capitalistas honorables, prósperos hombres de negocios que crean puestos de trabajo y siguen sirviendo así, devotamente, al pueblo rumano. Se acordó que, de forma voluntaria y sin ser obligadas por nadie, las tropas de seguridad entregaran sus armas al ejército a cambio del cristiano perdón de los pecadillos de otra época, justificados por su ardiente patriotismo. El suelo se balanceaba despacio, las lágrimas de cristal de los candelabros tintineaban de verdad, los adornos emitían unos leves sonidos de triángulo, y los revolucionarios terminaron su mezquino almuerzo para apresurarse a tomar las riendas de los ministerios y demás instituciones. Los más pusilánimes, mareados, abandonaron el barco para siempre. Quedó tan solo un puñado de héroes intrépidos entre los que destacaba el Hombre-con-barba, con camisa verde y un cinto diagonal, que, siempre indeciso entre las dos grandes tentaciones de su vida —la metafísica y el clítoris— decidió olvidarse de ellas durante un tiempo por el honor de ser el guardaespaldas del comité revolucionario; Lupoiu, un individuo menudo, en uniforme militar, que representaba alegóricamente al Ejército; el Hombre-sin-cuello, un hombre guapo con la armadura de un pulóver inexpugnable; y, el último de la lista, con vuestro permiso, el Hombre-con-dos-madres, una de ellas en las antípodas, maestro de las maquinaciones políticas y del giro del timón hacia la derecha y la izquierda. Concentrados en sus tareas, girando potenciómetros, siguiendo pantallas en las que apenas se distinguía el pulso del país, lanzando órdenes nasales a través de tubos de cobre, los de la sala empezaron a hacerse con el control de la situación. A pesar de todo, algunos sentían una punzada en el corazón. En primer lugar, ¿qué había pasado con el Viejo? Le tenían todavía un miedo animal. Los domingos al mediodía emitían una película de vaqueros, *Bonanza,* donde podías ver a un padre bajito, hirsuto y de voz estridente que se quitaba el cinturón cada dos por tres y zurraba de lo lindo a sus cuatro hijos, dos veces más anchos de espaldas que él. Lo mismo les sucedía a ellos. Incluso huido quién sabe adónde (porque era imposible que escapara), el tío Nicu les producía escalofríos en la columna. Le llamaban ahora el Odioso, el Tirano, y escribían su apellido con c minúscula, pero si hubiera vuelto no habrían sabido si salir corriendo o quedarse y besarle respetuosamente los pies. Así que había que zumbar al Jefe para que no les zumbara él, aquí era todos contra todos. La noticia de su captura y la de Leana cerca de Târgoviște les vino, por eso, de perlas. «Pero qué hacemos con él ahora, que con lo tontos que son los rumanos, son capaces de votarle otra vez, sin más, por la costumbre de la mano. En cuanto falten en el mercado el jabón o las patatas se acordarán otra vez de él. Y lo volverás a ver, chaval, elegido democráticamente, con su cetro y su banda tricolor, y ni Europa ni América podrían hacerle nada. En cuanto a nosotros, estaríamos perdidos, nos trinca el pelotón de fusilamiento...» Al Hombre-sin-cuello, que por esta razón sabía que no iba a colgar jamás de la soga, pero que tenía un miedo terrible a las balas, le empezó un tic nervioso junto a la comisura de la boca: «Le hacemos un juicio a ese cabrón de dictador, allí mismo, en el cuartel, a puerta cerrada. Lo acusamos de haberse tirado a su madre, de haber escondido el sol y la luna, de haber arruinado las cosechas y de haber exterminado a las vacas, solo para librarnos de él... Y luego...». Quiso llevarse la mano al cuello, ¡zas!, pero se dio cuenta. El de Oltenia lo miró con sus ojos de acero que contrastaban curiosamente con la sonrisa de payaso que mostraba, profesional, en el televisor y en los mítines, y se sumió en sus pensamientos. El silencio era total. Solo crujían las articulaciones del país, que se balanceaba suavemente de un lado a otro. Visto desde la ventana panorámica, parecía uno de esos modelos de plástico, para uso escolar, en los que las ciudades grandes se señalaban como agujeros. El jefe incontestable de la revolución pasó de uno a otro, meneando la cabeza y mirándolos a los ojos. Pronunció a continuación unas palabras que quedarían profundamente grabadas en el alma de cada uno: «Vosotros no sabéis nada; ni siquiera sabéis que a todos os beneficia que muera un solo hombre por su pueblo y que no muera todo el pueblo». Puesto que aquel año era un sumo sacerdote, el Hombre-con-dos-madres profetizaba. Y entonces, veinticuatro horas antes del acontecimiento, bajo la profunda hipnosis de sus ojos de acero, todo el comité revolucionario tuvo la misma visión.

La luz es miserable, la cámara es de las de hace veinte años, una betacam con la película caducada. En la penumbra de un recinto cuartelero están sentados ante una mesita, mermados, arrugados, con los ojos de quien sueña con ellos abiertos, un viejo y una vieja, con abrigos, él con una gorra de astracán, ella con un pañuelo en la cabeza. Podrían ser dos campesinos ancianos, curtidos por la intemperie, profundamente doblados, durante el Ángelus, con las cabezas rozando casi el polvo. Se oyen las voces de unas personas invisibles, espíritus tal vez, que los interrogan en la entrada del infierno. Aquí el hombre se despoja de toda riqueza y todo orgullo. Aquí estás desnudo, con el alma en las manos, dispuesto a devolvérsela a Aquel del que la recibiste prestada. Los jueces la depositan en un platillo de la balanza y del otro platillo se cuelgan los diablos rojos, que sacan la lengua. De vez en cuando, el viejo, tranquilizador, coloca la mano en la mano de la vieja. Nunca, ningún hombre sobre la faz de la tierra ha llegado a semejante degradación corporal, a semejante traición pérfida y ruin de la carne: ojos lacrimosos, venas como tatuajes, huesos de tiza que se desmiga. Una soledad animal, un brillo de locura anima los ojos del anciano que a duras penas abre los párpados. «Solo responderé ante la Gran Asamblea Nacional», pronuncia en tono arrastrado y mecánico, de vez en cuando, y guarda silencio de nuevo. Como un loro decrépito con las plumas arrancadas. Ella mueve los ojos como un zorro acorralado. La película sigue horas y horas, el río Estigia, en la ventana del fondo, fluye tranquilo, con las crestas de las olas ensangrentadas, los viejecitos se vuelven cada vez más pequeños y más lastimosos, están ya muertos, están muertos desde hace décadas sin saberlo, se pudrieron allí, en sus palacios con grifos de oro, aislados del mundo, de la razón, de toda traza de humanidad, haciendo el mal con indiferencia, como esos críos que queman con una lupa la cabeza de las moscas y que nivelan los hormigueros con la suela de las deportivas, gobernando la Rumanía fantástica de su mente, una tierra donde fluyen la leche y la miel, un huerto que madura bajo el dulce sol del comunismo. Llevando la felicidad a un pueblo que los adora, construyendo para él edificios que durarían siglos. El pueblo todavía los amaba e iba a salvarlos de ese contratiempo para instalarlos de nuevo en sus elevadas esferas. Los poetas volverían a cantarlos con versos inmortales y los pintores los pintarían tal y como se veían solo ellos en sueños, majestad y lady, jóvenes y bellos, corriendo de la mano por un prado salpicado de flores. Los traidores del pueblo y del país, los demonios invisibles que los acusaban sin fundamento de la ruina de la economía nacional y del genocidio por hambre y frío de su propio pueblo, serían destruidos, y a las agencias extranjeras les darían un manotazo. La condena a muerte en nombre del pueblo rumano, aquel día de Navidad con la nieve casi derretida, la obligación a ponerse en pie por unos soldados más asustados todavía, luego las manos atadas brutalmente a la espalda, con cuerda de embalar, les parecieron tan ridículas como toda la pesadilla en la que flotaban entre la vida y la muerte. La película no muestra cómo fueron arrastrados a la parte trasera del edificio encalado de la pequeña y banal unidad militar, cómo los apoyaron allí mismo, contra la pared, cómo las armas de los amargados sorches, enloquecidos por el pánico —fusilaban al Camarada y a la Camarada que les sonreían paternalmente desde los cuadros, en las aulas de la escuela—, se cargaban con un ruido metálico, cómo apuntaban, cómo ella se desmayó y se desplomó de lado como un saco, cómo gritó él algo absurdo para pasar a la Historia (¿«Viva el Partido Comunista Rumano»? ¿«Viva el socialismo y el comunismo en el mundo»?), cómo las salvas los hicieron papilla y cómo se dejaron caer por el revoque manchado de sangre. Al pueblo plantado ante los televisores se le daría una sola prueba de que el Dictador ya no estaba, de que se habían librado del tirano para siempre: una foto borrosa de un viejo tirado en el suelo, con la gorra caída.

Espantados y pálidos, los revolucionarios se miraron unos a otros. ¿Era algo bueno que la nueva era de la historia de la patria comenzara así, con los cadáveres de dos vejestorios cubiertos de orina y de sangre? ¿Y precisamente por Navidad, cuando, como dicen, el espíritu de los hombres se eleva, cuando nace en el pesebre el hijo de la humanidad, entre el vaho de las narinas de las terneras de ojos humanos? Regresaron todos abatidos a la sala de reuniones, donde los encontró el Soldado Desconocido para darles, con lengua de muerte, la buena nueva y donde ahora se celebraba una fiesta sardanapálica.

421

«¡Victoria, hermanos, victoria total!», gritó el domador de pulgas, haciendo con los dedos el signo de la cornamenta. Los mismos cuernos se alzaron por todas partes, sobre los asados y los *sarmale*, las mismas bocas que masticaban el tierno cartílago de la oreja de cerdo repitieron el grito triunfal. El turco Danyel Yusuf, el mismo que, en el fragor de la revolución, condujo el coche con los altavoces, levantó la copa que desbordaba de espuma del champán de Jidvei, roja como la sangre: «¡Viva la Revolución rumana! ¡Viva nuestro heroico pueblo! ¡Viva el comité revolucionario!». Y luego, con un solo movimiento, volviéndose hacia el Hombre-con-dos-madres, que ocupaba modestamente la cabecera de la mesa: «Mucha vida por delante, amado guía. Todos conocemos su pasado revolucionario. Sabemos cómo se infiltró en la dirección del antiguo Partido Comunista para minarlo desde dentro. Cómo fue secretario regional y gobernó con sabiduría, gracias a los estudios realizados en la ciudad de las ciencias y las artes universales, el famoso Moscú, hasta que fue marginado por el odioso tirano y enviado al exilio como director de una editorial… Puesto que la luz llega de oriente y el corazón late a la izquierda, esperamos a partir de ahora por su parte, comunista, es cierto, pero con rostro humano, sus preciosas instrucciones… En nombre de mis colegas le invito a iluminarnos. Hemos tomado el poder, pero lo difícil acaba de empezar. ¿Qué tenemos que hacer, camaradas, caballeros, o como queráis que os llame?». El de Oltenia era ahora el centro de atención. Con los ojos brillantes por el alcohol, los revolucionarios aplaudieron, puestos en pie, durante varios minutos. «Pues yo diría que fundemos en primer lugar el Frente de Nuestra Salvación», declaró simplemente cuando los aplausos cesaron. «Que enviemos luego a unos cuantos chavales a las azoteas de los bloques para que disparen una bala de vez en cuando… así… al aire o al asfalto… Con eso mataremos varios pájaros de un tiro. En primer lugar, tendremos tiempo para tranquilizarnos, para organizarnos, para ver qué pasa. Que, vaya usted a saber, tal vez otros hayan tenido también nuestra idea, y de buenas a primeras te encuentras con que los vejestorios esos que han estado en las cárceles por ser enemigos del pueblo, los del Partido de los campesinos, los legionarios, los liberales, el mismo demonio, organizan a su vez un Frente como el nuestro... O, que Dios nos ampare, como decía el ateo, vuelve el rey, el orejotas ese, el que se marchó del país con dieciséis vagones llenos de tesoros, y pide que le devuelvan Peleş. Así no se atreverían. ¿Me entendéis? Estos disparan, nadie sabe quiénes son, les echamos encima al ejército, lo sacamos todo en la televisión y con esto respiramos también nosotros un par de semanitas. Y nos presentamos nosotros solos a las elecciones, qué le vamos a hacer si no se ha prestado nadie... Y luego, pensad en Europa, queridos camaradas. ¡Esa gente espera algo de las revoluciones del Este, que no han puesto su dinero para nada! ¿A vosotros os gustó lo que hicieron los de la RDA, que pintarrajearon un muro y luego lo tiraron? ¿O los checos, los polacos y los húngaros, el mismo espectáculo penoso, sin tensión, sin suspense, que tuvieron que hacer, desesperados, como que pegaban a uno de los suyos para poder sacar algo en la televisión? ¿Qué revoluciones fueron esas, sin guillotina, sin juicios marciales, sin barricadas, sin asaltos, sin muertos ni heridos? Mostradme una hoja gloriosa de historia de verdad en la que no hayan corrido torrentes de sangre. Eso es lo que quieren ver los espectadores y eso les vamos a dar. Algo de sangre, algo de tinta roja, más o menos, algunos trucos, que por algo hay entre nosotros ilusionistas y prestidigitadores de nivel mundial. ¡Así pues, vamos a presentar al mundo la primera revolución televisada en directo, en la hora de máxima audiencia, camaradas! Correrán más lágrimas de simpatía que en las películas indias. Que los occidentales estos son ingenuos y de buen corazón. Y ya veréis cómo llegarán luego camiones con ayuda, mantas, colchones, ropa de segunda mano, algunas conservas, algo de chocolate, para que tengamos algo que darle al pueblo, que no digan que han saltado de la sartén para caer en las brasas. ¿Creéis que han hecho este pedazo de revolución porque no les gustaba la política del Partido? Os voy a decir yo por qué se han tomado la molestia: por el queso, camaradas. Entre nosotros podemos decir también las verdades más dolorosas. Si el Odioso les hubiera dado manduca, no habría caído por los siglos de los siglos.

Así que tengámoslo en cuenta… ¡y, a propósito, que aproveche, queridos conciudadanos!»

La modestia y la sencillez del nuevo líder, sonriente como el jefe de sala de un restaurante de alto copete, conquistó el corazón de todos. Siguieron brindis interminables, alegría sencilla, campechana, y al cabo de dos horas la fiesta derivó en un caos de jolgorio báquico sorprendente en un grupo de una conciencia revolucionaria tan elevada. Los nuevos señores de las llanuras rumanas recordaban los cánticos patrióticos de otra época y los aullaban en tono burlón, haciendo mofa y befa de «Partido, Ceauşescu, Rumanía», de «El quinquenal en cuatro años y medio», de «Canal azul», los más viejos se reían de los antiguos himnos farfullados, que recordaban a los Sirgueros del Volga: «Miro desde la Doftana a través de los barrotes» o «Partido, surco de la victoria», para, finalmente, unir los riachuelos sonoros de las diferentes cabeceras de la mesa en un enardecido «Cachorros de leones», cuyo primer verso, con el júbilo de unos escolares guasones, transformaron en «Errores fueron, errores siguen siendo»… En el postre tomaron licores dulces, que brillaban opalinos en las copas y cuyo delicado alcohol diluyó todo resto de cordura. «Después de semejante banquete, en mis tiempos se iba de chicas», suspiró, con la corbata suelta y la camisa desabotonada hasta el ombligo, el maestro Cărbuneanu, pensando en los incontables traseros de las amazonas del circo, las trapecistas con brillantes lentejuelas, la tragadora de sables y las enanas acróbatas (¡ay, la inolvidable georgiana Katarina! ¡Aquellas caderas estrechas de niña de diez años, sus gritos de mujer madura y dulce!) que había cabalgado a lo largo de los años, años lejanos y fantásticos de los que solo quedaban las películas antiguas y el final de la nostalgia. «¡Venga, vamos donde las mujeres, hermanos!», gritó entusiasmado el turco Yusun, riendo con su cara de delincuente habitual.

¿Pero qué mujeres? Las que habían traído a la sala las bandejas de guisado y los cuencos de sopa de callos se habían escondido por los rincones del edificio, las azafatas azules habían echado a volar, quedaban ellos, un rebaño de hombres excitados, desenfrenados, dispuestos a verter, por desesperación, su leche en el retrete, uno tras otro… ¿Acaso no habría podido la Revolución elegir entre la muchedumbre también a algunas mujeres, así, de las más ardientes, para engrosar el comité revolucionario? Que, al fin y al cabo, en tiempos de Ceaşca las mujeres eran iguales a los hombres, estaba ese algoritmo, equis por ciento de alcaldesas, equis por ciento de diputadas, equis por ciento de secretarias de Partido… Se había completado el esquema, por debajo de doña Leana, con Tamaras, Susanas, Alexandrinas, todas cortadas a imagen y semejanza de la Sabia, todas tapándose las vergüenzas con el bolsito, fumando cigarrillos baratos y maldiciendo como carreteros a cualquiera que perturbara su tranquilidad mientras se limaban las uñas en sus suntuosos despachos de los ministerios marginales: cultura, educación, cosas de esas, que al fin y al cabo no ibas a poner a las tontas del pueblo para que te arruinaran la economía… Es cierto que eran feas como demonios y excitantes como cestos de ropa sucia, pero, en caso de apuro, después de una fiesta bien regada, servirían incluso esas, con la cabeza dentro de una funda de almohada… En medio del desencanto general, en la mente de Lupoi, oprimida por el quepis con el que dormía incluso de noche, brilló de repente una luz intensa, dulce y embriagadora. «A ver, chavales, ¿es que somos tontos? Estamos aquí como los pastores aquellos en lo alto del monte, con unas pollas hasta la rodilla y ni una sombra de mujer alrededor… ¿Es que no os habéis dado cuenta de que está con nosotros la putilla más estupenda sobre la faz de la tierra? A ver si hacéis memoria: ¿cuáles son las tetas más grandes que habéis visto nunca? Ah, ¿ya lo habéis pillado?» Hombres temerosos de Dios, los revolucionarios no caían. Cada uno de ellos, sumido en los densos vapores de la borrachera, intentaba recordar las tetas de su vida, peras, manzanas, membrillos y bananas, grandes como calabazas y pequeñas como avellanas, duras como el granito y blandas como la boñiga, ajadas y sobadas como una masa, pero el único resultado fue una erección general, imperiosa, que exigía ser aliviada cuanto antes. De repente, todos sintieron dolor de tripas y se incorporaron entre los montones de platos de comida para llegar cuanto antes al refugio salvador. Pero Lupoi continuó, envuelto en el humo amarillo de la sala: «Por si no lo habéis pillado, os lo digo yo, pero me dejáis a mí primero, ¿vale? ¿Qué decís de nuestra hermosa compañera, la Muchacha-de-piernas-largas? Se os ha olvidado por completo. Qué bonito, ¿no, chavales? Venga, vamos a hacerle una visita, todos juntos, a ver qué tal está, cómo le va...». Los comensales se quedaron boquiabiertos. ¿Cómo?, ¿tirarte a la mujer gigante? ¿Se le ha ido la olla a este fantasma? La gran estatua desnuda, pintada de blanco bajo la cúpula del Circo, se había difuminado por completo en sus cabezas, espantada por la imagen entusiasta de la campesinita con su camisa bordada, con la pasión revolucionaria pintada en sus ojos ardientes, negros como moras, con la tricolor ondeando, como un pañuelo de algodón, por detrás. ¿Cómo habrían podido olvidar su paso cadencioso, su dulce figura de aldeanita, el tintineo de los ducados de oro del collar? ¿La delicadeza de los dedos con que los agarró de la cintura para alzarlos al balcón de la Patria? ¿Cómo vas a pensar esas indecencias y cascártela además delante de un cuadro de Rosenthal? Un murmullo de desaprobación brotó, como el fuego de unas pajas, de las decenas de pechos en los que latía, de todas formas, un corazón rumano. Pero también como un fuego de pajas se extinguió con el primer soplo de viento. El corazón es el corazón, pero ¿qué podías hacer con semejante verga dura que llega hasta la barriga, que no ha estudiado y, la muy maldita, no siente ni pizca de patriotismo? Como a un perro con correa, te arrastra adonde la lleva el olor, adonde las perras, a la caca, a perseguir gatos, no adonde querrías ir tú. Y, encima, ¿qué hombre no sueña con escalar las colinas y con penetrar en las grutas de una mujer gigantesca? ¿Acaso no habían salido todos, en algún momento, de la Cueva de la Mujer? ¿No deseaban todos regresar a ella una y otra vez? Y he aquí que, después del rechazo general a las palabras del desconsiderado espectro que mancillaba el uniforme militar, se oyeron al cabo de un rato, por aquí y por allá, detrás de alguna pila de *sarmale*, unas voces conciliadoras: que si habían sido unos burros y unos gañanes por no invitar a su compañera del Circo al festín, para que pudiera probar algún bocado... Es cierto, no cabía en este lado del vestíbulo de mármol del Comité

Central, pero, en cualquier caso, ellos deberían haberla invitado de manera formal. ¿No estaría bien ahora, como buenos camaradas, arrebatados por los mismos ideales, llevarle algo, una salchichita, una *sarmaluţa*, un vaso de vino, que la pobre debe de sentirse muy mal en el *hall*...? Esas sabias palabras fueron secundadas por todos y, volcando las sillas, dejando caer las servilletas del regazo, se levantaron tambaleándose y se dirigieron hacia la salida, dejando a su paso el panorama desolador de los restos de un banquete apocalíptico.

Cuando, tras deambular una media hora por las estancias del edificio, subiendo y bajando pisos, equivocándose de pasillos, tropezándose con el borde de las gruesas alfombras y asustándose a cada paso con los retratos del Camarada que colgaban aún de todas las paredes, mostrándose reprobador cuando menos te lo esperabas, los revolucionarios llegaron a las escaleras de mármol, traslúcido como el azúcar, que descendían hacia el enorme vestíbulo central, un panorama asombroso que te dejaba sin aliento. Se detuvieron todos, más intimidados que excitados, más desconcertados que urgidos, convertidos de nuevo en niños como todos los hombres cuando se encuentran de repente, inesperadamente, ante las Puertas del Paraíso, de la rosa mística que, sin saberlo, buscan una y otra vez. La Muchacha-de-Piernas-Largas estaba tumbada en el suelo suave, cuadriculado y traslúcido, y dormía tapándose los ojos con el brazo. Los rizos brillantes de su cabello desparramado cubrían la mitad de la sala. Tenía las rodillas ligeramente levantadas y un poco separadas, porque las piernas, completamente descubiertas ahora bajo la falda, que se le había recogido en la cintura, no cabían en aquel vestíbulo que parecía ceñirla como un panteón de mármol helado. Todos los rasgos de la joven se adivinaban en una maravillosa perspectiva cuyas líneas de fuga se perdían hacia el fondo de la sala, hacia la salida principal, medio cubierta ahora por la espuma de satén tricolor. Los ducados colocados en amplios semicírculos sobre la pechera de la camisa con ríos de hilos rojos como el fuego brillaban apagados en la luz mortecina. Algunos estaban vueltos bocarriba o permanecían de canto, como cuando el viento alborota el plumón del pecho de las aves marinas. En la inocencia del sueño tras un día tan agitado, la Revolución les mostraba a los pigmeos paralizados, boquiabiertos, en el comienzo de las escaleras, la delicada gracia de sus pantorrillas femeninas, con esas curvas satinadas, rollizas y sin embargo firmes, una sugerente carita de niña, pero también esa línea nerviosa y picante que se prolonga hacia arriba, hacia la magia profunda de las nalgas y el perineo. Como unas líneas de guía, las pantorrillas abiertas de la mujer conducen los dedos asustados, sin posibilidad de error, hacia la flor sexual de su confluencia, con sus alas lacias y rosadas de escamas menudas, que expanden las irresistibles feromonas de la felicidad. Entre los alargados muslos de la durmiente, el grupo de agitadores contemplaba la más bella vulva que se había mostrado nunca a unos ojos masculinos, ligeramente entreabierta por los dos músculos marcados en el interior de la cadera. Aquellos labios verticales entre los relieves cuidadosamente afeitados del pubis (en cuya cima, rebelde y rizado, resistía un mechón brillante) tenían el tamaño de una persona. Se abrían arrugados y oscuros por los bordes, dejando entre ellos una línea del color del vino, con una anatomía interna húmeda y complicada. Por encima, como una piedra angular, se adivinaba bajo su capuchón de piel el pequeño clítoris, sobre el que se arqueaba, dorado y suave, el pubis desnudo de la joven. Todo iluminaba, todo atraía, en la penumbra de las nalgas sobresalía una estrellita estriada, marcada por la piel marrón de alrededor. «Cómo voy a perderme esto…», dijo uno de los héroes, dejando caer el cesto de pan que había acarreado hasta entonces en brazos. «Mira como está, la muy putilla…» Descendieron atolondrados, tropezándose, los escalones y avanzaron entre las piernas de la mujer, levantadas sobre sus cabezas como los dos arcos de un puente. Sin decir una palabra, pálidos y presurosos, se soltaron los cinturones y dejaron caer los pantalones. «Hermanos, ¿quién empieza? ¿Quién le da su merecido a esta vagabunda desgraciada?». Forcejearon y discutieron varios minutos, observados por el ojo tranquilo entre los enormes muslos. Se habrían zurrado de lo lindo si el Hombre-con-dos-madres, siempre alerta, no se hubiera acordado de la lista del Comité que llevaba en el bolsillo. «Sigamos el orden de la lista, camaradas.» Se pusieron en fila india, los últimos se vieron obligados a subir algunos escalones de la escalera, y el primero de la lista, un Marciano que en el circo descendía de un platillo volante de estaño verde, se acercó, muerto de deseo, al gigantesco portal de la durmiente. Se fundió por completo con él, como si hubiera tomado en brazos una mujer desnuda y cálida y, al cabo de unos minutos de latidos mecánicos en aquella carne envolvente y húmeda que lo había englobado del todo, se desplomó en el suelo jadeando, con los ojos en blanco. Lo siguió el segundo de la lista, luego el tercero. Durante horas y horas los hombres enanos asaltaron a aquella gigantesca abeja reina, revolotearon en torno a su flor de carne y miel con un deseo de profanación que no conocía límites. Perdida la paciencia, se olvidaron de los turnos y treparon aferrándose a la camisa, a los collares, a las arrugas de la falda, migrando libidinosos por sus senos y por el cuello, empapando su ropa de saliva y esperma. Penetraban por las mangas abullonadas y se desmayaban mareados por el olor a almizcle de sus sobacos, donde la piel formaba unos pliegues cálidos y suaves. Se arrastraban bajo el tejido áspero de la camisa en busca de sus pezones como moras, erizados por el frescor de la sala, para abrazarlos y morderlos con pasión. Y se habrían pasado la noche entera en ese desenfreno y libertinaje si de repente, por un ruido inesperado que llegó desde la plaza (los tanques disparaban contra la fachada del Museo de Arte, donde se habían atrincherado los terroristas que prendían fuego, por maldad, a las obras de los grandes maestros), la joven no se hubiera despertado con un largo suspiro. Los que pululaban por su cuerpo estatuario saltaron desesperados al suelo de piedra y salieron corriendo, renqueantes, por los rincones, como unas cucarachas asustadas por un brusco rayo de luz. La joven se incorporó, se estiró y bostezó hasta que le crujieron las mandíbulas, luego se bajó, formal, la falda, para cubrirse las piernas. Permaneció unos instantes con la mirada perdida en el vacío, intentando recordar dónde se encontraba, qué estaba sucediendo, tal vez incluso quién era ella. Desde los rincones la acechaban decenas de ojos culpables. Finalmente, la joven se volvió hacia el enorme portón de la entrada principal, por el que salió a cuatro patas, tal y como había entrado. Los héroes de detrás de las columnas y los escalones de mármol escucharon durante largo rato sus lentos pasos por la plaza, como unos moderados temblores de tierra. Por las puertas abiertas de par en par se veía el cielo incendiado de la tarde: ardía el Museo de Arte. Los disparos y los cañonazos de artillería resonaban con un eco repetido en el inmenso vacío de la plaza. Extenuados, los hombres providenciales culminaron su día bullicioso y agitado acostándose donde estaban y sumiéndose en un sueño pesado, asaltado por pesadillas. Hacia el alba los despertó el grito lastimoso de un colega más joven, que se había sentado y miraba a su alrededor con ojos espantados: «Dios mío, ¡qué hemos hecho! ¡Hemos jodido la Revolución rumana!». «Cállate, cabrón», le soltó otro. «¡Lo has soñado! ¡Duérmete!» Y todos siguieron roncando.

Escribo furiosamente, apoyado en un codo, en la luz terrosa de la estación de metro, desgarro a veces con el boli la hoja frágil, apoyada en otras hojas, de tal manera que a través de los huecos triangulares puedo adivinar a veces las letras de la hoja precedente, como a través de las fisuras del día de hoy podría adivinar, en bruscos estallidos de memoria incandescente, los hechos del día de ayer, porque en nuestro cerebro los días no se depositan capa sobre capa, como un manuscrito esponjoso, como un diario de nuestras vidas con lagunas y manchas, sino que viven simultánea, ciegamente, en todos los tiempos a la vez, tal y como deberían vivir también las páginas de mi libro ilegible y monstruoso. Pero solo el cerebro se percibe simultáneamente a sí mismo, esa bola de papel de debajo del cráneo, de papel escrito no solo de izquierda a derecha, sino también al revés, y en diagonal, y en profundidad, en el que cada letra se une a través de miles de dendritas a todas las demás, de tal manera que el tiempo de cada dirección de lectura se suma a todos los demás en una explosión atemporal. Cuando las estrellas se apaguen y no exista ya el tiempo, en el firmamento seguirán brillando los cerebros, en constelaciones inmortales, desde el cerebro de la mosca al del pez y el del zorro, desde el cerebro humano al del ángel, y así hasta la supernova totalizante de la mente de la Divinidad. Solo en estos nudos de mundos se entrecruzan todos los tiempos. Solo en el cerebro, el único órgano de nuestro cuerpo que carece totalmente de dolor, la idea de la muerte se disuelve por completo. Pues si en el tiempo real, que vibra a nuestro alrededor como un disco abrasivo, empequeñeciéndonos, arrancándonos astillas, dándonos un susto de muerte con su rugido animal, nosotros nacemos, nos desarrollamos y morimos para siempre, y el propio mundo muere, y la nada horrenda, inconcebible, lo innombrable y lo intolerable se instauran, era tras era, eones tras eones, yugas y kalpas en la eternidad, en otra clase de tiempos, mirados con otros ojos, como si el tiempo se hubiera transformado en espacio, el espacio en luz y la luz en otra clase de tiempo, nada muere de verdad, porque todo lo que ha conseguido existir seguirá existiendo siempre en el Milagro de la vida y de la respiración y de la consciencia, en la rosa mística con una infinidad de pétalos que nos has ofrecido alguna vez, con Tus dedos de luz helada. Tu vida concluye y llega la agonía, y tus párpados se cierran y el corazón se detiene. Y tu cuerpo, que podías manipular como si fuera una marioneta, entra en putrefacción y se transforma en tierra. Pero enjúgate las lágrimas que chorrean por tu rostro cuando te despiertas en medio de la noche con la idea de que vas a morir y dejarás de existir. Eres una criatura alargada, que comienza con tu concepción y termina con la muerte, tal y como empiezas por la planta de los pies y terminas en la coronilla. ¿El hecho de que terminas en la coronilla significa acaso que no existes ya? Eres como un libro que comienza en la primera página y termina con la última. ¿El final del libro significa su destrucción? De hecho, vives una vida perpendicular a tu cuerpo, una vida con una dimensión más. Eres toda tu historia a la vez, así como tu cuerpo no avanza de los pics hacia la coronilla, sino que se te concede completo de una vez. Eres tu destino, perpendicular a tu vida, deslumbrante e inmortal en la eternidad. Esa criatura alargada, de luz dorada, atraviesa la membrana de nuestro mundo perpendicular, de tal manera que en primer lugar penetra en ella tu cabeza afilada, el óvulo recién fecundado, que continúa con el feto cada vez más rollizo en el vientre materno, con el adolescente y el adulto, que abren brechas cada vez más grandes, con la forma de tu cuerpo, en la membrana, para concluir con la disminución de la vejez y tu muerte puntiforme, porque todos somos husos que atraviesan majestuosamente, en bandadas de aves marinas, la membrana del ser. Para poder avanzar con facilidad, tenemos una forma ontodinámica, de delfines metafísicos. Empezamos con la concepción y terminamos con la muerte de nuestro cuerpo verdadero, perpendicular a nuestra vida en la membrana del mundo. Moriremos todos, al igual que todos los libros terminan, pero todos estamos enteros y vivos en Akasia, tal y como puedes sacar en cualquier momento un libro de la estantería, lo puedes abrir en cualquier punto y lo puedes releer, aunque lleve mucho tiempo terminado.

Llegará también el fin del mundo, como dicen los Evangelios y todos los tratados científicos, el sol se apagará y las fuerzas celestes se tambalearán. Habrá terremotos y diluvios. Un terror infinito y una oscuridad profunda descenderán sobre todos los hombres. Muchos huirán a las montañas para salvar la vida, muchos entregarán su alma por el pánico. Luego la mota de polvo en la que han sonreído, han trabajado, han amado y han llorado será destruida para siempre. Los niños de los cielos se mostrarán, entonces, sobre las nubes, y alzarán a aquellos que griten el nombre de Dios. De dos personas que duerman en una cama, una será llevada, la otra será dejada. De dos mujeres que se encuentren en el campo, una será llevada, la otra dejada. Donde quede el cadáver se arremolinarán los buitres. Pero el fin del mundo no debe asustarnos.

Incluso aunque los hijos del cielo no se presenten ese día del odio para raptarnos hacia una tierra nueva y un cielo nuevo, incluso aunque, paganos y de alma insensible, no los reconozcamos y escapemos de ellos a las cuevas donde moriremos de miedo y espanto, porque aquel que intente salvar su vida la perderá, y el que la pierda la salvará, el apocalipsis no significará también el fin. Al igual que nuestro mundo, la Biblia empieza con el Génesis y se cierra con el Apocalipsis. ¿Habría debido ser de otra manera?

¿Habríamos preferido un libro interminable, un infinito de páginas cosidas entre las portadas de piel de becerro? La Biblia continúa efectivamente hasta el infinito, aunque tenga un final y aunque el final sea una catástrofe. En cualquier momento nosotros, que vivimos perpendicularmente a sus hojas, podemos abrirla y releerla. El Apocalipsis, el capítulo final, no significa la destrucción de la Biblia, sino la culminación, la cúspide, la perfección de su milagro. Cualquier mundo debe destruirse para completarse, como cualquier individuo debe morir a los ochenta años, lo que les está concedido a los más fuertes de la tierra, y terminar con una altura de un metro setenta. No tiene sentido desear la infinitud de nuestro tiempo real, como no tiene sentido desear unas manzanas infinitamente grandes, mujeres infinitamente altas y libros con un número ilimitado de páginas. En cada instante de nuestra vida somos secciones finas, de tomógrafo, de nuestro verdadero cuerpo, que es simultáneo y mirífico, que abarca las tres dimensiones además del tiempo. Este objeto que vive en el hipertiempo es el que existe de verdad en el mundo. El ojo castaño y tierno de la Divinidad nos ve solo así, simultáneos e inmóviles en un horizonte de diamante, inmutables, aunque abarcamos en nuestro cuerpo el cambio, y al mirarnos a nosotros se mira a sí mismo, porque nosotros, la urdimbre de nuestros destinos de luz dorada, formamos su campo visual, reunido por fin con el campo lógico. Pues el ojo de Dios es la propia vista, y su oreja es el oído y su cerebro es el hipermundo envuelto en la hoja transparente de nuestro mundo, que desciende sobre él como un párpado.

Sonrío, y mi sonrisa ilumina una franja del mundo. Toco el pétalo de rosa y la vibración se propaga hasta la galaxia vecina. Sostengo en la palma azul una nube, oigo, con mi cóclea nacarada, el murmullo grave de la inframañana, los agudos de la ultratarde. El sol gira embriagadoramente alrededor de mi cráneo, envolviéndolo en sus hilos de oro. *Voyeur* de la criatura, contemplo sus caderas alargadas a través de los orificios de mi piel. ¡Se me ha concedido existir, ser eterno, ser Todo! ¡Alabado sea yo mismo! ¡Infinita sea mi gloria!

Grito, y mi grito desgarra la ubre de las estrellas. Nazco, y mi feto es un trozo de carne sanguinolenta. Soy la lepra del otoño y el cáncer de la primavera, me envuelvo en un velo de úlceras. La luna, con su útero lleno de dientes, desmenuza mis vértebras. A mi alrededor, el espacio es de piedra y el tiempo es de azufre. ¡Condenado, eternamente condenado, me quemo en tu infierno! ¡Destrozado, eternamente destrozado, derramo lágrimas en tu regazo! Soy hombre y mujer, niño y anciano, criminal y asceta, fiera y ángel. Soy el cerebro que eyacula y los testículos pensadores. Soy la esfera que rodea tu esfera mucho más densa, como si tu bola de cristal estuviera envuelta por una cáscara de naranja. Tallo el tiempo, lo transformo en estatuillas de tiempo pulido, y envejezco junto con el paso de los árboles y de las lluvias. Se me concedió existir, ser en el Milagro.

Escribo furiosamente en la estación de metro, en Tunari. No estoy en mi sano juicio. A medida que escribo, la médula de mi columna vertebral disminuye. Eso he sido toda la vida, un instrumento de escribir en Tu mano. Que arrojarás cuando no pueda ennegrecer las páginas con esperma, sangre y lágrimas. Me has aplastado en la página, lentamente, has exprimido mis fuerzas y mi savia. Has escrito con mis neuronas, has formado bucles con mis venas. Me has proyectado entero en este libro ilegible, en el que Mircea escribe sobre Mircea, que escribe sobre Mircea, como si sus órganos estuvieran conectados en una extraña diálisis en la que la sangre y la tinta se filtraran por la porosidad de la página, pasaran de uno a otro hasta que no sabes si el Mircea de Solitude, inclinado sobre su página de cuaderno en el estudio de la planta baja, arroja su sombra sobre el Mircea de la estación de metro, que arroja su sombra sobre el Mircea del manuscrito vivo y bullicioso, absurdo e ilegible, gemelo y sin embargo distinto al libro que tienes ahora en tus manos, si es que no es, por el contrario, el Mircea del manuscrito el que se proyecta, enorme, sobre la pantalla del otro manuscrito, para que la sombra de la sombra sea el hombre de cincuenta años que escribe cada día, como un insecto, en el cuaderno, mientras en la ventana destaca la silueta del castillo barroco sobre el que flotan las nubes primaverales, en un manuscrito con letras de raíces y diacríticos de viento, cada vez más deshecho a medida que se acerca al final, porque el pasado lo es todo y el futuro es nada. Interrumpo la escritura con frecuencia, cada vez que se oye el aullido de alguna unidad del metro. Entonces nos incorporamos todos, aturdidos por el sueño y sin afeitar, apestando a sudor agrio, y formamos ante los tornos una cadena imposible de traspasar, tal y como, cuando éramos niños, jugábamos a «¡Queremos prisioneros!». Pero nadie se atrevía a abalanzarse contra nuestra fila para soltar nuestras manos firmemente aferradas, porque algunos de los nuestros llevaban a la vista unos AKM de cañón negro y culata plegable, con munición de guerra en el cargador curvo. Se habían distribuido cientos de armas entre los voluntarios con una simple firma: para ti, para ti, tres o cuatro cargadores llenos... ¡Dispara a todo lo que se mueva! Es por eso por lo que, por una simple apreciación, fueron agujereados automóviles y tranvías e inocentes transeúntes fueron tomados por dianas. Cada vez que se detienen los metros en la estación y se oye la desagradable voz masculina, impersonal: «Atención, se abren las puertas. Siguiente estación, Bucur-Obor, andén en la parte derecha», nos preparamos para hacer frente al rebaño de abrigos ajados y bufandas deshilachadas, al pólipo de rostros macilentos que suben del infierno. Cuando pasan, escurriéndose entre las barras, los recibimos en tropel, hombres, mujeres y niños, metemos las manos entre los botones de las pellizas, por las mangas que huelen a lana, bajo los jerséis descoloridos. Cacheamos sus costillas, sus caderas, sus nalgas, incluso sus pechos, sin que nadie proteste, porque son cacheados así desde hace cincuenta años, han hurgado en las arrugas de su memoria, en los bolsillos de la mente, en el recto, para que no escondan ahí granos de oro de la mina, en la vagina, para que no se libren del embrión apenas formado, en los hígados y en los riñones destruidos por el hambre, la contaminación y el frío, en sus estómagos con úlceras soportadas durante décadas. Están acostumbrados a someterse en silencio a los soldados que les piden la documentación en los parques, cuando salen a pasear con sus novias, y al securista que les pregunta por algún vecino. Con los brazos caídos, con la mirada vacía, se dejan desnudar de su intimidad, porque hace mucho que no tienen ya honor ni pudor, no les queda otra cosa que el alma. Sacamos de sus bolsillos billetes increíblemente arrugados y manchados, unos andrajos de papel deshilachado, pañuelos llenos de mocos, cáscaras de pipas, carnets con fotos descoloridas, que podrían ser las de cualquiera, pero ninguna granada, ninguna pistola, ningún cartucho, ninguna radio. Los terroristas no viajan en metro. En otras estaciones controlan a los que entran, nosotros, a los que salen. No nos conocemos entre nosotros y, si encontráramos en la bolsa de una viejecita una metralleta, no sabríamos a quién informar ni qué hacer con ella.

Hace unas horas, sin embargo, encontré algo, una cosita cilíndrica, dura y brillante que, palpada dentro de un bolsillo, podría parecer el cañón de un arma o un cartucho grande. Lo sostengo precisamente ahora en la mano izquierda, con el sentimiento extraño y embriagador con el que acariciaba en otra época las trencitas descoloridas que guardaba mi madre en un sobre amarilleado, mis propias trencitas de cuando era un niño, atadas con una goma, el pelito crecido de la piel de mi cráneo y conservado luego así, blando, en una trenza despeluzada, mientras el mundo y yo cambiamos. Me sucede lo mismo con esta ampolla panzuda y fría, con unas protuberancias brillantes en los extremos, un fósil de otra época y de otro cerebro, profundamente hundido en mi cerebro de ahora, y que solo puede ser una de las decenas de ampollas que encontré a los catorce años en una caja de cartón del trinchero de mis padres: alineadas, brillantes, llenas de un líquido amarillo en el que nadaban unas criaturas vivas: delicados gusanos, con franjas del color del ocaso, enormes espermatozoides de un animal gigante, embriones transparentes, reptiles e incluso el barquito del primer piso de la casa en forma de U de Silistra... Nunca descubrí quién tomaba, en secreto, ese fantástico medicamento, pero desde el momento en que descubrí las ampollas —en cada una de ellas ponía, en letras azules, QUILIBREX—, me invadió la sospecha de que, en las ardientes noches bucarestinas, arrebatados por la luna, mis padres, que fingían haberse dormido, se incorporaban despacio, como unos espíritus transparentes, de sus camas, no para hacer el amor, como sabía yo que sucedía cuando me quedaba dormido, sino para otro ritual, igualmente monstruoso: se dirigían a la ventana y, a la luz de los anuncios de neón que se encendían y se apagaban tiñendo sus caras de verde, rojo e índigo, se llevaban a la altura de los ojos la ampolla radiante, verificaban la pureza del líquido y la vivacidad del ajolote de su interior, con sus manitas transparentes de niño, luego cortaban con una sierrita uno de los extremos del cilindro, que se abría enseguida con un chasquido. Quedaba un borde ovalado y cortante que brillaba a la luz de la luna. Con este Grial irisado entre los dedos, mi madre se acercaba a la cama en la que yo dormía, bocarriba y con los párpados temblorosos, se sentaba en el borde, contemplando enigmática mi rostro delgado. Luego me abría delicadamente los labios y vertía entre ellos el líquido que caía de la ampolla como una gelatina deslumbrante, como una fila de brillantes blandos que llevaran consigo la criatura viva que tenía que llegar, a través de los vasos aferentes del cordón medular y del puente, al *locus coeruleus,* la gruta de los tesoros de la carne nacarada de mi mente. Me miraban luego, abrazados y sonrientes, con el sentimiento de haber cumplido un oscuro deber. Después, a través de un canal desconocido, tal vez a través de su propia fusión en la cama del salón, a través del acoplamiento de sus sexos, como si pusieras en contacto dos cables eléctricos o dos neuronas, informaban de sus actos a los Conocedores. Y los Conocedores, inclinados sobre el mundo como sobre un tablero de ajedrez, sonreían o fruncían el ceño, según su esperanza de existir en algún momento en el manuscrito del niño que seguía dormido, con los labios humedecidos por el líquido pegajoso, aumentara o disminuyera, como titila una llamita en un viejo candil.

Encontré la ampolla de Quilibrex en una mujer de mediana edad, de formas desparramadas y poco agraciadas, con un pañuelo sobre el cabello casi por completo gris. Arrastraba consigo, escaleras arriba, a un niño bizco que solo miraba los quioscos de dulces. Sin maquillar, maltratadas, trabajadoras, cocineras y limpiadoras, criadas y nodrizas a la vez, todas las mujeres de Bucarest eran iguales. Olvidadas, ennegrecidas y tristes al igual que la ciudad en la que se movían, atolondradas, entre las colas, la fábrica y la casa, sin saber cuál de estos lugares era peor. Cuando llegó arriba, al último escalón de la escalera que llevaba al andén, la mujer se detuvo de repente y se liberó de la mano del niño. Me miró un rato en silencio, luego avanzó decidida hacia mí. Dejó caer los brazos también ella, como todos los demás, pero sus ojos serios y lacrimosos estaban clavados en mí y no parpadearon ni cuando, muy desagradablemente sorprendido, palpé en un bolsillo de la pechera de su traje ese objeto que podía ser un cartucho grande o el cañón de una pistola. Dios mío, me había topado con una terrorista. ¿Qué tenía que hacer ahora? ¿Tenía que detenerla, atarla, llamar a los demás e intentar contactar con el oficial que, de hecho, había desaparecido antes de decirnos siquiera cómo se llamaba y cuál era su tarea? ¿O era mejor confiscarle el arma y dejar que se largara? Sin mirarla, metí la mano en el bolsillo de la mujer y saqué la ampolla. Solo entonces, paralizado por el asombro, la miré por primera vez.

La mujer era todo ojos y tenía una sonrisa atormentada. Era como si un paisaje de después de la batalla pudiera sonreír. Solo sus ojos, castaños y límpidos, permanecían intactos. Cada estría de los iris, bajo la capa brillante, eran como las fibras de la carne de la naranja. «¿Te acuerdas todavía de mí?», murmuró con una sonrisa como el tajo de una operación. «¿Me recuerdas aún, Mircea?» Se aferró a mi brazo y buscaba mi mirada con más desesperación aún, como un espectro errante que no vive ya en la memoria de nadie. Pero su cara no me decía nada, me resultaba tan desconocida que por un instante me temí que el mecanismo que reconoce, en mi mente, los rostros (el de la cucaracha, el del verderón, el del querubín, el de mi madre, el mío en el espejo, el de la víbora, el de Herman) se había estropeado y que la más perturbadora de las enfermedades psíquicas, la prosopagnosia, asolaba mi mente. Si hubiera cerrado los ojos y hubiera tanteado solo con los dedos, pasándolos por los mechones ásperos de debajo del pañuelo, por las profundas ojeras, por los labios apretados, por las arrugas del cuello, tal vez se hubiera desprendido de mi memoria un nombre y un fragmento de mundo, como una banquisa que flotara sobre las aguas, con nosotros dos mirándonos a los ojos y con dos o tres casas bajo unos cielos antiguos. La mujer me dijo: «Soy Carla», y, como yo seguía sin comprender, de repente su rostro se transformó. Con una fuerza insospechada, nos empujó de repente a un lado a mí y al niño, que había comenzado a lloriquear y, en el espacio vacío que creó en torno a ella, como si su cuerpo todavía joven irradiara alrededor, como un vestido de novia, un campo imposible de atravesar (entre tanto los revolucionarios se habían levantado de sus pellizas y se habían acercado inquietos), empezó una pantomima trágica y grandiosa como el espectáculo sardónico de la locura. Arrojó al suelo el pañuelo que se despojó de la cabeza y su melena de medusa se desperdigó alrededor, bañando el vestíbulo en una luz gris. Se quitó el abrigo masculino, ajado y con los bolsillos rotos. Abrió los ojos como si hubiera visto ante ella al ángel de la muerte, con la antorcha invertida. A continuación, gimiendo y culminando su gemido con un grito que no era de persona ni de fiera, un grito de araña acompañado de chorros de veneno, la mujer se llevó los dedos extendidos al pecho, hurgó entre las costillas y arrancó, casi visible, el corazón de su envoltorio, ofreciéndonoslo, humeante, en las palmas. Empezó a girar luego lentamente sobre los talones, con unos gestos extraños y profundamente simbólicos (aunque profundamente oscuros) de los brazos, con una mímica viva y paradójica, pronunciando un discurso que no había resonado en la tierra desde que, en la espesura del tiempo, dos niñas inventaron una lengua desconocida que en lugar de palabras tenía sollozos, gritos de placer, jadeos de agonía, dedos metidos entre labios, cuerpos bruscamente doblados por la cintura, flores descuartizadas pétalo a pétalo, hormigas que se paseaban libres por el brazo bronceado... Y, de vez en cuando, como una verificación fática del canal de esta falsa comunicación (que no excluía una hipercomprensión ni una megaintuición, porque el vello erizado de los brazos y el terror que te bañaba la frente de sudor al contemplar la danza de una monstruosa gracia de las niñas significaban la recepción, no a través de las cócleas ni de la retina, sino directamente a través de las neuronas temblorosas de tu mente, que chorreaban serotonina), como el nombre de un dios o de una patria lejana, de la boca de la mujer brotaba, no como una palabra modelada por una laringe y una lengua y unos labios, sino como las piedras preciosas que caían de la boca de la princesa hechizada cada vez que empezaba a hablar, el sacro vocablo Tikitan, pronunciado con una voluptuosidad que alcanzaba el orgasmo y el desmayo. Ninguna mujer, jamás, había gritado debajo de un hombre una obscenidad dulce y apasionada con tanto fervor, ardor, devoción y adoración. «¡Tikitan!», debió de gritar, susurrar, jadear, gruñir, proclamar la doncella cubierta por el dios, en la estancia de la torre más elevada, donde tenía lugar la hierogamia. «¡Tikitan!», debió de pronunciar el que, con los dedos ensangrentados, subió una roca hasta el cielo y, al llegar arriba, se le abrió de repente un paisaje abrumador: la Tierra Prometida, el reino donde fluyen la leche y la miel. «Tikitan», anunciaba la mujer que, en la estación de metro de Tunari, rodeada por un mundo salvaje y triste, bailaba hasta fracturarse las vértebras, hasta arrancarse los tendones y reventar las venas de su cerebro tumefacto. Ahora yo sabía quién era, recordaba a Carla y Bambina, aquellas niñas malas del hospital donde pasé una semana, sin saber por qué (¿por qué me bañaba mi madre en hipermanganato violeta? ¿Por qué me daban Quilibrex? ¿Por qué no me hablaban de Victor?). Recordaba el salón de techos abrumadoramente altos, las camitas en las que dormíamos, las paredes que las niñas aporreaban con la zapatilla durante toda la mañana. Recordaba cómo me sacaban la lengua, cómo arrojaban mi cepillo de dientes en el orinal lleno de pis. Cómo me arañaban y me empujaban, pero, sobre todo, cómo bailaban, delgadas y completamente desnudas, con sus bollitos como unas rayitas finas entre las piernas y con las moneditas púrpuras de su pecho, iguales a las mías. Sé cómo hablaban en tikitana, la antigua lengua de todos los niños, esa en la que los hermanos gemelos, abrazados en el útero, se susurran cosas en sus orejas translúcidas, esa en la que los fetos solitarios garabatean con la uña, en las paredes del útero, mensajes para sus hermanos más pequeños, que estarán también allí, tal y como la ropa de los mayores la utilizan los demás hasta que se decolora por completo… A medida que crecían, todos olvidaban la lengua antigua de aquella patria mejor, el Reino de donde venimos todos y adonde anhelamos volver, y solo un polvo de alusiones degradadas, como pasan los mitos a las historias y se convierten los ídolos en muñecas pintarrajeadas con un boli, recordaba, como las ruinas, la megalópolis de antaño: «An-tan-Tikitan, / se-ve-ro capitán», murmuraban los niños al contar y arrojaban luego el trozo de vidrio brillante a las casillas de la rayuela que los llevaba al infierno y al cielo.

Recordaba ahora, mientras contemplaba la danza enloquecida de la mujer, que reunía cada vez a más gente a su alrededor («La pobre ha perdido el juicio… pobre chiquillo, con una madre loca»…), las tardes en que me inclinaba ante los cuerpecillos morenos de las dos niñas, la curiosidad temerosa con que contemplaba su grieta púrpura entre las piernas, tan luminosa que me parecía que su cuerpo estaba lleno de una sustancia de un rojo-vivo, que mantenía inflada su piel cálida y sedosa. La decepción al comprobar que mi gusanito, en lugar de despertar su envidia, les provocaba unas carcajadas despectivas. El miedo a que nos pillara la enfermera alta y rubia que vigilaba, durante la cena, que comiéramos hasta el último trocito de la medusa temblorosa, viva, de los platos cuyos bordes, bajo el globo esférico del techo, brillaban como el oro. En fin, recordaba la llegada de la noche al salón de aquel hospital inmenso, cuando nos encaramábamos a nuestras camitas como de juguete, levantábamos el lateral móvil con barrotes de madera y de repente se apagaba la luz y mi cuerpecito se acurrucaba bajo la manta caliente y caía como un meteorito incandescente en medio de la oscuridad. Por muy inconmensurables que fueran los días en el fabuloso reino de la edad de cinco años, cuando el mundo retumba aún a tu alrededor como un océano de llamas y brillos, las noches eran más profundas todavía y duraban siempre toda una eternidad. Cuánto me gustaba la noche, cómo me tranquilizaba, como un pecho lleno de leche, el pesado pedrusco de la luna en el ventanal gigantesco y brillante del salón, cómo me gustaba cerrar los párpados y volver los globos oculares hacia el interior de mi cráneo, para poder distinguir la suave y verdadera luz que brotaba de mi hipotálamo… Me quedaba dormido en el aroma de medicamentos y de nicociana, feliz por encontrarme en el escalón superior de la oscuridad. Nunca deseaba que llegara otro día. Prefería caminar, con los pies descalzos, por mi gran palacio interior, minúsculo con su suelo brillante de mosaico, abriendo puertas y bajando rellanos, recorriendo pórticos bañados por la luz de la luna, subiendo a torres con escalones interiores en forma de caracol. El mío era el mundo de nácar y de marfil de mi cráneo. Desde arriba, desde las torres que se elevaban, reflejadas en el espejo del suelo, veía la mariposa azul eléctrico del hueso etmoides, que extendía sus alas hasta los márgenes brumosos de la sala. En el centro, refulgente como un brillante, había siempre una tumba de cristal.

Carla se derrumbó, con el rostro ceniciento, en brazos de los que la rodeaban, como si solo quedara la cáscara del baile bruscamente liberado —un chorro púrpura exuberante— del odre de un cuerpo deforme. Su hijo feo y mocoso se aferraba con firmeza a su falda, berreando con toda su alma. Dos soldados improvisados, con guerreras y un AKM a la espalda, la arrastraron fuera, hacia la salida. El hospital de Urgencias se encontraba a dos pasos. Solo tenían que parar un coche. La estación se sumió de nuevo en el silencio y los revolucionarios, hombres y mujeres jóvenes, con el cansancio y el hambre y el desasosiego de aquellos días extraños en los ojos, regresaron a sus petates desplegados bajo las taquillas para leer algún periódico o un libro, o para engullir deprisa, a cucharadas, una lata fría de judías con salchichas. También yo saqué mi taco de papeles amarilleados de debajo de la almohada, lo que pude llevarme de la enorme pila de la mesa de Ştefan cel Mare la última vez que pasé por allí. Papeles garabateados a la izquierda, papeles en blanco a la derecha, como si tuviera bajo el planeta sombreado de mi rostro una mariposa blanca, con una sola ala tatuada. Sostenía la ampolla de Quilibrex, grande y cilíndrica como un pene erecto (pues en el sueño paradójico, independientemente del contenido del sueño, nuestro pene está siempre erecto), en la palma derecha.

Contemplaba de vez en cuando la escolopendra pálida, con cientos de patitas, del líquido brillante. Finalmente me entregué a un juego extraño. Coloqué la ampolla sobre el manuscrito, haciéndola girar suavemente en el reverso de la última página escrita. Las letras de debajo, con sus bucles barrocos, se dilataban de repente bajo la lupa amplificadora, de tal manera que podía distinguir ahora los procesos ocultos de cada trazo, los pececillos con velo de la curva ascendente de la letra «a» que descendían vacilantes por los microtubos de la colita, para unirse en una vejiga de membrana que se unía majestuosa, como un balón estratosférico, a la protuberancia sináptica de la letra, que se abría de golpe hacia el exterior. Y los peces de ojos brillantes y redondos saltaban de repente en el hueco entre las letras, y aquí se agitaban espasmódicamente, el naranja-brillante de la piel se tornaba lívido, una multitud moría y se disolvía en la celulosa áspera de la página, pero si uno solo rozaba la sinapsis de la siguiente letra, esta se abría y lo englobaba en sus aguas gelatinosas, y el pez con el vientre hinchado liberaba en el tubo de la nueva letra una muchedumbre de pececillos de colores, y el proceso continuaba, de letra en letra, de palabra en palabra, empujado por el aliento triunfante de la fe. Yo resucitaba y moría con cada uno de los pececitos transmisores, era cada uno de ellos, empujaba mi aliento paracleto por todo el manuscrito, para que este siguiera vivo como una flor o como una mente. Finalmente le quité la navaja al que se encontraba a mi lado y corté una línea blanca del extremo de la ampolla. Con el filo de la navaja, golpeé la punta, que salió volando y dejó en el cristal una abertura ovalada, de bordes cortantes y finos. Escondí, por lo que pudiera suceder, el manuscrito debajo de la ropa, lo sentía fresco sobre el pecho desnudo y me irritaba un poco los pezones; miré una vez más, en la luz terrosa de las bombillas, el líquido amarillento en el que flotaba, como una muestra del Museo Antipa, la escolopendra. Me llevé a continuación la ampolla a la boca y apuré el contenido hasta el final. Sentí la agitación del animal, duro como un alambre, en el estómago, luego un grito amarillo, destructor, me reventó la cabeza en mil pedazos.

El santo día de Navidad, el sol salió de entre las nubes con una fuerza avasalladora, un sol joven de primavera que escurría sombras largas de los edificios torcidos de la ciudad, como si cada uno de ellos fuera la lengua de ladrillo y cemento de un gnomon gigantesco. Las nubes orladas con encajes dorados flotaban inmóviles en la bóveda, y su fango turbio se completaba, en cada instante, con la ofrenda de las humaredas que se elevaba de los edificios golpeados por los cañones y de los montones de neumáticos incendiados en la periferia. El cielo, en torno a esos veleros oscilantes, era de un azul profundo y puro, atravesado por rayos irisados, o al menos así lo veían, entre las pestañas llenas de polvo, los habitantes de la triste *bolgia*. Así deben de contemplar, en el infierno, los condenados desnudos, pegados unos a otros, el paraíso combado sobre los estanques de fuego y azufre, con las pestañas entornadas por el brillo de la Divinidad.

En las azoteas de los bloques del período de entreguerras, en el centro, los hongos de las alarmas antiaéreas y las antenas de los televisores se oxidaban juntos sobre los grandes volúmenes de revoque roto y resquebrajado. Un gris sucio envolvía la ciudad más fea sobre la faz de la tierra. Lívidos como las termitas que salen de las grietas de sus menhires, los bucarestinos, arrebujados como en los días de niebla y ventisca —hace sol con dientes, decían—, se apretujaban en la cola para recargar los sifones y en los despachos de pan. El olor a *sarmale* se elevaba a los cielos desde la ventana de cada cocina, entreabierta para que saliera el vaho de las cazuelas puestas al fuego. En todos los tocadiscos sonaban, desde buena mañana, discos de villancicos, que al fin y al cabo ahora eran libres. En los televisores se retransmitía la misa de la Metrópoli. Vista desde la altura de la Gloria de Dios, que brillaba ahora al sol como una piedra preciosa, el Dâmbovița parecía un alambre de fuego que cortaba la ciudad en dos. A sus orillas, en una colina de tierra negra con mechones de hierba rebelde, se alzaba, con sus miles de ventanas refulgentes, el monstruoso edificio de la Casa del Pueblo, como una gigantesca Esfinge de mármol que dominaba, distante y fantasmagórica, la ciudad. En el horizonte se apiñaban, cada vez más pequeños en la distancia, los barrios obreros, un batiburrillo de edificios y ramas negras de árboles, con la torre de chapa de alguna iglesia asomando entre los balcones cerrados con cristales. En toda aquella extensión de escombros, solares, lagos como estómagos que desembocaban los unos en los otros y que brillaban cegadores, parques pelados, calles sin tráfico, plazas vacías con tanques y vehículos anfibios aparcados en batería, algunos edificios se habían vuelto, de la noche a la mañana, completamente de oro, como si la ciudad fuera una boca con las muelas estropeadas, destruidas hasta la raíz y, sin embargo, algunos dientes tuvieran coronas de metal amarillo brillante, como lucen a veces, con altanería, incluso los gitanos más pobres. En Colentina, un poco más arriba de la iglesia de San Demetrio, por la parte de la fábrica de jabón Stela y de los telares Suveica (la antigua Donca Simo), se abría a la derecha la calle Pâncota, llamada, mucho tiempo atrás, Silistra. Hacia el final de la calle, una casa en forma de U, cuyo patio ocupaba casi por completo un Mercedes de los años 70, se había bañado en oro milagrosamente durante la noche. Los inquilinos, gente variopinta y sencilla, se despertaron en camas de oro con el sonido de unos despertadores de oro, y contemplaron a través de las ventanas con marcos de oro el azur celestial de la mañana. Salieron al umbral asombrados, la planta baja y el primer piso, con su galería de madera, y las maltrechas paredes eran de oro, los tiestos de las adelfas, de oro, la cerca que daba a la calle, de oro y el número de la casa, el 66, del mismo oro de dieciocho quilates. Incluso el Mercedes que descansaba sobre sus neumáticos deshinchados, y que llevaba una década sin salir del patio, era ahora completamente de oro.

El milagro se había producido también en el barrio de Floreasca, donde todas las acacias estaban en flor bajo la gigantesca cúpula de cristal y donde los niños habían salido ya a jugar al fútbol, en pantalones de tirantes y camisetita, a las calles tranquilas. Un bloque de cuatro pisos junto a las enormes cocheras de los autobuses se había dorado también de arriba abajo, y un poco más allá, después del cine Floreasca, en la calle Puccini, una villita en una coqueta fila de edificios idénticos, con puntiagudos tejados de pizarra, estaba también bañada en oro y reflejaba su luz deslumbrante en la construcción amarilla de enfrente. El arbusto de forsitia, con sus flores amarillas en forma de dedal, había palidecido ahora, envidioso, bajo la luz mucho más brillante. En un alféizar de la planta baja, cada una de las hojas de un libro abierto, agitadas por el céfiro del verano eterno, era una fina lámina de oro. Finalmente, en la avenida Ștefan cel Mare, entre el Circo Estatal y el estadio del Dinamo, un bloque infinitamente largo, con ocho portales, con muchos callejones con columnas grises y con los escaparates de las tiendas y los almacenes cargados de televisores estropeados, electrodomésticos, muebles y combinaciones de señora se bañaba también en oro fundido, que refulgía intensamente al sol. Los vecinos de enfrente se habían arremolinado para contemplarlo y gritaban a los que habían salido a los balcones, tocados con gorros, sin entender todavía por qué, en sus apartamentos estrechos y mal distribuidos, la plancha era ahora de oro, el lavabo y el váter, de oro, los enchufes de oro y, en general, todo, de las cerillas a los radiadores, de las paredes a los muebles, se había revestido con ese mismo metal untuoso. En la azotea, las columnas Jaquín y Boaz, el mar de bronce sobre los espinazos de los doce toros y todos los utensilios correspondientes

—los cubos de cenizas, los atizadores, los carritos— brillaban con intensidad. Sin duda alguna, las columnas emitían mensajes, como las telas volátiles de las arañas, hacia el aparato con querubines de la Gloria, y la oreja del mar de bronce (mutada ahora en oro indiscutible) recibía los mandatos de Aquel que guardaba parecido con un rostro humano, mientras permanecía sentado en su trono de zafiro.

La noticia apareció en la televisión, pero fue engullida enseguida por los rumores sobre la detención de la pareja presidencial, conocida ya unánimemente como el Odioso y la Siniestra, como si se tratara del nombre de un negocio. Por lo demás, en el estudio de la Televisión Rumana Libre, como se llamaba ahora (todas las instituciones estatales, todos los periódicos, los centros educativos, los hospitales, las estaciones, las guarderías y los parvularios, los teatros y los ultramarinos habían añadido a su nombre la palabra «libre», para diferenciarse de sus homólogos del pasado, sometidos al dictador y a su camarilla, así que oías hablar a cada paso de periodistas libres, sabios libres, ingenieros libres, incluso de perreros, chorizos y putas libres, con la bandera agujereada colgada a la entrada de las edificios oficiales, en los vehículos del matadero y de limpieza pública, y discretamente cosida en el bikini de seda de las «ascensoristas» del Inter), había un ajetreo nunca visto. Asambleas de curas, también ellos de lo más libres, lanzando incienso por los rincones, famosos cantantes de música popular, boxeadores premiados en los mundiales, campesinos con trajes ostentosamente populares, con enormes roscos, recién salidos del horno, en los brazos, securistas que caían de rodillas como los rusos pecadores en los cruceros y confesaban, derramando lágrimas de cocodrilo, que habían espiado los teléfonos, miembros del antiguo C.C. arrestados, vestidos ya de presos, con cadenas en las manos y una bola de hierro enganchada a las piernas, arrastrándose en filas miserables hacia sus minas de sal, militares que se acusaban mutuamente por haber disparado en Timişoara, yoguis que prometían derramar vibraciones positivas sobre Rumanía, peluqueros, homosexuales, torneros, niños, viejas, buzos, enanos, musulmanes, pedicuristas, todos hablaban un minuto, arrebatados, ante la cámara, y garantizaban todos, en nombre de su gremio, la adopción entusiasta de los ideales de la libertad y de la democracia, mientras hacían, como los caracoles, los cuernitos con los dedos de la mano derecha. «¡Viva el Frente de Nuestra Supervivencia! ¡Fuera la dictadura!», eran las palabras con las que concluían los oradores, pronunciadas desde el alba hasta bien entrada la noche, interrumpidas tan solo por las notas que traía a la redacción alguna paloma mensajera o eran arrojadas con una honda desde el patio de la Televisión, y que los locutores, los mismos que, tiesos como si se hubieran tragado un atizador, hablaban en otra época sobre el genial dirigente, sobre el gran timonel, abrían temerosos para leer que en Sibiu miles de personas habían sido fusiladas en sus propias casas, que en Cluj habían detenido a trescientos terroristas disfrazados de osos carpáticos, que en Vaslui había una revolución…

Así que los pobres edificios bucarestinos convertidos en oro puro no eran noticia, sobre todo porque nadie entendía la relación entre ellos. El maestro ilusionista Farfarelli, con los ojos turbios por el desenfreno de la víspera, fue invitado al estudio para dar una explicación a este fenómeno, pero, tambaleándose abiertamente y trabándose al hablar, solo consiguió decir que no era para tanto y que él mismo podría hacer ese truco en cualquier momento. ¡Ojalá los espectadores tuvieran tanto dinero como mujeres había cortado él con la sierra y como relojes había hurtado él de la muñeca de los que le estrechaban la mano en la pista! Incluso el presentador de aspecto ulceroso, y más amargado aún después de que, aquella misma mañana, un actor le hubiera entregado un rollo de papel higiénico para que se limpiara los labios de toda la mierda que había comido con el tío Nicu, lo espantó asqueado y convocó en su lugar, al estudio abarrotado, a un grupo de popes con unas barbas hasta el suelo y unas enormes cruces de caoba en el pecho, que empezaron a cantar, discretamente acompañados por un acordeonista cetrino, el eslogan del día: «Oh, qué maravillosa buena nueva / en Târgoviște se muestra: / los dos desalmados / han sido fusilados / por un pelotón de ángeleeees…». Los millones de habitantes de la ciudad, que no despegaban los ojos de la pantalla, murmuraban también el maravilloso villancico, sintiéndose elevados y purificados. ¡Qué milagro que precisamente el día del nacimiento del Señor las balas de cobre hubieran flotado silenciosas hacia el viejo y la vieja del cuento, hubieran penetrado en ellos, atornillándose despacio, hubieran entrado en su tórax y en su cráneo, hubieran roto sus yugulares y nervios, hubieran reventado sus vejigas urinarias, hubieran desperdigado sus cerebros por la pared, hubieran roto sus dientes y despedazado sus faringes, les hubieran destrozado un ojo y les hubieran arrancado un mechón de pelo ensangrentado, que precisamente ese día sagrado la pared trasera del cuartel quedara manchada de sangre y se mostrara alegre y festiva como una plancha Rorschach bajo el sol cegador de la temprana primavera! No sabían todavía que, en medio de ellos, en una inmensa caverna de cristal, había nacido aquella mañana un bebé milagroso para salvarlos a todos, incluso a los aduaneros y a los pecadores, si es que eso fuera posible, según las palabras del profeta Isaías: «Porque un Niño nos ha nacido, un Hijo se nos ha dado y en su hombro traerá el señorío, y llevará por nombre: "Maravilla de Consejero", "Dios fuerte", "Siempre Padre", "Príncipe de Paz". Grande es su señoría y la paz no tendrá fin sobre el trono de David y sobre su territorio, para restaurarlo y consolidarlo por la equidad y la justicia, desde ahora y hasta siempre. El celo de Yahvé Sebaot piensa ejecutar todo eso».

Porque la víspera, en un hospital de los lejanos confines de la ciudad, un enfermo grande se había levantado de la cama y había echado a andar. En su box, tan silencioso como si se encontrara a varios millones de pársecs bajo tierra, lleno de aparatos electrónicos extraños e incomprensibles —unas naves desconocidas habían caído del cielo en Siberia y en los Urales y habían sido transportadas a los laboratorios donde cada uno de sus pedacitos había sido sometido a una ingeniería inversa, en la que la causa se convertía en efecto y el objeto involucionaba hacia la teoría y la ley física—, el enfermo abrió de repente sus ojos de azur, se incorporó en la cama arrugada, permaneció un rato así, con el rostro vuelto hacia el mosaico del suelo, trágicamente jorobado, no como un anciano con las vértebras cervicales anquilosadas, sino como un animal de otra especie, con otra anatomía, y luego, en el silbido del silencio y de la soledad, se levantó decidido y se dirigió hacia la puerta. Bajo la bombilla que temblaba en su jaula de alambre, el cráneo rasurado y tatuado con líneas rojas, azules y violentas que delimitaban la zona Brodmann de sus hemisferios cerebrales brillaba mate y perturbadoramente. Las líneas tenían vida, se movían, se superponían y se alejaban, formaban fractales en forma de helecho retorcido que se fundían en otros fractales, con una isla de azur de una pureza que te hacía llorar y, aquí y allá, manchas amarillas como la llama de sodio. Adivinabas en su embrollo aparentemente caótico pistas de aeropuerto que corrían de la frente a la nuca, y símbolos raros, las constelaciones, seguramente: un mono con una cola espiral, una araña de una siniestra simetría, el rostro de una esfinge, en cierto modo simiesca, idéntica a la de Cidonia… La blusa del pijama del hombre doliente tenía en la espalda incontables agujeros reforzados con aros de metal, a través de los cuales salían, brotando seguramente de aquel cuerpo martirizado, cables de todos los grosores, que se trenzaban con uno mucho más grueso que partía directamente de la nuca, conectado a la zona del bulbo llamada *locus coeruleus,* y penetraban luego en un tubo gofrado grueso y grisáceo, cuyo extremo se perdía en la pared trasera de la estancia. La criatura jorobada avanzaba paso a paso, con los pies descalzos, por el suave suelo del reservado, hasta que los cables la detuvieron con un tirón brusco. Se quedó inmóvil entonces un instante, cerró los ojos y recobró las fuerzas. Siguió avanzando sin aparente esfuerzo, como un caballo de tiro que arrastrara un carro gigantesco, los tubos se tensaron al máximo y finalmente, con un crujido como de fin del mundo, el cable tan grueso como una anaconda se soltó de la pared y permitió que por el suelo se arrastraran cientos de extremos de colores, de los que goteaba un líquido amarillo brillante.

El enfermo echó a andar por los infinitos pasillos, desiertos como si la humanidad no hubiera sido creada aún, o no hubiera llegado aún a esa región. El tubo gofrado se arrastraba por detrás como la cola de un animal prehistórico. Al cabo de un tiempo interminable, llegó a la salida y, al abrir la puerta de cristal, lo envolvió el ocaso amarillo invernal, frío y triste. Se dirigió a la carretera helada, inmune a la intemperie, a las ráfagas de viento, a la desgarradora tristeza de aquellas tierras, pisando con los pies descalzos el asfalto lleno de barro petrificado. La llanura, hasta donde se perdía la vista, conservaba todavía restos de nieve. ¿Nos encontrábamos en el infierno? El dios de la soledad avanzaba mecánicamente por el zumbido de la noche, abriendo con su cráneo inclinado las corrientes frías de las profundidades. Al final de su cola de hilos enmarañados quedaba una línea fluorescente, del mismo color que la línea de luz que quedaba a lo lejos, en el horizonte. Pasó junto a una casa en ruinas, con las ventanas cubiertas con periódicos. En su balcón torcido, la ropa puesta a secar estaba rígida y cubierta de escarcha. En el interior se oía un balbuceo triste. Pasó luego junto a dos chuchos encabalgados. Asustado por la silueta del que avanzaba por el camino sin vuelta atrás, el perro se bajó de la perra, pero se quedó enganchado a ella. Estaban así, trasero contra trasero, aullando bajo el cielo infinito. A continuación, la perra echó a correr, empujando como podía, arrastrando consigo a su compañero, caído de espaldas, con las patas rígidas, sobre la carretera. Desaparecieron en la noche, grotescamente acoplados, sin pasado, sin futuro, sin existir.

La silueta lívida avanzaba hacia la ciudad, cuyas primeras casas aparecieron cerca de la medianoche, luego los perfiles negros de los bloques obreros. El frío se había vuelto terrible, las ráfagas de viento negro habían depositado en el cráneo del hombre doliente una escarcha gruesa, bajo la cual el tatuaje bordado había desaparecido por completo. La escarcha había cubierto también sus pestañas, y el pijama del hospital, y la maraña de tubos. ¿Cómo era posible que siguiera caminando todavía, resquebrajando con las plantas de los pies la capa de hielo de los charcos, tambaleándose con cada remolino de las corrientes de viento ártico que se formaban y se disgregaban bajo las sombrías nubes de la noche?

Poco después paseaba entre bloques hostiles y silenciosos, ruinas de una civilización de hormigón. Ni un árbol, ni un columpio entre ellos, tan solo, por aquí y por allá, negros como animales al acecho, cubos de basura volcados, que apestaban incluso en aquel tiempo invernal. El tufo insoportable, a carroña, era el único villancico que conocían y que alzaban a coro, entre los bloques, aquella noche sagrada. Barras de sacudir alfombras oxidadas, torcidas por los niños que las cabalgaban de la mañana a la tarde, levantaban al cielo unos tubos patéticos. Hacia el alba, el enfermo llegó al centro. Aquí aparecieron las primeras personas, como si dijeras «los primeros hombres sobre la tierra»: gitanas viejas empujando el carrito de basura junto a los bordillos de las aceras, taxistas legañosos, vagabundos envueltos en harapos que asomaban de las alcantarillas humeantes. No quedaba ni rastro de las cuatro estatuas de delante de la universidad. Estaban tan solo sus altos pedestales, como unos menhires enigmáticos. Los balcones de los edificios antiguos, con guirnaldas de estuco, se habían derrumbado y yacían hechos añicos en las aceras, porque los atlantes que los sostenían, con sus tensos músculos de piedra, habían abandonado su puesto, afligidos por la falta de reconocimiento de los vivos. Entre las ventanas, donde en otra época mostraban su sonrisa mellada las ninfas desnudas, las gorgonas con serpientes en el cabello y unas quimeras con la nariz rota, brillaban ahora, pálidas, solo sus siluetas, a través de las cuales se veía el ladrillo de las paredes. ¿Dónde había desaparecido todo este pueblo de hombres ilustres, angelitos, alegorías y musas? Algún trolebús casi vacío avanzaba perezoso por la noche, con sus cuernos como las largas antenas de un coleóptero.

Te habrías esperado que el evadido metafísico reuniera en torno a él a los pocos transeúntes, que provocara el asombro y la compasión de las vendedoras de billetes que temblaban, con tres jerséis debajo del abrigo, dentro de sus cajas de chapa helada. Pero los bucarestinos no se asombraban ya con nada y no sabían ya lo que era la compasión. Sus ojos con lágrimas de hielo no veían, sus oídos no oían, y su corazón era de piedra. Cada uno se preocupaba por sí mismo, por su mujer y por sus hijos, el resto podía reventar en la cuneta. Así habían engañado al tío Ceaşca, así habían sobrevivido a doña Leana. Las colas, la manduca, el horario de la fábrica. Era lo único real, el resto valía menos que un sueño, menos que un deseo insensato… Así que, en la desierta plaza de la Universidad, el enfermo en pijama solo recibía miradas hastiadas. ¿Acaso no estaba el metro abarrotado de idiotas desvestidos, de gitanillos sin botas, de falsos epilépticos que se derrumbaban de repente, echando espuma por la boca, y pedían luego dinero para medicamentos? ¿No se movían entre las piernas de la gente, en el pasadizo, horribles mutilados sin miembros, con trozos de neumático cosidos a los muñones? ¿No había rebaños de viejecitas mendigas, estratégicamente colocadas en el camino de los transeúntes, ciegos que abrían los ojos en cuanto bajaban del tranvía, niños huérfanos que te arrancaban la cadenita del cuello?

Amanecía cuando, en la orilla del Dâmbovița, el enorme jorobado, con el rostro barbudo y ceniciento de anciano dejado de la mano de Dios, vislumbró por fin el lugar hacia el que se había dirigido toda la noche, el que se le había mostrado en sueños y visiones, ese hacia el que el bebé rollizo, a punto de llegar a este mundo, lo había guiado de forma misteriosa, tal y como el homúnculo bajo nuestra bóveda craneal sostiene las riendas de los tres caballos de nuestro ser: la razón, la pasión y los impulsos oscuros. Elevada sobre su promontorio de tierra se alzaba hacia el vacío negro la silueta gris de la Casa del Pueblo, con sus garras de león, con su cefalotórax absurdamente decorado (columnas de estilo imposible de identificar, pórticos con trenzados barrocos, forjados *Art Nouveau*), con su soberbia capaneica, su enormidad marciana, su melancolía asesina. Una quimera imposible, devoradora de espacios y de historia, devoradora de cerebro humano, violadora de nubes, la Casa del Pueblo había caído en medio de Bucarest como un enorme trozo de granizo y se había clavado en el cuerpo mártir de esa ciudad de las ruinas, un cuerpo extraño, rechazado por el sistema inmunitario de la ciudad transparente.

Hacia sus grutas de mármol torturado, hacia sus entrañas de roble y de alabastro se dirigía ahora, como un gran sacerdote hacia su templo, el hombre doliente, nacido para el dolor. Porque habían comenzado los suplicios del parto, y el bebé se abría ya camino hacia el mundo blanco.

Los tucanes emitían unos graznidos curiosos en el verde laberinto de la jungla nicaragüense. Monos minúsculos de ojos enormes arrancaban flores de guayaba con sus manitas humanas y devoraban con apetito su corazón impregnado de néctar. Alguna serpiente de cristal, verde como la hierba cruda, permanecía inmóvil en un tallo entre manojos de plátanos, al acecho de algún colibrí despistado. En sus ojos sin párpados, colocados bajo la misma cáscara transparente que el resto del cuerpo, se reflejaba la jungla, una mezcla turbulenta de verde y azul en la que... mira... unas siluetas en movimiento, marrones, se adivinan mientras avanzan por el sendero atravesado por hormigas rojas en filas infinitas. Son figuras humanas, siete u ocho hombres con uniformes militares de camuflaje, con fusiles AKM en bandolera, avanzando con prudencia por el infierno verde. El que abre el camino corta las lianas con un machete que recuerda más bien el cuchillo de un carnicero. Los hombres se muestran sombríos, son inusualmente viriles, con unos músculos fuertemente marcados a través de los uniformes impregnados de sudor. Por la estrella roja cosida en las boinas, por las melenas negras, por el orgullo y la nobleza pintados en aquellos rostros serios de luchadores reconoces de inmediato a los sandinistas, los legendarios defensores de la libertad, los comunistas que, en dos o tres años, iban a derrocar al sangriento dictador Somoza para traer el paraíso terrenal a la estrecha franja centroamericana. Por el momento, sin embargo, el tirano es poderoso y peligroso como un puma, y ellos soportan en la jungla unas privaciones indescriptibles. El grupo de partisanos que está precisamente ahora recorriendo la jungla se ha alimentado, desde hace una semana, solo de serpientes y de monos aulladores. Los mozos no han visto una mujer en varios meses, y por las noches, en sus campamentos, limpian las armas y hablan, melancólicos, de sus amores pasados. Ay, ay, ay, empiezan a cantar lánguidamente, mientras las estrellas aparecen entre las ramas y la luna tropical, redonda como la cadera de una doncella, les provoca una nostalgia incontenible...

«¡Silencio!», susurra de repente el jefe del grupo, haciendo un gesto con la mano levantada. Incluso los monos y los papagayos enmudecen, el estruendo de una cascada lejana calla y, en un silencio total, se oye en un arbusto cercano el crujido de una ramita. Con una perfecta disciplina militar, los sandinistas rodean el lugar, rebuscan, lanzan unos disparos al aire y, de repente, del arbusto sale una mujer que lleva al hombro una bazuca gigantesca. Desolada, arroja al suelo, a sus pies, el arma terrible, porque no le queda ya, por desgracia, munición. Los sandinistas la contemplan asombrados. Es sin duda una representante de la clase alta, una de las amazonas que, en las plantaciones de café o de caucho, pasaban altivas, a caballo, entre los campesinos y les soltaban de vez en cuando un latigazo en la espalda. Vestía una espumosa blusa de encaje, que dejaba ver el canalillo de sus pechos, y unos pantalones de montar que ponían de relieve sus muslos maravillosamente torneados y el trasero firme, de mujer bien alimentada. Calzaba unas botas hasta las rodillas, con tacones increíblemente altos y finos.

Cuando vio que los hombres, despojándose también de sus metralletas, se acercaban a ella profiriendo palabras obscenas y soltándose los cinturones, la mujer de bucles rojizos que brillaban en la penumbra de la jungla los fulminó con sus ojos crueles, retándolos. Consiguió gritar una vez: «¡Que viva Somoza, el Padre de la Patria!», antes de que aquella horda de mozos hambrientos, que la devoraban con los ojos, la atacaran, la desnudaran a tirones, la arrojaran al suelo, la obligaran a abrir las piernas y la penetrara profundamente el capitán, mientras los demás, que habían sacado unas vergas enormes, como ella no había visto jamás, se arremolinaron en torno a la joven, forzándola a tragarlas de una en una y de dos en dos, y… «¡Ah, aaaah! ¡Más fuerte, Ionel, más fuerte, cariño, dame por detrás, cielo! ¡Ah, aaaah!».

Estera, que durante media hora le había susurrado a Ionel al oído, cada vez más excitada, este guion desquiciado, estaba ahora a cuatro patas en el lecho conyugal, con una combinación rosa que se le había enrollado a la cintura, y gemía, penetrada por el securista desnudo, de pecho peludo y rostro congestionado. No era ya la mujer de otra época. Las tetas escapadas de las copas de la combinación colgaban ahora hasta la sábana, su barriga estaba hinchada como si fuera a parir, en su trasero grande y pesado habían aparecido unas estrías poco agraciadas. Pero quien había disfrutado una vez del fruto pelirrojo, de perfume ácido, de su sexo no lo olvidaba jamás, era suficiente sentir su aroma exótico y su humedad para que el resto no importara. «¡A muerte las Sandinistas!»,[39] gritaba de vez en cuando, por dar un toque local, y el pobre Ionel, a falta de conocimientos de español, hacía los coros con un «¡Olé!» no demasiado convencido. «Y ahora por el culo, cariño», jadeaba la mujer, que culminaba siempre el ritual amoroso con el dulce tormento de la sodomía, algo que a Ionel no le gustaba demasiado (tenía que lavarse después de hacerlo en lugar de caer rendido y dormirse, como quería él), pero con la loca no había escapatoria. Así que se la sacó obediente de la morada lícita y entró hasta el fondo en la ilícita, tan ancha, de tanto utilizarla, como la primera. Estaba precisamente bombeando las últimas gotas de semilla («¡Hermanos, estamos perdidos! ¡Nos hemos topado con la mierda!») en aquel túnel ardiente, cuando se detuvo de repente contrariado. ¿Habría arremetido él con tanta fuerza contra aquel trasero fofo? ¡Toda la

39. En español en el original.

casa parecía tambalearse! No cabía duda, las tacitas entrechocaban en la vitrina y los cristales de la lámpara tintineaban como locos… «¡Ay, dios mío! ¡Un terremoto!», bramó ahogado el securista y se desprendió del acoplamiento con el pelo de la coronilla erizado. «¡Rápido, al marco de la puerta!», gritó también Emilia, y brincó de la cama con una ligereza de la que no la habrías creído capaz. Se plantaron ambos bajo el quicio de la puerta más cercana, blancos como la cera y castañeteando los dientes. «Señor, ten piedad, Señor, perdóname», balbuceaba la camarada Stănilă, santiguándose una y otra vez, porque con los terremotos no se bromeaba. Todos tenían reciente en la memoria el terremoto del 77, algunos también el del 40, pero ahora, cuando todos los edificios estaban hechos unas ruinas siniestras, ¡que Dios nos libre de otro! Se hundiría Bucarest con la primera sacudida. Doce años antes, a las nueve de la noche, Ionel estaba de servicio en Brașov (unos bocazas se habían refugiado en la fábrica Tractor), y Estera se había llevado a casa a un amigo, un oficial joven, así, para pasar el rato… Estaban justamente en medio de una… ¡ejem!… ardiente discusión, cuando de repente ve cómo el chiflado salta de encima de ella, se precipita al baño, arranca la puerta de las bisagras y, desnudo como estaba, se tumba en la bañera y se cubre con la puerta… Todo esto antes de que la mujer hubiera sentido una sacudida que no fuera la íntima y bienvenida. Después del interminable minuto de temblores pavorosos, echó al oficial miedica a patadas y se marchó deprisa al Partido. No olvidaría jamás la ciudad humeante, los bloques viejos derrumbados, los montones de escombros, la gente corriendo por todas partes como hormigas enloquecidas, los coches volcados, el cadáver delante de la universidad, con los sesos desperdigados por el asfalto debido a la caída de una teja, los cielos rojos como una llama… La melancolía rugiente de la desgracia que golpea inesperadamente y de la que no puedes escapar. ¡Pero has ido a encontrar tu tragedia precisamente en la urbe del Dâmbovița! Al cabo de tan solo un par de días aparecieron ya los chistes, directamente de las ruinas, directamente de los cuerpos aplastados del millar de desgraciados atrapados entre los escombros. A Doina Badea,[40] cuando la sacaron de las ruinas, la reconocieron, al parecer, solo por la voz, y a Toma Caragiu lo sacó de los escombros Toma Macaragiu...[41] Dicen que doña Elena le envió al jefe, que estaba de viaje por el extranjero, en el quinto pino, un telegrama con una sola palabra: VRANCEA[42] (Vuelve-Rápido-Aquí-Nicu-Capital-Está-Averiada), al que el tío Nicu respondió también con una sola palabra PCR (¿Percance, Calamidad o Rusos?). C.C. trasmitió, finalmente, Lenuţa (Calamidad Catastrófica)... Al cabo de unos meses, los traumatizados bucarestinos empezaron a soñar, noche tras noche, solo con terremotos. Si pasaba un camión pesado y temblaba un poco el suelo, sobre todo en los pisos superiores, les daba un vuelco el corazón y se les ablandaban las piernas. Incluso ahora, más de una década después, el terremoto del 77 seguía siendo la pesadilla de los dos millones de personas que sabían que no tenían ninguna posibilidad de escapar de sus gallineros prefabricados.

Ionel y Emilia no vivían en uno de esos gallineros, gracias a Dios, sino en un chalecito coqueto y bien construido, porque de lo contrario nadie se habría hecho securista y activista de Partido en el país rumano, pero aun así, sin embargo... ¿Y si se hundía también su casona? Bastaba con que cayera sobre ellos el armario macizo de caoba tallada o el candelabro del techo. No era broma. Los temblores eran cada vez más fuertes y... ¿qué clase de terremoto sería este?... Parecían proceder de una sola dirección, como si fueran los pasos de una criatura colosal. Era como si esos pasos cruzaran el patio delantero de la casa, como si se acercaran a la puerta de entrada... «Ionel, la pistola», jadeó la mujer, bañada en sudor. Pero antes de correr hasta el despacho, donde guardaba la pistola Carpaţi de su equipo, la puerta saltó hecha pedazos, como en las películas, y los pasos se oían ahora más cerca, en el comedor

40. Cantante de música ligera que falleció en el terremoto de marzo de 1977.

41. Juego de palabras intraducible: Toma Caragiu fue un famoso actor rumano que perdió la vida en el mismo terremoto. «Macaragiu» significa «gruista».

42. Región de Rumanía.

de la planta baja, luego en la escalera interior... Eran, sin duda, los pasos de un gigante, de una criatura de otro mundo. Los dos se sentaron en el umbral de la puerta, enloquecidos por el pánico, incapaces de pensar en otra cosa, reducidos al gimoteo inerme de un niño perdido en la oscuridad. Ahora, cuando se oía en el vestíbulo que daba a los dormitorios, el ruido era colosal, ensordecedor, apocalíptico. Había llegado su hora. El monstruo se detuvo en el umbral, al otro lado de la puerta. Respiraba pesadamente, con un silbido metálico. Las personitas rosadas echaron a correr a cuatro patas y se escondieron debajo de la mesa. Ya no eran capaces de razonar. Se abrazaban, juntando sus rostros desfigurados, y gritaban con toda su alma.

De repente, la puerta de la habitación voló contra la pared, hecha astillas. Bajo las borlas del mantel de la mesa se vieron unas enormes botas de bronce. Las botas avanzaron despacio, haciendo que el suelo se combara y gimiera, y se detuvieron ante la mesa, que cayó bruscamente de lado, dejando a la adánica pareja al descubierto y sin protección, como dos crías de topo desnudas al fondo de una galería hundida. Y ante sus ojos dilatados por un terror animal se mostró, apoyada en una rodilla y con el rostro inclinado sobre ellos, una estatua de bronce, un rostro bien conocido, pues lo veían casi cada día, de pie, sobre su pedestal entre los raíles de los tranvías 5 y 16, en la zona de Galați, flanqueado por un instituto de investigación, una antigua tienda de alimentación y un centro de reclutamiento. Una musa oxidada y rolliza, sentada en los escalones del pedestal, le tendía al viejo un tanto fofo la pluma, para que siguiera escribiendo, al parecer, incluso en su triste situación actual, sus obras inmortales. Era Vasile Lascăr, «Han traído aceite a Vasile Lascăr, «Quedamos en Vasile Lascăr», «Apeaos en Vasile Lascăr», «Nos vemos en Vasile Lascăr». Y ahora el propio Vasile Lascăr había allanado su casa, dos veces más macizo que un hombre corriente (al fin y al cabo, era uno de los hombres ilustres del pueblo), llenaba casi el dormitorio entero. Aunque era completamente de bronce, con ropajes anchos y un lazo del mismo metal rugoso, ennegrecido por el humo de miles de camiones, Dacias, Trabants, hormigoneras que correteaban cada día alrededor de la isla del siglo xix alegórico, la estatua sonreía feliz, guiñando sus párpados sin pestañas. Pero no era cosa baladí: de los miles de hombres y mujeres de bronce, piedra, yeso o estuco que se habían desperdigado por toda la ciudad, en una razia que había enloquecido a los bucarestinos todavía despiertos a esas horas tardías, él fue el único que, casualidad o perspicacia, había descubierto al benefactor de aquel pueblo eternamente inmóvil, y encima también a su graciosa hembra. A través del misterioso sistema de comunicación de todas las estatuas del mundo, sin el cual morirían por segunda vez de aburrimiento —así podían comentar algo, jugaban a adivinar películas, recordaban las guerras y las revoluciones de siglos ya lejanos, hacían propuestas descaradas, cotilleaban, intercambiaban recetas de cocina—, anunció de inmediato a sus cofrades el gran descubrimiento, de tal manera que, cuando salió de la villa con Ionel sobre un hombro y Estera en el otro, con los abrigos puestos a la carrera y un gorro calado hasta las cejas, un mar de estatuas los recibió con ovaciones ensordecedoras. Los que estaban enteros llevaban en brazos los bustos de los grandes mutilados, los jinetes habían subido a la grupa de sus corceles a tres o cuatro ninfas desnudas, los angelotes y los querubines se agitaban por todas partes, chinchando a los mayores y llevándose de vez en cuando un azote en el trasero… El león de Militari rugía sordamente, listo para atacar a quien se le acercara demasiado… A la cabeza de todos ellos se encontraba, como siempre, el camarada Lenin, que aprovechaba también esta ocasión para lanzar un discurso. En nombre del glorioso pueblo de las estatuas, les deseó al mayor Stănila y a su Esposa un cálido saludo de bienvenida entre ellos. Evocó las escenas sucedidas tres décadas antes, cuando el por aquel entonces joven héroe se había acercado con cariño, comprensión y un cepillo de madera a los maltratados por el destino, los había frotado y acicalado cada día, recorriendo los parques llenos de forsitias y encaramándose con valentía a los abrumadores pedestales. Les recordó a todos las dulces palabras que Ionel había encontrado para cada uno de ellos, la palmadita amistosa en la mejilla de granito de Cervantes, Heliade, Neculuță,

461

Nagy Imre, Bălcescu, Pushkin, la lija con la que había rascado los líquenes de las cejas de Maxim Gorki. Y mira, volvían a encontrarse ahora, en unas circunstancias históricas, cuando el agotado, agrietado, deteriorado pueblo había decidido sacudirse las cadenas y tomar las riendas de su destino. La caída del dictador y la energía de los rumanos entre los cuales vivían ellos su vida, una minoría étnica leal y trabajadora, les había mostrado también a ellos el camino hacia la libertad. «Querido Gran Amigo Nuestro, te imploramos todos, en estos solemnes momentos, que seas nuestro timonel e inspirador, pues un cerebro de materia viva es siempre mejor que uno de escayola. Guíanos, a partir de ahora, hacia la libertad o hacia la muerte. Vayas donde vayas, te seguiremos, pidas lo que pidas, te lo daremos. Recibe por el momento, de nuestra parte, la prueba de la investidura suprema.» Y Lenin, con sus dedos gruesos, arrancó los laureles de la frente de un Virgilio bastante mezquino, que vivía escondido en un apartado rincón del parque Plumbuita, mirando todo el día cómo lavaban las gitanas sus jarapas directamente en el lago, y los colocó delicadamente sobre la gorra de astracán del coronel. Todas las estatuas realizaron una profunda reverencia.

«Di algo tú también», susurró desde el hombro derecho de Vasile Lascăr la camarada Stănilă. Profundamente aturdido, el coronel dio un respingo como si se despertara, abrió la boca y se quedó así, transformado también, al parecer, en hombre de piedra, por el frío miserable de las cuatro de la mañana. El silencio profundo, respetuoso, de la tribu arremolinada ante él lo ayudó a concentrarse un poco. Si estaba soñando, le daba lo mismo. Qué importaba un discurso más o menos. Así que finalmente, tartamudeando y agitando las manos, les agradeció a las estatuas el honor que le concedían, del cual él, un simple oficial, no era digno en absoluto. Lo mejor sería que ellas se marcharan tranquilamente, cada una a su pedestal, para que en la ciudad se instalara de nuevo la paz y el silencio porque, no es cierto el orden... la disciplina... el deber, digan lo que digan...

Pero las estatuas, sobreexcitadas, no querían paz ni silencio. Se habían saturado ya. Que les mostrara su Benefactor adónde ir para, lejos de los ojos del enemigo, poder conspirar tranquilamente. Ionel pensó y repensó, sopesó mentalmente el número de los individuos minerales, su volumen, la altura considerable de algunos de ellos y se iluminó de inmediato. No había sino una sola solución racional. Que se dirigieran tranquilamente, por la orilla del Dâmboviţa, hacia la Casa del Pueblo. Allí había sitio de sobra, no solo para esos con la nariz rota de Bucarest, sino para todas las estatuas del mundo, para el propio Coloso de Rodas, incluso para la Estatua de la Libertad, si esta tuviera a bien, como la reina de Saba, rendirles una visita de camaradería. La intención oculta del mayor era librarse de esos esperpentos, encerrarlos de alguna manera en el enorme edificio y largarse, con su Estera y todo, dejando que otros —al fin y al cabo, ahora teníamos un comité revolucionario reconocido incluso por el ejército, y por el Ministerio del Interior, y por el pueblo...— se ocuparan de esos revolucionarios de bronce. Porque después de cada revolución sigue la calma, el sosiego, los elementos anárquicos y turbulentos deben ser reprimidos con dureza. Sonriéndoles melosamente, como si fueran niños, el coronel Stănilă les mostró, estirando el brazo derecho hacia el horizonte, el Camino de la salvación, y la marcha del pueblo paralítico, como reanimado con una inyección de L-Dopa, arrancó con orden y disciplina. Antes de que los primeros vehículos con botellas de leche y los primeros camiones de basura les salieran al camino, antes de que en las cocheras de los tranvías se encendieran las luces, antes de que los gorriones se despertaran en las ramas de los árboles de la Universidad, las estatuas habían recorrido la mayor parte del trayecto y ahora cruzaban el puente de Ştirbei-Vodă, en grupos reducidos, para que el arco de hormigón no cediera y no acabaran todos, un montón de trozos de escayola, en el cauce seco del río. Ante ellos, enorme como un transatlántico varado en tierra, se elevaba en su cresta de tierra la Casa del Pueblo, cuyo tamaño imposible de abarcar con la mirada, ni siquiera por los ojos con globos de piedra de las estatuas, los dejó a todos sin aliento. Era Malperthuis, era la ciudadela de Dite, construida para demonios y dioses paganos, para titanes y refaítas. Sus escalones de cedro eran más altos que una persona. Sus columnas acanaladas eran gruesas como una basílica. Sus torres, cada una como una ciudad, desgarraban las nubes, arañaban la membrana, fina como una yema de huevo, de la luna.

Sin decir una palabra, se dirigieron todos a la construcción más gigantesca, más extraña y más triste del mundo.

De hecho, la Casa del Pueblo no era un edificio, era todos los edificios a la vez, de todas las épocas y de todos los continentes. En el cuerpo de mamut de la quimera ceauşista reconocías la Universidad Lomonosov, el faro de Alejandría, el Empire State Building, los zigurats y las pirámides, el Reichstag, la Torre de Babel, incluso las construcciones ciclópeas en las profundidades del mar en las Canarias, vestigios de la Atlántida, incluso los inmensos cilindros de granito de Tiahuanaco, incluso las construcciones de Cidonia, la Cara, la Fortaleza y la Pirámide, pues todo lo que había alzado alguna vez la soberbia humana o angelical, la vanidad de las caracolas que duran un instante y que albergan el cerebro blando de la humanidad, para yacer después, hechas añicos, junto a billones de otras caracolas en la orilla del gigantesco océano, se reencontraba aquí, en esa mastaba salpicada de ventanas en el desierto central de una ciudad en ruinas. Habían arrebatado a las montañas el mármol y la piedra, habían dragado la arena de los ríos, habían extraído hasta el último gramo de mineral de los filones de hierro y oro. Decenas de miles de esclavos habían trabajado años y años en la megaobra del nuevo faraón, mezclando el hormigón con huesos y sangre, enterrando su sombra en los cimientos del monstruoso monasterio.

Al principio, la ciudad se rapó una tonsura franciscana en la coronilla. Barrios tranquilos, de casitas burguesas, habitadas por un pueblo ocre y rosado de querubines de estuco, fueron borrados de la faz de la tierra. Las pintorescas iglesitas fueron colocadas sobre ruedas y, como unos tranvías metafísicos dirigidos por unos conductores con cruces de oro al cuello y barbas hasta el suelo, las trasladaron tocando las campanas unos cientos de metros hacia el borde del desierto embarrado, para ser encerradas entre bloques mucho más altos que sus pobres torres de chapa. En la gigantesca superficie de tierra fangosa, mezclada con escombros y hierros retorcidos, señoreaban las excavadoras y los camiones. Por la noche, los perros de los patios, ahora sin dueño, aullaban a la luna, luego se reunían en manadas, con los ojos brillantes por el hambre y la locura, y atacaban los barrios de bloques de alrededor. Como ni siquiera la gente tenía qué comer, finalmente los perros morían por centenares, así que el inmenso solar estaba lleno de cadáveres apestosos, a los que otros perros arrancaban los intestinos.

El espacio despejado así por las excavadoras y los camiones, que trabajaban incluso por la noche, a la luz de los faros, se oreó con los vientos primaverales y se llenó de un polvo grueso que te llegaba a los tobillos, de tal manera que el lugar donde se alzaba hasta entonces el barrio de Uranus se transformó en un desierto digno del nombre del planeta. En esta tierra que recordaba al Bărăgan que rodeaba la ciudad se excavaron los cimientos más profundos de la corteza terrestre. La fosa en la que debía ser instalada la construcción no tenía fondo, era como la fosa del Tártaro. Nadie sabía cuántos pisos subterráneos tendría el coloso. Pero, por muy impresionante que fuera la parte de la superficie, la que no se veía debía de ser nueve veces más grande, según la lógica de los icebergs y de los tiranos que soñaban con el mundo de las profundidades poblado por peces extraños, solo bocas con dientes enormes. Subterráneo, subterráneo era la palabra de orden: el insecto tenía que disponer de galerías donde esconderse cuando fuera acosado, donde depositar sus huevos, despedazar poco a poco a sus rivales. Se construyó al principio, por tanto, un edificio al revés, que avanzaba, piso a piso, hacia el fondo del mundo, que comunicaba a través de miles de túneles con todas las instituciones importantes del estado, que tenía su propia línea de metro que lo unía al C.C., sus propias oficinas, dormitorios, plantas eléctricas, baños, instalaciones de depuración del aire, del agua y de las ideas, todo ello en torno a un búnker subterráneo de plomo macizo, con muros de diez metros de grosor, inmune a las explosiones nucleares, al sida, al cáncer, a la vejez y a la muerte, a los recuerdos desagradables y a los remordimientos, garantizado para resistir intacto hasta el Juicio final, si es que se demostraba que los grandes clásicos del marxismo-leninismo se habían equivocado por lo que a la religión respecta. Cien mil trabajadores, la mayoría reclutas, habían trabajado en la megalópolis subterránea, un laberinto de micelios sobre los cuales tenía que levantarse el hongo melancólico de la Casa del Pueblo. Aunque la *Securitate* estaba en todas partes y los amenazaba con su muerte y la de sus familiares si se iban de la lengua, algunos entusiastas del coñac Tomis, del whisky Ceres y de una bebida curiosamente llamada Covagin (algo que quería decir «Gin Covasna») habían dejado caer en las sórdidas tabernas lo de las maravillas entrevistas allí, en el subterráneo. Algunos hablaban de los miles de pisos que tenías que descender hacia el núcleo de fuego de la Tierra, donde el Jefe había construido una enorme central térmica basada en la utilización de la lava subterránea, otros describían un gigantesco mausoleo de mármol florido en el que, bajo la bóveda iluminada por candelabros, había un lago verde, de una pureza y un brillo nunca vistos, como de esmeralda fundida. Y en medio del lago, en una isla salpicada de cipreses funerarios, había al parecer dos tumbas contiguas, selladas por enormes y pesadas placas de pórfido, donde serían enterrados Él y Ella cuando les llegara la hora… En fin, otros borrachines murmuraban sobre los famosos cristales extraídos de las profundidades de los Cárpatos, el único lugar donde se podían encontrar, y que hacían de Rumanía el centro energético del planeta. Entregados a los rumanos por los enigmáticos muchachos de ojos azules, los cristales fueron almacenados en una sala esférica bajo la Casa del Pueblo, de donde emanaban una influencia benéfica sobre los campos de la patria, trayendo lluvias a tiempo y pesados frutos a las ramas, abundancia y bendición a los rebaños, comprensión y buen humor a las casas, exactamente hasta los límites del país, ni un centímetro más, porque habría sido una pena que los enemigos y los advenedizos disfrutaran de su milagrosa emanación. Nadie habría podido asegurar qué era verdad y qué era solo cháchara, pues ni siquiera los doscientos arquitectos que habían trabajado en los planos, vigilados por el ojo maquillado en tonos pastel de una señorita recién salida de los pupitres de la facultad, y que había sido colocada al frente de ellos porque, se comentaba, ante cualquier idea megalómana del tío Ceaşca, ella respondía inmediatamente: «Es demasiado modesto, camarada Secretario General, usted merece algo diez veces más grande», ni siquiera ellos conocían otra cosa que el trocito que habían proyectado.

El subterráneo permanecía oscuro, como corresponde a cualquier catacumba, en cambio se sabían muchas otras cosas concretas, visibles incluso desde la Luna, sobre el edificio de la superficie, que durante cinco años se había elevado, rodeado por grúas gigantescas, en el desierto del centro de la ciudad. Una vez terminada, la Casa del Pueblo sería el edificio más grande del mundo en volumen, con sus dos millones y medio de metros cúbicos sobre la tierra y, con su casi medio millón de metros cuadrados construidos, el segundo del mundo en extensión, después del Pentágono. El menhir de mármol en forma de león tumbado sobre las patas tenía veintiún alas que se elevaban seis pisos hasta una altura de cien metros. En el interior, lo recorría un pasillo de dimensiones faraónicas: doscientos cincuenta metros de largo y un techo levantado a dieciséis metros de altura. Todo el edificio, que había costado más de dos billones de dólares, estaba forrado con mármol de Ruşchiţa. Los interiores —salas de conferencias, salas de ceremonias, gigantescos despachos, pasillos infinitos— habían sido decorados por ejércitos de escultores, pintores, artistas del hierro y del cristal, para, al menos a primera vista, ensombrecer el Templo de Salomón, el Taj Mahal, el Escorial, los Jardines de Semíramis y los palacios de los reyes de Francia. Zócalos de maderas preciosas, estatuas de ojos ciegos, columnas con capiteles de un estilo nunca visto e inolvidable, escaleras retorcidas, escaleras con suaves escalones de coral, escaleras monumentales con balaustradas pulidas de ónice y ágata, candelabros con millones de delicadas flores de cristal de colores, alfombras en las que te hundías hasta las rodillas, vidrieras con escenas confusas y alegorías incomprensibles, cuadros de maestros olvidados... Esta nueva Domus Aurea tenía de todo, diez, cien veces más grande, más valioso que cualquier otro edificio grandioso y parafrénico del mundo. Entre otras incontables instituciones, la Casa del Pueblo albergaba las tres instancias supremas del poder: la Presidencia, el Consejo de Ministros y el Consejo de Estado. A cada una se le atribuyó un ala separada. Cada una estaba construida entorno a dos despachos: el de Él y el de Ella, grandes como pabellones de deporte, con techos panelados, carpintería de caoba en puertas y ventanas, escritorios tallados, enormes como tanques, tras los cuales doña Leana y el tío Nicu apenas se veían. Cada despacho tenía su propio ascensor, que podía llevar a los dos ciudadanos de la Patria al búnker subterráneo en tan solo seis minutos. En cambio, para las necesidades naturales, ellos tenían que abandonar sus despachos y recorrer un pasillo de más de cien metros hasta unos retretes turcos, los únicos que aceptaban, porque ambos, nacidos en el campo, estaban acostumbrados a ir al fondo del huerto y acuclillarse allí. El baño en el apartamento les había parecido siempre un horror. Además, no habían admitido ningún conducto de agua o canalización cerca de sus gabinetes por miedo a que se rompiera alguno, lo inundara todo e interrumpiera su tarea...

Con la muerte del Zapatero y de la Sabia, la mañana de Navidad del último día del hombre en la Tierra, el monumento a la locura absoluta quedó como un cenotafio desierto, con las puertas abiertas de par en par, con el viento helado del invierno lamiendo las columnas de malaquita, atemorizando a las alfombras y haciendo que tintinearan los billones de flores transparentes de los candelabros. Solitaria y triste en su cresta de tierra, la Casa del Pueblo, que no había sido jamás ni casa ni del pueblo, esperaba su hora astral, esa para la que había sido, de hecho, construida, porque ni el tirano ni la arquitecta, que todavía jugaba en secreto a las muñecas, ni los obreros que se caían cada día de los andamios y se rompían los huesos contra los encofrados de hormigón y se clavaban en las barras de hierro de los sótanos sospecharon jamás que el monumento megalítico de Dealul Spirii[43] no había sido construido para glorificar al Presidente del país ni como un precioso regalo para el pueblo que moría de hambre a sus pies, sino por una necesidad diegética del libro que se desarrollaba en ese mundo, que a su vez se desarrollaba en el libro, sin que se sepa dónde termina el mundo y dónde empieza el libro, pues iban siempre juntos, uno como forro del otro, libromundo y mundolibro, el cemento hecho de letras hechas de cemento hecho de letras hechas de cemento y así hasta el infinito... Como una última cúpula de la catedral, como un último ojo de azur del ala de la mariposa que la habita, llenándola por completo, la Casa del Pueblo había sido levantada por un pueblo de ácaros para albergar el Final.

Puesto que, ¿qué podía significar, si no era la cercanía del Fin (coge entre tus dedos de uñas pintadas el grosor del libro hasta la tapa final: quedan tan solo por escanear dos milímetros de la gran mariposa que, ahora, cuando escribo en la soledad de Solitude, me cubre con sus alas extendidas en todo el estudio; siento sus seis garras como unos sellos de fuego, clavadas en mis costillas, y su trompa curvada, como la aguja torcida de una jeringuilla, absorbe mi cerebro), el hecho de que la Gloria de Dios, que planeó sobre el mundolibro desde el primer instante, descendiera de repente de las nubes y se detuviera tan solo a unos cien metros de los tejados todavía en obras del gigantesco edificio, justo encima de él? ¿Qué podía ser aquel cono de luz suave y dorada que brotaba de repente entre los querubines, silencioso e implacable como en el camino a Damasco, y que envolvió el edificio por completo? ¿Y por qué, atravesados por las oleadas de neutrinos azules, los muros se volvieron lechosos, turbios y fantasmagóricos, como si para construir la pirámide ceauşista no se hubiera utilizado la grava de los camiones, la

---

43. Colina de Bucarest sobre la que se encuentra la Casa del Pueblo.

arena y el yeso y los remaches de hierro y las planchas de travertino, sino el diseño de las láminas de los arquitectos, con los volúmenes sugeridos por las perspectivas, líneas punteadas, cifras y letras, medidores de ángulos, elevaciones trazadas con tinta en papel de calco también milimétrico...? Finalmente, tras sucesivos aclarados, la construcción se volvió completamente de cuarzo. Roca de cuarzo, dura como el diamante, límpida y resplandeciente como agua helada, que arrojaba brillos irisados sobre Bucarest. Las innumerables columnas de la fachada eran ahora de cuarzo, las paredes y las ventanas eran de cuarzo, las enormes puertas, las rampas de acceso, las escaleras exteriores —solo cuarzo vertido, modelado en formas brillantes, con curiosos remolinos de luz en su interior—. A través de las paredes se veían, como a través de la carne de una medusa, los órganos internos del edificio, las escaleras de caracol, los corredores y las salas y los techos con vidrieras, como tallados también del mismo monolito de cuarzo cegador. Saturada de sus billones de vueltas inútiles alrededor de la bola de lava del sol, la tierra abrió un ojo con una pupila refulgente que podía verse ahora no solo desde la luna, sino desde las profundidades de lo más profundo del polvo de las galaxias que, suspendidas coloidalmente, formaban el campo gnóstico, visual y lógico del mundo, eterno e indestructible, porque después de la desaparición de cada grano de materia, después de que ninguna mente y ningún ojo describa el mundo, seguirán existiendo, indestructibles, tautológicos, inalterados los vocablos «sí», «ni», «o», «si» y «por tanto», que son el lenguaje de la Divinidad.

Hacia este gigantesco domo de cristal se dirigían ahora, por las entradas del este y del oeste, Herman, el hombre doliente, apremiado por dar a luz al bebé de su cráneo atraído como un fruto pesado hacia el suelo, y el pueblo de estatuas, que había desperdigado a su paso falanges y trozos de pliegues, añicos de yeso y polvo de estuco. Iban a penetrar al mismo tiempo en las tripas diamantinas, a caminar entre las suaves y brillantes curvas que reflejaban sus rostros, a sentir en los pies las mullidas alfombras, para encontrarse finalmente en la gran sala de ceremonias en el centro del edificio.

Pero los Evangelios cuentan una historia totalmente distinta, que, aunque brota de la antigua a través de Isaías y otros profetas, la transfiguran sin embargo por completo. Jehová no habría descendido para vivir en medio de su pueblo, sino que eligió, de entre los hombres, a un Hijo hacia el que todos alzaran su mirada, como la serpiente de cobre que miraban, para no morir, los judíos mordidos por serpientes en el desierto. ¿Fue un cambio de planes a raíz de un gran fracaso o la continuidad, de la tierra hacia el cielo, de los caminos de Dios? Pueblo insumiso, tozudo, ¿se mostraron los hebreos indomables —volviéndose una y otra vez hacia sus alturas y sus árboles sagrados, idolatrando una y otra vez a Baal y Astarté, eligiendo siempre a sus esposas de entre las hijas de los amoritas y los jebuseos, pecando siempre ante los ojos de Dios—, o, por el contrario, obró en ellos aquella influencia místico-tecnológica a la que, comiendo solo maná e iluminados por los rayos antisépticos que descendían de la columna de fuego desde arriba, fueron sometidos, durante treinta y ocho años, en el desierto, tiempo en el que su ropa no se estropeó y las correas de sus sandalias no envejecieron, y las enfermedades humanas les resultaron ajenas? ¿Fueron, sobre todo, los hijos de Leví, los sacerdotes, esos que comían las ofrendas que les traían tras mecerlas y elevarlas y los panes de la mesa del lugar sagrado de la Tienda del Encuentro, fecundados con la simiente de fuego de la Divinidad? Con los cráneos rasurados y ungidos con aceite, con sus vestiduras de lino, inmaculadas, respetando rigurosamente las reglas que parecen más bien prácticas que simbólicas o rituales, los levitas fueron el primer círculo en torno a la enigmática arca y los más expuestos a su bendición. ¿Fueron los judíos la levadura que fermentaría toda la masa? ¿Fue plantada en sus genes la semilla de la redención, menuda como un grano de mostaza, pero de la que crecería un árbol tan enorme como para que los pájaros del cielo pudieran hacer los nidos en sus ramas? ¿Fue su mente modificada, como la del artesano Bezalel, para poder pensar con un poder angelical y construir aparatos milagrosos? «Cuando yo era niño, hablaba como niño, pensaba como niño, razonaba como niño. Al hacerme hombre, dejé todas las cosas de niño. Ahora vemos en un espejo, en enigma. Entonces veremos cara a cara. Ahora conozco de un modo parcial, pero entonces conoceré como soy conocido...» ¿Cómo piensan los ángeles, si nosotros pensamos como niños en comparación con ellos? ¿No tuvo lugar acaso, en aquel desierto en torno al monte Hor, una gigantesca operación eugenésica? ¿No recibió acaso un pueblo terrenal, junto a muchas otras adversidades, un don divino? ¿Y tal y como la levadura hace fermentar la masa, no se diseminó acaso esta semilla, gracias a las prolongadas mezclas entre los pueblos, por todo el mundo? Tal vez el Jerusalén celestial corre ya por nuestras venas, tal vez el Espíritu Santo ilumina ya nuestro lóbulo frontal, tal vez la Tierra se *convierte,* cada día que pasa, en el reino de Dios... Primero el judío, luego el griego, primero el creyente, luego el bárbaro, nos transformamos todos, poco a poco, en ángeles. Y cuando el cambio se haya completado, los Sembradores vendrán a recolectar la cosecha. El trigo brillará entonces como el sol y no se diferenciará de los segadores. Todos se reconocerán como Hijos y Justos del Señor. Todos estarán llenos de fe, la palabra más enigmática de todas las religiones. Solo la fe, sin hechos, te puede llevar a la salvación; solo la fe te concede la fuerza para dar órdenes al mundo material, tal y como ordenas a tus brazos que se muevan, así que si tienes una fe del tamaño de un grano de mostaza puedes ordenarle a la montaña que se desplome en el mar, puedes caminar sobre las aguas, puedes multiplicar el vino, los panes y los peces: basta con creer sin sombra de duda que algo va a suceder, para que suceda de verdad. El Espíritu del Señor se derramará entonces sobre todas las criaturas y su Ley se escribirá en todos los corazones. Inmortales, eternos, extendidos hasta los límites de los espacios, los tiempos y las dimensiones del mundo, agrietándolos hacia otros universos, con nuestros corazones rebosantes de agua viva, Te conoceremos entonces plenamente, tal y como Tú nos has conocido plenamente.

    ¿Pero acaso —se pregunta nuestra mente a medio camino entre la fiera y el ángel— no cultivamos nosotros plantas y criamos animales, no los hemos domesticado a través de una selección prolongada y cuidadosa, eligiendo no los atributos mejores para ellos, sino aquellos que nosotros necesitamos? ¿No criamos ovejas por su lana y cerdos por su carne, y gusanos de seda por su hilo brillante? En los Evangelios nos llaman cosecha y rebaño, sometidos a los planes inescrutables de Esos por los que vivimos. Somos ollas de barro en el torno del alfarero, destinadas, algunas, a la gloria, otras a la vergüenza. Nos quedamos sin palabras ante Ese al que no podemos entender. Desnudos y llenos de bubas en nuestro montón de basura, rascándonos con un trozo de cristal, solo nos queda alabar el Nombre del que nos da o nos quita todo según su propia voluntad. ¿Cómo no vamos a tener miedo de no significar nada ante los ojos de los Vigilantes? ¿De que, una vez recogido el fruto de la semilla plantada en nosotros, nos arrojen al fuego como a unos inútiles? Nosotros criamos gusanos de seda, los cuidamos y alimentamos, los contemplamos con una mirada paternal y luego, cuando han envuelto su cuerpo con el capullo de esa preciosa sustancia, los lanzamos, con la misma sonrisa luminosa, en la olla de agua hirviendo, donde hay llanto y rechinar de dientes. A continuación, después de quitarles el precioso hilo, arrojamos los pequeños cadáveres a la basura. ¿Qué cosecharán de nosotros los ángeles al final de los tiempos? ¿Qué valor tenemos nosotros para sus cuerpos formados de agua y de espíritu?

E, incluso aunque no fuera así, ¿acaso salvará la redención nuestra memoria, nuestros pensamientos y nuestro ser? ¿Seremos todos resucitados si es que hay una resurrección? ¿Para qué me serviría la vida eterna si pierdo los recuerdos? ¿Si son abolidos los reflejos de mi cuerpo carnal? ¿Para qué me serviría ser una conciencia universal si las neuronas de mi cráneo, las que dicen «yo» y construyen mi campo visual, ahí, en el cerebro, son destruidas para siempre? ¿No sería acaso como hacerme la ilusión de que, después de morir, seguiré viendo el mundo a través de los ojos de mi hijo? Los Evangelios hablan de una resurrección. Jesús le dice a Nicodemo, en la página más mística de las Escrituras, en una noche de misterio y revelación: «En verdad, en verdad te digo: el que no nazca de agua y de Espíritu, no puede entrar en el Reino de Dios». También Pablo habla sobre los cuerpos celestiales con los que renacerán los hombres: «Pero dirá alguno: "¿Cómo resucitan los muertos?". ¡Necio! Lo que tú siembras no recobra vida si no muere. Y lo que tú siembras, no es el cuerpo que va a brotar, sino un simple grano, de trigo, por ejemplo, o de alguna otra planta. Y Dios le da un cuerpo a su voluntad… hay cuerpos celestes y cuerpos terrestres; pero uno es el resplandor de los cuerpos celestes y otro el de los cuerpos terrestres… Así también en la resurrección de los muertos: se siembra corrupción, resucita incorrupción…, se siembra un cuerpo animal y resucita un cuerpo espiritual». Los resucitados no tendrán sexo. Es el precio de la inmortalidad: «Los hijos de este mundo toman mujer o marido, pero los que alcancen a ser dignos de tener parte en aquel mundo y en la resurrección de entre los muertos, ni ellos tomarán mujer ni ellas marido, ni pueden ya morir, porque son como los ángeles, y son hijos de Dios por ser hijos de la resurrección». ¿Seremos, así pues, nosotros mismos, los resucitados, recordaremos a esos a los que amamos? ¿Seguirá nuestro yo siendo yo, seguirá nuestro corazón siendo el mismo? ¿Recuerda el cuerpo el huevo del principio y la planta, su semilla? *¿Quién* es Dios, *quiénes* seremos cuando nuestra vida en este mundo llegue a su fin?

Jesús nació de una virgen del pueblo judío, visitada por un arcángel. Las vírgenes y las mujeres estériles conciben a menudo en la Biblia. No hay duda de que solo en apariencia es el Redentor un hombre. En el monte Tabor se presenta transfigurado, bajo la nube, y habla con Moisés y Elías ante los trescientos discípulos somnolientos. Él viene de arriba, los hombres vienen de abajo. Ellos son de este mundo, Él no es de este mundo. Entre los Hijos de Dios y los hombres hay una enorme distancia jerárquica: «Os digo: no hay entre los nacidos de mujer, ninguno mayor que Juan; sin embargo, el más pequeño en el Reino de Dios es mayor que él». Al igual que los profetas, también Jesús —porque todos los hombres son iguales, pobres o ricos, judíos o samaritanos, mujeres u hombres— habla sobre el final catastrófico del mundo, que él considera muy cercano: «Yo os aseguro que no pasará esta generación hasta que todo esto suceda». La tierra desaparecería en un terrible día del odio: «Y cuando oigáis hablar de guerras y de rumores de guerras, no os alarméis; porque eso es necesario que suceda». Pero el final no será inmediato. «Pues se levantará nación contra nación y reino contra reino. Habrá grandes terremotos, peste y hambre en diversos lugares, habrá cosas espantosas y grandes señales del cielo... Habrá señales en el sol, en la luna y en las estrellas; y en la tierra, angustia de la gente, trastornada por el estruendo del mar y de las olas. Los hombres se quedarán sin aliento por el terror y la ansiedad ante las desgracias que se abatirán sobre ellos, porque las fuerzas de los cielos se tambalearán. Y entonces verán venir al Hijo del hombre en una nube con gran poder y gloria. Cuando empiecen a suceder estas cosas, cobrad ánimo y levantad la cabeza, porque se acerca vuestra liberación.» Para Jesús, la salvación se producía con la ascensión a los cielos, según unos criterios conocidos tan solo por los ángeles, y no era sino para los elegidos: «Enviará a sus ángeles con sonora trompeta, y reunirán de los cuatro vientos a sus elegidos, desde un extremo de los cielos hasta otro». «Como en los días de Noé, *así será la venida* del Hijo del Hombre. Porque como en los días que precedieron al diluvio, comían, bebían, tomaban mujer o marido, hasta el día en el que entró Noé en el arca, y no se dieron cuenta hasta que vino el diluvio y los arrastró a todos, así será también la venida del Hijo del hombre. Entonces estarán dos en el campo: uno es tomado, el otro dejado; dos mujeres en el molino: una es tomada, la otra dejada.» ¿Quiénes serán elegidos y con qué derecho? ¿Es el criterio de elección uno ético, nacido de la libertad del hombre de elegir entre el bien y el mal, o es un criterio ajeno a la mente y a los intereses humanos? No se nos dice de qué manera somos buenos y elegibles para Dios, se nos pide tan solo que vigilemos. Para Jesús, los muertos no resucitan, y los vivos no se transfiguran. ¿Cuándo nacerán ellos de nuevo —el que ara el campo o la mujer del molino— del agua y del Espíritu? ¿En la tierra? ¿En la nube? ¿Llegados al reino, a una tierra nueva, bajo un cielo nuevo? El apóstol san Pablo está tal vez mejor informado, o es tal vez más indiscreto, porque, en la primera epístola a los Corintios, revela el enigma de la resurrección final, que se convierte en la resurrección de toda la humanidad: «¡Mirad! Os revelo un misterio: no moriremos todos, mas todos seremos transformados. En un instante, en un pestañear de ojos, al toque de la trompeta final, pues sonará la trompeta, y los muertos resucitarán incorruptibles, y nosotros seremos transformados. En efecto, es necesario que este ser corruptible se revista de incorruptibilidad; y que este ser mortal se revista de inmortalidad».

Busco con la esperanza de encontrar, llamo con la esperanza de que me abran, pido esperando que se me conceda. Con mi ganglio cerebral, como el de una lombriz, intento comprender el milagro de Tu pensamiento. El universo gira en torno a mí, mezquino como el campo sensorial de la hormiga. No veo más allá de los quásares pegados casi a mi piel. No pienso más allá del espacio lógico de mi mente. La fe a duras penas me llega para mantener mi piel hinchada, para mover mis miembros. Con terror y temblores, con sangre, tinta y serotonina en las manos extendidas, desde lo más profundo de mi manuscrito te grito a Ti, Señor, te llamo y te conmino a bajar entre nosotros: «¡*Maran atha!*».

Noche de verano, negras ráfagas de viento se desatan de vez en cuando como una emoción abrumadora. Lugares y tiempos devastados flotando al viento de la oscuridad. No tengo sustancia, ni rostro. Mi cuerpo se ha ido del alma como el barro bajo un chorro de agua. Levito por una ciudad espectral, decorada en exceso con mascarones de estuco, angelitos mofletudos con cabezas de mosca y cabezas de serpiente y cabezas de araña. Ningún edificio está entero. Los muros lívidos tienen grietas abiertas hasta el corazón de la casa, las paredes derrumbadas muestran camas de hierro y armarios vacíos, con extrañas jeringuillas en las vitrinas. Plátanos gigantescos crujen en el viento canicular a lo largo del camino con el que empieza todo, siempre. El camino que gira a la izquierda, a lo largo de la orilla de agua negra, brillante por las lámparas anaranjadas. Perros amarillos, curiosamente humanos, me acompañan, corriendo silenciosos a un palmo del suelo. La explanada se extiende hasta donde se pierde la vista. En lo alto, en el cielo nocturno, brillan billones de soles puntiformes. Al mirar hacia arriba, todos se reúnen en mis pupilas. Levito sobre los raíles del tranvía, que brillan también bajo las luces lívidas.

Es un barrio en el que no he estado jamás, y que sin embargo conozco tan bien que cada edificio en la esquina de una calle y cada estatua de algún parquecillo sombrío me confirman que me encuentro en el camino correcto. Hacia la respuesta a la cual no se dirige ninguna pregunta. Viene el tranvía, se detiene ante mí en medio de la calle. Es el 26, el que circunvala toda la ciudad. Subo sin que me resulte curioso que no tenga, de hecho, vagones, sino tan solo unos chasis sobre los que están montados los asientos. El remolque trasero tiene además una especie de grúa que recuerda a una horca de metal. Me dirijo hacia Silvia, pero queda todavía mucho hasta su habitación subterránea. El tranvía arranca en la noche, iluminando los raíles con su único faro, el viento alborota mi cabello y mi ropa, aunque no sé si la tengo, es tan solo la sensación de movimiento y sacudida... En los asientos hay otros viajeros, que miran también, hechizados, la ciudad traslúcida por la que viajamos, sus perspectivas abrumadoras. Hay tiendas intensamente iluminadas, columnatas, palacios espectrales con relojes en las torres, fachadas increíblemente opulentas, un ajetreo de alegorías incomprensibles... Calles perpendiculares, con los extremos perdidos en la noche... Dejamos atrás un edificio con ventanas redondas, decorado con gigantescos pájaros embalsamados, jilgueros y verderones de tamaño humano, y de repente nos encontramos en el extremo norte de la ciudad, donde las paradas escasean y los raíles se hunden en la hierba negra de un parque infinito. Nos apeamos todos en la parada final, con el corazón encogido por la lejanía y la soledad. Pasamos junto a un estanque rectangular lleno de agua negra, apenas visible en la noche. Me inclino sobre el agua y me veo en su brillo de ónice: en cada espejo está Victor, el hermano oscuro, que está a punto de aparecer.

Paso junto a una casa aislada en el campo, con una ventana abierta. Me detengo debajo de ella y escucho el murmullo que procede de la estancia iluminada. Son voces, de un hombre y de una mujer, hay un suave hilo musical. Y de repente me abruma un violento deseo de estar ahí, con ellos, de ver de nuevo esa querida habitación en la que, en algún momento... La entrada de la casa está al doblar la esquina, donde la noche es total. Tampoco las estrellas se distinguen en la sombra solemne de la casa. Abro una puerta negra, de hierro forjado, y entro en la oscuridad helada del vestíbulo. Ya he estado aquí, conozco la orientación de cada pasillo, de cada puerta. Conozco el mosaico de la pared, el *ibric* humeante del que solo se distingue ahora un fantasma azulado. No me interesa ninguna otra puerta, abro inmediatamente la blanca, de madera acanalada, increíblemente alta, que está a mi derecha. La habitación es blanca, amplia y, sobre todo, inusualmente elevada. El techo está adornado con delicados relieves, blancos al igual que las paredes, al igual que los muebles de estilo clásico. Hay una mesa en el centro, con copas brillantes, de esas de pie largo y fino. Hay también platos de porcelana vacíos. A la mesa están, sentados frente a frente, mi madre y mi padre, jóvenes y guapos, vestidos con tanta elegancia que podrías no haberlos reconocido. Mi madre lleva un vestido de satén azul, mi padre un traje verde oscuro, también de satén. Es como si se hubieran envuelto en el papel de estaño de unos enormes bombones finos. Se vuelven hacia mí, sonrientes y solidarios. A través de la ventana abierta entran en la habitación enjambres de insectos verdes, frágiles y transparentes, que dan vueltas en la luz y caen de repente, pesados como granos de trigo, sobre el mantel de holanda. Pululan por todas partes en la habitación. En los rincones se han acumulado formando olas hormigueantes. Llenan el cabello de mis padres.

Me encaramo a la silla con dificultad. Todo es demasiado alto, demasiado macizo para mi cuerpecito y mis miembros. Asomo la cabeza por encima de la mesa, junto a la cadera azul de mi madre. «Mircişor, se ha enfriado la comida —me susurra—. ¿Dónde has estado hasta ahora?» Se levanta y se dirige al fregadero, en el que reparo justamente ahora. En un recipiente de madera hay un pez grande, oscuro y resbaladizo, con un ojo saltón, es de esos a los que me gustaba abrirles la boca con el dedo. Mi madre coge un cuchillo y abre de repente la barriga azul del pez. Hurga con los dedos entre las tripas ensangrentadas, arranca la vejiga nacarada —dos pellejos alargados, llenos de sangre— y la pone en el plato limpio.

Me la coloca delante, entre el tenedor y el cuchillo inusualmente brillantes: «¡Venga, come! Que no quede nada». La vejiga me da asco. «No me gusta», digo haciendo muecas. «Vamos, qué diantre», insiste mi madre con una mirada severa. «Eso no, eso tampoco, ¿qué quieres que te dé, revoltijos y mejillones fritos? ¡Come lo que hay en el plato!» «No quiero», digo, y me invade una oleada de espanto, pues de repente se incorporan los dos, vienen hacia mí, me agarran e intentan hacerme comer. Grito desesperado, me tiro al suelo, me abandono pesado como un pedrusco en sus manos... Me han acorralado, mi padre me sujeta con fuerza, mi madre se acerca con una cuchara gigantesca en la que brilla, con la sangre coagulada, la vejiga nacarada. Mi padre me agarra por la nariz, siento en los labios la presión del borde frío de la cuchara. Separo los dientes, se me atasca en la garganta esa porquería que huele fatal a pez podrido, ahora está dentro de mí, aparece por ahí un enorme vaso de agua, «Bebe», dice mi padre, trago como un desesperado y de repente soy libre, estoy lloroso y bañado en sudor, suspiro humillado en un rincón de la habitación, tan grande como un hangar... Ellos acercan sus caras a la mía, sus papeles de estaño crujen suavemente, mi madre enjuaga mis lágrimas, gorjea algo en mi oído... Su falda azul cruje a la altura de la cadera con un ruido metálico y veo de repente la mariposa, la mancha de lupus eritematoso, púrpura en la piel pálida de su cuerpo. Mi madre sigue mi mirada y se cubre la mancha con las dos manos, con los dedos extendidos y temblorosos. Le tiemblan también los labios, mi padre la abraza por los hombros, lleva en la cabeza su sempiterna media de señora, en curioso contraste con la elegancia del traje brillante. «Mira, ¿ves cómo no te has muerto? Así se come en la mesa, lo pasas por la garganta, que no es para tanto...»

«... Y como has sido obediente...» Mi madre ha recuperado la seguridad. Están ahora, abrazados, una criatura de dos cabezas, como aquellos bebés pegados en los gruesos frascos del Museo Antipa. «Como has sido obediente, ven, Mircişor, mira lo que te he comprado...» Se separan, son dos de nuevo, sus cabezas flotan increíblemente altas, cerca del techo, me cogen de las manitas y salimos los tres a un pequeño recibidor. En una mesita como para el teléfono, bajo una campana de cristal, hay una llave azul. Mi madre levanta la campana y me da la llave. Es una llavecita en forma de mariposa, como esas de los juguetes. La mujer se agacha y me mira directamente a los ojos: «¡Mircişor! Mircişor, ¿sabes de dónde es esta llave?». Jamás habían brillado sus ojos con tanta intensidad. Coge de una silla su bolso granate, con escamitas, de cuando estaba soltera, en el que había guardado siempre papeles amarilleados, facturas, sobrecitos con pastillas caducadas, fotos con la película resquebrajada, fusibles de la radio y otras menudencias, y donde encontré yo una vez mis trencitas de cuando era un niño. «Abre, cariño», me sonríe grave y enigmática, y solo ahora me doy cuenta de que el bolso tiene un orificio a la medida de mi llave. Un amor infinito por la mujer que tengo delante me atraviesa de repente. Se levanta y le llego de nuevo hasta la cintura, froto otra vez mis bucles contra su traje de estaño desgarrado. Meto la llave en la cerradura, la giro y el bolso se abre. En su penumbra húmeda hay un feto acurrucado y transparente, con un ojo oscuro. «Este eres tú cuando eras pequeño», ríe mi madre, mostrándomelo con el dedo como si lo estuviera señalando en una fotografía. Su uña del dedo índice está rota y ennegrecida, la uña de una trabajadora.

Regresamos a la habitación, mis padres se sientan de nuevo a la mesa. Por el altavoz primitivo, de plástico marrón, de encima de la puerta se oye una canción antigua: «Entra la luna por la ventana. / Entra en nuestra habitación…». Los dejo ahí, embelesados con la canción de su juventud, y salgo a jugar. Bajo como de costumbre, saltando por el alféizar de la ventana en el que en otra época me sentaba al sol para hojear mi libro con las aventuras del príncipe Saltan y, cuando toco con la suela de las sandalias las baldosas de cemento, de repente se hace la luz, una luz diurna, multicolor, una luz pastel y bendecida, filtrada por unas rosas enormes, con sus hojas transparentes, por las estrellitas de la forsitia, por el pesado olor de las acacias. Feliz, camino por el verano derretido, bajo la bóveda azur cargada de nubecillas. En el horizonte, unas montañas de cristal brillan arrebatadoras, cambiando continuamente de color como los lomos de los camaleones. Salgo a la calle, echo a andar junto a la casa amarilla de enfrente y me dirijo a la fosa de los gitanos, al fondo. Cuando era muy pequeño, mi padre me llevó una vez de la mano hasta allí, y había un valle profundo, de hierba, cubierto de tiendas de las que salía humo… Y un gitano viejo hacía anillos de plata, sentado en el suelo con las piernas cruzadas. Ahora no había gitanos. El valle estaba lleno de amapolas moradas, amapolas de hachís, embriagadoras y con un aroma tan venenoso que los pájaros no pasaban por encima. Entro en el valle, me hundo hasta la cintura, luego hasta el pecho, entre las flores carnosas, exprimo con los dedos la leche de sus cápsulas como cabezas de niño. Era el Valle del Olvido a través del cual cruzamos todos las puertas del Paraíso, siguiendo el sendero del sueño y de la ensoñación. Sorbo la endorfina coagulada que goteaba de esos cráneos, sonrío como un Buda con los labios sellados, con los párpados cerrados, con los globos oculares vueltos hacia el manantial interior del placer. Y de repente los colores explotan y los aromas se vuelven dolorosos como espadas, y en el brillo de las espadas veo mi rostro, soy rubio y tengo los ojos azules, y cada uno de mis ojos es la bóveda azur de un mundo feliz. Tengo el sol en el pecho, la luna en la espalda y dos luceros en los hombros. La carne de mi cuerpo es tierna como la de las manzanas. Desciendo al valle, cada vez más abajo, los pétalos de amapola me cubren ahora por completo y el sol se eleva sobre mi cabeza. Estoy moteado por sus colores abrumadores.

En la parte más profunda del valle, entre amapolas crecidas como árboles, se abre un calvero. En el centro se eleva una casa de pueblo, vieja y arruinada. Es la casa de mi abuelo en Tântava. Reconozco inmediatamente los membrillos y los albaricoques del patio, las gallinas que escarban buscando lombrices por la hierba, el horno de adobe y el granero. Sobre las pequeñas ventanas de la casa se doblan las ramas de un peral con las peras maduras. Muchas peras, harinosas, podridas y aplastadas, yacen a sus pies, huelen a fruta y a ţuică. La puerta de la casa está entreabierta, como mi abuelo no la dejaba jamás. Las vigas de madera del tejado están ennegrecidas por las lluvias. Hechizado, entro en el zaguán. Reconozco todo, las habitaciones con olor a oveja y a icono: el adobe del suelo, recién humedecido y barrido, los tapetes de algodón de las paredes... A la izquierda, la habitación de los invitados, con un arcón en el que mi abuelo guardaba los libros de la colección *Alforja de relatos,* recibidos de la cooperativa, con las gorras y las pellizas colgadas de la viga. Recuerdo cómo dormía yo allí, sobre almohadas rellenas de paja, y cómo por las mañanas parecía una vejiga por culpa de los ataques de cientos de pulgas. A la derecha, la sala, con las paredes cubiertas de iconos con marcos de cristal, de colores rojo y azul, con fotos antiguas de soldados y campesinas... La radio viejísima, que no había funcionado nunca, y la mesa con un cajón en el que mi abuelo guardaba sus gafas lívidas... El aire oscuro y verde del follaje del peral, las vigas agrietadas y embadurnadas con petróleo, el olor a petróleo, a cal y a santidad, a nueces y a aguardiente, el olor a casa humana, la única casa donde debería vivir un hombre.

La escalera torcida, construida con barras de madera, pulida de tanto utilizarla, lleva al sobrado. Subo con cuidado y asomo la cabeza sobre el suelo de tablones del desván. Una columna de luz cegadora cae oblicua desde el lucero y hace que bailen en su rayo transparente billones de motas de polvo. El resto es penumbra con trozos de cazuelas rotas y cosas viejas. Una inmensa telaraña, con un grueso animal en el centro, brilla al sol, prendida entre dos traviesas. Detrás de la telaraña distingo, ahí está, a mi madre, una campesina joven, con un pañuelo en la cabeza. Recoge unas nueces en el mandil, tira las negras o agujereadas. Subo un poco más la escalera y ahora me ve también ella. Pero baja rápidamente la mirada y sigue ocupándose de las nueces. «Mamá —le digo—, ya sabes por qué he venido.» «Sí —dice con la mirada clavada en el suelo—, quieres que vuelva a darte de mamar.» «Así es, mamá, quiero que me des ahora, en los cimientos de la casa. Te ruego que me concedas ese deseo.» Mi madre se levanta sujetando con la mano el borde del delantal lleno de nueces. Desciendo, ella me sigue, deja que las nueces caigan tintineando en un cesto junto al cubo de agua en el zaguán, cubierto siempre con una tapa de madera. En todos los rincones hay gruesas telarañas, compactas, repletas de garras inmóviles al acecho. Salimos delante de la casa, al sol deslavazado del mediodía. Con el dedo meñique de la mano izquierda levanto la casa, la arranco de sus cimientos, y mi madre se mete en la grieta sombreada. Una culebra de collar, con el vientre amarillo, se desliza suavemente junto a ella. Mi madre se abre la camisa, saca la teta y me ofrece el pezón, en el que brilla una gota de leche. Pero yo dejo caer los cimientos de la casa, despacito, sobre el pecho con venillas azules. La mujer gime de dolor en su refugio que huele a tierra. «Mamá, dime la verdad, ¿tuve yo un hermano?» «No has tenido ningún hermano, cariño...» Dejo caer la casa un poco más, aplastando más aún esa teta blanca. «Yo sé que lo tuve, pero quiero oírlo de tus labios.» «No, cariño, ¿cómo vas a tenerlo? —grita la mujer llorosa—. Y déjame salir, mi vida, que se me parte el corazón...» Bajo la casa todavía más, y de repente mi madre grita, no como si dijera la verdad por culpa del dolor, sino como si se hubiera acordado justo entonces: «¡Sí!, Sí, Mircişor, tuviste un hermano gemelo, estuvisteis los dos en mi vientre, dos príncipes de cabello dorado... ¡Se lo había prometido a tu padre, cuando nos casamos, y cumplí mi palabra!». «¿Y qué pasó con mi hermano?» «¡No lo sé, no lo sé!», grita mi madre echándose a llorar desconsoladamente. La dejo salir y le digo mirando fijamente sus ojos perdidos: «Ten en cuenta que no volverás a verme hasta que no encuentre a mi hermano. Hazme una torta amasada con la leche de tus pechos, que yo me marcho ahora mismo». Con la torta en la alforja me fui, silbando canciones populares, entre los tallos lechosos, trasparentes a la luz, de las gigantescas amapolas. Sobre mi cabeza, las nubes se trenzaban y se destrenzaban en un cielo purísimo.

Salí enseguida del bosque de amapolas y tomé un sendero que serpenteaba por un marjal lleno de droseras. Brillaban al sol los miles de gotas transparentes de las flores carnívoras; se pegaban al cuerpo de cualquier animal, ya fuera pájaro, pez u hombre, que pasara por allí, para absorber el rubor de sus mejillas y la médula de sus huesos. Entretejidas con ellas había hilos amarillos de correhuela y gigantescas atrapamoscas, con las mandíbulas abiertas. Las más grandes tenían la altura de un hombre, y que ni se te ocurriera tocarlas. Te engullían en un instante y entre sus dientes apretados dejabas tus huesos. Unos vapores venenosos brotaban del marjal, salpicado de charcos azules de agua cristalina. En el horizonte, las montañas de cristal se entreveían a través de una calina verdosa. En el silencio que reinaba ahora oí de repente un grito de ayuda y me dirigí hacia allí, apartándome asqueado del pegamento de las droseras. Entre los dientes de la atrapamoscas más grande y más terrorífica de todo el marjal distinguí a un viejo de carne multicolor, de ojos cambiantes como el brillo de las plumas del verderón, con una barba que hacía aguas como un espejo. El dragón verde lo había atrapado y no lo soltaba. Rompí su celda en forma de judía y saqué al abuelo medio muerto. Como recompensa por haberle salvado la vida, el Hombre-de-flores-con-barba-de-seda, pues de él se trataba, me llevó consigo hacia la montaña de cristal donde tenía su refugio el emperador de las serpientes, y a cuyo pie llegamos al cabo de un rato. En medio de la carne de cristal de aquel monte gigantesco se adivinaba, enroscada, una escolopendra con miles de patitas que lo llenaba por completo, como llena un bebé el vientre de su madre. El viejo chasqueó un látigo y en un instante nos vimos en la cima de la montaña. Desde allí contemplamos el reino entero. Y todo era como el ala de una mariposa encantada, con montañas y lagos y calveros y valles floridos y ríos con agua de oro fundido y un sol como una naranja en una parte de la bóveda, y la luna de azogue en la otra, hermano y hermana persiguiéndose eternamente sin alcanzarse jamás. Hasta donde alcanzaba la vista se extendía la dulce flor del país de Tikitan, con los pétalos abiertos en los cuatro puntos cardinales como un corazón púrpura. En la cima del monte de cristal el tiempo no pasaba. Allí, en un palacio que giraba con el sol, vivía el emperador de las serpientes, que tenía por costumbre regalar a los viajeros que se arriesgaban a visitarlo lo que estos le pidieran. «Te mostrará su tesoro de piedras preciosas y joyas, pero lo único que debes pedirle es la perlita que tiene detrás de la muela del juicio», me aconseja el Hombre-de-flores-con-barba-de-seda. El cuerpo de la serpiente te paralizaba de espanto, cubierto como estaba tan solo de escamas de cristal. Al oír lo de la perlita, me engulló cegada por la rabia, pero me escupió al instante diez veces más fornido, más orgulloso y más imponente de lo que había sido nunca. La perlita era como el globo de un ojo humano y transparente como si fuera de vidrio. Sumido en una especie de aturdimiento, la pasé, haciéndola rodar, por mi cuello, mi barbilla, mis labios y mi tabique nasal, hasta que la detuve, helada como el agua del pozo, entre las cejas. «Ajna —susurra el Hombre-de-flores-con-barba-de-seda—, la última parada hacia Shahasrara…» «La perla cumplirá a partir de ahora cualquier deseo», añadió él y se volvió invisible.

Y empecé a desear, y el mundo infinito estaba de repente en mis manos. En un abrir y cerrar de ojos se sirvieron mesas extensas, con bocados de toda clase, con bebidas dulces y engañosas, con diosas vestidas de seda que me envolvían en sus cabellos ásperos y aromáticos. Llegaron emperadores de los cuatro puntos cardinales a ofrecerme sus respetos. Unos ángeles que descendían de los cielos, con sus hábitos blancos, tocando unas trompetas de plata, gritaban sin cesar: «¡Santo! ¡Santo! ¡Santo!». En copas de oro acanaladas, con incrustaciones de perlas irregulares, se movía un agua viva extraída del cerebro de los difuntos: ambrosía y néctar, hidromiel y mezcalina, opio y encefalina, que te abrían los ojos del alma y creías compartir la mesa de Dios. Era tan dichoso que mi piel se agrietaba y mis huesos se hacían añicos, y con un grito de llamarada amarilla explotaba de repente, libre como un pájaro en el mundo. En mi nuevo cuerpo nacido del agua y del espíritu, fundido en la alegría que el hombre siente únicamente cuando vierte su simiente en su mujer, las estrellas brillaban como granos de arena, y las nubes se enredaban en mis pestañas como flores de diente de león. Con el corazón seco de alegría, petrificado por la belleza de los miles de rostros del paraíso terrenal, me retorcía como una peonía de fuego en una ventisca mágica.

Chasqueando el látigo, descendía a veces de la cumbre de la montaña de cristal para explorar mi reino. Recorría territorios ondulados como la suave piel de la axila de las mujeres, entraba en cuevas donde había más luz que en el exterior gracias a las miríadas de flores de mina que brillaban irisadas. Vagaba por las vías aferentes del sistema dopaminérgico del tegumento ventral, ahí donde cualquier estimulación eléctrica genera un placer infinito. En uno de los núcleos de hipotálamo bajé a un valle de manzanillas, me hundí en las flores aromáticas, llenas de mariquitas, hasta que mi alegría dejó de brotar. Me tumbé allí, aplastando bajo mi cuerpo botones de flores cargados de polen, y hojas verdes, y supe que estaba en el Valle-del-Recuerdo, pues aparecieron de repente a mi lado Mia-Gulia-Chupaplatos y su hermano, de cuando jugábamos entre el barro y los charcos delante de las adelfas del patio de Silistra, y yo sujetaba otra vez entre los dedos la campanita dorada. Vi de nuevo mi carita de niño de dos años en el charco de color café con leche, y sobre mi carita pasaban nubes de tormenta de aquella primavera, tan envejecidas en mi recuerdo como mis trencitas pálidas en el bolso granate de mi madre. Y se me escapó de nuevo, como entonces, la campanita en el charco, metí los dedos en el agua sucia y los saqué blancos y vacíos, y la campanita, fijada para siempre en la carne temblorosa de mi mente, como una esquirla en el cuerpo de un veterano de guerra, sigue sonando todavía hoy, a veces, cuando me despierto en medio de la noche, con el mismo sonido dulce que ha recorrido mi vida como un hilo dorado: ¡cling! Y volví a ver el pavo y la pava reales, encerrados tras una cerca de alambre en el patio en forma de U, el segundo útero en el que descansé en la beatitud y en la fortuna prometidas por la adivinadora, volví a ver al Tío Nicu Bă y a Coca y a Ma'am Catana, y a los dos individuos jóvenes e infinitamente altos que me abrazaban y requeteabrazaban y luego me lanzaban de uno a otro en la penumbra de la habitación con suelo de cemento, en la que mi piel brillaba como la luna y como el sol, y cuando me incorporé de la manzanilla aplastada, con todo mi cuerpo oliendo a fresco y a dulce-amargo, mi madre estaba a mi lado, en la cama, donde había colocado una pila de almohadas para que yo me sentara «como un boyardo», y la luz moteada del patio, con su bullicio y algarabía de arrabal, entraba por la ventana. Mi madre sostenía en los brazos el espejo que había descolgado del gancho de la pared, manchado y con el azogue estropeado, con zonas por donde podía ver su cuerpo, mezcladas con zonas en las que veía mi carita, y yo me miraba al espejo y me reía de mi rostro, y tendía las manitas hacia sus aguas profundas y, desde las profundidades, mi rostro tendía las manitas hacia mí. El espejo arrojaba una luz intensa sobre la mesa en la que reinaba la plancha de hierro y sobre el hornillo oxidado. «Mircişor —dice mi madre—, mira lo que me ha pasado, me he cortado con el borde del espejo, maldita sea…» Miro cómo gotea la sangre del dedo de mi madre y me digo que ahora sé de qué está llena por dentro, y la sangre cae de la manta de la cama, se arrastra por el suelo, chorrea cruzando en diagonal la habitación y sale por debajo de la puerta. «Sigue la línea de sangre», me dice la mujer joven, con las pestañas empapadas de lágrimas, y me empuja suavemente hacia el borde de la cama.

… Y sigo la línea de sangre que había atravesado el patio empedrado, había serpenteado entre las adelfas que olían abrumadoramente, había empapado las suelas del viejo Catana que se asoleaba en un escalón delante de su habitación, con la barba y el azul de los ojos de Dios nuestro Señor, y había salido del patio, avanzando por el centro de la calle que conducía al ancho mundo. Siguiéndola con la mirada, pasé junto a la pequeña y oscura tienda de ultramarinos, junto a la casa llena de estacas coronadas de bolas de colores en el patio, junto a aquella ruina en la que no vivía nadie, hasta que llegué a un cruce. Y allí, al borde del camino que se hundía en el horizonte y abandonaba para siempre el Relato, encontré una paloma, una flor y un pañuelo. La paloma estaba alegre, la rosa en flor y el pañuelo intacto, señal de que mi hermano, en algún lugar del mundo, estaba vivo.

Aunque la puta vida que me tocó en suerte —el diablo sabe que no la he elegido yo— haya sido para mí una mierda infinita, mi primer recuerdo no es malo. Estoy en la cama, en una habitación estrecha, y una mujer me pone un espejo delante. Por eso sé también cómo era entonces: un crío sonriente que estiraba las manos para atraparme, como si desde el principio hubiera querido estrangularme a mí mismo. Conservo todavía en un sobre lleno de mugre y de sangre, porque me lo llevé en el pecho a Yibuti y a Kolowezi y a África Central, y a la Guyana Francesa, la mitad de una fotografía antigua. No sé por qué la acarreo siempre conmigo y no he sabido nunca por qué está rota. Me he acostumbrado a creer que es mi talismán, mi baraka y que, si faltara un solo día del bolsillo de mi pechera, el infierno caería de golpe sobre mi cabeza, y yo sé lo que es el infierno. Pero no quiero ni imaginarme no llevarla encima, como no puedo imaginar cómo sería olvidar un día en casa el hueso frontal y salir así, con el cráneo descubierto para que se pasearan por él las moscas... En la foto que no fue cortada, ni rasgada, sino doblada tenazmente una y otra vez, hasta que la película reventó y el papel se desgastó, está el niño del espejo, en brazos de la misma mujer delgada y pobremente vestida. La foto rota le amputó un codo, y del muñón lleno de venas arrancadas, nervios y fibras musculares ha manado siempre una sangre negruzca, que se ha mezclado con la mía. Y con esa mitad se fue al carajo esa habitación y la mujer, y el niño y esa barriga de luz gris en la que fui vertido para ser vertido después en esta puta vida, como si dos barrigas hubieran estado preñadas de mí una después de otra, y de la última barriga hubiera conseguido arrancar, antes de salir con la cabeza por delante, lleno de mierda y de espuma, mi estúpido e incomprensible amuleto: una foto rota, con un niño y una mujer. Hubo luego otra mujer en mi vida llena de mujeres y cadáveres, y sobre todo de cadáveres de mujeres. Una puta con una boina rosa, como si estuvieras viendo un aura en torno a la cabeza de una ramera desnuda, mientras te la chupa de rodillas. Ja, eso sería lo ideal, porque las mujeres nunca parecen más devotas que cuando se la meten entera hasta la garganta, mirándote con los ojos brillantes de devoción. Lo recuerdo como en un sueño: floto en sus brazos, su cabello huele a canela, junto a nosotros pasa una ciudad de viento pajizo, que gira a veces en ángulos rectos y a veces incluso retrocede. No puedo explicarlo. Pero entramos a continuación en una casa desconocida, con un tejado afilado, de las que veré luego miles y millones, hasta asquearme, porque más adelante comprendí que se trataba de una casa flamenca situada en un lugar donde no debería haber algo así, y en esa casa un vejestorio embalsamaba tarántulas y mantis y chinches tan grandes como manos. Era el compadre Monsú, al que conocí demasiado bien después de eso, porque al fin y al cabo trabajamos en el mismo ramo. Tenía el viejo la fantasía inocente de descuartizar mujeres para arrancarles de la carne los huesos de las caderas, limpiarlos, secarlos y pintarlos con spray de pintura de coche, qué maníaco hijoputa, y hacer que parecieran mariposas. Cuántas veces fumaríamos unos cigarrillos bajo sus paredes llenas de mariposas, leyendo la plaquita de debajo de cada una, con el nombre de la donante: Carrie, Petra, Gertie, Ans, Joke… Nos sacábamos luego el animal del pantalón y lo frotábamos imaginándonos a aquellas putillas vivas y desnudas, hasta que escupíamos una flema que manchaba sus osamentas. Al principio no tendría más de diez años. Mi ambición era que el semen llegara hasta la mariposa de Coca —así se llamaba la mujer—, porque estaba más arriba y tenías unos colores más bonitos que las demás, o eso me parecía a mí. De hecho, no todas estaban pintadas, algunas eran negras y extendían sus alas como unos murciélagos condenados, porque el viejo decía que él no las pintaba al azar, sino siguiendo las diez láminas del test de Rorschach, el que me hicieron a mí también mil veces los cerdos de los médicos, sobre todo después de que encontraran aquellos gatos enormes en los que era todo un placer incrustar clavos: entraban en ellos como en una manzana tierna, y gritaban como si los escaldaras, era una verdadera delicia. Cómo me divertía con aquellos estúpidos de batas blancas. «¿Qué ves aquí, chaval?», me decían. Eran unas manchas de tinta, pero yo respondía para tomarles el pelo: dedos cortados, intestinos arrancados de la tripa, ojos colgando de un hilillo, vértebras dislocadas con unas tenazas, un cerebro aplastado en una hoja… Chorros de sangre y vómito. Cucarachas estrujadas, conchas de caracol reventadas con una piedra, con la criatura babosa del interior palpitando entre los trozos… Coños, precisamente eso les decía a la cara, mirándolos con mis ojillos inocentes, coños con los labios abiertos… Los doctores me miraban muy serios, no comentaban nada, pero yo veía, verdaderamente veía que mis palabras los herían, como si fueran carámbanos de hielo clavados bajo la piel. Temblaban cuando me hacían ese test.

Pero por aquel entonces no conocía al compadre Monsú, porque al fin y al cabo tampoco me conocía demasiado a mí mismo. Coca me llevaba en brazos por una sala extraña, luego entramos no sé cómo en otra sala, que podía estar también a cielo abierto, pues era tan grande como un millón de hangares para cohetes de esos de Kourou, solo que en lugar de los cohetes de mierda de los imbéciles de los gabachos había miles y miles de sillones de dentista, cada uno con sus instrumentos de tortura, la fresadora y el torno y la bandejita de agujas y pinzas y espejitos, y el gran plato lleno de bombillas de encima, pero las bombillas estaban apagadas, y Coca encendía solo las que encontrábamos de camino, así que a nuestro paso quedaba un trayecto zigzagueante de luces que, visto desde muy arriba, significaba algo, un texto o una señal, pues Monsieur Monsú me dijo más adelante que en mi vida nada es fortuito y que el Príncipe de este mundo está siempre inclinado sobre mí, y ni una hebra de mi cabello se mueve sin su permiso. Así que el Príncipe de este mundo —al que conocí luego muy bien y que me inspiraba miedo— leía probablemente lo que Coca escribía al encender las luces de los sillones de dentista, y estaba, creo, satisfecho con ese mensaje, porque de lo contrario, a tomar por el culo, habría dejado caer su pata negra, con unas garras enormes, sobre nosotros, para hacernos trizas entre las decenas de sillones dentales, aplastados también.

Y de allí salimos a una ciudad que ahora sé que era Ámsterdam, y floté entre aquellas casas flamencas, a lo largo de los canales, hasta que llegamos al barrio —descubriría más adelante que se llamaba «el barrio rojo»— en cuyas calles y camas y escaparates indecentes pasé mi infancia y adolescencia hasta los diecisiete años, cuando me enrolé en la Legión Extranjera. Si no me hubiera enrolado en la Legión Extranjera estaría todavía en la cárcel, como he estado casi todo el tiempo, al principio en las cárceles para niños, llamadas hospicios, luego en las de verdad, para los que robaban, acuchillaban o tomaban a las mujeres sin pedirles permiso y sin pagarles.

Porque yo no era como todos los demás. Porque desde el principio me llamaron Hombre Negro. Porque no tenía siquiera cuatro años cuando empezó a interesarme el dolor. Al principio, la mujer con la que vivía intentó explicarme, pero yo no lo entendía, por qué no hay que meter la mano en el fuego y por qué no está bien clavarte una aguja de tejer en la palma de la mano y sacarla por el otro lado... Me parecía tan divertido ver cómo tu cuerpo se transforma, cómo de las heridas brota sangre y del fuego sale la piel negra y seca, y empieza a oler a cerdo chamuscado. Ni siquiera hoy en día puedo entender a qué se deben los gritos y los gemidos y los retorcimientos y el pánico que atenaza a la gente cuando se les revienta la piel o se les rompen los huesos, así que los médicos han comprendido finalmente que yo no siento nunca dolor, porque tengo una enfermedad rara que me ha vuelto la piel ciega. «Es ciego al sufrimiento», decía uno de aquellos listillos. «Tantea por el mundo del dolor. Debería llevar un bastón blanco, debería pedir a la puerta de una iglesia...» Si pinchaba con una aguja a la mujer que me cuidaba, daba un respingo ridículo y gritaba como una loca, pero si me pinchaba yo, la punta entraba obediente en la piel como si la estuviera metiendo en una hoja de papel.

La bruja me llevaba con ella cada día a la *fábrica*, donde trabajaba hasta deslomarse, pues llegaba a tener diez clientes al día, y con ninguno acababa enseguida, porque hasta que le quitas el cinturón, le colocas las pesas esas en la punta de la polla, hasta que enganchas al techo la cadena prendida a las argollas de los pezones, y luego suéltale los latigazos en la espalda, estrújale los testículos, quémale las nalgas con un cigarro, arrástralo contigo, a cuatro patas y un collar al cuello como esos perros miserables, luego unas patadas en el trasero con tus botas de nazi y todo lo que quiera el cliente —que finalmente quiere hasta el fondo, sin piedad, con el palo de la escoba o quién cojones sabe con qué—, todo esto lleva su tiempo, y yo mientras tanto, en mi sillita, jugaba con mis cochecitos y mis pistolas, porque la vieja no podía perderme de vista, y ni hablar de ir a la guardería, porque el primer día pegué a todos aquellos surinameses pequeñajos hasta molerlos a palos y me expulsaron.

La vieja tampoco era tan vieja, tendría unos cincuenta años y le quedaba todavía bien el traje de cuero negro, con tachuelas, que le dejaba las tetas, todavía duras, al aire, pero tenía la piel como curtida, como si formara parte de su traje de domadora de hombres y de mujeres y de diablos y de todo lo que se presentara en su taller forrado de capitoné, con una bombilla roja en la puerta, para sentir el oscuro placer del sufrimiento, por el que los envidié siempre, pues es difícil arreglártelas en este mundo cuando no te duele nada. «Solo el cerebro no siente, en la gente normal, ninguna clase de dolor —soltó alguno de aquellos tipos de los test y de las láminas con mariposas de tinta—, porque él es el dueño del dolor.» ¿Cómo es eso —me preguntaba ya por aquel entonces—, el bobo este quiere decir que los ciegos son los dueños de la vista?

¿Que de ellos brota la vista al mundo? Pero me gustó cómo sonaba: el dueño del dolor, y en mi fuero interno así me llamé y así me llamo todavía hoy, porque Hombre Negro, como me bautizaron el día aquel de los surinameses, no me gusta, he visto demasiados negros en la vida. Mi piel es ciega al dolor y a la melanina como una hoja de papel.

A menudo venían a la fábrica también mujeres, que se dejaban meter en la boca una bola roja, atada con una correa, y llevaban asimismo el obligatorio collar alrededor del cuello. Colgaban de un complicado arnés, y se balanceaban así, suspendidas del techo, hasta que llegaban aquellos negros con unos cipotes hasta las rodillas, que se las trajinaban horas y horas. Hacían un ruido como de fin del mundo por un sueldo miserable, que apenas les llegaba para meterse algo de *shit* en vena. Luego las descolgaban, aturdidas y confusas, con los ojos en blanco, y tenía que darles yo la mano para llevarlas hasta el lugar donde habían dejado su ropa cara y perfumada y el caniche atado al tubo del radiador, y ayudarlas a ponerse las bragas; luego regresaba al salón, atento para no pisar las gotas de semen que se habían escurrido, por el camino, de sus desgraciados agujeros.

Vivíamos en el mismo edificio que el burdel, en el piso más alto. No tenía madre ni padre, solo a esa bruja que me daba de comer. Cuando cumplí seis años, me agencié yo solito una madre, al fin y al cabo, no iba a esperar a que me la ofrecieran otros. La vieja me despertaba cada noche y me daba la vuelta hacia uno y otro lado, para que no se me atrofiaran los huesos. Al parecer, la gente normal se da la vuelta sola. La víspera del día en el que iba a cumplir seis años, después de que la mujer me meneara, no pude dormir y anduve por la habitación, rebuscando en los cajones para matar el rato hasta la mañana. Y en un cajón encontré una caja en la que estaba dibujada una mujer con la boca abierta. Y en la caja estaba mi madre, a la que llevé luego a todas partes, la acarreé por todas las campañas de la Legión, porque tampoco ella podía sentir dolor, así que no tenía sentido atravesarla o quemarla y, a pesar de que tenía tres bocas abiertas y venía también con un lubricante en el paquete, no la penetré nunca por ese mismo motivo. Cuando la hinché y vi que era más grande que yo y que tenía un cabello largo y sedoso, y que no gritaba cuando le daba tirones, y que no se le hinchaban los ojos cuando la golpeaba con toda mi alma, y que no tenía en los ojos orificios lacrimales, y que los pezones no estaban perforados para amamantar, cuando supe que estaba vacía por dentro, de tal manera que nadie podía matarla para arrancarle la mariposa iliaca, comprendí que era mi madre, y desde entonces he dormido siempre con ella en la cama, abrazados, y no he necesitado nunca a nadie más en la tierra. Pensaba en lo que daría cualquier mocoso por poder desinflar y empaquetar a su madre durante el día, para librarse de sus estúpidos gritos moralistas, e inflarla de nuevo por la noche, para sentir cerca su piel de plástico y envolverse en su cabello artificial y quedarse dormido sin miedo al Príncipe de este mundo, porque ese Príncipe no aparece cuando duermes con tu madre.

Desde que empecé a dormir con mi madre, que tenía los brazos fuera del edredón, doblados como los de una muñeca, empecé a viajar Allá. Me despertaba solo en medio de la noche. La luz de la luna caía sobre los ojos abiertos y la boca hueca de mi madre. Entonces ella parecía gritar de espanto. Sabía ya por aquel entonces que el miedo no está ligado al dolor, que puedes enloquecer de miedo incluso aunque los nervios de tu piel estén tan atrofiados que, si te cortaran por la mitad con una sierra, te mirarías a ti mismo como un espectáculo de feria. Las mujeres de goma tienen miedo por la noche. Gritan sin que se las oiga, como los murciélagos, con los ojos dilatados por el terror. Porque no contienen sangre, sino espíritu, y solo el espíritu cuenta, la carne es completamente inútil. Solo el espíritu puede ser torturado de verdad. Cuando seccionas una lombriz por la mitad, se contorsiona furiosamente, pero no le duele. Lo que duele es la pierna que te falta.

Me levantaba de la cama y bajaba la escalera hacia la *fábrica*. Entraba en el taller del dolor sexual, por el que muchos pagan un dineral, abría luego una trampilla del suelo y descendía hacia las profundidades del mundo. Estaban al principio los cimientos, el sistema de alcantarillado —allí vagaba por el borde de unos chorros de heces y orina y preservativos rebosantes, anudados, y papel higiénico lacio—, venía luego, abierto en una de las paredes de los túneles de hormigón, el túnel secreto que había descubierto un año antes, y en cuya oscuridad me había adentrado cada vez más, en una bajada oblicua, oprimido gradualmente por su gofrado de esfínteres vivos, pulsátiles. Abría con mi cuerpo las cavidades virtuales, que se estrechaban al instante en cuanto pasaba y que me llenaban la piel de unas ampollas que debían de escocer muchísimo. Regresaba del túnel, aterrado, pero la noche siguiente volvía a encontrarme en su oscuridad húmeda, adentrándome todavía más, hasta que accedí de repente a los mundos de las profundidades y llegué Allá, al lugar donde el asqueroso del doctor de Hol-Hol, que rumiaba tanta quinina que se había vuelto tan seco como la corteza de un árbol, decía que se encuentra el centro del dolor en el cerebro: «Ahí, en la corteza vestibular parietal, sobre el infierno del tálamo. Pues el infierno y el paraíso se encuentran a medio centímetro el uno del otro en el centro del cerebro, y están tan unidos a través de las proyecciones sinápticas que no te cabe duda de que el cielo está iluminado por las llamas del infierno, sombreado a su vez por el bosque de axones repletos de dopamina del paraíso». Qué listo era con esa jerigonza suya. Lo explicaba mejor el vietnamita antes de que le metiéramos la cabeza en la jaula de las ratas: «En medio del Yin está el Yang y en medio del Yang, el Yin, y la muerte está en medio de la vida y la vida en medio de la muerte, así que no tengo por qué teneros miedo». Pero también él sintió miedo, porque los nervios de su piel no estaban muertos y las ratas le mordían con saña la nariz, los párpados, los labios y las mejillas.

El túnel se ensanchaba en una especie de rellano de hospital que rodeaba un vacío increíblemente profundo, porque había cientos y miles de rellanos de esos, que daban unos a otros a través de escaleras de cemento, de tal manera que podías subir y bajar años y años por aquellos pasillos silenciosos. Había también puertas blancas, a una distancia regular, y entre las puertas había unas banquetas marrones, con patas metálicas, duras e incómodas, que olían a plástico barato. Las puertas estaban cerradas, pero si pegabas la oreja podías oír un susurro de agua corriendo en el lavabo, el gemido de una mujer al borde del orgasmo, el zumbido de una fresadora dental. O bien un silencio ciego, de pared compacta, o un pitido parecido al del oído. Y hay una puerta, en uno de los miles de rellanos, que me esfuerzo por olvidar porque, al pegar la oreja, oí, no al otro lado de la madera pintada de la puerta, sino en el centro de mi cráneo, como si mi cráneo fuera una campana y el oído hubiera nacido en su corazón, un murmullo sin sexo, sin edad, sin sonido incluso, que me llamaba suavemente desde un lugar que no puede existir. «Victor», oí, y creo que entonces sentí lo que deben de sentir los que conocen el dolor, porque me llamaban, y lo más terrible en este mundo es ser llamado, y luego viene la pesadilla de ser elegido. Cuántas veces me desperté en medio de la noche, bañado en sudor, y grité a las paredes y a la luna llena. «¡No vuelvas a llamarme por mi nombre! ¡Déjame en paz de una puta vez!» Los que venden su alma al diablo lo hacen para que no se detenga en ellos el ojo de Dios, para no convertirse en un instrumento en la mano del urdidor de planes que escapan a la comprensión. Porque el Señor en su hipocresía, que no tiene en cuenta el rostro del hombre, te puede elegir para que seas Judas o el Anticristo. El Señor te puede destinar al infierno eterno porque necesita allí a alguien que grite para que el cuadro resulte grandioso y edificante. Un cura me decía en Yibuti cuando yo yacía herido y hurgaba con el dedo en busca de la bala en aquel agujero del pulmón derecho: «El alfarero hace con el mismo barro las ollas de la vergüenza y las de la gloria. Algunos de nosotros estamos destinados al infierno desde el primer instante del mundo, otros, a la dicha eterna. Estás como una hormiga en una gota de ámbar: paralizado en tu propio destino. Si tienes que matar, el Señor te planta la idea de matar en la mente y el cuchillo en la mano. Si tienes que arrepentirte, el Señor forma una lágrima en las comisuras de tus ojos. Si eres bueno, es que el Señor te ha hecho bueno para glorificarse en ti. Si eres malo, el Señor te ha hecho malo, también para su propia gloria. Pero si yo tuviera que arder infinitamente en las profundidades más hondas del infierno, mientras todos los demás viven felices en el paraíso, seguiría gritando igualmente desde lo más profundo de mi mazmorra: "Alabado seas, Señor, porque has hecho el único milagro posible ahora y siempre: ¡el mundo!"». Un desgraciado, lo devoraron en el Chad los salvajes a los que quería convertir, oí que le arrancaron el hígado cuando estaba todavía vivo y lo asaron ante sus ojos, que eran capaces de ver aún «el único milagro posible». Qué sorpresa para un hombre que se cree justo e intachable, que justifica cuidadosamente el mal cometido a lo largo de su vida, descubrir sin embargo que estaba destinado al descuartizamiento y a la tortura porque Dios lo había querido, como una pequeña floritura de sangre en su lienzo celestial...

Así que durante una temporada no volví a deambular por los pasillos de aquel dispensario infinito, porque me daban pánico sus puertas blancas y el susurro de mi cráneo (por qué tienes miedo si no te puede doler nada, preguntan los tontos), sino que me dirigí hacia el hueco central y me encaramé a la balaustrada de cemento frío y, puesto que no he sabido nunca qué es el vértigo y puedo cruzar abismos sobre puentes del grosor de un cabello, y puesto que la rotura de los huesos no evoca en mí sino un crujido interesante, me lancé al vacío para ver que había abajo, y porque tampoco me divertía tanto seguir dando fuego a los perros y cortarles las patas a los ratones para ver cómo su comportamiento cambiaba inexplicablemente. Ya por aquel entonces el milagro de mierda de mi vida me parecía una broma pesada.

Y era verdaderamente divertido bajar así, dando volteretas en el aire, y que los pisos volaran en torno a ti, sobre todo porque mi cuerpo no permanecía igual, sino que se modificaba a medida que caía por el agujero, de mis dedos salían garras, en la boca me crecían unos colmillos de perro rabioso, unas membranas negras como el alquitrán me brotaban de las axilas y se extendían en el aire, me convertía en un diablo, algo que no estaba nada mal, porque una energía infinita empezaba a bullir en mi pecho, una especie de furia de la piel y de la carne. A falta de otra persona, me arañaba a mí mismo, y unas bandas de piel y trozos de falange se retorcían a mi paso en el torbellino del túnel, e iba dejando atrás un chorro de sangre, tan poderoso que parecía empujarme hacia las estrías de aquel tubo. Otras veces me convertía en salamandra o en araña, o en una criatura que no podía tener nombre, si es que su nombre no era Victor, el asesino.

Y caía del cielo, y todo el aire era, de hecho, una llamarada densa, ruidosa, que salía de las incontables bocas de volcán. Y debajo de mí había un ajetreo tan grande, que siempre que me precipitaba en aquel magma, caía sobre un diablo o sobre un condenado. Entre los volcanes se elevaban colosales glaciares, que no se fundían en aquella hoguera. Y en cuanto tocaba el fondo, me ponía manos a la obra, y fue un buen ejercicio para más adelante, porque ahora sé qué lesión provoca el aullido más inhumano, qué dislocamiento de las articulaciones, qué castración, qué crucifixión, qué eventración, qué desollamiento, qué aplastamiento, qué latigazos, qué privación de los delicados órganos de la vista, del gusto y del oído provocan las más patéticas convulsiones. ¿Qué habría sido de mí en África, en Indochina y en el Líbano sin pasar por ese estadio? Porque tienes mucha libertad cuando eres un diablo, disfrutas de un montón de alegrías. Animales de laboratorio hay cuantos quieras. Puedes inventar siempre algo nuevo, puedes verter tu furia, el éxtasis de la furia rabiosa, sobre los miles de cuerpos desnudos que te contemplan con los ojos dilatados por el terror. Del cráneo de cada uno, observé más adelante, sale una cánula que debe de penetrar profundamente en el cerebro. Está fijada con plástico dental a los cráneos rapados, y de ella parte un tubo que entra bajo la tierra cubierta de brasas incandescentes. Así que todos cuelgan como frutos de un peciolo, y cuando seccionas pechos y desgarras mejillas y atraviesas un coño con tu afilada barra y los partes por la mitad con tus enormes garras, y los envenenas con tus quelíceros ensangrentados (se recuperan poco a poco: es asombroso cómo se cierran las heridas y se recomponen los cuerpos, llenos, blancos como larvas, listos ya para nuevos tormentos, nuevos forcejeos y nuevos aullidos), podrías ver a través de los tubitos transparentes cómo caen gotas de líquido incoloro, brillante como los diamantes, cómo esas gotas de rocío desaparecen en la tierra, donde se unen seguramente por billones en un solo conducto que penetra en un colosal conglomerado, que ocupa él solo el ojo central del planeta, el oscuro Nifesima. Más adelante, en la estación espacial de la Guyana Francesa, mientras holgazaneaba junto a aquellos pepinos que ponían en órbita, el holandés de los brazos tatuados de arriba abajo me dijo que el dolor es un gran desconocido (¿me lo estaba diciendo a mí?) y que a él le apasionaba ese tema y que lo había estudiado, y que todavía hoy se hacía muescas en el brazo con una navaja para saborear una cierta clase de dolor, y que se quemaba los pezones con cigarrillos para disfrutar de un sufrimiento completamente distinto, y que mientras estuvo casado buscaba hombres y obligaba a su mujer a follar con ellos delante de él, porque la amaba y eso le provocaba un sufrimiento infinito que lo llevaba al éxtasis. Llegó a matarla después, por celos (¿o para sufrir remordimientos, otra interesante clase de dolor?). Y el loco ese, que no era tonto en absoluto, decía que en el cerebro existe un centro del sufrimiento, y que existen unas sustancias secretadas por él, entre ellas la misteriosa sustancia P, la mediadora del dolor entre los nervios y las células del cerebro. Cuando nos duele algo, una muela o un recuerdo, o una herida o un insulto, el cerebro excreta la sustancia P, y esta inunda el grupo de células que se llaman Yo y la red de neuronas que se llaman Divinidad. Y el terrorífico, insoportable dolor paraliza el cuerpo y el alma. Yo creo en las palabras del holandés, porque también los psiquiatras de Ámsterdam decían lo mismo, y me pregunto ahora si todo el infierno no será sino una granja que ordeña la sustancia P de los cerebros, extrayéndola a través de unas torturas imposibles de imaginar, si no será ese el destino del hombre en el mundo, entregar la cosecha de líquido del dolor a los ángeles implacables, si no estarán todos los hombres de la tierra —exceptuando a los que son como yo— conectados a ese conglomerado de las profundidades, para entregar su óbolo cuando lloran y cuando gritan, cuando se dan bofetones en la cara. ¿No serán acaso Nerón y Heliogábalo y Hitler y Gengis Kan y Gilles de Rais y los jemeres rojos y todos los demonios que han incendiado alguna vez el mundo la navaja con la que Dios arrasa los pueblos, sus instrumentos, las hoces que siegan los cráneos humanos rezumantes de sustancia P? ¿No fueron Auschwitz e Hiroshima e Ypres y la costa de Normandía y los campos de exterminio de Indochina las mazmorras para prensar las uvas de los cráneos y extraer el mosto espumoso de la sustancia del dolor? Porque el cura del infierno de Yibuti, que celebraba misas en los burdeles y en las cárceles y en los pueblos de los salvajes y dondequiera que encontrara pecadores —¿y dónde no había pecadores en la tierra pecadora y en el agua pecadora, y en el aire pecador y en el fuego pecador?—, rugía a veces como si le estuvieran quemando las plantas de los pies con un hierro al rojo vivo: «Entré yo solo en la prensa de vino y ningún hombre de ningún pueblo estaba Conmigo; los pisé también con mi rabia y los aplasté con mi furia: así que su sangre salpicó Mi ropa y Me manché con ella por completo». El loco iba por el campo de batalla y se revolcaba en la sangre de los cadáveres, de tal manera que incluso la cruz que ofrecía a las prostitutas para que la besaran estaba llena de sangre...

Pasaba mucho tiempo allí, noche tras noche, dibujando el mapa del sufrimiento humano en aquella piel temblorosa, cubierta de volcanes y glaciares, inyectando en el corazón de mi cerebro las terroríficas hormonas del horror. Lo más terrible es que allí no se podía morir. Bajo la pálida sombra de un glaciar había una gigantesca telaraña, enrollada y gruesa, de cuyo centro salían siempre las patas negras, articuladas, de una araña del tamaño de un elefante, con unos ojos brillantes en su pelo manchado de sangre. En la telaraña se agitaban enloquecidos los condenados, vivos y conscientes, que no podían apartar los ojos de la fiera que asomaba de repente de su nido y les clavaba las garras en su cuerpo martirizado. Luego los disolvía por dentro, licuaba su estómago, sus riñones, sus vértebras, dejaba tan solo el cerebro en el interior del cráneo y absorbía aquel líquido espeso, pegando su abdomen a la piel cenicienta de la víctima. Y a continuación se retiraba, ensangrentada, a su nido en la tela pegajosa y transparente, y bajo la piel del martirizado los órganos se reconstituían y él se convertía de nuevo, en unos minutos, en un cuerpo atormentado, en la conciencia enloquecida que anticipaba el horror y que sabía que volvería a repetirse hasta el infinito, era tras era y eón tras eón o, mejor dicho, que todo duraría un solo instante de horror y de dolor sin límites, un instante extendido por toda la superficie que denominamos tiempo y eternidad. En otra parte, había un cuerpo enclaustrado en un bloque macizo de cristal, como un insecto en el ámbar, en una postura imposible, con la espalda rota y los miembros extendidos, y permanecía atenazado allí, vivo y lúcido, sabiendo que no se quedaría así durante días ni años ni décadas, sino que sería para siempre, sin esperanza alguna de ser liberado. Y una mujer era violada por los demonios y luego su vientre se hinchaba y paría, y descuartizaban al bebe ante sus ojos, y todo comenzaba de nuevo. Y un hombre estaba encerrado en una estancia sin puertas ni ventanas, como una burbuja de aire en una pared de un grosor de billones de kilómetros, de tal manera que podías pensar que todo el universo estaba lleno y era compacto a excepción de aquella inexplicable fisura; ante él, un demonio asesino, y están solo los dos, eternamente enfrentados, y el demonio no se deja persuadir, ni sobornar, ni matar, pues es una fuerza de odio invencible. Y el demonio espera a que se recompongan tus huesos rotos, a que crezca la carne desgarrada, a que broten otros ojos, otra lengua, otros dedos, para poder arrancarlos de nuevo, y solo el cerebro, el único órgano que en vano despedazarías, pues carece por completo de sensores del dolor, quede íntegro, para que hasta su última neurona sienta la desesperación del terror perpetuo. Cada mártir tenía su propia tortura, a cada uno se le extraía la sustancia P con un suplicio diferente, el único martirio común era la aterradora, intolerable e insoportable certeza de que no verían nunca el rostro de Dios, que es la esperanza.

Al principio pensé que también yo me quedaría allí, eternamente, como un demonio al servicio de los designios ocultos del Eterno, sobre todo porque parecía uno de ellos y no estaba menos rabioso y ebrio de poder sobre los cuerpos condenados. Pero, al cabo de un tiempo, recuperaba mi aspecto humano, frágil y blanco en medio del fuego rugiente, y los millones de diablos, desesperados porque me podían hacer pedazos, me podían carbonizar o congelar hasta la médula espinal sin ver una sola lágrima en mis ojos inmunes al dolor, pues el infierno no tiene poder alguno sobre mí, me atrapaban y me arrojaban al fuego del volcán más cercano, que me proyectaba hacia la bóveda del mundo subterráneo. El recto por el que había venido me absorbía de nuevo y llegaba otra vez a los silenciosos rellanos que lo rodeaban y, una vez allí, me apresuraba a reencontrar el camino a casa, porque mi madre debía de aburrirse, sola en la cama, en nuestra habitación del barrio rojo de Ámsterdam. Poco después me encontraba de nuevo en sus brazos de muñeca, los únicos que me han protegido y mimado nunca en esta puta vida que me tocó en suerte, sin que la eligiera yo, en este mundo.

Naturalmente, después de esas noches los días me parecían aburridos y faltos de emoción, y por mucho que bebiera, matara y violara (y lo hacía desde los siete años), el perfume entusiasta del crimen me parecía apenas la fragancia de una mierda que remueves por aburrimiento y melancolía. Porque el aburrimiento me atormentaba más que el fuego o el hielo, me crucificaba cada día a su sistema de coordenadas siempre estúpidamente idénticas. Intenté beber y lo único que hice fue vomitar hasta las tripas, me metí *shit* en vena y me sentí como si hubiera tomado una infusión de escaramujo, esnifé hasta perforarme el septo y el único resultado fue estornudar días y días. Tuve millones de putas y en su masa temblorosa de tetas, culos y vulvas me sentí por un instante como me sentía Allá, violé y sometí a horrores sexuales a unas muchachas inocentes como ángeles, fui su señor absoluto, con el menhir del poder tieso y siempre dispuesto a desgarrar. Estaba mejor cuando gritaban (y gritaban con toda su alma), entonces sentía en mí una especie de frescor que luego he buscado siempre, pero no era lo que yo necesitaba de verdad. Practiqué la sodomía, la mentira, el odio, el desprecio, la rabia, la soberbia, el chantaje, la blasfemia, el terror, la concupiscencia, el robo, el proxenetismo, la vileza, robé los ahorros del ciego, maltraté a la viuda y al huérfano. Antes de los diecisiete años me buscaban la policía, las bandas, los detectives y los cazadores de recompensas, así que no me quedaba un lugar en el mundo donde poder esconder mi bendito cuerpo, que no siente dolor, y a mi madre (de la que no me he separado jamás y que guardo incluso ahora en la mochila), excepto la Legión Extranjera donde, cuando firmas un contrato por cinco años, nadie te pregunta quién eres y a nadie le importa si tienes las manos manchadas de sangre. Así llegué a la base de Castelnaudary, al 4º Regimiento Extranjero, donde me formé como legionario, donde supe por primera vez del ejército de descerebrados sublimes forjado en Argelia, en las batallas contra el santo del islam, Abd-El-Kader, y cubierto de gloria e infamia en Mascara, Antagh, Sidi-Bel-Abbes, en Crimea, Italia y México, e incluso de la más gloriosa batalla de la historia de la humanidad, la de Camerone, donde varias decenas de legionarios enfermos de disentería murieron en el enfrentamiento con miles de jinetes mejicanos. En cuanto nos enrolábamos, tras los primeros puntapiés en el culo y culatazos en la cara, nos ponían a aprender de memoria *Le Récit du Combat de Camerone*, nuestra Biblia y código de honor. Para mí, que no conocía otra cosa que descuartizar y estrangular, y que di fuego al burdel donde había pasado mi infancia y lo reduje todo a cenizas: a la vieja con sus botas de piel, a su clienta con el dildo colgando todavía entre las piernas, a las cuatro o cinco chicas de los escaparates de abajo, *Le Récit* fue mi abecedario, mi atlas y mi libro de historia. El capitán que nos lo metía en la cabeza con juramentos en los que el infierno se mezclaba con el cielo y las putas con las santas, y que nos soltaba un sonoro bofetón en la mejilla al menor titubeo, era un tal Frédéric Sauber-Hall, que no nos dijo nunca que el mundo lo conocía, con otro nombre, como escritor, y de todas formas tampoco habría tenido mucho sentido que nos lo dijera, pues éramos unos simples soldados que solo querían morir en la ridícula gloria de una ciénaga de Indochina. Pero él nos leía, cuando se hartaba de tanta instrucción, a un poeta que había abandonado la poesía para hacerse traficante de esclavos y de armas en el África Negra, y Rimbaud se parecía a mí, porque también él había vivido una temporada en el infierno y había probado todos los venenos sublimes de la tierra: «Qué nos importan, di, corazón, estos charcos de sangre», recitaba Frédéric con patetismo, y esas palabras quedaron profundamente grabadas en mi mente. La Legión, nos decía el capitán, había luchado en todas las guerras desesperadas del planeta, como si quisiera buscar su propia desgracia; miles de chavales habían muerto en imbéciles actos de bravuconería desde el lejano norte, donde lucharon más allá del Círculo Polar, en Bjerknik, bajo las mágicas auroras boreales, hasta en Vietnam, lleno de jaulas de bambú y de ratas, donde sufrieron unas humillaciones terribles por parte de Cao-Bang y Dong-Khe. Cazaron bereberes que se escondían entre las dunas de Argelia y de Túnez, y que desollaban vivos a los legionarios que caían en sus manos, dejando que se agitaran en las arenas incandescentes (los legionarios, en cambio, les destrozaban las articulaciones a tiros cuando los atrapaban, porque la guerra no es cosa de niños ni de mujeres), luego se trasladaron al Chad y a Yibuti, donde la decimotercera brigada se perdió en una ciudad que constaba tan solo de bares y burdeles, construida como una Fata Morgana en el desierto exclusivamente para la Legión… Un desenfreno inimaginable se desencadenó en aquel oasis de perdición, los soldados iban en grupo adonde las negras y no elegían, las montaban a todas, se quedaban dormidos sobre ellas, las bañaban en ajenjo y en vino de palma para que sus nalgas y sus vulvas negras como las de las yeguas brillaran a la luz titilante de las antorchas. Todo duró hasta que las bestiales somalíes, con sus dientes de depredadoras, descuartizaron a las graciosas etíopes y levantaron con sus cadáveres un promontorio putrefacto. Después de 1975 no era ya necesario que nos contara nada Blaise Cendrars (alias capitán Frédéric), porque lo habíamos vivido todo en nuestra propia piel. Mis camaradas, en su piel llena de terminaciones nerviosas; yo, en mi piel de amianto incorruptible. Conocimos, bajo los cielos caniculares, la aterradora *pelote*, la tortura favorita de los sargentos de la Legión, caminamos kilómetros y kilómetros de rodillas, por la arena incendiada, con el macuto lleno también de arena, decenas de kilos. Nos arrastramos sobre rocas, aplastados por gigantescos hatos de leña para hacer fuego. Frotamos el suelo de los dormitorios con los cepillos de dientes e hicimos y rehicimos las camas cien veces al día, soportando gritos animales y golpes. Todo por «el Honor y la Fidelidad», nuestra sagrada divisa. Luchamos en el Zaire contra los

katangueños rebeldes y vi con mis propios ojos cómo se autopro-
clamaba Bokassa emperador del Imperio Centroafricano, cómo en
la televisión imperial aparecía solo él tocando el acordeón, cómo
obligó a los escolares a llevar uniformes que costaban miles de dólares, porque estaban hechos en sus fábricas, y cómo metió a los que
no tenían dinero para comprarlos en la cárcel, donde los violaban
durante meses los guardias imperiales antes de masacrarlos a todos.
Entre ellos bajaba a veces el propio emperador, con su clámide y
su corona, para elegir al muchacho más tierno y limpio. Nosotros
llamábamos a aquel país alucinante «Bokassaland» …
      En el Líbano acompañé al 2º Regimiento de Paracaidistas. Parti-
mos de Córcega, hicimos escala en Chipre y fuimos arrojados en la
desgraciada patria de los cedros, donde una ciudad que había sido
una maravilla del mundo era ahora una colección de ruinas. Parti-
cipé en la Operación «Ballena Asesina», que aspiraba a alejar a los
palestinos de los judíos de un enfrentamiento sangriento, lleno de
episodios terroristas. Cientos de mujeres y niños fueron masacrados
de un día para otro en los campamentos de refugiados. También
los nuestros eran despedazados a uno y otro lado de la línea verde
por los coches-bomba y por las minas enterradas en la tierra. En
el Líbano matábamos todo lo que caía en nuestras manos, cristianos, árabes y judíos. Primero disparábamos, luego preguntábamos.
Primero degollábamos y luego buscábamos en el bolsillo la cartera
con la foto de su mujer y sus hijos. Cuando fue asesinado Gemayel,
también nosotros nos retiramos de aquel delirio libanés, porque
no había solución posible. Los tres pueblos que creían en el mismo
Dios se masacrarían hasta que Este descendiera a la tierra. De vuelta a Francia, desfilé con el 2º Regimiento bajo el Arco del Triunfo
y vi a Mitterrand en la tribuna. Me compré entonces en París los
poemas de Rimbaud y encontré en ellos el verso que recitaba el
capitán Frédéric y muchas otras cosas que merecían atención, entre
ellas el poema H, que creo que significa Homosexualidad o Heroína, y el verso en el que la belleza es amarga. He llevado siempre ese
libro en el macuto, envuelto en mi madre, y a pesar de todo se ha
roto de tantas tormentas de arena y tiene los márgenes salpicados

de esperma, sangre, babas, el diablo sabrá de qué, así que ahora me cuesta leer algunas partes, menos mal que me las sé de memoria. Esta puta vida no respeta ni los libros más sagrados.

Mientras estuve en el Líbano y leía el libro de poemas de Rimbaud sobre los poetas de siete años, empecé a pensar en la baraka y en aquella mujer de mi cabeza que sostenía un espejo y me mostraba en él mi propio rostro, eso es lo que pensaba todavía por aquel entonces. Para quien no se haya enrolado nunca en la Legión, creo que debería señalar que la baraka es un talismán que te protege de las balas. Cada legionario tiene una, y he visto con mis propios ojos barakas de lo más curiosas, y cuanto más raras eran, mejor te protegían, porque el capitán Frédéric, que firmaba sus libros con el nombre de Blaise Cendrars, nos decía que son objetos llegados de la cuarta dimensión y de esa manera pueden curvar el espacio a nuestro alrededor (y que algunas comban incluso el tiempo, aunque resulta difícil entender cómo pueden hacer eso), y las balas enemigas siguen esas líneas curvas y nos rodean, en lugar de insertarse directamente en nuestros cuerpos. He visto, en mis campañas, barakas de todo tipo: esqueletos de rana engarzados en plata y colgados del cuello, bolas de cristal en las que se veía una ciudad construida en las nubes, cartas de baraja en las que la sota no llevaba bajo el brazo otra sota, sino una dama, medallones con pelos del coño de alguna ramera, trozos del tatuaje de la piel de un hombre, ampollas con las lágrimas de un santo martirizado, discos de vinilo con los discursos de Gandhi, filacterias con dibujos pornográficos en su interior (un sirio chiflado las llevaba siempre en la frente), monedas con el rostro del emperador Heliogábalo en una cara y la huella dactilar de su pulgar en la otra, un papel con un verso italiano que me gustaba —«El poeta canta libre sobre la muerte, los cipreses y los infiernos»—, un grano de mostaza del que crecería un árbol tan grande que los pájaros del cielo podrían hacer sus nidos en él, un anillo de pelo de mamut, el pezón momificado de una de las once mil vírgenes, un fenaquistiscopio, un punzón de bronce, una fúrcula... En fin, todo lo que mis camaradas pudieron comprar a los vendedores que nos acompañaban a todas partes, al igual que las fulanas, pregonando su mercancía y escupiendo un gargajo marrón de tabaco de mascar. Cuando algún camarada era abatido, lo primero en desaparecer era su baraka, pues el hecho de que el hombre hubiera muerto no era una prueba de que el talismán no tuviera poderes milagrosos, sino de que a veces miraba a otro lado… Lo veías colgado del cuello de otro, con la misma fe testaruda, hasta que reventaba también él en quién sabe qué ciénaga. Pero mi baraka no era de ningún vendedor. Había crecido con ella, como si hubiera salido a la vez que yo de la tripa de la mujer que me parió. Es lo único que conservaba de aquella época que no podía ubicar en ningún momento de mi maldita vida, solo eso, «de hace mucho», o, como he oído decir, «de una vida anterior»: un recuerdo y una foto. En ambos, la misma mujer desconocida, diferente a todas con las que me he relacionado alguna vez.

Y, como estas cosas empezaron a obsesionarme en el Líbano, regresé a Ámsterdam para encontrar el rastro de la mujer de la foto y para saber qué había pasado conmigo, quién había sido mi madre antes de la mujer de goma que es mi madre. Porque en la Legión envejeces rápido y te jubilas antes de los cuarenta años, así que a todos mis camaradas les dan chaladuras de esas. Regresé con un pasaporte falso, por supuesto, porque al fin y al cabo era muy conocido en el barrio rojo, me dejé incluso barba, y ya en la primera noche me dirigí al muelle de Kaisergracht, con su frenesí luminoso de los espectáculos eróticos reflejados en las olas negras de las aguas y mujeres en bragas y sujetadores fluorescentes con las manos apoyadas en el escaparate de sus casitas de cristal. Algunos recuerdan los árboles de Navidad de su infancia y el primer trenecito corriendo por sus raíles, yo recuerdo solo putas, travestis y arneses de cuero remachados de tachuelas. Cuando regresé a Ámsterdam, follé con putas viejas hasta asquearme, solo para poder preguntarles si recordaban a una tal Coca, que también había trabajado en el barrio; finalmente encontré a una vieja barriguda y fofa que me dijo que sí, Coca era extranjera, apenas chapurreaba algo en flamenco. Le pregunté de dónde era, me dijo que se acordaba porque, por aquel entonces, no había casi rumanas en el mercado: Coca venía de un país del Este sobre el cual nadie sabía nada, se me metió en la cabeza encontrarla e ir allí cuanto antes. El país se llamaba Rumanía y no se conocía gran cosa sobre él (eso me diría nuestro coronel, al que pregunté así… como de pasada, para que no sospechara nada) porque era una apestosa cárcel comunista gobernada por un demente y nadie podía entrar ni salir de allí. Entonces se me ocurrió que tal vez yo fuera rumano y empecé a leer todo lo que caía en mis manos sobre ese desgraciado país, muy apropiado para ser mi lugar de nacimiento. Lo primero que descubrí es que era el país de Drácula, y entonces sí que no tuve ninguna duda, porque a Drácula lo había considerado siempre una especie de abuelo por el que sentía el mayor de los respetos.

Mientras zanganeé en Kourou, donde en principio protegíamos los cohetes espaciales franceses que se lanzaban desde allí, desde la Guyana Francesa, aunque cazábamos sobre todo a los salvajes aborígenes Samancas, Boeschs y Bonis y nos follábamos a sus mujeres con «delantal sexual», es decir, con unos labios de más de siete centímetros de largo, seguí leyendo sobre Rumanía, que es un país bastante grande, pegado a Rusia, con unas montañas en las que abundaban los osos y los lobos y unas gentes primitivas, pastores y campesinos, que lucharon en la antigüedad contra los turcos. Leí sobre Bucarest, su capital, en cuyos cimientos puso la primera piedra el propio Drácula que, cuando se enfadaba, empalaba a unos veinte mil individuos y comía bajo sus cuerpos en descomposición, una imagen que me resultaba familiar por mis viajes Allá cada noche. Vi en un periódico una caricatura de su actual presidente, que tenía también colmillos de vampiro, prueba de que descendía del conde de Transilvania. A medida que iba leyendo, ese país del que no había oído hablar hasta entonces me gustaba cada vez más. Porque allí, por lo que contaban los periódicos, demolían las iglesias, los niños de los orfanatos morían de sida, de hambre, mordidos por las ratas, los pueblos eran arrasados por las excavadoras y la gente era trasladada a una especie de granjas avícolas o cárceles o quién cojones sabrá, unas cajas de hormigón en las que no podías moverte… Era una especie de Bokassaland muy de mi gusto.

Empezaba a sentirme verdaderamente orgulloso de mi origen por ahora tan solo aparente, pero que se confirmaría enseguida, porque nada sucede al azar en esta puta vida.

Resultó complicado llegar por primera vez a Bucarest, porque era difícil entrar en el país y los rumanos eran desconfiados, pero la fama de la Legión es tan grande, que te encuentras en ella con toda clase de depredadores imaginables, y el viejo Benjamín se alegró cuando supo que quería ir a Rumanía, porque él y unos cuantos más del 2º Regimiento iban allí siempre que disfrutaban de un permiso, pues Rumanía era una especie de Thailandia de muchachos, los recogías en la estación, los llevabas al hotel, los bañabas y eran todo tuyos varios días, dos o tres a la vez, no se enfadaban si los grababas, y su policía era tan corrupta que los maderos eran capaces de traerte pequeños vagabundos si les pagabas. La distracción era casi gratuita y, aparte de eso, muchos ganaron bastante dinero con las grabaciones de los chavales. Así que fui a mi país de origen con Benjamín, en el otoño del 87, y los chavales eran una verdadera maravilla si conseguías lavarlos como dios manda, sobre todo los dientes, porque apestaban tanto a pegamento que se quitaban las ganas y, además, robaban todo lo que encontraban a su paso y se lo llevaban a sus agujeros, pues vivían más bien en los canales de alcantarillado. No hice nada durante una temporada, no se me ocurría otra cosa que mostrar en la estación de tren la mitad de aquella foto, pensando que tal vez alguien reconocería a la mujer, pero Bucarest tiene dos millones de habitantes y solo un golpe de suerte ciega me habría permitido conseguirlo. Pero al cabo de una semana recordé el nombre completo de la puta que me secuestró y me llevó a Ámsterdam; Benjamin fue al ayuntamiento porque, a raíz de sus relaciones con los chicos, hablaba la lengua de los rumanos, que a mí me sonaba a portugués, y preguntó por la tal Coca, descubrió la última dirección donde habitó antes de desaparecer sin dejar huella, en 1959, creo, lo que coincidía con mis datos, pues el Albino había completado más o menos por esa época la pared de su insectario, ante el cual estuvimos luego tantas horas charlando. Al día siguiente me dirigí a ese lugar y me encontré con una callejuela embarrada, cuyas casas de la parte izquierda estaban derruidas. Había allí unas fosas enormes donde habían plantado ya los cimientos de unos bloques de esos que llenan esa ciudad miserable y hacinada, pero la parte derecha estaba intacta, con casas de los arrabales tras unas cercas de madera podrida, con un edificio siniestro en el que había una especie de tienda de alimentación sombría, con otra ruina en medio de un solar y, hacia el final de la calle, detrás de la cual estaba el campo y una playa de vías, esta casa. Cuando me encontré ante ella, sentí una punzada en el corazón, porque me parecía que mi corazón estaba envuelto en una piel que sabía mucho más que la que me rodea por completo. Me quedé clavado delante de aquella casa con tres alas, con un piso rodeado por una galería y un patio pavimentado con cemento, ocupado casi en su totalidad por un viejo Mercedes. Las siete u ocho adelfas en tiestos de madera olían como no creía que puedan oler unas inflorescencias. La casa parecía ruinosa y desierta. Las ventanas del primer piso estaban cubiertas con periódicos amarillentos, y un postigo desprendido de la bisagra crujía al viento. Entré con la sensación de que me había equivocado de camino y de que había tomado la dirección contraria, hacia mi propio cerebro. Qué cojones, no he sentido nada parecido en toda mi vida. En cierto sentido conocía aquel edificio, me recordaba a un barco, y en el primer piso veía a un hombre en camiseta, con pelo en el pecho, y a una mujer que me ofrecía una galleta. Pero era como si esos recuerdos estuvieran en mi carne y en mi sangre, porque no eran exactamente imágenes, sino una especie de emoción, unos reflejos de los músculos y de las articulaciones. Recordaba mis movimientos de esa época, como si en algún sitio se hubiera grabado no una película, sino los movimientos de la cámara y ahora esos movimientos se proyectaran en la pantalla de tu cuerpo… No, no se puede expresar… Entré, y la casa gritaba, silbaba, parecía viva. Supe dónde había vivido: en el ala de la izquierda, la puerta del fondo era todavía granate, como *sabía* que tenía que ser. De la otra ala salió una joven que me preguntó algo y le respondí en francés, su rostro se iluminó, porque tenía muy pocas oportunidades de practicar esa lengua, y cuando le dije que era director de cine y que me gustaba aquella localización, se alegró todavía más. Entré en una habitación extraña, llena de alfombras y figuritas, y muñecas con vestidos acolchados, y plumas dibujadas en los jarrones, como si el tiempo no hubiera transcurrido allí durante cien años, y en el fondo de la estancia, gorda como una araña, había una vieja con barba y bigote, que había sido la propietaria de todo el edificio, la joven era su nieta… Solo tuve que dejar hablar a la vieja, de todas formas era lo único que hacía todo el día, además de hacérselo todo encima porque, tras perder el seso después de vérselas con su marido, que había fundido todo su dinero en un panteón del que todavía no había podido disfrutar ella, siguió con los inquilinos uno a uno, e insultó a Coca por ser una rastrera, y a otra por ser ratera, a uno porque era un borracho y a todos porque eran gitanos… La chica me ofreció un licor de cerezas, hablaba francés bastante bien. Al cabo de una hora, me di cuenta de que así no llegaría a ninguna parte y me arriesgué a sacar la fotografía, la baraka, a pesar de que si se hubiera asustado habría llamado a la policía, porque los rumanos debían informar a la policía de cualquier contacto con un extranjero. La vieja se puso dos pares de gafas, uno sobre otro, y la miró, y reconoció de inmediato a la mujer, a la que llamó Marioara, y al niño en brazos de Marioara lo llamó Mircişor. Al principio pensé que ese era mi nombre verdadero, pero finalmente la vieja, tras un montón de rodeos estúpidos, llegó al meollo de la historia y me quedé atónito al saber que tenía un hermano gemelo, llamado Mircea, y que yo me llamaba Victor en realidad, y que me robaron allí mismo, en la calle Silistra, antes de cumplir un año y medio. Y Marioara y Mircea y el que fuera mi padre, Costel, siguieron viviendo en esa casa un par de años, luego se mudaron a otra parte. Entonces comprendí que en mi primer recuerdo no había ningún espejo: era la mujer que me había parido sosteniendo en brazos a mi hermano gemelo. Dejé unos francos arrugados sobre la mesa y me marché deprisa, porque ahora sí que tenía en qué pensar.

Regresé al hotel y encontré a Benjamin con los muchachos. Cuando no les ponía el culo en pompa, los cuidaba, los sermoneaba y los mimaba como una mujer histérica. Me preguntó de inmediato qué me pasaba, porque a lo largo de la vida había torturado, había matado y había violado y había quemado, y había pasado todas mis noches en el infierno, y había visto en muchas ocasiones al Príncipe de este mundo y había sentido miedo de él, pero nadie me había explicado cómo soportar la idea de tener un hermano gemelo y cómo mirarlo a los ojos si es que está vivo y si me lo encuentro en algún lugar del mundo. Se me pasó por la cabeza que tal vez si me reencontraba con él, mi piel se volvería sensible como la de todos los demás y se me concedería también a mí, como a cualquier individuo, la felicidad de conocer el dolor. Quizá él hubiera partido con mi dolor, tal vez su piel lo sintiera por partida doble, tal vez él hubiera sentido profundamente todas mis heridas, las de la piel y las del cerebro, igualmente ciegas, adquiridas a lo largo de los charcos de sangre de mi vida. Hasta entonces había vivido en la desesperación y en la melancolía. A partir de ahora sabía que vivía para encontrar a Mircea.

Dos años después oí que en Rumanía había una revolución, era la mejor de las ocasiones posibles. Me tomé unas vacaciones y llegué a Bucarest precisamente el día de la fuga del dictador. Habría venido incluso aunque no hubiera tenido que encontrar a mi hermano gemelo, pues siempre he buscado lugares donde suceda algo interesante. Fue coser y cantar conseguir un arma, un AKM de culata plegable, de una patrulla que deambulaba sin ton ni son por los solares desiertos, y luego, durante unos días, reinó la diversión. No desperdicié ni una bala. Me partía de la risa en mi tejado, o en el desván vacío de alguna casa sin restaurar, cuando veía a través de una ventana cómo una mujer le ponía la sopa en el plato a un individuo cuyo cráneo volaba justo entonces por los aires, llenando a la pobre mujer de porquería de arriba abajo. O cuando, en un grupo de soldados que fumaban apoyados en los tanques, uno caía de repente como si tuviera la curiosa enfermedad del sueño, y luego ráfagas y ráfagas de metralleta y cañonazos lanzados a lo tonto, hasta mandar al carajo aquella fachada antigua y hermosa... Por las noches recorría las calles con la esperanza de dar con el hombre que se parecía a mí, con una probabilidad casi nula de encontrarlo, aunque no exactamente nula porque, en una de esas películas que echaban en las unidades y en las campañas, una italiana va en busca de su marido desaparecido en Rusia y lo ve en una calle de una ciudad remota. Así que no he perdido la esperanza por completo. Mañana me entretendré un rato en la Casa del Pueblo, porque he oído hablar mucho de ella, pero no la he visto jamás, ¿y cómo me sentiría si volviera a Castelnaudary, a nuestro *cassoulet* de cada día, y mis camaradas me preguntaran si he visto el palacio del loco, al parecer el edificio más grande del mundo, y yo respondiera que no he ido a verlo, ahora, cuando la entrada al edificio es un desmadre y esas salas están abarrotadas de las presas más fáciles que puedas encontrar en esta puta vida?

El heteróclito pueblo de las estatuas penetró en el gigantesco diamante que dominaba ahora Bucarest con un brillo de otro mundo. La luz inmensa entró de repente en miles de cocinas y dormitorios de los bloques de la ciudad, de los bloques antiguos del centro a las cajas de hormigón de los barrios más alejados. Los inquilinos se vieron tan asombrados por aquellas llamaradas de hielo y arcoíris, que dejaron incluso los televisores y salieron a los balcones para ver de dónde venía lo que al principio tomaron por una violenta explosión termonuclear. Se pusieron deprisa los abrigos, las bufandas y las gorras y marcharon corriendo hacia el Centro, abarrotando los trolebuses, apretujándose seis vecinos en un Dacia o dirigiéndose simplemente a pie, en columnas que se incrementaban por el camino, como si hubiera estallado otra revolución y la gente se hubiera amontonado para derrocar a un nuevo dictador. En menos de una hora, decenas de miles de bloques prefabricados quedaron desiertos, con los televisores encendidos para nadie. Incluso los enfermos crónicos de los hospitales, aquellos que podían desplazarse hasta el quiosco de la entrada, se envolvieron en sus batas y echaron a andar, con muletas, en sillas de ruedas o renqueando bajo el sol helado de diciembre, hacia la columna de luz que se elevaba sobre los tejados y sobre las ramas deshojadas, muy lejos, en medio de la Capital. En casa se quedaron tan solo los paralíticos, los moribundos y los recién fallecidos, tendidos en la mesa del comedor. Todos los demás se encontraban, una hora después, hacinados en la enorme explanada en torno a la Casa del Pueblo, dos millones de personas reunidas en el mitin más impresionante que se había visto alguna vez en la tierra. En silencio, con los corazones arrebatados por un fantástico presentimiento, no podían apartar la mirada de las gigantescas fachadas de cristal y del aparato volador de encima, cuyo querubín había desplegado majestuosamente las alas. Debajo de él brotaba la más dulce y la más transparente y la más dorada luz que podían distinguir los ojos humanos, más arrebatadora que un atardecer del veranillo de san Miguel, más tranquilizadora que el movimiento de las norias en Ruysdael... Aquella luz serena caía sobre el edificio de brillante que la reflejaba en todos los rostros, en los millones de mejillas cenicientas de mujeres y de hombres y de bebés y de ancianos reunidos alrededor del Milagro.

Las estatuas penetraron a través de las puertas abiertas de par en par y llenaron el faraónico corredor principal con el ruido de apisonadora de sus pies de mármol y bronce. Miraban asombradas los fastuosos ornamentos a su alrededor, los entrelazados de Da Vinci, las náyades con senos desnudos que sostenían algún pórtico, las gruesas columnas en las que se apoyaba a una altura exorbitante el techo laminado. Todo era ahora de cristal. En comparación con la transparencia del vidrio, sus cuerpos de escayola y metal parecían más penosos aún, y más burdos. Lenin no pudo controlarse y, mirando solo hacia arriba, a punto de tropezarse con las alfombras a cada paso, exclamó con orgullo: «¡Mirad qué milagros puede hacer el Hombre, camaradas! ¡Todo lo que veis es el resultado del trabajo abnegado del pueblo rumano! Por algo dije yo una vez que el hombre es el capital más precioso... O tal vez lo dijera Marx, bueno, da lo mismo...». «Cállese la boca, camarada Lenin —intervino Davila—. Podemos admirar estos interiores sin que nos envenene la ideología...» Avanzaban despacio hacia el corazón del edificio, como una procesión de sacerdotes de un culto extraño dentro de un templo construido en unas dimensiones inhumanas. Sobre los hombros de Lenin, Ionel y Emilia habían empezado a sentirse a sus anchas. Las mejillas de piedra no los espantaban ya, las narices melladas y las manos sin dedos les provocaban una vaga compasión. Se veían incluso como el rey y la reina de este pueblo pintoresco e inofensivo, al que guiarían de ahora en adelante con sabiduría. En definitiva, en el mundo debe de haber millones de estatuas explotadas por los capitalistas que las habían construido. Emilia soñaba ya con una Internacional que reuniera a gigantes de la talla de Kim Il-sung y de los presidentes esculpidos en la montaña y a enanos como el Mannenken Pis o las estatuillas de Tanagra, reunidos bajo el elevado patronazgo de la nueva pareja señorial, ella y Ionel, mucho más inteligente, en definitiva, y mucho más representativa de la lucha de clases que los Perón o los Ceauşescu, pues en definitiva eran mucho más que dos criaturas humanas: eran dos emblemas inmortales, la Activista y el Securista, la mente que ordena y el brazo que ejecuta... Finalmente, seguía pensando Emilia, Ionel podría difuminarse, podría ser un príncipe consorte decorativo, porque al fin y al cabo no servía para nada y, si no hubiera estado ella, habría sido un aldeanito de pueblo. Así que ella, Emilia, con toda seguridad, iba a gobernar Rumanía sola, la Reina de las Estatuas de toda la tierra, en un trono elevado en la palma de Kim Il-sung, con los pechos desnudos entre los collares de perlas y el diamante más deslumbrante encontrado jamás anudado a la frente... Y si la Estatua de la Libertad —o bien otras casquivanas como ella— se pusieran insolentes alguna vez, Emilia les enviaría unas cuantas divisiones de excavadoras y camiones, para que no quedara de ellas ni un grano de escombro... Y las estatuas, bien adiestradas, organizadas como dios manda —a fin de cuentas, por algo había sido ella la presidenta del B.O.B.[44] de la Universidad durante tanto tiempo— acabarían finalmente por dominar también a los mortales con la misma zapatilla tejida con hilos de oro, pues,

---

44. *Biroul Organizaţiei de Bază al Partidului*, Oficina de la Organización de Base del Partido.

en definitiva, ¿qué eran los hombres sino carne en torno a una estatua interior de yeso? Por consiguiente, no pasarían ni cinco años antes de que Emilia, el avatar de la antigua Estera, fuera nombrada con entusiasmo Emperatriz del Universo… Una ola de excitación húmeda la atravesó de repente. Se veía como una eterna abeja reina del mundo, fecundada permanentemente por millones de hombrecillos, a cada cual mejor dotado y más impetuoso… La mujer extendió el brazo, como un guerrero bárbaro a lomos del cuello de un elefante, y lanzó un grito autoritario. Pero el grito triunfal se le heló en la garganta en el momento en el que el pasillo, que subía levemente hacia las profundidades del edificio, desembocó en las perspectivas abrumadoras de la demencial, fantástica, indescriptible sala central.

El ojo humano no puede abarcar, el cerebro no puede comprender y el corazón no puede aceptar dimensiones que no guarden relación con las del cuerpo humano. Los pársecs y los eones son solo palabras, como unas puertas cerradas tras las cuales hay tan solo un muro. ¿Qué puede ser una escalera en la que cada uno de sus escalones fuera tan alto como un bloque de diez pisos? Cuando vives un instante que, mira, ya ha pasado, ¿qué son para ti las eras geológicas, los yugas, los kalpas y otros monstruos de la infinitud? La sala central de la Casa del Pueblo era más vasta que el propio edificio, como si las siete dimensiones suplementarias del mundo, firmemente apretadas en la escala de Planck, hubieran explotado en el interior del mamut arquitectónico, abriéndose ahí como un ovillo de origami arrojado al agua que formara la Mariposa, la famosa figura topológica de René Thom. La sala se encontraba donde debería estar el patio interior del edificio, y sobre ella se elevaba una bóveda inmensa que la luz dorada de los querubines volvía traslúcida. Incluso así, se podían vislumbrar, a una altura que te cortaba el aliento, las pinturas alegóricas que decoraban la cúpula y que retomaban obsesiva, tortuosa, fractálica y fantásticamente, todas las imágenes y todos los personajes de este libro ilegible, de este libro… Cada punto de ese inmenso mapa cóncavo era todos los puntos, cada rostro, todos los rostros, cada comisura de los labios de una figura pintada se convertía en un Belén y cada brillo de los ojos de los pastores venidos a adorar al Niño de luz era una galaxia lejana, y la cúpula infinitamente alta era una proyección semiesférica de todas las proposiciones verdaderas y falsas encadenadas en el espacio lógico de la mente, conectadas, a través de un mecanismo terriblemente complicado, al mundo, tal y como es, con lo que se ve y con lo que no se ve. En el ápex de la bóveda había una abertura circular que el artefacto con querubines llenaba casi por entero.

Los cientos, los miles de estatuas avanzaban, como motas de polvo, bajo la lejana cúpula, caminando por el suelo suave, cuadriculado, de losas de pórfido y de malaquita. La sala redonda era tan grande que el extremo opuesto se perdía en unas brumas azuladas y descendía, como los mástiles de los veleros, bajo la curvatura de la tierra. Alrededor se elevaban estatuas que ruborizaban a los infelices ácaros que avanzaban por el espejo de la sala: ni la mole de bronce de Lenin, por no hablar de Kogălniceanu, Spiru Haret o Mihai Viteazul, llegaba con la coronilla a las uñas de los pies de los titanes que bordeaban, doce en total, la monstruosa nave. Los gigantes no parecían de mármol, ni de bronce, sino de una carne verdosa y sufriente que exhibía unas dolencias y enfermedades terribles. Uno tenía unos testículos enormes, que tocaban el suelo, a otro le crecían unas manos arrugadas directamente de los hombros. Uno tenía la cabeza colocada sobre un tórax jorobado por delante y por detrás, a otro se le abombaba en el vientre un quiste hidatídico. Hernias y enfermedades de la piel, labios leporinos y secuelas de la poliomielitis, malformaciones y amputaciones se intercambiaban en un atlas del sufrimiento humano imposible de soportar. Entre los dedos de los pies tenían unas puertas monumentales que daban a unos túneles enigmáticos y silenciosos.

Habrías dicho que habían transcurrido semanas hasta que el cortejo llegó al centro de la sala y rodeó por completo el sarcófago de cristal en el que latía una ninfa lechosa del tamaño de una persona. Los párpados gigantescos de aquella criatura estaban cerrados, el esbozo de una trompa espiral se dibujaba ya en una piel transparente como la de los caracoles, unos órganos extraños se deslizaban peristálticamente bajo la cáscara pálida que envolvía el cuerpo. A ambos lados del tórax del insecto, seis yemas embrionarias habían empezado ya a desarrollar sus articulaciones. Lenin se arrodilló y se inclinó hacia el suelo como si se postrara ante el sarcófago tallado en cristal de roca y ante su solitario habitante. En realidad, quería tan solo librarse del peso de los dos mortales encaramados a sus hombros, porque las noches dormidas en la sala de linotipias de la Casa Scânteia, por no mencionar el cierzo y las borrascas sufridas cada invierno en su pedestal megalítico, le habían metido en los huesos un reumatismo que lo atormentaba sin piedad. Aunque hubiera sido de hierro —y él, el pobre, no era sino de bronce—, le habría afectado igual. Las estatuas interpretaron su gesto, sin embargo, de otra manera y, considerando, con sus encéfalos petrificados desde hacía mucho, que así tenía que ser, se postraron a su vez, levantándose y doblándose hasta el suelo con el culo en pompa y las manos extendidas, ante la tumba solitaria.

Ionel y Emilia hicieron unos movimientos para desentumecerse y, olvidando por un instante su misión histórica, se dirigieron curiosos hacia el sarcófago. Era un bloque de cuarzo sin adornos, con unos bordes cortantes ribeteados por arcoíris, rodeado en la parte superior por un friso de letras rectas, moldeadas en la misma sustancia dura y límpida, de tal manera que solo se podían leer según sus sutiles juegos de sombras y reflejos. Se agacharon y se mostraron el uno al otro la inscripción, que podría haber sido en cierto sentido importante, pero que, leída letra a letra, resultó ser una secuencia absurda:

INGIRVMIMVSNOCTEETCONSVMIMVRIGNI.

La apuntaron de todas formas en un papelito del bolsillo del abrigo, pues Stănilă, que había servido en varios departamentos de la *Securitate*, sabía algo sobre códigos secretos.

Iniciaron, bajo la presidencia de Emilia (se había sentado cómodamente, con las piernas cruzadas por debajo, sobre la tumba), la reunión para constituir el Partido Popular de las Estatuas Bucarestinas (PPEB) y estaban enfrascados en la elección de un comité de dirección, cuando una de las ninfas morenas de Herăstrău, de

521

Expoflora, a la que no le interesaba la política y que, por aburrimiento, miraba con ojos como platos los sexos colosales, sin circuncidar, de los titanes, percibió un movimiento en el vasto campo cuadriculado del suelo. Estaba tan lejos que no podías decir por el momento si era una persona, un animal o quién sabe qué maquinaria, pero no cabía duda de que se dirigía precisamente hacia ellos desde la entrada diametralmente opuesta del colosal edificio. «¡Terroristas!», lanzó ella un grito ahogado por el pánico, y, poco a poco, como una oleada de adrenalina, un pánico animal invadió a los hombres ilustres. Terroristas significaba balas, y las balas significaban estuco desmenuzado, pedazos de torsos y de brazos reventados en nubes de escombros. Nadie había hecho jamás el balance de las estatuas caídas en las guerras, rotas en miles de añicos en los bombardeos, desfiguradas por las esquirlas, nadie se había preguntado cuántas mujeres y cuántos hombres de bronce se habían licuado en Hiroshima... En cada revolución, las estatuas del régimen anterior eran ejecutadas sin piedad, como una profanación de las tumbas y de los valores, como si fueran estos los injertos de los que podrían crecer unos nuevos tallos peligrosos. Cuando una nueva religión se imponía con la espada, los Dioses de piedra y de madera de la antigua fe eran los primeros en caer, bocabajo y con los brazos cortados, en el umbral. No era sorprendente que, en su atormentada parálisis, las estatuas sufrieran un miedo endémico, de pueblo elegido y perseguido, y que sus corazones se sobresaltaran con cualquier rumor, con cualquier movimiento... El punto móvil que avanzaba hacia ellos podía ser, al fin y al cabo, un tanque de esos que, desperdigados por las calles, disparaban a las fachadas de las casas ante la más mínima sospecha. O un terrorista con un uniforme negro y una siniestra capucha en la cabeza. O el fantasma del dictador asesinado hacía unas pocas horas, venido a visitar una vez más su palacio, antes de partir hacia la eternidad. Así que Lenin se tumbó en el suelo, como le había ordenado la camarada Emilia, y los demás se cobijaron detrás de su cuerpo macizo. A cada instante que pasaba, el contorno del enemigo potencial se perfilaba con más claridad en el aire gris, cambiante, dolorosamente nostálgico de la sala.

Era el Gran Enfermo, preñado con el niño de su cráneo, más doblado hacia el suelo que nunca debido a su preciosa carga, avanzando a ciegas hacia la tumba del centro, como si corrieran por sus venas los monopolos de un imán partido por la mitad, que apuntaran en una única dirección. Caminaba despacio y fatigado por las losas brillantes que reflejaban su rostro, no el de un viejo jorobado, sino el de un arcángel de luz triunfante. Se veía tan minúsculo bajo la gigantesca bóveda traslúcida, que era como si necesitara varios siglos hasta llegar al centro, justo bajo la vertical del lucero del ápex de la bóveda, a través del cual se veía, desde abajo, el aparato con los querubines y las ruedas cubiertas de ojos. Los titanes que bordeaban la colosal rotonda se lo pasaban unos a otros con sus miradas perezosas, como de fetos conservados en formol. Herman no frenó su avance ni cuando, en lugar del sarcófago que brillaba en su mapa interno, distinguió tan solo una estatua de bronce ennegrecido, derrumbada de medio lado. Como un insecto ciego, mantuvo su rumbo en línea recta, y habría intentado incluso escalar el traje de metal del revolucionario ruso si el gólem no se hubiera puesto de rodillas, resoplando aliviado junto con el pueblo de estatuas que su cambio de postura había descubierto. «¿Quién será el vagabundo este?», se preguntó Ionel, no deberían dejarles entrar en la Casa del Pueblo, ¿verdad?, a todos los indigentes. Pero, como las estatuas parecían reconocer a Herman (no en vano había dormido él veranos enteros a los pies de C. A. Rosetti, entre botellas de vodka desperdigadas por la hierba), el coronel se retiró, junto a su pelirroja, esperando con resignación a despertarse de aquella curiosa pesadilla, o bien a seguir gobernando («Majestad, majestad...») aquel decrépito pueblo de estatuas.

Gimiendo y resoplando con dificultad, el hombre doliente lanzó a los hombres ilustres una mirada perdida. Pasó luego entre ellos y, ante el paralelepípedo brillante en el que se adivinaba una pupa en plena metamorfosis, se dejó caer, lentamente, de rodillas. Apoyó su pesada cabeza, rasurada hasta el cuero cabelludo en el que temblaban los tatuajes multicolores, sobre la dura superficie de cuarzo y su rostro se vio nimbado por los suaves arcoíris que brotaban de los bordes. En el silencio absoluto de la basílica diez veces más grande que Santa Sofía se oyó entonces un crujido leve, como el de un huevo al resquebrajarse. Las estatuas formaron un círculo apretado y curioso en torno al hombre derrumbado sobre la tumba, así que cientos de ojos minerales pudieron ver lo que estaba sucediendo. Los únicos ojos orgánicos encontraron entonces el momento propicio para huir. Agarrados de la mano, Emilia y Ionel se miraron un instante y echaron a correr, cojeando y resollando —vaya, ya no eran tan jóvenes— hacia las lejanas tierras de la salida. Ionel portaba aún en la cabeza los laureles de Virgilio, pero la locura imperial los había abandonado a los dos, porque sentían que el final del Relato estaba cerca. La resurrección los sorprendería por el pasillo faraónico, corriendo todavía, y los llenaría de horror, pues por su miseria y su vileza de dioses mezquinos, de Judas de pacotilla, de verdugos ridículos, la vida de después solo podía ser, para ellos, la Gehena.

Una de las costuras del cráneo de Herman, uno de los cuatro ríos con incontables meandros (Estigia, Aqueronte, Flegetonte y Cocito) que serpentean a lo largo del cráneo de cada mortal, reventó. Bajo la presión de la dulce carne del interior, reventaron enseguida los demás, como los pétalos de un capullo al despegarse. El frontal, el occipital y los dos parietales empezaron a alejarse, lentamente, como se disloca la pelvis de una mujer en el parto. El rostro de Herman estaba ahora gris por el sufrimiento, sus ojos azules habían desaparecido, vueltos como los de las muñecas, y dejaban a la vista solo el coracoides amarillento. Unos espasmos epilépticos sacudían ahora su cuerpo. La punta de los pétalos óseos desgarró el cuero cabelludo y asomó a través de él como unas cuchillas anchas de puñal: Herman gritó como un animal, como una criatura de otro mundo que no estuviera gritando con la laringe, sino con un órgano extraño que lo atravesara por completo, cumpliendo la función vital del grito. Con ese aullido que no era el de un vertebrado, sino más bien el de una larva asesina, el del macho de una mantis devorado vivo, las estatuas reventaron y por sus grietas empezó a fluir una sangre púrpura, brillante, que se escurría por sus miembros de piedra y formaba charcos en el suelo pulido de la sala.

Consternados, lívidos por el dolor y la desesperación, abriendo las manos agujereadas en unos inútiles gestos de protección, Pushkin y Lermontov, Olga Bancic y Brâncoveanu, los aviadores y los héroes sanitarios, la madre Smara y Kogălniceanu, los Ceauşescu y los angelotes, las gorgonas, los atlantes, las náyades de las fuentes chorreaban ahora sangre.

Y el bebé acurrucado en el cráneo de Herman se puso de repente en pie, desgarrando lo que quedaba todavía de la membrana tatuada del cuero cabelludo. Era el más sano y más rollizo niñito que pueda imaginarse, con unos enormes ojos azules y una sonrisa que lo iluminaba todo a su alrededor. Se estiró perezoso, con las plantas de los pies pegadas al cristal frío, rodeadas por las venillas azules del efecto Kirilian. Todo su cuerpecito nacarado, sombreado en un rosa pálido, estaba rodeado por la misma escarcha azulada, con la estructura delicada del copo de nieve. A su lado, el cráneo del gran sufriente, abierto como una flor, revelaba, en el fondo, el hueso etmoides de la base del cráneo, en forma de mariposa tropical, coloreado asimismo en un deslumbrante azul eléctrico. El niño miró hacia arriba, tendiendo las manitas hacia la bóveda gigantesca y, con una voz de campanilla dorada, gritó de repente, en medio de un silencio sepulcral: «¡Abba!». Y entonces, inesperadamente, los titanes que bordeaban la sala elevaron también sus ojos hinchados por el sufrimiento y gritaron hacia el gran lucero, con voces de fantasmas y de trueno: «¡Abba!». Con la vibración del temblor de los gritos lanzados desde lo más profundo, el envoltorio mineral de las estatuas reventó del todo y lo que había estado siempre en el interior, la criatura atormentada, condenada a la parálisis eterna, se quedó en pie, transparente, lívida y amorfa, cubierta por una membrana de cristal blando. Y las larvas empezaron a agitarse, como si bailaran con una música inaudible, hasta que también esa piel se resquebrajó y de ella salieron arrastrándose, a través de la abertura superior, unas mariposas vivas, húmedas todavía y con las alas arrugadas, en cuyos vientres bombeaba ya un líquido frío. En unos pocos minutos, las alas estaban desplegadas y rígidas, y la sala se llenó de unas mariposas gigantes que revoloteaban zigzagueantes bajo la bóveda de la jaula más grande de la tierra. El aire ambarino de la sala se llenó de líneas azules y naranjas, de morados y violetas, de luz exuberante y sombras aterciopeladas. En el suelo, en torno al sarcófago de cuarzo y arcoíris, yacían tan solo los caparazones amorfos de metal, yeso y mármol, desperdigados por ahí, que se reflejaban en la suave superficie de la estancia. El niño descendió de la tapa de la tumba y tendió la mano hacia el gran paralelepípedo. Su cristal comenzó entonces a hervir, como el agua sobre el fuego, con miles de pompas furiosas que se elevaban hacia la superficie. Se evaporó poco a poco, las esquinas y los bordes se erosionaron y, finalmente, levitando a medio metro del suelo, quedó en el aire solo la gran ninfa con los párpados cerrados sobre unos ojos enormes y con unos extraños bultos en la piel lechosa. El suelo la reflejaba con tanta precisión que no sabías ya en qué parte del espejo estabas. El niño se acercó y la tocó con los deditos y, con esa caricia más leve que la de un pétalo al caer sobre la superficie de un lago, la ninfa se estremeció, se acurrucó y se recogió sobre sí misma, se agitó atrozmente, como si buscara un punto de apoyo, se hinchó hasta que los estomas de los bordes comenzaron a desgarrarse y uno de los lados reventó de repente, dejando que saliera a la luz, multiplicándola con el brillo de su pelusa, más blanca que la leche, la más maravillosa polilla blanca, con ojos de un púrpura refulgente y una trompa retorcida como el muelle de un reloj, el animal más bello y más enternecedor visto jamás en el mundo, que tenía algo de la ternura de los corderos y de la suavidad de los pollitos del búho, pero también los movimientos precisos de los insectos en su vuelo automático sobre las corolas de los lirios. Las seis patas articuladas estaban también cubiertas de pelo hasta las garritas posadas ahora en el suelo frío. En la coronilla, dos largos peines pinnados olisqueaban el aire en busca de las embriagadoras feromonas de la Divinidad. El niñito se encaramó al lomo de la inmensa mariposa y su vuelo se confundió en la agitación multicolor, de bosque tropical, de la jaula gigantesca. La polilla brillaba como una chispa de nieve, así que sus amplios círculos, cada vez más arriba, hacia el ápex de la bóveda, se podían ser ver con claridad, pero no había ningún ojo humano, para contemplarlos, en aquella construcción monumental de diamante fundido. Después de dar cientos de vueltas, la polilla se elevó a través del lucero, y los millones de habitantes de la ciudad, que esperaban conteniendo aliento, medio muertos de miedo, el devenir de los acontecimientos, pudieron verla de repente, alzándose desde la cúspide del alucinante edificio como se alza el espíritu, del cuerpo inerte, a través de la fontanela. Dos millones de laringes soltaron un grito a la vez, como delante de Jericó, y se oyó claramente cómo las paredes de cristal de la Casa del Pueblo se resquebrajaban en millones de grietas zigzagueantes. La mariposa aleteaba ahora en torno a la Gloria de Dios, a la que se aferraría con fuerza, con sus garritas, más adelante. El niño caminó por el ala de la polilla y se sentó en el trono más amplio sobre la bóveda de zafiro, a la derecha del Padre. Con una manita levantada sobre el mar de gente, los bendecía.

Y entonces se oyó la voz de la trompeta. Resonaba con fuerza, con un sonido de plata, como si un arcángel hubiera hinchado sus mofletes soplando un cuerno brillante. Con su voz se mezclaba otra voz, también retumbante, que parecía unas veces la voz de un hombre, otras el eco lejano de un trueno primaveral. La gente temblaba enloquecida por el espanto. Un leve estremecimiento de tierra los sacudió, provocando el pánico y la desesperanza. Y de repente, en un abrir y cerrar de ojos, se transformaron por completo. Se despojaron bruscamente de sus pesadas y pringosas ropas de invierno, que cayeron amontonadas al suelo, abrigos y bufandas y gorras rusas y pañuelos, para mostrarse de nuevo, perfectos y maravillosos, desnudos e irradiando alegría, todos a la edad de treinta años, renacidos del agua y del espíritu santo. Insensibles al frío del invierno, a las heladas ráfagas de viento, se miraban asombrados, el hombre y su mujer, los padres y sus hijos, convertidos ahora en adultos, los viejos rejuvenecidos, los inválidos curados, los enfermos sanados, los fetos de los vientres de las embarazadas mirando a los ojos a sus madres, de la misma edad que ellos. A través de sus pechos transparentes se distinguían los corazones rodeados de rayos, convertidos en manantiales de agua viva. Con sus cuerpos astrales arrebatados de beatitud, miraban todos al cielo, porque ahora, mira, había venido también el Padre, reinando majestuoso junto al Hijo, los atraía a todos hacia él con la misma fuerza con la que sacaba de las yemas hojas tiernas y de los capullos, flores multicolores. Los ojos de la mente, protegidos hasta ese momento de la gula, la rapacidad, el desenfreno, la mentira y la vanidad humana por unos gruesos párpados, se abrieron y pudieron ver entonces, en toda la extensión del cielo, los caballos y los carros de Jehová, unos discos traslúcidos como las medusas, cientos y miles de discos, porque allí donde estaba el cadáver, se arremolinaban los buitres. De ellos, sobre la cabeza de cada hombre y de cada mujer descendió una lengua de fuego, y el mar de criaturas desnudas y felices empezó a hablar en todas las lenguas de los hombres y de los ángeles, y mientras profetizaban comenzaron a elevarse, leves como la pelusa de diente de león, a los cielos, dirigiéndose en pequeños grupos hacia las mandorlas de luz que los esperaban en la bóveda de azur y de fuego. Penetraban allí, por centenares, en una de las medusas celestiales, donde su cabeza se rodeaba de una aureola aplastada por las aureolas de los de alrededor. Poco después, el espacio inmenso en torno a la Casa del Pueblo quedó desierto. De los bloques húmedos y cenicientos del horizonte se elevaba todavía algún que otro cuerpo solitario: el de los paralíticos y los moribundos olvidados en los apartamentos.

La trompeta siguió sonando con fuerza, en los discos de vacío y de luz cantaban los renacidos, mientras los querubines, que hasta entonces habían permanecido con dos alas elevadas hacia arriba y las otras cubriéndose el cuerpo, se pusieron de repente en movimiento. Con algo que recordaba a las manos humanas, reunieron las brasas de entre las ruedas y se dispersaron con ellas sobre los barrios. Volando, sus alas emitían un rugido como el de los torrentes o como el de una muchedumbre que corriera. Soltaron las brasas sobre Dămăroia y Pajura, sobre Crângași y Militari, sobre Rahova y sobre Balta Albă, sobre Dudești y Berceni, y sobre los bloques obreros hacinados y tristes caía ahora fuego y azufre. Un humo grueso y negro, como de horno encendido, se elevó de la ciudad quimérica, de la que poco después no quedó sino un campo cubierto de ruinas. Solo el gigantesco edificio de cristal de Dealu Spirii y, milagrosamente, Floreasca, bajo su campana de cristal, quedaron en pie en medio de un desierto de escombros y hierros retorcidos, reventados también, sin embargo, como el domo del centro de Hiroshima y la iglesia amputada de Berlín, testigos de la ruina y de la desolación. Unos fuegos esporádicos, donde habían estado las gasolineras y los conductos de gas, brotaban de vez en cuando entre las ruinas, y eran sofocados enseguida por el azufre denso, fundido, que se extendía sobre el vasto desierto.

Los querubines regresaron luego a la bóveda de zafiro, idéntica a la del cielo en su pureza, y la Gloria de Dios se elevó, brillando al sol, hacia la cúspide de la bóveda celeste. La siguieron miles de cápsulas llenas de esporas de vida y, palpitando en el vacío como un perfume, abandonaron la cuna de la humanidad como una flor destinada a marchitarse, se desperdigaron, empujados por el viento solar, más allá de los cinturones de Van Allen, a través del espacio negro, helado y silencioso, en busca de unas tierras nuevas y unos cielos nuevos, preparados previamente, para ellos, por el Eterno. Se alejaron, se disminuyeron en la bóveda como un viento que arrastrara granos de polen, y poco después el cielo quedó tan vacío y desolado como la tierra. Cayó la última tarde sobre la tierra, con su crepúsculo amarillo, sobre un mundo tan desierto como cualquier otro sitio que no haya hollado jamás un pie humano, como cualquier territorio que no haya inventado aún su ojo y su cerebro.

Me desperté acurrucado, con las rodillas a la altura de la boca, en una superficie dura y rugosa, envuelto en el cielo de fuego del ocaso. Levanté la cabeza y lo primero que distinguí fue el manuscrito, el taco de hojas desgastadas, manchadas, con el centro podrido, invadido de tijeretas. Se había derrumbado de costado, junto a mí, y las letras de las últimas páginas parecían, en las hojas enrojecidas por el atardecer, negras como alambres curiosamente entrelazados. El polvo grueso de aquel campo había enterrado los primeros cientos de páginas, de tal manera que otra suerte de torre de la desolación se alzaba torcida entre las ruinas de alrededor.

Porque solo cuando me puse en pie, preguntándome si no estaba todavía soñando, perversamente deformado, el sueño con el país de Tikitan, pude contemplar el desastre abrumador de mi mundo. Como unos trozos de muelas estropeadas, del polvo universal de aquel solar se elevaban aquí y allá restos humeantes de paredes, la esquina de alguna casa vieja, alguna fachada a través de cuyas ventanas se veía el cielo. Trozos de hormigón con hierros retorcidos que salían como manos crispadas yacían desordenados, enterrados en montones de polvo. Carcasas de coche aplastadas, como cucarachas pisadas con la zapatilla, yacían con las ruedas hacia arriba, reflejando las nubes. Las ruinas se extendían, sobre las colinas, hasta donde se perdía la vista. Ante mí, en la otra orilla del Dâmbovița evaporado, solo la Babel de la Casa del Pueblo seguía desafiando al cielo, transformada en cristal por quién sabe qué cataclismo. En la tarde infinitamente melancólica desplomada sobre el mundo, el edificio parecía una probeta llena de sangre. Eché a andar hacia ella en una soledad que te desgarraba el corazón, preguntándome si no era el único hombre sobre la faz de la tierra. «Se levantará nación contra nación —resonaba en mi cabeza—, y reino contra reino. Habrá grandes terremotos, peste y hambre en diversos lugares, habrá cosas espantosas y grandes señales en el cielo… Habrá señales en el sol, en la luna y en las estrellas; y en la tierra, angustia de la gente, trastornada por el estruendo del mar y de las olas. Los hombres se quedarán sin aliento por el terror y la ansiedad ante las cosas que se abatirán sobre el mundo, porque las fuerzas de los cielos se tambalearán.» ¿Se había cumplido todo esto mientras yacía allí, en la boca del metro, envenenado por las tenazas de la escolopendra? Extendido en el canal de mis vértebras, su veneno mataba aún las neuronas de mi cerebro, que mordisqueaba como si fuera la carne blanda de una presa. Hundido en polvo hasta los tobillos, yo avanzaba, desenterrando de vez en cuando un anillo, un billete de autobús, alguna galleta en su envoltorio de plástico coloreado… Crucé el puente de Izvor y me adentré en el erial desolado donde había estado el parque. El viento aullaba, cambiaba de dirección con frecuencia, barría el polvo, arrastraba consigo periódicos y bolsas vacías, mis cabellos golpeaban con violencia mis sienes y mis ojos, pero no sentía el frío, que debía de ser terrible. Pilas de ropa y botas deformadas se amontonaban por todas partes, como en las rampas de un campo de concentración. Pasé entre ellas estremecido: ¿dónde estaba ahora esa gente?, ¿dónde se había esfumado la vida de esa ciudad miserable e insoportable y, sin embargo, tan humana en su agitación infinita? Habían desaparecido los escolares y las trabajadoras de los telares, los pensionistas refunfuñones, sin dientes, a los que llamaban «halcones de las colas», las jóvenes guapas que trabajaban de pie, ocho horas al día, en pastelerías o en sucios talleres, sufriendo de varices, que compraban cada vez una media o una blusita... Ya no había vendedores de lotería ni chóferes de camiones, ni descarados taxistas sin afeitar. Se habían desvanecido los torneros y los matriceros, los gruistas y los almacenistas, las cantantes de música ligera y los presentadores de televisión. Ya no se oían televisores perorando en los apartamentos. Me imaginaba, sin que se me formara siquiera una lágrima en los ojos secos, Londres y Nueva York, Sídney y Berlín, y París, y Praga y Johannesburgo y Moscú en llamas. Nueva Deli reducida a ruinas. Montevideo y Quebec y Roma y Hong Kong y Ciudad de México borradas de la faz de la tierra. Vacío y ruinas, refugio para erizos y búhos. La tierra convertida en un proverbio y en un ejemplo vivo entre los otros mundos. Y una sola fortaleza de cuarzo en pie, reventada también ella, con una parte de la cúpula derrumbada en el interior, pero indultada, porque allí debía tener lugar el Final. El del mundo y el del Relato, pues sin relato no puede existir un mundo. Con cada larva trocófora que muere en su charco turbio, desaparece un mundo. Con cada espermatozoide que no encuentra el óvulo muere un universo. Con cada uno de los miles de millones de seres humanos que fallecen en cada generación, una hecatombe terrible e incomprensible, porque el tiempo, el gran exterminador, no deja heridos ni libera rehenes, el mundo desaparece una vez más. El fin del mundo llega billones de veces de forma simultánea, en cada instante, en cada lugar donde un brillo de conciencia ha relampagueado en la noche sin dimensiones y sin fin, con cada neurona, con cada ojo, con cada movimiento. Cuando desaparecen una flor o una mosca, desaparece un mundo que ni siquiera ha sabido, por un instante, que ha existido. Cuando muere un feto abortado y arrojado entre lavazas y basura, se apaga un cosmos marchito antes de llegar a ser. El apocalipsis es tan banal y cotidiano como la génesis en este mundo que los mezcla en cada instante, un geneso-apocalipsis o una apocalipso-génesis que florecen en un eje neuronal. Pero el mundo verdadero vive entre la primera y la última hoja escrita a boli, el verdadero cosmos se abre en tus manos, entre las tapas de este libro. Un torreón ridículo, vencido de costado sobre el escombro del final de las civilizaciones y de los mundos, mi manuscrito es el forro de la realidad, es imposible despegarlo de ella, pues la cara y el forro son lo mismo, y es imposible distinguir el punto en el que, girados a la cuarta dimensión, el mundo fluye en el texto y el texto en el mundo. El apocalipsis no es nunca el final. Precede al final, pues es el fin *de un* mundo, no del mundo en todo su milagro. Es la extinción *de un* chispazo de conciencia, no de la conciencia abrumadora que sostiene, detrás de la alfombra universal, la frágil estructura de espacios y tiempos entrelazados. He sabido siempre que el día de la ira no es el final, sino más bien un nuevo principio, que los seres humanos son, en el polo animal del ser, las neuronas de un cerebro prodigado en lugares y épocas heteróclitas o, en el polo vegetal, los espermatozoides de una diáspora celestial. Que todos, los buenos y los malos, los transparentes y los opacos a la luz de la Divinidad, serán salvados, pues la pelusa de su diente de león debe llenar el universo. He sabido que el propio Jehová y su imperio místico-tecnológico están tejidos en la urdimbre de cuerdas y bandas del mundo, forman parte de la alfombra. De tal manera que, aunque él pueda traer la desaparición del mundo, su apocalipsis será también un dibujo en el mismo tejido terrestre, otro modelo, necesario y sin embargo aleatorio, otra activación de una red de esa gigantesca corteza cerebral. Incluso pasada por el fuego y la espada, la humanidad no desaparece ese día terrible. Incluso aunque explotara en un cataclismo como no se ha visto desde el nacimiento del mundo, la mota de polvo en la que vivimos no desaparecería, pues ella no es tan solo su final trágico y grandioso, sino toda la historia que precede a su desastre. Todo lo que haya existido alguna vez, existe eternamente, porque la parte invisible de la alfombra, con su inextricable urdimbre de causas y efectos, está eternamente a salvo de la destrucción desde el momento en el que la destrucción no es sino un dibujo más de la alfombra. El apocalipsis apaga aquí un sol y destruye ahí un universo, pero la urdimbre de los mundos, su tela, su texto permanece entero y vivo. El desenlace del mundo precede a su final, pues el final significa la contraportada que se cierra suavemente tras la última página. Él no destruye el texto, sino que lo delimita, lo curva sobre sí mismo, lo hace redondo y entero como un ser vivo, un objeto limitado, pero sin márgenes, que tu mente, procedente de la cuarta dimensión, puede abarcar por entero, puede fundirse con él y pueden concebir juntos un niño maravilloso que tenga mis labios y tus ojos, mi sonrisa y tu voz, mi locura y tu melancolía, precisamente la tuya, que te diriges ahora hacia el final de este mundo que podría llamarse:

CEGADOR.

Iba a entrar a través del pórtico sur del inmenso diamante. Iba a subir hasta allí los escalones oscurecidos, mientras el ocaso se había tornado espeso como el petróleo y solo una línea de luz turbia, calcificada, se extendía por el horizonte. ¡Un vasto, melancólico, desesperado atardecer! ¡Un mar muerto, un mar de sangre y alquitrán cubriendo Sodoma! Y yo, subiendo unos escalones infinitos, abriéndome paso con mi cabello a través de su salinidad, a través de su química incompatible con la vida. Contemplando las columnas petrificadas del edificio, que se elevaban sobre mí como unos cromosomas gigantes, avanzando entre ellas sin esperanza y sin ilusiones, pero, sobre todo, sin futuro, pues en mi mundo de oscuros enredos en la noche, de batallas sin nombre bajo el polvo de los siglos, el pasado lo es todo y el futuro es nada. Atravesé casi por completo la membrana tridimensional del mundo. El recorrido duró treinta y cuatro años. Dentro de poco, el motor fotónico de mi agonía mostraría al mundo sus inyectores encendidos. Invisible, pero imaginado en la piel del tiempo perpendicular, él me había empujado a través de la membrana desde el mismo momento en el que el extremo de mi silueta ontodinámica, el óvulo fecundado, atravesó la ancha banda del mundo, ante un útero con el borde doblado como un cáliz. Me propulsó por la vida el chorro de sangre y lágrimas de la agonía. Con mi cuerpo cada vez más macizo, acurrucado al principio en un vientre y liberado luego en el medio corrosivo del mundo, extendiéndose por su franja año tras año, cada vez más alto y más esbelto, modelé en cada instante una silueta, una diapositiva, un preparado microtómico de una película que, desenrollada deprisa para un ojo de fuera del mundo, ha sido la trágica, ridícula película de mi vida. Cuántas veces, en medio de la noche, me habré despertado bañado en sudor, me habré incorporado y habré gritado en la angustia del terror y de la agonía: ¡no me arrebates la vida, Señor, no me hagas desaparecer, Señor! ¡No apagues la luz, Señor! No me des la eternidad en la que no sentiré nada más, nunca, no pensaré más, no veré más y no tocaré más. Mátame durante eones enteros, durante yugas y kalpas, durante millones y millones de eternidades, pero hazme despertar después, volver a ser yo mismo de nuevo. Cuántas veces habré corrido por la casa vacía, gritando y gimiendo, y abofeteándome la cara, y arrancando las cortinas de las ventanas y rodando por el suelo, retorciéndome como una lombriz aplastada. ¡No quiero morir, Señor, aleja de mí este cáliz! ¡Hágase tu voluntad, no la mía, pero, si es posible, aleja de mis labios ese cáliz! Pero el cáliz, lleno del veneno de la sustancia P (del pánico, de la pasión, de Patmos), es el único Grial que se nos ha concedido en este mundo. Pues, de lo contrario, ¿qué podrían recolectar los ángeles de nuestros cráneos y de nuestra médula?

La nave de nuestro cuerpo, que atraviesa la membrana del mundo gimiendo y perlándose de un sudor de sangre, levitando transversal, junto a todos los objetos que aparecen y desaparecen, pero no mueren, sino que continúan su camino solemne más allá de la membrana, está, sin embargo, indeciblemente serena. A lo largo de ella, las etapas de nuestra vida verdadera son simultáneas e indestructibles: la vida de feto, la infancia, la adolescencia, la madurez y luego la vejez y el motor final de la agonía y de la muerte son tan solo zonas de colores diferentes en el fuselaje de nuestro cuerpo que entre tanto ha crecido, que abarca nuestra historia en la historia multidimensional del mundo. En nuestra carne somos inmortales, porque hemos sucedido un instante en el mundo. Existiremos eternamente porque, durante un instante, hemos existido. Nuestra carne aterrada no lo sabe, pero descubre más adelante, a través de la pasión y de la decepción, a través de la indagación y de la gracia, a través del ayuno y de la oración, el grupo de neuronas que, en nuestro cráneo, forman el homúnculo que dice «yo».

Entro por la puerta de una altura de decenas de metros en la fachada sur del edificio. Incluso sus goznes son de cristal. Levito, alucinado, por las baldosas de malaquita y pórfido, tan pulidas que veo, bajo las plantas de mis pies, mi imagen proyectada. El pasillo es más corto y no tan elevado como el que atraviesa el edificio de este a oeste, pero su gigantismo es igualmente monstruoso y perverso. En las paredes de cuarzo, interrumpidas por semicolumnas monumentales, por bóvedas y arcos de medio punto trazados sobre espacios inconmensurables, hay bajorrelieves, frisos y ornamentos incomprensibles. Si siguieras su lógica paranoica, algo reventaría en tu cabeza. Aquí y allá aparecen en las paredes unas manos crispadas, con los dedos espasmódicamente extendidos, rostros sin ojos que enseñan los dientes en un esfuerzo sardónico por comunicarte el odio, el pánico, la desesperación y el éxtasis estremecedor de la locura. A ambos lados hay bóvedas profundas que conducen a túneles inextricables. Como unas galerías de sarcoptos, se ramifican en la piel transparente de la tierra, formando un micelio infernal del que se eleva el hongo enorme.

Sé que por el norte va a aparecer Victor. Me lo dice la escolopendra que muerde mi cerebro. Por eso avanzo tan despacio, si fuera posible, me daría la vuelta y viviría el resto de mi vida entre ruinas. Me dan miedo sus ojos, que miraron una vez a los míos, el aleteo de su ala en el espejo. Sin embargo, avanzo hacia él y, como una mariposa atrapada en la telaraña, siento en el suelo la vibración lejana de sus pasos. Nos vamos a encontrar, inevitablemente, en el centro de la sala gigantesca, dos ácaros atraídos por la brisa químico-metafísica del otro, avanzando lentamente por el espejo colosal, bajo una cúpula ahora en ruinas.

Soy un hombre que ha vivido en la tierra. Ha visto la luz, ha percibido los colores. Les he transmitido a mis músculos señales eléctricas y ellos se han puesto en movimiento. He tallado minuciosamente mi estatua interior de yeso: las vértebras, las clavículas, las costillas, el cráneo, los huesos de las caderas, los huesos de los brazos y las piernas. En mi cráneo penetró, desde la otra cara del mundo, una gota de Divinidad. ¿Qué he hecho con ella? ¿Qué he entendido de la vida a través de su gracia? He pensado y he eyaculado, he dormido y he soñado, he sonreído y he suspirado. He vivido el dolor atroz y el éxtasis de una alegría infinita. Pero ¿cuánto he perdido por el hecho de que se me hayan concedido tan solo cinco sentidos? Habría podido tener miles de millones, un sentimiento especial para cada instante de la vida y para cada objeto de este mundo. ¿Qué fue del sentido vomeronasal, de la línea lateral, de los palpos de la pata de la mosca, del detector de infrarrojos de las narinas del crótalo? ¿Por qué no puedo oír ultrasonidos, por qué no entiendo la ultravida?

Se me concedió ver la luz, pero más acá del rojo y más allá del violeta he sido ciego como una roca. Se me asignó un corazón, pero no he podido percibir con él el infrainfierno ni el ultraparaíso. En el caparazón de mi cráneo alberqué el más complicado nudo gordiano trenzado jamás, pero me lo cortaron con un golpe de la espada paralógica de la revelación. He sido una ameba que se ha esforzado con toda su alma por pensar de forma humana, una persona que se ha esforzado por pensar como un dios. ¡Señor, ten piedad de mi alma!

He vivido un instante sobre la tierra. Como el chizpazo de una cerilla, protegida del viento por unas palmas gigantescas. ¿Por qué no me he extendido a lo largo de toda la historia? ¿Por qué no recuerdo el Big Bang ni la fase inflacionaria, por qué no recuerdo cómo se formaron las galaxias? ¿Dónde estaba cuando no existía la inteligencia en el universo? ¿Por qué no sé cómo son las cosas cuando no las ve nadie? ¿Cómo es posible estar envuelto en piel? ¿Por qué está mi cerebro envuelto en cosmos?

Se me olvida todo. No recuerdo siquiera qué hice en el triásico, en el jurásico y en el cretácico. No sé dónde estaba hace cuarenta mil años. Se ha agotado mi memoria de larga duración. Mi esclerosis metafísica es irremediable. Soy como los enfermos que te dicen buenos días diez veces al día, que recuerdan tan solo los últimos tres minutos de vida. ¿Qué le ha pasado a mi hipocampo? ¿Dónde se han escurrido mis recuerdos? ¡He llegado a olvidar incluso mi vida en el útero!

Y, sin embargo, ¡qué milagro haber existido! ¿Cómo habría sido no nacer jamás? ¿O haber sido un gusano en el fondo del océano, un virus en una célula infestada? ¿Cómo habría sido no poder decirte a ti, que estás leyendo ahora estas líneas: he vivido. Sigo viviendo todavía. Estoy a tu lado, estoy en ti, estoy en tu mente y en tu corazón. No puedo ver los rayos X ni los rayos gamma, no puedo oír lo que oyen los murciélagos, no siento el estremecimiento vivo del universo, no entiendo el perfume de rosa de la mente, no puedo hacer que una montaña se lance al mar. Pero puedo mover mis dedos y puedo ver el azul y el verde, y puedo oír el susurro de unos labios amados. No recuerdo el rostro de Artajerjes, pero no olvidaré nunca el del tío Nicu Bă. He vivido solo un instante, pero es suficiente para poder decir: he vivido.

Me encamino hacia la gran sala central. Percibo ya su zumbido, siento ya su temblor. Cuando la perspectiva se amplía, entro de repente en el aire opalino, lleno de mariposas. Porque las mariposas, decían los helenos, son el verdadero símbolo del espíritu. Y el Espíritu Santo, descendido sobre Aquel que estaba sumergido hasta las rodillas en el agua del Jordán, recibiendo el bautizo de Juan, tenía sin duda forma de mariposa. El pájaro enorme que se posó sobre Leonardo tenía alas multicolor, antenas y trompa en forma de muelle de reloj.

Arriba, la bóveda gigantesca está derruida. Un cuarto de ella se ha precipitado al suelo y se ha hecho añicos. Y los añicos de la bóveda se han mezclado con el estuco y el bronce y el barro y el latón de las estatuas destrozadas. También las paredes del colosal edificio están agrietadas, se han calcificado como las perlas enfermas. En las paredes hay grietas más anchas que un cuerpo humano. Las gigantescas columnas han reventado, trozos de capitel y fragmentos de arcos de cristal se han hundido también desde las alturas con el grito de los nacidos por segunda vez. A través de la enorme abertura superior se adivina el atardecer universal.

Las mariposas —la mayoría superaba el tamaño de un hombre, con unas alas de varios metros—, se elevaban, en su vuelo caótico, cada vez más arriba, de tal manera que, antes de que cubriera yo la mitad de la distancia hasta el centro, se veían tan solo como unos destellos de aire, como unas burbujas que subieran en un jarrón de cristal, dejando el líquido del fondo límpido y brillante. Finalmente, las oleadas de lepidópteros se escurrieron por la abertura del ápex de la bóveda y llenaron el anochecer. Se fundieron, luego, sobre las ruinas de la antigua ciudad, en el púrpura tierno del ocaso. En el borde de la sala, separadas por unas distancias inconmensurables, las estatuas enfermas seguían mi caminar con la mirada, me pasaban de una a otra como unos paralíticos que solo pudieran mover los ojos. Yo tan solo distinguía con claridad a los titanes más próximos. Los demás se difuminaban en la bruma azulada de la distancia.

Y de repente ya no estaba solo. O, mejor dicho, mi soledad había crecido de repente más allá de su umbral de percepción, tal y como la belleza, cuando crece impetuosamente, llega a desgarrar. Pues, de los profundos túneles abiertos entre los dedos de los pies de los gigantes de piel verdosa, que mostraban hernias y monstruosas malformaciones, surgían ahora en medio del mundo y de la mente incontables criaturas humanas, cuyos rostros, que habían atravesado mi vida, mis sueños, mis recuerdos y mis alucinaciones, podía distinguir ahora a medida que se acercaban. Rostros, de persona y de ajolote y de mosca y de arcángel, protuberancias en las que se amontonan los analizadores, dirigidos todos hacia delante: ojos, orejas, narinas, lengua y dedos, como unos tentáculos para tantear el espacio. Mientras que, en la parte inferior de nuestra simetría de larvas lívidas, testículos y ovarios nos ancoran firmemente al tiempo. Y es tan solo la fuerza reactiva de las deyecciones que brotan en la parte de abajo —esperma, orina, heces, sangre menstrual— la que nos empuja, naves celestiales, hacia delante. Los vi, avanzando hacia mí y hacia el centro de la sala al mismo tiempo, a mi Madre y a mi Padre, en la flor de su juventud, con su ropa de domingo, con los ojos brillantes y humedecidos por las lágrimas, a Vasilica y a Cedric, a Ma'am Catana y al viejo Catana, con su barba larga y amarilleada como la del buen Dios. A Coca, aureolada por su boina rosa y maquillada de manera un poco estridente, a Victorița, la ratera, y al tío Nicu Bă, y a todos los trabajadores y a las gitanas y a las amas de casa de Silistra, que traían consigo el olor a adelfas y a albóndigas. A todos los que —¿en sueños? ¿en recuerdos?, no sé, Dios sabrá— me llevaban en brazos por el patio de la casa en forma de U cuyo campo magnético se extendía en tres cuartas partes del mundo. Por otra abertura se deslizaban sobre el hielo transparente del suelo unos diez trineos tirados por caballos que cobijaban lo que quedaba del clan de los Badislav. Bajo ellos, la malaquita y el pórfido derramaban sus colores hasta el marrón mágico del gran río Danubio, en cuya capa de cristal había incrustados mariposas y peces gato, igualmente descomunales. Por otros arcos del triunfo y otras puertas decoradas de gala entraban en la sala los niños de la parte trasera del bloque de Ştefan cel Mare, riendo y agitando unas flores artificiales del desfile: Mimi y Lumpă, Florin y Dan el Loco, Vova y Paul Smirnoff, Luci, Silvia con su mirada de mártir que lleva sus pechos amputados sobre una bandeja de plata, Iolanda y Mona, mala como un gato salvaje. Venían hacia el centro de la sala Ionel y su Estera, pecosa y picarona; venía Yoga el Hombre Serpiente, con su turbante brillante como el huevo de una paloma; venía el enano de la boca torcida y roja, observado una vez en un trolebús; venía también la suave, somnolienta, celestial Soile, contoneando su cuerpo salpicado de lunares como el mapa de la esfera celeste. De los confines de la tierra aparecían las miradas de los habitantes de Nueva Orleans, Melanie, Vevé, Cecilia con su abanico de nácar, Monsieur Monsú y Fra Armando, que llevaban en procesión una enorme y antigua muñeca de vudú llena de clavos oxidados. Venía, tanteando siempre con su bastón blanco, el masajista ciego del hospital de Colentina, macizo e impenetrable. Venía, llevando aún su equipo de vuelo, el piloto Charlie Klosowsky, ese que, excitado por las feromonas de las jóvenes de la sastrería, arrojó sobre el taller en el corazón de Bucarest una bomba que lo redujo a escombros. Venía la gran ascensorista con una mariposa tan grande como un cisne en brazos.

¡Qué pueblo abigarrado y extraño! ¡Qué anatomías y psicologías tan paradójicas! Se habían formado en algún lugar del cuerpo neuronal, habían colgado, como unas pupas amorfas, de las mito-condrias, se habían deslizado luego, guiados por membranas y mi-crotúbulos, a través de los axones, hasta la sinapsis brillante del final, que contactaba con la enorme sala. Allí, en unas vejigas flotantes, habían adquirido rostro y nombre, habían recibido un lugar y una función en el gran Relato, fuera del cual todo es polvo y ceniza. No solo Swan era un Conocedor, no solo Monsieur Monsú: todos co-nocían. Todos habían ensamblado su destino de forma compacta y complicada como un embrión en un vientre. Inicialmente idénticos, se habían diferenciado luego por su posición respecto a aquel que los iba a crear: uno le sujetaba una hebra de su cabello, otro una vibra-ción de una cuerda de la laringe, otro un parpadeo, otro un glóbulo blanco, otro una nube, otro un arcoíris… Mircea escribiría el libro. Es decir, iba a crear el mundo. Un solo error, de un solo Conoce-dor, y el libro no sería escrito, o fracasaría, o decenas de personajes dejarían de existir. Porque el aleteo de una mariposa en Colorado provoca un tifón en las Antillas. Su madre había sido una Conoce-dora, su padre un Conocedor, Coca una Conocedora, un transeúnte visto desde el tranvía y nunca más reencontrado, un Conocedor, en la conspiración universal del Libro que se escribía solo, continua e incesantemente. Las vesículas neuronales se habían fundido con la membrana de la sinapsis y luego se habían roto, liberando sus neu-rotransmisores en la inmensa sala.

Venía hacia mí Mioara Mironescu, que llevaba todavía en el dedo el anillo de pelo de mamut y tarareaba, lánguida: «Zaraza». Flotaban hacia el centro de la estancia Maarten, con sus patines deslumbrantes, y Bertine, disfrazado todavía de Palas Atenea. Por la parte contraria llegaban despacio, abrazados, el príncipe Witold Czartarowski y aquella con la que había celebrado una boda mís-tica, la graciosa judía Miriam. A sus espaldas, la Puta de Babilo-nia dirigía su cohorte de vírgenes cloróticas. Entre los dedos con uñas petrificadas del titán de labio leporino penetraron también en la sala unos demonios mezquinos: los securistas, los activistas de Partido y los bardos de los nuevos tiempos, pululando como abejorros en torno a la pareja presidencial, el Zapatero y la Sabia, que llevaban la misma ropa de la última vez que se les vio, unos abrigos gruesos, una gorra de astracán y un pañuelo. Los dos viejos avanzaban torpes, del brazo, seguidos por los vaivodas del pueblo, que arrastraban indiferentes sus espadas por el suelo pulido. Desde el lugar más lejano venía Herman, joven y guapo como un ángel con el cuello roto, flanqueado por los dos pintores geniales que habían adivinado la ruina de los mundos y que formaban juntos el enigma Desiderio Monsú. Era una trinidad melancólica, desgarradoramente grandiosa: a la izquierda, François de Nomé, el verdadero visionario, unos inmensos ojos castaños en un cráneo rasurado y empolvado de blanco, al igual que todo su cuerpo de estatua, en el que solo los pezones y el glande conservaban el rosa morado de la carne; en el centro, Herman, el dueño de los sueños, y a la derecha, Didier Barra, el maestro de los paisajes y de las panorámicas extensas, un vejestorio con los ojos brillantes en el ocaso. En la sala ruinosa no se encontraba ningún cuadro de Desiderio Monsú, porque la propia sala era el cuadro. El pueblo de ácaros que llenaba la extensión infinita al abrigo de la cúpula en ruinas había sido pintado minuciosamente por Desiderio Monsú. Las paredes con perfiles y columnatas de la ruina de cristal estaban pintadas con pasta transparente por Desiderio Monsú. El suelo cuadriculado, límpido en el centro y virando a la bruma a medida que se alejaban, había sido pintado por Desiderio Monsú. Las sombras y los reflejos de los personajes minúsculos eran obra de Desiderio Monsú. El granate de herida de la tarde sobre la cúpula había sido extendido en el cielo por el pincel místico de Desiderio Monsú.

Así pues, la sala se convirtió en el Libro. Simultáneo, compacto, palpable con sus millones de pétalos, como una flor de loto abierta en el océano de hidrargirio del silencio. Diverso y único, trascendente e inmanente, teológico y escatológico, ilegible y, sin embargo, comprensible en sí mismo, como lo es cualquier objeto de este mundo forrado por el libro, forrado por el mundo, como una lanzadera de oro que se deslizara continuamente entre los polos: vida-muerte, real-irreal, oscuridad-luz, cerebro-sexo, hombremujer, futuro-pasado, mariposa-araña, escritura-vida, tejiendo y destejiendo hasta el infinito el Milagro. El Milagro del hecho de que te he vivido, vida, que te he conocido, amor, que te he visto, luz, que te he tocado, pared áspera, que te he pronunciado, palabra. Los conocía a todos, cada uno de ellos había estado conectado a mi vida, solo un instante, solo un roce, solo un impulso decisivo. Cada uno de ellos había existido para ese gesto y había desaparecido después en lo innombrable. Algunos me habían envuelto durante décadas en sus fibras, me habían alimentado y me habían informado, me habían inyectado imágenes y pensamientos que se habían fundido en mi carne. ¿Cuántos eran? Todos cuantos habían aparecido en el libro, aunque fuera tan solo en una línea, en un paréntesis. Mira, uno de ellos se encarna ahora, precisamente en esta frase, y también en esta frase podría traer a la sala a unos cuantos millones. Poco después, estaban todos presentes, porque desde las distancias brumosas se habían presentado también los ultralejanos: mi abuelo, Dumitru Badislav, del que dicen que he heredado yo la tacañería y la tozudez, llegaba solo, con sus ropas campesinas y un cesto en la mano. Con el cabello muy corto y completamente blanco, con los ojos deslavazados de alguien que ha contemplado demasiado el horizonte, tenía en el rostro la tenacidad de un pueblo eslavo que no se deja arrancar fácilmente de la bendita tierra. Tras él, a mucha distancia, caminaba Vasile Badislav, el capitán de bomberos, con su uniforme de gala, rodeado por sus khlystý[45] barbudos, con una cruz tatuada entre las cejas. Las más rezagadas, pues sus piernas cortas no eran de gran ayuda en su marcha hacia el corazón del mundo, llegaron a la gigantesca arena, para saludar al público y diseminar por el aire el brillo de sus lentejuelas multicolores, las acróbatas rusas, cedidas durante una temporada al Circo Estatal de Bucarest: Nadia, Pomona, Kimbalé, Soniechka, Leila, Marfenka y la diabólica Aculina, que ahora, dando volteretas y doblando de manera increíble sus flexibles columnas en cascadas de saltos mortales, ocuparon su lugar en la infinita y abigarrada

---

45. También conocidos como los «flagelantes», son una rama escindida de la Iglesia Ortodoxa Rusa.

formación. Entre ellas, niña-mujer y puta inocente, brillaba Katarina, que llevaba en brazos a Kotofei Ivanovich, el cachorro de pantera.

Se agruparon todos, como un iris multicolor, en torno a la pupila del centro. Yo era ahora uno de ellos, ni más real ni más fantasmagórico, pues todos vivíamos un continuum realidad-alucinación-sueño-recuerdo que nos volvía imprecisos, traslúcidos y, sin embargo, concretos como unas piezas de ajedrez de las que desprendieran oleadas de fotones y de aromas. Y entonces el rumor de la gigantesca sala, cuya intensidad había aumentado y disminuido decenas de veces hasta entonces, como si una orquesta hubiera afinado largamente sus instrumentos, empezó a apagarse poco a poco. La agitación de la muchedumbre temblorosa se aplacó y por fin un silencio total llenó el aire denso, de ámbar líquido, de la sala. Asombrados, vimos entonces que los titanes, que hasta ese momento había velado inmóviles, con un gesto de terrible sufrimiento en sus rostros monstruosos, se volvieron ahora, como tras una señal, hacia la entrada norte de la sala, allí donde se abría el otro pasillo. Extendieron, suplicantes, las manos hacia aquella lejana línea de luz púrpura, abrieron la boca y gritaban inaudibles, en quién sabe qué lengua desconocida (*«¡Papé Satan, papé Satan, aleppe!»*), infra o ultra-palabras. Al mirar hacia arriba, a una altura enorme, vimos entonces que el titán más cercano tenía pintado en el paladar, visible ahora en el grito, el enorme fresco de la Capilla Sixtina, con todos sus detalles y sus colores y sus personajes. Brillaba allí, multicolor, entre unas muelas grandes como glaciares. Seguimos todos sus miradas, girando también hacia el norte, en una espera tensa que se volvió enseguida insoportable.

El aire olía a descarga eléctrica. Las decenas de miles de personajes miraban hacia un único punto, profundamente perdido en la bruma de la distancia. Victor avanzaba allí, todavía invisible (pero ¿qué es la vista ante la alucinante claridad del presentimiento?), con un arma en las manos, y sus botas de militar, que tocaban con las suelas al otro Victor, reflejado por el espejo del suelo, emitían un sonido amortiguado, de fieltro. La caza había sido infructuosa, porque la presa había echado a volar de repente hacia un cielo nuevo y una tierra nueva. El cazador —un Nimrod que sobrevive en nosotros por mucho que lo envolvamos en la sexta capa cortical y por muy lejos que llevemos la *imitatio Christi*— caminaba con pasos elásticos y relajados, contemplando las gigantescas bóvedas y pórticos que se arqueaban sobre él, con su pueblo de pinturas transparentes e incomprensibles. El sentido vomeronasal, con el que percibía la presa real y la sexual, no le traía por el momento ningún sabor excitante a la mucosa del paladar. En el macuto colgado del hombro llevaba a su madre, con su fina piel de goma, con su brillante cabello de seda. Envuelto en la madre, el librito de poemas de Rimbaud tenía las páginas ajadas y manchadas de todos los humores de nuestro cuerpo de gusano: sudor, sangre, lágrimas, esperma, orina. En la cabeza de Victor resonaba ahora un poema que había leído y releído tanto que no solo se lo sabía de memoria, sino que se le había fijado también, como un mantra, a la respiración: *H*. H de la heroína, de la… El silbido gutural de nuestras gargantas. Heliogábalo, Hitler, Himmler, Horbiger. Le Horla. Holocausto. Todas las barbaridades reunidas en el gemido ahogado de la letra H. En Ámsterdam había escuchado muchas veces a los niños en los cochecitos lanzar de repente, en medio de su gorjeo angelical, ese sonido diabólico. La h holandesa concentra en sí misma un continente de horror. Cuando fue secuestrado, apenas había empezado a balbucear unas palabras en la lengua antigua, mítica, de antes del comienzo del habla, que se hablaba allí, en la casa en forma de U de Silistra: «mamá», «agua», «papá», «quiero», «dame», y luego, de repente, la h uvular, flamenca, de criatura agónica, que se había esforzado por aprender y que enseguida pronunciaba con ferocidad, como una marca de su nuevo destino de bestia apocalíptica.

Avanzaba por el pasillo del edificio en ruinas, a través de cuyas paredes se veía cómo desaparecía la luz, y de repente las perspectivas confluyeron en la sala que, por sus sobrehumanas proporciones, le recordó claramente al mundo de Allá. Miró con asombro a los colosos de carne enferma de alrededor: los conocía de la Giudecca, del mundo de los hielos terribles, en los que los condenados estaban incrustados como peces en el agua densa de los ríos. Aquí no había volcanes y tampoco menhires transparentes y deslumbrantes, pero, en la ultralejanía, ahí donde la historia llegaba casi a su fin, el millonésimo sentido del asesino distinguió una reunión de seres vivos, con los nervios preparados para el dolor. Victor lanzó un grito ahogado, de placer visceral y, agarrando con más fuerza la culata del AKM, se dirigió a paso rápido hacia la zona tenuemente iluminada por el ápex de la cúpula. En la *puszta* de malaquita y pórfido, que se extendía hasta el horizonte y seguía la curvatura de la tierra, retumbaban ahora las rodaduras de las suelas de sus botas militares.

El punto apenas visible en el horizonte, bajo los arcos monumentales de cristal que sostenían la bóveda, crecía con la lentitud con que, noche tras noche, crece la uñita de la luna en un cielo de verano. Como una mota de polvo al principio, como una garrapata bajo el ala de un gorrión muerto después, había alcanzado ahora el tamaño de una araña cuyos miembros apenas se diferencian del cuerpo oscuro. La bruma de la distancia, la misma que, según decía Leonardo, cambia el color de las montañas, lo teñía en un granate polvoriento, en un ovillo de posibilidades, en un garabato de trayectorias inciertas. El pueblo del Libro distinguió enseguida la silueta de un hombre vestido de camuflaje, con un arma en la mano, que venía derecho hacia ellos con la gracia peligrosa de los que hacen del crimen un arte sutil. Su soledad era abrumadora, provocaba miedo y pena a la vez. A medida que se acercaba al grupo de miles de personajes compactamente arracimados con una especie de solidaridad de rebaño ante al depredador (los machos delante, las hembras y las crías en el círculo central), parecía un espermatozoide que se dirigiera hacia un ovario gigante. Las dos células gonádicas se fundirían enseguida, juntarían su carga genética, metafísica, religiosa, astral en un huevo nunca visto, dotado de fantásticas alas interiores. Sobre las cabezas de todos se divisó, un instante, mirando a través de la cúpula derruida, el inmenso ojo castaño del que, en la soledad de Solitude, escribía febrilmente las últimas páginas del libro. Una mano colosal, de otra dimensión, retiró un fragmento de la cúpula que amenazaba con derrumbarse y poner en peligro el Final.

Un movimiento ondulante, como el aleteo de la campana de una medusa, me llevó al centro de la muchedumbre. Los Conocedores me protegían hasta el último instante. Su reloj interior se aceleraba como loco a medida que se acercaba la fiera. De repente, los titanes que rodeaban la sala se liberaron de sus cadenas invisibles y, desde todas partes a la vez, avanzaron, arrastrando sus grotescas deformidades, hacia el centro de la sala. Se dejaron caer de rodillas en torno al grupo de personajes hacia el que se dirigía ahora Victor, e inclinaron la cabeza hacia el suelo, hasta que sus cabezas se unieron sobre el mar de liliputienses. Veinticuatro ojos formaban ahora un cinturón continuo de miradas, como un anillo mágico sobre el gran escenario.

El hombre vestido de militar se distinguía ahora perfectamente. No parecía importarle la muchedumbre abigarrada reunida en el centro de la sala como un enjambre en torno a la preciosa abeja reina. Cuando llegó a unos doscientos metros de distancia, se llevó el arma a los ojos y disparó. Pero el espacio en aquel centro del universo había cambiado de propiedades. La bala partió por un millón de trayectorias a la vez, dibujadas en el aire con más o menos nitidez, por unas creodas ramificadas, por una bifurcación de probabilidades. Unas transiciones de fase cuántica la disiparon en el aire, unos remolinos de paradojas la hicieron volver al cañón de la ametralladora o la hundieron de nuevo en la tierra de la que se había extraído alguna vez su cobre. Surgidas del cañón ardiente, las trayectorias estocásticas, virtuales, se extendieron hacia delante como una plural, quimérica, ultrarramificada cola de pavo real, cuyo aliento final, de un azul eléctrico y fresco, acarició como la brisa a los de delante. Después de vaciar rápidamente un cargador entero, con el efecto de unos feéricos fuegos artificiales, Victor comprendió de repente que la caza había llegado a su fin. De la única manera como acaban las cacerías en esta puta vida que nos ha tocado en suerte. Arrojó el arma a las pulidas baldosas y las melló. Luego avanzó, despacio y titubeante esta vez, entre dos titanes postrados, con la piel verdosa de los que someten su sangre a complicados aparatos de diálisis. Llegó ante la primera fila de personajes. El viejo Babuc parecía un bloque de piedra, una fuerza terrible, resuelta, infranqueable. Todos los ojos se dirigieron, asombrados, hacia el rostro de Victor, al que miraba también yo, por encima del mar de hombros y cabezas. Era un rostro impresionante e inolvidable, afilado como una cuchilla, con unas ojeras violetas alrededor de los ojos. Algunas hebras de su bigote realzaban la asimetría de la boca, que era de hecho la asimetría de toda la cara. Si a una fotografía suya le hubieras tapado la mitad derecha del rostro, habrías tenido la imagen de un joven abierto y voluntarioso, de rasgos casi bellos. La otra mitad, sin embargo, sorprendía y asustaba: el ojo estaba aquí muerto y la boca era trágica, y la falta de esperanza se extendía por toda la piel del rostro como un eczema.

El abuelo no pudo soportar esa mirada que tanto se parecía a la de Mircea, pero que, cuanto más se parecía, más se diferenciaba, como la mano derecha y la izquierda y como dos rostros en el espejo. Entornando los párpados, se hizo a un lado. Lo mismo hicieron los que se encontraban a su espalda, así que Victor, que ahora *sabía,* como si en el mismo instante en que su arma no pudo acribillar hubiera recibido también el bautismo del Conocedor (Victor, el fantasma que ha recorrido, desde la primera línea, este libro ilegible, el espectro que noche tras noche ha bajado y subido los rellanos infinitos de mi mente, haciéndome gritar con un espanto cercano a la locura), se adentraba cada vez más en el núcleo compacto de cabezas y de cuerpos, carne de mi carne, que volvía a cerrarse a su paso con un temblor de labios y párpados. Y se lo pasaban con la mirada, como si sus ojos fueran los cilios vibrátiles que empujan de manera inexorable al espermatozoide hacia el núcleo del sol ovárico. La fiera con mi rostro estaba cada vez más cerca, íbamos a enfrentarnos allí, en el centro, donde me encontraba no solo yo, con el corazón helado, escuchando la reverberación de sus pesados pasos, de bota militar, sobre las suaves losas del suelo. Quedaban todavía cientos de metros hasta encontrarnos cara a cara, pues el enjambre que me rodeaba era enorme y compacto: cada uno de los individuos aparecidos en un cuarto de frase para hacer, en mi manuscrito, un cuarto de gesto, estaba allí, transparente pero completo, como un pez abisal, como una larva en un agua templada… Pasarían largos minutos hasta que su aliento penetrara en mi pulmones y los fotones que golpeaban mi piel me dibujaran en sus retinas y, sin embargo, parecía estar ya ante mí, como si hubiéramos estado cara a cara toda la vida, como cuando te miras en el espejo por la mañana y por un instante no ves a nadie, y luego, desde lejos, aparece también tu rostro, y luego se sincroniza con tus movimientos, torpe y poco convincente, sin creer tampoco él en ese gran engaño, intentando esconder los latidos de su corazón que retumba en la parte derecha de tu pecho y el lunar a la izquierda de la nuez, que en tu piel, revelador y acusador, está a la derecha… En un intento por hacerte olvidar que piensa, habla y calcula con el hemisferio derecho del cerebro y que percibe el espacio, la música y la poesía con el izquierdo. Que en su genoma la espiral de ADN es levógira y los aminoácidos son dextrógiros, mientras que en el tuyo es al revés. Que es un extraño, un espectro de otro mundo, que las diferencias entre vosotros son más radicales que las que hay entre un hombre y una mujer, entre un criminal y un santo, entre los vivos y los muertos. Que sois solo dos guantes, idénticos y sin embargo imposibles de colocar en la misma mano. Que podríais llegar a ser idénticos solo si uno de vosotros, elevado de repente por el Espíritu Santo, se pudiera alzar perpendicularmente en el espacio y el tiempo de su mundo y pudiera cruzar a la cuarta dimensión. La simetría seguía siendo la más perturbadora ilusión del mundo, el hechizo más profundo de nuestra mente. Ella creaba mariposas por todas partes, mariposas con alas idénticas y disímiles. Cualquier espejo era una mariposa, su borde de cristal era el cuerpo, y los dos mundos —cada uno de ellos virtual para el otro, porque la realidad no es el dato más sencillo, sino el constructo más complejo de la mente—, las alas multicolores extendidas oblicuamente sobre el mundo. Los hemisferios cerebrales eran una mariposa, arrugada y embutida en el cráneo, pero algún día lo romperían y extenderían triunfantes sus alas. La mujer y el hombre formaban juntos una mariposa tierna y seductora, a ambos lados de nuestra humanidad virtual. El bien y el mal eran mariposas separadas a lo largo del eje de simetría por una espada tan afilada que su filo se cortaba permanentemente a sí mismo. El alma humana es hija de la simetría, de esa magia que, al igual que la dulce carne del tallo del loto, como el soma, como las aguas del río Leteo, nos hace sonreír felices, olvidando la nada. Victor venía despacio hacia mí desde las profundidades del espejo y, cuando los últimos que se interponían se hicieron a los lados, nos encontramos súbitamente cara a cara.

Y de repente Victor sintió, en todo su ser, un dolor abrumador, como si sus nervios, entumecidos por un fantástico cataclismo psíquico, se hubieran abierto de repente en un millón de rosas blancas, cubiertas de rocío. ¡Oh, la belleza inédita del sufrimiento! Como si, ciego desde que tenía conciencia de sí, se le hubieran abierto bruscamente los ojos, y una cascada de luz pura, intensa, blanca como la heroína, le hubiera congelado al instante el cerebro. La visión de su hermano, al que hasta entonces había mirado solo *per specula in enigmate*, y al que ahora miraba cara a cara, le paralizó el corazón. Victor no sabía qué son las gotas de agua que se forman en la comisura de los ojos, no entendía el temblor de sus labios ni el calor agobiante de su pecho, no entendía por qué tenía que respirar más hondo y más rápido. Oleadas de adrenalina, jamás secretada hasta entonces por sus glándulas suprarrenales, le hacían suspirar, reír feliz en el suplicio infinito del sufrimiento puro. Visibles a través de su carne traslúcida, se activaban ahora, sobre el diafragma de diamante, los chakras superiores de su cuerpo celestial, arrugados y frígidos hasta entonces: Anhata, la sede de los sentimientos, brillando tenuemente entre los omóplatos; Visuddha, el de las dieciséis lenguas de perla y fuego, iluminando las vértebras del cuello y, entre las cejas, ahí donde, una vez, la glándula pineal se abría entre unos párpados gruesos que permitían ver el brillo de su iris azul, Ajna, con sus tres fuegos extendidos hacia las tres dimensiones del espacio y de la mente, del polo animal de nuestra mágica simetría.

Yo mismo, fascinado y estupefacto como la mariposa que mira a la araña a los ojos, como la víctima que mira a su verdugo, me transformaba lentamente. Los chakras que siempre me habían sido negados se despegaban ardientes bajo el diafragma, en el polo vegetal del ser, en el reino atemporal del tiempo infinito: Muladhara, la serpiente enroscada en el hueso sacro, que, con sus cuatro luces, inerva el lingam viril y el dulce yoni entre los muslos de las vírgenes; Svadisthana, el rey de los riñones y de la vejiga, el lugar de la voluntad y de la vitalidad; Manipura, la flor con diez pétalos del plexo solar, el rey de nuestro laberinto interior de intestinos y órganos secretores. Sentía ahora a los tres, quemándome debajo del diafragma, llenando mi cuerpo de crueldad, fuerza y deseo, unas sensaciones incomprensibles que yo no había sentido jamás.

Ahora estábamos por fin completos los dos y, entre las decenas de miles de pétalos de nuestro mundo, éramos capaces de construir juntos —¿revelarlo? ¿conjurarlo? ¿recordarlo? ¿soñarlo? ¿vivirlo, simplemente, como lo hemos vivido siempre y lo viviremos eternamente?— el místico, supranatural, ultradivino Shahasrara, el diamante de un mundo de diamante, que brillaba cegador sobre nuestra simetría de larvas espaciotemporales, elevándose, transversal respecto a nuestro mundo, en la profundidad del mundo verdadero, del cual, como unos veleros, surgimos para atravesar la frágil membrana del universo. Shahasrara no era un objeto que brillara, era un desgarro en el tapiz, en la urdimbre de la ilusión, a través de la cual penetraba la luz cegadora del más allá. Era la flor imposible de mirar nacida del humus de nuestro cerebro, cuya tensión suprema atraviesa por fin la pared infinitamente gruesa de la realidad.

Victor me miraba con el rostro bañado en lágrimas. Treinta y tres años habían transcurrido desde Entonces. Se desabotonó lentamente la pechera del chaquetón y sacó, del bolsillo derecho, la baraka: la foto en blanco y negro, arrugada y sucia, de las profundidades de una infancia imposible. La colocó a la altura de mis ojos, y allí estaba mi madre, sosteniéndome en brazos, en el decorado miserable de la habitación de Silistra, y yo, con un año y medio, con un gorrito calado hasta las orejas, sonreía y tendía las manitas hacia alguien que no se veía en la foto, porque la foto estaba rota por la mitad, y su película de acetato de plata estaba reventada, y sus bordes dentados, como los de los sellos, estaban grises y doblados. Saqué también yo, del lado del corazón, la otra mitad de la foto, esa que había estado tanto tiempo en el bolso granate de mi madre, junto con mis trenzas de cuando era niño, y se la mostré al que tenía delante, al otro lado de la superficie turbia del espejo, y él se vio entonces, en los brazos de nuestro padre, por primera vez, a sí mismo: riendo feliz y estirando las manitas hacia alguien que no estaba en esa mitad de la fotografía. Y luego, extremadamente despacio, titubeando y venciendo algo parecido a unas formidables fuerzas que se repelían, acercamos las dos mitades entre sí. Cuando estas, finalmente, se unieron por la línea del medio, el pueblo del Libro se arremolinó en torno a nosotros para ver mejor el Milagro.

Maria le dio a su marido dos príncipes con una estrella en la frente. Estaba indeciblemente hermosa cuando amamantaba a los dos, sosteniéndolos en el regazo e iluminándolos con la tierna, castaña luz de sus ojos. Los niños, desnuditos, porque el verano había traído un calor bendito que hacía que las adelfas emanaran un perfume embriagador, jugaban con las manitas del otro, mirándose siempre a los ojos y riendo como unos pequeños gnomos. Cogían luego el pezón del color de las inflorescencias de las adelfas, en cuya punta brotaba siempre una gota brillante de leche. Nadie podía diferenciar a Mircişor de Victoraş. Cada hoyuelo del codo, cada arruga de la barriguita, cada grieta de los labios eran idénticos. Sus ojos enormes brillaban igual, sus voces, que apenas habían empezado a balbucear las primeras palabras, lo hacían igual. Solo Maria los conocía y no los confundía jamás, porque le bastaba con abrir los ojos y pasar sus dedos transparentes por sus coronillas para saber con certeza cuál era el sol y cuál era la luna. Los cambiaba, los mimaba, bregaba con ellos, incluso cuando removía sus eternos guisados, incluso cuando planchaba los montones de ropa; los sacaba a la calle, de la manita, para que caminaran torpes por el patio pavimentado con ladrillos, les enseñaba los pavos reales, los protegía del perrito Gioni, los ponía a oler las flores. ¡Qué profundo cielo de verano se elevaba sobre el arrabal, qué virginal y milagroso era el mundo! Y la madre, la reina de aquel templo en forma de U, rebosante de una humanidad hirsuta, se elevaba allí, entre ellos, iluminada por la juventud y la felicidad. Era de nuevo una mariposita, tenía de nuevo dos alas inmensas extendidas sobre el mundo, sobre Mircea y Victor, sus preciosos niños, como no había otros en el mundo. Y cuando el padre volvía por la tarde a casa, con olor a aceite de motor, un crío también él, con el pelo peinado hacia atrás y embadurnado con aceite de nuez, jugaban mucho rato juntos y él les cantaba con su acento del Banato. Luego cenaban a la luz de la bombilla mortecina, envuelta en un periódico, con Mircişor (o tal vez Victoraş) junto a la madre y Victoraş (o tal vez Mircişor) junto al padre, y la luz se apagaba y los perros ladraban a lo lejos, toda la noche.

Y Mircea y Victor, mirándose de frente en medio del universo, rodeados por todos los que habían vivido alguna vez en este mundo, supieron que aquellos días, aquellos días mágicos habían sido su Shahasrara, el único que se concede a los hombres, a los ángeles y a los dioses, el Shahasrara colocado como una diadema de diamante sobre nuestra coronilla, iluminándonos y salvándonos, que nos trae de un mundo apenas presentido la verdadera, pura e impetuosa felicidad. Y la foto antigua, recortada de ese mundo, testigo y camino que llevaba hacia él, brilló de repente con una fuerza destructora, fundiendo todo a su alrededor, volatilizando los personajes ilusorios del libro que precisamente llegaba a su fin, haciendo añicos el edificio de cristal, destruyendo la tierra, las constelaciones y las lejanísimas galaxias, aniquilando la estructura del espacio, del tiempo y de la causalidad, de tal manera que la otra parte del tapiz, solo consciencia y solo luz, estalló y se reinstaló allí donde había estado siempre, allí donde no teníamos ojos para verla ni oídos para oírla, no en el exterior, sino en el interior, no en torno al cráneo, sino dentro de él, en una luz densa, en un mundo denso, que brillaba cegador, cegador, cegador…

FIN DEL TERCER VOLUMEN
FIN DEL LIBRO

553

ÍNDICE